Van dezelfde auteur:

Voor de wolven
Een goede moeder
Het tere kind
De andere zoon
De tweede dochter
Het verdwenen meisje
De tiende cirkel
De kleine getuige
Negentien minuten
De bekering
De verhalenvertelster

Voor mijn lieve Ann
20 juni 2015.
met heel veel liefs
xxx Bomma.

Jodi Picoult

Zoals de wind waait

thb

the house of books

Oorspronkelijke titel: *Leaving Time*
Oorspronkelijk uitgegeven door: Ballantine Books New York

Omslagontwerp: Wil Immink Design
© Omslagbeeld: iStock/Wil Immink Design
Foto auteur: © Adam Bouska
Typografie: ZetSpiegel, Best

ISBN 978 90 443 4501 8
ISBN 978 90 443 4502 5 (e-book)
NUR 302

www.thehouseofbooks.com
www.overamstel.com

OVERAMSTEL
uitgevers

The House of Books is een imprint van Overamstel uitgevers bv

Voor Joan Collison

Een ware vriend zal honderden kilometers met je meelopen door regen en wind, hagel en sneeuw.

Proloog

JENNA

Vroeger dachten sommige mensen dat er een olifantenbegraafplaats bestond, een plek waar zieke en oude olifanten heen gingen om te sterven. Ze zouden hun kudde achterlaten en alleen door het droge landschap sjokken, zoals de Titanen over wie we gelezen hebben in de brugklas bij Griekse mythologie. Volgens de overlevering bevond de locatie zich ergens in Saudi-Arabië, heersten er op die plek bovennatuurlijke krachten en lag er een boek met toverformules die de wereldvrede zouden stichten.

Ontdekkingsreizigers gingen op zoek naar deze begraafplaats. Wekenlang volgden ze olifanten die stervende waren, om zich uiteindelijk te realiseren dat ze in kringetjes rondliepen. Sommige reizigers verdwenen spoorloos. Anderen konden zich niet herinneren wat ze hadden gezien, en niemand van degenen die beweerden dat ze de begraafplaats hadden gevonden, kon de plek later nog terugvinden.

Dat komt omdat de olifantenbegraafplaats een mythe is.

Oké, onderzoekers hebben groepen olifanten aangetroffen die binnen korte tijd vlak bij elkaar gestorven zijn, dat wel. Mijn moeder, Alice, zou gezegd hebben dat er een logische reden is voor een massabegraafplaats. Een groep olifanten kan gelijktijdig gestorven zijn door gebrek aan eten of water, of tijdens een slachting door ivoorjagers. Het zou zelfs kunnen dat de sterke Afrikaanse wind de verspreide botten op een grote hoop heeft geblazen. Jenna, zou ze tegen me gezegd hebben, voor alles wat je ziet, bestaat een verklaring.

Er is veel bekend over olifanten en de dood, geen mythen, maar keiharde wetenschap. Ook dat zou mijn moeder me hebben kunnen vertellen. We zouden dicht naast elkaar onder de reusachtige eik hebben gezeten, waar Maura graag schaduw zocht. We zouden hebben toegekeken hoe de olifant eikels oppakte met haar slurf en ze wegslingerde. Mijn moeder zou iedere worp hebben beoordeeld als een olympische jury. Een 8,5... een 7,9. Oe! Een tien met een griffel.

Misschien had ik geluisterd. Maar misschien had ik gewoon met mijn ogen dicht naast mijn moeder gezeten en geprobeerd de geur van haar insectenspray in mijn geheugen te griffen. Of de manier waarop ze gedachteloos een vlecht in mijn haar maakte en hem samenbond met een grashalm.

Misschien zou ik aldoor gewenst hebben dat er wél een olifantenbegraafplaats bestond, maar dan niet alleen voor olifanten. Want dan zou ik in staat zijn om haar te vinden.

ALICE

Toen ik negen was, lang voor ik wetenschappelijk onderzoeker werd, dacht ik dat ik alles wist. Nou ja, ik wílde alles weten en in mijn ogen kwam dat op hetzelfde neer. Op die leeftijd was ik helemaal gek van dieren. Ik wist dat een groep wolven een roedel wordt genoemd. Ik wist dat dolfijnen carnivoren zijn. Ik wist dat giraffen vier magen hebben en dat de beenspieren van een sprinkhaan in verhouding tot die van een mens duizend keer krachtiger zijn. Ik wist dat witte ijsberen een zwarte huid onder hun vacht hebben en dat kwallen geen hersenen hebben. Dat wist ik allemaal van de Time Life-kaarten met foto's en feiten over dieren, die ik maandelijks toegestuurd kreeg. Het was een abonnement dat ik voor mijn verjaardag had gekregen van mijn zogenaamde stiefvader. Hij was een jaar daarvoor verhuisd naar San Francisco, waar hij samenwoonde met zijn beste vriend, Frank, die mijn moeder 'de andere vrouw' noemde als ze dacht dat ik niet luisterde.

Ik kreeg iedere maand nieuwe kaarten per post, maar op een dag in oktober 1977 kwam de mooiste kaart van allemaal, over olifanten. Ik kan je niet uitleggen waarom zij mijn lievelingsdieren waren. Misschien kwam het door mijn slaapkamer, met het junglemotief op het ruige tapijt en de behangrand met dansende cartoonolifanten die de muren sierde. Misschien kwam het door Dombo het vliegende olifantje, de eerste film die ik als peuter ooit had gezien. Misschien kwam het doordat de zijden voering in mijn moeders bontjas, een erfstuk van haar eigen moeder, gemaakt was van een Indiase sari bedrukt met olifanten.

Van die kaart van Time Life leerde ik de basisinfo over olifanten. Het zijn de grootste landdieren op aarde en ze wegen soms meer dan vijf ton. Ze eten 140 tot 180 kilo voedsel per dag. Ze hebben de langste zwangerschap van alle landzoogdieren: tweeëntwintig maanden. Ze leven in kudden onder leiding van een vrouwelijke olifant, de matriarch, die meestal het oudste lid van de groep is. Zij bepaalt waar de groep elke dag heen gaat, wanneer ze rust nemen, waar ze eten en waar ze drinken. Babyolifanten worden opgevoed en beschermd door alle vrouwelijke kuddeleden, en trekken met hen mee. Rond hun dertiende verlaten de jonge mannetjes de familiegroep. Meestal sluiten ze zich aan bij een stierenkudde.

Dat waren natuurlijk de feiten die zo'n beetje iederéén kende. Maar ik raakte geobsedeerd. Ik zocht gegevens op in de schoolbibliotheek, las natuurboeken en stelde vragen aan leraren. Zo kwam ik te weten dat olifanten zonnebrand kunnen oplopen, wat de reden is dat ze zand over hun rug gooien en door de modder rollen. Hun naaste nog levende verwant is de klipdas, een klein, harig schepsel dat eruitziet als een cavia. Ik wist dat een olifantenkalf soms op zijn slurf zuigt om zichzelf te troosten, zoals een mensenbaby op zijn duim zuigt. Ik kende de geschiedenis van de olifant Mary, die in 1916 in Erwin, Tennessee, terechtstond wegens moord en werd opgehangen.

Achteraf denk ik dat mijn moeder het woord 'olifant' niet meer kon horen. Vandaar misschien dat ze me op een zaterdagochtend in alle vroegte wakker maakte met de mededeling dat we op avontuur gingen. In het deel van Connecticut waar wij woonden, waren geen dierentuinen, maar in Forest Park Zoo in Springfield, Massachusetts, hadden ze een echte, levende olifant, en wij gingen haar opzoeken.

Om te zeggen dat ik opgewonden was, zou een understatement zijn. Ik bestookte mijn moeder urenlang met olifantenmoppen:

> *Wat is mooi, grijs en draagt glazen muiltjes? Cinderolifant.*
> *Waarom zijn olifanten gerimpeld? Ze passen niet op een strijkplank.*
> *Hoe laat is het als er een olifant op je tuinhek gaat zitten? Tijd voor een nieuw hek.*

Aangekomen in de dierentuin, sjeesde ik over de paden tot ik voor Morganetta de olifant stond.

Die er totaal anders uitzag dan ik me had voorgesteld.

Dit was niet het majestueuze dier zoals beschreven op mijn Time Life-kaart, of in de boeken die ik had doorplozen. Ze was vastgeketend aan een reusachtig betonblok dat midden in haar verblijf stond, zodat ze in geen enkele richting een eind kon lopen. Op haar achterpoten zaten wonden, veroorzaakt door de zware kettingen. Ze miste een oog en met het andere meed ze consequent mijn blik. Ik was gewoon de zoveelste die haar kwam aangapen in haar gevangenis.

Ook mijn moeder schrok van haar toestand. Ze wenkte een dierenverzorger, die vertelde dat Morganetta vroeger in plaatselijke optochten had meegelopen en kunstjes deed zoals wedstrijden touwtrekken met middelbareschoolleerlingen, maar dat ze op haar oude dag onvoorspelbaar was geworden. Ze had met haar slurf naar bezoekers gemept toen ze te dicht bij haar kooi kwamen. Ze had de pols van een verzorger gebroken.

Ik begon te huilen.

Mijn moeder nam me halsoverkop mee terug naar de auto, hoewel we maar tien minuten in de dierentuin waren geweest en de terugreis naar huis vier uur duurde.

'Kunnen we haar niet helpen?' vroeg ik.

En zo werd ik op negenjarige leeftijd olifantenactiviste. Na een tripje naar de bibliotheek ging ik aan de keukentafel zitten en schreef een brief aan de burgemeester van Springfield, Massachusetts, om hem te vragen Morganetta meer ruimte en vrijheid te geven.

Hij schreef me terug, maar stuurde zijn reactie ook naar *The Boston Globe*. De krant publiceerde de brief, en er kwam een journalist bij ons langs. Hij wilde het meisje interviewen dat de burgemeester ervan had overtuigd dat Morganetta overgeplaatst moest worden naar het veel grotere buffelverblijf in de dierentuin. Ik kreeg een speciale onderscheiding tijdens een leerlingenbijeenkomst op mijn basisschool. De dierentuin nodigde me uit om tijdens de feestelijke opening het rode lint door te knippen, samen met de burgemeester. Camera's flitsten in mijn gezicht en verblindden me terwijl Morganetta achter ons ronddrentelde. Deze keer keek ze me wel aan met haar goede oog. En ik wist, ik wíst gewoon dat ze zich nog steeds doodongelukkig voelde. De ketenen en de kooi, de klappen die ze had gekregen, misschien zelfs de herinnering aan het moment dat ze werd meegenomen uit Afrika... er was haar zoveel aangedaan. Dat droeg ze nog steeds met zich mee en het nam alle extra ruimte in het buffelverblijf in beslag.

Even voor de goede orde: burgemeester Dimauro bleef zich inspannen om Morganetta's leven aangenamer te maken. In 1979, na het overlijden van de ijsbeer van Forest Park, ging de dierentuin dicht en werd Morganetta overgeplaatst naar de Los Angeles Zoo. Daar kreeg ze een veel ruimere behuizing. Er was een vijver om in te baden, speelgoed, en twee oudere olifanten.

Als ik toen had geweten wat ik nu weet, had ik de burgemeester kunnen vertellen dat olifanten zich niet automatisch aan elkaar hechten omdat ze van dezelfde soort zijn. Olifanten hebben een even unieke persoonlijkheid als mensen. En je gaat er toch ook niet van uit dat twee willekeurige mensen zomaar dikke maatjes zullen worden? Morganetta werd steeds depressiever, vermagerde en takelde af. Ongeveer een jaar na haar aankomst in L.A. werd ze dood gevonden op de bodem van de vijver van het verblijf.

De moraal van dit verhaal is dat je soms uit alle macht kunt proberen om de wereld te verbeteren, maar dat het nog steeds lijkt op het tij keren met een zeef.

De moraal van dit verhaal is dat hoe hard we ook ons best doen en hoe graag we het ook willen, sommige verhalen nu eenmaal geen happy end hebben.

Deel I

Hoe valt mijn nobele heldendom te verklaren? Ik denk
dat mijn lijf werd opgeblazen door een ondeugend jongetje.
Eens was ik zo groot als een valk, zo groot als een leeuw,
eens was ik niet de olifant die ik geworden ben.
Mijn huid hangt en mijn meester straft me voor een kunstje
dat is mislukt. Ik had de hele nacht geoefend in mijn tent,
dus ik was wat slaperig. Mensen verbinden mij met verdriet
en vaak ook met wijsheid. Randall Jarrell vergeleek me
met Wallace Stevens, de Amerikaanse dichter. Ik herken iets in
de voortsjokkende drieregelige strofes, maar in mijn hart
ben ik meer zoals Eliot. Een man van Europa, een man
van beschaving. Eenieder die zo welgemanierd is heeft
wel eens een inzinking. Ik hou niet van spectaculaire
evenwichtsoefeningen, koorddansen en kunstjes met kegels.
Wij olifanten zijn toonbeelden van deemoed, als we
onze treurige marsen beginnen om te sterven.
Maar wist je dat olifanten werd geleerd
het Griekse alfabet te schrijven met hun voeten?
Het lijden moe liggen we op onze brede ruggen
en gooien graspollen naar de hemel – als afleiding, niet als gebed.
Het is geen deemoed die je ziet op onze lange laatste marsen:
het is uitstel. Gaan liggen doet mijn zware lichaam pijn.

– Dan Chiasson, 'De olifant'

JENNA

Al ben ik pas dertien, ik weet veel over het geheugen. Ik heb me erin verdiept zoals andere meiden van mijn leeftijd modebladen verslinden. Je hebt het soort geheugen dat gaat over je leefwereld, zoals weten dat een fornuis heet is en dat je tenen bevriezen als je 's winters buiten geen schoenen draagt. Je hebt het soort geheugen dat je krijgt aangereikt door je zintuigen. Bijvoorbeeld dat je ogen gaan prikken als je in de zon kijkt en dat je geen wormen moet eten als je iets lekkers wilt proeven. Je hebt jaartallen die je je herinnert van geschiedenislessen en die je ophoest tijdens een toets, omdat ze (blijkbaar) belangrijk zijn in het grote geheel van de dingen. En je hebt persoonlijke bijzonderheden die je je herinnert: pieken in de grafiek van je eigen leven, die voor niemand anders belangrijk zijn dan voor jezelf. Afgelopen jaar mocht ik van mijn leraar Natuur en Techniek helemaal in mijn uppie een werkstuk maken over het geheugen. De meeste leraren laten me zelfstandig werken, omdat ze weten dat ik me verveel in de klas. Plus dat ze denk ik een beetje bang zijn dat ik meer weet dan zij, en ze niet de kans willen lopen om met hun mond vol tanden te staan.

Mijn eerste herinnering is wit omzoomd, zoals op een overbelichte foto. Mijn moeder houdt me een stokje met gesponnen suiker voor, een suikerspin. Ze legt haar vinger tegen haar lippen – dit is ons geheimpje – en dan trekt ze er een klein stukje af. Ze stopt het in mijn mond, mijn tong krult om haar vingertop en zuigt de suiker op. '*Iswidi*,' zegt ze tegen me. Zoet. Dit is niet mijn zuigfles. Het is geen smaak die ik ken, maar wel heel lekker. Ze buigt zich over me heen en kust mijn voorhoofd. '*Uswidi*,' zegt ze. Lieverd.

Ik kan niet ouder geweest zijn dan negen maanden.

Dat is best apart, omdat je vroegste herinneringen meestal stammen uit de periode tussen je derde en vijfde jaar. Wat niet betekent dat baby's onwijs vergeetachtig zijn. Ze hebben al herinneringen lang voordat ze taal kunnen gebruiken, maar gek genoeg hebben ze er geen toegang toe zodra ze eenmaal beginnen te praten. Dus misschien herinner ik me de suikerspinepisode omdat mijn moeder Xhosa sprak, wat niet onze taal is, maar wat ze had opgepikt toen ze in Zuid-Afrika aan haar proefschrift werkte. Of misschien is deze willekeurige herinnering het gevolg van een ruilhandeltje in mijn brein. Omdat ik niet meer weet wat ik me zo wanhopig graag wíl herinneren: wat er precies gebeurd is in de nacht dat mijn moeder verdween.

Mijn moeder was wetenschappelijk onderzoeker. Ze heeft zelfs een tijdlang het geheugen bestudeerd, als onderdeel van haar werk over posttraumatische stress en olifanten. Ken je die uitspraak dat een olifant nooit iets vergeet? Nou, het is echt zo. Ik zou je zó mijn moeders onderzoeksresultaten kunnen geven als je er bewijs van wilt. Zelf ken ik ze uit mijn hoofd, en dat is geen grap. Haar officieel gepubliceerde bevindingen waren dat herinneringen gekoppeld zijn aan sterke emoties, en dat je slechte momenten kunt zien als iets wat met watervaste stift op de muur van het brein is geschreven. Maar er is een flinterdunne grens tussen een heel slecht moment en een traumatisch moment. Slechte momenten onthoud je. Traumatische vergeet je, of ze worden zo vervormd dat ze onherkenbaar zijn. Of... ze veranderen in het grote, naargeestige niets wat mijn hoofd vult zodra ik me probeer te concentreren op die nacht.

Ik weet alleen dit:

1. Ik was drie.
2. Mijn moeder werd bewusteloos gevonden op het terrein van het reservaat, zo'n anderhalve kilometer ten zuiden van het lichaam van een dode vrouw. Dat stond in het politierapport. Mijn moeder werd naar het ziekenhuis gebracht.
3. Ik word niet vermeld in het politierapport. Na die nacht ging ik met mijn oma mee. Ik mocht bij haar logeren, want mijn vader had het al zwaar genoeg te verduren met een dode olifantenverzorgster en een echtgenote die urenlang buiten westen was.

4. Vlak voor het ochtend werd, kwam mijn moeder bij bewustzijn. Ze verdween uit het ziekenhuis zonder dat iemand van het verplegend personeel haar zag vertrekken.
5. Ik heb haar nooit meer teruggezien.

Soms geloof ik dat mijn leven uit twee delen bestaat die gekoppeld zijn als treinwagons, met als verbindingsstuk het moment van mijn moeders verdwijning. Maar zodra ik wil kijken hoe die koppeling in elkaar zit, begint de trein zo waanzinnig te schokken dat het voelt alsof mijn hoofd van mijn romp wordt gerukt. Ik weet dat ik ooit een kleine wildebras was met rossig blond haar, die allerlei peuterstreken uithaalde terwijl haar moeder eindeloos aantekeningen maakte over olifanten. Nu ben ik een tiener die te serieus is voor haar leeftijd en te slim voor haar eigen bestwil. En toch, al ben ik nog zo goed in het onthouden van wetenschappelijke gegevens, ik ga finaal de mist in als het gaat om feiten die ertoe doen. Zoals weten dat Wanelo een website is en niet een flitsende nieuwe popgroep.

Laten we zeggen dat de brugklas geldt als microkosmos voor de sociale hiërarchie van de menselijke adolescent (zoals mijn moeder het zou uitdrukken). Dan legt het opnoemen van vijftig verschillende olifantenkudden in het Tuli Block in Botswana geen gewicht in de schaal. Je staat een heel stuk hoger op de sociale ladder door de leden van boyband One Direction bij naam te kennen.

Ik ben op mijn school zeker niet de enige leerling zonder moeder, er zijn zoveel meiden en jongens uit eenoudergezinnen. Toch val ik buiten de groep. Tijdens de lunchpauze zit ik erbij aan een van de tafels en eet wat mijn oma in mijn broodtrommel heeft gestopt. Intussen kletsen de coole meiden erover dat ze later voor een cosmeticabedrijf willen werken. Ze verzinnen alvast nieuwe kleurnamen voor make-up en nagellak, geïnspireerd op beroemde films: Magentlemen Prefer Blondes, en A Fuchsia Good Men. Ik probeer me wel eens in het gesprek te mengen, maar dan kijken ze meestal met opgetrokken wipneusjes in mijn richting alsof ze iets vies ruiken, en kwebbelen onverstoorbaar verder. Ik ga er niet onder gebukt dat ze me negeren. Ik heb belangrijker dingen aan mijn hoofd.

Mijn herinneringen van na mijn moeders verdwijning zijn al even hapsnap. Ik kan mijn nieuwe slaapkamer beschrijven in het huis van mijn oma, waar geen ledikantje stond zoals ik gewend was, alleen een bed voor een groot kind. Mijn eerste grote bed. Ernaast stond een nachtkastje met een rieten mandje erop, dat vreemd genoeg gevuld was met roze zakjes zoetstof, hoewel er nergens een koffiezetapparaat te bekennen was. Zelfs voor ik kon tellen keek ik er elke avond in, om te checken of de zakjes er nog waren. Dat doe ik nog steeds.

Ik kan je vertellen hoe het in het begin was om op bezoek te gaan bij mijn vader in Hartwick House. De gangen roken er naar ammoniak en urine. Mijn oma moedigde me aan om met mijn vader te praten. Maar hoewel ik op zijn bed klom, bibberend omdat ik zo dicht bij iemand was die ik herkende zonder hem te kennen, praatte of bewoog hij niet. Ik weet nog precies hoe de tranen uit zijn ogen drupten alsof het een natuurlijk verschijnsel was, zoals op een zomerse dag een blikje frisdrank beslaat zodra het uit de koelkast komt.

Ik herinner me nog de nachtmerries die eigenlijk geen nachtmerries waren. Ik werd gewekt uit een heel diepe slaap door Maura's luide getrompetter. Maar zelfs nadat mijn oma de kamer was komen binnenhollen en me had uitgelegd dat de matriarch nu honderden kilometers ver weg woonde in een nieuw reservaat in Tennessee, bleef het gevoel knagen dat Maura probeerde me iets duidelijk te maken. En dat als ik even goed was in olifantentaal als mijn moeder, ik haar zou begrijpen.

Het enige wat ik nog van mijn moeder heb, is haar onderzoek. Ik pluis haar aantekeningen uit, want ik weet dat de woorden op een bladzijde zich ooit zo zullen herschikken dat ze me naar haar zullen leiden. Al is ze er niet, ik heb van haar geleerd dat elk goed onderzoek begint met een hypothese, wat gewoon intuïtie is, verpakt in mooie woorden. En mijn intuïtie zegt dit: ze zou mij nooit in de steek hebben gelaten. Niet uit vrije wil.

En dat zal ik bewijzen, al moet ik ervoor tot het gaatje gaan.

Als ik wakker word, ligt Gertie uitgestrekt over mijn voeten als een grote, ademende deken. Ze slaapt. Ze heeft spiertrekkingen in haar poten. Blijkbaar is ze op jacht naar iets wat ze alleen in haar dromen kan zien.

Ik weet hoe dát voelt.

Ik probeer uit bed te komen zonder haar wakker te maken, maar ze springt overeind en blaft tegen de gesloten deur van mijn slaapkamer.

'Rustig,' zeg ik terwijl ik mijn vingers in de dikke vacht van haar nek duw. Ze likt mijn wang, maar rustig wordt ze niet. Haar blik is strak op de slaapkamerdeur gericht, alsof ze ziet wat zich aan de andere kant afspeelt.

Wat best bizar is, gezien mijn eigen plannen voor vandaag.

Gertie springt kwispelend van het bed, haar staart roffelt tegen de muur. Ik trek de deur open en laat haar de trap af klauteren zodat mijn oma, die beneden ontbijt voor me klaarmaakt, haar kan uitlaten in de tuin.

Gertie kwam één jaar later dan ik bij mijn oma wonen. Voor die tijd woonde ze in het reservaat en was dik bevriend met een olifant die Syrah heette. Ze waren onafscheidelijk. Toen Gertie ziek werd, waakte Syrah over haar, zorgde dat de hond veilig tussen haar enorme voorpoten bleef liggen en streelde haar zachtjes met haar slurf. Het was niet het eerste verhaal over een hond en een olifant die een band hadden, maar Syrah en Gertie werden legendarisch. Ze waren een keer op het tv-nieuws en iemand schreef een kinderboek over ze. Een beroemde fotograaf maakte kiekjes van ze voor een kalender met als thema 'onwaarschijnlijke dierenvriendschappen,' en zo werd Gertie Miss Juli. Dus toen Syrah werd overgeplaatst na de sluiting van het reservaat, voelde Gertie zich waarschijnlijk net zo verlaten als ik. Maandenlang wist niemand wat er met haar gebeurd was. Tot op een dag een vrijwilliger van het dierenasiel met Gertie op de stoep stond bij mijn oma. Hij vroeg of wij deze hond kenden, die zwervend bij ons in de buurt was aangetroffen. Gertie had haar halsband nog om met haar naam erop geborduurd. Ze was mager en zat onder de vlooien, maar begon meteen mijn gezicht te likken. Mijn oma vond het goed dat Gertie bleef, misschien omdat ze dacht dat het mij zou helpen me aan te passen aan mijn nieuwe bestaan.

Eerlijk gezegd heeft het niet gewerkt. Ik ben altijd een eenling geweest en heb nooit het gevoel gehad dat ik hier thuishoor. Ik lijk op die vrouwen die verslingerd zijn aan de romans van Jane Austen en blijven hopen dat Mr. Darcy op een dag bij hen voor de deur zal staan. Of mensen die een beroemde veldslag uit de Amerikaanse Burgeroorlog naspelen op een grasveld, tussen kleurige moderne speeltoestellen en knusse rustbankjes. Ik ben de prinses in de ivoren toren, behalve dat de stenen gemaakt zijn van mijn levensverhaal en ik deze gevangenis zelf heb gebouwd.

Op school heb ik één vriendin gehad die me een beetje begreep. Chatham Clarke was de enige aan wie ik ooit heb verteld over mijn moeder en dat ik haar wil opsporen. Chatham woonde bij haar tante, omdat haar moeder drugsverslaafde was en in de gevangenis zat. Haar vader had ze nooit ontmoet.

'Het heeft zoiets moois,' zei Chatham tegen me, 'dat jij je moeder dolgraag wilt terugzien.' Ik vroeg wat ze bedoelde, en zij vertelde me dat haar tante haar eenmaal had meegenomen naar de gevangenis waar haar moeder haar straf uitzat. Chatham had zich netjes aangekleed in een strookjesjurk met van die lakschoentjes eronder die glommen als zwarte spiegels. Maar haar moeder was uitgeblust en grauw, met lege ogen en uitgevallen tanden door de speed. Ze zei dat ze haar dochter graag zou willen knuffelen, maar Chatham was nog nooit ergens zo blij mee geweest als met het plastic schot tussen hen in de bezoekersruimte. Ze was nooit meer teruggegaan.

Chatham hielp me met van alles. Ze ging mee mijn eerste beha kopen, omdat mijn oma niet op het idee kwam dat mijn minuscule borsten steun nodig hadden. Maar, zei Chatham, meisjes boven de tien jaar die zich voor gymnastiek moeten omkleden, mogen hun borsten niet laten wapperen. Ze stopte me briefjes toe tijdens Engels, met grove tekeningen van stokpoppetjes van onze lerares die te veel zelfbruiner gebruikte en naar katten stonk. Ze liep arm in arm met me door de schoolgangen, en zoals iedere dierenonderzoeker weet, zijn de overlevingskansen in een vijandige omgeving voor een roedel van twee oneindig veel groter dan voor een roedel van één.

Op een ochtend kwam Chatham niet opdagen op school. Ik probeerde haar thuis te bellen, maar er werd niet opgenomen. Ik fietste erheen en zag een bord met TE KOOP in de tuin. Ik geloofde niet dat ze zou vertrekken zonder iets te zeggen, want ze wist dat dát nou juist de nekslag voor me was geweest toen mijn moeder verdween. Maar naarmate Chatham langer wegbleef, liet ik de moed zakken. Er ging een week voorbij, en nog een. Toen ik mijn huiswerk liet versloffen en de ene onvoldoende na de andere kreeg, wat helemaal niet mijn stijl was, werd ik bij de schooldecaan geroepen. Juffrouw Sugarman was oeroud. Ze had handpoppen in haar kantoortje, zodat getraumatiseerde kinderen met behulp van Jan Klaassen en Katrijn konden uitbeelden wat hun dwarszat. Het leek me sterk dat juffrouw Sugarman me érgens mee kon helpen, laat staan met de verwerking van een verbroken vriendschap. Ze vroeg wat er volgens mij met Chatham was gebeurd, en ik zei dat ze vast en zeker was opgenomen in hoger sferen en dat ik nu alleen op de wereld was, net als die vondeling in dat Franse kinderboek.

Dat zou niet de eerste keer zijn.

Juffrouw Sugarman heeft me nooit meer uitgenodigd voor een gesprek. Werd ik op school aanvankelijk nog gezien als een beetje excentriek, nu versleet iedereen me waarschijnlijk voor knettergek.

Mijn oma begreep niets van Chathams verdwijntruc. 'Zonder iets tegen jou te zeggen?' vroeg ze tijdens het avondeten. 'Zo ga je toch niet om met een vriendin.' Ik zei maar niet dat ik hier stiekem een voorgevoel van had gehad, al die tijd dat Chatham en ik met elkaar optrokken. Als iemand jou ooit in de steek heeft gelaten, verwacht je dat het weer zal gebeuren. Uiteindelijk zul je afstand blijven houden van mensen, zodat ze niet belangrijk voor je worden en het geen pijn doet als ze uit je wereld verdwijnen. Ik weet dat dit ongelooflijk depri klinkt uit de mond van een dertienjarige. Maar het is nog veel erger om te moeten accepteren dat mensen je herhaaldelijk laten stikken omdat jíj nu eenmaal waardeloos bent.

Mijn toekomst kan ik misschien niet veranderen, maar ik ben vastbesloten erachter te komen hoe mijn verleden in elkaar zit.

Dus heb ik een ochtendritueel. Sommige mensen drinken koffie en lezen de krant, andere checken hun Facebook-pagina en weer andere stylen hun haar of doen honderd sit-ups. Nou, ik kleed me aan en open mijn laptop. Ik surf veel op het internet, vooral naar www.NamUs.gov, de officiële website van het ministerie van Justitie voor vermiste en niet-geïdentificeerde personen. Snel controleer ik de database Niet-geïdentificeerde Personen, om zeker te weten dat de forensisch pathologen geen nieuwe informatie hebben ingevoerd over een naamloze overleden vrouw. Dan check ik de database Niet-opgeëiste Personen op toevoegingen aan de lijst van overleden mensen zonder nabestaanden. Tot slot log ik in op de database Vermiste Personen en ga direct naar de gegevens van mijn moeder.

Status: Vermist
Voornaam: Alice
Meisjesnaam: Kingston
Achternaam: Metcalf
Bijnaam/alias: Geen
Voor het laatst gezien op: 16 juli 2004, 23.45 uur
Leeftijd (op bovengenoemd tijdstip): 36
Huidige leeftijd: 46
Huidskleur: Blank
Geslacht: Vrouw
Lengte: 1 meter 65
Gewicht: 57 kilo
Plaats: Boone
Staat: New Hampshire
Omstandigheden: Alice Metcalf was als bioloog en onderzoeker verbonden aan het New England Elephant Sanctuary. In de namiddag van 16 juli 2004 werd ze om ongeveer 17.00 uur bewusteloos aangetroffen, anderhalve kilometer ten zuiden van het lichaam van een vrouwelijke medewerker van het reservaat, die was vertrapt door een olifant. Na opname in het Mercy United Hospital in Boone Heights, New Hampshire, kwam Alice om ongeveer 23.00 uur bij bewustzijn. Ze werd voor het laatst gezien door een verpleegkundige die om 23.45 uur haar vitale functies controleerde.

Er is niets veranderd aan het profiel. Dat weet ik, omdat ik het zelf heb geschreven.

Er volgt een pagina over mijn moeders haarkleur (rood) en kleur ogen (groen). Of ze littekens, misvormingen of tattoos had, of prothesen van de ledematen die kunnen worden gebruikt om haar te identificeren (nee). Dan nog een pagina om de kleding te beschrijven die ze droeg toen ze verdween, maar die moest ik leeg laten, want dat weet ik niet. Plus een lege pagina over mogelijke vervoermiddelen, een volgende voor gebitsgegevens en een voor haar DNA-monster. Bij het profiel zit een foto, die ik gescand heb van de enige foto in huis die mijn oma niet op zolder heeft weggemoffeld. Het is een close-up van mijn moeder, staande voor Maura de olifant, met mij in haar armen.

Dan is er een pagina voor de contacten met politiebeambten. Een van hen, Donny Boylan, is gepensioneerd en naar Florida verhuisd, en hij heeft alzheimer (je staat er versteld van wat je via Google allemaal te weten kunt komen). De ander, Virgil Stanhope, werd voor het laatst vermeld in een politienieuwsbrief vanwege zijn officiële bevordering tot rechercheur op 13 oktober 2004. Door mijn digitale speurwerk weet ik dat hij niet langer bij de politie van Boone werkt. Verder niets. Hij lijkt van de aardbodem te zijn verdwenen.

Dat is niet zo ongebruikelijk als je zou denken.

Er zijn hele gezinnen waarvan de huizen werden achtergelaten met schetterende tv-toestellen, kokende waterketels en vloeren bezaaid met speelgoed. Gezinnen waarvan de auto's werden gevonden op een leeg parkeerterrein, of op de bodem van een plaatselijke vijver, zonder dat er ooit lichamen werden aangetroffen. Er zijn studentes die vermist raakten nadat ze hun telefoonnummer op een servet hadden gekrabbeld voor een man in een kroeg. Opa's die het bos in gingen voor een fikse wandeling en van wie nooit meer iets is vernomen. Baby's die zorgzaam in hun bedje werden gestopt en verdwenen waren voor het de volgende ochtend licht was. Moeders die boodschappenlijstjes maakten, in de auto stapten, maar nooit meer thuiskwamen van de supermarkt.

'Jenna!' onderbreekt de stem van mijn oma mijn gemijmer. 'Het is hier geen restaurant!'

Ik sluit mijn computer af en loop mijn slaapkamer uit. Dan bedenk ik me, ga terug, trek mijn ondergoedlade open en haal een dunne blauwe sjaal tevoorschijn. Hij staat voor geen meter bij mijn korte broek en tanktop, maar ik wikkel hem rond mijn hals, haast me naar beneden en hijs mezelf op een hoge kruk aan de keukenbar.

'Ik heb nog meer te doen dan jou bedienen,' zegt mijn oma met haar rug naar me toe terwijl ze een pannenkoek omdraait in de koekenpan.

Ze is geen schattig, witharig knuffelomaatje zoals je ze op tv ziet. Mijn oma werkt als parkeerwacht bij de plaatselijke parkeerpolitie, en de keren dat ik haar heb zien glimlachen kan ik op de vingers van een hand tellen.

Ik wilde dat ik met haar over mijn moeder kon praten. Ik bedoel, zij heeft alle herinneringen die ik niet heb, want ze heeft achttien jaar met mijn moeder in één huis gewoond, terwijl ik het moet stellen met drie miezerige jaartjes. Ik wilde dat ik zo'n oma had die mij toen ik klein was foto's liet zien van mijn vermiste moeder, of een taart bakte op haar verjaardag. Maar mijn oma vond altijd dat ik mijn gevoelens maar beter kon wegstoppen in een doosje met een slot erop.

Begrijp me niet verkeerd, ik hou van mijn oma. Ze komt trouw naar de concerten van mijn schoolkoor. Ze kookt speciaal voor mij vegetarisch, hoewel ze zelf graag vlees eet. Ze laat me naar films voor boven de zestien kijken omdat (zegt ze) er alleen maar te zien is wat ik op school tussen de les door óók te zien krijg. Ik hou van mijn oma. Ze is alleen niet mijn moeder.

Ik heb mijn oma vandaag op de mouw gespeld dat ik ga babysitten voor een van mijn favoriete leraren, meneer Allen, die wiskunde geeft. Zijn zoontje heet Carter, maar ik noem hem de Pil, want dit jochie is het beste argument dat ik ken tegen de menselijke voortplanting. Ik heb nog nooit zo'n lelijk kind gezien. Hij heeft een kolossaal hoofd en als hij me aankijkt, weet ik bijna zeker dat hij mijn gedachten leest.

Mijn oma draait zich om, met een pannenkoek op een spatel. Bij het zien van mijn sjaal verstijft ze. Oké, het is geen fantastische combi met de rest van mijn outfit, maar dat is niet de reden dat ze afkeurend haar hoofd schudt. Met een klap belandt de spatel met de pannenkoek op mijn bord.

'Ik wilde me een beetje optutten,' lieg ik.

Mijn oma praat niet over mijn moeder. Ik voel me leeg vanbinnen omdat zij verdwenen is, maar mijn oma zit juist propvol woede. Ze kan mijn moeder niet vergeven dat ze is weggelopen – als dat gebeurd is – en ze kan het alternatief niet accepteren, namelijk dat mijn moeder niet terugkomt omdat ze dood is.

'Carter,' zegt mijn oma, soepel overschakelend op een ander onderwerp. 'Dat is toch dat kind dat op een aubergine lijkt?'

'Niet van top tot teen. Alleen zijn voorhoofd,' licht ik toe. 'En de laatste keer dat ik op hem paste, brulde hij drie uur aan één stuk.'

'Neem oordopjes mee,' adviseert mijn oma. 'Ben je thuis voor het avondeten?'

'Weet ik nog niet. Maar ik zie je later.'

Dat zeg ik altijd tegen haar als ze vertrekt, want we hebben het allebei nodig om dat zinnetje te horen. Mijn oma zet de koekenpan in de gootsteen en pakt haar tas. 'Denk eraan dat je Gertie uitlaat voor je weggaat,' zegt ze. Ze kijkt nadrukkelijk niet naar mij of naar mijn moeders sjaal terwijl ze langs me loopt.

Toen ik elf was begon ik actief te zoeken naar mijn moeder. Voor die tijd miste ik haar, maar ik wist niet wat ik eraan moest doen. Mijn oma wilde er niet over praten. En voor zover ik wist, had mijn vader mijn moeder nooit als vermist opgegeven, omdat hij in catatonische toestand in een psychiatrische kliniek lag toen het gebeurde. Ik heb het hem een paar keer gevraagd, maar meestal leidde dat tot nieuwe inzinkingen, dus ben ik erover opgehouden.

Op een dag stuitte ik in de wachtkamer van de tandarts op een interessant artikel in *People*. Het ging over een zestienjarige jongen die erin geslaagd was de onopgeloste moord op zijn moeder opnieuw onder de aandacht te brengen, waardoor de moordenaar alsnog werd berecht. Ik dacht dat mijn ijzeren wil vast wel zou opwegen tegen mijn gebrek aan geld en middelen, en ik besloot ter plekke dat ik het ging proberen. Misschien liep het op niets uit, want tenslotte had niemand anders mijn moeder kunnen vinden. Maar goed, niemand anders had dan ook zo grondig gezocht als ik van plan was.

Meestal werd ik meewarig aangekeken óf direct afgewimpeld door de mensen die ik benaderde. De politie van Boone wilde me niet helpen omdat: (a) ik te jong was om dit te doen zonder toestemming van mijn voogd, (b) mijn moeders spoor al tien jaar steenkoud was, en (c) zij ervan overtuigd waren dat de ermee samenhangende moordzaak was opgelost. Het werd beschouwd als dood door een ongeval. Het New England Elephant Sanctuary was opgeheven. De enige die misschien meer wist over wat de overleden dierenverzorgster was overkomen, was mijn vader. Maar hij kon niet eens zeggen hoe hij zelf heette of welke dag van de week het was, laat staan een helder licht werpen op het incident dat zijn psychose had veroorzaakt.

Dus besloot ik zelf het heft in handen te nemen. Ik heb geprobeerd een privédetective in te schakelen, maar kwam er algauw achter dat ze hun werk niet pro Deo doen, zoals sommige advocaten. Daarom heb ik oppasbaantjes gezocht bij leraren thuis. Aan het begin van deze zomervakantie wilde ik genoeg geld bij elkaar hebben om in ieder geval te zorgen dat er iemand geïnteresseerd is. Plus dat ik mezelf getraind heb als doe-het-zelfdetective.

Voor bijna elke onlinezoekmachine om vermiste personen op te sporen moet je geld betalen, en wel met behulp van een creditcard. Ik had geen van beide. Maar ik heb wel een nuttig handboek opgeduikeld op een kerkbazaar: *Hoe word ik privédetective?* Eén hoofdstuk ken ik inmiddels uit mijn hoofd: 'Het opsporen van vermiste personen.'

Volgens het boek zijn er drie soorten vermiste personen:

1. Mensen die eigenlijk niet vermist zijn, maar die een leven en een vriendenkring hebben waar jij geen deel van uitmaakt. Exvriendjes en huisgenoten uit je studententijd met wie je het contact verloren hebt horen in deze categorie.
2. Mensen die eigenlijk niet vermist zijn, maar gewoon niet gevonden willen worden. Zoals lakse vaders die geen alimentatie willen betalen en maffiagetuigen.

3. Alle anderen. Weggelopen pubers en kinderen die zijn ontvoerd door engerds in raamloze witte bestelbusjes.

Als speurder kun je iemand alleen vinden omdat een heleboel mensen weten waar de vermiste persoon is. Maar jij weet het niet, dus moet je op zoek naar iemand die het wél weet.

Mensen die verdwijnen hebben zo hun redenen. Misschien hebben ze de verzekering opgelicht of houden ze zich schuil voor de politie. Misschien hebben ze besloten om opnieuw te beginnen. Misschien zitten ze tot hun nek in de schulden. Misschien hebben ze een geheim dat niemand mag ontdekken. *Hoe word ik privédetective?* zegt dat de eerste vraag die je jezelf moet stellen is: wil deze persoon gevonden worden?

Al twijfel ik eraan of ik het antwoord wil horen. Als mijn moeder uit vrije wil is weggelopen, hoef ik haar misschien alleen te laten weten dat ik haar nog steeds zoek. Als zij eenmaal weet dat ik haar na tien jaar nog steeds niet vergeten ben, komt ze misschien uit zichzelf bij me terug. Soms denk ik dat het makkelijker voor me zou zijn om te horen dat mijn moeder tien jaar geleden gestorven is dan dat ze nog leeft en besloten heeft om niet terug te komen.

Volgens het boek lijkt het terugvinden van een vermiste persoon op het oplossen van een woordzoeker. Je hebt alle letters voor je, maar je moet ze zo verbinden dat het juiste woord eruit springt. Informatiewinning is het wapen van de privédetective en feiten zijn je vrienden. Naam, geboortedatum, burgerservicenummer, bezochte scholen. Gegevens over militaire dienst, arbeidsverleden, vrienden en familieleden. Hoe dieper je graaft, hoe groter de kans dat je iemand vindt die ooit een praatje heeft gemaakt met de vermiste persoon over zijn droomvakantie of droombaan.

Wat doe je met deze feiten? Nou, eerst gebruik je ze om dingen uit te sluiten. Mijn allereerste speurtocht op internet was toen ik elf was. Ik heb toen de database Overleden Personen van de socialeverzekeringsbank afgezocht naar mijn moeders naam.

Ze werd niet vermeld als overleden, maar dat zegt mij nog niet alles. Ze kan in leven zijn. Ze kan een andere naam hebben aangenomen. Ze kan dood zijn en niet geïdentificeerd. Een Jane Doe, heet dat.

Ze zat niet op Facebook of Twitter of op Classmates.com, of het alumninetwerk van Vassar College, waar ze gestudeerd heeft. Maar ja, mijn moeder ging altijd zo op in haar werk en haar olifanten, dat ik me niet kan voorstellen dat ze veel tijd zou hebben voor socialenetwerksites.

Er stonden 367 Alice Metcalfs in onlinetelefoongidsen. Ik heb er twee of drie per week gebeld, zodat mijn oma niet zou flippen vanwege een torenhoge telefoonrekening vol geregistreerde langeafstandsgesprekken. Ik heb een heleboel berichten ingesproken. Een heel lieve oude dame in Montana bood aan om te bidden voor mijn moeder. Een andere vrouw, die werkte als televisieproducent bij een nieuwszender in Los Angeles, beloofde mijn probleem als humaninterestverhaal aan haar baas voor te leggen. Maar wie ik ook aan de lijn kreeg, mijn moeder was er niet bij.

Het boek gaf nog meer tips. Zoeken in databases van gevangenissen, registraties van handelsmerken, zelfs in de genealogische gegevens van de Kerk van Jezus Christus van de Heiligen der Laatste Dagen. Ik heb het allemaal geprobeerd, maar zonder resultaat. Toen ik 'Alice Metcalf' googelde, kreeg ik juist te veel resultaten: meer dan anderhalf miljoen. Dus heb ik het beperkt tot zoeken naar 'Alice Kingston Metcalf olifanten rouw' en kreeg een opsomming van al haar wetenschappelijk onderzoek, grotendeels verricht vóór 2004.

Maar op de zestiende pagina met Google-zoekresultaten stond een artikel vermeld in een onlinepsychologieblog over het rouwproces van dieren. In alinea vier werd Alice Metcalf als volgt geciteerd: 'Het is egoïstisch om te denken dat mensen een monopolie hebben op verdriet. Er is bewijsmateriaal te over dat olifanten rouwen om het verlies van dierbaren.' Het was een kort, weinig opzienbarend citaat. Iets wat ze zo vaak gezegd had in andere tijdschriften en wetenschappelijke artikelen.

Maar dit blogartikel was uit 2006.

Twee jaar na haar verdwijning.

Hoewel ik een jaar lang het internet heb afgezocht, heb ik geen enkel ander bewijs gevonden van mijn moeders bestaan. Ik weet niet of de datum van het onlineartikel een typefout was, of het citaat van mijn moeder in werkelijkheid jaren ouder was en of mijn moeder – schijnbaar springlevend in 2006 – nog steeds springlevend is.

Ik weet alleen dat ik het gevonden heb. En het ís een begin.

Ik heb het niet gelaten bij de tips uit *Hoe word ik privédetective?* Ik heb een bericht gepost op vermiste personen-Listservs. Ooit heb ik me op een jaarmarkt opgeworpen als vrijwilliger voor een hypnotiseur, om me in aanwezigheid van een patat en worstenbroodjes etende mensenmenigte te laten hypnotiseren. Ik hoopte natuurlijk dat die man de herinneringen die diep in mij vastzitten naar boven zou halen. Maar het enige wat hij zei, was dat ik in een vorig leven keukenmeid in een hertogelijk paleis was geweest. Ik heb ook nog een gratis toegankelijke lezing over lucide dromen bijgewoond in de bibliotheek, om trucjes te leren om mijn koppig gesloten geest via dromen open te wrikken. Helaas ging het vooral over het schrijven van een boeiend dagboek en weinig anders.

Vandaag ga ik voor de eerste keer naar een paragnost.

Waarom ik niet eerder ben gegaan? Ten eerste omdat ik niet genoeg geld had. Ten tweede had ik geen idee waar ik een goede paragnost kon vinden. Ten derde is het niet bepaald wetenschappelijk verantwoord en als ik íéts heb opgestoken van mijn afwezige moeder, dan is het om me te houden aan de tastbare feiten. Maar twee dagen geleden was ik bezig de aantekeningen van mijn moeder te ordenen, toen er een bladwijzer uit een schrift viel.

Het was eigenlijk geen bladwijzer. Het was een origamiolifant, gevouwen van een dollarbiljet.

Zomaar ineens herinnerde ik me mijn moeders handen die over een papiertje vlogen, snel omvouwend en weer terugvouwend. Ik herinnerde me dat ze doorging tot ik mijn babygehuil staakte, compleet in de ban van het papieren speelgoedje dat ze voor me had gemaakt.

Ik had het dollarolifantje aangeraakt alsof ik verwachtte dat het in rook op zou gaan. En toen viel mijn oog op de geopende pagina van het schrift, op een paragraaf die er plotseling uit sprong alsof hij in neonletters was geschreven:

Collega's kijken altijd vreemd op als ik tegen hen zeg dat de beste onderzoekers weten dat twee tot drie procent van welk onderwerp ze ook bestuderen simpelweg niet te kwantificeren valt. Misschien is er magie in het spel, buitenaardse wezens of de een of andere willekeurige afwijking, niets van dat alles valt volledig uit te sluiten. Als wij als wetenschappers betrouwbaar willen zijn, moeten we toegeven dat er wellicht een paar dingen zijn die we niet geacht worden te weten.

Dat zag ik als een teken.

Ieder ander op deze wereld zou liever naar een meesterlijk vouwkunstwerkje kijken dan naar het originele platte vel papier, maar ik niet. Ik wilde bij het begin beginnen. Dus frutselde ik urenlang om mijn moeders olifantje te ontvouwen terwijl ik me inbeeldde dat ik de warmte van haar vingertoppen nog voelde in het papier. Ik deed het stap voor stap, alsof ik een operatie uitvoerde, tot ik de dollar precies zo kon vouwen als zij het had gedaan. Tot er een kudde van zes nieuwe groene miniolifantjes over mijn bureau marcheerde. Ik bleef de hele dag oefenen en elke keer als het weer lukte, gloeide ik van trots. Die avond viel ik in slaap met een verzonnen filmscène in mijn hoofd, waarin ik eindelijk mijn vermiste moeder terugvond. Zij wist eerst niet dat ik het was, tot ik voor haar ogen een dollarbiljet tot een olifantje vouwde. Toen knuffelde ze me. En liet me niet meer los.

Het zou je verbazen hoeveel paragnosten er in de gele gids staan. New age spirituele gidsen, Paragnostisch advies van Laurel, Priesteres leest tarot, Readings door Kate Kimmel, De Herrijzende Feniks – adviezen voor liefde, rijkdom en geluk.

Het Tweede Gezicht van Serenity, Cumberland Street, Boone.

Serenity had geen grote advertentie of een gratis informatienummer of zelfs maar een achternaam. Maar ze woonde op fietsafstand van mijn huis en ze was de enige die een reading in de aanbieding had voor de spotprijs van tien dollar.

Cumberland Street is in een buurt waar ik van mijn oma eigenlijk niet mag komen. En 'straat' is een groot woord voor de korte steeg met een failliete, dichtgetimmerde supermarkt en een duister kroegje met twee houten borden bij de ingang. Het ene biedt whiskyshots aan voor twee dollar vóór vijf uur 's middags en op het andere lees ik: TAROT, $ 10, 14R.

Wat is 14R? Een leeftijdseis? Een behamaat?

Mooi dat ik mijn fiets hier niet op straat achterlaat, want ik kan hem niet op slot zetten. In de fietsenstalling op school of in de enige winkelstraat die Boone rijk is hoeft dat niet, maar deze buurt is een ander verhaal. Dus sjouw ik mijn fiets het open gangetje in links naast de cafédeur, waar het naar bier en zweet ruikt, en sleep hem mee de trap op. Boven is een soort halletje met een simpele houten deur, waarnaast 14R staat aangegeven. READINGS DOOR SERENITY, verkondigt een kartonnen bord op de deur.

De muren van het halletje zijn bedekt met loskomend katoenfluweelbehang. Er zitten gele vlekken op het plafond en het ruikt er sterk naar potpourri. Er staat een gammel bijzettafeltje, gestut door een telefoonboek, met een porseleinen schaal vol visitekaartjes: SERENITY JONES, PARAGNOST.

Er is niet veel ruimte voor mij en mijn fiets in het halletje. Ik probeer mijn karretje tegen de muur te laten leunen door het in een soort halve cirkel te sjorren.

Ik hoor de gedempte stemmen van twee vrouwen aan de andere kant van de houten deur. Zal ik aankloppen om Serenity te laten weten dat ik er ben? Maar daar moet ze natuurlijk allang van op de hoogte zijn als ze een beetje goed is in haar werk.

Voor de zekerheid hoest ik een keer. Hard. Met de fiets tegen mijn heup gedrukt leg ik mijn oor tegen de deur.

Je piekert over een belangrijke beslissing.

Iemand snakt naar adem, dan hoor ik een andere stem: *Hoe wist je dat?*

Je twijfelt er ernstig aan of datgene wat je besluit de juiste weg is.

Dan de andere stem weer: *Het is zo moeilijk geweest zonder Bert.*

Hij is hier op dit moment. En hij wil je laten weten dat je moet doen wat je hart je ingeeft.

Stilte. Dan: *Dat is niets voor Bert.*

O, nee. Dit was iemand ánders die over je waakt.

Tante Louise?

Inderdaad! Ze zegt dat jij altijd haar lieveling bent geweest.

Ik kan me niet inhouden, ik proest het uit. Dat gaat lekker zo, Serenity, denk ik.

Misschien heeft ze me gehoord, want het gesprek aan de andere kant van de deur valt stil. Ik buig me naar voren om nog iets te kunnen opvangen en stoot mijn fiets omver. Ik probeer mijn evenwicht te bewaren, maar struikel over de uiteinden van mijn moeders sjaal die is losgegaan. Mijn fiets en ik tuimelen boven op het tafeltje en de schaal valt op de vloer in scherven.

De deur wordt opengerukt en ik kijk op, zittend tussen het frame van mijn fiets terwijl ik de stukken porselein bij elkaar raap. 'Wat gebeurt hier?'

Serenity Jones is een lange vrouw met roze haar dat als een suikerspin is opgestoken boven op haar hoofd. Haar lippenstift is even roze als haar kapsel. Het is heel gek, maar ik heb het gevoel dat ik haar ergens van ken. 'Bent u Serenity?'

'Wie ben jij?'

'Dat hoort u toch te wéten?'

'Ten eerste ben ik niet u, maar je. Ten tweede ben ik helderziend, niet alwetend. Als ik alwetend was, dan woonde ik in een betere buurt en zou ik mijn dikke winst laten wegsluizen naar de Kaaimaneilanden.'

Haar stem klinkt sleets, zoals een bank met kapotte veren. Dan ziet ze de porseleinscherven in mijn hand. 'Wat heb je gedáán? Dat was de waarzeggersschaal van mijn grootmoeder!'

Een waarzeggersschaal? Ik heb geen idee wat dat is. Maar ik zit in de puree, dat is duidelijk.

'Sorry. Het ging per ongeluk...'

'Heb je enig idee hoe oud dit ding is? Het is een erfstuk! Als mijn moeder dit wist, zou ze zich omdraaien in haar graf.' Ze grabbelt wat scherven bijeen en drukt de randen tegen elkaar, alsof ze op magische wijze aan elkaar vast zouden blijven kleven.

'Zal ik hem proberen te lijmen?'

'Tenzij jij kunt toveren, zie ik dat nog niet gebeuren. Mijn moeder én mijn grootmoeder zouden een rolberoerte krijgen als ze dit nog hadden meegemaakt. Waar zit je gezonde verstand, kind!'

'Als die schaal zo kostbaar is, waarom laat je hem dan rondslingeren in je halletje?'

'Waarom probeer jíj je fiets te stallen in een ruimte zo groot als een bezemkast?'

'Ik was bang dat hij gejat zou worden als ik hem beneden liet staan,' zeg ik, overeind krabbelend. 'Ik zal betalen voor die gebroken schaal, oké?'

'Meisje, de verkoop van padvinderskoekjes brengt echt niet genoeg op om een antieke schaal uit 1858 te vergoeden.'

'Ik verkoop geen koekjes,' zeg ik. 'Ik kom hier voor een reading.'

Ze verstijft. 'Ik werk niet met kinderen.'

'Ik ben ouder dan ik eruitzie.' Dat is echt zo. Iedereen denkt dat ik nog in de middenbouw van de basisschool zit, in plaats van op de middelbare school.

De vrouw die daar binnen bezig was met een reading staat ineens in de deuropening. 'Serenity? Gaat het wel met je?'

Serenity komt in beweging en struikelt prompt over mijn fiets. 'Ja hoor, prima.'

Ze werpt me een zuur glimlachje toe. 'Ik kan je niet helpen.'

'Párdon?' zegt de cliënte.

'U niet, mevrouw Langham,' antwoordt Serenity snel, en dan mompelt ze tegen mij: 'En nou wegwezen, jij. Anders bel ik de politie wegens vernieling.'

Misschien wil mevrouw Langham geen paragnost die gemeen doet tegen kinderen, of misschien wil ze niet in de buurt zijn als de politie hierheen komt. Hoe dan ook, ze kijkt Serenity aan alsof ze nog iets wil zeggen, maar dan dringt ze zich langs ons heen en holt de trap af.

'Mooie boel,' bromt Serenity. 'Dankzij jou ben ik een onbetaalbaar erfstuk kwijt én loop ik tien dollar mis.'

'Ik betaal het dubbele,' gooi ik eruit. Ik heb achtenzestig dollar. Het is alles wat ik het afgelopen jaar verdiend heb met babysitten en heb opgespaard om een privédetective in te schakelen. Ik ben er niet van overtuigd dat Serenity betrouwbaar is. Maar ik heb er wel twintig dollar voor over om daarachter te komen.

Ze fleurt een beetje op als ze dat hoort. 'Voor jou,' zegt ze, 'maak ik een uitzondering.'

Ze zwaait de deur verder open en een doodgewoon ingerichte woonkamer komt in beeld, met een bank, een salontafel en een televisie. Het ziet eruit als bij mijn oma thuis, wat een beetje teleurstellend is. Je zou niet zeggen dat hier een paragnost woont. 'Is er iets?' vraagt ze.

'Ik denk dat ik een kristallen bol had verwacht of zoiets. Of een kralengordijn.'

'Dat kost extra geld, hoor.'

Ik kijk haar aan, want ik weet niet zeker of ze een grapje maakt. Ze ploft neer op de bank en gebaart naar een stoel. 'Ga zitten. Hoe heet je?'

'Jenna Metcalf.'

'Oké, Jenna,' zegt ze zuchtend. 'Vooruit met de geit.'

Ze geeft me een in leer gebonden organizer en vraagt me mijn naam, adres en telefoonnummer op te schrijven.

'Waarom?'

'Zodat ik je achteraf nog iets kan doorgeven. Als een geest een boodschap voor je heeft of zo. Snap je?'

Het lijkt me waarschijnlijker dat ze me e-mails wil sturen met de belofte van twintig procent korting op mijn volgende reading. Maar ik pak de organizer aan en schrijf me in. Ik heb zweethanden. Nu het moment is aangebroken, begin ik bedenkingen te krijgen. Het ergste wat me kan gebeuren is dat Serenity Jones een oplichtster blijkt te zijn, zodat ik weer terug ben bij af wat het mysterie van mijn moeder betreft.

Nee. Het ergste wat me kan gebeuren, is dat Serenity Jones een begaafd paragnost blijkt te zijn en dat ik óf te horen krijg dat mijn moeder me uit vrije wil heeft verlaten, óf dat mijn moeder dood is.

Ze pakt de tarotkaarten en begint ze te schudden. 'Wat ik je tijdens deze reading ga vertellen, kun je misschien vooralsnog niet plaatsen. Maar onthou de informatie. Er kan een dag komen dat je iets hoort waardoor je ineens begrijpt wat de geesten jou vandaag probeerden duidelijk te maken.' Ze zegt het zoals een stewardess uitlegt hoe je je veiligheidsgordel vast- en losmaakt. Dan overhandigt ze me de kaarten om er drie stapeltjes van te maken. 'Wat wil je weten? Wie er een oogje op je heeft? Of je hoog gaat scoren voor Engels? Welke opleiding je moet kiezen na de middelbare school?'

'Dat hoef ik allemaal niet te weten.' Ik geef haar de hele stapel kaarten terug. 'Mijn moeder is tien jaar geleden verdwenen,' zeg ik. 'En ik wil dat je me helpt om haar te zoeken.'

Uit mijn moeders aantekeningen van haar veldonderzoek ken ik één stuk uit mijn hoofd. Soms, als ik me verveel tijdens een lesuur, schrijf ik die passage in mijn eigen notitieblok op en probeer haar handschrift zo goed mogelijk na te bootsen.

Het is uit haar tijd in Botswana, na haar promotie, toen ze in het Tuli Block vervolgonderzoek deed naar rouw bij olifanten in het wild. Ze deed verslag van de dood van een olifant, het kalf van Kagiso, een vijftienjarig vrouwtje. Kagiso kalfde even na zonsondergang en de baby was óf doodgeboren, óf stierf heel kort erna. Volgens mijn moeders notities was dit niet ongebruikelijk als een olifant haar eerste kalf wierp. Maar Kagiso's reactie was wél vreemd.

Dinsdag
9.45: Kagiso staat naast kalf, in de volle zon op een open plek. Streelt de kop en tilt het slurfje op. Kalf beweginglooss sinds 6.35.
11.52: Kagiso bedreigt andere vrouwtjes, Aviwe en Cokisa, als zij lichaam van kalf komen inspecteren.
15.15: Kagiso blijft in beschermhouding boven kalf staan. Raakt het aan met haar slurf. Probeert het op te tillen.

Woensdag
6.36: Ben ongerust over Kagiso, die niet naar drinkplaats is geweest.
10.42: Kagiso schopt struikjes over kalf heen. Breekt takken af om als bedekking te gebruiken.
15.46: Snikheet. Kagiso gaat naar drinkplaats en komt terug. Blijft bij kalf in de buurt.

Donderdag
6.56: Drie leeuwinnen naderen. Beginnen karkas van kalf weg te slepen. Kagiso valt aan, zij rennen weg in oostelijke richting. Kagiso neemt opnieuw beschermhouding aan. Brult.
8.20: Blijft brullen.
11.13: Kagiso staat nog steeds in beschermhouding boven dode kalf.
21.02: Drie leeuwen eten van het karkas. Kagiso nergens te zien.

Onder aan de pagina had mijn moeder geschreven:

Kagiso verlaat het lijk van haar kalf na er drie dagen bij gewaakt te hebben.
Uit onderzoek is bekend dat een olifantenkalf onder de twee jaar het niet overleeft als de moeder overlijdt.
Tot nu toe is er niets geschreven over wat er met de moeder gebeurt die haar baby verliest.

Op het moment dat mijn moeder dit schreef, wist ze niet dat ze al zwanger was van mij.

'Ik doe geen vermiste personen,' zegt Serenity op een toon die geen tegenspraak duldt.

'Je werkt niet met kinderen,' zeg ik terwijl ik aftel op mijn vingers, 'je doet geen vermiste personen. Wat doe je eigenlijk wél?'

Ze knijpt haar ogen tot spleetjes. 'Van alles. Wil je energetische therapie? Geen probleem. Tarot? Prima. Communiceren met een overledene? Dan ben je aan het juiste adres.' Ze leunt ver naar voren, zodat ik begrijp dat het menens is. 'Maar ik doe géén vermiste personen.'

'Je bent toch paragnost?'

'Iedere paragnost heeft weer andere gaven,' zegt ze. 'De toekomst voorspellen, aura's lezen, channeling, telepathie. Ik heb iets meegekregen, maar dat betekent niet dat ik je de hele bubs kan aanbieden.'

'Ze is tien jaar geleden verdwenen,' vervolg ik, alsof Serenity niets heeft gezegd. Ik zit even te dubben of ik haar zal vertellen over de vertrapping, of dat mijn moeder naar het ziekenhuis is gebracht. Maar ik zeg er niets over. Ik wil Serenity geen antwoorden in de mond leggen. 'Ik was pas drie.'

'De meeste vermiste personen verdwijnen omdat ze dat willen,' zegt Serenity.

'Maar niet allemaal,' antwoord ik. 'Ze heeft me niet in de steek gelaten, dat weet ik gewoon.' Aarzelend doe ik mijn moeders sjaal af en houd hem Serenity voor. 'Deze was van haar. Zou dat helpen...?'

Serenity raakt de sjaal niet aan. 'Ik heb niet gezegd dat ik haar niet zou kúnnen vinden. Ik bedoelde dat ik het niet wíl.'

Dit had ik niet verwacht. 'Waarom niet?' vraag ik stomverbaasd. 'Waarom zou je me niet willen helpen als je het wel kunt?'

'Zeg jongedame, ik ben verdorie Moeder Teresa niet!' valt ze uit. Ze wordt knalrood. Ik vraag me af of ze haar eigen naderende dood door hoge bloeddruk al heeft kunnen voorspellen. 'Sorry, hoor,' zegt ze, en ze verdwijnt naar de gang. Even later hoor ik een kraan lopen.

Ze blijft vijf minuten weg. Tien. Ik sta op en begin door de kamer te drentelen. Op de schoorsteenmantel staan foto's van Serenity samen met George en Barbara Bush, met Cher en met die gast uit *Zoolander*. Ik snap er niets van. Waarom moet iemand die dikke maatjes is met beroemdheden haar kostje bij elkaar scharrelen door readings te doen voor tien dollar in Nergenshuizen, New Hampshire?

Ik hoor de wc doorspoelen, sprint naar de bank en ga weer zitten, alsof ik al die tijd geen vin heb verroerd. Serenity komt binnen met een beheerst gezicht. Haar roze pony is vochtig, alsof ze water op haar gezicht heeft gespat.

'Ik zal hier geen honorarium voor vragen,' zegt ze, en ik snuif verachtelijk. 'Ik vind het heel erg van je moeder. Misschien kan iemand anders je vertellen wat je wilt horen.'

'Wie dan?'

'Ik heb geen idee. We hebben nu eenmaal geen beroepsvereniging of een paragnostencafé waar we op vaste tijden rondhangen.' Ze loopt naar de deur en zwaait hem wijd open, ze wil me duidelijk weg hebben. 'Als ik over iemand hoor die dat soort zaken behandelt, laat ik het je weten.'

Ze liegt waarschijnlijk dat ze barst, om te zorgen dat ik zo snel mogelijk opduvel. Ik stap het halletje in en trek mijn fiets overeind. 'Als je haar niet voor me wilt zoeken,' zeg ik, 'kun je me dan ten minste vertellen of ze dood is?'

Ongelooflijk dat ik dat zomaar vraag. Mijn woorden hangen tussen ons in als een gordijn waardoorheen we elkaar niet duidelijk kunnen zien. Even overweeg ik om mijn fiets te pakken en ermee de trap af te hollen, voor ik gedwongen ben het antwoord aan te horen.

Serenity trilt alsof ik haar heb aangeraakt met een taser. 'Ze is niet dood.'

Terwijl ze de deur voor mijn neus dichtdoet, vraag ik me af of ook dit een vierkante leugen is.

Ik ga niet meteen naar huis, maar fiets vijf kilometer langs de rand van Boone over een onverharde weg naar het Stark Nature Preserve, vernoemd naar de Amerikaanse generaal die het staatsmotto heeft bedacht: 'In vrijheid leven of sterven.' Maar tien jaar geleden was hier nog het New England Elephant Sanctuary, het olifantenreservaat dat opgericht werd door mijn vader, Thomas Metcalf. Destijds was het ruim duizend hectare, met twee hectare tussen de uiterste grens van het reservaat en het dichtstbijzijnde woonhuis. Nu is meer dan de helft van het gebied in beslag genomen door een nieuwe winkelpromenade, een gigantische zelfbedieningsgroothandel en een nieuwe woonwijk in aanbouw. De rest wordt in beheer gehouden door de staat.

Ik zet mijn fiets neer en loop twintig minuten, langs het berkenbos en de grote, nu met onkruid overwoekerde vijver waar de olifanten dagelijks kwamen drinken. Ten slotte kom ik bij mijn lievelingsplek, onder een dikke eik met verdraaide armen als van een heks. Hoewel de bosgrond bedekt is met mos en varens in deze tijd van het jaar, strekt zich onder deze boom een weelderig tapijt van felpaarse paddenstoelen uit. Het lijkt op een oord waar elfjes zouden wonen, als ze echt bestonden.

Ze heten *Laccaria amethystina*. Ik heb het opgezocht op internet. Dat leek me echt iets wat mijn moeder ook gedaan zou hebben als zij ze had gezien.

Ik ga midden tussen de paddenstoelen zitten. Je zou denken dat ik de hoeden zou pletten, maar ze geven mee onder mijn gewicht. Ik raak de onderkant van een paddenstoel aan. Van die accordeonachtige plooitjes die fluweelzacht aanvoelen en toch stevig zijn, net als het uiteinde van een olifantenslurf.

Op deze plek heeft Maura vroeger haar kalf begraven, de enige olifant die ooit is geboren in het reservaat. Ik was te jong om het me te herinneren, maar ik heb erover gelezen in de aantekeningen van mijn moeder. Maura was al drachtig toen ze in het reservaat arriveerde, hoewel de dierentuin waaruit ze afkomstig was dat niet wist. Bijna vijftien maanden na haar aankomst werd haar kalf dood geboren. Maura droeg hem naar de plaats onder de eik en dekte hem toe met dennennaalden en takken. De volgende lente schoten een heleboel prachtige violette paddenstoelen uit de grond op die plek, waar het dode kalf inmiddels opnieuw was begraven door het personeel van het reservaat.

Ik pak mijn mobiele telefoon uit mijn zak. De enige positieve kant aan de verkoop van de helft van het terrein is dat er nu vlakbij een enorme gsm-antennemast staat. Het bereik is hier waarschijnlijk beter dan in de rest van New Hampshire. Ik open een zoekmachine en typ: 'Serenity Jones paragnost.'

Het eerste wat ik lees is de pagina op Wikipedia:

Serenity Jones (geb. 1 november 1966) is een Amerikaanse helderziende en medium. Ze was meerdere keren te zien op Good Morning America *en had haar eigen televisieshow,* Serenity!, *waarin ze cold readings deed van het publiek en individuele readings voor gasten. Ze was gespecialiseerd in vermissingszaken.*

Vermissingszaken? Nou breekt mijn klomp.

Ze werkte samen met verschillende politiediensten en de FBI *en beweerde een slagingspercentage van achtentachtig procent te heb-*

ben. Maar haar mislukte voorspelling wat betreft de ontvoerde zoon van senator John McCoy werd breed uitgemeten in de media en leidde ertoe dat de familie aangifte deed. Sinds 2007 is Jones niet meer in de openbaarheid getreden.

Is het mogelijk dat een beroemd medium – ook al is ze in ongenade gevallen – van de aardbodem verdwijnt, om zeven jaar later op te duiken in Boone, New Hampshire? Jazeker. Als er één plek bestaat waar je een onopvallend leven kunt leiden, dan is het mijn woonplaats, waar de spannendste gebeurtenis van het jaar de Koeienplons is tijdens de zomervakantie.

Ik bestudeer een lijst van Serenity's in het openbaar gedane voorspellingen.

In 1999 vertelde Jones aan Thea Katanopoulis dat haar zoon Adam, die al zeven jaar werd vermist, in leven was. In 2001 werd Adam opgespoord terwijl hij aan het werk was op een koopvaardijschip voor de kust van Afrika.

Jones voorspelde feilloos de vrijspraak van O.J. Simpson en de grote aardbeving in 1989.

In 1998 zei Jones dat de volgende presidentsverkiezingen zouden worden uitgesteld. Hoewel de verkiezingen in 2000 niet werden uitgesteld, werden de officiële resultaten pas na 36 dagen bekendgemaakt.

In 1998 vertelde Jones de moeder van de vermiste studente Kerry Rashid dat haar dochter werd doodgestoken en dat met behulp van DNA *de onschuld van de man die veroordeeld was voor de misdaad zou worden aangetoond. In 2004 werd Orlando Ickes inderdaad vrijgelaten als gevolg van het Innocence Project en in plaats van hem werd zijn voormalige kamergenoot aangeklaagd voor de moord.*

In 2001 vertelde Jones aan de politie dat Chandra Levy's stoffelijk overschot zou worden gevonden in een dichtbebost gebied op een helling. Het jaar daarop werd het lichaam gevonden in Rock Creek Park in Maryland, op een steile helling. Ze voorspelde eveneens dat Thomas Quintanos IV, *een brandweerman uit New*

York die de dood zou hebben gevonden na 9/11, nog in leven was. En inderdaad werd hij vanonder het puin bevrijd, vijf dagen na de aanslag op het World Trade Center.

In haar tv-show in 2001 leidde Jones de politie voor de camera naar het huis van postbode Earlen O'Doule in Pensacola, Florida. In de kelder van de woning vonden ze een geheime vergrendelde kamer, waar Justine Fawker gevangenzat, die acht jaar eerder op elfjarige leeftijd werd ontvoerd en van wie men vermoedde dat ze dood was.

In haar tv-show in november 2003 vertelde Jones aan senator John McCoy en zijn vrouw dat hun ontvoerde zoon nog in leven was en dat ze hem zouden vinden op een busstation in Ocala, Florida. Het stoffelijk overschot van de jongen werd daar in staat van ontbinding aangetroffen.

Vanaf dat moment was het bergafwaarts gegaan met Serenity Jones.

In december 2003 vertelde Jones de weduwe van een gesneuvelde marinier dat ze zou bevallen van een gezonde jongen. Veertien dagen later kreeg de vrouw een miskraam.

In januari 2004 vertelde Jones aan Yolanda Rawls uit Orem, Utah, dat haar vermiste vijfjarige dochter, Velvet, was gehersenspoeld en werd opgevoed door een mormoons gezin, wat leidde tot een golf van protest in Salt Lake City. Een halfjaar later bekende Yolanda's vriend de moord op het meisje. Hij wees de politie een ondiep graf aan in de buurt van de plaatselijke vuilstortplaats.

In februari 2004 voorspelde Jones dat de stoffelijke resten van Jimmy Hoffa zouden worden ontdekt, ingemetseld in het cement van de muren van een bomkelder, gebouwd door de Rockefellers in Woodstock, Vermont. Dit bleek onjuist.

In maart 2004 verklaarde Jones dat Audrey Seiler, een vermiste studente aan de universiteit van Madison, slachtoffer was geworden van een seriemoordenaar. Seiler bleek haar eigen ontvoering te hebben geënsceneerd in een poging de aandacht van haar vriendje te trekken.

In mei 2007 voorspelde ze dat Madeleine McCann, die verdween tijdens een vakantie met haar ouders in Portugal, in augustus weer terecht zou zijn. Deze zaak is nog steeds niet opgelost.

Sindsdien heeft ze geen voorspellingen meer gedaan in het openbaar. Het lijkt erop dat zíj vermist is geraakt.

Geen wonder dat ze niet 'met kinderen werkt'.

Tja, ze heeft een kolossale blunder begaan door die foute voorspelling in de zaak-McCoy, maar toch had ze voor de helft gelijk. Ze hebben de vermiste jongen wél gevonden, hij leefde alleen niet meer. Botte pech voor haar dat – na een hele rits successen – bij haar eerste misser een superberoemde politicus betrokken was.

Er zijn foto's van Serenity op de Grammy Award-uitreiking met Snoop Dogg en tijdens het jaarlijkse persdiner in het Witte Huis met George W. Bush. Er staat ook nog een foto in de rubriek Modepolitie van *US Weekly*, die Serenity toont met twee reusachtige zijden rozetten op haar borsten genaaid.

Ik klik op mijn YouTube-app en voer Serenity's naam in en die van senator McCoy. Er wordt een filmpje geladen dat Serenity toont op de set van een tv-show, met haar enorme ijscoachtige haarknoet en in een broekpak dat net iets donkerder roze is. Tegenover haar op een paarse bank zit senator McCoy, een man met een kaak die je kunt gebruiken om rechte hoeken mee te meten, en een perfect zilverachtige grijstint bij zijn slapen. Zijn vrouw zit naast hem en klemt zijn hand vast.

Ik heb weinig met politiek, maar in de geschiedenislessen bij mij op school werd senator McCoy aangehaald als klassiek voorbeeld van een politiek fiasco. Hij was klaargestoomd voor de race naar het presidentschap, hing rond met de Kennedy's in Hyannisport en had een partijpolitieke toespraak gehouden op de Nationale Democratische Conventie. Maar toen werd zijn zevenjarige zoon ontvoerd van het schoolterrein van zijn privéschool.

In het filmfragment buigt Serenity zich naar de politicus. 'Senator McCoy,' zegt ze, 'ik heb een visióén gehad.'

Dan richt de camera zich op een gospelkoor op de set. 'Een visioen!' zingen ze uit volle borst, als een muzikale onderstreping.

'Een visioen van uw zoontje...' Serenity zwijgt even en vervolgt: 'Levend en wel.'

Mevrouw McCoy valt haar man snikkend in de armen.

Ik vraag me af of Serenity senator McCoy expres heeft uitgekozen. Heeft ze echt een visioen gehad van dat jochie, of wilde ze gewoon een graantje meepikken van de mediahype rondom de kidnapping?

Het filmpje toont nu de busterminal in Ocala. Daar is Serenity, die met de McCoys het gebouw in gaat. Ze lopen in een zombieachtige trance naar een verzameling kluisjes vlak bij de herentoiletten. 'Henry?' roept mevrouw McCoy, terwijl Serenity een politieagent instrueert om kluis 341 open te maken. Er komt een goor uitziende koffer in beeld, die de agent verder tevoorschijn trekt terwijl iedereen achteruitdeinst vanwege de stank van het lijk dat erin zit.

De camera kantelt even en het beeld draait zijwaarts. Dan heeft de cameraman zichzelf weer onder controle, net op tijd om een brakende Serenity te filmen, een flauwgevallen Ginny McCoy én senator McCoy, het goudhaantje van de Democraten, die schreeuwt dat hij moet stoppen met filmen en uithaalt naar de camera.

Serenity Jones was niet alleen in ongenade gevallen, ze werd gehekeld en verguisd. De McCoys hebben haar aangeklaagd en zij heeft uiteindelijk een schadevergoeding betaald. Nadien werd senator McCoy twee keer gearresteerd voor rijden onder invloed, hij trok zich terug uit de Senaat en ging naar een herstellingsoord om zijn 'uitputtingsverschijnselen' te laten behandelen. Zijn vrouw overleed een jaar later aan een overdosis slaappillen. En Serenity werd heel, heel snel onzichtbaar.

De vrouw die zo gigantisch geblunderd had met de McCoys was dezelfde persoon die tientallen verdwenen kinderen had teruggevonden. Zij was de Serenity Jones die nu in het armetierigste deel van de stad woonde en geen cent te makken had. Maar was ze haar gave om vermiste personen op te sporen kwijtgeraakt... of was ze altijd een fake geweest? Was ze ooit een écht medium, of had ze alleen maar veel mazzel gehad?

Misschien is een paranormale gave zoiets als fietsen, iets wat je nooit echt verleert. Misschien komt het terug als je het gewoon nog een kans geeft.

Dus al weet ik vrij zeker dat Serenity Jones mij liever ziet gaan dan komen, ik weet ook dat mijn moeder opsporen precies het setje zijwieltjes is dat ze nodig heeft.

ALICE

We kennen allemaal de uitdrukking: hij heeft een geheugen als een olifant. Dit blijkt geen cliché te zijn, maar een wetenschappelijk feit.

Ik heb eens een Aziatische olifant in Thailand gezien die een kunstje had geleerd. Alle schoolkinderen die naar haar kwamen kijken in het reservaat waar ze gehouden werd, moesten op een rij gaan zitten. Vervolgens werd hun gevraagd om hun schoenen uit te trekken, die door elkaar op een hoop werden gegooid. De mahout die met de olifant werkte, gaf haar de opdracht om alle kinderen hun eigen schoenen terug te geven, en dat deed ze. Zorgvuldig tastte ze met haar slurf de berg schoenen af, pikte er steeds een paar uit en dropte dat feilloos in de schoot van de kleine eigenaar.

In Botswana zag ik een vrouwtjesolifant drie keer een helikopter aanvallen. Er zat een dierenarts in die haar wilde darten met een pijltje uit een verdovingsgeweer, in het kader van een onderzoek. Later, in het reservaat, moesten we een no-flyzone aanvragen omdat de olifanten compleet gestrest raakten door overvliegende traumahelikopters, waardoor ze gevaarlijk dicht samendromden. De enige helikopters die sommige van deze olifanten ooit hadden gezien, waren die van waaruit de rangers hun familie hadden beschoten met Scoline. Dat was vijftig jaar geleden, tijdens de ruiming van olifanten wegens overpopulatie.

Er zijn anekdotes over olifanten die zagen hoe een kuddelid gedood werd door een ivoorstroper, en die daarna 's nachts een dorp aanvielen en degene eruit pikten die het geweer had vastgehouden.

In het Amboseli-ecosysteem in Kenia zijn er twee stammen die van oudsher te maken hebben met de olifanten. De Masai, een herdersvolk dat rode kleding draagt en speren gebruikt om op ze te jagen, en de Kamba, boeren die nooit op olifanten hebben gejaagd.

Uit een onderzoek bleek dat olifanten meer angst toonden als ze kleding roken die ooit gedragen was door de Masai, dan wanneer ze Kambakleding roken. Ze vluchtten sneller en verder weg van de geur van de Masai, en het duurde langer voor ze zich weer ontspanden.

Tijdens dit onderzoek zagen de olifanten overigens nooit de kledingstoffen. Ze baseerden zich louter op verschillende geurprikkels die in de Masai- of Kambakleding waren blijven hangen. (Zo eten de Masai meer dierlijke producten, terwijl van de Kambadorpen bekend is dat er een sterke geur van levende runderen hangt.) Het interessante is dat olifanten heel precies kunnen uitknobbelen wie vriend en wie vijand is. Daar kunnen wij mensen niet aan tippen, als je nagaat dat wij nog steeds 's nachts door donkere steegjes lopen, slachtoffer worden van ponzifraude en ons knollen voor citroenen laten verkopen door dealers in tweedehandsauto's.

Gezien deze voorbeelden zou ik denken dat de vraag niet is of olifanten dingen onthouden. Misschien moeten we ons eerder afvragen: wat zullen ze nooit vergeten?

SERENITY

Ik was acht jaar toen ik besefte dat de wereld vol mensen was die niemand anders kon zien. Zoals de jongen die onder het klimrek kroop bij mij op school, en onder mijn rok gluurde als ik aan de rekstok zwaaide. De oude zwarte vrouw die naar lelies rook, die op de rand van mijn bed kwam zitten en me in slaap zong. Soms, als mijn moeder en ik over straat liepen, voelde ik me net een zalm die stroomopwaarts zwemt. Zó lastig was het om niet tegen de honderden mensen op te botsen die op me afkwamen.

Mijn moeders overgrootmoeder was een volbloed Irokese én sjamaan, en de moeder van mijn vader las theeblaadjes voor haar collega's tijdens rookpauzes in de fabriek waar ze werkte. Niets van dat talent was doorgesijpeld in het bloed van mijn ouders, maar mijn moeder had allerlei verhalen over mij als peuter, waaruit bleek dat ik de Gave had geërfd. Dan zei ik bijvoorbeeld tegen haar dat tante Jeannie ons wilde bellen, en vijf seconden later rinkelde de telefoon. Of ik wilde per se mijn regenlaarsjes aan naar de kleuterschool, al was er geen wolkje aan de lucht, en ja hoor, later op de dag begon het onverwacht te stortregenen. Mijn fantasievriendjes waren niet altijd kinderen. Er kwamen soldaten uit de Amerikaanse Burgeroorlog naar me toe, victoriaanse weduwen en één keer een ontsnapte slaaf van een katoenplantage die Spider heette, met de afdrukken van een touw rond zijn nek. Mijn groepsgenootjes vonden me vreemd en meden me. Daarom besloten mijn ouders van New York naar New Hampshire te verhuizen. De eerste dag dat ik daar naar de basisschool zou gaan, trok mijn moeder me op schoot en zei: 'Serenity, als je niet gekwetst wilt worden, moet je je gave geheimhouden.'

En dat deed ik. Toen ik in de nieuwe klas naast een meisje ging zitten, praatte ik niet met haar tot een ander kind iets tegen haar zei, zodat ik wist dat ik niet de enige was die haar kon zien. Toen mijn juf, mevrouw DeCamp, een pen pakte waarvan ik wist dat hij zou openbarsten en inktvlekken op haar bloes zou maken, beet ik op mijn lip en keek toe hoe het gebeurde in plaats van haar te waarschuwen. Toen de tamme woestijnrat van de school uit zijn kooitje ontsnapte, duwde ik het beeld van het beestje dat over het bureau van de schooldirectrice scharrelde uit mijn hoofd. Tot ik het gegil uit het kantoortje hoorde.

Ik kreeg vriendinnetjes, precies zoals mijn ouders hadden gehoopt. Maureen, bijvoorbeeld, die me uitnodigde om bij haar thuis te komen spelen met haar Polly Pocket-speelgoed. Ze vertelde me echte meisjesgeheimen, zoals dat haar oudste broer *Playboys* onder zijn matras verstopte en dat haar moeder een schoenendoos vol geld had weggemoffeld achter een los paneel in haar klerenkast. Je kunt je dus voorstellen hoe ik me voelde toen Maureen en ik op een dag op het schoolplein speelden en zij me uitdaagde om te zien wie het verste van de schommel kon springen. In een flits zag ik haar op de grond liggen, met naderende ambulancelichten op de achtergrond.

Wat moest ik doen? Ik wilde zeggen dat ze niet moest springen. Maar ze wist niets van mijn gave en ik wilde ook beste vriendinnen met haar blijven. Dus zei ik niets. Toen Maureen tot drie telde en door de lucht zweefde, bleef ik met gesloten ogen op de schommel zitten zodat ik haar niet zag vallen, met haar been in een vreemde hoek onder haar lichaam geklemd.

Mijn ouders hadden me gezegd dat ik mijn helderziendheid moest verbergen als ik niet gekwetst wilde worden. Maar het was beter dat ík gekwetst werd dan dat een ander iets ergs overkwam. Dus besloot ik om altijd mijn mond open te doen als mijn gave me hielp om iets te zien aankomen, wat het me ook zou kosten.

In dit geval kostte het me Maureens vriendschap. Ze noemde mij een griezel en begon op te trekken met de populaire meisjes.

Toen ik ouder werd, kon ik beter bepalen of degene die me aansprak al dan niet een levende persoon was. Dan stond ik bijvoorbeeld met iemand te praten en achter mijn gesprekspartner langs doorkruiste een geest mijn gezichtsveld. Ik wende eraan om er niet op te letten, zoals de meesten van jullie de gezichten van honderden mensen registreren die dagelijks je pad kruisen zonder ze werkelijk te zien. Ik zei tegen mijn moeder dat ze haar remmen moest laten nakijken, nog voor er op het dashboard een waarschuwingslampje was aangegaan. Ik feliciteerde onze buurvrouw met haar zwangerschap, een week voor de huisarts vertelde dat ze een kind verwachtte. Ik spuide alle informatie die ik doorkreeg, zonder me af te vragen óf ik het moest vertellen.

Maar mijn gave was niet allesomvattend. Toen ik twaalf was, brandde de auto-onderdelenzaak van mijn vader tot de grond af. Twee maanden later pleegde hij zelfmoord. Hij liet een verwarde excuusbrief achter, een foto van zichzelf in een galajurk en een berg gokschulden. Niets van dit alles had ik zien aankomen, en je wilt niet weten hoe vaak mensen me gevraagd hebben waarom niet. Ik kan je dit vertellen, ik zou het antwoord zelf ook dolgraag willen weten. Maar ja, ik kan ook de lottonummers niet voorspellen of je adviseren welke aandelen je moet kopen. Die dingen over mijn vader wist ik niet, en jaren later heb ik ook de beroerte van mijn moeder niet voorzien. Ik ben paragnost, niet de tovenaar van Oz. Ik heb me er het hoofd over gebroken of ik een of andere aanwijzing gemist had. Had iemand van gene zijde niet tot me kunnen doordringen? Had ik het te druk gehad met mijn huiswerk Frans? Maar van lieverlee ben ik gaan inzien dat er waarschijnlijk dingen zijn die ik niet verondersteld word te weten. Trouwens, ik wíl ook niet het hele landschap van de toekomst overzien. Als ik dat kon, wat is dan nog het punt van léven?

Mijn moeder en ik verhuisden naar Connecticut, waar zij een baan kreeg als kamermeisje in een hotel. Ik hulde me in zwarte kleren, rommelde wat aan met wicca en probeerde de middelbare school te overleven. Pas tijdens mijn vervolgopleiding begon ik me echt aan mijn gave te wijden. Ik verdiepte me in tarot, deed readings voor studiegenoten en nam een abonnement op het tijdschrift *Fate*. Ik keek zelden mijn studieboeken in, maar las alles wat los- en vastzat over Nostradamus en Edgar Cayce. Ik droeg Guatemalteekse sjaals en gazen rokjes en brandde wierook op mijn studentenkamer. Ik leerde een andere studente kennen, Shanae, die geïnteresseerd was in spiritualiteit en het occulte. Ze kon niet zoals ik communiceren met overledenen, maar ze was hoogsensitief en kreeg buikkramp zodra haar kamergenote menstrueerde. We experimenteerden heel wat af. We deden de gordijnen dicht, zetten kaarsen op de toilettafel en staarden lang genoeg in de spiegel om onze vorige levens te zien. Shanae kwam uit een familie met een lange traditie van helderzienden, en zowel haar oudtante als haar oma – die allebei medium waren – had spirituele gidsen aan gene zijde. Shanae adviseerde me dan ook om mijn spirituele gidsen te vragen zich aan mij bekend te maken. En zo maakte ik officieel kennis met Lucinda, de bejaarde zwarte vrouw die me vroeger in slaap zong, en met Desmond, een homo met een vlijmscherpe tong. Ze waren altijd bij me, als huisdieren die aan mijn voeten lagen te slapen en meteen reageerden zodra ik hun naam riep. Ik praatte constant met mijn spirituele gidsen, wetende dat zij me als geen ander door de geestenwereld konden loodsen en anderen naar mij toe leiden.

Je kunt je geen betere babysitters wensen dan Desmond en Lucinda. Ze lieten me met vallen en opstaan de paranormale wereld ontdekken, zonder dat ik er ooit schade van ondervond. Ze zorgden ervoor dat ik geen demonen tegenkwam, geesten die nooit menselijk zijn geweest. Ze voorkwamen dat ik vragen stelde waarop ik de antwoorden nog niet mocht weten. Ze leerden me mijn gave te beheersen, zodat die niet met míj op de loop ging. Ze leerden me grenzen stellen. Als jouw telefoon 's nachts om de vijf minuten zou gaan, dan zou je gillend gek worden, toch? Zo werkt het ook met het contact met geesten als je er zelf geen paal en perk aan stelt. Desmond en Lucinda leerden me ook dat ik mijn voorspellingen mocht delen als ik ze doorkreeg, maar dat ik niet ongevraagd een reading bij iemand mocht doen. Dat is mij overkomen met andere paragnosten, en echt, het voelt alsof iemand in je ondergoedlade snuffelt terwijl jij niet thuis bent. Of alsof iemand opzettelijk tegen je aan schurkt in een stampvolle lift.

In de zomervakanties deed ik readings voor vijf dollar op de pier van Old Orchard Beach in Maine. Na mijn studie kreeg ik klanten door mond-tot-mondreclame, en verdiende ik de kost met verschillende baantjes. Ik was achtentwintig en werkte als serveerster in een plaatselijk restaurant, toen de gouverneurskandidaat van Maine daar binnenkwam voor een fotomoment met zijn gezin. Terwijl de journalisten plaatjes schoten van hem en zijn vrouw zittend achter een stapel bosbessenpannenkoeken, sprong zijn dochtertje op een barkruk bij het buffet. 'Saai, hè?' zei ik. Ze knikte. Ze was hooguit zeven jaar. 'Heb je trek in warme chocolademelk?' Toen ze de beker aannam en haar hand de mijne raakte, voelde ik een sterke inktzwarte schok, anders kan ik het niet omschrijven.

Dit meisje had me geen toestemming gegeven om een reading te doen, en mijn spirituele gidsen hadden me heel duidelijk gemaakt dat ik niet het recht had om in te grijpen. Maar aan de andere kant van het restaurant zat haar moeder te wuiven en te glimlachen naar de camera's, zonder te weten wat er aan de hand was. Toen de kandidaatsvrouw opstond en het damestoilet in ging, volgde ik haar. Ze stak haar hand naar me uit, in de veronderstelling dat ik een potentiële kiezer was. 'Dit klinkt vast heel gek,' zei ik, 'maar u moet uw dochter laten testen op leukemie.'

Haar gezicht verstrakte. 'Heeft Annie je verteld over haar groeipijnen? Het spijt me. Ik waardeer je bezorgdheid, maar haar kinderarts zei dat er niets aan de hand was.' Toen liep ze weg.

Wat heb ik je gezegd, sneerde Desmond zacht terwijl even later de kandidaat met zijn gezelschap vertrok uit het restaurant. Ik staarde een tijdje naar de halflege beker die het kleine meisje had laten staan, voor ik hem leeg kiepte in de gootsteen. *Dat is soms de narigheid, kind,* fluisterde Lucinda me toe. *Weten wat je weet, en er geen sikkepit aan kunnen veranderen.*

Een week later kwam de kandidaatsvrouw terug naar het restaurant. Ze was alleen en droeg een spijkerbroek in plaats van haar dure, rode wollen mantelpak. Ik stond een tafel schoon te vegen en zij liep regelrecht naar me toe. 'Ze hebben kankercellen aangetroffen,' fluisterde ze. 'Het zat nog niet eens in Annies bloed, en toen heb ik om een beenmergtest gevraagd. Maar omdat het zo vroeg ontdekt is' – ze begon te snikken – 'heeft ze een goede genezingskans.' Ze greep mijn arm. 'Hoe wist je dit?'

En daarmee had het afgelopen kunnen zijn. Een goede daad van mij als medium en tegelijkertijd een wapen om Desmond met zijn eigen irritante opmerkingen om de oren te slaan. Maar Annies moeder bleek de zus te zijn van de producent van *Cleo!*, de tv-talkshow. Amerika was dol op Cleo, de talkshowgastvrouw die was opgegroeid in een probleemwijk in Washington en die nu de herkenbaarste vrouw ter wereld was. Wanneer Cleo een bepaald boek las, lazen alle Amerikaanse vrouwen het. Wanneer zij zei dat ze bamboebadjassen weggaf als kerstcadeau, crashte de website van de desbetreffende badjassenfabrikant. Wanneer zij een kandidaat uitnodigde voor een gesprek, won hij de verkiezing. En toen ze mij uitnodigde om in de show een reading te komen doen, veranderde mijn leven van de ene op de andere dag.

Ik voorspelde Cleo wat iedere sukkel haar had kunnen voorspellen. Dat haar succes zou toenemen. Dat *Forbes* haar dat jaar tot rijkste vrouw ter wereld zou verklaren. Dat haar nieuwe productiemaatschappij de springplank zou worden van een Oscarwinnaar. Maar toen sloop er iets in mijn hoofd en omdat ze me toestemming had gegeven, gooide ik het er domweg uit: 'Je dochter is naar je op zoek.'

Cleo's beste vriendin, die bij de opname aanwezig was, zei: 'Cleo heeft geen dochter.'

Het was bekend dat Cleo single was en nooit een relatie had gehad met iemand in Hollywood. Maar er kwamen tranen in haar ogen. 'Eerlijk gezegd heb ik wél een dochter,' bekende ze.

Het was een van de grootste nieuwsverhalen van het jaar. Cleo die toegaf dat ze op haar zestiende was verkracht tijdens een date en naar een klooster in Puerto Rico was gestuurd, waar haar baby werd geboren en ter adoptie aangeboden. Ze begon een grootscheepse zoekactie naar het meisje, dat op dat moment eenendertig was, met als resultaat een tranenrijke televisiehereniging. Cleo's kijkcijfers schoten omhoog en ze won een Emmy. Als beloning toverde haar productiemaatschappij mij om van nederige serveerster tot een gevierde paragnost met een eigen tv-show.

Ik had een speciale affiniteit met vermiste kinderen. Politieteams vroegen me om mee te komen naar een bos waar een kinderlijkje was gevonden, in de hoop dat ik informatie doorkreeg over de moordenaar. Ik ging het huis van een ontvoerd kind binnen om te proberen een spoor op te pikken dat de politie zou kunnen volgen. Ik liep rond op een plaats delict, met bloedvlekken op mijn beschermende overschoenen, en probeerde te visualiseren wat er gebeurd was. Ik vroeg Desmond en Lucinda of een vermist kind al was overgegaan. In tegenstelling tot de nepparagnosten die tiplijnen belden om roem te vergaren voor zichzelf, wachtte ik altijd tot de politie naar míj toe kwam. Soms hield ik me in mijn show bezig met recente opsporingszaken en soms met cold cases. Ik had een heel hoog slagingspercentage. Maar ja, ik had je toen ik zeven was al kunnen vertellen dat ik de kluit niet belazerde. De schaduwzijde was dat ik inmiddels met een .38 onder mijn kussen sliep en me genoodzaakt voelde om een ingewikkelde alarminstallatie in mijn huis te laten aanleggen. Ik huurde een bodyguard in, Felix heette hij, die een kruising was tussen een grote koelkast en een pitbull. Ik zette mijn gave in om mensen te helpen die dierbaren hadden verloren, wat me tot een doelwit voor daders maakte, die wisten dat ik ze kon aanwijzen.

Ik kreeg ook kritiek. Sceptici noemden me een oplichtster die mensen een hoop geld afhandig maakte. Nou, dat soort 'paragnosten' bestaat natuurlijk ook. Ik noem ze kermisheksen, de nephelderzienden die op een rampplek afkomen en hun diensten opdringen om geld te vangen. Net zoals er goede artsen en kwakzalvers bestaan, heb je ook goede paragnosten en charlatans. Een andere aantijging, die ik vreemder vond, kwam van mensen die me verweten dat ik een door God gegeven talent uitbuitte en er geld voor vroeg. Tja, excuseer me dat ik zo hecht aan bepaalde geldverslindende gewoonten zoals eten en onder een dak wonen. Maar niemand zeurt over Serena Williams of Adele omdat ze hún talenten benutten, toch? Meestal negeerde ik wat er in de pers over me werd gezegd. Je bezighouden met mensen die je afkraken, lijkt op het herschikken van fotolijstjes op de Titanic. Wat heeft het voor zin?

Dus ik had tegenstanders, maar ik had ook fans. Dankzij hen proefde ik de geneugten van het goede leven: luxe beddengoed van Frette, een vakantiehuis in Malibu, peperdure champagne en Jennifer Anistons mobiele nummer onder de snelkeuzetoets van mijn telefoon. Plotseling deed ik niet alleen readings, ik bestudeerde ook kijkcijfers. Ik hield me doof voor Desmond, die me uitmaakte voor mediahoer. Ik zag het anders, ik hielp nog steeds mensen. Daar mocht toch wel iets tegenover staan?

In de herfst werd senator McCoys zoontje ontvoerd, precies in de periode dat de kijkcijfers van tv-programma's verzameld worden. Ik wist dat dit de kans van mijn leven was om hét beroemdste medium aller tijden te worden. Als ik een politicus die waarschijnlijk president werd kon overtuigen van mijn talent, dan zat ik gebeiteld. Ik zag al voor me dat hij een ministerie van Paranormale Zaken in het leven zou roepen, met mij aan het hoofd. Ik droomde van een sfeervol stadswoninkje dat ik zou kopen in Georgetown. Ik hoefde alleen McCoy ervan te overtuigen dat ik hem iets te bieden had, afgezien van de spot van zijn partijgenoten.

De senator had iedere connectie die hij tot zijn beschikking had gebruikt om een landelijke zoekactie naar zijn zoon te organiseren, maar zonder resultaat. De kans was klein dat hij in mijn tv-show zou komen voor een reading, dat wist ik. Dus gebruikte ik míjn connecties. Ik nam contact op met de gouverneursvrouw van Maine, van wie de dochter nu in remissie was. Wat ze ook gezegd heeft tegen McCoys vrouw, het werkte. Zijn mensen belden mijn mensen, en zo is het gegaan.

Als jong kind, toen ik nog geen geesten kon onderscheiden van levende wezens, nam ik gewoon aan dat Jan en alleman mij iets wilden vertellen. Toen ik beroemd was, wist ik heel goed hoe ik het onderscheid moest maken, maar mijn ego gooide roet in het eten.

Ik had nooit zo arrogant mogen worden. Ik had er niet van uit moeten gaan dat mijn spirituele gidsen op afroep zouden komen. Ik heb gelogen toen ik in de show tegen de McCoys zei dat ik hun zoontje levend en wel had gezien in een visioen.

Ik had geen visioen van hun kind. Het enige wat ik voor me zag, was een Emmy Award.

Ik was gewend dat Lucinda en Desmond me dekten. Toen de McCoys tegenover me zaten en de camera's draaiden, wachtte ik tot ze me iets zouden doorgeven over de kidnapping. Lucinda fluisterde me Ocala in, maar Desmond zei dat ze haar mond moest houden, en daarna kreeg ik niets meer door. Dus heb ik geïmproviseerd en tegen de McCoys gezegd wat zij – en heel Amerika – wilden horen.

En we weten allemaal hoe dat afliep.

Tijdens de nasleep zonderde ik me af. Ik zette geen tv of radio aan, want ook zonder dat wist ik dat mijn critici zich in de handen wreven. Ik wilde niet met Cleo of mijn producenten praten. Ik voelde me diep vernederd, en wat erger was, ik had een ouderpaar beschadigd dat toch al volledig in de vernieling zat. Ik had hun hoop gegeven en deze daarna de bodem ingeslagen.

Ik gaf Desmond de schuld. En toen die ellendeling eindelijk weer iets van zich liet horen, zei ik tegen hem en Lucinda dat ik ze nooit meer wilde spreken.

Dat had ik niet moeten doen.

Na een tijdje stortten de media zich op een volgend schandaal en kon ik verder met mijn tv-show. Maar mijn spirituele gidsen hadden gehoor gegeven aan mijn wens en ineens stond ik er alleen voor. Ik deed voorspellingen, maar zat er vaak faliekant naast. Ik verloor mijn vertrouwen en uiteindelijk verloor ik alles.

Ik was ooit serveerster geweest, meer werkervaring had ik niet. Zo kwam ik in de positie terecht van degenen op wie ik vroeger neerkeek. Ik werd een kermisheks die op jaarmarkten zat en adverteerde met flyers op plaatselijke prikborden, in de hoop dat er een enkele wanhopige cliënt op af zou komen.

Het is ruim tien jaar geleden dat ik een ware, bezielende paranormale ingeving heb gehad. Tot nu toe zing ik het uit dankzij mensen als mevrouw Langham, die elke week trouw komt om te proberen contact te maken met haar overleden man Bert. Waarom ze blijft terugkomen? Nou, het blijkt dat ik even goed ben in readings vervalsen als ik vroeger was in het echte werk. Wat ik nu doe heet cold reading, en het is louter gebaseerd op lichaamstaal, visuele aanwijzingen en wat ouderwets giswerk. Het uitgangspunt is dat mensen die komen voor een paragnostische reading enorm gespitst zijn op een geslaagde sessie, vooral als ze in contact willen komen met een overledene. Ze hunkeren even sterk naar informatie als ik ernaar verlang om hun die te kunnen geven. Daarom zegt een goede cold reading veel meer over de cliënt dan over de kermisheks die tegenover hem zit.

Ik kan een hele serie woorden en begrippen opnoemen zonder enig onderling verband: tante, lente, iets met water, een s-klank, Sarah of misschien Sally… Iets met onderwijs of een cursus? Bepaalde boeken? Dikke kans dat mijn cliënt reageert op minstens één item in die lijst en wanhopig probeert om het voor zichzelf een betekenis te geven. Het enige wonderbaarlijke hieraan is het vermogen van een gemiddelde persoon om betekenis te vinden in willekeurige details. Wij zijn een soort dat de maagd Maria ziet in een boomstronk, dat God ziet in de kromming van een regenboog, en dat godslastering hoort in een omgekeerd afgespeeld nummer van The Beatles. Het geloof in een nepparagnost wordt mogelijk gemaakt door het complexe menselijke brein, dat uit iets betekenisloos iets zinnigs weet te creëren.

Hoe ik het spel speel? Goede kermisheksen zijn goede detectives. Ik houd scherp in de gaten hoe de dingen die ik zeg de cliënt beïnvloeden: pupilverwijding, een zucht, verandering in de ademhaling. Door mijn woordkeuze gooi ik een visje uit, bijvoorbeeld door tegen mevrouw Langham te zeggen: 'Vandaag zal ik u een herinnering in overweging geven die u bezighoudt…' Vervolgens begin ik over kerst, en voilà, dit blijkt precies te zijn waaraan ze denkt. Het woord 'geven' zit al in haar achterhoofd. Dus of ze het beseft of niet, ik heb haar in een stemming gebracht om te denken aan het moment dat ze een cadeau kreeg. Wat betekent dat ze zich een verjaardag herinnert, of misschien Kerstmis. En zo lijkt het precies alsof ik haar gedachten heb gelezen.

Ik probeer minieme vleugjes van teleurstelling op te vangen – als ik iets zeg wat blijkbaar onzinnig is – en gooi het dan meteen over een andere boeg. Ik kijk naar hoe de cliënt gekleed is en hoe ze praat, en vorm me een beeld van haar opvoeding. Ik stel vragen en heel vaak geeft de cliënt me de antwoorden waarnaar ik op zoek ben:

'Ik krijg een B door… Begint je grootvaders naam met een B?'

'Nee... Zou het een P kunnen zijn? Mijn opa heette Paul.'

En bingo.

Als ik niet genoeg informatie kan lospeuteren bij de cliënt heb ik twee opties. Ik kan een boodschap van een overledene uit mijn duim zuigen die ieder normaal mens zou willen horen, zoals: 'Je opa wil je laten weten dat hij gemoedsrust heeft gevonden en wil graag dat jij die ook krijgt.' Of ik kan een gevleugelde uitspraak doen die van toepassing is op negenennegentig procent van de bevolking, maar die hoogstwaarschijnlijk persoonlijk wordt geïnterpreteerd. 'Je opa weet dat je keuzes zorgvuldig wilt afwegen, maar vindt dat je af en toe te snel oordeelt.' Vervolgens leun ik achterover en laat me inspireren door wat de cliënt zegt. Je staat ervan te kijken hoe graag mensen alle leemten in een gesprek willen opvullen.

Maakt dit me tot een oplichtster? Zo kun je het zien. Zelf houd ik het liever op puur darwinisme: ik pas me aan om te overleven.

Hoe het ook zij, vandaag was een rampdag. Ik ben een goede cliënt kwijtgeraakt én mijn grootmoeders waarzeggersschaal én mijn zelfbeheersing. En dit alles binnen het afgelopen uur, dankzij een mager kind op haar roestige fiets. Jenna Metcalf was helemaal niet ouder dan ze eruitzag, zoals ze beweerde. Goeie genade, ze geloofde waarschijnlijk nog in de tandenfee. Maar ze had de kracht van een kolossaal zwart gat, dat me terugzoog in de nachtmerrie van het McCoy-schandaal. Ik doe geen vermiste personen, heb ik tegen haar gezegd, en dat meende ik. Het is tot daaraan toe om een boodschap te verzinnen van een overleden echtgenoot. Maar iemand die iets moet afsluiten valse hoop geven, dat gaat me te ver. Weet je waar dat toe leidt? Dat je komt te wonen boven een duistere kroeg in een achterlijk stadje in New Hampshire, en je iedere maand moet melden bij de sociale dienst om je schamele uitkering te behouden.

Ik vind het wel best om een charlatan te zijn. Ik verzin gewoon wat mijn cliënten willen horen, dus hoef ik ze nooit te kwetsen. En zelf blijf ik ook mooi buiten schot, in tegenstelling tot de pijn die het doet wanneer ik blindelings rondtast in de geestenwereld en nul op het rekest krijg. Het was alleen makkelijker geweest als ik nooit een gave had gehad. Dan zou ik ook niet weten wat ik mis.

En toen kwam iemand mijn leven binnenwalsen die zich nauwelijks kon herinneren wat ze verloren had.

Ik weet niet waarom ik zo van slag raakte door Jenna Metcalf. Misschien door haar zeegroene ogen, die me onontkoombaar dwingend aankeken vanonder de slordige rode pony. Misschien door de aanblik van haar tot bloedens toe afgebeten nagels. Of misschien doordat ze letterlijk ineen leek te krimpen, zoals Alice in Wonderland, toen ik zei dat ik haar niet wilde helpen. Anders kan ik niet verklaren waarom ik antwoord gaf toen ze vroeg of haar moeder dood was.

Op dat moment wilde ik mijn mediamieke gave zo graag terug hebben dat ik het probeerde. Ik probeerde iets wat ik al jaren geleden heb opgegeven, omdat de teleurstelling voelt alsof ik met mijn kop tegen een bakstenen muur sla.

Ik sloot mijn ogen in een poging de brug tussen mij en mijn spirituele gidsen te herstellen. Om ook maar íéts op te vangen: een gefluister, een spotlachje, een zucht.

Maar er was niets dan stilte.

En toen heb ik voor Jenna Metcalf gedaan wat ik mezelf bezworen had nooit meer te doen. Ik heb de deur van hoop op een kier gezet terwijl ik verdomd goed wist dat zij in dat ene zonnestraaltje zou stappen dat erdoorheen viel. Ik heb gezegd dat haar moeder niet dood was.

Maar wat ik bedóélde was: ik heb geen idee.

Zodra Jenna Metcalf weg is, slik ik een Xanax. Als er één goede reden is om naar de kalmeringsmiddelen te grijpen is dit het wel. Een meisje dat me niet zomaar herinnerde aan het verleden, maar me ermee om de oren sloeg alsof ze een knuppel hanteerde. Zodoende ga ik om drie uur 's middags heerlijk onder zeil op de bank.

Ik heb in geen jaren meer gedroomd. Voor de doorsneemens benaderen dromen nog het meest de paranormale wereld. Dat zijn de momenten dat je brein niet op zijn hoede is en de scheidslijn dun genoeg wordt om een glimp op te vangen van gene zijde. Daarom hoor je van zoveel mensen dat ze in hun slaap een overledene hebben gezien of gesproken. Maar mij gebeurt dat niet sinds Desmond en Lucinda hun handen van me hebben afgetrokken.

Vandaag is het anders. Als ik in slaap val, is mijn geest een caleidoscoop van kleuren. Ik zie een vlag wapperen door mijn gezichtsveld, nee wacht, het is geen vlag. Het is een blauwe sjaal, om de hals van een vrouw van wie ik het gezicht niet kan zien. Ze ligt bewegingloos op haar rug in het gras vlak bij een esdoorn, en ze wordt vertrapt door een olifant. Dan besef ik dat ze misschien níét vertrapt wordt. Dat het enorme dier juist uit alle macht probeert níét op haar te stappen als hij een van zijn achterpoten optilt en boven het lichaam van de vrouw beweegt zonder haar te raken. De olifant trekt met zijn slurf aan de sjaal, maar de vrouw verroert zich niet. De olifantenslurf strijkt langs haar wang, haar keel en haar voorhoofd, en dan is de sjaal los en wordt meegenomen door de wind, als een fluisterzacht gerucht.

De olifant tast naar iets leerachtigs, dat weggestopt is onder de heup van de vrouw. Ik zie niet goed wat het is. Een boekje? Een mapje voor een identiteitskaart? Ik verbaas me over de behendigheid van de grijze reus, die het mapje zowaar openklapt. Daarna plaatst hij zijn slurf nogmaals op de borst van de vrouw, bijna als een stethoscoop, en glipt stilletjes het bos in.

Ik schrik wakker, gedesoriënteerd en verbluft. Hoe kom ik nou op een olifant? Ik begrijp niets van het onweer dat nog steeds schijnt te woeden in mijn hoofd. Maar wat ik hoor is geen donderslag, er bonst iemand op de voordeur.

Ik kom overeind om open te doen, maar ik weet al wie het is.

'Wees maar niet bang, ik kom niet aan je kop zeuren of je mijn moeder wilt zoeken,' kondigt Jenna Metcalf aan terwijl ze langs me heen mijn appartement in loopt. 'Ik heb alleen iets laten liggen. Iets heel belangrijks...'

Terwijl ik de voordeur dichtduw, vang ik een glimp op van die bespottelijke fiets die al weer in mijn halletje staat. Jenna loopt zoekend rond op de plaats waar we een paar uur geleden zaten, kruipt half onder de salontafel en tast onder de fauteuils.

'Als ik iets gevonden had, dan had ik het je wel laten weten...'

'Dat betwijfel ik,' zegt ze. Dan begint ze de laatjes open te trekken waarin mijn postzegels liggen, mijn geheime voorraad vanillekoekjes en de menu's van afhaalrestaurants.

'Ho, ho. Waar ben jíj mee bezig?' vraag ik.

Maar Jenna negeert me en voelt met haar hand tussen de bankkussens. 'Ik wíst dat hij hier was,' zegt ze, duidelijk opgelucht. Ze trekt de blauwe sjaal uit mijn droom tevoorschijn en slaat hem om haar hals.

De aanblik van dit ding, driedimensionaal en zo dichtbij dat ik het kan aanraken, stelt me een beetje gerust. Ik heb over de sjaal gedroomd omdat ik onbewust had waargenomen dat dit meisje hem droeg. Maar dat verklaart nog niet de hele droom. De gerimpelde olifantenhuid, de dansende slurf. Plus iets anders dat ik me tot nu toe niet gerealiseerd had, namelijk dat de olifant controleerde of de vrouw nog in- en uitademde. Het dier was niet vertrokken omdat de vrouw niet meer leefde, integendeel. Ze leefde nog wél.

Ik weet niet hoe ik dit weet, ik weet het gewoon.

Mijn hele leven lang heb ik het paranormale al zo gedefinieerd: het valt niet te begrijpen, niet uit te leggen en niet te ontkennen.

Je kunt geen geboren paragnost zijn zonder te geloven in de kracht van tekenen. Soms is het de verkeersdrukte waardoor jij het vliegtuig mist dat uiteindelijk crasht in de Atlantische Oceaan. Soms is het die ene roos die bloeit in een tuin vol onkruid. Soms is het het meisje dat je hebt weggestuurd, dat je achtervolgt in je slaap.

'Sorry dat ik je heb lastiggevallen,' zegt Jenna.

Ze is al bijna de deur uit als ik mezelf haar naam hoor roepen. 'Jenna. Misschien slaat dit nergens op,' zeg ik, 'maar werkte jouw moeder in een circus of zoiets? Of in een dierentuin? Ik... ik weet niet waarom, maar er speelt iets rondom olifanten, kan dat?'

Ik heb in geen zeven jaar een echte paranormale ingeving gehad. Zéven jaar. Ik maak mezelf wijs dat dit toeval is, of geluk, of de nawerking van de burrito die ik tussen de middag heb gegeten.

Wanneer ze zich omdraait, zie ik een mix van schrik en verwondering op haar gezicht.

Op dat moment weet ik dat zij voorbestemd was om mij te vinden. En dat ik haar moeder zal vinden.

ALICE

Olifanten weten wat de dood betekent, daar is geen twijfel over mogelijk. Ze treffen weliswaar geen voorbereidingen, zoals wij. Ze vormen zich geen complex beeld van het hiernamaals zoals wij binnen onze religies. Voor hen draait rouw puur om verlies.

Olifanten zijn niet geïnteresseerd in de botten van andere dode dieren, alleen in die van andere olifanten. Zelfs als olifanten op een soortgenoot stuiten die al een hele tijd dood is – een door hyena's uiteengetrokken kadaver en verspreide botten – drommen ze samen en raken gestrest. Ze benaderen het gebeente als groep en strelen het op een manier die alleen kan worden omschreven als eerbiedig. Ze raken de dode olifant overal aan met hun slurf en achterpoten. Ze snuffelen eraan. Soms pakken ze een slagtand op, of een bot, en sjouwen dat een tijdje met zich mee. Ze leggen een stukje ivoor onder hun poten en rollen het zacht heen en weer.

De natuuronderzoeker George Adamson heeft beschreven hoe hij in de jaren veertig in Kenia een olifantenstier moest afschieten die schade veroorzaakte op overheidsterrein. Adamson gaf het vlees aan de plaatselijke bevolking en bracht de rest van het kadaver naar een plek op ongeveer een kilometer afstand van het dorp. Die nacht ontdekten olifanten het kadaver. Ze pakten het schouderblad en het dijbeen en brachten die terug naar de plaats waar de olifant was doodgeschoten. Trouwens, alle prominente olifantenonderzoekers hebben doodsrituelen van olifanten geobserveerd: Iain Douglas-Hamilton, Joyce Poole, Karen McComb, Lucy Baker, Cynthia Moss, Anthony Hall-Martin.

En ik.

Ik zag een keer een kudde olifanten lopen in het reservaat in Botswana, toen Bontle, hun matriarch, neerviel. De andere olifanten beseften dat ze in nood was en probeerden haar met hun slagtanden overeind te helpen. Toen dat niet lukte, klommen een aantal van de jonge mannetjes beurtelings op Bontle, in een poging haar bij bewustzijn te brengen. Haar kalf, Kgosi, was op dat moment ongeveer vier. Hij stak zijn slurf in haar mond, zoals jonge olifanten hun moeder begroeten. De kudde liet een zacht collectief gegrom horen, het kalf slaakte klaaglijke kreten, maar daarna werden ze allemaal heel stil. Op dat ogenblik realiseerde ik me dat ze was gestorven.

Een paar olifanten liepen naar de bosrand en verzamelden takken en bladeren om Bontle te bedekken. Andere gooiden aarde over haar heen. Tweeënhalve dag lang stond de kudde ingetogen bij Bontles lichaam. Ze gingen alleen weg om te eten of te drinken en kwamen dan weer terug. Ook wanneer ze jaren later langs de plaats kwamen waar Bontles verbleekte botten en schedel lagen, bleven ze een paar minuten in stilte staan. Onlangs zag ik Kgosi, die inmiddels een forse achtjarige stier is, naar de schedel lopen en zijn slurf op de plek leggen waar Bontles mond had gezeten. Deze botten waren duidelijk belangrijk voor hem. En als je het gezien had, zou je waarschijnlijk hetzelfde denken als ik: dat hij wist dat dit het gebeente van zijn moeder was.

JENNA

'Vertel het nog eens,' commandeer ik.

Serenity trekt een scheef gezicht. We zitten nu een uur in haar woonkamer, terwijl zij minutieus de details doorneemt van een tien seconden durende droom die ze over mijn moeder heeft gehad. Ik weet zeker dat het mijn moeder is, gezien de blauwe sjaal, de olifant en... Nou ja, als je wanhopig graag in iets wilt geloven, kun je jezelf zo ongeveer overal van overtuigen.

Oké, misschien heeft Serenity me gegoogeld zodra ik mijn hielen had gelicht en heeft ze toen een maffe droom verzonnen waarin een dikhuid voorkomt. Maar als je 'Jenna Metcalf' googelt, moet je eerst drie pagina's doorscrollen voor je de eerste vermelding van mijn moeder tegenkomt, en dat artikel verwijst alleen naar mij als haar driejarige dochter. Er zijn te veel andere Jenna Metcalfs op de wereld, die te veel gedaan hebben in hun leven, en mijn moeders verdwijning is te lang geleden. Bovendien wist Serenity niet dat ik zou terugkomen voor de sjaal die ik had laten liggen.

Tenzij ze het wél wist, wat bewijst dat ze wel degelijk een prof is, toch?

'Hoor eens,' zegt Serenity. 'Ik heb je echt alles verteld. Meer kan ik er niet van maken.'

'Maar mijn moeder ademde dus nog.'

'De vrouw over wie ik droomde, ademde nog.'

'Lag ze... je weet wel, te hijgen alsof ze pijn had? Maakte ze geluiden?'

'Nee. Ze lag daar gewoon. Ik had alleen... de indruk dat ze ademde.'

'Ze is niet dood,' mompel ik, meer tegen mezelf dan tegen Serenity. De woorden vullen me met bubbels, alsof er spuitwater aan mijn bloed is toegevoegd. Ik weet dat ik boos of overstuur zou moeten zijn door dit flintertje bewijs dat mijn moeder misschien nog leeft en mij dus de afgelopen tien jaar in de kou heeft laten staan. Maar ik ben te gelukkig bij het idee dat ik haar terug zal zien. Als ik het slim aanpak.

En dan kan ik altijd nog boos op haar zijn, of haar zelf vragen waarom ze me niet is komen halen.

Of ik kan gewoon in haar armen kruipen en haar voorstellen om opnieuw te beginnen.

Plotseling floepen mijn ogen wijd open. 'Jouw droom. Het is nieuw bewijs. Als je de politie vertelt wat je aan mij hebt verteld, zullen ze de zaak van mijn moeder heropenen.'

'Lieverd, er is geen rechercheur in dit land die de droom van een helderziende accepteert als formeel bewijs. Dat is net zoiets als de officier van justitie vragen om de paashaas op te roepen als getuige.'

'Maar stel dat dit echt gebeurd is? Stel dat wat jij droomde een stukje verleden is dat zich heeft vastgehaakt in jouw hoofd?'

'Zo werkt het niet met paranormale informatie. Ik had eens een cliënt van wie de oma was overleden. Haar oma was een heel sterke aanwezigheid, die me beelden doorgaf van de Chinese Muur, het Plein van de Hemelse Vrede, Mao Zedong en gelukskoekjes. Kortom, ze leek alles op alles te zetten om mij "China" te laten zeggen. Dus vroeg ik de cliënt of haar oma ooit China had bezocht, of een fervente aanhanger van feng shui was geweest of iets dergelijks, maar zij zei dat ze haar oma daar totaal niet in herkende. Toen liet oma me een roos zien. Dat vertelde ik de cliënt, en zij zei: "Oma was eerder een type voor wilde bloemen." Ik zat hardop te denken: "China… dat kan ook het Engelse woord *china* zijn, dat porselein betekent. Maar wat wil ze dan toch zeggen met die roos!" En de cliënt kijkt op en zegt: "Hé, wacht eens. Toen ze stierf, heb ik een compleet porseleinen servies van haar geërfd en dat heeft een rozenpatroon." Enfin, ik heb geen idee waarom oma mij loempia's liet zien in plaats van een sauskom met een roos erop. Maar dat bedoel ik dus. Een olifant hoeft niet echt een olifant te zijn. Het kan verwijzen naar iets anders.'

Onthutst kijk ik haar aan. 'Maar je hebt nu al twee keer gezegd dat ze niet dood is.'

Serenity aarzelt. 'Kijk, je moet wel weten dat ik geen vlekkeloze staat van dienst heb,' zegt ze ten slotte.

Ik haal mijn schouders op. 'Dat je het ooit een keer verknald hebt, betekent niet dat je er nu opnieuw naast zit.'

Ze opent haar mond en klapt hem weer dicht.

'Hoe pakte je dat vroeger aan,' vraag ik, 'toen je vermiste personen opspoorde?'

'Ik nam een kledingstuk of iets van speelgoed mee van het vermiste kind. Dan liep ik samen met de politie naar de plaats waar het kind het laatst gezien was, en probeerde iets op te vangen van de laatste momenten voor de verdwijning,' zegt Serenity. 'En soms kreeg ik... iets door.'

'Zoals?'

'Een beeld dat door mijn hoofd flitste, van een straatnaambord of een bepaald type landschap, of een automerk. Ooit zelfs van een vissenkom, die in de kamer bleek te staan waar het kind gevangen werd gehouden. Maar...' Ze schuifelt ongemakkelijk op haar stoel. '... mijn mediamieke aders zijn misschien een beetje verkalkt.'

Hoe kan een paragnost eigenlijk ooit fout zitten? Zoals Serenity het voorstelt, is de informatie die ze doorkrijgt óf de spijker regelrecht op de kop, óf het kan min of meer het tegenovergestelde betekenen. Dat lijkt mij de beste beroepsverzekering tegen blunders die je je kunt wensen. En oké, misschien is de olifant waarover Serenity droomde een metafoor voor een groot obstakel waarmee mijn moeder werd geconfronteerd. Maar zoals Freud waarschijnlijk zou zeggen: misschien is het wel echt een olifant. Er is maar één manier om erachter te komen. 'Jij hebt een auto, hè?'

'Ja... wat? Waarom?'

Ik loop de woonkamer door terwijl ik mijn moeders sjaal nog een paar keer rond mijn hals wind. Dan doe ik een greep in een van de laatjes die ik doorzocht heb toen ik hier een uur geleden arriveerde, en waarin ik autosleutels heb zien liggen. Ik gooi ze Serenity toe en loop haar appartement uit. Al ben ik niet paranormaal begaafd, ik weet zeker dat ze bloednieuwsgierig is naar de betekenis van haar droom. Dus komt ze heus wel achter me aan.

Serenity rijdt in een gele Volkswagen Kever uit de jaren tachtig, die achter het passagiersportier in een kantachtig patroon is doorgeroest. Mijn fiets ligt dubbelgevouwen op de achterbank. Ik wijs haar de weg over hoofdwegen en landweggetjes, en we verdwalen maar twee keer. Op de fiets kun je soms doorsteken via straatjes waar je met de auto niet in kunt, vandaar. Als we bij het Stark Nature Preserve komen is Serenity's VW de enige auto op het parkeerterrein.

'Mag ik nu weten waarom je me hierheen hebt gesleept?' vraagt ze.

'Dit was vroeger een olifantenreservaat,' zeg ik.

Ze kijkt uit het raampje alsof ze verwacht er nog een te zien. 'Hier? In New Hampshire?'

Ik knik. 'Mijn vader was diergedragswetenschapper. Hij heeft het reservaat opgericht voor hij mijn moeder leerde kennen. Iedereen denkt dat olifanten alleen in superwarme gebieden leven zoals Thailand en Afrika, maar ze kunnen zich heel goed aanpassen aan de kou en zelfs aan sneeuw. Toen ik geboren werd, had hij hier zeven olifanten, die hij uit dierentuinen en circussen had gered.'

'Waar zijn ze nu?'

'Ze zijn allemaal in het olifantenreservaat in Tennessee geplaatst, toen dit hier gesloten werd.' Ik kijk naar de ketting die de toegang tot het pad verspert. 'De grond is terugverkocht aan de staat. Ik was nog te klein om het me te herinneren.' Ik open het portier aan de passagierszijde, stap uit en kijk over mijn schouder of Serenity me volgt. 'De rest van de weg moeten we lopen.'

Serenity kijkt neer op haar teenslippers met luipaardprint, en dan naar het overwoekerde pad. 'Waarheen?'

'Zeg jij het maar.'

Het duurt even voor het tot Serenity doordringt wat ik haar vraag. 'O, nee,' zegt ze. 'Geen dénken aan.' Ze wil rechtsomkeert maken naar de auto.

Ik grijp haar arm. 'Je zei dat je in geen jaren een droom had gehad. Maar je hébt over mijn moeder gedroomd. Het kan geen kwaad om te kijken of je een flits van iets doorkrijgt, toch?'

'Na tien jaar is het niet gewoon een cold case, maar stijf bevroren. Er is hier niets meer wat al bestond op het moment dat je moeder verdween.'

'Ik ben hier toch,' zeg ik.

Serenity's neusvleugels trillen.

'Ik weet dat je doodsbang bent om te ontdekken dat je droom eigenlijk niets betekende,' zeg ik. 'Maar het is net zoiets als de loterij winnen. Als je geen lot koopt, geef je jezelf niet eens een kans.'

'Ik koop verdorie elke week een lot, maar denk maar niet dat ik ooit in de prijzen val,' mompelt Serenity. Toch stapt ze over de ketting en begint zich een weg te banen over het overwoekerde pad.

We lopen een tijdje in stilte terwijl insecten langs ons hoofd scheren en de zomer om ons heen gonst. Serenity strijkt in het voorbijgaan met haar handen langs de jonge uitlopers. Eén keer plukt ze een blaadje af en ruikt eraan voor ze verdergaat. 'Waar zijn we naar op zoek?' fluister ik.

'Zodra ik het weet, zal ik het zeggen.'

'Maar we zijn nu zowat bij de terreingrens van het oude reservaat...'

'Wil je dat ik me concentreer of niet?' valt Serenity me in de rede.

Dus doe ik er voorlopig het zwijgen toe. Maar iets zit me niet lekker, al vanaf dat we in de auto stapten. Het voelt als een graatje dat in mijn keel blijft steken. 'Serenity?' vraag ik. 'Als mijn moeder dood was en jij wist dat... zou je me dan wijsmaken dat ze nog leefde?'

Ze staat stil en draait zich naar me om, met haar handen op haar heupen. 'Schat, ik ken je niet eens goed genoeg om te weten of ik je aardig vind, laat staan om je tere tienerhartje te willen beschermen. Ik weet niet waarom ik geen contact krijg met je moeder. Misschien is het omdat ze nog leeft. Of misschien is het zoals ik al zei, en is mijn mediamieke antenne versleten. Maar ik beloof je één ding. Als ik een of andere vibratie opvang waaruit ik afleid dat je moeder een geest is of een schim, zal ik je dat eerlijk zeggen.'

'Een geest óf een schim?'

'Dat zijn twee verschillende dingen. Het is aan Hollywood te wijten dat iedereen denkt dat het allemaal één pot nat is.' Ze kijkt me aan over haar schouder. 'Wanneer het lichaam sterft, is het voorbij. Klaar. Een leeg huis. Maar de ziel is nog steeds intact. Als je een fatsoenlijk leven hebt geleid en nergens groot verdriet of wroeging over hebt, blijf je misschien nog even rondhangen, maar vroeg of laat zul je overgaan.'

'Overgaan?'

'De oversteek maken. Naar de hemel gaan. Of hoe je het ook wilt noemen. Als je dat proces doormaakt, word je een geest. Maar stel nu dat je een klootzak bent geweest in dit leven en Petrus of Jezus of Allah staat op het punt je naar de hel te dirigeren, of naar een ander onguur oord in het hiernamaals. Of stel dat je kwaad bent omdat je jong gestorven bent, of dat je niet eens beséft dat je dood bent. Om al die redenen kun je besluiten dat je er nog niet klaar voor bent om deze wereld te verlaten of al dood te zijn. Het probleem is... je bént dood. Daar kun je niet omheen. Dus blijf je hier rondwaren in een tussenwereld, als een schim.'

Naast elkaar lopen we verder door het dichte struikgewas. 'Dus als mijn moeder een geest is, dan is ze... ergens anders?'

'Dat klopt.'

'En als ze een schim is, waar is ze dan?'

'Hier. Ze is onderdeel van deze wereld, maar niet van hetzelfde gedeelte als jij.'

Serenity schudt haar hoofd. 'Hoe moet ik dat nou uitleggen...' prevelt ze, en dan knipt ze met haar vingers. 'Ik heb ooit een documentaire gezien over Disney-animatiemakers. Om één Donald Duck of Goofy te maken leggen ze een aantal doorzichtige lagen met verschillende lijnen en kleuren over elkaar heen. Ik denk dat zoiets ook opgaat voor schimmen. Ze vormen een aparte laag die over onze eigen wereld ligt.'

'Hoe weet je dat allemaal?' vraag ik.

'Zo is het me uitgelegd,' zegt Serenity. 'En volgens mij is dit nog maar het topje van de ijsberg.'

Ik kijk rond, in een poging om al die schimmen te zien die langs de randen van mijn gezichtsveld moeten fladderen. Ik probeer mijn moeder te voelen. Misschien zou het niet zo vreselijk zijn als ze dood was maar nog steeds ergens dicht bij me. 'Zou ik dat merken? Als zij een schim was en met me probeerde te praten?'

'Heb je ooit meegemaakt dat je telefoon gaat en dat als je opneemt, de lijn dood is? Dat kan een geest of schim zijn die probeert je iets te vertellen. Ze bestaan uit energie, dus de makkelijkste manier om jouw aandacht te trekken is door energie te manipuleren. Telefoonverbindingen, computerstoringen, lampen die aan- en uitgaan.'

'Communiceren ze zo met jou?'

Ze aarzelt. 'Voor mij lijkt het op de keer dat ik contactlenzen probeerde. Ik kon er niet aan wennen, want ik wist dat er iets vreemds in mijn ogen zat dat er niet thuishoorde. Ze zaten niet ongemakkelijk, maar waren gewoon geen onderdeel van mij. Zo voelt het als ik informatie krijg van gene zijde. Als een soort extra gedachte die bij me opkomt. Behalve dan dat ík niet degene ben die het denkt.'

'Een beetje alsof je het niet kunt helpen dat je het hoort?' vraag ik. 'Net als een liedje dat in je hoofd zit?'

'Zoiets, ja.'

'Vroeger dacht ik continu dat ik mijn moeder zag,' zeg ik zacht. 'Dan liep ik met mijn oma door een drukke straat, liet haar hand los en rende op mijn moeder af, maar het lukte me nooit om haar in te halen.'

Serenity staart me aan met een eigenaardige uitdrukking op haar gezicht. 'Misschien ben je toch paranormaal begaafd.'

'Of misschien veroorzaakt iemand missen dezelfde verschijnselen als iemand proberen te vinden, zoals jij vroeger deed,' zeg ik.

Plotseling staat ze stil. 'Ik vóél iets,' zegt ze een beetje dramatisch.

Ik kijk rond, maar zie alleen een heuveltje begroeid met hoog gras, wat bomen en een ijle, levende mobile van monarchvlinders die langzaam ronddraait boven ons hoofd. 'Maar ik zie nergens een esdoorn in de buurt,' zeg ik.

'Visioenen lijken op metaforen,' legt Serenity uit. 'Je kunt ze zien als een vergelijking.'

'Ja, zo blijven we aan de gang,' pruttel ik.

'Wat?'

'Laat maar.' Ik doe de blauwe sjaal af. 'Zou het helpen als je deze vasthield?'

Ik houd haar de strook stof voor, maar ze deinst terug alsof hij besmet is. Alleen heb ik de sjaal al losgelaten en een windvlaag voert hem in een spiraal hemelwaarts, hoger en hoger, als een kleine wervelwind.

'Nee!' schreeuw ik, en als een speer ren ik erachteraan. Plagerig stijgt en daalt hij, dansend in de lucht, maar ik krijg hem steeds nét niet te pakken. Even later raakt de sjaal verstrikt in de takken van een boom, zo'n zes meter boven me. Ik zet mijn voet op een uitsteeksel en probeer me omhoog te werken, maar de stam is te glad, ik krijg geen houvast. Ik val hard terug op de grond. Tranen prikken in mijn ogen.

Ik heb zó weinig van haar.

'Kom maar.'

Serenity zit naast me op haar hurken, met haar handen in elkaar geslagen als een kommetje om me een opstapje te geven.

Ik schaaf mijn wang en mijn armen bij het klimmen. Mijn nagels breken af op de ruwe boombast. Maar het lukt me om zo hoog te komen dat ik de onderste zijtak kan grijpen. Mijn graaiende vingers stuiten op droge kluitjes aarde en twijgen van een verlaten vogelnest.

De sjaal zit ergens aan vastgehaakt. Ik trek en trek en eindelijk komt hij los. Takjes en bladeren regenen neer op mij en Serenity. En nog iets anders, iets zwaarders, schampt mijn voorhoofd voordat het op de grond valt.

'Wat ís dat?' vraag ik terwijl ik mijn moeders sjaal weer rond mijn hals wind en stevig vastknoop.

Serenity kijkt stomverbaasd neer op haar handen. Ze geeft me het ding dat zojuist naar beneden viel.

Het is een zwarte, gebarsten leren portemonnee met de inhoud nog intact: drieëndertig dollar en een ouderwetse MasterCard met van die overlappende cirkels. En een rijbewijs op naam van Alice K. Metcalf.

Het is bewijs. Zuiver, keihard bewijs, en het brandt een gat in mijn broekzak. Hiermee kan ik aantonen dat mijn moeder misschien niet uit vrije wil is weggegaan. Hoever had ze kunnen komen zonder geld of creditcards?

'Weet je wat dit betekent?' vraag ik Serenity, die heel zwijgzaam is geworden nu we teruggewandeld zijn naar de auto en onderweg zijn naar de stad. 'Dat de politie kan proberen haar op te sporen.'

Serenity werpt me een zijdelingse blik toe. 'Het is tien jaar geleden. Zo simpel is het niet.'

'Ja, dat is het wel. Nieuw bewijs betekent heropening van een zaak. Dús.'

'Jij denkt dat je dat wilt,' zegt ze. 'Maar misschien zal het je bitter tegenvallen.'

'Kom óp, zeg. Hier heb ik over gedroomd sinds... nou ja, zolang ik me kan herinneren.'

Ze tuit haar lippen. 'Als ik mijn spirituele gidsen vroeg hoe het werkelijk was in hun wereld, wezen ze me erop dat ik sommige dingen niet verondersteld werd te weten. Ik dacht dat ze probeerden een of ander groot kosmisch geheim te beschermen over het leven na de dood. Maar in de loop van de tijd besefte ik dat ze míj wilden beschermen.'

'Als ik niet probeer om haar te vinden,' zeg ik, 'dan zal ik me mijn hele leven blijven afvragen wat er gebeurd zou zijn als ik het wel had gedaan.'

Ze stopt voor een rood verkeerslicht. 'En als je haar vindt...'

'Zodrá,' corrigeer ik haar.

'Zodrá je haar vindt,' zegt Serenity, 'wat dan? Ga je haar vragen waarom ze al die jaren niet is teruggekomen om jou te zoeken?' Ik antwoord niet en zij wendt zich af. 'Ik wil alleen maar zeggen dat als jij antwoorden wilt, je er wél klaar voor moet zijn om ze aan te horen.'

Ik realiseer me ineens dat we juist langs het politiebureau rijden. 'Hé, stop!' roep ik, en zij staat op de rem. 'Hier moeten we zijn om te melden wat we hebben gevonden.'

Serenity stopt bij de stoeprand. 'Wíj moeten niets. Ik heb je de beelden doorgegeven die ik heb gezien. Ik ben zelfs helemaal naar dat reservaat gereden met jou. En ik ben blij voor je dat je hebt gekregen wat je wilde. Maar ík heb absoluut geen trek om iets te gaan melden bij de politie. Punt uit.'

'Dus dat was het dan?' zeg ik verbijsterd. 'Je kwakt wat informatie voor iemand neer alsof het een handgranaat is, en dan ren je weg voordat de boel ontploft?'

'Je hoeft niet kwaad te worden op míj.'

Waarom voel ik me zo genept? Ik ken Serenity Jones amper, dus hoef ik niet te verwachten dat ze me helpt. Maar ik ben het spuugzat dat mensen me laten vallen en zij zou de zoveelste zijn. Dus ik doe wat het makkelijkst is als ik voel aankomen dat iemand me in de steek laat. Dan ben ík de eerste die de deur dichtslaat. 'Geen wonder dat de mensen jou haatten,' zeg ik.

Als ze dat hoort, komt haar hoofd met een ruk overeind.

'Je wordt bedankt voor je visióén.'

Ik stap uit de auto en trek mijn fiets van de achterbank. 'De groeten.'

Ik knal het portier dicht en zet mijn fiets tegen de muur van het politiebureau. Ik beklim de granieten traptreden naar de ingang en loop op de centralist af in haar glazen hokje. Ze is maar een paar jaar ouder dan ik, net van de middelbare school, heeft te veel zwarte eyeliner op en draagt een vormeloos poloshirt met een politielogo. Op het computerscherm achter haar zie ik dat ze zojuist haar Facebook-pagina heeft bekeken.

Ik schraap mijn keel. Ik weet dat ze dat hoort, omdat er een roostertje in het glas zit dat ons scheidt. 'Hallo?' zeg ik, maar ze typt gewoon door. Ik klop op het glas en ze werpt een vluchtige blik in mijn richting. Ik wapper met mijn hand om haar aandacht te trekken.

De telefoon gaat. Ze wendt zich van me af alsof ik totaal niet belangrijk ben en neemt de telefoon op.

Wat een trut. Zij is zo'n type waaraan mijn generatie een slechte reputatie te danken heeft.

Een tweede centralist komt naar me toe. Een plompe oudere vrouw, zo rond als een appel, met pluizig blond permanent. POLLY, lees ik op haar naamplaatje.'Kan ik iets voor je doen?'

'Ja,' zeg ik terwijl ik haar mijn meest volwassen glimlach toewerp. Want zeg nou zelf, wie zal een dertienjarig meisje serieus nemen dat zegt dat ze tien jaar na dato aangifte wil doen van een vermissing?

'Ik wil graag met een rechercheur praten.'

'Waar gaat het over?'

'Het is een beetje ingewikkeld,' zeg ik. 'Tien jaar geleden is een dierenverzorgster dood gevonden in het oude olifantenreservaat, en Virgil Stanhope heeft dat onderzocht... En ik... ik moet hem echt persoonlijk spreken.'

Polly trekt een pruimenmondje. 'Hoe heet jij?'

'Jenna. Jenna Metcalf.'

Ze doet haar hoofdmicrofoon af en loopt een achterkamer binnen waar ik niet in kan kijken.

Ik zoek de wand vol foto's van vermiste personen en alimentatiewanbetalers af. Als mijn moeders gezicht tien jaar geleden hiertussen had gezeten, zou ik dan nu hier hebben gestaan?

Polly verschijnt weer aan mijn kant van de glazen wand, door een deur met een elektronisch codeslot. Ze leidt me naar een rij stoelen en gebaart dat ik moet gaan zitten. 'Ik herinner me die zaak,' zegt ze.

'Dus u kent rechercheur Stanhope? Ik weet dat hij hier niet meer werkt, maar ik dacht dat jullie me misschien konden vertellen waar hij nu is.'

'Dat zou ik niet durven zeggen.' Polly legt zacht haar hand op mijn arm. 'Virgil Stanhope is dood.'

De inrichting waar mijn vader woont sinds alles gebeurde, is maar vijf kilometer van mijn oma's huis vandaan. Toch ga ik er niet vaak naartoe. Het is deprimerend omdat (a) het er altijd naar pies ruikt en (b) er uitgeknipte papieren sneeuwkristallen, tulpen of pompoenhoofden tegen de ramen zijn geplakt. Alsof het een kleuterschool is in plaats van een psychiatrische inrichting.

Het heet Hartwick House, wat me doet denken aan een televisiedrama en niet aan de trieste realiteit van zombies die onder de zware medicijnen in de conversatieruimte naar Food Network staren. Andere patiënten hangen als zoutzakken over hun rolstoelleuningen na een recente elektroshocktherapie en verpleeghulpen delen onvermoeibaar nieuwe bekertjes pillen uit. Ik voel me gewoonlijk niet bang hier, maar wel erg somber bij de gedachte dat mijn vader, die vroeger in milieubeheerkringen werd beschouwd als een held, er niet in geslaagd is zichzelf te redden.

Ik ben me maar één keer rot geschrokken in Hartwick House. Ik zat met mijn vader in de zitkamer te dammen, toen een tienermeisje met vet slierthaar door de dubbele deuren kwam aanrennen met een keukenmes. Ik heb geen idee waar ze het vandaan had. Alles wat gebruikt zou kunnen worden als wapen, tot schoenveters toe, is verboden in Hartwick House óf wordt bewaard in kasten die beter op slot zitten dan een gevangenis. Hoe dan ook, ze was het systeem te slim af geweest en daar stond ze, met een waanzinnige blik in haar ogen, die regelrecht op mij waren gericht. Ze haalde uit en het mes vloog op me af.

Ik dook en gleed onder de tafel, zo soepel alsof ik geen botten in mijn lijf had. Ik sloeg mijn armen om mijn hoofd en probeerde me onzichtbaar te maken. Intussen werd zij overmeesterd en verdoofd door potige verpleeghulpen, waarna ze haar terugbrachten naar haar kamer.

Je zou denken dat iemand van het personeel zich ook even om mij zou bekommeren, maar nee hoor. Ze hadden hun handen vol aan de bewoners, die schreeuwden en gilden en compleet in paniek waren door het voorval. Nog steeds trillend als een rietje stak ik ten slotte mijn hoofd onder de tafel uit en klauterde weer op mijn stoel.

Mijn vader schreeuwde niet en was niet in paniek. Hij deed een zet. 'Dam,' zei hij, alsof er niets gebeurd was.

Het duurde even voor ik besefte dat er in zijn wereld – waar dat ook mocht zijn – inderdaad niets was gebeurd. Dat ik niet boos moest zijn omdat het hem koud liet dat ik bijna aan het mes was geregen door een knettergekke tiener. Je kunt iemand weinig kwalijk nemen als hij oprecht niet doorheeft dat zijn realiteit niet dezelfde is als de jouwe.

Vandaag is mijn vader niet in de conversatieruimte, zie ik bij aankomst in Hartwick House. Hij is in zijn eigen kamer, waar ik hem aantref met in zijn handen een kleurige kluwen borduurzijde die hopeloos in de knoop zit. En niet voor het eerst denk ik dat wat voor de een vernieuwende bezigheidstherapie is, voor de ander een hel van frustratie kan zijn. Als ik binnenkom, kijkt hij naar me op en krijgt géén woedeaanval. Blijkbaar is hij vandaag niet al te geagiteerd. Ik besluit van de gelegenheid gebruik te maken om over mijn moeder te beginnen.

Ik kniel voor hem neer en pak zijn handen, die aan de kluwen borduurzijde plukken. 'Papa,' zeg ik terwijl ik de oranje draad ontwar en over zijn linkerknie hang. 'Wat denk je dat er zou gebeuren als we haar vonden?'

Hij geeft geen antwoord.

Ik pik de rode draad uit de kluwen. 'Ik bedoel, stel dat wij alleen in de vernieling zijn geraakt omdat zij weg is?'

Ik pak opnieuw zijn hand, die twee strengen zijde omklemt. 'Waarom heb je haar laten gaan?' fluister ik terwijl ik hem blijf aankijken. 'Waarom heb je de politie nooit verteld dat ze verdwenen is?'

Het is waar dat mijn vader een ernstige zenuwinstorting heeft gehad, maar hij had ook heldere momenten in de afgelopen tien jaar. Misschien had niemand hem serieus genomen als hij alarm had geslagen over mijn moeders verdwijning. Maar wie weet had er iemand wél geluisterd.

Dan was er nu misschien een vermissingszaak die heropend kon worden. Dan hoefde ik niet van de grond af te beginnen met de politie overhalen om een onderzoek in te stellen naar een verdwijning. Waarvan zij niet eens wisten dat het een verdwijning was toen die tien jaar geleden plaatsvond.

Plotseling verandert mijn vaders gezichtsuitdrukking. De frustratie smelt weg als sneeuw die een warm oppervlak raakt en zijn ogen lichten op. Hij heeft dezelfde kleur ogen als ik, zo'n soort groen dat mensen van hun stuk brengt. 'Alice?' zegt hij. 'Weet jij hoe dit moet?' Hij tilt de wirwar van draden op.

'Ik ben Alice niet,' zeg ik.

Ontredderd schudt hij zijn hoofd.

Ik bijt op mijn lip, ontwar de kluwen en vlecht de draden tot een armband, een simpele reeks knopen die ieder kind op school leert bij handenarbeid. Terwijl ik bezig ben, fladderen zijn handen als kolibries boven de mijne. Zodra het af is, maak ik de draden los van de veiligheidsspeld die vastzit aan zijn broek, en bind het vlechtwerk om zijn pols.

Mijn vader bewondert de kleurige armband. 'Jij was altijd zo goed in dit soort dingen,' zegt hij met een glimlach naar mij.

En dan realiseer ik me waarom mijn vader mijn moeder nooit als vermist heeft opgegeven. Misschien was ze niet vermist, niet voor hem. Hij heeft haar altijd kunnen terugvinden in mijn gezicht, mijn stem en mijn aanwezigheid.

Was het voor mij maar zo makkelijk.

Als ik thuiskom zit mijn oma naar *Rad van Fortuin* te kijken op tv. Ze roept de antwoorden vóór de deelnemers en geeft tussendoor kledingtips aan de presentatrice, Vanna White. 'Die hoerige riem flatteert je niet,' zegt ze tegen Vanna, en dan ziet ze mij in de deuropening staan. 'Hoe ging het vandaag?'

Ik weifel even, tot ik besef dat zij denkt dat ik ben wezen babysitten, wat natuurlijk niet zo is. 'Wel goed,' lieg ik.

'Er staat ravioli in de koelkast, je moet het alleen even opwarmen,' zegt ze. Haar blik flitst terug naar het tv-scherm. 'Het is een F, suffe muts!' roept ze.

Ik maak gebruik van deze afleiding om naar boven te glippen. Gertie volgt me op de voet. Ze springt op mijn bed en nestelt zich tussen de kussens.

Ik weet niet wat ik moet doen. Ik heb informatie, en kan er nergens mee naartoe.

Ik tast in mijn zak naar het stapeltje bankbiljetten dat ik had meegenomen en pluk er een dollarbiljet uit, dat ik gedachteloos begin te vouwen. Steeds als het bijna een olifantje is doe ik iets verkeerd, waardoor het mislukt. Ten slotte verfrommel ik de dollar tot een prop en gooi hem op de vloer. Ik blijf mijn vaders handen voor me zien, die verwoed aan de knopen in de borduurzijde plukken.

Een van de rechercheurs die het onderzoek in het olifantenreservaat leidde heeft alzheimer. De ander is dood. Maar misschien is het daarmee niet afgelopen. Ik moet alleen de politiemensen die nu op het bureau werken ervan zien te overtuigen dat er tien jaar geleden een fout is gemaakt. Dat mijn moeder destijds als vermist had moeten worden beschouwd.

Ja hoor, dat wordt vast een eitje.

Ik zet mijn laptop aan, die zoemend tot leven komt. Ik typ mijn wachtwoord in en open een zoekmachine. 'Virgil Stanhope,' typ ik. 'Dood.'

Het eerste artikel dat verschijnt, is een bericht over de plechtigheid waarbij hij bevorderd werd tot rechercheur. Er staat een foto bij van een man met rossig, naar één kant gekamd haar, een dikke vette grijns en een knobbelige adamsappel. Hij ziet er sullig uit en heel erg jong. Maar dat was hij waarschijnlijk ook, tien jaar geleden.

Ik open een nieuw venster, log in op de database van een openbaar archief (wat me negenenveertig dollar vijfennegentig per jaar kost, om precies te zijn) en vind het overlijdensbericht van Virgil Stanhope. Het is tragischerwijs gedateerd op dezelfde dag als zijn officiële bevordering. Zou hij een auto-ongeluk hebben gekregen op weg naar huis, nadat hij zijn rechercheursbadge in ontvangst had genomen? Of erger nog, onderweg naar de plechtigheid? Een onderbroken leven.

Daar kan ik over meepraten.

Ik klik op de link, maar kan hem niet openen. In plaats daarvan krijg ik een pagina die aangeeft dat er sprake is van een serverfout.

Dus ik ga terug naar mijn eerste zoekopdracht en snuffel de artikelbeschrijvingen door, tot ik er een zie die me kippenvel bezorgt.

'Detectivebureau Stanhope,' lees ik. 'Vind de toekomst in het verleden.'

Wat een slappe slogan. Maar toch klik ik erop om de pagina te openen.

Geregistreerd. Huiselijke en echtelijke relatieonderzoeken. Surveillanceservices. Opsporing borgtochtvoortvluchtigen. Voogdijzaken. Onderzoek dood door ongeval. Vermiste personen.

Boven aan de pagina bevindt zich een knop 'Over ons.'

Vic Stanhope is erkend privédetective en voormalig politieagent en rechercheur. Hij heeft strafrecht en forensische wetenschappen gestudeerd aan de universiteit van New Haven. Hij is lid van de Internationale Vereniging Onderzoek Brandstichting, de Nationale Organisatie ter Opsporing van Borgtochtvoortvluchtigen en de Nationale Vereniging van Geregistreerde Particuliere Rechercheurs.

Het had toeval kunnen zijn... ware het niet dat er een duimnagelgroot fotootje bij staat van meneer Stanhope.

Oké, hij ziet er ouder uit. En oké, hij heeft zo'n stekeltjeskapsel dat mannen kiezen zodra ze haaruitval krijgen en juist dán willen gaan voor de Bruce Willis-look. Maar zijn geprononceerde adamsappel is nog steeds het stralende middelpunt van de foto.

Vic en Virgil zouden tweelingbroers kunnen zijn. Maar dan nog. Ik pak mijn mobiel en toets het nummer in dat op mijn computerscherm staat. De telefoon gaat drie keer over, dan neemt iemand op. Het klinkt alsof het toestel op de vloer valt, wat gepaard gaat met veel geknetter en een serie vloeken. 'Wat moet je?' hoor ik vervolgens.

'Ik ben op zoek naar meneer Stanhope,' fluister ik.

'Dat ben ik,' grauwt de stem.

'Vírgil Stanhope?'

Er valt een stilte. 'Niet meer,' brabbelt de stem, en hij hangt op.

Mijn hart bonkt. Of Virgil Stanhope is uit de dood herrezen, of hij wás helemaal niet dood.

Misschien wilde hij alleen dat mensen dat zouden denken, zodat hij kon verdwijnen.

En als dat zo is, dan is hij de aangewezen persoon om mijn moeder op te sporen.

ALICE

Iedereen die ooit olifanten langs de botten van een soortgenoot heeft zien lopen, zal de uitingen van verdriet direct herkend hebben: de intense stilte, de hangende slurf en oren, de aarzelende liefkozingen, het verdriet dat de kudde omhult als een lijkwade terwijl ze de resten benaderen van een van hen. De vraag is gerezen of ze onderscheid maken tussen de botten van olifanten die ze goed kenden en die van onbekende olifanten.

Ik weet van een spannend onderzoek door mijn collega's in Amboseli in Kenia, waar ze meer dan tweeëntwintighonderd olifanten hebben die individueel worden herkend. Op een plaats waar een kudde zou passeren, legden de onderzoekers verschillende opvallende voorwerpen neer: een stukje ivoor, een olifantenschedel en een houtblok. Ze observeerden één kudde tegelijk en voerden dit experiment zo zorgvuldig uit alsof het een laboratoriumonderzoek was. Ze presenteerden alle objecten steeds op dezelfde manier en registreerden hoelang de olifanten bleven staan bij een bepaald voorwerp. Het was duidelijk dat het stukje ivoor de olifanten het meest intrigeerde, daarna de schedel en ten slotte het houtblok. Ze streelden het ivoor, raapten het op, droegen het mee en rolden het onder hun achterpoten over de grond.

Toen confronteerden de onderzoekers de families met een olifantenschedel, een neushoornschedel en een waterbuffelschedel. Van deze verzameling interesseerde de olifantenschedel de kudde het meest.

Tot slot richtten de onderzoekers zich op drie kudden waarvan in de voorafgaande jaren de leidster was gestorven. Ze toonden hun de schedels van de drie matriarchen.

Je zou denken dat de olifanten de meeste belangstelling hadden voor de schedel van de matriarch die hun eigen kudde had geleid. De andere onderdelen van het experiment hadden immers aangetoond dat de olifanten hun voorkeur lieten zien in plaats van de voorwerpen uit nieuwsgierigheid lukraak te onderzoeken.

Je zou denken, gezien mijn ervaringen in Botswana, dat ze ook na jaren duidelijk eer zouden hebben betoond aan hun eigen leidster.

Maar dat gebeurde niet. De Amboseli-olifanten werden door alle drie de schedels even sterk aangetrokken. Al hebben ze nog zo diep gerouwd om een individuele olifant die ze kenden en waarmee ze samenleefden, dat gedrag was niet terug te vinden in deze resultaten.

Het onderzoek toont aan dat olifanten gefascineerd zijn door de beenderen van andere olifanten. En sommigen zouden beweren dat het óók aantoont dat olifantenrouw om een individuele soortgenoot een verzinsel moet zijn. Dat aangezien de olifanten geen onderscheid maken tussen de schedels, het feit dat een van die schedels van hun eigen moeder was, niet belangrijk is.

Maar misschien betekent dit wel dat álle moeders belangrijk zijn.

VIRGIL

Iedere agent heeft er een die hem door de vingers is geglipt.

Voor sommigen is het een legendarisch verhaal dat ze op iedere korpskerstviering vertellen, als ze een paar biertjes te veel opheb-ben met de jongens. Het is de aanwijzing die ze niet hebben gezien terwijl ze er met hun neus bovenop zaten, het dossier waarvan ze het niet opbrachten om het weg te gooien, de zaak die niet afgeslo-ten is. Het is de sporadische nachtmerrie waaruit ze nog steeds zwetend en angstig wakker worden.

Voor de rest van ons is het de nachtmerrie waar we nog steeds in leven.

Het is het gezicht dat we half verscholen achter onze schouder in de spiegel zien. De persoon die we aan de telefoon hebben als we opnemen en die mysterieuze stilte blijft heersen aan de andere kant van de lijn. Degene die altijd bij ons is, ook als we alleen zijn.

Het is elke dag en elk ogenblik beseffen dat we hebben gefaald.

Donny Boylan, de rechercheur met wie ik destijds samenwerkte, vertelde me ooit dat zíjn zaak een melding was geweest van huise-lijk geweld. Hij ging erheen, maar wilde de man niet in de boeien slaan omdat hij eigenaar was van een gerenommeerd bedrijf, en al-gemeen bekend was en gerespecteerd werd. Hij dacht dat een waar-schuwing voldoende was. Drie uur nadat Donny het huis verliet, was de echtgenote dood. Een geweerschotwond in het hoofd. Ze heette Amanda en was op dat moment zes maanden zwanger.

Donny noemde haar zijn schim, de zaak die hij jarenlang niet van zich af kon zetten. Mijn schim heet Alice Metcalf. Voor zover ik weet is ze niet dood, zoals Amanda. Ze is simpelweg verdwenen, samen met de waarheid over wat er tien jaar geleden is gebeurd.

Soms, als ik wakker word na een zwaar drinkgelag, moet ik met mijn ogen knipperen omdat ik zou kunnen zweren dat Alice me aankijkt vanaf de andere kant van mijn bureau. Doorgaans zitten daar mijn cliënten, met het verzoek om foto's te nemen van hun overspelige vrouw of om een onderhoudsplichtige vader op te sporen. Ik werk alleen, tenzij je Jack Daniel's beschouwt als mijn assistent. Mijn kantoor is niet groter dan een kast en ruikt naar de afhaalchinees en tapijtreiniger. Ik slaap vaker hier op de bank dan in mijn flat, maar voor mijn cliënten ben ik Vic Stanhope, professioneel privédetective.

Tot ik wakker word met barstende koppijn en een tong die te dik is voor mijn mond, met een lege fles voor me en Alice die me strak aanstaart. 'Professioneel? Om de dooie dood niet,' zegt ze.

'Nou vraag ik je,' zei Donny Boylan tien jaar geleden tegen me terwijl hij nog een maagzuurremmer in zijn mond stopte. 'Had dit niet twee weken later kunnen gebeuren?'

Donny telde de dagen af tot zijn pensionering. Als we samen dienst hadden, kreeg ik steevast een hele waslijst te horen van dingen waarop hij niet zat te wachten: extra administratie, rode stoplichten, een groentje zoals ik om op te leiden, de hittegolf die zijn eczeem verergerde. Hij zat ook niet te wachten op een telefoontje om zeven uur 's ochtends van het New England Elephant Sanctuary, om de dood van een van hun dierenverzorgers te melden.

Het slachtoffer was een vierenveertigjarige werkneemster in vaste dienst. 'Wedden dat nu de pleuris uitbreekt?' zei Donny. 'Weet je nog hoe het er drie jaar geleden aan toeging, toen het reservaat werd geopend?'

Ik wist het nog. Ik werkte toen net bij de politie. Inwoners van Boone protesteerden tegen de komst van 'foute' olifanten, oftewel dieren die uit hun dierentuin of circus waren verbannen omdat ze agressief waren. Iedere dag stond er wel een ingezonden stuk in de krant met felle kritiek op de gemeente, omdat Thomas Metcalf toestemming had gekregen om zijn reservaat te stichten. Al was er een dubbele omheining gebouwd om de burgers tegen de dieren te beschermen.

Of vice versa.

De eerste drie maanden dat het reservaat open was, postten dagelijks een paar agenten bij de ingang waar de protesten werden gehouden, om de vrede te bewaren. Het bleek drukte om niets. De dieren pasten zich zonder slag of stoot aan, de inwoners van Boone wenden eraan dat ze vlak bij een dierenreservaat woonden en er deden zich geen problemen voor. Althans tot dat telefoontje om zeven uur 's ochtends.

We wachtten in een klein kantoor. Zeven planken aan de muur stonden vol ringbandmappen, gelabeld met de namen van de olifanten: Maura, Wanda, Syrah, Lilly, Olive, Dionne, Hester. Het bureaublad was één chaos van papieren, een stapel grootboeken, drie half leeggedronken koffiemokken en een presse-papier in de vorm van een menselijk hart. Er lagen facturen voor medicijnen, pompoenen en appels. Zacht fluitend bekeek ik het totaalbedrag op de rekening voor geleverd hooi. 'Sodeju,' zei ik. 'Daar zou ik een auto voor kunnen kopen.'

Donny was niet blij, maar ja, Donny was nooit blij. 'Waarom duurt dit zo verrekte lang?' vroeg hij. We wachtten inmiddels al bijna twee uur, terwijl het personeel probeerde de zeven olifanten de stallen in te drijven. Tot die tijd kon ons team zware misdrijven geen sporenonderzoek doen binnen de omheining.

'Heb jij ooit wel eens iemand gezien die vertrapt was door een olifant?' vroeg ik.

'Hou jij ooit wel eens je klep dicht?' antwoordde Donny.

Ik stond juist een serie vreemdsoortige tekens op een van de muren te bestuderen, toen een man het kantoor binnenstruikelde. Hij kwam schichtig en zenuwachtig over, zijn ogen fonkelden paniekerig achter zijn bril. 'Niet te geloven dat dit gebeurt,' zei hij. 'Wat een nachtmerrie.'

Donny stond op. 'Bent u Thomas Metcalf?'

'Ja,' antwoordde de man. 'Sorry dat ik u heb laten wachten. Het was een heksentoer om de olifanten binnen te krijgen, ze zijn behoorlijk geagiteerd. We hebben er nu zes op stal. De zevende weigerde dichtbij te komen, dus konden we haar niet paaien met eten. Maar we hebben tijdelijk schrikdraad gespannen, zodat jullie veilig naar de andere kant van het terrein kunnen...' Hij leidde ons het gebouwtje uit en het zonlicht in, dat zo fel was dat de wereld overbelicht leek.

'Hebt u enig idee hoe het slachtoffer op het olifantenterrein is terechtgekomen?' vroeg Donny.

Metcalf knipperde met zijn ogen. 'Nevvie? Ze werkte hier vanaf het begin. Heeft ruim twintig jaar ervaring met olifanten. Ze doet onze boekhouding en ze is de nachtverzorger.' Hij haperde even. 'Was. Ze wás de nachtverzorger.' Plotseling stond hij stil en sloeg zijn handen voor zijn gezicht. 'O, god. Dit is allemaal mijn schuld.'

Donny keek mij aan. 'Hoe bedoelt u?' vroeg hij.

'Olifanten kunnen spanning voelen. Ze moeten over hun toeren zijn geraakt.'

'Door de verzorgster?'

Voor hij kon reageren klonk er ineens zo'n luid gebrul dat ik een sprongetje maakte van schrik. Het kwam van ergens aan de andere kant van de omheining. De boombladeren ritselden.

'Is het niet wat vergezocht om te denken dat zo'n groot dier als een olifant iemand kan besluipen?' vroeg ik.

Metcalf draaide zich naar me om. 'Hebt u ooit wel eens een olifant op hol zien slaan?' Toen ik mijn hoofd schudde, glimlachte hij wrang. 'Houden zo.'

We liepen aan het hoofd van een rechercheteam voor zware misdrijven. Na vijf minuten kwamen we bij een heuveltje. Toen we de top bereikten, zag ik een man zitten naast het dode lichaam. Hij was een reus van een kerel, met vierkante schouders, sterk genoeg om een moord te plegen. Zijn ogen waren roodomrand en dik. Hij was zwart en het slachtoffer was blank. Ik schatte hem op ruim een meter negentig en hij was beslist sterk genoeg om een kleinere persoon te overmeesteren. Ik nam destijds bewust notitie van dit soort dingen, ik was tenslotte rechercheur in opleiding. Het slachtoffer lag met haar hoofd in zijn schoot.

De schedel van de vrouw was verbrijzeld. Haar poloshirt was van haar lijf gerukt, maar iemand had een trui over haar uitgespreid. In haar linkerbeen zat een rare hoek en ze had overal grote bloeduitstortingen.

Ik liep een paar meter verder, terwijl de forensisch patholoog neerhurkte om zijn werk te doen. Ik had geen arts nodig om me te vertellen dat ze dood was.

'Dit is Gideon Cartwright,' zei Metcalf. 'Hij heeft zijn schoonmoeder gevonden...' Zijn stem stierf weg.

Ik vond de leeftijd van de man moeilijk in te schatten, maar hij was hoogstens tien jaar jonger dan het slachtoffer. Dus zijn vrouw – de dochter van het slachtoffer – moest aanzienlijk jonger zijn dan hij.

'Ik ben rechercheur Boylan.' Donny knielde naast de man. 'Was u erbij toen dit gebeurde?'

'Nee. Ze was de nachtverzorger. Ze was hier alleen, de afgelopen nacht,' zei hij, en zijn stem brak. 'Ik had het moeten zijn.'

'Werkt u hier ook?' vroeg Donny.

Het forensisch team had zich verspreid over het terrein als een zwerm bijen. Ze fotografeerden het lichaam en probeerden het gebied dat onderzocht moest worden af te bakenen. Het probleem was dat deze plaats delict zich buiten bevond, zonder een duidelijke begrenzing. Wie kon zeggen hoe ver de vrouw was achtervolgd door de olifant die haar vertrapt had? Wie kon weten of hier enige aanwijzing te vinden was met betrekking tot het tijdstip van overlijden? Een kleine twintig meter verderop zat een diep gat in de grond en ik zag menselijke voetafdrukken langs de rand. Misschien waren er sporen met bewijswaarde terechtgekomen in hoge struiken en bomen. Maar het terrein was voornamelijk bedekt met bladeren, gras, opgedroogde modder, olifantenmest, vliegen en... nou ja, natuur. God mocht weten hoeveel daarvan betekenisvol was voor de plaats delict, en hoeveel ervan normaal.

De forensisch patholoog gaf twee medewerkers aanwijzingen om het lichaam in een lijkzak te stoppen. Toen liep hij op ons af. 'Laat me raden,' zei Donny. 'Doodsoorzaak: vertrapping?'

'Ja, het vertrappen staat buiten kijf. Maar ik weet niet of dat de doodsoorzaak is. De schedel is in tweeën gespleten. Dat zou eerder gebeurd kunnen zijn dan de vertrapping, of als gevolg daarvan.'

Ik realiseerde me te laat dat Gideon aandachtig luisterde.

'Nee, nee, nee!' schreeuwde Metcalf plotseling. 'Dat mogen jullie daar niet aanbrengen. Dat is gevaarlijk voor de olifanten.' Hij wees naar het politielint waarmee de jongens van het team zware misdrijven een groot, vierkant stuk terrein afzetten. Donny kneep zijn ogen tot spleetjes. 'Die olifanten komen voorlopig niet terug in dit gedeelte.'

'Wát? U mag hier de boel niet zomaar overnemen. Dit is beschermd natuurgebied...'

'Waar een vrouw om het leven is gekomen.'

'Het was een ongeluk,' zei Metcalf. 'Ik laat niet toe dat u de dagelijkse routine van de olifanten verstoort...'

'Doctor Metcalf, het spijt me, maar u hebt hier geen keus in.'

In zijn kaak trok een spiertje. 'Hoelang gaat dit duren?'

Donny begon duidelijk zijn geduld te verliezen. 'Daar kan ik niets over zeggen. Maar in elk geval moeten inspecteur Stanhope en ik praten met iedereen die werkt met de olifanten.'

'We zijn met z'n vieren. Gideon, Nevvie, ik en Alice. Mijn vrouw.'

Die laatste woorden waren rechtstreeks tot Gideon gericht.

'Waar is Alice?' vroeg Donny.

Metcalf staarde Gideon aan. 'Ik ging ervan uit dat ze bij jou was.'

Gideons gezicht was verwrongen van verdriet. 'Ik heb haar sinds gisteravond niet meer gezien.'

'Nou, ik ook niet.' Metcalf trok wit weg. 'Als Alice er niet is, waar is mijn dochter dan?'

Ik schat de leeftijd van mijn huidige hospita, Abigail Chivers, op ongeveer tweehonderd jaar. Echt waar, jij zou er precies zo over denken als je haar had ontmoet. Ze heeft altijd en eeuwig een zwarte jurk aan, bij de keel vastgespeld met een ouderwetse broche. Haar witte haar is strak naar achteren getrokken in een knotje, en haar toegeknepen mond verstrakt nog meer als ze haar hoofd om de deur van mijn kantoor steekt en kastjes open en dicht begint te slaan. Ze tikt hard met haar stok op mijn bureau, hooguit vijftien centimeter naast mijn hoofd. 'Victor,' zegt ze. 'Ik ruik het werk van de duivel.'

'O ja?' Ik til mijn hoofd op van het bureaublad en ga met mijn tong langs mijn tanden, die ruw aanvoelen. 'Het enige wat ik ruik is goedkope drank.'

'Ik zie geen illegale zaken door de vingers...'

'De drooglegging is al een eeuw verleden tijd, Abby,' zeg ik zuchtend. We hebben deze woordenwisseling inmiddels tientallen keren gehad. Heb ik al vermeld dat Abigail, naast geheelonthouder, kennelijk ook dementerend is? Soms spreekt ze me aan met Victor, maar voor hetzelfde geld noemt ze me president Lincoln. Natuurlijk werkt dit ook in mijn voordeel. Bijvoorbeeld als zij me de mantel uitveegt omdat ik achterloop met de huur, en ik haar glashard voorlieg dat ik al betaald heb voor deze maand.

Voor een oude bes is ze trouwens nog heel kwiek. Ze slaat met haar stok op de kussens van de bank en kijkt zelfs in de magnetron. 'Waar is het?'

'Waar is wat?' vraag ik onschuldig.

'Satanstranen. Jajem. Spraakwater. Ik weet dat je het ergens hebt verstopt.'

Ik houd me van den domme. 'Zoiets zou ik toch nooit doen?'

'Victor,' zegt ze, 'je liegt.'

Ik leg mijn hand op mijn borst. 'Ik zweer je dat er geen drank in deze kamer is.'

Ik kom overeind en strompel naar het piepkleine badkamertje dat aan mijn kantoor vastzit. Er passen net een toilet, een wastafel en een stofzuiger in. Ik doe de deur achter me dicht om te pissen, til dan het deksel van de wc-spoelbak op en vis de fles eruit waar ik gisteravond aan begonnen ben. Ik neem een fikse teug whisky en mijn schele hoofdpijn zakt als bij toverslag af.

Ik leg de fles terug op de verstopplek, trek de wc door en zwaai de deur open.

Daar is Abby weer. Ik heb niet tegen haar gelogen, alleen de waarheid opgerekt. Dat heb ik een mensenleven lang geleden geleerd, tijdens mijn rechercheursopleiding.'Wat was ook alweer je probleem?' vraag ik, en precies op dat moment gaat mijn telefoon.

'Drank,' zegt ze verwijtend.

'Abby toch,' reageer ik gladjes. 'Ik wist niet dat jij je daaraan bezondigde.'

Ik loods haar naar de deur terwijl mijn telefoon blijft overgaan. 'Zullen we dit gesprek later voortzetten? Misschien onder het genot van een slaapmutsje?' Tegenstribbelend laat ze zich door mij naar buiten duwen. Dan grabbel ik naar de telefoon en laat hem bijna weer uit mijn handen glippen.

'Wat moet je?' snauw ik tegen de zijkant van de hoorn.

'Ik ben op zoek maar meneer Stanhope.'

Ondanks de snelle slok whisky lijken mijn slapen meteen weer in een bankschroef te zitten. 'Dat ben ik.'

'Vírgil Stanhope?'

Na een jaar, en vervolgens twee jaar en daarna vijf, drong het tot me door dat Donny gelijk had gehad. Zodra een politieman achtervolgd wordt door een schim, blijft dat zo. Ik kon me niet ontdoen van Alice Metcalf. Dus heb ik mezelf ontdaan van Virgil Stanhope. Ik was zo dom om te denken dat als ik opnieuw begon, ik de dingen over kon doen, vrij van schuldgevoel en moeilijke vragen. Mijn vader was oorlogsveteraan, burgemeester van een klein stadje en in alle opzichten een respectabel man. Ik heb zijn naam geleend, met de gedachte dat iets van zijn goede eigenschappen aan mij zou blijven kleven. Ik hoopte dat ik het soort man zou worden in wie mensen vertrouwen hadden in plaats van de gozer die het verkloot had.

Tot op dit ogenblik heeft niemand aan me getwijfeld.

'Niet meer,' mompel ik, en ik verbreek snel de verbinding. Ik sta midden in mijn kantoor met mijn handen tegen mijn zere hoofd gedrukt, maar ik hoor haar nog steeds. Ik hoor haar nog terwijl ik terugloop naar de badkamer en de fles whisky weer uit de spoelbak haal, en zelfs terwijl ik hem leegdrink tot de laatste druppel.

Ik heb Alice Metcalf nooit echt horen praten. Toen ik haar vond was ze bewusteloos, en dat was ze nog steeds toen ik naar het ziekenhuis ging om haar te ondervragen. Daarna was ze foetsie. Maar in mijn fantasie, als ze tegenover me zit om me te veroordelen, klinkt ze exact hetzelfde als de stem die ik daarnet door de telefoon hoorde.

We waren naar het reservaat gestuurd voor een melding van een sterfgeval dat niet verdacht leek op het moment dat de politie het eerste telefoontje erover kreeg. En in feite was er op die ochtend tien jaar geleden geen reden om aan te nemen dat Alice Metcalf of haar kind werd vermist. Ze konden naar de supermarkt zijn geweest, in zalige onwetendheid van de gebeurtenissen in het reservaat. Ze hadden in het stadspark kunnen zijn. We hadden Alice gebeld op haar mobieltje, maar volgens Thomas vergat ze nogal eens haar telefoon mee te nemen. En de aard van haar werk, de studie van de cognitie van olifanten, bracht met zich mee dat ze vaak uren aan één stuk verdween naar de een of andere uithoek van het reservaat. Daar observeerde ze de dieren, meestal in het gezelschap van haar driejarige dochter – dit laatste tot grote ergernis van haar man.

Ik hoopte dat ze argeloos zou komen opdagen met een beker koffie van Dunkin' Donuts in haar hand en de dreumes aan een broodje knabbelend op haar arm. Als ze maar niet ergens in het reservaat waren, waar de zevende olifant nog steeds losliep.

Ik moest er niet aan denken wat er al met hen gebeurd kon zijn.

Het onderzoek was inmiddels vier uur gaande. Het forensisch team had tien dozen vol bewijsmateriaal verzameld. Pompoenschillen, plukken gedroogd gras, bladeren met zwarte vlekken van wat gedroogde mest zou kunnen zijn, of opgedroogd bloed. Terwijl zij het terrein afzochten, begeleidden wij Nevvies lichaam naar de hoofdingang van het reservaat, samen met Gideon. Hij liep langzaam en zijn stem klonk zo hol als een trommel. Als politieagent had ik genoeg ellende gezien om te weten dat hij echt aangeslagen was door de dood van zijn schoonmoeder. Zo niet, dan verdiende hij een Oscar.

'Gecondoleerd,' zei Donny. 'Dit moet heel zwaar voor u zijn.'

Gideon knikte en veegde zijn ogen af. Hij zag eruit als een man die door een hel is gegaan.

'Hoelang werkt u hier al?' vroeg Donny.

'Sinds de opening van het reservaat. En voordien bij een circus in het Zuiden. Daar heb ik mijn vrouw ontmoet. En Nevvie heeft me aan mijn eerste baan geholpen.' Zijn stem brak bij het uitspreken van de naam van de dode vrouw.

'Hebt u ooit meegemaakt dat olifanten agressief waren?'

'Of ik dat meegemaakt heb?' vroeg Gideon. 'Jazeker, in het circus. Hier niet vaak. Een mepje met de slurf als een verzorger ze per ongeluk laat schrikken. En één keer flipte een van onze meisjes toen ze de ringtone van een mobieltje hoorde, die klonk als kermisorgelmuziek. Olifanten vergeten nooit iets, u kent het gezegde. Nou, dat klopt. Maar het pakt niet altijd gunstig uit.'

'Dus het is mogelijk dat een van de... meisjes ergens door van streek is geraakt, en dat zij uw schoonmoeder tegen de grond heeft geslagen?'

Gideon sloeg zijn ogen neer. 'Wie weet.'

'U klinkt niet erg overtuigd,' zei ik.

'Nevvie kon uitstekend met olifanten overweg,' zei Gideon. 'Ze was geen beginneling. Dit was gewoon... slechte timing.'

'En hoe zit het met Alice?' vroeg ik.

'Wat bedoelt u?'

'Kon zij goed met olifanten overweg?'

'Niemand kent de olifanten beter dan Alice.'

'Hebt u haar gisteravond of vannacht gezien?'

Hij keek Donny aan en toen mij. 'Blijft dit tussen ons?' zei hij. 'Ze kwam mij om hulp vragen.'

'Omdat het reservaat in de problemen zat?'

'Nee, het ging over Thomas. Toen het reservaat geld begon op te slorpen, veranderde hij. Hij heeft heel heftige stemmingswisselingen. Hij sluit zich continu op in zijn werkkamer en gisteravond was Alice echt bang voor hem.'

Bang. Dat woord deed een alarmbel rinkelen.

Ik had de indruk dat Gideon me niet alles vertelde. Op zich niet zo vreemd, want als hij zijn baan wilde houden, kon hij beter niet zijn mond voorbijpraten over de huiselijke problemen van zijn baas. 'Zei ze verder nog iets?' vroeg Donny.

'Ze zei iets over Jenna. Dat ze haar in veiligheid wilde brengen.'

'Het klinkt alsof ze u veel toevertrouwt,' zei Donny. 'Hoe neemt uw vrouw dat op?'

'Mijn vrouw is hier niet meer,' antwoordde Gideon. 'Nevvie is de enige familie die ik nog heb – hád.'

Toen we de kolossale stal naderden, hield ik mijn pas in. Op het terrein erachter liepen vijf olifanten rond, ze schoven langs elkaar heen als onweerswolken. Door hun zachte aanhoudende geknor trilde de grond onder onze voeten. Ik had het griezelige gevoel dat ze volledig begrepen wat we hadden gezegd.

En ik moest aan Thomas Metcalf denken.

Donny wendde zich tot Gideon. 'Kunt u iemand bedenken die Nevvie iets zou willen aandoen? Een mens, bedoel ik?'

'Olifanten zijn wilde dieren, geen huisdieren. Er kan van alles gebeurd zijn.' Gideon stak zijn hand uit naar het hek toen een van de olifanten haar slurf tussen de spijlen door stak. Ze snuffelde aan zijn vingers, pakte een steen en gooide die naar mijn hoofd.

Donny grinnikte. 'Kijk nou, Virg. Ze mag je niet.'

'Het is voedertijd.' Gideon glipte snel het hek door en de olifanten begonnen te trompetteren. Ze wisten wat er ging komen.

Donny haalde zijn schouders op en liep door.

Was ik de enige die gemerkt had dat Gideon Donny's vraag niet echt had beantwoord?

'Ga weg, Abby,' schreeuw ik. Ik dénk althans dat ik schreeuw, omdat mijn tong zo'n tien maten te groot voelt voor mijn mond. 'Ik heb je toch gezegd dat ik niet drink!'

Puur theoretisch klopt dat. Ik drink op dit moment niet. Ik ben dronken.

Maar mijn hospita blijft kloppen, of misschien is het een drilboor die ik hoor. In elk geval houdt het niet op. Dus krabbel ik op van de vloer, waar ik blijkbaar knock-out ben gegaan, en ruk de deur van mijn kantoor open.

Scherp zien is ondoenlijk in mijn toestand, maar ik weet wel zeker dat degene die voor me staat Abby niet is. Ze is maar een meter vijftig lang. Ze draagt een rugzakje en een blauwe sjaal om haar hals en heeft een rode vlecht, waardoor ze lijkt op Isadora Duncan of Pippi Langkous of iets in die geest. 'Meneer Stanhope,' zegt ze. 'Vírgil Stanhope?'

Verspreid over Thomas Metcalfs bureau lagen grote vellen papier vol cijfers en symbooltjes; het leek een soort geheimschrift. Er lag ook een papier met een diagram dat leek op een achthoekige spin met gelede poten. Hoewel ik het vak op de middelbare school nauwelijks had gehaald, was dit volgens mij een scheikundige formule. We waren nog niet binnen of Metcalf repte zich naar het bureau om snel de papieren bijeen te grabbelen. Hij zweette, hoewel het buiten niet heel warm was. 'Ze zijn weg,' zei hij radeloos.

'We doen alles wat in onze macht ligt om ze te vinden...'

'Nee, nee. Mijn áántekeningen.'

Op dat punt in mijn carrière was ik nog niet op veel plaatsen delict geweest. Maar toch vond ik het vreemd dat een man wiens vrouw en kind vermist waren zich daar minder druk om leek te maken dan om wat papieren.

Donny keek naar de stapels op het bureau. 'Liggen ze daar niet bij?'

'Natuurlijk niet,' snauwde Metcalf. 'Natuurlijk heb ik het over de pagina's die hier níét bij liggen.'

Op de papieren stond een vreemde reeks cijfers en letters. Het had een computerprogramma kunnen zijn of een satanische code. Zo'n soort tekenreeks had ik eerder die dag op de muur gezien. Donny keek me even aan en trok zijn wenkbrauwen op. 'De meeste mannen zouden danig in angst zitten over hun vermiste gezinsleden, gezien het feit dat een olifant hier de afgelopen nacht iemand heeft gedood.'

Metcalf ging verder met het doorzoeken van de stapel papieren en boeken. Hij verschoof ze van links naar rechts terwijl hij inwendig een inventaris op scheen te maken.

'Daarom heb ik haar al duizend keer gewaarschuwd dat ze Jenna niet moest meenemen het terrein op...'

'Jenna?' herhaalde Donny.

'Mijn dochter.'

Donny liet een stilte vallen. 'U en uw vrouw hadden vaak ruzie, nietwaar?' vroeg hij toen.

'Wie zegt dat?' voer Thomas uit.

'Gideon. Hij zei dat u Alice gisteravond van streek hebt gemaakt.'

'Ik heb háár van streek gemaakt?' antwoordde Thomas.

Ik deed een stap naar voren, zoals Donny en ik hadden besproken. 'Mag ik gebruikmaken van uw wc?'

Metcalf wees me naar een badkamertje aan het einde van de gang. Boven de wc hing een kapotte lijst met een vergeeld, opgekruld krantenartikel over het reservaat. Ernaast hing een foto van Thomas en een zwangere vrouw die glimlachte naar de camera, met een olifant op de achtergrond.

Ik opende het medicijnkastje en zag pleisters, antibiotische zalf, Dettol en Advil. Er lagen drie nieuw uitziende doosjes medicijnen op recept, allemaal gelabeld als herhaalrecept, met Thomas' naam erop. Prozac, Abilify en Zoloft. Antidepressiva.

Als het klopte wat Gideon had gezegd over die stemmingswisselingen, zou het logisch zijn dat Thomas aan de medicijnen was.

Voor de goede orde trok ik de wc door. Toen ik het kantoortje weer binnenstapte, liep Metcalf rondjes door de ruimte als een gekooide tijger. 'Ik wil u niet vertellen hoe u uw werk moet doen, rechercheur,' zei hij. 'Maar ik ben de benadeelde partij, ik heb niemand schade berokkend. Zij is ervandoor met mijn dochter én mijn levenswerk. Zoekt u haar liever, in plaats van mij aan een kruisverhoor te onderwerpen.'

Ik deed een stap naar voren. 'Waarom zou ze uw onderzoek stelen?'

Hij liet zich in zijn bureaustoel zakken. 'Omdat ze dat al eerder heeft gedaan. Meerdere keren. Ze heeft ingebroken in mijn kantoor om mijn aantekeningen te pakken te krijgen.' Hij rolde de lange strook papier uit die op zijn bureau lag. 'Dit mag niet uitlekken, heren... maar ik sta vlak voor een belangrijke doorbraak op het gebied van geheugenonderzoek. Het is algemeen bekend dat herinneringen flexibel zijn voor ze gecodeerd worden door de amandelkernen in de hersenen. Maar uit mijn onderzoek blijkt dat iedere keer dat de herinnering wordt opgeroepen, deze terugkeert naar die veranderlijke staat. Dat wijst erop dat geheugenverlies zich óók kan voordoen na het ophalen van herinneringen, indien er een farmacologische blokkade is die eiwitsynthese verstoort in de amandelkernen... Stelt u zich voor dat je traumatische herinneringen jaren na de gebeurtenis kon wissen met chemische middelen. Dat zou de behandelingsmethode van posttraumatische stress compleet veranderen. En het zou Alice' gedragsonderzoek over rouw tot giswerk reduceren in plaats van wetenschap.'

Donny keek over zijn schouder naar mij. *Kierewiet*, vormden zijn lippen geluidloos. 'En uw dochter, doctor Metcalf? Waar was ze toen u uw vrouw hier betrapte?'

'Ze sliep,' zei Metcalf met overslaande stem. Hij wendde zich van ons af en schraapte zijn keel. 'Mijn vrouw is overduidelijk níét in dit kantoor op dit moment. Dus de vraag is: wat doet u nog hier?'

'Inspecteur Stanhope,' zei Donny monter, 'wilt u het rechercheteam even doorgeven dat ze het moeten afronden? Dan stel ik doctor Metcalf hier nog een paar vragen, oké?'

Ik knikte. Het zat Donny Boylan bepaald niet mee. We waren hier gekomen om een melding van een sterfgeval te onderzoeken, veroorzaakt door een op hol geslagen olifant. Maar nu waren we gestuit op een huiselijke ruzie tussen een verwarde mafketel en zijn vrouw – wat al dan niet geresulteerd kon hebben in een dubbele vermissing en zelfs moord. Ik zette koers naar het terrein waar het forensisch team nog bezig was allerlei nutteloze troep op te rapen, toen plotseling al mijn nekharen rechtovereind kwamen.

Ik draaide me om. Daar stond de zevende olifant naar me te kijken vanachter ondeugdelijk gespannen draagbaar schrikdraad.

Van zo dichtbij was ze gigantisch. Haar oren lagen achterwaarts tegen haar kop en haar slurf hing tot op de grond. Op haar benige voorhoofdsrichel zaten een paar stijve, dikke haren. Ze keek me aan met bruine, gevoelvolle ogen. Ze brulde. Ik week haastig achteruit, ook al stond er een afrastering tussen ons in.

Ze trompetterde weer, ditmaal harder. Vervolgens liep ze een eindje weg, stond na een paar stappen stil, draaide zich om en keek naar mij. Dat deed ze nog twee keer.

Het was bijna alsof ze wachtte tot ik haar zou volgen.

Toen ik me niet verroerde, kwam de olifant terug en stak voorzichtig haar slurf tussen de stroomdraden van de afrastering. Ik voelde de warmte van haar snuivende ademhaling, als een fluweelzacht zomerbriesje. Ik rook stof en hooi. Ik hield mijn adem in en ze raakte voorzichtig mijn wang aan.

Ze kwam weer in beweging en deze keer volgde ik haar, langs mijn kant van de afrastering, tot ze een scherpe bocht maakte en bij me vandaan begon te lopen. Ze daalde af in een inzinking in het landschap en juist voor ze uit het zicht verdween, keek ze weer achterom naar mij.

Toen ik op de middelbare school zat, liepen we altijd dwars door de weilanden omdat dat de kortste weg was. Schrikdraad was geen probleem. We maakten een sprong, drukten de draad omlaag en zweefden eroverheen. Het was zaak om de stroomdraad los te laten voor onze voeten de grond raakten, dan kregen we geen schok.

Ik nam een aanloop en sprong, maar op het laatste moment bleef mijn schoen in de modder steken en mijn hand verkrampte door de schok. Ik viel, rolde door het stof, krabbelde overeind en spurtte in de richting waarin de olifant was verdwenen.

Ze stond ongeveer driehonderdvijftig meter verderop, met op de grond tussen haar vier poten het lichaam van een vrouw.

'Jezusmina,' fluisterde ik. De olifant knorde. Toen ik een stap naar voren deed, schoot haar slurf uit naar mijn schouder en sloeg me tegen de grond. Ik twijfelde er niet aan dat het alleen een waarschuwing was. Ze had me naar de andere kant van het reservaat kunnen slaan als ze dat gewild had.

'Hé, meisje,' zei ik zacht, en ik maakte oogcontact met de olifant. 'Ik weet dat je voor haar wilt zorgen. Dat wil ik ook. Je moet me alleen wat dichterbij laten komen. Ik zorg dat het goed komt met haar, dat beloof ik.'

Terwijl ik rustig doorpraatte, zag ik dat de olifant zich ontspande. De oren, die eerst plat tegen haar hoofd lagen, flapperden naar voren. De slurf kronkelde boven de borst van de vrouw. Zo voorzichtig als ik nooit zou verwachten van zo'n groot dier, tilde ze haar enorme poten op en stapte weg van het lichaam.

Op dat moment snapte ik het helemaal. Waarom de Metcalfs dit reservaat waren begonnen en waarom Gideon geen van deze dieren wilde beschuldigen van de dood van zijn familielid. Ik begreep waarom Thomas probeerde hun brein te doorgronden. Er was iets aan ze waar ik de vinger niet op kon leggen, niet alleen een complexiteit of verbondenheid, maar gelijkwaardigheid. Alsof we beiden wisten dat we aan dezelfde kant stonden.

Ik knikte de olifant toe, en ik zweer bij god dat ze naar me terugknikte.

Misschien was ik naïef. Misschien was het oerstom van me, maar ik knielde naast de olifant. Ik ging zo dicht bij haar zitten dat ze me met gemak kon verpletteren als ze dat wilde, en ik controleerde de hartslag van de vrouw. Tegen haar wang en hoofdhuid plakte een grote korst bloed en haar gezicht was paars en opgezwollen. Ze vertoonde geen enkele reactie... en ze leefde nog.

'Dank je wel,' zei ik tegen de olifant, want voor mij stond het als een paal boven water dat ze deze vrouw had willen beschermen. Ik keek op, maar het dier was verdwenen. Ze was geruisloos weggeglipt tussen de bomen aan de rand van de ondiepe vallei.

Ik tilde de vrouw op en liep op een holletje naar het forensisch team. Thomas Metcalf had het mis gehad. Alice was er niet vandoor gegaan met zijn dochter, of met zijn dierbare onderzoek. Ze was gewoon hier.

Toen ik een keer aan de boemel was, hallucineerde ik dat ik een potje poker speelde met de Kerstman en een eenhoorn die continu vals speelde. Plotseling drong de Russische maffia de kamer binnen en begon de Kerstman af te tuigen. Ik vluchtte de brandtrap op voor ze mij ook te grazen zouden nemen. De eenhoorn rende naast me en toen we op het dak aankwamen, zei hij dat ik eraf moest springen en wegvliegen. Precies op dat moment kwam ik bij mijn positieven doordat mijn mobiel overging, en ik had al één been over de rand alsof ik godbetert Peter Pan was. Door het oog van de naald, dacht ik. Die ochtend spoelde ik alle drank die ik in huis had door de gootsteen.

Ik ben drie dagen nuchter geweest.

In die periode vroeg een nieuwe cliënt me om foto's te maken van haar man, van wie ze dacht dat hij haar bedroog met een andere vrouw. In de weekenden verdween hij uren achtereen, volgens eigen zeggen naar de bouwmarkt, en kwam terug zonder één enkele aankoop. Sinds kort wiste hij berichten op zijn mobiele telefoon. Hij leek een heel andere man dan degene met wie ze ooit getrouwd was, zei ze.

Op een zaterdag volgde ik de man naar – uitgerekend – een dierentuin. Hij was inderdaad samen met een meisje, maar ze was niet ouder dan vier. Het meisje rende naar het hek van het olifantenverblijf. Ik dacht meteen aan de dieren die ik in het reservaat had gezien, die vrij rondliepen over het uitgestrekte terrein en niet opgesloten waren in een krappe betonnen behuizing. De olifant wiegde heen en weer alsof ze bewoog op muziek die niemand van ons kon horen. 'Papa,' zei het meisje. 'Ze danst!'

'Ik heb een keer gezien dat een olifant een sinaasappel schilde,' zei ik terloops, terugdenkend aan een van de keren dat ik in het reservaat was voor de zaak van de dode dierenverzorgster. Olive was dat kunstje machtig geweest. Ze rolde de sinaasappel over de grond onder haar enorme voorpoot, waardoor de vrucht openbarstte. Dan pelde ze de schil geraffineerd af met haar slurf. Ik knikte de man toe, de echtgenoot van mijn cliënte. Ik wist toevallig dat ze geen kinderen hadden. 'Leuke dochter heb je,' zei ik.

'Ja,' antwoordde hij. Hij klonk verwonderd, de emotie die doorklinkt in je stem als je voor het eerst hoort dat je een kind krijgt, niet als je kind al vier is. Tenzij je natuurlijk juist ontdekt hebt dat je haar vader bent.

Bij terugkeer moest ik mijn cliënte vertellen dat haar man niet scharrelde met een andere vrouw, maar een heel leven had waar zij niets van had geweten.

Geen wonder dat ik die nacht droomde over mijn ontdekking van Alice Metcalfs bewusteloze lichaam, en over de belofte die ik de olifant had gedaan, die ik niet was nagekomen. *Ik zorg dat het goed komt met haar, dat beloof ik.*

En toen heb ik me weer bezat.

Ik kan me niet alle bijzonderheden herinneren van de zeven of acht uur nadat ik Alice Metcalf had gevonden. Er gebeurde heel veel in heel korte tijd. Ze was nog steeds bewusteloos toen de ambulance haar naar het plaatselijke ziekenhuis bracht. Ik gaf instructies aan het ambulancepersoneel om ons te bellen zodra ze bijkwam. We vroegen politieversterking uit naburige stadjes om het olifantenreservaat helemaal uit te kammen, omdat we niet wisten of Alice Metcalfs dochtertje nog op het terrein was.

Om ongeveer negen uur 's avonds gingen we langs het ziekenhuis, en kregen te horen dat Alice Metcalf nog steeds buiten bewustzijn was.

Ik vond dat we Thomas moesten aanhouden als verdachte. Maar

volgens Donny kon dat niet, omdat we niet wisten of er sprake was van een misdrijf. Hij zei dat we moesten wachten tot Alice bij bewustzijn kwam en ons vertelde wat er gebeurd was. Dan wisten we pas of Thomas iets te maken had met Alice' hoofdletsel, of de verdwijning van het kind, of Nevvies overlijden.

We zaten nog steeds in het ziekenhuis te wachten tot ze zou bijkomen, toen Gideon ons in paniek opbelde. Twintig minuten later liepen we met hem door het inmiddels donkere reservaat naar het olifantenverblijf, bij het licht van onze zaklampen. Daar zat Thomas Metcalf in badjas en op blote voeten, en deed verwoede pogingen om de voorpoten van een olifant aan een ketting te leggen. Ze bleef proberen zich los te rukken. Een hond blafte en hapte naar Metcalf. Hij schopte het beest in de ribben, zodat het jankend over de grond rolde. 'Het duurt maar een paar minuten voor U0126 wordt opgenomen in haar bloed...'

'Ik weet bij god niet waar hij mee bezig is,' zei Gideon, 'maar wij leggen hier géén olifanten aan de ketting.'

De olifanten knorden, een heidens kabaal waarvan de grond schudde en mijn benen meetrilden.

'Jullie moeten hem daar weghalen,' prevelde Gideon, 'voor de olifant gewond raakt.'

Of vice versa, dacht ik.

Het kostte een uur om Thomas over te halen om uit de enorme stal te komen. Het duurde nog eens dertig minuten voor Gideon het doodsbange dier dicht genoeg kon benaderen om de ketting te verwijderen. We sloegen Metcalf in de boeien, wat heel gepast leek na dit incident, en we brachten hem naar een psychiatrisch ziekenhuis zo'n negentig kilometer ten zuiden van Boone. Tijdens de rit hadden onze mobieltjes een tijdje geen bereik. Zo kwam het dat we pas een uur later bericht kregen dat Alice Metcalf wakker was.

Intussen hadden we zestien uur non-stop gewerkt.

'Mórgen,' zei Donny nadrukkelijk. 'Het eerste wat we morgen gaan doen, is met haar praten. Nu zijn we allebei te afgepeigerd.'

En zo begon de grootste fout van mijn leven.

Ergens tussen middernacht en zes uur 's ochtends vertrok Alice op eigen houtje uit het ziekenhuis van Boone, om daarna van de aardbodem te verdwijnen.

'Meneer Stanhope,' zegt ze. 'Vírgil Stanhope?'

Het meisje in de deuropening spreekt mijn naam uit alsof ze me ergens van beschuldigt. Alsof Virgil heten gelijkstaat aan een soa hebben. Ik schiet meteen in de verdediging. Ik ben niet de oude Virgil, al heel lang niet meer. 'Je hebt de verkeerde voor je.'

'Heb je je nooit afgevraagd wat er met Alice Metcalf gebeurd is?'

Ik kijk naar haar gezicht, dat nog steeds wat wazig is dankzij de sloot whisky die ik soldaat heb gemaakt. Ik tuur door mijn wimpers, ik heb zeker weer een hallucinatie. 'Ga weg,' brabbel ik met dubbele tong.

'Dan zul je eerst moeten toegeven dat jij de man bent die mijn moeder bewusteloos in het ziekenhuis heeft achtergelaten, tien jaar geleden.'

Op slag ben ik broodnuchter. Ik weet wie het is die voor me staat. Niet Alice, en niet zomaar een hallucinatie. 'Jenna. Jij bent haar dochter.'

Het licht dat haar gezicht overspoelt, doet me denken aan de schilderijen die je in kathedralen ziet. Het soort kunst dat je hart breekt terwijl je ernaar kijkt. 'Heeft ze je over mij verteld?'

Alice Metcalf heeft me natuurlijk niets verteld. De dag nadat de olifant me naar haar toe had geleid, was ze niet meer in het ziekenhuis, en ik kwam die ochtend te laat om haar verklaring op te nemen. Het enige wat de verpleegkundige me kon meedelen, was dat ze haar eigen ontslagpapieren had ondertekend en dat ze had gepraat over een zekere Jenna.

Donny zag dat als bewijs dat Gideons verhaal gegrond was en dat Alice Metcalf ertussenuit geknepen was met haar dochter, zoals ze had gewenst. Gezien het feit dat haar man totaal niet spoorde, leek dat een happy end. Donny had toen nog twee weken te gaan voor zijn pensioen. Ik wist dat hij zijn administratie wilde afronden, inclusief de zaak van de dode dierenverzorgster in het New England Elephant Sanctuary. 'Het was een óngeluk, Virgil,' onderstreepte hij toen ik erop aandrong om dieper te graven. 'Alice Metcalf is geen verdachte. Ze is niet eens officieel vermist tot iemand het meldt.'

Maar niemand heeft het ooit gemeld. En toen ik het zelf probeerde, zette Donny me de voet dwars. 'Laat nou maar zitten, Virgil. Het is voor je eigen bestwil.' Ik protesteerde dat hij fout zat met zijn beslissing, maar hij antwoordde cryptisch: 'Het is mijn beslissing niet.'

Tien jaar lang heeft deze zaak me dwarsgezeten.

En nu staat het bewijs voor mijn neus dat Donny Boylan al die tijd gelijk had.

'Krijg nou wat,' zeg ik, wrijvend over mijn slapen. 'Dit is niet te geloven.' Ik doe de deur iets verder open en Jenna komt binnen. Ze trekt haar neus op vanwege de sigarettenwalm, en bij het zien van de verfrommelde fastfoodverpakkingen op de vloer. Met trillende hand haal ik een peuk uit mijn borstzak en steek hem op.

'Van roken ga je dood.'

'Niet snel genoeg,' mompel ik terwijl ik diep inhaleer voor de nicotinekick. Echt, soms is dat het enige waardoor ik dit bestaan nog een dag langer verdraag.

Jenna legt een flap van twintig dollar op mijn bureau. 'Kom op, wees een vent,' zegt ze. 'Ik wil je namelijk in dienst nemen.'

Ik lach onwillekeurig. 'Meisje, je had je spaarvarken niet hoeven slachten. Als je hond weggelopen is, hang dan flyers op in de buurt waar je woont. Als je vriendje je gedumpt heeft voor een sexy mokkel, vul jij gewoon je beha op om hem jaloers te maken. En omdat ik zo'n toffe peer ben, krijg je deze adviezen gratis en voor niets.'

Ze vertrekt geen spier. 'Ik neem je in dienst zodat jij je werk kunt afmaken.'

'Wat?'

'Je moet mijn moeder opsporen,' zegt ze.

Er is iets wat ik niemand ooit verteld heb over die zaak. De dagen na het sterfgeval in het New England Sanctuary was het moeilijk om de media op afstand te houden, dat kun je je voorstellen. Thomas Metcalf werd onder de medicijnen gehouden in een psychiatrische kliniek en zijn vrouw was pleite, dus de enige overgebleven dierenverzorger was Gideon. Het reservaat was failliet en had grote betalingsachterstanden: alle scheuren in de fundering werden voor iedereen zichtbaar. Er werd geen voer en hooi meer geleverd voor de olifanten. De bank wilde beslag leggen op het terrein, maar eerst moesten de bewoners, die samen zo'n zestienduizend kilo wogen, verkassen.

Het valt niet mee om onderdak te vinden voor zeven olifanten, maar Gideon was opgegroeid in Tennessee en kende The Elephant Sanctuary in Hohenwald. Zij begrepen dat dit een noodsituatie was. Ze waren bereid de olifanten uit New Hampshire op te vangen in hun quarantainestal, tot op hun terrein een nieuwe stal voor de dieren kon worden gebouwd.

Die week belandde een nieuwe zaak op mijn bureau. Een zeventienjarige babysitter die een baby van zes maanden hersenletsel had toegebracht. Ik was druk bezig om de blonde cheerleader met haar stralend witte glimlach tot een bekentenis te krijgen dat ze de zuigeling door elkaar had geschud. Zo kwam het dat ik op de dag van Donny's afscheidsfeest nog aan mijn bureau zat toen het rapport van de forensisch patholoog over Nevvie Ruehl binnenkwam.

Ik wist al wat erin stond. Dat de dood van de verzorgster een ongeluk was geweest, dat ze vertrapt was door een olifant. Maar voor ik het wist, scrolde ik door de tekst en las wat het gewicht was van het hart, de hersenen en de lever van het slachtoffer. Op de laatste pagina stond een lijst van voorwerpen die op het lichaam waren gevonden.

Waaronder één enkele lange rode haar.

Ik printte het verslag uit en rende naar beneden, waar Donny met een feesthoedje op de kaarsjes uitblies op een taart in de vorm van een achttiende hole. 'Donny,' fluisterde ik, 'we moeten praten.'

'Nu?'

Ik trok hem mee de gang op. 'Lees dit eens.'

Ik duwde hem het rapport van de forensisch patholoog in handen en keek toe hoe hij snel de resultaten doornam. 'Sleep je me weg van mijn eigen afscheidsfeest om me te vertellen wat ik al weet? Ik heb je toch gezegd, Virg, dat je dit moet laten rusten.'

'Die haar,' zei ik. 'Een rode haar. Die is niet van het slachtoffer. Zij was blond. Dus misschien heeft er een worsteling plaatsgevonden.'

'Of misschien is er een lijkzak hergebruikt.'

'Alice Metcalf heeft rood haar.'

'Dat geldt ook voor zes miljoen andere mensen in de Verenigde Staten. En zelfs als deze toevallig van Alice Metcalf zou zijn, wat dan nog? De twee vrouwen kenden elkaar. Er kunnen sporen zijn overgedragen. Dit zou alleen bewijzen dat ze op een gegeven moment in elkaars nabijheid zijn geweest. Zie de beginnerscursus forensisch onderzoek.' Hij kneep zijn ogen tot spleetjes. 'Ik zal je een tip geven. Geen enkele rechercheur wil graag werken in een stad waar spanningen heersen. Twee dagen geleden scheet de goegemeente van Boone bagger vanwege dolgedraaide olifanten die 's nachts iedereen zouden komen doodtrappen. Nu zijn de mensen tot bedaren gekomen omdat de olifanten binnenkort afnokken. Alice Metcalf zit waarschijnlijk in Miami. Schrijft haar kind onder een valse naam in voor een basisschool. Als jij gaat rondstrooien dat deze zaak misschien geen ongeluk was maar moord, creëer je nieuwe paniek. Geen slapende honden wakker maken, Virgil. Weet je wat de mensen willen? Dat smerissen voorkomen dat er problemen ontstaan, niet dat ze problemen máken. Jij wilt toch rechercheur worden? Dan moet je geen Superman willen zijn, maar eerder Mary Poppins.'

Hij klopte me op de rug en liep terug naar het zaaltje vol feestbeesten.

'Wat bedoelde je?' riep ik hem achterna. 'Toen je zei dat het niet jouw beslissing was?'

Donny stond stil, keek naar de groep feestende collega's, pakte me bij de arm en trok me mee in tegenovergestelde richting, zodat we niet de kans liepen dat iemand ons hoorde. 'Heb je je nooit afgevraagd waarom de pers hier niet bovenop is gesprongen? In New Hampshire nog wel, waar geen ene moer gebeurt? Op iets wat riekt naar mogelijke moord komen de journalisten normaliter af als junks op een pijp crack. Tenzij,' zei hij zacht, 'mensen die veel machtiger zijn dan jij en ik hun meedelen dat ze moeten stoppen met graven.'

Destijds geloofde ik nog in gerechtigheid, in het systeem. 'Wil jij beweren dat de chef hiermee akkoord gaat?'

'We zitten vlak voor de verkiezingen, Virg. De gouverneur kan geen tweede termijn in gaan, bogend op een geslaagde misdaadbestrijding, als het publiek denkt dat er een moordenaar losloopt in Boone.' Hij zuchtte. 'En die gouverneur is nou net degene die het budget voor de openbare veiligheid heeft verhoogd, zodat de politie ook jou in dienst kon nemen. En zodat je de gemeenschap kunt beschermen zonder te hoeven kiezen tussen een fatsoenlijk salaris of een kogelvrij vest.' Hij keek me recht in de ogen. 'Als je het zo bekijkt, is het goede doen opeens minder zwart-wit, hè?'

Ik zag Donny weglopen, maar ik ben niet naar zijn afscheidsfeest gegaan. In plaats daarvan ging ik weer achter mijn bureau zitten en peuterde de laatste pagina van het forensisch rapport uit het nietje. Ik vouwde het papier in vieren en stopte het in mijn jaszak.

De rest van het rapport voegde ik bij het gesloten dossier van Nevvie Ruehl. Daarna broedde ik verder op het bewijs dat ik had voor de zaak van de door elkaar gerammelde baby. Twee dagen later ging Donny officieel met pensioen en kreeg ik de zeventienjarige babyoppas zover dat ze bekende.

Ik hoorde dat de olifanten zich al snel thuis voelden in Tennessee. De grond van het reservaat werd voor de helft verkocht aan de staat als beschermd natuurgebied, en voor de andere helft aan een projectontwikkelaar. Nadat alle schulden waren betaald, werd het restbedrag in beheer gegeven aan een notaris, om de psychiatrische verpleging van Thomas Metcalf te betalen. Zijn vrouw is nooit teruggekomen om er iets van op te eisen.

Zes maanden later werd ik bevorderd tot rechercheur. Op de ochtend voor de plechtigheid trok ik mijn beste pak aan, nam de opgevouwen laatste pagina van het forensisch rapport uit het laatje van mijn nachtkastje en stopte het in mijn borstzak.

Ik moest mezelf blijven inprenten dat ik geen held was.

'Is ze weer verdwenen?' vraag ik.

'Wat bedoel je met wéér?' antwoordt Jenna. Ze is in yogazit in de stoel tegenover mijn bureau neergestreken.

Dát prikt uiteindelijk door de dikke mist in mijn brein heen. Ik druk mijn sigaret uit in een mok met een bodempje oude koffie. 'Maar ze had jou toch meegenomen?'

'Nee hoor,' zegt Jenna. 'Ik heb haar in geen tien jaar gezien.'

'Ho eens even.' Ik schud mijn hoofd. 'Wat vertel je me nou?'

'Jij was een van de laatste personen die mijn moeder nog in leven hebben gezien,' verklaart Jenna. 'Jij hebt haar in die ambulance gedropt. En toen ze verdween, heb je niet eens gedaan wat iedere politieagent met een greintje verstand zou doen, namelijk haar zoeken.'

'Daar had ik geen reden toe. Ze heeft zelf haar ontslagpapieren ondertekend in het ziekenhuis. Ze is volwassen, dus dat is de normale gang van zaken...'

'Ze had hóófdletsel.'

'Het ziekenhuis heeft ons niet gewaarschuwd dat je moeder wilde vertrekken, rekening houdend met haar recht op medische privacy. Maar dát betekent dat ze vonden dat ze voldoende hersteld was. Dus namen wij ook aan dat het goed met haar ging en dat ze samen met jou was weggegaan.'

'Waarom hebben jullie haar dan nooit beschuldigd van kidnapping?'

Ik haal mijn schouders op. 'Je vader heeft haar nooit officieel als vermist opgegeven.'

'Hij had het waarschijnlijk te druk met geëlektrocuteerd worden, als onderdeel van zijn behandeling.'

'Als jij niet bij je moeder was, wie heeft er dan al die tijd voor je gezorgd?'

'Mijn oma.'

Dus daar had Alice haar kind gelaten. 'En waarom heeft zíj geen aangifte gedaan van je moeders verdwijning?'

Het meisje bloost. 'Ik was te jong om het me te herinneren, maar ze zegt dat ze een week nadat mijn moeder verdween naar de politie is gegaan. Ik denk dat er niets uit gekomen is.'

Was dat zo? Ik kon me niet herinneren dat iemand officieel melding had gemaakt van Alice Metcalfs verdwijning. Maar misschien was die vrouw niet bij mij terechtgekomen, maar bij Donny. Het zou me niet verbazen als Alice Metcalfs moeder met een kluitje in het riet was gestuurd. Of als Donny het aangifteformulier pijlsnel had opgeborgen zodat ik het niet onder ogen zou krijgen, omdat hij wist dat ik de zaak zou willen uitspitten.

'Het punt is,' zegt Jenna, 'je had wél naar haar op zoek moeten gaan, en dat heb je niet gedaan. Dus ben je me iets verplicht.'

'Hoe weet je zo zeker dat ze opgespoord kan worden?'

'Ze is niet dood.' Jenna kijkt me in de ogen. 'Ik denk dat ik dat zou weten. Vóélen.'

Als ik honderd dollar had gekregen voor elke keer dat ik dát hoorde van bedroefde achterblijvers in een vermissingszaak, om vervolgens onverhoopt de stoffelijke resten te vinden... Nou, dan zou ik nu Macallan-whisky drinken, geen JD uit de drankensuper. Maar ik zeg alleen: 'Zou het kunnen dat ze niet is teruggekomen omdat ze dat niet wilde? Veel mensen willen hun leven over een andere boeg gooien.'

'Zoals jij?' vraagt ze terwijl ze me een priemende blik toewerpt. 'Víctor?'

'Oké, oké,' geef ik toe. 'Als je leven compleet de mist in is gegaan, is het soms makkelijker om opnieuw te beginnen.'

'Mijn moeder heeft níét zomaar besloten iemand anders te worden,' zegt ze fel. 'Ze was tevreden met wie ze was. En ze zou mij niet in de steek hebben gelaten.'

Ik heb Alice Metcalf niet gekend. Maar ik weet dat er twee manieren van leven zijn: Jenna's manier, waarbij je je vastklampt aan wat je hebt om het niet te verliezen. Of mijn manier, waarbij je iedereen die ertoe doet de rug toekeert voordat ze jóú in de steek kunnen laten. Welke optie je ook kiest, het loopt geheid op een teleurstelling uit.

Misschien wist Alice heel goed dat haar huwelijk een puinhoop was, en dat het alleen een kwestie van tijd was voor haar kind daar ook onder ging lijden. Misschien is ze hem net als ik gepiept voor haar leven nog onleefbaarder werd.

Ik haal een hand door mijn haar. 'Weet je, niemand wil graag horen dat zíj misschien de reden is dat haar moeder de benen heeft genomen. Maar neem dit van me aan: je moet het achter je laten. Gewoon wegstoppen in het vakje van alle andere shit die niet eerlijk is. Zoals dat mooie mensen eerder bediend worden in restaurants, en dat een knul die totaal niet kan schaatsen in het ijshockeyteam van de universiteit belandt omdat zijn vader de coach is.'

Jenna knikt, maar zegt: 'En als ik jou nu bewijs kan laten zien dat ze niet uit vrije wil vertrokken is?'

Je kunt je politiepenning inleveren, maar het speurdersinstinct raak je niet zo makkelijk kwijt. De haartjes op mijn onderarmen komen overeind. 'Wat bedoel je?'

Ze rommelt in haar rugzak en haalt er een portemonnee uit. Een smoezelige, verschoten, gebarsten leren portemonnee, die ze aan mij geeft. 'Ik heb een paragnost ingeschakeld en dit hebben we gevonden.'

'Dat meen je niet,' zeg ik terwijl mijn kater opnieuw genadeloos toeslaat. 'Een paragnost?'

'Nou, voordat je roept dat ze een oplichtster is, ze heeft iets gevonden wat jóúw hele team rechercheurs over het hoofd heeft gezien.' Ze kijkt toe hoe ik de portemonnee openklap en de creditcard en het rijbewijs bekijk. 'Dit lag boven in een boom op het terrein van het reservaat,' zegt Jenna. 'Vlak bij de plek waar mijn moeder bewusteloos is gevonden...'

'Hoe weet jij waar ze bewusteloos is gevonden?' vraag ik scherp.

'Dat heeft Serenity me verteld. De paragnost, weet je wel.'

'O, gelukkig maar. Ik dacht even dat je het uit een minder betrouwbare bron had vernomen.'

'Hoe dan ook,' vervolgt ze onverstoorbaar, 'de portemonnee was bedolven onder een heleboel rotzooi. Er heeft daar een vogelnest gezeten.' Ze neemt de portemonnee van me over en haalt uit het gebarsten plastic tussenvakje de enige foto die nog een klein beetje herkenbaar is. Het kiekje is verbleekt, vervaagd en verkreukeld, maar zelfs ik kan de tandeloze mond van een lachende baby zien.

'Dat ben ik,' zegt Jenna. 'Als jij voorgoed zou weggaan bij je kind, zou je dan niet op z'n minst een fotootje houden?'

'Ik heb lang geleden mijn pogingen gestaakt om te begrijpen waarom mensen doen wat ze doen. En deze portemonnee bewijst niets. Misschien heeft ze hem laten vallen toen ze over het terrein rende.'

'En vervolgens is hij op magische wijze vijf meter omhooggevlogen en geland in een boom?' Jenna schudt haar hoofd. 'Wie heeft hem daar neergelegd? En waarom?'

Onmiddellijk denk ik: Gideon Cartwright.

Ik heb geen reden om de man te verdenken, ik heb geen idee waarom zijn naam in me opkomt. Voor zover ik weet is hij met die zeven olifanten meegegaan naar Tennessee en leeft hij daar nog lang en gelukkig.

Anderzijds was het Gideon bij wie Alice naar verluidt haar hart uitstortte over haar mislukte huwelijk. En het was Gideon wiens schoonmoeder dood was gevonden.

Wat mij op het volgende brengt: stel dat Nevvie Ruehls dood geen ongeluk was, zoals Donny Boylan me heeft aangepraat? Stel dat Alice Nevvie heeft vermoord? Dat ze zelf haar portemonnee in die boom heeft verstopt om de indruk te wekken dat ze slachtoffer was van een misdrijf, om vervolgens te vluchten voor iemand haar als verdachte kon aanmerken?

Over mijn bureau kijk ik Jenna aan. Lief kind, ik hoop maar dat je hier geen spijt van krijgt.

Als ik nog een geweten had, zou het misschien aan me knagen dat ik een kind beloof om haar moeder op te sporen, die mogelijk verdacht wordt van moord. Maar ik hoef me niet in de kaart te laten kijken. Ik kan Jenna gewoon wijsmaken dat het om de opsporing van een vermiste persoon draait, niet om die van een mogelijke moordenares. Trouwens, misschien is dit wel goed voor haar. Ik weet wat onafgemaakte zaken kunnen doen met je ziel. Hoe eerder ze de waarheid weet, wat die ook mag zijn, hoe eerder ze zich op haar toekomst kan richten.

Ik steek mijn hand uit. 'Juffrouw Metcalf,' zeg ik. 'Ik sta tot je dienst.'

ALICE

Ik heb het geheugen uitgebreid bestudeerd, en dit is de beste vergelijking die ik kan verzinnen om uit te leggen hoe het werkt: denk aan de hersenen als het hoofdkantoor van je lichaam. Van elke ervaring die je op een bepaalde dag hebt, wordt een mapje aangemaakt. Vervolgens wordt dit gedropt op een bureau om te worden gearchiveerd, om het in de toekomst te kunnen naslaan. Het deel van de hersenen dat de hippocampus heet, vervult de rol van administratief medewerkster, die 's nachts terwijl je slaapt het volgelopen postvak komt opruimen.

De hippocampus zet al deze mappen en bestanden op logische plaatsen. Is deze ervaring een ruzie met je man? Mooi, dan stoppen we haar bij die van vorig jaar. Is deze ervaring de herinnering aan een vuurwerkshow? Dat combineren we met het oudejaarsfeest dat je een tijdje geleden bijwoonde. De medewerkster probeert gebeurtenissen met veel overeenkomsten bij elkaar op te bergen, zodat ze later makkelijker terug te vinden zijn.

Maar soms kun je je een ervaring simpelweg niet herinneren. Laten we zeggen dat je naar een honkbalwedstrijd gaat. Later vertelt iemand jou dat twee rijen achter je een snikkende vrouw zat in een gele jurk, maar jij weet daar absoluut niets meer van. Er zijn slechts twee scenario's waarin dit mogelijk is. Misschien is het incident nooit neergelegd om te categoriseren. Je was zo gefocust op de slagman dat je geen enkele aandacht hebt besteed aan de huilende vrouw. Het kan ook zijn dat de hippocampus een foutje heeft gemaakt en de herinnering verkeerd heeft weggezet. Die verdrietige vrouw wordt gekoppeld aan je oude kleuterleidster, die ook vaak een gele jurk droeg – een plek waar je de herinnering nooit terugvindt.

Ken je dat, dat je soms droomt over iemand uit je verleden die je je nauwelijks herinnert en van wie je de naam bij god niet meer zou weten? Dat betekent dat je toevallig het pad naar waardevolle ontdekkingen hebt betreden en dat je een weggestopt schatkistje hebt opgegraven.

Dingen die je op de automatische piloot doet – die herhaaldelijk bevestigd worden door de hippocampus – vormen mooie, grote verbindingen. Van Londense taxichauffeurs is bewezen dat ze een heel grote hippocampus hebben, omdat ze zoveel ruimtelijke informatie moeten verwerken. We weten niet of een grote hippocampus aangeboren is of dat die door training is gegroeid.

Er zijn ook mensen die niet kunnen vergeten, bijvoorbeeld mensen met een posttraumatische stressstoornis. Toch kunnen ze een kleinere hippocampus hebben dan andere mensen. Sommige onderzoekers denken dat door corticoïden – stresshormonen – de hippocampus kan verschrompelen, met als gevolg geheugenstoornissen.

Olifanten daarentegen hebben een vergrote hippocampus. In de volksmond luidt het dat een olifant nooit iets vergeet, en volgens mij is dat letterlijk waar. In het Amboseli Park in Kenia hebben onderzoekers een experiment gedaan waarbij bandopnamen van contactroepen van een grote afstand werden afgespeeld. Het bleek dat volwassen vrouwtjesolifanten waarschijnlijk meer dan honderd individuen kunnen herkennen. Als het geroep van een bekende kudde afkomstig was, reageerden de olifanten die getest werden met hun eigen signaal. Kwam het geroep van een onbekende kudde, dan dromden ze samen en trokken zich terug.

Er deed zich één ongebruikelijke reactie voor. Tijdens het onderzoek stierf een van de oudere vrouwtjesolifanten die op band was opgenomen. Drie maanden na haar dood speelden de onderzoekers haar contactroep af, en ze herhaalden dit drieëntwintig maanden na haar dood. In beide gevallen reageerde haar familie met de eigen contactroep en liep naar de speaker, wat niet alleen blijk geeft van informatieverwerking en herinnering, maar ook van abstract denken. Niet alleen herinnerde de familie van de gestorven olifant zich haar stem, maar ik wed dat ze toen ze naar de speaker liepen, even hoopten dat ze haar zouden terugvinden.

Naarmate een vrouwelijke olifant ouder wordt, verbetert haar geheugen. Per slot van rekening vertrouwt haar familie op haar informatie: zij is het wandelend archief dat beslissingen neemt voor de kudde. Is het hier gevaarlijk? Waar gaan we heen om te eten? Waar gaan we heen om te drinken? Hoe vinden we water? Een matriarch kent soms migratieroutes die tijdens de levensduur van de hele kudde – inclusief zijzelf – niet gebruikt werden. En toch zijn ze op de een of andere manier doorgegeven en gecodeerd tot een herinnering.

Mijn favoriete verhaal over het olifantengeheugen komt uit Pilanesberg, waar ik een deel van mijn promotieonderzoek heb gedaan. In de jaren negentig waren daar uitgebreide ruimingen geweest om de Zuid-Afrikaanse olifantenpopulatie te beheersen. Parkrangers schoten de volwassen dieren uit een kudde dood en verplaatsten de kalveren naar locaties waar meer olifanten gewenst waren. Helaas waren de jonge dieren zo getraumatiseerd dat ze abnormaal gedrag vertoonden. In Pilanesberg was zo'n groepje olifanten dat niet functioneerde als kudde. Ze hadden matriarchen nodig om ze te begeleiden. Dus bracht de Amerikaanse dompteur Randall Moore twee volwassen vrouwelijke olifanten naar Pilanesberg die jaren geleden naar Noord-Amerika waren verscheept nadat ze wees waren geworden tijdens een ruiming in het Krugerpark.

De jonge olifanten hechtten zich meteen aan Notch en Felicia, zoals we hun pleegmoeders noemden. Er vormden zich twee kudden en twaalf jaar gingen voorbij. Toen werd Felicia gebeten door een nijlpaard. De wildlife-dierenarts moest de wond herhaaldelijk schoonmaken en opnieuw verbinden, maar hij mocht Felicia niet iedere keer verdoven. Je kunt een olifant maar drie keer per maand darten, anders stapelt het verdovingsmiddel M99 zich te veel op in haar systeem. Felicia's leven was in gevaar en als zij stierf, zou haar kudde misschien weer uiteenvallen.

En toen dachten we aan het olifantengeheugen.

Randall, de dompteur, had ruim tien jaar met Notch en Felicia gewerkt. Hij had ze niet meer gezien sinds ze werden vrijgelaten in het reservaat en wilde graag naar Pilanesberg komen om te helpen. We spoorden de twee kudden op, die zich hadden samengevoegd vanwege de blessure van het oudere vrouwtje.

'Meisjes, daar zijn jullie!' zei Randall opgetogen toen de jeep tot stilstand kwam vlak voor de kudde. 'Owala,' riep hij. 'Durga!'

Wij kenden deze olifanten als Felicia en Notch. Maar beide imposante dames draaiden zich om bij het horen van Randalls stem en hij deed wat niemand anders in zijn hoofd zou halen met deze kwetsbare, schichtige Pilanesberg-kudde. Hij stapte uit de jeep en liep naar ze toe.

Zelf heb ik twaalf jaar gewerkt met wilde olifanten. Sommige kuddens kun je te voet benaderen omdat ze gewend zijn aan onderzoekers en hun voertuigen. Maar dan nog zou ik het niet doen zonder er eerst goed over na te denken. Déze kudde was niet vertrouwd met mensen, het was niet eens een evenwichtige groep. En inderdaad, de jongere olifanten holden meteen weg van Randall, want ze zagen in hem een van de tweebenige bruten die hun eigen moeders hadden gedood. Maar de twee matriarchen kwamen dichterbij. Durga – Notch voor ons – liep op Randall af, stak haar slurf uit en kronkelde die voorzichtig rond zijn arm. Toen keek ze om naar haar zenuwachtige adoptiefkinderen, die snuivend en blazend op de top van de heuvel stonden. Ze draaide zich weer om naar Randall, trompetterde een keer en ging ervandoor met haar kroost.

Randall liet haar gaan, wendde zich toen tot de andere matriarch en zei vriendelijk: 'Owala... knielen.'

De olifant die wij Felicia noemden liep naar Randall toe, knielde en liet hem op haar rug klimmen. Hoewel ze twaalf jaar lang geen direct contact had gehad met mensen, herinnerde ze zich dat deze man haar dompteur was geweest én kende ze nog alle commando's die hij haar had geleerd. Randall liet Felicia stilliggen, haar poot optillen en draaien. Zo kon de wildlife-dierenarts zonder Felicia te verdoven de pus uit het geïnfecteerde gebied wegschrapen, de wond schoonmaken en haar een injectie met antibiotica geven.

Lang nadat haar infectie was genezen, en lang nadat Randall was teruggekeerd naar de Verenigde Staten om circusdieren af te richten, ging Felicia terug naar haar patchworkfamilie in Pilanesberg. Voor iedere onderzoeker was ze een wilde olifant.

En toch. Ergens herinnerde ze zich ook nog wie ze vroeger was geweest.

JENNA

Ik heb nog een herinnering aan mijn moeder, die gelinkt is aan een gesprek dat ze in haar dagboek heeft opgeschreven. Het is een pagina vol flarden van een dialoog die ze om de een of andere reden per se niet wilde vergeten. Vandaar misschien dat ik het me zo duidelijk herinner en voor me zie wat ze beschrijft, alsof ik naar een film kijk.

Ze ligt op de grond met haar hoofd in mijn vaders schoot. Ze praten samen terwijl ik bloemhoofden van madeliefjes pluk. Ik let niet op, maar toch legt een deel van mijn brein alles vast, want zelfs nu hoor ik nog het gezoem van de muggen en de snelle zinnetjes die tussen mijn ouders heen en weer stuiteren. Hun stemmen gaan op en neer als de staart van een vlieger.

HIJ: Zeg nou zelf, Alice, sommige dieren weten dat er één ideale partner bestaat.
ZIJ: Lulkoek. Waar in de natuur vind je nou monogamie zonder dat de omgeving invloed uitoefent?
HIJ: Bij zwanen.
ZIJ: Te makkelijk. En het klopt niet! Een kwart van de zwarte zwanen bedriegt zijn partner.
HIJ: Wolven.
ZIJ: We weten dat ze paren met een andere wolf als hun partner uit de roedel wordt verdreven, of niet in staat is tot voortplanting. Dat zijn omstandigheden, geen ware liefde.
HIJ: Hoe heb ik ooit voor een wetenschapper kunnen vallen? Jij kunt je waarschijnlijk geen valentijnshart voorstellen zonder aorta.
ZIJ: En wat is daar mis mee?

Ze gaat overeind zitten en drukt hem tegen de grond, zodat hij nu onder haar ligt en haar paardenstaart boven zijn gezicht zwiert. Het ziet eruit alsof ze vechten, maar ze glimlachen allebei.

ZIJ: Wist jij dat een gier die betrapt wordt op overspel, door andere gieren wordt aangevallen?
HIJ: Moet ik nu bang worden?
ZIJ: Ik zeg het alleen maar.
HIJ: Gibbons.
ZIJ: Kom op, zeg. Iederéén weet dat gibbons ontrouw zijn.

Hij rolt om, zodat hij nu boven op haar ligt en op haar neerkijkt.

HIJ: Prairiewoelmuizen.
ZIJ: Alleen omdat er oxytocine en vasopressine vrijkomt in hun hersenen. Dat is geen liefde. Dat is chemische toewijding.

Dan glimlacht ze breed.

ZIJ: Weet je, nu ik erover nadenk... er bestáát een soort die compleet monogaam is. De mannelijke zeeduivel, een tiende zo groot als het meisje van zijn dromen. Hij komt op haar geur af en bijt zich in haar vast, net zolang tot zijn huid versmelt met de hare en haar lichaam het zijne absorbeert. Zij paren voor het leven. Maar wel een heel kort leven, als jij de man bent in de relatie.
HIJ: Ik wil graag met jou versmelten.

Hij kust haar.

HIJ: Aan je lippen.

Ze lachen. Het klinkt als confetti.

ZIJ: Mij best. Als jij hier eindelijk voorgoed over ophoudt.

Ze stoppen een tijdje met praten. Ik houd mijn handpalm boven de grond. Ik heb wel eens gezien hoe Maura haar achterpoot een paar centimeter optilt en hem langzaam heen en weer beweegt over een onzichtbare kiezelsteen. Als ze dat doet, zegt mijn moeder, luistert ze naar de andere olifanten. Ze praten met elkaar, ook al kunnen wij ze niet horen. Ik vraag me af of mijn vader en moeder dat nu ook aan het doen zijn: praten zonder geluid.

Dan hoor ik mijn vaders stem weer. Hij klinkt als een gitaarsnaar die zo strakgespannen is dat je niet weet of hij muziek maakt of huilt.

HIJ: Weet jij hoe een pinguïn zijn partner kiest? Hij zoekt een perfecte kiezelsteen en geeft die aan het vrouwtje op wie hij een oogje heeft.

Hij geeft mijn moeder een steentje. Ze vouwt haar hand eromheen.

De meeste dagboeken van mijn moeder uit haar tijd in Botswana staan stampvol onderzoeksgegevens. Namen en routes van de olifantenfamilies die rondtrekken door het Tuli Block. Data wanneer de mannetjes bronstig werden (*musth* heet dat bij olifanten) en wanneer de vrouwtjes kalfden. Minutieuze verslagen van het gedrag van de dieren, die niet weten of die het niet kan schelen dat ze bekeken worden. Ik lees elk zinnetje, maar in plaats van de olifanten zie ik de hand voor me die dit schreef. Kreeg ze af en toe kramp in haar vingers? Een eeltplek waar het potlood hard tegen de huid drukte? Ik sorteer en hersorteer de infoflarden die ik over mijn moeder heb, zoals zij waarschijnlijk met haar observaties van de olifanten deed, om een totaalbeeld te vormen van alle detailopnamen. Was het voor haar net zo frustrerend als voor mij om af en toe een glimp op te vangen maar nooit het complete mysterie onthuld te zien? Het zal wel de taak van de onderzoeker zijn om de hiaten op te vullen. Maar als ik naar een puzzel kijk, zie ik alleen het ontbrekende stuk.

Ik begin te denken dat het bij Virgil ook zo werkt. Maar wat dat zegt over hem of mij, weet ik niet precies.

Hij heeft zojuist gezegd dat hij de klus aanneemt, maar ik vertrouw hem niet helemaal. Het is moeilijk om een man te geloven die zo'n enorme kater heeft dat het lijkt alsof hij een hartaanval krijgt als hij probeert zijn jas aan te trekken. Als ik wil dat hij zich dit gesprek ooit nog herinnert, moet ik hem uit zijn kantoor zien te krijgen, en nuchter. 'Zullen we ergens een kop koffie gaan drinken en daar verder praten?' stel ik voor. 'Onderweg hierheen zag ik een eetcafé.'

Hij grijpt naar zijn autosleutels, maar dát gaat mooi niet door. 'Je bent dronken,' zeg ik. 'Ik rij.'

Hij haalt zijn schouders op en laat zich meevoeren naar buiten. Als hij ziet dat ik mijn fiets van het slot haal, blijft hij staan.

'Wat krijgen we nou?'

'Als je dat niet snapt, ben je nog erger in de olie dan ik dacht,' zeg ik terwijl ik mijn voet op een trapper zet.

'Je zei dat jij zou rijden,' mompelt Virgil, 'dus dacht ik dat je een auto had.'

'Maar ik ben pas dértien,' betoog ik, gebarend naar het stuur.

'Ben jij nou gek? Is dit 1972 of zo?'

'Je kunt proberen me lopend bij te houden,' zeg ik, 'maar je hebt vast een beetje hoofdpijn. Dus maak het je makkelijk.'

En zo arriveren we bij het eetcafé, met Virgil Stanhope zittend op mijn fietszadel en zijn handen op het stuur, terwijl ik daartussen op de trappers sta.

We gaan aan een tafeltje zitten. 'Waarom hingen er nergens flyers?' informeer ik.

'Hè?'

'Flyers. Met een foto van mijn moeder. Waarom heeft de politie nooit een commandocentrum opgezet in een of ander stom zaaltje? En een bemande telefooncentrale om tips in ontvangst te nemen?'

'Dat heb ik je toch verteld,' antwoordt Virgil. 'Ze was geen vermiste persoon.'

Ik kijk hem zwijgend aan.

'Oké. Correctie: als jouw oma echt aangifte heeft gedaan van vermissing, dan is dat formulier kwijtgeraakt bij de werkoverdracht toen mijn collega met pensioen ging.'

'Wat wil je nou zeggen? Dat ik opgegroeid ben zonder moeder als gevolg van een menselijke fout?'

'Ik wil zeggen dat ík mijn werk heb gedaan. Iemand anders blijkbaar niet.' Hij kijkt me aan over de rand van zijn koffiebeker. 'Ik ben naar het olifantenreservaat geroepen omdat daar een lijk was gevonden. Het werd beschouwd als een ongeluk. De zaak was rond. Als politieagent wil je de boel niet onnodig overhoophalen. Je dweilt alleen de rommel op die er al ligt.'

'Dus eigenlijk geef je toe dat het jou een rotzorg was dat een van je getuigen in die zaak verdwenen was.'

'Nee,' zegt Virgil nors. 'Ik ging ervan uit dat je moeder uit vrije wil vertrokken was, en dat ik het anders wel gehoord zou hebben. Ik ging ervan uit dat ze samen met jóú was.' Hij knijpt zijn ogen tot spleetjes. 'Waar was jij toen je moeder door de politie werd gevonden?'

'Ik weet het niet. Overdag paste Nevvie soms op me, maar 's nachts niet. Ik herinner me alleen dat ik op een gegeven moment bij mijn oma thuis was.'

'Nou, dan moet ik om te beginnen met háár praten.'

Ik schud mijn hoofd. 'Kan niet. Ze zou me vermoorden als ze wist dat ik hiermee bezig ben.'

'Wil zij niet weten wat er met haar dochter gebeurd is?'

'Het is ingewikkeld,' zeg ik. 'Ik denk dat het haar te veel pijn doet om alles weer naar boven te halen. Ze is van de generatie die zich flink houdt en koste wat het kost doorgaat, al is er nog zoveel stront aan de knikker. In het begin, toen ik huilde omdat ik mijn moeder miste, probeerde oma me af te leiden. Met iets lekkers of een speeltje, of met Gertie, mijn hond. En toen ik het haar op een dag vroeg, zei ze: "Ze is weg." Maar zoáls ze dat zei... Het klonk als een mes. Dus heb ik snel afgeleerd om ernaar te vragen.'

'Waarom heb je zo lang gewacht om naar buiten te treden? Na tien jaar is het geen koud spoor meer, het is zo onderhand noordpoolgebied, verdomme.'

Er komt een serveerster langs en ik steek mijn hand naar haar op, want Virgil moet vast nog heel wat koffie tanken voor hij met een bruikbaar idee komt. De vrouw ziet me helemaal niet.

'Zo is het nou om kind te zijn,' zeg ik. 'Niemand neemt je serieus. Mensen kijken dwars door je heen. Zelfs áls ik had geweten bij wie ik moest aankloppen toen ik acht of tien was... áls het gelukt was om het politiebureau binnen te komen... áls jij daar nog gezeten had en de receptioniste had je verteld dat een schoolkind vroeg om een afgesloten zaak te heropenen... wat had je dan gedaan? Mij binnengeroepen in je kantoor en me gewoon laten kletsen, knikkend en glimlachend en zonder te luisteren? En achteraf lachen met je politievriendjes om dat meisje dat bij je kwam aanzetten om detective te spelen?'

Een tweede serveerster komt de keuken uit, begeleid door het geluid van spetterende pannen en gebonk en gekletter dat door de zwaaideur heen dringt. Maar zij komt in ieder geval direct naar ons toe. 'Wil je iets bestellen?' vraagt ze.

'Koffie,' zeg ik. 'Doe maar een hele pot.' Ze kijkt naar Virgil, snuift en loopt weg. 'Ken je dat gevoel, dat het is alsof je tegen een muur praat?' zeg ik tegen hem.

De serveerster brengt ons twee bekers koffie. Virgil geeft me de suiker aan zonder dat ik erom heb gevraagd. Ik ontmoet zijn blik. Heel even kan ik door de dranknevel heen kijken, al weet ik niet of ik me getroost voel door wat ik zie of een beetje bang. 'Maar nu ben ik een en al oor,' zegt hij.

Het lijstje van wat ik me herinner over mijn moeder is zo kort dat het gênant is.

Die keer dat ze me een stukje suikerspin voerde: uswidi. Iswidi.

Het gesprek over relaties voor het leven.

Een kort beeld van haar waarbij ze lacht omdat Maura haar slurf over de afrastering steekt en haar haarband lostrekt. Ze heeft rood haar. Niet rossig of oranjeachtig, maar de kleur van iemand bij wie het vuur van binnenuit oplaait.

(Oké, misschien herinner ik me dit voorval omdat ik een kiekje heb gezien dat iemand precies op dat moment maakte. Maar de geur van haar haar – als kaneelsuiker – dat is een echte herinnering, die niets te maken heeft met een foto. Soms, als ik haar heel erg mis, eet ik wentelteefjes. Dan kan ik gewoon mijn ogen sluiten en inademen.)

Als mijn moeder overstuur was, trilde haar stem als een warmteluchtspiegeling boven het asfalt in de zomer. Dan knuffelde ze me en fluisterde in mijn oor dat het allemaal goed kwam, ook al was zij degene die had gehuild.

Soms werd ik midden in de nacht wakker en merkte ik dat ze naar me zat te kijken.

Ze droeg geen ringen. Maar ze had een ketting die ze nooit afdeed.

Ze zong onder de douche.

Ze nam me mee op de quad, een terreinvoertuig, om samen naar de olifanten te kijken, hoewel mijn vader het te gevaarlijk voor me vond in de olifantenverblijven. Ik zat bij haar op schoot terwijl we reden. Dan boog ze zich over me heen en fluisterde in mijn oor: 'Dit is ons geheimpje.'

We hadden dezelfde soort roze sneakers.

Ze kon een olifant vouwen van een dollarbiljet.

In plaats van me 's avonds voor te lezen vertelde ze verhalen: dat ze had gezien hoe een olifant een babyneushoorn bevrijdde die vastzat in de modder. Dat een meisje van wie de beste vriendin een verweesde olifant was het huis uit ging om te studeren. Toen ze jaren later terugkwam, wikkelde de inmiddels volwassen olifant haar slurf om haar heen en knuffelde haar.

Ik herinner me dat mijn moeder de gigantische f-sleutels van olifantenoren tekende, die ze markeerde met inkepingen of scheurtjes om de olifant individueel te herkennen. Ze beschreef karakteristiek gedrag: 'Syrah trekt plastic zak van Lilly's slagtand. Gezien het feit dat vegetatie routinematig met de slagtanden wordt gedragen, suggereert dit het besef van een vreemd voorwerp. Het verwijderen wijst op behulpzaam gedrag...' Mijn moeder bracht zelfs een soft onderwerp als empathie heel academisch onder woorden. Ze moest wel als ze serieus genomen wilde worden in haar vak. Je mocht olifanten niet vermenselijken, maar moest hun gedrag objectief bestuderen en op grond van deze waarnemingen conclusies trekken.

Zelf kijk ik naar de feiten die ik me herinner over mijn moeder en gis naar haar gedrag. Ik doe het omgekeerde van wat een wetenschapper hoort te doen.

Ik kan het niet helpen dat ik denk: als mijn moeder me nu bezig zag, zou ze dan teleurgesteld zijn?

Virgil draait mijn moeders portemonnee om en om in zijn handen. Het leer is zo broos dat het afbrokkelt onder zijn vingers. Ik zie dat en voel een steek in mijn borst, alsof ik haar weer helemaal opnieuw kwijtraak. 'Dit hoeft niet te betekenen dat je moeder slachtoffer van een misdrijf is geworden,' zegt Virgil. 'Misschien heeft ze de portemonnee verloren in de nacht dat ze bewusteloos raakte.'

Ik vouw mijn handen voor me op de tafel. 'Ik weet wat je denkt. Dat zij zelf de portemonnee in die boom heeft verstopt, zodat ze kon verdwijnen. Maar het lijkt me lastig om in een boom te klimmen en een portemonnee te verstoppen als je buiten westen bent.'

'Als ze dat gedaan heeft, waarom heeft ze dit ding dan niet ergens gelaten waar de kans groter was dat iemand het zou vinden?'

'En toen? Heeft ze zichzelf daarna met een steen tegen het hoofd geslagen? Als ze spoorloos wilde verdwijnen, waarom is ze dan niet gewoon gevlucht?'

Virgil aarzelt. 'Misschien had ze haar redenen.'

'Zoals?'

'Je moeder was niet de enige die verwondingen opliep die nacht.'

Opeens begrijp ik waar hij naartoe wil. Misschien heeft mijn moeder geprobeerd om zichzelf het slachtoffer te laten lijken, terwijl ze in werkelijkheid de dader was. Mijn mond wordt droog. Ik heb mijn moeder allerlei mogelijke karakters toegedicht de afgelopen tien jaar, maar niet dat van moordenares. 'Als je écht dacht dat mijn moeder iemand had vermoord, waarom ben je dan niet achter haar aan gegaan toen ze verdween?'

Hij doet zijn mond al open, maar blijft me een moment zwijgend aankijken. Die zit, denk ik. 'Dat sterfgeval werd beschouwd als een ongeluk,' zegt hij dan. 'Maar we hebben wel een rode haar bij het lichaam aangetroffen.'

'Dat is net zoiets als een bimbo aantreffen in de *Playboy*. Mijn moeder was niet de enige roodharige vrouw in Boone.'

'We vonden die haar in de lijkzak van de overledene.'

'Punt één: getverderrie. Punt twee: nou én? Ik kijk naar *Law &*

Order: SUV. Het betekent alleen dat ze contact met elkaar hebben gehad. Dat gebeurde waarschijnlijk tien keer per dag.'

'Of het kan betekenen dat de haar werd overgedragen tijdens een worsteling.'

'Hoe is Nevvie Ruehl overleden?' wil ik weten. 'Heeft de forensisch patholoog gezegd dat het doodslag was?'

Virgil schudt het hoofd. 'Hij concludeerde dat het een ongeluk was, veroorzaakt door een stomp trauma als gevolg van vertrapping.'

'Ik herinner me weinig over mijn moeder, maar ik weet dat ze geen tweeduizend kilo woog,' zeg ik. 'Dus mag ik een ander scenario op tafel gooien? Stel dat Nevvie mijn moeder heeft aangevallen? En dat een van de olifanten het allemaal zag gebeuren en wraak heeft genomen?'

'Dóén ze dat?'

Ik weet het niet zeker. Maar ik herinner me dat ik in mijn moeders dagboeken heb gelezen over olifanten die een wrok koesteren. Dat ze soms pas jaren later wraak nemen op degene die hun of iemand die hun na staat kwaad heeft gedaan.

'Trouwens,' zegt Virgil, 'je vertelde daarnet dat je moeder Nevvie Ruehl op jou liet passen. Ik betwijfel of ze Nevvie een geschikte babysitter had gevonden als ze dacht dat die vrouw gevaarlijk was.'

'Ik betwijfel of mijn moeder Nevvie zou laten babysitten als ze van plan was haar te vermoorden,' antwoord ik. 'Mijn moeder heeft het niet gedaan. Het klopt gewoon niet. Er was een horde politie op het terrein die ochtend. Daar kan heel goed iemand met rood haar tussen hebben gezeten. Je weet niet of die haar van mijn moeder was.'

Virgil knikt. 'Maar ik weet wel hoe ik daarachter kan komen.'

Nog iets wat ik me herinner is dat mijn ouders ruziemaken. 'Hoe kun je dit doen?' roept mijn vader verwijtend. 'Dit draait niet om jou.'

Ik zit op de grond te huilen, maar niemand schijnt me te horen. Ik verroer me niet, want anders komt er vast nog meer geschreeuw van. In plaats van op de deken te blijven zitten en met de blokken te spelen die mijn moeder voor me had meegenomen in het olifantenverblijf, was ik achter een gele vlinder aan gegaan. Mijn moeder zat met haar rug naar me toe aantekeningen te maken. En juist op dat moment reed mijn vader langs. Hij zag me heuvelafwaarts lopen naar de vlinder... en naar de plaats waar de olifanten toevallig stonden.

'Dit is het reservaat, we zijn hier niet op de savanne,' zegt mijn moeder. 'Je doet alsof ze tussen een moeder en haar kalf is gekomen. Ze zijn gewend aan mensen.'

Mijn vader schreeuwt terug: 'Ze zijn níét gewend aan peuters!'

Plotseling voel ik een paar warme armen om me heen. Ze ruikt naar poeder en limoenen, en haar schoot is de zachtste plek die ik ken. 'Ze zijn boos,' fluister ik.

'Ze zijn geschrokken,' verbetert ze. 'Dat klinkt hetzelfde.'

Dan begint ze te zingen, dicht bij mijn oor, zodat haar stem het enige is wat ik hoor.

Virgil heeft een plan, maar hij wil naar een plaats die te ver voor mij is om te fietsen, en ik weiger nog steeds om bij hem in de auto te stappen. Terwijl we het eetcafé uit lopen maken we een afspraak voor morgenochtend op zijn kantoor. De zon is in de hangmat van een wolk gezakt, laag aan de hemel. 'Hoe weet ik dat je morgen niet ladderzat bent?' vraag ik.

'Breng een blaastest mee,' stelt Virgil droogjes voor. 'Ik zie je om elf uur.'

'Elf uur? Dan is het geen ochtend meer.'

'Voor mij wel,' antwoordt hij, en hij wandelt weg in de richting van zijn kantoor.

Als ik thuiskom, giet mijn oma juist de worteltjes af. Gertie ligt opgerold naast de koelkast. Ze roffelt twee keer met haar staart op de vloer ter begroeting, en dat was het dan. Toen ik klein was, duwde de hond me praktisch omver wanneer ik terugkwam van de wc, zó blij was ze om me weer te zien. Ga je mensen minder erg missen als je ouder wordt? Misschien is volwassen worden leren focussen op wat je hebt in plaats van op wat je niet hebt.

Het is net alsof ik boven ons voetstappen hoor. Toen ik klein was, dacht ik dat het spookte in het huis van mijn oma, omdat ik continu dit soort dingen hoorde. Maar oma zei dat het oude leidingen waren die ratelden, of het houtwerk dat zich voegde. Dan vroeg ik me altijd af hoe het houtwerk zich kon voegen terwijl mij dat nu juist niet lukte.

'En,' zegt mijn oma, 'hoe ging het met hem?'

Een ogenblik sta ik stokstijf stil. Heeft ze me door? Maar hoe weet zij dat ik naar een privédetective ben gegaan om samen met hem mijn moeder op te sporen?

'Ehm,' antwoord ik, 'hij was niet helemaal lekker.'

'Als hij je maar niet aansteekt.'

Dat lijkt me stug, denk ik bij mezelf. Tenzij dronkenschap besmettelijk is.

'Ik weet dat je een hoge pet ophebt van Chad Allen, maar al is hij een goede leraar, hij is een onverantwoordelijke ouder. Wie laat zijn kind nu twee dagen achter elkaar alleen?' moppert mijn oma.

Wie laat haar kind tien jaar alleen?

Ik ben zo verdiept in gedachten over mijn moeder dat het een paar tellen duurt voor ik me herinner dat mijn oma denkt dat ik op Carter heb gepast, meneer Allens peuterzoontje met het auberginehoofd. En morgen zal ik dezelfde smoes moeten gebruiken als ik naar mijn afspraak met Virgil ga. 'Nou ja, hij was niet alleen. Hij had mij toch.'

Ik volg mijn oma naar de eetkamer terwijl ik onderweg twee schone glazen en een pak sinaasappelsap uit de koelkast haal.

Moeizaam kauwend werk ik een visstick naar binnen. De rest moffel ik weg onder de aardappelpuree. Ik heb gewoon geen trek.

'Wat is er?' vraagt mijn oma.

'Niets.'

'Ik heb een uur voor jou staan koken. Eet nou toch iets,' zegt ze.

'Waarom heeft niemand ooit naar haar gezocht?' flap ik er uit, om vervolgens mijn servet tegen mijn mond te drukken, alsof ik mijn woorden terug naar binnen kan duwen.

We weten allebei over wie ik het heb. Mijn oma wordt heel stil. 'Dat jij het je niet herinnert, Jenna, betekent niet dat het niet is gebeurd.'

'Er ís niets gebeurd,' zeg ik. 'Tien jaar lang niet. Kan het je dan niets schelen? Ze is je dóchter!'

Ze staat op, loopt naar de keuken en schraapt haar nog bijna volle bord leeg boven de afvalemmer.

Plotseling krijg ik hetzelfde gevoel als die dag toen ik als peutertje achter de vlinder aan rende, heuvelafwaarts richting olifanten, en besefte dat ik een heel domme fout had gemaakt.

Al die jaren dacht ik dat mijn oma niet praatte over wat mijn moeder overkomen is omdat het te pijnlijk was voor háár. Nu vraag ik me af of ze niet praatte over wat er gebeurd is omdat het te pijnlijk zou zijn voor míj.

Voor ze haar mond opendoet, weet ik al wat ze gaat zeggen. En ik wil het niet horen. Ik ren naar boven, met Gertie op mijn hielen, gooi mijn slaapkamerdeur dicht en begraaf mijn gezicht in de ruige vacht van mijn hond.

Het duurt ongeveer twee minuten voor de deur opengaat. Ik kijk niet op, maar ik voel dat ze in de deuropening staat. 'Zeg het maar gewoon,' fluister ik. 'Ze is dood, hè?'

Mijn oma gaat op de matras zitten. 'Zo eenvoudig is het niet.'

'Wel waar.' Opeens ben ik in tranen. 'Ze is dood of ze is niet dood.'

Maar al spreek ik mijn oma nog zo hard tegen, ik begrijp tegelijkertijd dat het inderdaad niet zo eenvoudig is. Want als je logisch nadenkt en ik gelijk heb dat mijn moeder me nooit uit vrije wil zou achterlaten, dan was ze me komen halen. Wat duidelijk niet gebeurd is.

Je hoeft niet briljant te zijn om daar je conclusies uit te trekken.

Maar toch. Als ze dood was, zou ik dat dan niet weten? Ik bedoel, dat soort verhalen hoor je toch altijd? Zou het niet voelen alsof er een deel van mij ontbrak?

Voelt het dan niet zo? zegt een stemmetje in mijn binnenste.

'Toen je moeder klein was, deed ze altijd het tegenovergestelde van wat ik haar vroeg,' zegt mijn oma. 'Als ik tegen haar zei dat ze een leuke jurk moest aantrekken voor de diploma-uitreiking van de middelbare school, kwam zij opdagen in een afgeknipte spijkerbroek. Ze liet me kiezen tussen twee kapsels in een tijdschrift, en vervolgens koos ze bij de kapper het model dat ik níét had aangewezen. Ik raadde haar aan om primaten te gaan bestuderen aan Harvard. Zij koos voor olifanten in Afrika.' Mijn oma kijkt me aan. 'Ze was een dwarsligger én ze was de intelligentste persoon die ik in mijn leven heb leren kennen. Intelligent genoeg om een politieagent te slim af te zijn als ze dat wilde. Dus ik wist dat als ze nog leefde en was weggelopen, ik haar niet kon dwingen om naar huis te komen. Stel dat ik de aandacht had getrokken door een televisieoproep, zoals in *Vermist*, of ik had meegewerkt aan het opzetten van een tiplijn, dan zou ze alleen maar harder weglopen, en verder.'

Ik vraag me af of dat waar is. Of mijn moeder alleen maar een spelletje speelde. Of dat mijn oma zichzélf voor de gek heeft gehouden.

'Je zei dat je haar als vermist hebt opgegeven. Wat is er gebeurd?'

Ze pakt mijn moeders sjaal van de leuning van mijn bureaustoel en trekt hem door haar gebalde vuist. 'Ik zei dat ik naar het politiebureau ging om dat te doen,' zegt mijn oma. 'Nou, ik ben welgeteld drie keer gegaan. Maar ik ben nooit verder gekomen dan de stoep voor de ingang.'

Verbijsterd kijk ik haar aan. 'Wat? Dat heb je me nooit verteld!'

'Je bent nu ouder. Je hebt het recht om te weten wat er gebeurd is.' Ze zucht. 'Ik wilde het naadje van de kous weten. Tenminste, dat dacht ik. En ik wist dat jíj dat zou willen zodra je ouder was. Maar ik kon mezelf er niet toe brengen om naar binnen te gaan. Ik was bang om te horen wat de politie zou kunnen ontdekken.' Ze kijkt me aan. 'Ik weet niet wat ik erger had gevonden, te horen krijgen dat Alice dood was en niet thuis kón komen of te horen krijgen dat ze nog leefde en niet thuis wílde komen. Wat ze me ook zouden vertellen, het zou geen goed nieuws zijn. Een goede afloop zat er gewoon niet in. Jij en ik moesten het met elkaar zien te redden. En ik dacht dat hoe eerder we ons eroverheen konden zetten, hoe eerder we allebei een nieuwe start konden maken.'

Ik denk aan Virgil en de derde optie waarop hij vanmiddag zinspeelde, die mijn oma niet heeft overwogen. Dat mijn moeder misschien niet is gevlucht voor ons, maar voor een beschuldiging van moord. Maar ja, dat wil je vast ook liever niet te horen krijgen over je dochter.

Ik beschouw mijn oma eigenlijk niet als een oude vrouw, maar als ze opstaat van het bed ziet ze er wel zo uit. Ze beweegt zich langzaam, alsof ze overal pijn heeft. Ze blijft staan in de deuropening, zodat ik alleen haar silhouet zie. 'Ik weet wat je allemaal opzoekt op je computer. Ik weet dat je je altijd bent blijven afvragen wat er gebeurd is.' Haar stem is zo dun als het streepje licht dat haar omgeeft. 'Misschien ben jij moediger dan ik.'

Eén passage uit mijn moeders aantekeningen voelt als een haarspeldbocht. Zo'n moment waarop ze als ze niet van richting was veranderd, een totaal ander iemand geworden zou zijn.

Misschien zelfs iemand die híér zou zijn.

Ze was eenendertig en werkte in Botswana aan haar postdoctoraal onderzoek. Er staan een paar vage zinnetjes over slecht nieuws van thuis en dat ze verlof had opgenomen. Toen ze terugkwam stortte ze zich op haar werk, het documenteren van de impact van traumatische herinneringen op olifanten. Op een dag trof ze een jonge olifantenstier aan die met zijn slurf vastzat in een strik.

Dit kwam wel vaker voor, denk ik. Van wat ik heb gelezen in mijn moeders aantekeningen was wild het hoofdvoedsel voor de plaatselijke bevolking en af en toe werd er ook in gehandeld. Maar in valstrikken die bedoeld waren voor impala's raakten soms andere dieren vast: zebra's, hyena's, en op een dag een dertienjarige olifantenstier genaamd Kenosi.

Op zijn leeftijd trok Kenosi niet meer mee met zijn moeders kudde. Zijn moeder, Lorato, was nog steeds de matriarch, maar Kenosi was meegegaan met de andere jonge stieren, een zwervende vrijgezellenbende. Hij vocht voor de lol met zijn maten als hij in musth kwam, zoals de sukkels bij mij op school die elkaar een zet geven in de buurt van de meiden, gewoon om op te vallen. Maar dat zijn puur hormoongestuurde praktijkoefeningen, waar ze meteen mee kappen zodra oudere, stoerdere jongens komen opdagen om ze af te troeven. Zo gaat het ook in de olifantengemeenschap. Oudere stieren halen de jongeren uit hun musth door een paar meppen met hun slurf. Wat biologisch gezien prima is, omdat de mannetjes zich pas tegen hun dertigste echt kunnen gaan voortplanten.

Maar Kenosi zou het nooit kunnen aanleggen met een vrouwtje, omdat de strik zijn slurf praktisch had doorgesneden. En een olifant zonder slurf overleeft het niet. Tijdens haar veldwerk zag mijn moeder Kenosi's letsel. Ze wist meteen dat hem een langzame, pijnlijke dood te wachten stond. Dus schoof ze haar planning voor die dag opzij en ging terug naar het kamp om het Department of Wildlife te bellen, de overheidsinstelling die de olifant legaal uit zijn lijden kon verlossen. Maar Roger Wilkins, de ambtenaar die het wildreservaat onder zijn hoede had, was een nieuweling. 'Ik heb veel op mijn bord,' zei hij tegen mijn moeder. 'Laat de natuur maar op haar beloop.'

En dat hoort een onderzoeker ook te doen: de natuur respecteren, niet regelen. Maar al waren dit wilde dieren, het waren ook háár olifanten. Mijn moeder was niet van plan werkeloos toe te kijken hoe een olifant leed.

Dan volgt een hiaat in de aantekeningen. Ze gaat van potlood over op zwarte pen en er is een hele blanco dagboekpagina. In mijn fantasie heb ik de lege bladzijde ingevuld:

In het kamp loop ik het hoofdkantoor binnen, waar mijn baas zit voor een ventilatortje dat muffe lucht produceert. 'Alice,' zegt hij. 'Welkom terug. Als je meer tijd nodig hebt...'

Ik onderbreek hem. Ik kom ergens anders voor. Ik vertel hem over Kenosi en over die lul van een Wilkins.

'Het systeem is niet perfect,' beaamt mijn baas. En omdat hij me niet goed kent, denkt hij dat ik nu gewoon zal afdruipen.

'Jij pakt nú de telefoon,' dreig ik, 'anders doe ik het. Maar dan bel ik The New York Times, *de* BBC *en National Geographic, het* WNF, *Cynthia Moss en Dame Daphne Sheldrick. Ik laat een stroom teergevoelig publiek en dierenactivisten los op Botswana. En ik zorg ervoor dat dit kamp zo ongunstig in het nieuws komt, dat de financiering voor het olifantenresearchproject stopt voor deze dag ten einde is. Dus pak maar gauw de telefoon,' zeg ik. 'Anders doe ik het.'*

Nou ja, ik stel me voor dat ze zoiets had kúnnen zeggen. Maar mijn moeder pakt de draad van haar aantekeningen weer op met een gedetailleerd verslag van Wilkins' aankomst en de actie die daarop volgde. Dat hij met een stuurs gezicht en zijn geweer in zijn hand naast haar zat in de jeep terwijl zij koers zette naar Kenosi en zijn vrienden. Ik wist uit mijn moeders dagboeken dat de Land Rovers op minstens twaalf meter afstand van een stierengroep bleven, want ze waren erg onvoorspelbaar. Maar voor mijn moeder dat kon uitleggen, legde Wilkins zijn geweer aan en spande de haan.

'Niet doen!' schreeuwde mijn moeder terwijl ze de geweerloop vastgreep en naar de lucht richtte. Ze gooide de Land Rover in de versnelling en reed vooruit, om te zorgen dat de andere jonge stieren uit de weg gingen. Toen stuurde ze de wagen naar opzij, stopte, keek Wilkins aan en zei: 'Nu. Schieten.'

Hij schoot. Door de kaak.

Een olifantenschedel bestaat uit een massa bot met een honingraatstructuur, waardoor de hersenen goed beschermd zijn. Je kunt een olifant niet afschieten door op de kaak of het voorhoofd te richten. De kogel zal schade aanrichten, dat wel, maar de hersenen worden niet geraakt. Als je een olifant op een humane manier wilt afmaken, doe je dat door een schot vlak achter het oor.

Mijn moeder schreef dat Kenosi het uitbrulde van de pijn en er nog veel slechter aan toe was dan voorheen. Ze vloekte zoals ze haar hele leven nog niet gevloekt had, in verschillende talen. Ze overwoog het geweer uit Wilkins' handen te grissen en het op hém te richten. En toen gebeurde er iets opmerkelijks.

Lorato, de matriarch – Kenosi's moeder – kwam de heuvel af rennen naar haar zoon toe, die bloedend rondstrompelde. Het enige obstakel dat haar in de weg stond, was de auto van mijn moeder.

Mijn moeder wist dat je niet tussen een olifant en haar kalf moest komen, ook al was dat kalf al dertien. Ze gooide de Land Rover in de versnelling en reed vol gas naar achteren, waardoor een pad vrijkwam tussen Kenosi en Lorato.

Maar voor de matriarch haar zoon kon bereiken, schoot Wilkins opnieuw. En deze keer was het een goed schot.

Lorato stond onmiddellijk stil. Mijn moeder schreef:

Ze stak haar slurf uit naar Kenosi en streelde zijn lichaam van staart tot slurf. Ze besteedde extra aandacht aan de plek waar de draad van de strik in zijn huid had gesneden. Ze stapte over zijn enorme lichaam en ging met haar poten op de vier hoeken van een denkbeeldige box om hem heen staan, zoals een moederolifant zou doen om haar kalf te beschermen. Uit haar slaapklieren stroomde vocht, dat donkere strepen op de zijkanten van haar kop achterliet. Zelfs toen de kudde stieren zich van Lorato verwijderde, zelfs toen haar eigen kudde zich bij haar voegde en Kenosi aanraakte, kwam ze niet in beweging. De zon ging onder, de maan kwam op. Maar zij bleef staan. Ze was niet in staat of bereid om bij hem weg te gaan.

Hoe neem je afscheid?

Die nacht was er een meteorietenregen. Voor mij leek het alsof zelfs de hemel huilde.

Twee pagina's verder in het dagboek heeft mijn moeder zichzelf weer voldoende in de hand om te kunnen schrijven met de objectiviteit van een wetenschapper.

Vandaag heb ik twee dingen meegemaakt waarvan ik niet dacht dat ik ze ooit zou meemaken. Eerst het goede nieuws. Als gevolg van Wilkins' gedrag hebben de onderzoekers in het reservaat het recht gekregen om zelf een olifant te euthanaseren als dat nodig is.

Ten tweede iets hartverscheurends. Een vrouwelijke olifant van wie de baby geen baby meer was, schoot hem razend van woede te hulp toen hij in nood was.

Eens een moeder, altijd een moeder.

Dat is wat mijn moeder onder aan de pagina had gekrabbeld.

Wat ze niet opschreef, was dat ze op die dag haar onderzoek naar trauma en olifanten toespitste op de effecten van verdriet.

Anders dan mijn moeder vind ik wat Kenosi overkomen is niet tragisch. Sterker nog, als ik het lees, voelt het alsof ik vol vonken zit van die meteorietenregen waarover ze schrijft.

Want het laatste wat Kenosi zag voor hij voor altijd zijn ogen sloot, was zijn moeder die naar hem terugkwam.

De volgende ochtend vraag ik me af of ik mijn oma zal vertellen over Virgil.

'Wat vind jij?' vraag ik Gertie. Het zou zeker makkelijker zijn om een lift van mijn oma naar Virgils kantoor te krijgen dan om zelf de hele stad door te fietsen. Tot nu toe heb ik weinig anders overgehouden aan mijn zoektocht dan kuitspieren zo dik als van een ballerina.

Mijn hond bonkt met haar staart op de houten vloer. 'Eén keer voor ja, twee keer voor nee,' zeg ik. Gertie houdt haar kop schuin. Ik hoor mijn oma roepen dat ik naar beneden moet komen. Ik klepper de trap af en de keuken in, waar ze bij het aanrecht ontbijtgranen in een kom strooit voor mij.

'Ik heb me verslapen. Geen tijd om iets warms voor je te maken vandaag. Al is het mij een raadsel waarom je op je dertiende niet gewoon zelf je ontbijt klaarmaakt,' pruttelt ze. 'Jij moet voor jezelf leren zorgen, jongedame!' Ze geeft me een pak melk aan en neemt haar mobiel uit de oplader. 'Zet jij het oud papier aan de straat voor je naar je oppasbaantje gaat? O, en vergeet niet om je haar te borstelen voor je vertrekt. Het lijkt alsof je een vogelnest op je hoofd hebt.'

Dit is niet dezelfde vrouw die gisteravond mijn slaapkamer binnenkwam, die me eerlijk vertelde dat het nog steeds aan haar vreet hoe het gegaan is met mijn moeder.

Ze graaft in haar tas. 'Waar zijn mijn autosleutels? Nog even en ik ben in de greep van alzheimer.'

'Oma... wat je gisteravond zei...' Ik schraap mijn keel. 'Dat ik misschien moedig genoeg was om op zoek te gaan naar mijn moeder?'

Ze schudt bijna onmerkbaar haar hoofd, ik zie het alleen omdat ik oplettend naar haar kijk. 'We eten om zes uur,' zegt ze op een toon die duidelijk maakt dat dit gesprek ten einde is, nog voor ik de kans heb gehad over iets te beginnen.

Tot mijn verbazing lijkt Virgil even slecht op zijn gemak op het politiebureau als een vegetariër op een barbecueparty. Hij wil de hoofdingang niet gebruiken, dus gaan we naar de achteringang. Als het deurslot zoemt om een agent binnen te laten, glippen we stiekem achter hem aan naar binnen. Virgil wil geen babbeltje maken met de baliebrigadier of met de centralisten. Ik krijg geen rondleiding, zo van 'hier was mijn kluisje en hier bewaarden we de voorraad donuts'. Ik had begrepen dat Virgil gestopt was bij de politie omdat hij dat wilde, maar nu begin ik me af te vragen of hij misschien iets gedaan heeft waarvoor hij ontslagen is. Eén ding is zeker: hij verzwijgt iets voor me.

'Zie je die kerel?' zegt Virgil terwijl hij me staande houdt op de hoek van de gang, zodat ik er net omheen kan gluren. In het zijgangetje zit een man achter de balie voor het depot met bewijsmateriaal. 'Dat is Ralph.'

'Ehm, Ralph ziet eruit alsof hij duizend jaar oud is.'

'Zo zag hij er al uit toen ik hier nog werkte,' vertelt Virgil. 'We zeiden altijd dat hij net zo'n fossiel was geworden als de oude troep die hij beheert.'

Hij haalt diep adem en loopt de gang door. Het depot heeft een deelbare deur, waarvan de bovenste helft open is. 'Ha die Ralph! Dat is lang geleden.'

Ralph beweegt zich alsof hij onder water zit. Eerst draait zijn middel, dan zijn schouders en ten slotte zijn hoofd. Van dichtbij zie ik dat hij even gerimpeld is als de olifanten op de foto's die mijn moeder in haar dagboeken heeft geniet. Zijn ogen zijn zo licht als appelgelei en ongeveer even waterig. 'Wel, wel,' zegt Ralph, zo langzaam dat het klinkt als wèèèaaal. 'Het verhaal gaat dat jij op een dag het depot binnenging en er nooit meer uit bent gekomen.'

'Hoe zei Mark Twain het ook alweer? "De berichten over mijn dood zijn sterk overdreven."'

'Nou ja, ik ga niet vragen waar je gezeten hebt,' zegt Ralph. 'Want dat vertel je me toch niet.'

'Precies. En Ralph, mondje dicht over het feit dat ik even bij je kom aanwippen. Ik ben allergisch voor mensen die te veel vragen stellen.' Uit zijn jaszak diept Virgil een ietwat geplette Twinkie op, een merk dat al jaren uit de handel is, en legt hem voor Ralph neer op de balie.

'Hoe oud is die?' prevel ik.

'In deze repen zitten genoeg conserveringsmiddelen om ze tot 2050 in de winkelschappen te laten liggen,' fluistert Virgil. 'En trouwens, Ralph is te kippig om de kleine lettertjes van de houdbaarheidsdatum te kunnen lezen.'

En ja hoor, Ralphs gezicht licht op. Zijn mond plooit zich tot een glimlach, waardoor zijn gezicht me doet denken aan een YouTube-filmpje van een imploderend gebouw dat ik ooit heb gezien. 'Leuk dat je nog weet dat ik daar gek op ben, Virgil,' zegt hij. Dan kijkt hij naar mij. 'Wie is je maatje?'

'Mijn tennispartner.' Virgil leunt op de gesloten onderdeur. 'Moet je horen, Ralphie. Ik wil wat materiaal nakijken van een oude zaak van mij.'

'Je staat niet meer op de loonlijst...'

'Dat loon stelde al weinig voor toen ik nog wél op de lijst stond. Kom op, ouwe gabber. Ik vraag je niet of ik aan een onderzoek mag zitten dat nog loopt. Ik ruim gewoon het een en ander voor je op.'

Ralph haalt zijn schouders op. 'Het kan vast geen kwaad als de zaak gesloten is...'

Virgil schuift de grendel van de deur en stapt langs hem heen. 'Blijf jij maar lekker zitten. Ik ken de weg.'

Ik volg hem door een langgerekte smalle ruimte met aan weerskanten metalen rekken van vloer tot plafond, die helemaal volgepropt staan met kartonnen dozen. Zacht prevelend leest Virgil de etiketten op de dozen, die gerangschikt zijn op zaaknummer en datum. 'Volgende gangpad,' zegt hij. 'Deze gaan maar terug tot 2006.'

Even later staat hij stil. Dan trekt hij zich als een aap op aan het rek, haalt er een van de dozen uit en laat hem in mijn armen vallen. Hij is lichter dan je zou verwachten. Ik zet hem op de vloer en Virgil geeft me nog drie dozen aan.

'Is dat alles?' zeg ik. 'Je zei toch dat jullie een gigantische hoeveelheid bewijsmateriaal hadden meegenomen uit het reservaat?'

'Klopt. Maar de zaak was opgelost. We hebben alleen de items bewaard die direct verband hielden met personen. Dus kluiten aarde, vertrapte planten en stenen, alles wat niet relevant bleek te zijn, is vernietigd.'

'Als iemand dit allemaal al heeft uitgezocht, wat moeten wij er dan nog mee?'

'Je kunt twaalf keer naar een hoop rommel kijken en niets zien. Maar de dertiende keer kan je oog zomaar op iets vallen waarnaar je op zoek bent.' Hij tilt het deksel van de bovenste doos op. Er zitten papieren opbergzakken in, dichtgeplakt met tape. Op de tape en de zakken staat NO.

'NO?' lees ik hardop. 'Wat zit er in die zak?'

Virgil schudt zijn hoofd. 'Dat staat voor Nigel O'Neill. Hij was een agent die naar bewijsmateriaal zocht die nacht. Volgens het protocol moet de agent zijn initialen en de datum op zowel de tape als de envelop schrijven, zodat het bewijsmateriaal rechtsgeldig is.' Hij wijst naar de andere notities op de envelop. Een eigendomsnummer en een lijstje van voorwerpen: SCHOENVETER, ONTVANGSTBEWIJS. Op een andere envelop: KLEDING SLACHTOFFER: SHIRT, KORTE BROEK.

'Maak die eens open?' vraag ik.

'Waarom?'

'Ze zeggen toch dat het zien van een of ander ding je geheugen kan opfrissen? Ik wil kijken of dat klopt.'

'Het slachtoffer was niet jouw moeder,' brengt Virgil me in herinnering.

Dat valt nog te bezien, denk ik bij mezelf. Maar hij opent de papieren zak, pakt een paar rubberhandschoenen uit een open doos in de stellingkast, trekt ze snel aan en haalt een kakishort uit de zak. Daarna een aan flarden gescheurd gevlekt poloshirt, met het logo van het New England Elephant Sanctuary op de linkerborstzak geborduurd.

'Nou?' informeert hij.

'Is dat blóéd?' vraag ik.

'Nee, opgedroogde limonade. Als jij detective wilt zijn, gedraag je dan ook zo,' zegt hij.

Toch vind ik het best eng. 'Dit lijkt hetzelfde uniform dat iedereen droeg.'

Virgil blijft in de dozen rommelen. 'Kijk eens wat we hier hebben,' zegt hij, en hij haalt een zak tevoorschijn die zo plat is dat er nauwelijks iets in kan zitten. Op het bewijslabel staat: # 859, LOSSE HAAR IN LIJKZAK. Hij laat de papieren zak in zijn jaszak glijden. Dan pakt hij twee van de dozen op en draagt ze voor zich uit naar de deur, met een blik over zijn schouder naar mij. 'Help eens een handje.'

Ik loop hem achterna met de andere dozen op elkaar gestapeld in mijn armen. Volgens mij heeft Virgil expres de lichtste dozen gekozen. Deze voelen alsof ze vol stenen zitten. Bij de ingang schrikt Ralph op uit zijn dutje.

'Leuk om even bij te praten, Virgil.'

Virgil priemt met een vinger in zijn richting. 'Je hebt mij niet gezien, hè.'

'Gezien? Wie?' zegt Ralph.

We sluipen het politiebureau uit via dezelfde achterdeur waardoor we binnengekomen zijn en dragen de dozen naar Virgils bestelwagen. Hij slaagt erin om ze op de achterbank te stouwen, die al vol ligt met voedselverpakkingen, oude cd-hoesjes, papieren zakdoekjes, sweatshirts en lege flessen. Ik ga op de passagiersstoel zitten. 'Wat nu?'

'Nu moeten we een lab zover zien te krijgen dat ze het mitochondriaal DNA testen.'

Ik weet niet wat dat is, maar het klinkt als iets wat past in een grondig politieonderzoek. Ik ben onder de indruk. Ik kijk van opzij naar Virgil, en ik moet toegeven dat hij er vrij goed uitziet nu hij niet stomdronken is. Hij heeft zich gedoucht en geschoren, dus hij ruikt naar een dennenbos in plaats van naar gore oude jenever. 'Waarom ben je daar weggegaan?'

Hij kijkt me aan. 'We hebben nu waarvoor we gekomen waren, toch?'

'Ik bedoel bij de politie. Had je geen zin meer om detective te zijn?'

'Blijkbaar een stuk minder dan jij,' mompelt Virgil.

'Ik heb het recht om te weten wat ik krijg voor mijn geld.'

Hij snuift. 'Vier dozen halen, twee betalen.'

Hij rijdt te snel achteruit en een van de dozen valt van de achterbank. De opbergzakken glijden eruit, dus klik ik mijn veiligheidsgordel los, draai me om en doe pogingen om de dozen rechtop te zetten en weer in te ruimen. 'Lastig om te zien wat bewijsmateriaal en wat jouw afval is,' zeg ik. Het plakband van een van de bruine papieren zakken heeft losgelaten en het bewijsmateriaal is eruit gevallen, midden in een stapel visburgerverpakkingen van McDonald's. 'Bah, walgelijk zeg. Wie eet er nou vijftien visburgers?'

'Dat was niet allemaal in één keer,' zegt Virgil.

Maar ik hoor hem nauwelijks, want mijn vingers krommen zich rond een bewijsstuk dat op de vloer ligt. Ik draai me snel om naar voren, met de piepkleine roze Converse-sneaker in mijn hand geklemd.

Dan kijk ik naar mijn voeten.

Ik heb hoge roze Converse-sneakers gehad zolang ik me kan herinneren. Langer. Het is het enige luxeding waar ik verzot op ben, en waar ik altijd speciaal om vraag aan mijn oma.

Op alle foto's van mij als baby en peuter heb ik die roze Conversesneakers aan. Met een paar roze teddyberen om me overeind te houden in mijn rug, en aan mijn voeten die roze minisneakers. Zittend op een dekentje met een reusachtige zonnebril scheef op mijn neus, mijn voeten parmantig in het genoemde schoeisel gestoken. Terwijl ik mijn tanden poets bij de wasbak, poedelnaakt, maar wel met die schoentjes aan. Mijn moeder had ook een paar oude versleten exemplaren, precies dezelfde maar dan in het groot. We droegen nooit dezelfde kleren, hadden niet hetzelfde kapsel en stonden ons niet samen op te tutten voor de spiegel. Maar door onze roze schoenen waren we toch een match.

Ik draag mijn sneakers nog steeds bijna elke dag. Ze zijn een soort talisman voor mij. Of misschien ben ik bijgelovig en denk ik stiekem: als ik de mijne nooit uittrek, dan... nou ja. Je snapt me wel.

Mijn verhemelte voelt zo droog als een woestijn. 'Deze was van mij.'

Virgil kijkt me aan. 'Zeker weten?'

Ik knik.

'Liep je ooit wel eens op blote voeten met je moeder door het reservaat?'

Ik schud mijn hoofd. De regel was dat niemand het terrein op mocht zonder schoeisel. 'Het was ruig terrein, niet zoiets als een golfbaan,' zeg ik. 'Er groeiden overal dikke helmgraspollen, struikgewas en jonge boompjes. Je kon in een van de gaten stappen die de olifanten maakten.' Ik draai het schoentje rond in mijn hand. 'Ik was er dus bij, die nacht. En ik weet nog stéééds niet wat er gebeurd is.'

Was ik uit mijn ledikantje geklauterd en naar het olifantenterrein gedrenteld? Was mijn moeder op zoek geweest naar mij?

Komt het door mij dat ze verdwenen is?

Mijn moeders onderzoek galmt in mijn hoofd. *Slechte momenten worden onthouden. Traumatische momenten worden vergeten.*

Virgils gezicht is ondoorgrondelijk. 'Je vader vertelde ons dat je lag te slapen,' zegt hij.

'Nou, ik sliep niet met mijn schoenen aan. Iemand moet ze me hebben aangetrokken en de veters gestrikt.'

'Iemand,' herhaalt Virgil.

Gisternacht droomde ik over mijn vader. Hij kroop op handen en knieën door het hoge gras vlak bij de olifantenvijver in het reservaat en riep aldoor mijn naam. 'Jenna! Kom tevoorschijn, waar je ook zit!'

Het buitenverblijf van de olifanten was nu veilig, omdat de twee Afrikaanse olifanten in de stal waren om hun voeten te laten verzorgen. Ik wist dat de buutplaats bij dit spel de lange stalmuur was. Ik wist dat mijn vader altijd won, omdat hij harder kon lopen dan ik. Maar deze keer zou ik hem te slim af zijn.

'Boontje,' zei hij – zo noemde hij me altijd. 'Ik zie je heus wel.'

Maar dat was niet zo, want hij liep juist bij mijn verstopplaats vandaan.

Ik had mezelf ingegraven in de vijveroever, zoals de olifanten deden wanneer mijn moeder en ik toekeken terwijl ze speelden. Dan spoten ze elkaar nat met hun slurf of rolden als worstelaars door de modder om hun warme huid af te laten koelen.

Ik wachtte tot mijn vader achter de dikke hoge boom liep waar Nevvie en Gideon altijd het eten neerzetten voor de dieren: hooi, pompoenen en hele watermeloenen. Een heel gezin zou er genoeg aan hebben, of één enkele olifant. Zodra hij achter de boom verdween, krabbelde ik overeind op de modderige oever waar ik op mijn buik had gelegen en rende naar de buutplaats.

Het was niet makkelijk. Mijn kleren zaten onder de modder en mijn haar hing als een dik nat touw op mijn rug. Mijn roze sneakers zogen zich vast in de moerassige vijveroever. Maar ik wist dat ik dit ging winnen en een giechellachje floepte uit mijn mond, een soort gepiep alsof er lucht ontsnapte uit een ballon.

Dat hoorde mijn vader natuurlijk. Hij draaide zich om en sprintte op me af, in de hoop me te vangen voor ik mijn modderhanden tegen de golfplaten van de stalwand kon leggen.

Misschien zou hij me ook hebben gevangen als Maura niet was komen aandenderen uit de boomgroep, zo luid trompetterend dat ik verstijfde. Ze haalde uit met haar slurf en sloeg mijn vader in zijn gezicht. Hij viel op de grond en greep met beide handen naar zijn rechteroog, dat binnen een paar seconden dik werd. Maura danste zenuwachtig tussen ons in, zodat mijn vader moest wegrollen om niet te worden verpletterd.

'Maura,' hijgde hij. 'Het is al goed. Rustig aan, meisje...'

De olifant brulde weer, als een misthoorn waarvan mijn oren tuitten.

'Jenna,' zei mijn vader zacht. 'Niet bewegen.' En binnensmonds: 'Wie heeft verdomme die olifant uit de stal gelaten?'

Ik begon te huilen. Ik wist niet of ik bang was voor mezelf of voor mijn vader. Maar al die keren dat mijn moeder en ik Maura hadden geobserveerd, had ik de olifant nooit agressief meegemaakt.

Plotseling ging de schuifdeur van de stal open en stond mijn moeder in de enorme deuropening. Ze keek naar mijn vader, Maura en mij. 'Wat heb je met haar gedaan?' vroeg ze hem.

'Hé, doe niet zo raar! We speelden gewoon verstoppertje.'

'Jij en de olifant?' Al pratend bewoog mijn moeder zich met behoedzame stappen tussen Maura en mijn vader in, zodat hij veilig overeind kon komen.

'Nee, natuurlijk niet. Ik en Jenna. Tot Maura uit het niets opdook en me een opdofffer gaf.' Hij wreef over zijn gezicht.

'Ze moet gedacht hebben dat je probeerde Jenna kwaad te doen.' Mijn moeder fronste. 'Hoe kóm je erbij om verstoppertje te spelen in Maura's buitenverblijf?'

'Omdat ze in de stal hoorde te zijn voor de voetverzorging.'

'Nee, alleen Hester.'

'Maar Gideon had op het informatiebord geschreven dat ze allebei...'

'Maura had geen zin om de stal in te gaan.'

'Hoe had ik dat moeten weten?'

Mijn moeder bleef lieve geluidjes maken voor Maura tot de olifant wegsjokte, nog steeds af en toe omkijkend naar mijn vader.

'Die olifant heeft de pest aan iedereen, behalve aan jou,' mompelde hij.

'Nee, hoor. Blijkbaar houdt ze ook van Jenna.' Maura reageerde met een goeiig geknor, liep verder in de richting van de bomen en begon te grazen. Met een zwaai tilde mijn moeder me op en drukte me tegen zich aan. Ze rook naar suikermeloen, de traktatie die ze Hester moet hebben gevoerd in de stal terwijl de voetzolen van de olifant werden geweekt en schoongeschraapt en de kloven werden behandeld. 'Je foetert me zo vaak uit omdat ik Jenna meeneem het olifantenterrein op, en zelf ga je hier een spelletje met haar doen?'

'Er hoorden hier geen olifanten te... Ach, laat ook maar. Dit verlies ik toch.' Mijn vader voelde met zijn hand aan zijn gezicht en kromp ineen.

'Laat mij dat oog eens bekijken,' zei mijn moeder.

'Over een halfuur heb ik een afspraak met een investeerder. Ik moet hem ervan overtuigen dat er geen enkel veiligheidsrisico kleeft aan een reservaat in een dichtbevolkt gebied. En nu ga ik mijn verhaal doen met een blauw oog dat me is bezorgd door een olifant.'

Mijn moeder schoof mij op één heup en voelde met voorzichtige vingers aan zijn gezicht. Dit vond ik de fijnste momenten, wanneer we leken op een taart waarvan nog geen stukje was gegeten. Het vlakte de andere momenten bijna uit.

'Het had erger gekund,' zei mijn moeder terwijl ze tegen hem aan leunde.

Ik zag, ik vóélde dat hij ontspande. Op dit soort gedrag wees mijn moeder me altijd tijdens haar veldonderzoek. Een beweginkje van het lichaam, het laten hangen van de schouders, waardoor je wist dat de onzichtbare muur van angst verdwenen was. 'O, ja?' mompelde mijn vader. 'Hoezo?'

Mijn moeder glimlachte naar hem. 'Als ík jou had neergeslagen,' zei ze.

Mijn observatieplaats van de afgelopen tien minuten is een onderzoekstafel in een lab. Mijn onderwerp: het paringsgedrag van de kortstondig opgefriste mannelijke Stoere Bink – tevens principieel alcoholist – en de oversekste, ietwat verlepte Mannenverslindster van middelbare leeftijd.

Dit zijn mijn wetenschappelijke waarnemingen.

Stoere Bink is niet op zijn gemak, hij gedraagt zich gekooid. Nu eens gaat hij zitten terwijl hij ritmisch met zijn voet op de vloer tikt, dan weer staat hij op en drentelt heen en weer. Hij heeft vandaag zichtbaar moeite gedaan om er verzorgd uit te zien, met het oog op zijn afspraak met Mannenverslindster, die nu de kamer binnenkomt.

Ze heeft een witte labjas aan en te veel make-up op. Ze ruikt naar de proefverpakkingen parfum in tijdschriften, die zo overdadig geuren dat je het hele tijdschrift het liefst door de ruimte wilt slingeren. Al zou dat betekenen dat je nooit kennis zult nemen van 'Tien tips en trucs om mannen in bed te verwennen' of 'Waar Jennifer Lawrence zich over opwindt!' Mannenverslindster is blond met donkere haarwortels en moet nodig van iemand te horen krijgen dat een kokerrok haar dikke kont niet flatteert.

Stoere Bink doet de eerste zet. Hij gebruikt de kuiltjes in zijn wangen als wapen en zegt: 'Wow, Lulu, dat is lang geleden.'

Mannenverslindster wijst zijn avances koeltjes af: 'Aan wie ligt dat, Victor?'

'Ik weet het, ik weet het. Sla me maar als je daar zin in hebt.'

Een subtiele maar betekenisvolle verandering in de atmosferische druk. Dat klinkt verleidelijk.

Wederzijdse, brede tandpastaglimlach.

'Ho, ho. Niet aan iets beginnen wat je niet kunt afmaken,' zegt Stoere Bink.

'Hebben jij en ik daar ooit problemen mee gehad, dan?'

Ik rol met mijn ogen. Ofwel dit is het beste argument voor anticonceptie sinds de vrouw die een achtling kreeg, of dit geouwehoer werkt echt tussen mannen en vrouwen. In dat geval zal ik waarschijnlijk geen date hebben tot ik in de menopauze ben.

Mannenverslindster is opmerkzamer dan Stoere Bink. Ze voelt mijn sarcasme helemaal aan de andere kant van de labruimte. Met een hoofdbeweging naar mij raakt ze Stoere Binks schouder aan. 'Nooit geweten dat jij kinderen hebt.'

'Kinderen?' Virgil kijkt naar me alsof ik een kakkerlak ben die hij onder zijn schoenzool heeft geplet. 'O, zij is niet van mij. Maar ik ben wel hier vanwege haar.'

Wat een kluns. Zelfs ík weet dat dat niet goed zal vallen. De knalrood gestifte lippen van de vrouw worden een strakke streep. 'Ik wil je niet ophouden. Doe vooral je ding.'

Virgil grijnst lijzig en Mannenverslindster begint praktisch te kwijlen. 'Tallulah toch,' zegt hij, 'ik zou dolgraag met jou mijn ding doen, maar zaken gaan voor. Ik moet me eerst bekommeren om mijn cliënt.'

De telefoon van Mannenverslindster gaat. Ze kijkt naar het nummer op haar scherm. 'Gottegot,' zegt ze met een zucht. 'Heb je vijf minuten?'

Ze stampt het lab uit en Virgil gaat naast me op de metalen tafel zitten. Hij wrijft met zijn hand over zijn gezicht. 'Jij staat zwaar bij me in het krijt, jongedame.'

Ik ben verrast. 'Bedoel je dat je niet echt op haar valt?'

'Op Tallulah? God, nee. Ze was vroeger mijn mondhygiëniste. Toen is ze daarmee gestopt en in een laboratorium voor DNA-onderzoek gaan werken. Steeds als ik haar zie, komt me weer voor de geest hoe ze tandplak van mijn gebit schraapte. Ik zou nog liever daten met een zeekomkommer.'

'Die kotsen hun eigen maag uit terwijl ze eten,' zeg ik.

Hij houdt zijn hoofd schuin. 'Ik ben een keer uit eten geweest met Tallulah. Zoals ik al zei, ik zou gaan voor de zeekomkommer.'

'Waarom doe je dan alsof je een nummertje met haar wilt maken?'

Zijn ogen worden groot. 'Dat heb ik vast verkeerd verstaan.'

'Rampetampen,' grinnik ik. 'Oliën en doorsmeren...'

'Wat mankeert die tieners van tegenwoordig?' mompelt Virgil.

'Het zal wel aan mijn opvoeding liggen. Ik heb totaal geen ouderlijke begeleiding gehad.'

'En jij vindt míj walgelijk omdat ik af en toe een borrel drink?'

'A: volgens mij drink jij altijd. En B: wat ik écht walgelijk vind, is dat jij Tallulah bespeelt terwijl zij denkt dat je een oogje op haar hebt.'

'Ik doe dit verdorie voor jou,' zegt Virgil. 'Jij wilt toch weten of de haar op Nevvie Ruehls lichaam van je moeder afkomstig is? Dan hebben we twee opties. We kunnen proberen iemand bij de politie over te halen om een test te laten doen door het staatslab. Maar dat wordt lastig, omdat de zaak afgesloten is en ze toch al een jaar achterstand hebben. Of we kunnen proberen om de test te laten doen in een privélab.' Hij kijkt me aan. 'Gratis.'

'Wow. Wat heb jíj veel voor me over,' zeg ik zogenaamd vol bewondering. 'Zet de condooms maar op mijn rekening. Ik voel me al schuldig genoeg zonder dat je haar tot overmaat van ramp ook nog zwanger maakt.'

Nijdig kijkt hij me aan. 'Ik ga niet met Tallulah naar bed. Ik vraag haar niet eens mee uit. Ik laat haar alleen dénken dat ik dat ga doen. En daarom zal ze bij wijze van gunst een uitstrijkje van jouw wangslijmvlies maken en het met spoed laten onderzoeken.'

Nu ben ik echt onder de indruk. Virgil is sluwer dan ik dacht. Misschien is hij tóch best een goede privédetective. 'Weet je wat je moet zeggen als ze terugkomt,' zeg ik behulpzaam, 'ik ben geen kamermeisje, maar ik kan als geen ander je bed opschudden.'

Virgil gniffelt. 'Bedankt. Als ik hulp nodig heb, geef ik je een seintje.'

Zodra de deur weer opengaat, springt Virgil van de tafel terwijl ik mijn gezicht snikkend in mijn handen begraaf. Nou ja, ik doe natuurlijk alsof.

'O jee,' zegt Mannenverslindster. 'Wat is er aan de hand?'

Virgil kijkt net zo verbijsterd als zij. *Wat nu weer?* vormt hij geluidloos met zijn lippen.

Ik hik en snik nog harder. 'Ik wil zo graag mijn moe-oeder vinden.' Met betraande ogen kijk ik Tallulah aan. 'Wilt u me helpen?'

Virgil speelt het spelletje mee en slaat een arm om mijn schouders. 'Haar moeder is jaren geleden verdwenen. Onopgeloste zaak. We hebben nauwelijks een aanwijzing waar we iets mee kunnen.'

Tallulahs gezicht wordt zachter. Ik moet toegeven dat ze er nu minder uitziet als een kloonfiguur uit *Star Wars*. 'Arm kind,' zegt ze, om Virgil vervolgens een aanbiddende blik toe te werpen. 'En jij probeert haar uit de brand te helpen? Je bent er een uit duizenden, Vic.'

'We hebben een uitstrijkje van wangslijmvlies nodig. Ik heb een haar die al dan niet van haar moeder is, en ik wil proberen om het mitochondriaal DNA te matchen. Dat zou een begin voor ons zijn.' Hij kijkt op. 'Alsjeblieft, Lulu. Kun je iets betekenen voor een oude... vriend?'

'Zo oud ben je nu ook weer niet,' kirt ze. 'En jij bent trouwens de enige man die mij Lulu mag noemen. Heb je de haar bij je?'

Hij reikt haar de zak aan die we uit het depot voor bewijsmateriaal hebben gehaald.

'Mooi. We gaan meteen aan de slag om je DNA-sequentie te bepalen, meisje.' Ze draait zich om, rommelt in een kast en haalt een in papier verpakt setje tevoorschijn. Ik ben ervan overtuigd dat er een naald in zit en ik begin te trillen. Ik ben doodsbang voor naalden. Virgil kijkt me aan. 'Leg het er niet te dik bovenop,' fluistert hij.

Maar algauw krijgt hij door dat ik echt bang ben, want ik begin te klappertanden. Ik kan mijn ogen niet van Tallulahs handen afhouden terwijl ze de steriele verpakking openscheurt.

Virgil pakt mijn hand en knijpt erin.

Wanneer was de laatste keer dat ik iemands hand vasthield? Ik kan het me niet herinneren. Die van mijn oma, misschien, zo'n duizend jaar geleden, als we samen de straat overstaken. Maar zij deed het uit plichtsgevoel, niet uit mededogen. Dit is anders.

Ik stop met trillen.

'Ontspan je,' zegt Tallulah. 'Het is gewoon een groot wattenstaafje.'

Ze trekt een paar rubberhandschoenen aan en doet een mondkapje voor. 'Mondje open. Ik strijk even met dit ding over de binnenkant van je wang. Het stelt niets voor.'

Na ongeveer tien seconden trekt ze de wattenstaaf uit mijn mond en stopt hem in een flacon, waarop ze een etiket plakt. Dan doet ze alles nog een keer.

'Hoelang?' vraagt Virgil.

'Een paar dagen tot een week, al zal ik hemel en aarde moeten bewegen.'

'Ik weet niet hoe ik je moet bedanken.'

'Ik wel.' Met haar vingertop streelt ze de binnenkant van zijn bovenarm. 'Rond lunchtijd ben ik vrij.'

'Virgil niet,' flap ik er uit. 'Je zei dat je naar de dokter moest, weet je nog?'

Tallulah begint in zijn oor te fluisteren, maar helaas versta ik ieder woord: 'Wil je doktertje spelen, schat? Ik heb mijn praktijkkleding bewaard uit de tijd dat ik mondhygiëniste was, dus...'

'Als je te laat bent, Víctor,' kom ik ertussen, 'kun je vandaag geen herhalingsrecept voor je Viagra krijgen.' Ik spring van de tafel, grijp Virgils arm en trek hem mee het laboratorium uit.

We hollen door de gang en lachen zo hard dat ik bang ben dat we de buitendeur niet zullen halen. Buiten in de zon leunen we tegen de bakstenen muur van Genzymatron Labs om op adem te komen.

'Ik weet niet of ik je nu je nek moet omdraaien of je bedanken,' zegt Virgil.

Ik kijk hem van opzij aan en antwoord met omfloerste Tallulahachtige stem: 'Nou... rond lunchtijd ben ik vrij.'

Daar moeten we nog harder om lachen.

Dan, als we opgehouden zijn met lachen, herinneren we ons allebei tegelijk waarom we hier zijn, en dat er voor ons eigenlijk weinig te lachen valt. 'Wat doen we nu?'

'Afwachten.'

'Een hele week? Er is vast wel iets anders dat je kunt doen.'

Virgil kijkt me aan. 'Je zei dat je moeder dagboeken bijhield.'

'Ja. En?'

'Er kan iets relevants in staan.'

'Ik heb ze een miljoen keer gelezen,' zeg ik. 'Het gaat allemaal over olifantenresearch.'

'Misschien noemt ze ergens haar collega's. Of staat er iets in over eventuele conflicten met hen.'

Ik laat me zakken langs de muur, zodat ik op de betonnen stoep kom te zitten. 'Je denkt nog steeds dat mijn moeder iemand vermoord heeft.'

Virgil hurkt naast me. 'Achterdochtig zijn is nu eenmaal mijn werk.'

'Nee, niet meer,' zeg ik, 'dat was vroeger. Nu is het je werk om een vermiste persoon op te sporen.'

'En als ik haar gevonden heb, wat dan?' vraagt Virgil.

Ik staar hem aan. 'Zou je dat doen? Haar voor me opsporen en haar dan weer afpakken?'

'Weet je,' zegt Virgil zuchtend, 'het is nog niet te laat. Je kunt ermee kappen en mij ontslaan. Dan vergeet ik jouw moeder en de misdaden die ze al dan niet heeft begaan.'

'Je bent niet meer bij de politie,' breng ik hem in herinnering. En dat doet me eraan denken hoe schichtig hij deed op het politiebureau. Dat we daar moesten rondsluipen in plaats van door de hoofdingang naar binnen te kuieren en zijn collega's te begroeten. 'Waarom bén je eigenlijk niet meer bij de politie?'

Hij schudt zijn hoofd. Van het ene op het andere moment klapt hij volledig dicht. 'Gaat je geen moer aan.'

Zomaar ineens verandert alles. Niet te geloven dat we daarnet nog samen stonden te schateren. Hij staat nog geen twintig centimeter bij me vandaan, maar hij zou evengoed op Mars kunnen zijn.

Ik had het kunnen weten. Virgil geeft niet echt om mij, hij wil een zaak oplossen. Opeens voel ik me slecht op mijn gemak. Zwijgend loop ik met hem mee naar zijn wagen. Ik heb Virgil ingeschakeld om achter mijn moeders geheimen te komen, maar dat geeft mij niet het recht om zíjn geheimen te kennen.

'Hé, Jenna...'

'Ik snap het al,' onderbreek ik hem. 'Dit is puur zakelijk.'

Virgil aarzelt. 'Heb jij een masker voor?'

'Wat? Nee.'

'Nou, als je van jezelf zo knap bent... wil je dan met me uit?'

Ik knipper met mijn ogen naar hem. 'Ik ben een beetje te jong voor jou, engerd.'

'Ik probeer je niet te versieren. Ik zeg alleen maar wat ik tegen Tallulah zei toen ze bezig was mijn gebit te reinigen.' Virgil zwijgt even. 'Ik moet er wel bij vermelden dat ik apezat was op dat moment.'

'Wat een slechte smoes.'

'Weet jij iets beters waardoor ik mezelf vrij kan pleiten?'

Virgil grinnikt, en daar is hij weer. Wat ik daarnet ook verkeerd heb gezegd, het contact is hersteld. 'Ik begrijp wat je bedoelt,' antwoord ik, en ik probeer nonchalant te klinken. 'Dat is misschien wel de slechtste openingszin die ik in mijn hele leven heb gehoord.'

'En dat betekent heel wat als jij het zegt.'

Glimlachend kijk ik op naar Virgil. 'Bedankt,' antwoord ik.

Eerlijk gezegd zijn mijn herinneringen soms wazig. Dingen die achteraf nachtmerries lijken, zijn misschien wel echt gebeurd. Dingen die ik zeker denk te weten, kunnen in de loop van de tijd veranderen.

Neem nou mijn droom van gisternacht, waarin mijn vader en ik verstoppertje speelden. Ik weet bijna zeker dat dat geen droom was maar realiteit.

Of de herinnering die ik heb van mijn moeder en vader die praten over dieren die levenslang bij elkaar blijven. Hoewel ik me het gesprek woord voor woord herinner, zijn hun stemmen minder duidelijk.

Het is mijn moeder, dat staat vast. En de ander moet mijn vader zijn.

Maar soms, als ik zijn gezicht zie, is hij het niet.

ALICE

Als je snel wilt reizen moet je alleen gaan, maar als je ver wilt komen moet je samen gaan. Dat vertellen grootmoeders in Botswana aan hun kinderen, en het geldt zeker voor de plaatselijke Afrikaanse bevolking die ik heb leren kennen. Maar het zal je misschien verbazen dat het ook geldt voor olifanten.

Je ziet vaak dat olifanten even contact maken met hun kuddeleden door hun lichaam tegen een ander dier te schurken, of het te strelen met hun slurf. Soms stoppen ze hun slurf in de mond van een vriend of vriendin als die gestrest is. In Amboseli besloten de onderzoekers Bates, Lee, Njiraini en Poole om wetenschappelijk aan te tonen dat olifanten in staat zijn tot empathie. Ze categoriseerden de momenten dat olifanten het lijden of de benarde positie van een soortgenoot onderkenden en daar actief iets aan veranderden. Door samen te werken met andere olifanten. Door een hulpeloos jong kalf te beschermen. Door op het kalf van een andere moeder te passen of het te zogen als troost. Door een olifant te helpen die vastzat in een strik of gevallen was. Door te helpen een vreemd voorwerp zoals een speer of een strik te verwijderen.

Ik heb geen gelegenheid gehad om zo'n groot onderzoek te doen als in Amboseli, maar ik heb mijn eigen anekdotische bewijzen van olifantenempathie. Er was een olifantenstier in het wildreservaat die we de bijnaam Stumpy hadden gegeven, omdat hij in zijn jeugd een groot deel van zijn slurf verloren had in een ijzerdraadstrik. Hij kon geen takken afbreken of gras als spaghetti oprollen met zijn slurf, om het daarna af te snijden met zijn teennagel en in zijn mond te stoppen. Vanaf het moment dat hij gehandicapt raakte, voerde zijn kudde hem trouw. Ik heb meegemaakt dat olifanten samen een serie gecoördineerde handelingen uitvoerden om een kalf een steile rivieroever op te helpen. Een paar kuddeleden groeven de oever af om de helling minder steil te maken, andere begeleidden de baby het water uit en weer andere trokken het dier omhoog. Maar je zou kunnen zeggen dat het een evolutionair voordeel had om Stumpy en die babyolifant in leven te houden.

Het wordt interessanter als er geen evolutionair voordeel zit aan empathisch gedrag. Toen ik in Pilanesberg werkte, zag ik dat een olifant een neushoornkalf tegenkwam dat vastzat in de modder van een drinkplaats. De neushoorns waren over hun toeren, waardoor ook de olifant van slag raakte. Knorrend en trompetterend hield ze halt. Op de een of andere manier overtuigde ze de neushoorns ervan dat ze dit vaker bij de hand had gehad, en dat ze opzij moesten gaan en het aan haar overlaten. In het grote ecologische geheel van de dingen had het voor de olifant geen nut om een neushoornbaby te redden. En toch stapte ze naar de drinkplaats en hengelde die baby op met haar slurf, zelfs al viel de neushoornmoeder haar aan bij iedere poging die ze ondernam. Ze riskeerde haar eigen leven voor de nakomelingen van een andere soort. In Botswana zag ik dat een matriarch een leeuwin tegenkwam vlak bij een olifantenroute, waar de welpen nietsvermoedend aan het spelen waren. Als een olifant een leeuw ziet zal ze normaal gesproken aanvallen, omdat ze het roofdier herkent als een bedreiging. Deze matriarch wachtte echter geduldig tot de leeuwin haar welpen had verzameld en vertrokken was. Hoewel de welpen geen bedreiging waren voor deze olifant, zouden ze dat ooit wel worden. Maar op dat ene moment waren ze gewoon de kinderen van een andere moeder.

Er zijn ook grenzen aan empathie. Zo worden olifantenbaby's bemoederd door alle vrouwtjes in de kudde, maar als de biologische moeder overlijdt, overleeft haar kalf het meestal ook niet. Een verweesd kalf dat nog moedermelk drinkt, zal niet wijken van de plek waar zijn moeder is neergevallen. Ten slotte moet de kudde een beslissing nemen. Als ze bij de ontroostbare baby blijven, lopen ze het gevaar dat ze hun eigen kalveren niet kunnen voeden of niet op tijd bij een drinkplaats komen... Of ze moeten vertrekken, en de zekere dood van de baby incalculeren als bijkomende schade. Het is heel akelig om zoiets aan te zien. Ik ben getuige geweest van iets wat leek op een afscheidsceremonie, waarbij de kuddeleden beurtelings het kalf aanraakten, droevig knorrend. Toen vertrokken ze en de baby stierf van de honger.

Toch zag ik op de savanne ooit iets anders gebeuren. Ik kwam een eenzaam kalf tegen dat was achtergebleven bij een waterpoel. Ik wist niet of de moeder was overleden of dat het kalf gedesoriënteerd geraakt was en afgedwaald. Hoe dan ook, er passeerde een niet-verwante kudde op hetzelfde moment dat een hyena uit een andere richting aan kwam draven. Het kalf was een gemakkelijke prooi voor de hyena: onbeschermd, een heerlijke maaltijd. Maar de matriarch van de passerende kudde had zelf een kalf, misschien een tikje ouder. Ze zag hoe de hyena het verlaten kalf inspecteerde en joeg het roofdier weg. Het kalf liep naar haar toe en probeerde bij haar te drinken, maar ze duwde het weg en wilde doorlopen.

Dit is normaal gedrag. Vanuit evolutionair oogpunt kun je je afvragen waarom zij de middelen voor haar eigen kalf met haar eigen genetische materiaal zou beperken door een andere baby te zogen. Hoewel er verslagen zijn van adopties binnen een kudde, zullen de meeste moeders geen verweesd kalf zogen. Daarvoor hebben ze simpelweg niet genoeg moedermelk. Bovendien was deze baby geen familielid, de matriarch had geen biologische band met het verweesde kalf.

En toen liet die baby een ongekend wanhopige, eenzame kreet horen.

De matriarch was op dat moment ruim dertig meter van hem verwijderd. Ze verstijfde, draaide zich om en stormde in volle vaart op het kalf af. Het was schokkend en beangstigend, maar de baby bleef staan waar hij stond.

De matriarch pakte hem op met haar slurf en duwde hem tussen haar enorme poten alsof ze hem in de box zette. Toen stiefelde ze met hem weg. Elke keer als ik dat kalf tegenkwam in de vijf daaropvolgende jaren, maakte het nog steeds deel uit van zijn nieuwe familie.

Ik denk dat olifanten een bijzondere empathie hebben voor moeders en kinderen – of het nu hun eigen soort is of niet – wat gepaard gaat met een bitterzoet besef van de kostbaarheid van deze relatie. Een olifant lijkt te begrijpen dat als je je kind verliest, je daar zwaar onder lijdt.

SERENITY

Mijn moeder, die liever niet had gewild dat ik mijn gave liet zien, maakte nog mee dat ik een succesvol medium werd. Ik nam haar mee naar mijn opnameset in L.A., waar ze een persoonlijke ontmoeting had met haar favoriete soapster uit *Dark Shadows*, die in mijn show kwam voor een reading. Ik kocht een huisje voor haar vlak bij mijn huis in Malibu, met een moestuintje en sinaasappelbomen. Ik nam haar mee naar filmpremières en awarduitreikingen. We gingen samen shoppen op Rodeo Drive. Sieraden, een auto, vakanties... ik kon haar geven wat haar hart begeerde, maar dat ze uiteindelijk kanker kreeg, heb ik niet kunnen voorspellen.

Ik zag mijn moeder wegteren voor mijn ogen. Toen ze overleed, woog ze nog maar vijfendertig kilo en zag ze eruit alsof ze zou breken bij een harde windvlaag. Jaren geleden was ik mijn vader kwijtgeraakt, maar dit was anders. O, ik was de beste actrice van de wereld, die het publiek wijsmaakte dat ik succesvol, rijk en gelukkig was. Maar vanbinnen wist ik dat een essentieel deel van mij voorgoed ontbrak.

Door de dood van mijn moeder werd ik een betere paragnost. Ik voelde intuïtief hoe mensen zich vastklampten aan de strohalmen die ik hun aanreikte, om de scheur te repareren die was ontstaan toen een dierbare was weggerukt. Als ik in mijn kleedkamer in de studio voor de spiegel zat, bad ik dat mijn moeder aan me zou verschijnen. Ik smeekte Desmond en Lucinda om me íéts te laten zien. Ik was verdorie paragnost. Ik verdiende een teken dat het goed met haar ging aan gene zijde, waar ze dan ook mocht zijn. Drie jaar lang kreeg ik boodschappen door van honderden geesten die contact zochten met dierbaren op aarde. Maar geen kik van mijn eigen moeder.

Op een dag stapte ik in mijn Mercedes om naar huis te rijden. Ik gooide mijn tas op de passagiersstoel en hij kwam terecht op mijn moeders schoot.

Mijn eerste gedachte was: ik heb een beroerte.

Ik stak mijn tong uit. In een kettingmail had ik een keer gelezen hoe je zelf een beroerte kon diagnosticeren, door te proberen of je je tong kon uitsteken. Of floepte hij dan juist naar opzij? Ik wist het niet meer.

Ik voelde aan mijn mond om te checken of één mondhoek naar beneden hing.

'Kan ik een eenvoudige zin uitspreken?' zei ik hardop. Ja, sukkelien, dacht ik er meteen achteraan. Dat heb je zojuist gedaan.

Het klinkt misschien gek voor een praktiserend, gevierd paragnost, maar toen ik mijn moeder daar zag zitten, wist ik zeker dat ik stervende was.

Mijn moeder keek me alleen maar glimlachend aan, zonder iets te zeggen.

Zonnesteek, dacht ik zonder haar uit het oog te verliezen. Maar zo warm was het nu ook weer niet.

Toen knipperde ik met mijn ogen. En weg was ze.

Achteraf dacht ik van alles. Dat als ik op de snelweg had gereden, ik waarschijnlijk een enorme kettingbotsing had veroorzaakt. Dat ik er alles voor zou hebben gegeven om haar nog één keer te horen praten.

Dat ze er niet uitzag als toen ze stierf, zo broos en fragiel als een vogeltje. Ze was de moeder die ik me herinnerde uit mijn kindertijd, de vrouw die sterk genoeg was om me te dragen als ik ziek was, en me een standje gaf als ik me onuitstaanbaar gedroeg.

Ik heb mijn moeder nooit meer gezien, al lag dat niet aan mijn inspanningen. Maar ik heb iets geleerd die dag. Ik denk dat we diverse levens hebben gehad, dat we meerdere keren gereïncarneerd zijn en dat een geest een mix is van alle levens waarin die ziel heeft bestaan. Maar als een geest een medium benadert, komt hij terug als één specifieke persoonlijkheid en in één specifieke vorm. Vroeger dacht ik dat geesten zich op een bepaalde manier manifesteerden zodat de levende persoon ze kon herkennen. Maar toen ik mijn moeder had gezien, begreep ik dat ze aan ons verschijnen zoals ze herinnerd willen worden.

Misschien ben je hier sceptisch over. Gelijk heb je. Sceptici houden de kermisheksen op afstand, althans dat dacht ik, tot ik er zelf een werd. Als je nog nooit een persoonlijke paranormale ervaring hebt gehad, dan hóór je vraagtekens te zetten bij wat je wordt verteld.

Als een scepticus mij vragen had gesteld op die dag dat ik mijn moeder naast me in de auto zag zitten, had ik hem het volgende verteld: ze was niet doorzichtig of melkachtig wit. Ze was geen door licht omgeven verschijning. Ze was zo echt voor mij als de man die even later mijn parkeerkaart in ontvangst nam toen ik de garage uit reed. Als een computeranimatie, zoals die filmpjes waarop de overleden Nat King Cole samen met zijn dochter zingt. Alsof ik een herinnering aan mijn moeder had gefotoshopt in het hier en nu. Mijn moeder was even echt als het stuurwiel onder mijn trillende handen, punt uit.

Maar twijfel kan je bekruipen en gaan woekeren als onkruid. Het is jaren geleden dat een geest naar me toe kwam om te vragen om hulp. Als je me nu vroeg: wie denk je dat je voor de gek houdt? Dan zou ik waarschijnlijk zeggen: jou niet. En mezelf al helemaal niet.

Achter de balie van het computerservicepunt zit een meisje dat verondersteld wordt mij te helpen, maar behept is met de sociale vaardigheden van Marie Antoinette. Zuchtend zet ze mijn oeroude MacBook aan en tikt slapjes op het toetsenbord. Ze maakt geen oogcontact. 'Wat is er aan de hand?' vraagt ze.

Breek me de bek niet open. Ik ben een professioneel medium dat geen contact krijgt met de geestenwereld. Ik heb twee maanden huurachterstand. Ik ben gisteren tot drie uur 's nachts opgebleven om naar de marathon van *Dance Moms* te kijken. En ik kon me vanmorgen onmogelijk in deze broek persen zonder eerst een moordend strakke figuurcorrigerende onderbroek aan te trekken.

O ja. En mijn computer is stuk.

'Als ik een printopdracht geef, gebeurt er niets,' zeg ik.

'Wat bedoelt u met "gebeurt er niets"?'

Ik staar haar aan. 'Wat bedoelen mensen meestal als ze dat zeggen?'

'Wordt uw scherm zwart? Komt er iets uit de printer? Krijgt u een foutmelding? Hebt u íéts genoteerd?'

Ik heb een theorie over de Y-generatie, dat stel narcistische twintigers van nu. Ze willen niet op hun beurt wachten. Ze willen zich niet hoeven op te werken op de maatschappelijke ladder. Ze willen op hun wenken bediend worden, sterker nog, ze zijn ervan overtuigd dat ze daar recht op hebben. Ik denk dat jongvolwassenen zoals zij gereïncarneerde Vietnamsoldaten zijn. De timing klopt, als je het even uitrekent. Die jongens zijn nog steeds kwaad omdat ze gesneuveld zijn in een oorlog waar ze niet in geloofden. Onbeleefd zijn is gewoon hun manier om te zeggen: je kunt m'n kont kussen, ik verdien nú een leven.

"'Wie telt de doden die vallen,"' neurie ik binnensmonds, vrij naar Bob Dylan. '"Het antwoord, mijn vriend, verwaait in de wind...'"

Ze kijkt niet op.

'Nooit meer oorlog,' voeg ik eraan toe.

De computertechneut kijkt me aan alsof ik gek ben. 'Hebt u Tourette?'

'Ik ben paragnost. Ik weet wie jij was in een vorig leven.'

'O, jezus christus.'

'Nee, hem bedoel ik niet,' zeg ik.

Als ze in haar vorige leven gesneuveld is in Vietnam, is de kans groot dat ze een man was. De ziel is geslachtloos. (Trouwens, enkelen van de beste mediums die ik ken zijn homo. Ik denk dat het verband houdt met het feit dat hun mannelijke en vrouwelijke eigenschappen in evenwicht zijn, maar dit terzijde.) Ik had ooit een beroemde cliënt, een r&b-zangeres, die in een vorig leven was omgekomen in een concentratiekamp. Haar huidige ex was de SS-soldaat die haar destijds had doodgeschoten, en het was haar taak in dit leven om hem te overleven. Echter, in dít bestaan sloeg hij haar elke keer als hij gedronken had in elkaar, en ik wil wedden dat als zij sterft, ze zal terugkeren in de een of andere incarnatie waarin ze opnieuw zijn pad kruist. Een mensenleven is in feite niets anders dan een kans om zaken recht te zetten. Of je wordt teruggebracht om het nogmaals te proberen.

Met een paar toetsaanslagen opent de computertechneut een nieuw menu. 'U hebt nog een aantal afdruktaken in de wachtrij,' zegt ze, en ik vraag me af of ze me erop zal aankijken dat ik de samenvatting in *Entertainment Weekly* van *Real Housewives* wilde uitprinten. 'Dat zou het probleem kunnen zijn.' Ze drukt op een aantal knoppen en plotseling wordt het scherm zwart. 'Hé,' bromt ze fronsend.

Zelfs ík weet dat het niet zo best is als een computertechnicus haar wenkbrauwen fronst.

Plotseling komt op de tafel naast ons een printer zoemend tot leven. Hij begint in een noodtempo pagina's uit te spugen, van boven tot onder bedekt met X'en. De papieren stapelen zich op en stromen over de vloer terwijl ik haastig buk om ze te rapen. Ik bekijk ze snel, maar het is allemaal onbegrijpelijk gebrabbel. Ik tel tien pagina's. Twintig, vijftig.

De chef van de computerzaak komt op ons af terwijl het meisje verwoede pogingen doet om mijn computer uit te zetten. 'Zijn er problemen?'

Een van de pagina's vliegt rechtstreeks uit de papieruitvoer in mijn handen.

Ook dit papier is bedekt met onzin, op één rechthoekje na. In het midden van de pagina maken de X'en plaats voor hartjes.

De techneut is praktisch in tranen. 'Ik weet niet wat er aan de hand is.'

Midden in de hartjesrechthoek staat het enige leesbare woord van de hele pagina: JENNA.

Goeie god.

'Ik wel,' zeg ik.

Niets is frustrerender dan een teken krijgen en niet weten wat je ermee aan moet. Zo voelt het als ik naar huis ga en me openstel voor het universum, zonder resultaat. Vroeger zouden Desmond en Lucinda me geholpen hebben te begrijpen hoe het meisje van wie de naam een computerstoring veroorzaakt, verband houdt met de geestenwereld. Paranormale ervaringen zijn niets anders dan energie die zich op een bepaalde manier manifesteert. Een zaklamp die flikkert zonder dat je op de knop drukt. Een beeld dat je voor ogen komt tijdens een onweersbui. Je mobiel die overgaat terwijl er niemand aan de andere kant van de lijn schijnt te zijn. Een energiegolf stroomt door netwerken om mij een boodschap door te geven. Maar wie is de boodschapper?

Ik heb weinig zin om contact met Jenna op te nemen, want ze heeft me vast niet vergeven dat ik haar op de stoep voor het politiebureau heb laten staan. Maar ik kan niet ontkennen dat iets aan dit meisje de paragnost in me heeft wakker geschud. Stel dat Desmond en Lucinda hierachter zitten? Dat ze mijn reactie willen testen voor ze besluiten om weer te fungeren als mijn spirituele gidsen?

Ik wil degene die me dit teken gestuurd heeft niet voor het hoofd stoten, want wie weet hangt mijn hele toekomst ervan af.

Gelukkig heb ik Jenna's contactgegevens nog in de organizer waarin nieuwe cliënten zich inschrijven als ze komen voor een reading. Ik zeg altijd dat het voor het geval is dat een geest bij mij doorkomt met een dringende boodschap, maar eigenlijk dient het alleen om likes te verzamelen voor mijn Facebook-pagina.

Ze heeft een mobiel nummer opgeschreven, dus bel ik haar.

'Als dit een klanttevredenheidsonderzoek is dan geef ik je een mager zesje, maar alleen omdat je de portemonnee van mijn moeder hebt gevonden. Als ik dat wegdenk, wordt het een dikke onvoldoende. Wie laat er nu een dertienjarige achter voor de deur van het politiebureau?'

'Nu ik erover nadenk,' zeg ik, 'is dat de ideale plek om een dertienjarige achter te laten. Maar goed, jij bent geen doorsneedertienjarige, hè?'

'O, ga je slijmen?' zegt Jenna. 'Waarvoor bel je eigenlijk?'

'Iemand aan gene zijde schijnt te denken dat ik nog niet klaar ben met jou helpen.'

Dit laat ze even bezinken. 'Wie?'

'Dat is niet helemaal duidelijk,' antwoord ik.

'Je hebt tegen me gelogen,' zegt Jenna verwijtend. 'Is mijn moeder wél dood?'

'Ik heb niet tegen je gelogen. Ik weet niet of het je moeder is. Ik weet niet eens of het een vrouw is. Ik denk alleen dat er van me verwacht wordt dat ik contact met je opneem.'

'Hoe weet je dat?'

Ik zou haar over de printer kunnen vertellen, maar ik wil haar niet laten schrikken. 'Als een geest iets wil doorgeven, lijkt het alsof je de hik hebt. Je kunt het niet tegenhouden, al doe je nog zo je best. En als het eindelijk over is, weet je nog steeds dat je de hik hebt gehad, snap je?' Ik vertel haar niet dat ik dit soort boodschappen vroeger zo vaak doorkreeg dat ik er soms schoon genoeg van had. Ik begreep niet waarom mensen het zo bijzonder vonden. Het hoorde gewoon bij mij, net als mijn roze haar en het feit dat ik al mijn verstandskiezen nog had. Maar zo kijk je er alleen tegenaan zolang je niet beseft dat je je talent ieder moment kunt kwijtraken. Nu zou ik een moord doen voor die paranormale hikjes.

'Oké,' zegt Jenna. 'Wat doen we nu verder?'

'Ik weet het niet. Ik zat te denken dat we misschien terug moeten naar die plek waar we de portemonnee hebben gevonden.'

'Denk je dat daar nog meer bewijsmateriaal te vinden is?'

Plotseling hoor ik een andere stem op de achtergrond. Een mannenstem. 'Bewijsmateriaal?' herhaalt hij. 'Wie ís dat?'

'Serenity,' zegt Jenna tegen me, 'ik wil je aan iemand voorstellen.' Ik mag dan het tweede gezicht niet meer hebben, maar ik zie op het eerste gezicht al dat Virgil Stanhope even nuttig voor Jenna zal zijn als hordeuren in een onderzeeër. Hij komt vaag en afwezig over, als een voormalige honkbalster uit het middelbareschoolteam, die de afgelopen twintig jaar vooral zijn keel heeft doorgesmeerd. 'Serenity,' zegt Jenna. 'Dit is Virgil. Hij was de dienstdoende politieagent op de dag dat mijn moeder verdween.'

Hij kijkt naar mijn uitgestoken hand en schudt hem plichtmatig.

'Jenna,' zegt hij. 'Dit is tijdverspilling...'

'We proberen álles,' zegt ze nadrukkelijk.

Ik ga voor Virgil staan. 'Meneer Stanhope, ik ben tijdens mijn carrière tientallen keren naar een plaats delict geroepen. Ik ben op plaatsen geweest waar ik enkelhoge rubberlaarzen moest dragen omdat er hersenweefsel op de vloer lag. Ik ben in huizen geweest van waaruit kinderen waren ontvoerd en heb rechercheurs naar het vermiste kind geleid.'

Hij trekt een wenkbrauw op. 'Ooit getuige voor de rechtbank geweest?'

Mijn wangen gloeien. 'Nee.'

'Wát een verrassing.'

Jenna stapt tussen ons in. 'Doe eens volwassen,' zegt ze. 'Moet ik nu al meteen voor scheidsrechter spelen?' Dan wendt ze zich tot mij: 'Wat zijn de plannen?'

Plánnen? Die heb ik niet. Als ik lang genoeg rondzwalk in deze woestenij, zal ik misschien voor het eerst in zeven jaar een flits van herkenning doorkrijgen. Hoop ik.

Plotseling loopt een man langs met een mobiele telefoon. 'Zagen jullie hem?' fluister ik.

Jenna en Virgil kijken elkaar even aan, en dan mij. 'Ja.'

'O.' Ik zie de man in zijn Honda stappen en wegrijden, nog steeds pratend in zijn mobiel. Ik ben een tikje teleurgesteld om te horen dat hij een levende persoon is. In een volle hotellobby zag ik vroeger zo'n vijftig mensen, van wie de helft geesten waren. Ze liepen niet met hun kettingen te rammelen of met hun afgehakte hoofd onder de arm geklemd. Ze praatten in hun mobiele telefoons of probeerden een taxi te roepen of pakten een pepermuntje uit de pot bij de uitgang. Heel gewone dingen.

Virgil trekt een scheef gezicht en Jenna geeft hem een elleboogstoot in zijn maag.

'Zijn er geesten hier op dit moment?' vraagt ze.

Ik kijk rond alsof ik ze nog steeds zou kunnen zien. 'Waarschijnlijk wel. Ze kunnen zich hechten aan mensen, locaties of voorwerpen. En ze kunnen zich ook verplaatsen. Onbeperkt.'

'Net als scharrelkippen,' zegt Virgil. 'Toch heb ik bij de moordzaken die ik als agent heb meegemaakt nooit een spook zien rondhangen bij een lijk. Vind je dat niet vreemd?'

'Helemaal niet,' antwoord ik. 'Waarom zouden ze zich kenbaar maken aan jou als jij vastbesloten bent om ze niet te zien? Dat zou zijn alsof je een homobar binnenloopt in de hoop dat het klikt met iemand.'

'Wat? Ik ben geen homo.'

'Dat bedoel ik nou juist – ach, laat ook maar.'

Deze man is een kortzichtige neanderthaler, maar Jenna trekt zich er niets van aan. 'Serenity, stel nou dat een geest zich aan mij hecht,' vraagt ze hevig geïnteresseerd. 'Zou hij me dan begluren als ik sta te douchen?'

'Ik denk het niet. Ze hébben ooit geleefd, dus ze begrijpen wat privacy is.'

'Dan is er toch geen lol aan om een geest te zijn?' zegt Virgil binnensmonds. We stappen over de ketting bij de ingang en lopen het reservaat in.

'Ik heb niet gezegd dat het lollig is. De meeste geesten die ik heb ontmoet, waren niet bepaald gelukkig. Ze hebben het gevoel dat ze iets niet afgemaakt hebben. Of ze hadden het in hun leven zo druk met dingen die het daglicht niet verdroegen, dat ze eerst orde op zaken moeten stellen voor ze overgaan naar gene zijde.'

'Dus de ziekelijke gluurder die ik ooit in de wc's van een tankstation heb gearresteerd, ontwikkelt automatisch een geweten in het hiernamaals? Lekker makkelijk.'

Ik kijk over mijn schouder naar hem. 'Soms is er een conflict tussen lichaam en ziel. Die frictie heet de vrije wil. Die arrestant van jou is waarschijnlijk niet op de wereld gekomen om vrouwen te bespioneren in openbare toiletten, maar blijkbaar zat iets hem in de weg in dit leven. Ego, narcisme of een andere weeffout in zijn karakter, wie zal het zeggen. Dus ook al was zijn ziel gekant tegen de inbreuk die hij maakte op iemands privacy, zijn lichaam zei: pech gehad.' Ik baan me een weg door het hoge gras, dat vast blijft zitten in de franje van mijn poncho. 'Zo vergaat het drugsverslaafden ook. En alcoholisten.'

Virgil draait zich abrupt om. 'Ik ga deze kant op.'

'Eigenlijk,' zeg ik terwijl ik in de tegenovergestelde richting wijs, 'heb ik het gevoel dat we díé kant op moeten.' Dat gevoel heb ik helemaal niet, maar ik vind die Virgil zo'n hufter dat als hij zwart zegt, ik vastbesloten ben om wit te zeggen. Hij stond mij te snel klaar met zijn oordeel. Ik vermoed dat hij precies weet wie ik ben en dat hij zich de blamage met de zoon van senator McCoy herinnert. Als ik er niet vast van overtuigd was dat ik op dit moment bij Jenna moet zijn, zou ik teruglopen naar mijn auto en als de gesmeerde bliksem naar huis rijden.

'Serenity?' zegt Jenna, die zo verstandig is geweest om mij te volgen. 'Wat je daarnet zei, hè, over lichaam en ziel? Geldt dat voor iedereen die iets ergs heeft gedaan?'

Ik kijk om naar Jenna. 'Ik heb zo'n idee dat dat geen puur theoretische vraag is.'

'Virgil denkt dat mijn moeder verdwenen is omdat zíj die dierenverzorgster in het reservaat heeft vermoord.'

'Ik dacht dat dat een ongeluk was.'

'Dat zei de politie toen, ja. Maar blijkbaar waren er vragen gerezen waarop Virgil nooit een antwoord heeft gekregen, en mijn moeder is vertrokken voor hij ze kon stellen.' Jenna schudt haar hoofd. 'Volgens het medisch dossier was de doodsoorzaak stomp trauma door vertrapping. Maar... stel dat het een stomp trauma was veroorzaakt door een mens? En dat een olifant het lichaam heeft vertrapt toen die vrouw al dood was? Zou íémand het verschil kunnen zien?'

Ik zou het niet weten. Dat is een vraag voor Virgil, als we elkaar ooit nog terugzien in deze wildernis. Maar het verbaast me niet dat een van de olifanten heeft geprobeerd om Jenna's moeder, de olifantenfan pur sang, rugdekking te geven. De dierenhemel waar dierenliefhebbers het altijd over hebben, bestaat echt. Ik heb meer dan eens doorgekregen van een overledene dat het geen mens was die op hem wachtte aan gene zijde, maar een lievelingshond, een paard, en ooit zelfs een tamme vogelspin.

Stel dat de dood van de verzorgster in dit reservaat geen ongeluk was? Dat Alice misschien nog in leven is en voortvluchtig? Dat zou verklaren waarom ik niet het duidelijke gevoel heb gekregen dat ze een geest is die contact wil maken met haar dochter. Al is dat jammer genoeg niet de énige mogelijke verklaring.

'Wil jij nog steeds je moeder terugvinden als je misschien ontdekt dat ze een moord heeft gepleegd?'

'Ja. Want dan weet ik tenminste dat ze nog leeft.' Jenna gaat schuil tussen het gras, dat bijna tot haar kruin reikt. 'Je zei dat je het me zou vertellen als je wist dat ze aan gene zijde was. En je hebt nog steeds niet gezegd dat ze dood is.'

'Ik heb in elk geval geen bericht doorgekregen van haar geest,' stem ik in. Ik zeg er niet bij dat de reden niet hoeft te zijn dat ze nog leeft, maar dat ik niet deug als medium.

Jenna begint plukjes gras uit te trekken en over haar blote knieën te strooien. 'Zit je daar niet mee?' vraagt ze. 'Dat zo iemand als Virgil denkt dat je gek bent?'

'Ik ben wel voor ergere dingen uitgemaakt. En bovendien weet Virgil noch ik wie het bij het rechte eind heeft, tot we allebei dood zijn.'

Ze antwoordt op nadenkende toon: 'Weet je wat meneer Allen, mijn wiskundeleraar, ooit eens zei? Als je een punt bent, is het enige wat je ziet die punt. Als je een lijn bent, zie je de lijn én de punt. Als je driedimensionaal bent, zie je drie dimensies, plus lijnen en punten. Dat wij geen vierde dimensie kunnen zien, betekent niet dat die niet bestaat. Het betekent alleen dat wij er nog niet aan toe zijn.'

'Jij bent heel wijs voor je leeftijd, meisje,' zeg ik.

Jenna buigt haar hoofd. 'Hoelang blijven die geesten die jij vroeger hebt ontmoet, nog in de buurt?'

'Dat varieert. Zodra ze de dingen hebben afgesloten gaan ze meestal over.'

Ik weet wat ze vraagt, en waarom. Dit is de enige mythe over het hiernamaals die ik niet graag ontmasker. Mensen denken altijd dat zodra ze sterven, ze voor de eeuwigheid worden herenigd met hun geliefden. Laat ik je dit vertellen: zo werkt het niet. Het hiernamaals is niet gewoon een voortzetting van ons aardse leven. Jij en je overleden man pakken niet de draad op waar jullie gebleven waren, door het kruiswoordraadsel af te maken of verder te kibbelen over wie de laatste melk uit het pak heeft gedronken. Misschien kan dat in sommige gevallen. Maar het komt minstens even vaak voor dat je partner zijn spirituele reis heeft voortgezet op een hoger zielsniveau. Of misschien ben jij degene die spiritueel verder ontwikkeld is en moet je hem definitief achter je laten, terwijl hij nog aan het uitknobbelen is hoe hij dit leven dient af te ronden.

Toen ik nog veel cliënten had, wilden ze eigenlijk maar één ding horen van een geliefde die was overgegaan: ik wacht op je. Maar negen van de tien keer was de boodschap: je zult mij niet weerzien.

Jenna ziet er kleintjes uit. 'Jenna,' lieg ik, 'als je moeder dood was, zou ik dat weten.'

En ik maar denken dat ik naar de hel zou gaan omdat ik mijn cliënten bedotte, die dachten dat ik de gave nog had. Nou, vandaag heb ik me pas echt verzekerd van een plaatsje op de eerste rij voor Lucifers onemanshow. Ik heb dit meisje in mij laten geloven terwijl ik niet eens in mezelf geloof.

'O, hallo daar. Zijn jullie tweeën klaar met picknicken of moet ik hier nog een tijdje ronddwalen, op zoek naar een speld in een hooiberg? Nee, correctie,' zegt Virgil. 'Geen speld. Een speld zou núttig zijn.'

Hij torent boven ons uit met zijn handen in zijn zakken en een chagrijnige blik in zijn ogen.

Misschien moet ik hier niet alleen zijn voor Jenna, maar ook voor Virgil Stanhope.

Ik kom overeind en probeer weerstand te bieden aan de tsunami van negativiteit die van hem af rolt in mijn richting. 'Als jij jezelf openstelt voor de mogelijkheid, vind je misschien iets onverwachts.'

'Dank je, grote Gandhi, maar ik baseer me liever op relevante feiten in plaats van bespottelijk hocuspocusgedoe.'

'Met dat hocuspocusgedoe heb ik drie Emmy's gewonnen,' kaats ik terug. 'En denk je niet dat we allemáál een beetje paranormaal begaafd zijn? Heb jij nooit meegemaakt dat je aan een vriend dacht die je al heel lang niet had gezien, en dat hij je opbelde? Zonder duidelijke reden?'

'Nee,' zegt Virgil botweg.

'Ach, wat dom van me. Jij hébt natuurlijk helemaal geen vrienden. Maar stel dat je onderweg bent ergens naartoe en je denkt: hier moet ik vast linksaf. En jawel hoor, dat is precies wat je gps even later aangeeft. Heb je dat echt nooit gehad?'

Hij lacht. 'Dus paranormaal begaafd zijn is een kwestie van kansberekening. Er bestaat een kans van vijftig procent dat je gelijk hebt.'

'Nooit een innerlijk stemmetje gehad dat je ergens voor waarschuwde? Een instinctieve reactie? Intuïtie?'

Virgil grijnst. 'O, dat. Ik noem dat mijn lulkoekdetector. En die werkt op dit moment inderdaad op volle toeren.'

Ik hef mijn handen op. 'Ik stop ermee,' zeg ik tegen Jenna. 'Ik weet niet waarom jij dacht dat ik de juiste persoon ben om...'

'Ik herken dit.' Plotseling waadt Virgil vastberaden het hoge riet in, en Jenna en ik volgen hem. 'Vroeger stond hier een reusachtige boom, maar daar is de bliksem ingeslagen, zie je dat? En daar, even verderop, is een vijver,' zegt hij wijzend. Hij probeert zich te oriënteren door een paar keer rond te draaien, dan koerst hij een kleine honderd meter naar het noorden. Op dat punt gekomen loopt hij langzaam verder in concentrische, steeds groter wordende cirkels, heel voorzichtig, tot de grond wegzakt onder zijn schoenen. Triomfantelijk bukt Virgil zich en begint energiek afgevallen takken en sponsachtig mos weg te trekken. Er komt een diep gat tevoorschijn. 'Hier hebben we het lichaam gevonden.'

'Dat vertrápt werd,' zegt Jenna nadrukkelijk.

Ik doe een stap achteruit. Dit is een beladen plek en ik wil niet pardoes midden in deze tragedie belanden. Dan zie ik vanuit mijn ooghoek iets glinsteren, iets wat vastzit in de moszode die Virgil heeft omgedraaid. Ik hurk neer en trek een kettinkje tussen de moswortels uit, met de sluiting nog intact. Er bungelt een hangertje aan, een glanzend gepolijste kiezelsteen.

Weer een teken. Ik weet dat je er bent, denk ik, tegen wie het ook is die zich achter de muur van stilte bevindt. De ketting ligt op een hoopje in mijn handpalm. 'Kijk eens. Misschien is dit van het slachtoffer geweest?'

De kleur trekt weg uit Jenna's gezicht. 'Dat is van mijn moeder. En ze deed het nooit maar dan ook nooit af.'

Als ik een twijfelaar tegenkom – en dat gebeurt nogal eens – begin ik over Thomas Edison. Geen mens zou durven ontkennen dat hij op-en-top een wetenschapper was. Zijn wiskundig brein maakte het hem mogelijk de fonograaf, de gloeilamp, de filmcamera en -projector te ontwerpen. We weten dat hij een vrijdenker was die niet geloofde in een opperwezen. We weten dat hij houder was van 1093 patenten. We weten ook dat hij, voor hij stierf, nadacht over een apparaat waarmee hij kon praten met de doden.

De hoogtijdagen van de industriële revolutie vielen samen met de bloeitijd van de spiritistische beweging. Dat Edison voorvechter was van technische doorbraken in de tastbare, fysieke wereld betekent niet dat hij niet óók in de ban was van het metafysische. Zijn redenering was: als mediums contact kunnen maken met gene zijde tijdens een seance, zou een gevoelig afgestemd apparaat dit ook moeten kunnen. Hij onthulde weinig over zijn beoogde uitvinding. Misschien was hij bang dat zijn concept gestolen zou worden of misschien had hij nog geen specifiek ontwerp. Hij vertelde aan het tijdschrift *Scientific American* dat het apparaat 'het karakter van een klep' zou hebben. De bedoeling was dat door een minieme inspanning van gene zijde een draad zou worden losgetrokken of een bel zou gaan rinkelen, wat iets van bewijs zou opleveren.

Weet ik nu heel zeker dat Edison geloofde in een leven na de dood? Nou, hij schijnt gezegd te hebben dat het leven onverwoestbaar is, maar zijn geest is nooit aan mij verschenen om dat persoonlijk te bevestigen.

Weet ik nu heel zeker dat hij níét probeerde het spiritisme te ondergraven? Nee.

Maar het kan evengoed zijn dat hij een wetenschappelijk brein wilde loslaten op een terrein dat moeilijk te kwantificeren valt. Het kan evengoed zijn dat hij mijn vroegere beroep wilde rechtvaardigen door te proberen harde bewijzen te leveren.

Ik weet ook dat Edison geloofde dat het stadium tussen waken en slapen een schemergebied is, en dat we in dit tussenstadium het sterkst verbonden zijn met ons hogere zelf. Het verhaal gaat dat hij op latere leeftijd aan weerskanten van zijn gemakkelijke stoel taartvormpjes op de vloer neerzette. Daarna ging hij ontspannen zitten met in elke hand een grote metalen kogel. Zodra hij bijna indutte, raakten de kogels de metalen vormpjes en dan schreef hij op wat hij zag, dacht en fantaseerde op dat ogenblik. Hij werd er goed in om dat tussenstadium te rekken.

Misschien probeerde hij zijn creativiteit te channelen. Of misschien probeerde hij... nou ja... geesten te channelen.

Na Edisons dood werden er geen prototypen of aantekeningen gevonden die erop wezen dat hij begonnen was het apparaat te bouwen om met de doden te communiceren. Dat kan betekenen dat de beheerders van zijn nalatenschap zich geneerden voor zijn spiritistische neigingen. Of dat ze niet wilden dat dit een smet zou werpen op de nagedachtenis van een groot wetenschapper.

Maar volgens mij heeft Thomas Edison zijn punt toch gemaakt. Want bij zijn huis in Fort Myers, Florida, staat een levensgroot standbeeld van hem op de parkeerplaats. En in zijn hand houdt hij die metalen kogel.

Ik voel een mannelijke aanwezigheid.

Hoewel het eerlijk gezegd ook de voorbode van een bijholteontsteking kan zijn.

'Nogal wiedes dat jij zogezegd voelt dat het om een kerel gaat,' zegt Virgil terwijl hij het aluminiumfolie verfrommelt waarin zijn chilidog zat. Ik heb nog nooit een menselijk wezen zien eten zoals deze man eet. Het doet me denken aan een reuzeninktvis die zijn prooi verslindt. 'Wie anders zou een mokkel een kettinkje geven?'

'Ben je altijd zo grof?'

Hij pikt een van mijn Franse frietjes. 'Voor jou doe ik extra mijn best.'

'Jij moet wel een maag van beton hebben,' zeg ik. 'Dus zul je vast ook moeiteloos kunnen slikken dat ik gelijk had. Nietwaar?'

'Hoezo had jij gelijk?' reageert Virgil narrig. 'Omdat je gestruikeld bent over een sieraad?'

'Nou, en wat heb jíj gevonden?' De pukkelige jongen in de hotdogkraam van golfplaten die ons eten heeft geserveerd, verliest ons niet uit het oog. 'Hé,' blaf ik hem toe. 'Heb jij nooit mensen zien ruziën?'

'Hij heeft waarschijnlijk nooit een mens met roze haar gezien,' murmelt Virgil.

'Ik héb tenminste nog haar,' snib ik.

Pats, die zit. Hij strijkt met een hand over zijn gemillimeterde haar. 'Dit is ultracool,' zegt hij.

'Tuurlijk. Blijf dat jezelf vooral wijsmaken.' Vanuit mijn ooghoek zie ik de hotdogverkoper nog steeds naar ons staren. Hij is vast gefascineerd door het schouwspel van de menselijke stofzuiger die de rest van mijn lunch opschrokt. Maar ergens ben ik toch bang dat het joch me misschien herkent als ex-beroemdheid. 'Moet jij geen ketchupflessen bijvullen of zo,' snauw ik, en pijlsnel verdwijnt zijn hoofd uit het raampje van de kraam.

We zitten buiten in een parkje hotdogs te eten die ik betaald heb, nadat Virgil besefte dat hij geen cent op zak had.

'Het is mijn vader,' zegt Jenna met haar mond vol vegetarische hotdog. Ze heeft de ketting inmiddels om. De kiezel bungelt over de hals van haar T-shirt. 'Hij heeft deze ketting aan mijn moeder gegeven. Ik was erbij, ik weet het nog.'

'Mooi is dat. Je herinnert je dat je moeder een steentje aan een ketting kreeg, maar niet wat er gebeurd is op de avond dat ze verdween,' zegt Virgil.

'Hou het eens in je hand, Jenna, om te zien wat er gebeurt?' vraag ik. 'Vroeger, toen ik ingeschakeld werd om te helpen kidnapzaken op te lossen, hielp dat me het beste op weg. Iets aanraken wat toebehoorde aan het vermiste kind.'

'Als een echte bitch,' zegt Virgil.

'Pardon?'

Hij kijkt op, een en al onschuld. 'Een vrouwelijke hond, bedoel ik. Zo laten ze bloedhonden ook een spoor volgen, toch?'

Ik negeer hem en kijk toe hoe Jenna haar vuist rond de ketting sluit terwijl ze haar ogen dichtknijpt. 'Niets,' zegt ze even later.

'Het komt wel,' beloof ik. 'Op een moment dat je het niet verwacht. Ik weet dat je het in je hebt. Wedden dat je vanavond tijdens het tandenpoetsen een rake ingeving krijgt?'

Dat hoeft natuurlijk niet zo te zijn. Zelf wacht ik nu al jaren vergeefs.

'Zij is niet de enige die dit kan gebruiken als geheugensteuntje,' zegt Virgil, hardop denkend. 'Misschien kan de man die dit aan Alice gaf ons er meer over vertellen.'

Jenna schiet overeind. 'Mijn vader? De helft van de tijd kan hij zich *míjn* naam niet eens herinneren.'

Ik klop haar op de arm. 'Zit er maar niet mee. Vaders heb je in alle soorten en maten. De mijne was travestiet.'

'Wat is daar mis mee?' vraagt Jenna.

'Niets. Hij pakte het alleen nogal amateuristisch aan.'

'Nou, mijn vader zit in een psychiatrische inrichting,' zegt Jenna.

Over haar hoofd kijk ik Virgil aan. 'Aha.'

'Voor zover ik weet,' zegt Virgil, 'is niemand ooit teruggegaan om met je vader te praten na je moeders verdwijning. Het is het proberen waard.'

Ik heb genoeg cold readings gedaan om te weten wanneer iemand liegt. En op dit moment liegt Virgil Stanhope dat hij barst. Ik weet niet wat hij van plan is of wat hij van Thomas Metcalf wil, maar ik laat Jenna niet alleen met hem naar haar vader gaan.

Zelfs al heb ik me heilig voorgenomen om nooit meer een voet in een psychiatrische kliniek te zetten.

Na het incident met de senator heb ik een slechte periode gehad. Compleet met veel wodka en kalmeringspillen. Mijn toenmalige manager vond dat ik maar eens op vakantie moest, en met 'vakantie' bedoelde ze een discreet verblijf in een psychiatrische instelling. Het was zo'n oord waar beroemdheden een tijdje naartoe gaan om 'op te frissen,' wat in Hollywood zoveel betekent als je maag laten leegpompen, afkicken of droogstaan. Na dertig dagen wist ik één ding: ik wilde nooit meer zo diep zinken dat ik daar nog eens naartoe zou moeten.

Mijn kamergenote was een mooie jonge meid, dochter van een hiphopartiest. Gita had haar hoofd kaalgeschoren. Ze had een reeks piercings langs haar ruggengraat, met elkaar verbonden door een dunne platina ketting, en ik vroeg me af hoe zij op haar rug kon slapen. Ze praatte met een onzichtbaar vriendinnengroepje dat voor haar volledig reëel was. Toen een van die denkbeeldige mensen haar kennelijk achternazat met een mes, was ze een drukke weg op gerend en aangereden door een taxi. Ze werd gediagnosticeerd als paranoïde schizofreen. In de periode dat ik bij haar op de kamer sliep, dacht ze dat ze werd beheerst door aliens via mobiele telefoons. Telkens als iemand probeerde een sms'je te versturen, draaide Gita compleet door.

Op een avond kwam Gita overeind en begon heen en weer te

wiegen op haar bed. Ze zei: 'De bliksem zal me treffen. De bliksem zal me treffen.'

Het was een wolkeloze zomeravond, maar ze bleef erover doorgaan. Toen een uur later een heel plotselinge, felle onweersbui losbarstte, begon ze te schreeuwen en zichzelf hard te krabben. Er kwam een verpleegkundige, die probeerde haar te kalmeren. 'Lieverd,' zei ze, 'de donder en bliksem zijn buiten. Je bent hier veilig.'

Gita draaide zich naar haar om, en in een flits zag ik hoe helder haar ogen stonden. 'Je weet er niets van,' fluisterde ze.

Toen klonk er een knetterende donderslag en werd het raam verbrijzeld. Met een felle flits sloeg de bliksem in, schroeide het tapijt en maakte een brandgat ter grootte van een vuist in de matras naast Gita, die sneller begon te wiegen. 'Ik zei het toch,' murmelde ze. 'Ik zei toch dat de bliksem me zou treffen.'

Wat ik maar wil zeggen, is dat mensen die wij voor gek verklaren misschien meer weten dan jij of ik.

'Aan mijn vader hebben we echt niets,' houdt Jenna vol. 'Dit is verspilde moeite.'

En weer rinkelt in mijn hoofd het belletje dat ik door cold reading heb ontwikkeld. Ik zie Jenna snel naar links kijken terwijl ze op haar vingernagel begint te bijten. Zij liegt ook. Waarom?

'Jenna,' zeg ik, 'wil jij even snel naar de auto lopen om te kijken of mijn zonnebril daar nog ligt?'

Ze staat op, duidelijk blij dat ze aan dit gesprek kan ontsnappen.

'Zo.' Ik wacht tot Virgil me aankijkt. 'Ik weet niet wat je van plan bent, maar ik vertrouw je niet.'

'Heel goed. Dat is wederzijds.'

'Wat hou je voor haar achter?'

Hij aarzelt, duidelijk weifelend of hij me in vertrouwen zal nemen. Dan zegt hij: 'Die ochtend dat we de verzorgster dood aantroffen, was Thomas Metcalf bloednerveus. Ongedurig. Misschien omdat zijn vrouw en dochter vermist werden. Of omdat hij op het punt stond in te storten. Of het zou kunnen dat hij een slecht geweten had.'

Ik leun achterover en sla mijn armen over elkaar. 'Je beschouwt Thomas als verdachte. Je beschouwt Alice als verdachte. Je wijst met een beschuldigende vinger naar iedereen behalve naar jezelf, al heb jíj om te beginnen beweerd dat dit sterfgeval een ongeluk was.'

Virgil kijkt me aan. 'Ik denk dat Thomas Metcalf zijn vrouw mishandelde.'

'Dan had ze een verdomd goede reden om weg te lopen,' zeg ik nadenkend. 'Dus je wilt naar hem toe gaan en proberen een reactie uit te lokken.'

Virgil schokschoudert, waaruit ik afleid dat ik het bij het rechte eind heb.

'Heb je eraan gedacht wat dit voor Jenna betekent? Ze denkt al dat haar moeder haar in de steek heeft gelaten. En nu wil je haar laten zien dat haar vader óók een schoft is?'

Hij schuifelt wat heen en weer. 'Dat had ze moeten bedenken voor ze me inschakelde.'

'Wat ben jij een eikel, zeg.'

'Daar word ik voor betaald.'

'In dat geval heb je beslist recht op een toptarief.' Nu kijk ik hem strak aan. 'Maar jij en ik weten dat je niet vet verdient aan deze klus. Dus wat levert het je dan wél op?'

'De waarheid.'

'Voor Jenna?' vraag ik. 'Of voor jezelf, omdat jij tien jaar geleden te lui was om de zaak fatsoenlijk uit te zoeken?'

Er vertrekt een spier in zijn kaak. Even denk ik dat ik te ver ben gegaan, dat hij zal opspringen en woedend weglopen. Maar voor hij dat kan doen verschijnt Jenna weer. 'Geen zonnebril,' zegt ze. Ze omklemt nog steeds de kiezelsteen, die nog steeds aan haar hals hangt.

Sommige neurologen denken dat bij autistische kinderen de zenuwuiteinden zo dicht bij elkaar liggen en zo vaak prikkels afgeven dat ze hypergevoeligheid veroorzaken. Dat een van de redenen dat kinderen met een autismespectrumstoornis wiegen of stimmen is om zich te concentreren en het aantal prikkels van buitenaf te beperken. Ik denk dat helderziendheid daar eigenlijk niet zoveel van verschilt. Hoogstwaarschijnlijk is geen van beide een psychische aandoening. Ik vroeg Gita een keer naar haar denkbeeldige vriendinnen. 'Denkbeeldig?' herhaalde ze stomverbaasd, alsof ík gek was omdat ik ze niet zag. En weet je wat? Ik wist wat ze bedoelde. Ik had dit ook meegemaakt. Als je iemand ziet praten met een onzichtbare persoon kan ze paranoïde schizofreen zijn. Maar ze kan ook helderziend zijn. Dat jíj de andere helft van het gesprek niet meekrijgt, betekent niet dat het niet echt plaatsvindt.

Dat is de andere reden waarom ik niet sta te springen om Thomas Metcalf op te zoeken in een psychiatrische kliniek. Ik kan geconfronteerd worden met mensen die hun aangeboren gave niet onder controle hebben. Terwijl ík een moord zou doen om die gave nog te bezitten.

'Weet jij de weg naar de kliniek?' vraagt Virgil.

'Ja, maar wacht,' zegt Jenna, 'het is echt geen goed idee om mijn vader op te zoeken. Hij reageert niet altijd gunstig op mensen die hij niet kent.'

'Maar je zei toch dat hij jóú soms niet eens herkent? Dus wie zegt dat wij geen oude vrienden zijn die hij vergeten is?'

Ik zie dat Jenna in tweestrijd staat. Moet ze haar vader beschermen of, zoals Virgil voorstelt, profiteren van het feit dat hij zich niet zal kunnen verweren?

'Hij heeft gelijk,' zeg ik.

Virgil en Jenna zijn allebei verbouwereerd door mijn opmerking. 'Ben jij het met hem ééns?' vraagt Jenna.

Ik knik. 'Als je vader een klein beetje kan verhelderen waarom je moeder die nacht is weggegaan, geeft ons dat een duwtje in de goede richting.'

'Jij mag het zeggen,' zegt Virgil neutraal.

Stilte. Dan zegt Jenna: 'Eerlijk gezegd is het zo dat hij alléén maar over mijn moeder praat. Hoe ze elkaar hebben ontmoet. Hoe ze eruitzag. Het moment dat hij wist dat hij haar ten huwelijk wilde vragen.' Ze bijt op haar lip. 'Ik zei dat jullie beter niet naar de kliniek konden gaan omdat ik dat niet met jullie wilde delen. Met níémand, trouwens. Dit is het enige wat ik gemeen heb met mijn vader. Hij is de enige die haar even erg mist als ik.'

Als het universum een oproep doet, zet je het niet in de wacht. Er is een reden waarom ik steeds terugkom bij dit meisje. Ofwel ik word aangetrokken door haar bijna tastbare energieveld, óf ze is voorbestemd om mij definitief de grote kosmische afvoerput in te zuigen.

Ik werp haar mijn zonnigste glimlach toe. 'Schat,' zeg ik, 'ik ben een grote fan van pakkende liefdesverhalen.'

ALICE

De matriarch was dood.

Het was Mmaabo, die gisteren in de achterhoede van haar kudde was geraakt. Ze had zich moeizaam en schokkerig bewogen. Daarna was ze op haar voorste knieën gezakt en omgevallen. Ik was zesendertig uur achtereen opgebleven om het hele gebeuren te observeren. Ik zag dat Mmaabo's kudde halt hield. Haar dochter Onalenna, die nooit van haar zijde week, probeerde haar moeder overeind te helpen met haar slagtanden. Even leek het te lukken, maar toen zakte Mmaabo definitief in elkaar. Ze had haar slurf nog één laatste keer uitgestrekt naar Onalenna voor hij uitrolde over de grond als een lint van een klosje. Onalenna en de anderen in de kudde hadden jammerkreten geslaakt. Ze hadden geprobeerd hun leidster wakker te porren met hun slurf, zich tegen het lijk aan geschurkt, ertegen geduwd en eraan getrokken.

Na zes uur verliet de kudde het lichaam. Maar bijna onmiddellijk kwam een andere olifant naderbij. Ik dacht dat het een achterblijver was van Mmaabo's kudde, maar herkende toen het ingekerfde driehoekje op het linkeroor en de gevlekte poten van Sethunya, de matriarch van een andere, kleinere kudde. Sethunya en Mmaabo waren geen familie, maar hoe dichter Sethunya naderde, hoe voorzichtiger ze bewoog. Ze boog haar kop en liet haar oren hangen. Ze raakte Mmaabo aan met haar slurf. Ze tilde haar linkerachterpoot op en hield deze boven Mmaabo's lichaam. Toen zette ze haar voor- en achterpoten aan weerszijden van de gevallen olifant. Ze begon heen en weer te zwaaien. Dit duurde zes minuten. Het voelde als een dans, al was er geen muziek. Een stil requiem.

Wat betekende dit? Waarom was een olifant die geen familie van Mmaabo was zo diep getroffen door haar dood?

Twee maanden geleden was Kenosi doodgegaan, de jonge olifantenstier die in een strik was gelopen. Twee maanden geleden had ik de probleemstelling van mijn onderzoek veranderd. Collega-onderzoekers in het wildreservaat bestudeerden de migratiepatronen van olifanten in het Tuli Block, de invloed van olifanten op het ecosysteem, of de effecten van droogte op de olifantenvoortplanting. Weer anderen hielden zich bezig met de musth en seizoensgevoeligheid van de mannetjes. Maar ik deed cognitief onderzoek. Onderzoek naar informatieverwerking is niet meetbaar met hulpmiddelen zoals een gps-volgsysteem of DNA-onderzoek. Hoe vaak ik ook had gezien dat olifanten de schedel van een dode soortgenoot aanraakten of teruggingen naar de plek waar een kuddelid gestorven was, op het moment dat ik dit interpreteerde als verdriet overschreed ik een grens. Ik schreef een emotie toe aan een niet-menselijk wezen. Dat mochten dierenonderzoekers niet doen.

Als iemand me ooit had gevraagd mijn werk te verdedigen, had ik het volgende gezegd: hoe complexer een handeling is, hoe ingewikkelder en bewerkelijker de wetenschap die erachter zit. Wis- en scheikunde zijn makkelijk. Gesloten modellen waar op zichzelf staande antwoorden uit rollen. Om gedrag te kunnen begrijpen, van mensen of olifanten, zijn veel complexere interpretatiesystemen nodig, waar je moeilijk grip op kunt krijgen.

Maar niemand heeft het me ooit gevraagd. Waarschijnlijk dacht mijn baas, Grant, dat dit een fase was waar ik doorheen moest. Dat ik ooit zou terugkeren naar de harde wetenschap in plaats van cognitief onderzoek te doen bij olifanten.

Ik had eerder olifanten zien sterven, maar dit was de eerste keer sinds ik mijn onderzoeksvraag had veranderd. Ik wilde geen detail over het hoofd zien, al leek het nog zo onbeduidend. Van elke handeling kon ik later nog ontdekken dat ze belangrijk was voor de manier waarop olifanten rouwen. Dus bleef ik daar en offerde mijn slaap op. Ik noteerde welke olifanten bij Mmaabo langskwamen. Ik identificeerde ze aan hun slagtanden, hun staarthaar en de markeringen op hun lichaam. Soms ook aan de aderpatronen op hun oren, die even uniek zijn als menselijke vingerafdrukken. Ik noteerde hoelang ze Mmaabo aanraakten, en waar. Ik legde vast wanneer ze wegliepen bij het lichaam, en of ze terugkwamen. Ik schreef op welke andere dieren zich in de buurt lieten zien – impala's en een giraffe –, dieren die aanvankelijk niet wisten dat daar een matriarch was geveld. Maar de hoofdreden dat ik daar bleef, was omdat ik wilde weten of Onalenna terugkwam.

Bijna tien uur later zag ik haar weer. Het schemerde al en haar kudde liep in de verte. Ze stond rustig naast het lijk van haar moeder terwijl de nacht viel, snel als een guillotine. Af en toe slaakte ze een kreet, die beantwoord werd door olifantengeknor uit het noordoosten. Alsof Onalenna haar zussen eraan wilde herinneren dat zij hier nog was.

Onalenna had het hele afgelopen uur stilgestaan. Waarschijnlijk schrok ik daarom zo van de plotseling naderende Land Rover, waarvan de koplampen het donker doorsneden. Onalenna schrok ook. Ze stapte weg bij haar overleden moeder terwijl haar oren dreigend begonnen te flapperen. 'O, ben je hier,' zei Anya vanuit de wagen. Ze was een collega van me die onderzoek deed naar veranderde olifantenmigratieroutes door de invloed van stroperij. 'Je beantwoordde je portofoonoproep niet.'

'Ik heb het geluid uitgezet. Ik wilde haar niet storen,' zei ik met een knikje naar de nerveuze olifant.

'Nou, Grant wil je spreken.'

'Nu?' Mijn baas was niet bepaald enthousiast geweest toen ik hem vertelde dat ik mijn onderzoeksfocus wilde verschuiven naar olifantenrouw. Hij praatte amper meer met me. Zou hij willen komen kijken?

Anya keek naar Mmaabo's lichaam. 'Wanneer is dit gebeurd?'

'Bijna vierentwintig uur geleden.'

'Heb je de rangers al ingelicht?'

Ik schudde mijn hoofd. Dat moest ik nog doen. De rangers zouden hierheen komen en Mmaabo's slagtanden afsnijden, om stropers geen kans te geven. Maar ik vond dat de kudde het recht had om nog enkele uren langer te rouwen.

'Wat zal ik tegen Grant zeggen? Wanneer kan hij je verwachten?' vroeg Anya.

'Binnenkort,' zei ik.

Anya's voertuig reed de savanne op en werd een lichtende speldenprik in de inktzwarte verte, als een vuurvliegje. Onalenna blies puffend lucht uit. Ze liet haar slurf in de mond van haar moeder glijden.

Voor ik dit kon opschrijven, kwam er een hyena aandraven. De schijnwerper die ik op de locatie had gericht, belichtte de helderwitte snijtanden toen het dier zijn kaken opensperde. Onalenna knorde en bewoog haar slurf. Ze leek te ver van de hyena verwijderd om hem kwaad te doen. Maar Afrikaanse olifanten hebben ongeveer dertig centimeter extra slurflengte, die ze totaal onverwachts als een harmonica kunnen uittrekken. Ze haalde zo hard uit naar de hyena dat hij slingerend en jankend maakte dat hij wegkwam.

Onalenna wendde haar zware kop naar mij toe. Haar slaapklieren scheidden vocht af, dat donkergrijze strepen vormde.

'Je zult haar moeten loslaten,' zei ik hardop, al weet ik niet wie van ons tweeën ik probeerde te overtuigen.

Ik schrok wakker toen de eerste zonnestralen van de dag op mijn gezicht vielen. Mijn eerste gedachte was dat Grant razend op me zou zijn. Mijn tweede gedachte was dat Onalenna verdwenen was. Haar plaats was ingenomen door twee leeuwinnen, die met hun tanden aan Mmaabo's achterlijf rukten. In de lucht boven het kadaver cirkelde een gier die zijn beurt afwachtte.

Ik wilde niet terug naar het kamp. Ik wilde bij Mmaabo's lijk blijven om te zien of er nog olifanten langskwamen om de laatste eer te bewijzen.

Ik wilde Onalenna zoeken om te zien wat ze nu aan het doen was, hoe de kudde zich gedroeg en wie de nieuwe matriarch was geworden.

Ik wilde weten of ze haar verdriet kon uitzetten als een kraan of dat ze haar moeder nog steeds miste. En hoelang het duurde voor dat gevoel overging.

Grant strafte me, dat was duidelijk.

Hij moest iemand uit ons onderzoeksteam kiezen om de een of andere lulhannes uit New England op te vangen die hier een week op bezoek kwam, en ik was de klos. 'Grant,' zei ik. 'We verliezen niet elke dag een matriarch. Je begrijpt toch wel hoe belangrijk dit is voor mijn onderzoek?'

Hij keek op van zijn bureau. 'Die olifant is over een week nog steeds dood.'

Mijn onderzoek kon Grant blijkbaar niets schelen, maar ik had ook nog een heleboel ander werk. 'Ik moet vandaag al mee met Owen,' bracht ik te berde. Owen was de wildlife-dierenarts met wie ik een zenderhalsband ging bevestigen bij een matriarch, voor een nieuw onderzoek van de universiteit van KwaZoeloe-Natal. Met andere woorden: ik heb het druk.

Grant keek me aan. 'Fantastisch!' zei hij. 'Deze man zal beslist graag willen zien hoe jij een halsband aanbrengt.' En zo zat ik even later bij de ingang van het wildreservaat te wachten op de komst van Thomas Metcalf uit Boone, New Hampshire.

Het was altijd een heel gedoe als er bezoekers kwamen. Soms waren het rijke bobo's die een zenderhalsband gesponsord hadden, en die hun echtgenote of zakenrelaties hierheen sleepten om de politiek correcte versie van de machtige blanke jager te spelen. In plaats van olifanten dood te schieten keken ze toe hoe een dierenarts er een dartte om een zenderhalsband te bevestigen. Na afloop proostten ze met gin-tonic op hun eigen edelmoedigheid. Soms kwam er een trainer uit een dierentuin of circus, en dát was bijna altijd een sufkloot. De laatste jongen die ik twee dagen lang had moeten rondrijden in mijn Land Rover was een dierenverzorger van de Philadelphia Zoo. Toen we zagen dat een zesjarige stier vochtafscheiding had uit zijn slaapklieren, hield hij bij hoog en laag vol dat deze olifantenkleuter in musth was. Wat ik er ook tegen inbracht (ik bedoel, kom óp zeg, een zesjarig mannetje komt níét in musth!), hij bleef erbij dat hij gelijk had.

Toen Thomas Metcalf zich uit de Afrikaanse taxi wrong (wat een ervaring op zich is als het je eerste rit betreft), zag hij er niet uit zoals ik had verwacht. Hij was ongeveer van mijn leeftijd. Hij droeg een brilletje met ronde glazen, die meteen besloegen toen hij in de vochtige lucht stapte, zodat hij moest rondtasten naar het handvat van zijn koffer. Hij monsterde mij van mijn slordige paardenstaart tot mijn roze Converse-sneakers. 'Ben jij George?' zei hij.

'Wat denk je zelf?' bitste ik. George was een van mijn collega's, een promovendus van wie niemand dacht dat hij zijn proefschrift ooit zou afronden. George was dus het mikpunt van spot, althans tot ik dat werd toen ik olifantenrouw ging onderzoeken.

'Ach nee, neem me niet kwalijk. Ik verwachtte gewoon iemand anders.'

'Sorry dat ik je moet teleurstellen,' zei ik. 'Ik ben Alice. Welkom in het noordelijk Tuli Block.'

Ik nam hem mee naar de Land Rover en we reden over de ongemarkeerde, stoffige paden die door het reservaat kronkelden. Ik draaide de standaardriedel voor bezoekers af. 'De eerste olifanten zijn hier gesignaleerd rond 700 na Christus. Eind negentiende eeuw werden vuurwapens geleverd aan de plaatselijke stamhoofden, wat de olifantenpopulatie ingrijpend beïnvloedde. Tegen de tijd dat hier de grote blanke jagers arriveerden, waren de olifanten bijna verdwenen. Na de oprichting van het wildreservaat is hun aantal toegenomen. Onze onderzoekers zijn zeven dagen per week in het veld,' zei ik. 'We zijn allemaal betrokken bij diverse onderzoeksprojecten, maar we doen ook basisonderzoek en -controle. We observeren de familiekudden en hun onderlinge betrekkingen. We identificeren de individuen in elke kudde, beschrijven hun activiteiten en hun natuurlijke omgeving en we bepalen het leefgebied. We tellen de dieren één keer per maand. We registreren geboorten en sterfgevallen, oestrus ofwel bronstigheid bij vrouwtjesolifanten en musth bij de mannetjes. We verzamelen de gegevens over olifantenstieren, regenval...'

'Hoeveel olifanten hebben jullie hier?'

'Ongeveer veertienhonderd,' zei ik. 'Daarnaast natuurlijk luipaarden, leeuwen, cheeta's...'

'Onvoorstelbaar. Ik heb zes olifanten, en *zíj* zijn al moeilijk uit elkaar te houden voor wie niet dagelijks met ze omgaat.'

Ik was in New England geboren en getogen. Ik wist dat de kans om daar wilde olifanten tegen te komen ongeveer even groot was als dat er bij mij spontaan een derde arm zou aangroeien. Wat betekende dat deze man óf een dierentuin runde, óf een circus. Geen van beide vond ik acceptabel. Als dompteurs of trainers beweren dat de kunstjes die ze olifanten leren eigenlijk heel natuurlijk zijn, dan liegen ze. Olifanten in de wildernis staan of lopen niet op hun achterpoten, grijpen niet elkaars staart beet en dansen niet in een kring. In de wildernis is een olifant altijd maar een paar meter verwijderd van een andere olifant. Ze strelen elkaar continu, schurken tegen elkaar aan en houden steeds contact. De relatie tussen olifanten in gevangenschap en mensen is puur gebaseerd op uitbuiting.

Nu baalde ik niet alleen van Thomas Metcalf omdat ik met hem moest rondsjouwen, ik baalde van hem uit principe.

'En wat doe jij hier?' vroeg hij.

Lieve god, verlos mij van de toeristen. 'Ik ben de plaatselijke cosmeticaverkoopster.'

'Ik bedoel, wat voor onderzoek doe je?'

Vanuit mijn ooghoek nam ik hem op. Waarom zou ik me defensief gedragen jegens een man die ik nog maar net had ontmoet en die veel minder over olifanten wist dan ik? Maar ik had al zoveel kritische reacties gekregen, dat ik het inmiddels vermeed om over mijn nieuwe onderzoek te praten.

Het antwoorden bleef me bespaard door een vloedgolf van hoorns en hoeven die dwars over het pad denderde. Ik omklemde het stuur en remde nog net op tijd. 'Hou je vast,' zei ik.

'Ze zijn prachtig!' hijgde Thomas, en ik hield mijn gezicht in de plooi. Als je hier woont, raak je een beetje afgestompt. Voor toeristen is alles nieuw, de moeite waard om voor te stoppen, één groot avontuur. Ja, dat is een giraffe. Ja, heel bijzonder. Behalve als je er voor de zevenhonderdste keer een ziet. 'Zijn dit antilopen?'

'Impala's. Maar wij noemen ze McDonald's.'

Thomas wees op de romp van een dier dat nu liep te grazen. 'Vanwege de tekening?'

Impala's hebben twee zwarte strepen die omlaaggaan langs hun achterpoten, en een derde streep op hun korte, stompe staart. Het geheel heeft inderdaad iets weg van de Gouden Bogen, het symbool van McDonald's. Maar ze danken hun bijnaam aan het feit dat ze de meest gangbare maaltijd vormen voor savanneroofdieren. 'Omdat er al meer dan een miljard zijn opgepeuzeld,' zei ik.

Er is een verschil tussen de romantiek van Afrika en de realiteit.

Safaritoeristen die getuige willen zijn van roofdieren op jacht, en die vervolgens de mazzel hebben om een leeuwin haar prooi te zien verschalken, worden vaak bleek en stilletjes. Een beetje zoals Thomas op dat moment. 'Tja,' zei ik. 'Het gaat hier anders toe dan in New Hampshire, hè?'

Terwijl we in het hoofdkamp wachtten op Owen, de wildlife-dierenarts, gaf ik Thomas safari-instructies. 'Blijf in het voertuig. Niet opstaan in het voertuig. De dieren zien ons als een eenheid en als jij je daarvan losmaakt, krijg je problemen.'

'Sorry dat ik je heb laten wachten. Er moesten neushoorns worden verplaatst en dat verliep minder soepel dan ik had gehoopt.' Owen Dunkirk kwam haastig naar buiten met een tas en een geweer. Hij was een boom van een kerel die liever darts schoot vanuit een Land Rover dan vanuit een helikopter. We konden altijd goed met elkaar overweg, tot ik mijn onderzoeksthema veranderde. Owen was van de oude stempel, hij geloofde in duidelijkheid en statistieken. Ik had net zo goed kunnen zeggen dat ik mijn onderzoeksbeurs wilde gebruiken om voodoo te bestuderen, of te bewijzen dat eenhoorns bestaan. 'Thomas,' zei ik. 'Dit is Owen, onze dierenarts. Owen, dit is Thomas Metcalf. Hij is hier een paar dagen op bezoek.'

'Denk je dat je dit nog aankunt, Alice?' zei Owen. 'Of ben je vergeten hoe je een halsband aanbrengt, aangezien je tegenwoordig grafredes of zoiets schrijft voor olifanten?'

Ik negeerde zijn hatelijke opmerking, evenals de bevreemde blik die Thomas Metcalf me toewierp. 'Volgens mij kan ik dit met mijn ogen dicht,' zei ik tegen Owen. 'Wat ik over jou niet kan zeggen. Ben jij niet degene die vorige keer doel miste? Een doel zo groot als... ehm... een olifant?'

Anya stapte bij ons in de Land Rover. Als we eropuit trokken om een olifant van een zenderhalsband te voorzien hadden we twee onderzoekers en drie wagens nodig, om de kudde op afstand te houden terwijl wij ons werk deden. In de andere twee Land Rovers zaten rangers. Een van hen had al uitgezocht waar Tebogo's kudde zich vandaag ophield.

Een zenderhalsband bevestigen is een kunst, geen wetenschap. Ik doe dit niet graag tijdens droge perioden of in de zomer als de temperatuur te hoog is. Olifanten raken snel oververhit, dus moeten we hun temperatuur bewaken zodra ze onderuitgaan. De dierenarts moet op zo'n twintig meter afstand van de olifant komen, zodat hij veilig de dart kan schieten. Wanneer de matriarch door haar poten zakt, breekt er onherroepelijk paniek uit. Daarom heb je het liefst ervaren rangers om je heen die weten hoe ze een kudde op afstand moeten houden, géén nieuweling zoals Thomas Metcalf, die iets doms zou kunnen uithalen.

Toen we bij Bashi's wagen aankwamen, keek ik om mee heen. Ik was tevreden, dit terrein was perfect voor een darting. Ruim en vlak, zodat de olifant zich niet kon bezeren, mocht ze wegrennen. 'Owen,' zei ik, 'ben je zover?'

Hij knikte terwijl hij de M99 in zijn dartpistool deed.

'Anya? Jij neemt het achterwerk en ik de kop. Bashi en Elvis, jullie drijven de kudde naar het zuiden,' zei ik. 'Oké, ik tel tot drie.'

'Wacht.' Thomas legde zijn hand op mijn arm. 'Wat moet ík doen?'

'In de Rover blijven zitten en zorgen dat je niet verpletterd wordt.'

Daarna vergat ik Thomas Metcalf. Owen schoot de dart en trof Tebogo pal in haar kont. Ze schrok, gilde en schudde wild met haar kop. Ze trok het dartpijltje er niet uit en een andere olifant ook niet, iets wat ik wel eens had meegemaakt.

Maar haar ontsteltenis was aanstekelijk. De olifanten gingen om haar heen op een kluitje staan, sommige met de kop naar achteren gedraaid om haar te beschermen, terwijl andere probeerden haar aan te raken. Ze knorden zo luid dat de grond trilde. Alle dieren scheidden een vloeistof af, waarvan het olieachtige residu strepen achterliet op hun wangen. Tebogo deed een paar stappen en wiebelde. De M99 begon te werken. Haar slurf werd slap, haar kop hing, haar lijf zwaaide heen en weer en ze zakte in elkaar.

Nu moesten we in actie komen, en snel. Als de kudde niet werd weggedreven van de gevelde matriarch, kon ze gewond raken door de slagtanden van de andere dieren, die probeerden haar overeind te helpen. Of de kudde kon het ons onmogelijk maken dicht genoeg bij Tebogo te komen om haar weer te wekken met een tegengif. Ze had op een tak kunnen vallen, ze had op haar slurf kunnen vallen. De kneep zat hem erin om nooit angst te tonen. Als de kudde nu op ons afkwam en wij moesten afdruipen, dan zouden we alles verliezen. Inclusief deze matriarch.

'Nu,' schreeuwde ik, en Bashi en Elvis voerden het toerental van hun motoren op. Ze klapten in hun handen, brulden en joegen de kudde op met de Rovers, zodat de dieren zich verspreidden en wij dicht bij de matriarch konden komen. Zodra er een fikse afstand was tussen ons en de andere olifanten sprongen Owen, Anya en ik uit onze wagen en lieten de opgewonden kudde aan de rangers over.

We hadden maar tien minuten. Ik controleerde direct of Tebogo plat op haar zij lag en of de grond onder haar vlak was. Ik vouwde haar oor over haar oog om haar te beschermen tegen stof en direct zonlicht. Ze staarde me aan en ik zag de angst in haar ogen.

'Sst,' suste ik. Ik wilde haar aaien, maar ik wist dat dat niet mocht.

Tebogo sliep niet, ze was zich bewust van elk geluid, elke aanraking en geur. Daarom wilde ik haar zo min mogelijk aanraken.

Ik plaatste een stokje tussen de twee vingers van haar slurf, zodat het uiteinde openbleef. Een olifant kan niet door de mond ademen en zal stikken als de slurfopening verstopt raakt. Tebogo snurkte zacht terwijl ik water over haar oor en haar hele lichaam goot, om haar wat verkoeling te geven. Toen liet ik de halsband om haar dikke nek glijden, plaatste de ontvanger van het apparaat bovenaan bij de kop en bevestigde de band onder de kin. Ik haalde de bout aan, liet een ruimte van twee handen breed over tussen de kin en het contragewicht en vijlde de metalen randen bij. Ook Anya werkte keihard. Ze deed bloedafname, nam kleine huidmonsters van Tebogo's oor, plukte haar van de staart voor DNA-onderzoek en temperatuurde haar. Ze mat haar voeten op, haar slagtanden en de hoogte van schouderblad tot voetzool. Owen deed een vluchtig lichamelijk onderzoek. Hij onderzocht de olifant op verwondingen en controleerde haar ademhaling. Tot slot inspecteerden we de halsband. We checkten of het gps-systeem goed werkte en adequaat piepte.

Alles bij elkaar duurde het negen minuten en vierendertig seconden.

'Klaar,' zei ik. Anya en ik verzamelden de apparatuur en brachten alles terug naar de Rover.

Bashi en Elvis reden weg, terwijl Owen zich nogmaals over Tebogo boog. 'Alsjeblieft, mooie meid,' kirde hij terwijl hij het tegengif in haar oor injecteerde, rechtstreeks in de bloedbaan.

We vertrokken niet voor we wisten dat Tebogo zichzelf kon redden. Na drie minuten krabbelde ze overeind, schudde haar reusachtige kop en trompetterde naar haar kudde. De halsband leek prima te passen, zag ik terwijl ze zich op een sukkeldrafje bij haar familie voegde. Ze knorden en brulden van vreugde, raakten haar aan en urineerden tegen haar poten.

Ik was warm, bezweet en vies. Er zat aarde op mijn gezicht en olifantenkwijl op mijn T-shirt. Ik was helemaal vergeten dat Thomas Metcalf nog in de Rover zat, tot ik zijn stem hoorde.

'Owen,' zei hij. 'Wat zit er in de dartpijl? M99?'

'Inderdaad,' antwoordde de dierenarts.

'Ik heb gehoord dat een speldenprikje daarvan al dodelijk is voor een mens.'

'Klopt.'

'En de olifant die je zojuist gedart hebt sliep niet, ze was alleen lamgelegd, hè?'

Owen knikte. 'Kortdurend. Maar zoals je ziet, kan dat geen kwaad.'

'In ons reservaat,' zei Thomas, 'hebben we een Aziatische olifant, Wanda. In 1981 woonde ze in de dierentuin in Gainesville, op het moment dat er overstromingen waren in Texas. De meeste dieren hebben het niet overleefd, maar na vierentwintig uur zag iemand Wanda's slurf boven het water uitsteken in een overstroomd gebied. Ze heeft zo'n beetje twee dagen in het water gezeten voor het voldoende gezakt was om haar te redden. Daarna was ze doodsbang voor zware regenbuien. Ze liet niet toe dat de verzorgers haar wasten. Ze weigerde in een plas te stappen. Dat heeft jarenlang geduurd.'

'Ik zou een darting van tien minuten niet willen gelijkstellen aan een traumatische ervaring die achtenveertig uur duurt,' reageerde Owen stekelig.

Thomas haalde zijn schouders op. 'Tja,' zei hij toen, 'maar jíj bent geen olifant.'

Terwijl Anya de Land Rover terugreed naar het kamp, wierp ik steelse blikken op Thomas Metcalf. Suggereerde hij nou daarnet dat olifanten het vermogen hadden om te denken, te voelen, wrok te koesteren en te vergeven? Dat kwam gevaarlijk dicht bij mijn eigen overtuiging, de reden waarom mijn collega's hier me belachelijk maakten.

Tijdens de terugrit van twintig minuten naar het hoofdkamp vertelde hij Owen over het New England Elephant Sanctuary. Ik had het mis gehad. Metcalf was geen circusdompteur of verzorger in een dierentuin. Hij praatte over zijn olifanten alsof ze zijn familie waren. Hij praatte over ze zoals... nou ja, zoals ik over míjn olifanten praatte. Hij runde een soort opvangcentrum voor olifanten die vroeger in gevangenschap werden gehouden, om ze hun laatste jaren een goed leven te bezorgen. Hij was hier gekomen om te kijken of hij hun ervaring nog meer kon laten lijken op een leven in het wild, al kon hij ze niet terugbrengen naar Afrika of Azië.

Ik had nog nooit zo iemand als hij ontmoet.

Toen we bij het kamp arriveerden, liepen Owen en Anya naar de onderzoeksfaciliteit om Tebogo's gegevens te registreren. Thomas bleef staan met zijn handen in zijn zakken. 'Ik zal je niet langer tot last zijn,' zei hij.

'Sorry?'

'Ik snap hoe het zit. Iemand heeft je met mij opgescheept, maar jij hebt geen zin om voor reisleidster te spelen. Je boodschap is overgekomen.'

Mijn lompheid was hem niet ontgaan. Mijn wangen gloeiden.

'Het spijt me,' zei ik. 'Ik dacht dat je een heel ander iemand was.'

Thomas staarde me een poosje aan. Lang genoeg om de wind uit een andere hoek te laten waaien voor de rest van mijn leven. Toen lachte hij zacht. 'Had jij George verwacht, dan?'

'Hoe is het verder met haar gegaan?' vroeg ik later aan Thomas toen we samen door het wildreservaat reden in een Land Rover. 'Met Wanda?'

'Het heeft twee jaar gekost en ik heb vaak een nat pak gekregen, maar nu zwemt ze de hele tijd in de vijver van ons reservaat.'

Toen hij dat zei, wist ik waar ik hem mee naartoe zou nemen. Ik zette de Rover in een lage versnelling en ploegde door het mulle zand van een droge rivierbedding tot ik vond wat ik zocht. Voetafdrukken van olifanten zijn rond, de afdruk van de voorste voet overlapt die van de achterste. Deze waren vers. Vlakke, glanzende cirkels die nog niet overdekt waren met stof. Als ik dat echt wilde, kon ik er waarschijnlijk achter komen van welke olifant dit spoor was, door goed te kijken naar de barsten in de afdruk. Als ik de omtrek van de achtervoetzool met vijfenhalf vermenigvuldigde, wist ik haar hoogte. En ik wist dat het een vrouwtje was, want dit betrof een matriarchale kudde. Er liepen meerdere sporen door elkaar, niet één enkel voetspoor van een olifantenstier.

Het was niet zo ver van Mmaabo's lichaam. Ik vroeg me af of deze kudde haar had zien liggen, en wat de dieren hadden gedaan.

Ik drong de gedachte naar de achtergrond, zette de truck in de versnelling en volgde het spoor. 'Ik ben nog nooit iemand tegengekomen die een olifantenopvangcentrum runde.'

'En ik ben nog nooit iemand tegengekomen die een olifant een halsband omdeed. Dus staan we quitte.'

'Waarom ben je begonnen met het opvangreservaat?'

'Vanwege Topsy, een olifant die stierf in 1903. Ze was een werkolifant die op Coney Island hielp het pretpark te bouwen. Daarna gaf ze ritjes en deed ze kunstjes in shows. Op een dag gooide haar dompteur zijn brandende sigaret in haar mond. Ze sloeg hem zo hard tegen de grond dat hij overleed, en toen werd zij geëtiketteerd als gevaarlijke olifant. Topsy's eigenaren wilden haar laten afmaken, dus vroegen ze Thomas Edison om hulp, die destijds probeerde de gevaren van wisselstroom aan te tonen. Edison tuigde de olifant op met elektrische draden, diende een stroomstoot toe en binnen een paar seconden was ze dood.' Hij keek me aan. 'Er waren vijftienhonderd toeschouwers bij, onder wie mijn overgrootvader.'

'Dus het reservaat is een soort erfenis?'

'Nee, ik herinnerde me het verhaal niet echt tot ik als student een zomer in een dierentuin werkte. Ze hadden net een olifant gekregen, Lucille. Olifanten zijn altijd een grote attractie en de directie hoopte dat Lucille de dierentuin uit de rode cijfers zou helpen. Ik was ingehuurd als assistent van de hoofdverzorger, die veel ervaring had met circusolifanten.' Thomas keek uit over de savanne. 'Wist je dat je een olifant niet eens met een olifantenhaak hoeft aan te raken om haar te laten doen wat je wilt? Je houdt zo'n ding gewoon vlak bij haar oor en ze zal al terugdeinzen, omdat ze weet dat ze pijn kan verwachten. Ik was zo dom om hardop te zeggen dat olifanten zich er bewust van zijn hoe slecht we ze behandelen. Ik kreeg ontslag.'

'Ik heb pasgeleden de focus van mijn veldwerk verplaatst naar hoe olifanten rouw verwerken.'

Hij keek me aan. 'Ze zijn er beter in dan mensen.'

Ik zette mijn voet op de rem, zodat we tot stilstand kwamen. 'Mijn collega's zouden je tegenspreken. Nee, ze zouden je úítlachen. Net zoals ze mij uitlachen.'

'Waarom?'

'Zij gebruiken zenders bij hun werk en metingen en experimentele data. Wat de ene wetenschapper ziet als cognitie, ziet de andere als conditionering, en dáár is geen bewuste gedachte voor nodig.' Ik draaide me naar hem om. 'Maar stel dat ik het wél kon bewijzen. Kun je je voorstellen wat de gevolgen zouden zijn voor het wildbeheer? Zoals je al zei tegen Owen, is het ethisch verantwoord om een olifant te darten met M99 als ze zich ervan bewust is wat we doen? Vooral als het een voorloper is van een schot in de kop, wanneer we een kudde ruimen? En als we dit niet mogen doen, hoe beheren we dán de olifantenpopulaties?'

Gefascineerd keek hij me aan. 'Wat meet je eigenlijk met die halsband die je die olifant omdeed? Hormonen? Stressniveaus? Is ze ziek? Hoe voorspel je de dood van een olifant, zodat je weet welk dier je een halsband moet geven?'

'O, we kunnen een sterfgeval niet voorspellen. Die halsband is voor het project van iemand anders. Ze proberen de draaicirkel van een olifant te meten.'

'Zo groot als de olifant nodig vindt,' zei Thomas lachend. 'Dat is de clou, toch?'

'Ik maak geen grap.'

'Meen je dat nou? Hoe kán iemand denken dat een dergelijk onderzoek belangrijker is dan waar jij mee bezig bent?' Hij schudde zijn hoofd. 'Wanda, de olifant die bijna verdronken was, heeft een gedeeltelijk verlamde slurf. Bij aankomst in ons reservaat had ze behoefte aan een soort troostknuffel en sleepte overal waar ze naartoe ging een autoband met zich mee. Uiteindelijk sloot ze vriendschap met Lilly en had ze die autoband niet meer continu nodig, omdat ze een vriendin had. Toen Lilly stierf was Wanda daar kapot van. Nadat Lilly was begraven, kwam Wanda met haar band aan en legde die op het graf. Het leek bijna een eerbetoon. Of misschien dacht ze dat Lilly nu wel wat troost kon gebruiken.'

Ik was ontroerd. Ik wilde hem vragen of zijn olifanten bij de lichamen bleven van de dieren die ze als familie beschouwden. Ik wilde vragen of Wanda's gedrag een uitzondering was of de norm. 'Mag ik je iets laten zien?'

Ik nam ter plekke een besluit. Ik veranderde een beetje van richting en reed in een steeds wijdere boog, tot we bij Mmaabo's lijk kwamen. Ik wist dat Grant een hartverzakking zou krijgen als hij erachter kwam dat ik een bezoeker meenam naar een olifantenkadaver. Een van de redenen waarom wij de rangers op de hoogte brachten van sterfgevallen was dat zij de toeristen ver weg konden houden van een ontbindend lijk. Inmiddels hadden aaseters de olifant uit elkaar getrokken en wolken vliegen zoemden rond het kadaver. En toch stonden Onalenna en drie andere olifanten daar, stilletjes en vlakbij. 'Dit was Mmaabo,' zei ik. 'Matriarch van een kudde van ongeveer twintig olifanten. Ze is gisteren gestorven.'

'Wie zijn dat daar in de verte?'

'Haar dochter en een paar andere kuddeleden. Ze tréúren om haar,' benadrukte ik. 'Ook al zal ik dat nooit kunnen bewijzen.'

'Misschien is het meetbaar,' zei Thomas peinzend. 'In Botswana hebben onderzoekers stressmetingen verricht bij bavianen. Volgens mij toonden de fecale monsters een toename van glucocorticoïde stressmerkstoffen aan nadat een van de bavianen werd gedood door een roofdier. En de concentratie van die stoffen was nog hoger bij bavianen die sociaal gekoppeld waren aan de dode. Dus als je ontlasting van olifanten verzamelt – waaraan hier geen gebrek is – en een statistisch bewijs kunt leveren van een stijging van het cortisolgehalte...'

'Dan werkt het misschien zoals in het menselijk lichaam, als veroorzaker van oxytocineafscheiding,' vulde ik aan. 'Dat zou een biologische reden zijn voor olifanten om troost bij elkaar te zoeken na de dood van een kuddelid. Een wetenschappelijke verklaring voor rouw.' Vol verbazing keek ik hem aan. 'Volgens mij ben jij de eerste die ik tegenkom die echt even gepassioneerd met olifanten bezig is als ik.'

'Eens moet de eerste keer zijn,' mompelde Thomas.

'Jij bent niet gewoon de manager van een reservaat.'

Hij boog zijn hoofd. 'Ik heb een tweede master in neurobiologie.'

'Ik ook,' zei ik.

We keken elkaar aan, opnieuw druk in de weer met het bijstellen van onze verwachtingen. Ik zag dat Thomas groene ogen had met een oranje cirkel rond de irissen. Toen hij glimlachte, kreeg ik het gevoel alsof ik gedart werd met M99, alsof ik gevangenzat in mijn eigen lichaam.

We werden onderbroken door knorrende geluiden. 'Aha,' zei ik terwijl ik mezelf dwong me van hem af te wenden. 'Stipt op tijd.'

'Wat?'

'Dat zul je wel zien.' Ik zette de Land Rover in een lage versnelling en reed een steile helling op. 'Als je wilde olifanten benadert,' legde ik zacht uit, 'doe je dat zoals je zou willen dat je grootste vijand je benadert. Zou jij er blij mee zijn als hij je van achteren besloop? Of tussen jou en je kind ging staan?' Ik reed in een wijde halve boog over het plateau. Pas toen manoeuvreerde ik de wagen aan de andere kant een stukje de helling af en werd een kudde zichtbaar die rondspetterde in een waterpoel. Drie kalveren waren op elkaar geklauterd vlak bij de modderige oever. De onderste rolde onder zijn neefjes uit en spoot een waterfontein de lucht in. Maar ook hun moeders waadden ontspannen door het water, maakten golven en wentelden zich in de modder.

'Dat is de matriarch,' zei ik tegen Thomas, wijzend naar Boipelo. 'En dat is Akanyang, met het gevouwen oor. Zij is Dineo's moeder. Dineo is dat brutaaltje daar, die zijn broertje juist onderuithaalt.' Ik stelde Thomas alle olifanten voor en eindigde met Kagiso. 'Ze moet over ongeveer een maand kalven,' zei ik. 'Haar eerste jong.'

'Onze meisjes spelen ook de hele tijd in het water,' zei Thomas verrukt. 'Ik dacht dat ze dat gedrag hadden opgepikt in de dierentuinen waar ze vroeger woonden, gewoon als tijdverdrijf. Ik ging ervan uit dat het in de wildernis altijd een strijd op leven en dood is.'

'Jawel,' stemde ik in. 'Maar spelen is onderdeel van het leven. Ik heb een matriarch op haar kont van een steile oever af zien glijden, gewoon voor de lol.' Ik zakte onderuit in de autostoel en steunde met mijn sneakers op het dashboard, terwijl Thomas de capriolen van de olifanten gadesloeg. Een kalf liet zich zijwaarts in de modder vallen, bijna boven op haar broertje, dat het uitgilde van schrik. De moeder trompetterde meteen: *zo is het genoeg, kids.*

'Hier ben ik nu precies voor gekomen,' zei Thomas zacht.

Ik keek hem aan. 'Om een drinkplaats te zien?'

Hij schudde zijn hoofd. 'Als een olifant bij ons wordt gebracht, is ze al geknakt. Wij doen ons best om haar erbovenop te helpen. Maar het blijft gissen waar je goed aan doet, tenzij je weet hoe ze was toen niemand haar nog een haar had gekrenkt.' Thomas keek me in de ogen. 'Jij boft dat je dit elke dag ziet.

Ik vertelde hem niet dat ik ook kalveren hun moeder had zien verliezen tijdens een ruiming. Dat de droogtes hier zo ernstig konden zijn dat de huid van de olifanten over hun heupbeenderen spande als schilderdoek op een frame. Of dat in het droge seizoen de kudden zich opsplitsten, zodat ze niet met elkaar hoefden te concurreren om de schaarse middelen. Ik vertelde hem niet over Kenosi's wrede dood.

'Nu ken je mijn levensverhaal,' zei Thomas. 'Maar je hebt me nog niet verteld hoe jij in Botswana verzeild bent geraakt.'

'Er wordt beweerd dat mensen die met dieren werken dat doen omdat ze niet met andere mensen kunnen omgaan.'

'Gezien onze eerste kennismaking,' zei hij droogjes, 'onthoud ik me van commentaar.'

De olifanten waren inmiddels bijna allemaal het water uit. Ze sjokten de steile helling op, gooiden zand over hun rug en kuierden achter de matriarch aan. Het laatste vrouwtje gaf haar baby een kontje omhoog voor ze zelf op de oever klauterde. De kudde bewoog zich in een geluidloos, gesyncopeerd ritme. Ik heb altijd gedacht dat olifanten lopen alsof er muziek in hun hoofd speelt, die niemand anders kan horen. En gezien hun zwierige gang en wiegende heupen gok ik erop dat Barry White de zanger is.

'Ik werk met olifanten omdat het zoveel lijkt op mensen kijken in een café,' zei ik tegen Thomas. 'Ze zijn grappig. Ontroerend. Vindingrijk. Intelligent. En zo kan ik nog een hele tijd doorgaan. Ze hebben zoveel van ons in zich. Als je een kudde observeert, zie je hoe de kleintjes hun grenzen uitproberen. Hoe moeders zorgen voor hun kinderen, tienermeisjes uit hun schulp kruipen en puberjongens proberen elkaar de loef af te steken. Het lijkt me saai om een hele dag leeuwen te observeren, maar híérnaar zou ik mijn hele leven wel willen kijken.'

'Ik ook,' zei Thomas, maar toen ik mijn hoofd naar hem omdraaide, keek hij niet naar de olifanten. Hij keek naar mij.

Het was de gewoonte om onze gasten niet zonder begeleiding door het hoofdkamp te laten lopen. Rond etenstijd gingen rangers of onderzoekers naar de hutten van de gasten om ze bij het licht van een zaklamp naar de eetzaal te brengen. Dit was geen uitsloverij, het was gewoon praktisch. Ik had meer dan eens gezien dat een toerist in paniek raakte bij de onverwachte verschijning van een wrattenzwijn op zijn weg door het kamp. Toen ik Thomas ging ophalen voor het avondeten stond zijn deur op een kier. Ik klopte aan, duwde de deur open en snoof de zeepgeur op die in de hut hing. Hoewel de ventilator draaide boven het bed, was het er nog steeds smoorheet. Thomas zat aan een tafeltje in kakishort en een witte tanktop. Zijn haar was vochtig en hij had zich geschoren. Zijn handen bewogen snel en efficiënt boven iets wat leek op een klein vouwblaadje.

'Wacht even,' zei hij zonder op te kijken.

Ik wachtte, met mijn duimen in de riemlussen van mijn broek.

'Alsjeblieft,' zei Thomas terwijl hij zich naar me omdraaide. 'Dit heb ik voor jou gemaakt.' Hij pakte mijn hand en drukte een origamiolifantje in mijn handpalm, gemaakt van een Amerikaans dollarbiljet.

In de dagen die volgden begon ik mijn Afrikaanse thuisbasis te zien door Thomas' ogen: de kwarts die in de bodem glinsterde als een handvol in het rond gestrooide diamanten. De symfonie van vogels, hun zangstemmen ingedeeld in groepen op de takken van een mopaneboom, vanuit de verte gedirigeerd door een vervetaap. De struisvogels die rondrenden als oude dames op hoge hakken, met hun op en neer dansende pluimen.

We praatten over van alles. Van stroperij in de Tuli Circle tot onverklaarbaar overgeleverde herinneringen van olifanten, en hoe dit verband kon houden met posttraumatische stressstoornis. Ik speelde tapes voor hem af van musthgeluiden van olifanten en van hun bronstlied. We vroegen ons af of er misschien nog andere geluiden werden doorgegeven van de oudere generatie op de jonge dieren. Waarschijnlijk in lage frequenties die wij niet konden horen, om de olifanten de kennis bij te brengen die ze op mysterieuze wijze schenen te hebben verworven. Zoals welke gebieden veilig waren en welke niet, en wat de snelste route was van het ene leefgebied naar het andere. Thomas vertelde dat zijn reservaat als gevaarlijk bestempelde olifanten uit een circus of dierentuin wilde huisvesten. Olive, bijvoorbeeld, die op televisie en in themaparken had opgetreden. Op een dag was ze losgebroken van haar ketting en had een zoöloog gedood die haar probeerde te vangen. Hij vertelde over Lilly, die een poot had gebroken in een circus en die nooit een fatsoenlijke medische behandeling had gehad. Ze hadden ook een Afrikaanse olifant, Hester, die haar moeder had verloren tijdens een ruiming in Zimbabwe. Ze had bijna twintig jaar opgetreden in een circus voordat haar dompteur besloot dat ze met pensioen mocht. Thomas was nu in onderhandeling over de opvang van een andere Afrikaanse olifant, Maura, van wie hij hoopte dat ze een maatje zou worden voor Hester.

Op mijn beurt vertelde ik hem dat wilde olifanten op hun voorpoten knielen om te doden door hun slachtoffer te verpletteren. Maar hun gevoelige achtervoeten gebruiken ze om een gevallen olifant te strelen, waarbij de teenzolen af en toe vlak bóven de huid zweven, alsof ze informatie doorkrijgen waarnaar wij alleen maar kunnen raden. Ik vertelde hem dat ik ooit het kaakbeen van een olifantenstier had meegenomen naar het kamp om te bestuderen, en dat die nacht Kefentse, een jongvolwassen mannetje, inbrak in het onderzoekskamp. Kefentse pakte het bot van mijn veranda en bracht het terug naar de plaats waar zijn vriend was gestorven. Ik vertelde hem dat in het eerste jaar dat ik hier werkte, een verdwaalde Japanse toerist was aangevallen en gedood door een olifant. Toen we het lichaam gingen ophalen, troffen we de olifant in beschermhouding bij het lijk aan, alsof hij een dodenwake hield.

Op de avond dat Thomas het vliegtuig zou nemen naar huis, nam ik hem ergens mee naartoe waar ik nog nooit iemand mee naartoe had genomen. Op de top van de heuvel stond een reusachtige baobabboom. De plaatselijke bevolking geloofde dat toen de schepper de dieren bijeenriep om alle bomen te helpen planten, de hyena te laat kwam. Hij kreeg de baobab toegewezen en was daar zo boos over dat hij hem ondersteboven plantte. Daarom ziet de baobab eruit alsof zijn wortels de hemel krabben in plaats van begraven te zijn onder de grond. De olifanten zochten schaduw onder de baobab en aten graag de boombast. De oude beenderen van een olifant die Motushi heette, lagen er in de buurt verspreid.

Thomas werd stil toen het tot hem doordrong wat hij zag. De beenderen gloeiden op in de nog warme zon. 'Zijn dit...'

'Ja.' Ik parkeerde de Rover, stapte uit en gebaarde naar hem om hetzelfde te doen. Op dit tijdstip van de dag was deze omgeving veilig. Thomas stapte behoedzaam rond tussen de overblijfselen van Mothusi, tilde één uiteinde van een lange rib op en raakte met zijn vingertoppen de honingraatvormige binnenkant van een gespleten heupbot aan. 'Mothusi is in 1998 doodgegaan,' zei ik tegen hem. 'Maar zijn kudde bezoekt deze plek nog steeds. Ze worden stil en in zichzelf gekeerd. Een beetje zoals wij als we naar iemands graf gaan.' Ik bukte, pakte twee wervels op en voegde ze samen.

Aaseters waren er met een deel van de botten vandoor gegaan en we bewaarden Mothusi's schedel in het kamp. De resterende beenderen waren zo wit dat ze op scheuren leken in het weefpatroon van de aarde. Zonder er echt over na te denken begonnen we ze bijeen te rapen, tot ze als één verzameling aan onze voeten lagen. Ik pakte het uiteinde van een lang dijbeenbot op en versleepte het, kreunend van inspanning. Zwijgend werkten we door aan een puzzel die groter was dan het leven.

Toen we klaar waren, nam Thomas een stok en maakte een omtrektekening rond het olifantenskelet. 'Zo,' zei hij, en hij stapte achteruit. 'We hebben in een uur gedaan wat de natuur ongeveer veertig miljoen jaar heeft gekost.'

Een serene rust omwikkelde ons als watten. De zon was bijna onder, maar gloeide nog door een wolk heen. 'Waarom ga je niet met mij mee terug?' vroeg Thomas. 'Bij ons in het olifantenreservaat kun je ook rouwverwerking observeren. En je familie in de Verenigde Staten zal je vast missen.'

Mijn borst werd dichtgesnoerd. 'Dat gaat niet.'

'Waarom niet?'

'Ik heb gezien hoe een kalf werd doodgeschoten voor de ogen van zijn moeder. Het was geen baby meer, hij was bijna volwassen. Zij weigerde weg te gaan. Dagenlang. Toen ik dat zag is er... iets veranderd bij mij vanbinnen.' Ik keek even op naar Thomas. 'Er zit geen biologisch voordeel aan verdriet. Het kan in de wildernis ronduit gevaarlijk zijn om ergens treurig te blijven rondhangen en niet te willen eten. Ik kon niet naar die matriarch kijken en serieus overwegen of ze misschien geconditioneerd, reflexmatig gedrag toonde. Dit was puur verdriet.'

'Jij rouwt nog steeds om dat kalf,' zei Thomas.

'Misschien wel.'

'En zijn moeder?'

Ik gaf geen antwoord. Sinds Kenosi's dood had ik Lorato in geen maanden gezien. Ze was druk bezig met haar jongere kalveren. Ze wijdde zich weer aan haar taken als matriarch. Ze had dat moment van verlies achter zich gelaten, iets wat ik diep in mijn hart niet kon.

'Mijn vader is vorig jaar overleden,' zei Thomas. 'Als ik onder de mensen ben, zoek ik nog steeds naar zijn gezicht.'

'Wat erg voor je.'

Hij haalde zijn schouders op. 'Volgens mij lijkt verdriet op een oerlelijke zitbank. Niet weg te denken. Je kunt hem een beetje opkalefateren of er een kleedje overheen leggen. Of hem naar de verste hoek van de kamer schuiven. Uiteindelijk leer je ermee leven.'

Maar olifanten gingen een stap verder, dacht ik bij mezelf. Zij trokken geen scheef gezicht, iedere keer als ze de kamer binnenkwamen en die bank zagen. Ze zeiden: *Weet je nog, al die mooie herinneringen die we hieraan hebben?* Ze bleven even rustig staan, om dan verder te lopen.

Misschien begon ik te huilen, dat weet ik niet meer. Maar Thomas was nu zo dicht bij me dat ik de zeep op zijn huid rook. Ik zag de oranje vonkjes in zijn ogen. 'Alice. Wie ben jij kwijtgeraakt?'

Ik verstijfde. Dit ging niet over mij. Dat mocht hij niet zo opvatten.

'Duw je daarom mensen weg?' fluisterde hij. 'Zodat ze niet zo dichtbij kunnen komen dat het pijn doet als ze er niet meer zijn?'

Deze man was praktisch een vreemde, maar hij kende me beter dan wie ook in Afrika. Hij kende me beter dan ik mezelf kende. Mijn hoofdprobleem was niet hoe olifanten met verlies omgaan. Het was dat mensen er niet mee kunnen omgaan.

En omdat ik niet wilde loslaten, omdat ik niet wist hoe dat zou moeten, sloeg ik mijn armen om Thomas Metcalf heen. Ik kuste hem in de schaduw van de baobab, de omkeerboom met de wortels in de lucht en de bast die honderd keer kan worden opengereten en toch zichzelf geneest.

JENNA

De muren van de inrichting waar mijn vader wordt verpleegd zijn paars geschilderd. Het doet me denken aan Barney, die grote enge nepdinosaurus van tv. Maar het schijnt dat een paar gerenommeerde psychologen een heel proefschrift hebben geschreven over de kleur die het meest bevorderlijk is voor genezing, en deze stond boven aan de lijst.

De dienstdoende verpleegkundige kijkt meteen naar Serenity als we binnenkomen. Nogal logisch, want wij drieën lijken vast een gezin – zij het een disfunctioneel gezin. 'Kan ik u helpen?'

'Ik kom mijn vader opzoeken,' zeg ik.

'Thomas Metcalf,' voegt Serenity eraan toe.

Ik ken een paar verpleegkundigen hier, maar deze vrouw heb ik nooit ontmoet. Daarom herkent ze mij ook niet. Ze legt een klembord op de balie zodat ik ons kan inschrijven als bezoekers, maar voor ik de pen heb gepakt, hoor ik mijn vader schreeuwen, ergens verderop in de gang. 'Papa?' roep ik.

De verpleegkundige kijkt ongeïnteresseerd. 'Uw naam?' vraagt ze.

'Schrijf ons maar in en kom dan naar kamer 124,' zeg ik snel tegen Serenity, en ik begin te rennen. Ik merk dat Virgil naast me komt lopen.

'Serenity Jones,' hoor ik haar zeggen, en ik duw de deur van mijn vaders kamer open.

Hij probeert zich te ontworstelen aan de greep van twee potige verpleeghulpen. 'Laat me los!' schreeuwt hij. Dan krijgt hij mij in het oog. 'Alice! Vertel jij ze nou toch wie ik ben!'

Er ligt een kapotte radio, die zo te zien door de kamer is geslingerd, met de draden en transistors verspreid over de vloer alsof er een robotautopsie heeft plaatsgevonden. De prullenbak is omgekeerd en er liggen verfrommelde pillenbekertjes, proppen plakband en sinaasappelschillen omheen. Mijn vader heeft een pak ontbijtgranen in zijn hand, dat hij vastklemt alsof het een levensbelangrijk orgaan is.

Virgil staart naar mijn vader. Ik kan me alleen bij benadering voorstellen wat hij ziet: een man met verwilderd sneeuwwit haar, slecht verzorgd, mager, woedend en totaal geschift. 'Denkt hij dat jij Alice bent?' zegt Virgil binnensmonds.

'Thomas,' zeg ik sussend terwijl ik op hem toe loop. 'Deze heren zullen je vast wel begrijpen zodra jij wat rustiger wordt.'

'Maar ze proberen mijn onderzoek te stelen!'

Nu verschijnt Serenity in de deuropening. Ze staat stokstijf stil bij de aanblik van drie vechtende mannen. 'Wat gebeurt hier?'

De verpleeghulp met blond stekeltjeshaar kijkt op. 'Hij raakte een beetje geagiteerd toen we een lege verpakking wilden weggooien.'

'Als jij stopt met vechten, Thomas, weet ik zeker dat jij je... je onderzoeksresultaten mag houden,' zeg ik.

Tot mijn verbazing werkt het. Mijn vader kalmeert. De verpleeghulpen laten hem direct los en hij zakt terug in zijn stoel, met die stomme lege ontbijtgranendoos tegen zijn borst gedrukt. 'Het gaat nu wel weer,' mompelt hij.

'Stapelmesjokke van havervlokken,' prevelt Virgil.

Serenity werpt hem een dreigende blik toe. 'Bedankt, mensen,' zegt ze nadrukkelijk tegen de verpleeghulpen die de rommel van de vloer oprapen.

'Geen probleem, mevrouw,' antwoordt een van hen terwijl de ander mijn vader een klopje op zijn schouder geeft.

'Hou je haaks, kameraad,' zegt hij.

Mijn vader wacht tot ze weg zijn, staat op en pakt mijn arm. 'Alice, je hebt geen idee wat ik zojuist heb ontdekt!' Dan glijdt zijn blik langs me heen en blijft rusten op Virgil en Serenity. 'Wie zijn dit?'

'Vrienden van me,' zeg ik.

Dat is blijkbaar voldoende. 'Kijk hier eens naar.' Hij wijst op de doos. Ik zie een felgekleurde cartoon van iets wat een schildpad zou kunnen zijn, of anders een komkommer op pootjes, met een tekstballonnetje waarin staat:

WIST JIJ...
... dat krokodillen hun tong niet kunnen uitsteken?
... dat honingbijen haartjes op hun ogen hebben als hulpmiddel om stuifmeel te verzamelen?
... dat Anjana, een chimpansee in een reservaat in South Carolina, de welpen van een witte tijger, een panter en leeuwenwelpen heeft opgevoed? Dat Anjana de jonkies flesvoeding heeft gegeven en met ze heeft gespeeld?
... dat Koshik, een olifant, zes Koreaanse woorden foutloos kan uitspreken?

'Natuurlijk spréékt hij geen zes woorden,' zegt mijn vader. 'Hij imiteert zijn verzorgers. Ik heb vanmorgen het wetenschappelijk artikel gegoogeld, nadat die imbeciele Louise eindelijk bij de computer wegging omdat ze het volgende niveau van Candy Crush had bereikt. Het fascinerende is dat hij blijkbaar een sociaal motief had om te leren communiceren. Hij werd apart gehouden van de andere olifanten, en de enige sociale interactie die hij had, was met menselijke verzorgers. Weet je wat dat betekent?'

Ik kijk snel naar Serenity en haal mijn schouders op. 'Nee. Wat dan?'

'Nou, als er bewijs is dat een olifant geleerd heeft om menselijke spraak na te bootsen, dan heeft dat fantastisch grote gevolgen voor onze ideeën over de theory of mind van olifanten!'

'Over theorieën gesproken,' zegt Virgil.

'Wat is jouw vakgebied?' vraagt mijn vader hem.

'Virgil... verzamelt zoekgeraakte data,' improviseer ik. 'Serenity is geïnteresseerd in communicatie.'

Hij begint te stralen. 'Welk medium?'

'Ja,' zegt Serenity.

Even lijkt mijn vader van zijn à propos, maar dan vervolgt hij: 'Theory of mind omvat twee cruciale ideeën: dat je een besef van jezelf hebt als een uniek wezen met eigen gedachten, gevoelens en bedoelingen... Plus dat dit ook geldt voor andere wezens en dat zij niet weten wat jij denkt of vice versa, totdat het meegedeeld wordt. Op basis daarvan kun je het gedrag van anderen voorspellen, een enorm evolutionair voordeel. Je kunt bijvoorbeeld doen alsof je gewond bent en als mensen niet weten dat dit gespeeld is, zullen ze je eten brengen en voor je zorgen en hoef je zelf geen werk te doen. Mensen worden niet geboren met dit vermogen, we ontwikkelen het. Welnu, we weten dat theory of mind ontstaat als de spiegelneuronen in de menselijke hersenen worden gebruikt. En we weten dat de spiegelneuronen actief zijn tijdens het uitvoeren van een van de volgende twee taken: óf als we anderen begrijpen door imitatie, óf als we taal verwerven. Als Koshik de olifant dat doet, lijkt het aannemelijk dat andere dingen waarbij spiegelneuronen belangrijk zijn in mensen – zoals empathie – ook aanwezig zijn bij olifanten, nietwaar?'

Als ik hem zo hoor praten, realiseer ik me weer hoe geniaal hij vroeger geweest moet zijn. En ik begrijp waarom mijn moeder verliefd op hem werd.

Wat me eraan herinnert waarom we hier zijn.

Mijn vader wendt zich tot mij. 'We moeten contact opnemen met de auteurs van dit artikel,' zegt hij geestdriftig. 'Alice, weet je wat dit betekent voor mijn onderzoek?' Hij strekt zijn armen naar me uit – ik voel dat Virgil zich schrap zet –, omhelst me en zwaait me in het rond.

Ik weet dat hij denkt dat ik mijn moeder ben. En ik weet dat dat behoorlijk macaber is. Maar weet je, soms is het gewoon fijn om geknuffeld te worden door mijn vader, zelfs al betekent het dat hij heel erg in de war is.

Hij zet me neer, en ik moet zeggen dat ik hem al een hele tijd niet meer zo enthousiast heb gezien.

'Doctor Metcalf,' zegt Virgil, 'ik weet dat u met iets heel belangrijks bezig bent. Maar hebt u toch even tijd om een paar vragen te beantwoorden over de nacht dat uw vrouw verdween?'

Mijn vaders gezicht verstrakt. 'Waar heb je het over? Ze is gewoon hier.'

'Dat is Alice niet,' antwoordt Virgil. 'Dat is uw dochter, Jenna.'

Hij schudt zijn hoofd. 'Mijn dochter is nog een jong kind. Ik weet niet waar je op aanstuurt, maar...'

'Stop,' onderbreekt Serenity het gesprek. 'Als je hem van streek maakt, krijg je je antwoorden zeker niet.'

'Antwoorden?' zegt mijn vader hard. 'Wil jij soms ook mijn onderzoek stelen?' Hij komt dreigend op Virgil af, maar Virgil grijpt mijn hand en trekt mij tussen hen in, zodat mijn vader me wel móét zien.

'Kijk eens naar haar gezicht,' dringt hij aan. 'Kíjk dan.'

Het duurt vijf seconden voor mijn vader reageert. En ik kan je dit vertellen, vijf seconden is heel lang. Ik sta daar, starend naar zijn neusvleugels die trillen bij iedere ademteug en zijn adamsappel die rijst en daalt langs de ladder van zijn keel.

'Jenna?' fluistert mijn vader.

Eén fractie van een seconde, terwijl hij me aankijkt, weet ik dat hij niet mijn moeder ziet. Dat ik – hoe zei hij het ook alweer? – een uniek wezen ben, met mijn eigen gedachten, gevoelens en bedoelingen. Dat ik bestá.

En dan drukt hij me weer tegen zijn borst, maar nu anders: voorzichtig, teder en vol verwondering. Alsof hij me zou kunnen beschermen tegen de rest van de wereld, wat ik ironisch genoeg altijd voor hem heb gedaan. Zijn handen overspannen mijn rug als vleugels.

'Doctor Metcalf,' zegt Virgil, 'nog even over uw vrouw.'

Mijn vader houdt me op armlengte en kijkt vluchtig op bij het horen van Virgils stem. Meer is niet nodig om de ragfijne draad die tussen ons gesponnen is te breken. Als hij weer naar me kijkt, weet ik dat hij me helemaal niet ziet. Hij kijkt zelfs niet eens naar mijn gezicht.

Zijn blik is gefixeerd op het steentje aan de ketting rond mijn hals.

Langzaam neemt hij de hanger tussen zijn vingers. Hij draait de steen om zodat het mica glanst. 'Mijn vrouw,' herhaalt hij.

Hij klemt zijn vuist rond het kettinkje en trekt het van mijn hals. Het valt op de vloer tussen ons in, terwijl mijn vader me zo hard in mijn gezicht slaat dat ik een tuimeling door de kamer maak.

'Jij klerewijf,' zegt hij.

ALICE

Dit is iets wat ik niet zelf heb meegemaakt, maar Owen, de dierenarts, heeft het me verteld. Een paar jaar geleden gingen onderzoekers eropuit om een olifantenkoe te darten. Toen ze vanuit een van hun voertuigen het pijltje met M99 op haar afschoten, viel ze neer zoals verwacht. Maar de kudde dromde zo dicht om haar heen dat de andere rangers de groep niet konden wegjagen. Ze konden haar geen halsband omdoen, dus wachtten ze een tijdje om te zien wat er zou gebeuren.

De kudde vormde twee concentrische cirkels rond het gevallen vrouwtje. De buitenste cirkel stond met de billen naar haar toe, met een stoïcijnse blik op de voertuigen gericht. Daarachter was een binnenste cirkel die de onderzoekers niet goed konden zien, omdat de enorme grijze lijven van de voorhoede hun het zicht belemmerden. Ze hoorden geritsel en gekraak van takken. Plotseling, als op commando, stapte de kudde uiteen. De olifant die gedart was lag op haar zij, bedekt met afgebroken takken en een grote hoop aarde.

Na de geboorte van een kalf bedekt de moeder het met een dun laagje aarde om de geur van bloed te maskeren die roofdieren zou aantrekken. Maar deze olifant bloedde niet. Ze dekken ook het lijk van een soortgenoot af, en naar ik gehoord heb, doen ze dat om de lijklucht te camoufleren. Dus in dit geval kan dat niet de reden geweest zijn. De reuk van olifanten is zo ongelooflijk gevoelig, er is geen denken aan dat ze een olifant die gedart is voor een dode olifant zouden houden.

Natuurlijk heb ik gezien dat olifanten gestorven metgezellen of kalveren met aarde toedekken, iets wat ze meestal alleen doen in het geval van een plotselinge of gewelddadige dood. En de dode hoeft niet per se een olifant te zijn. Zo vertelde een onderzoeker die via Thailand naar het Tuli Block was gekomen over een Aziatische stier die bij een bedrijf was ingelijfd dat safari's per olifant organiseerde. Hij had de mahout gedood die hem had opgeleid en vijftien jaar had verzorgd. Nu was deze stier in musth, wat 'waanzin' betekent in het Hindi. Tijdens de musth wordt het denkvermogen ondergeschikt aan hormonen. Maar na de aanval werd de stier heel stil en deinsde terug, alsof hij wist dat hij iets verkeerds had gedaan. Nog interessanter waren de vrouwelijke olifanten, die de mahout met aarde en takken bedekten.

De week voor ik Botswana voorgoed verliet had ik lange werkdagen gemaakt. Ik observeerde Kagiso met haar dode kalf en werkte mijn aantekeningen uit over Mmaabo's dood. Op een warme dag stapte ik uit de jeep om mijn benen te strekken. Ik ging even liggen onder de baobab waar ik voor het laatst samen met Thomas was geweest.

Ik val niet heel makkelijk in slaap. Ik doe nooit domme dingen, zoals uit de Land Rover stappen op plaatsen waar veel olifanten langskomen. Ik herinner me niet eens meer dat ik mijn ogen dichtdeed. Maar toen ik wakker werd, lagen mijn pen en papier op de grond en zaten mijn mond en ogen vol aarde. Er kleefden bladeren in mijn haar en ik lag onder een stapel takken.

De olifanten die me hadden toegedekt, waren nergens meer te bekennen. Dat was waarschijnlijk maar goed ook, want ik had net zo makkelijk gedood kunnen worden als gedeeltelijk levend begraven. Ik had geen verklaring voor mijn comateuze dutje, noch voor mijn verminderde beoordelingsvermogen, behalve dat ik niet mezelf was. Ik was meer dan mezelf.

De ironie is dat de olifanten die mij slapend aantroffen, dachten dat ik dood was, terwijl ik in werkelijkheid een nieuw leven in me droeg. Al tien weken, om precies te zijn.

SERENITY

Ik had ooit in mijn tv-show een arts te gast die vertelde over bovenmenselijke kracht in noodsituaties, waarbij mensen buitengewone dingen presteren, zoals een auto optillen waaronder een geliefde ligt. Het gemeenschappelijke kenmerk was een extreem stressvolle situatie die een sterke adrenalinestijging veroorzaakte. Dat leidde ertoe dat iemand de grenzen van zijn of haar normale spierkracht oversteeg.

Ik had die dag zeven gasten. Angela Cavallo, die een Chevy Impala uit 1964 van haar zoon Tony af had getild. Lydia Angyiou, die met een beer had gevochten in Quebec toen die op haar zevenjarige zoon afkwam tijdens een ijshockeywedstrijd op een vijver. En DeeDee en Dominique Proulx, een twaalfjarige tweeling die een tractor van hun opa af had geduwd nadat het voertuig was gekanteld op een steile helling. 'Het was zó maf,' vertelde DeeDee me. 'Later gingen we terug en probeerden de tractor een stukje weg te duwen, maar we kregen hem geen centimeter van zijn plaats.'

Daar denk ik aan als Thomas Metcalf Jenna in haar gezicht slaat. Het ene moment ben ik nog gewoon toeschouwer, het volgende duw ik Thomas hard opzij. En tegen alle principes van ruimte en zwaartekracht in schiet ik zo ver naar voren dat Jenna in mijn armen landt. Ze kijkt naar me op, net zo verbaasd als ik over onze onverwachte innige omhelzing. 'Ik heb je vast,' zeg ik ferm tegen haar. En ik meen het, in alle opzichten.

Ik heb zelf geen kinderen, maar misschien is het de bedoeling dat ik op dit moment een moeder ben voor dit meisje.

Virgil laat zich evenmin onbetuigd, hij haalt zo hard uit naar Thomas dat deze terugvalt in zijn stoel. Een verpleegkundige en een van de verpleeghulpen stormen de kamer binnen. Ze hebben de klap gehoord. 'Pak hem beet,' zegt de verpleegkundige, en Virgil stapt opzij zodat de verpleeghulp Thomas in bedwang kan houden. Wij zitten nog steeds op de vloer. 'Alles in orde, daar?' vraagt de verpleegkundige.

'Ja hoor,' zeg ik terwijl Jenna en ik overeind krabbelen.

Maar ik ben niet in orde, en Jenna ook niet. Jenna raakt voorzichtig de plek aan waar Thomas' vuist haar getroffen heeft, en ik, ik heb braakneigingen. Heb je ooit meegemaakt dat voor jouw gevoel de lucht te zwaar was, of dat er een onverklaarbare koude rilling langs je rug ging? Dat is lichamelijke intuïtie. Vroeger had ik een vrij goed invoelend vermogen. Ik kon een ruimte in lopen alsof ik mijn teen in het badwater stak, om te peilen of er goede of slechte energie aanwezig was. Of er iemand vermoord was in die ruimte, of dat verdriet de wanden bedekte als verflagen. Voor wat het waard is, in Thomas Metcalfs energieveld dwarrelt bizarre rotzooi rond.

Jenna probeert zich uit alle macht goed te houden, maar er blinken tranen in haar ogen. Aan de andere kant van de kamer duwt Virgil zich driftig af van de muur. Ik zie aan zijn gespannen kaak dat hij de stroom verwensingen aan Metcalfs adres met moeite binnenhoudt. Hij stuift als een wervelwind de kamer uit.

Ik wend me tot Jenna. Zij staart naar haar vader alsof ze hem voor het eerst ziet. Misschien is dat in zekere zin ook zo. 'Wat wil je doen?' murmel ik.

De verpleegkundige werpt ons een blik toe. 'Ik denk dat we hem een tijdje kalmerende middelen moeten toedienen. Het is het beste om later terug te komen.'

Ik heb haar niets gevraagd, maar dat geeft niet. Misschien maakt dit het makkelijker voor Jenna om weg te gaan bij haar vader, die zich nog steeds niet verontschuldigd heeft. Ik geef haar een arm, trek haar dicht tegen me aan en troon haar mee de kamer uit. Zodra ik over de drempel stap, kan ik weer beter ademhalen.

Virgil is nergens te bekennen, niet op de gang en ook niet bij de receptie. Ik leid Jenna langs andere patiënten, die haar ongegeneerd aanstaren. Het verplegend personeel is ten minste zo beleefd om te doen alsof ze haar gesmoorde gesnik niet horen en haar rode, gezwollen wang niet zien.

Virgil loopt te ijsberen voor mijn auto. Zodra hij ons ziet, zegt hij: 'We hadden hier niet naartoe moeten komen.' Hij grijpt Jenna's kin en draait haar gezicht om haar wang te inspecteren. 'Dat wordt een joekel van een blauw oog.'

'O, jee,' zegt ze sip. Hoe leg ik dat nu weer uit aan mijn oma?'

'Kun je haar niet vertellen wat er echt gebeurd is?' vraag ik. 'Je vader is heel labiel. Dat hij jou tegen de grond slaat, past wel bij zijn toestand.'

'Dat wist ik al voor we hierheen kwamen,' laat Virgil zich ontvallen. 'Ik wist dat Metcalf gewelddadig was.'

Jenna en ik kijken hem aan. 'Wat?' zegt ze. 'Mijn vader is niet gewelddadig.'

Virgil trekt een wenkbrauw op. 'Wás,' herhaalt hij. 'Een paar van de grootste psychopaten die ik in mijn leven ben tegengekomen, zijn plegers van huiselijk geweld. In het openbaar zijn ze o zo charmant, maar achter gesloten deuren zijn het beesten. Tijdens het onderzoek was er een aanwijzing dat je vader je moeder slecht behandelde. Dat vertelde iemand van het personeel. Daarnet dacht je vader duidelijk dat jij Alice was. En dat betekent...'

'Dat mijn moeder weggelopen kan zijn uit zelfbescherming,' zegt Jenna. 'En dat ze absoluut niets te maken heeft met de dood van Nevvie Ruehl.'

Virgils mobiele telefoon gaat. Hij neemt op en staat met opgetrokken schouders te luisteren. Dan knikt hij en loopt een stukje bij ons vandaan.

Jenna kijkt op. 'Maar dan weten we nog steeds niet waar mijn moeder naartoe ging of waarom ze mij niet is komen halen.'

Zomaar ineens denk ik: ze zit vast.

Ik weet nog steeds niet of Alice Metcalf dood is, maar ze gedraagt zich in ieder geval wel als een aardegebonden geest. Een dolende ziel die bang is veroordeeld te worden voor haar doen en laten tijdens haar leven.

Gelukkig hoef ik Jenna geen antwoord te geven, want Virgil voegt zich weer bij ons. 'Mijn ouders waren gelukkig getrouwd,' zegt Jenna tegen hem.

'Je noemt de liefde van je leven geen klerewijf,' zegt Virgil onomwonden. 'Ik had Tallulah aan de lijn, van het lab. Het mitochondriaal DNA van je wangslijmuitstrijkje kwam overeen met dat van de haar die bij het bewijsmateriaal zat. Dus je moeder was bij Nevvie Ruehl voordat Nevvie stierf.'

Tot mijn verbazing lijkt Jenna eerder geïrriteerd dan overstuur door deze informatie. 'Zeg, maak eindelijk eens een keus. Is mijn moeder nou de gestoorde moordenaar of mijn vader? Ik krijg nog een whiplash van het heen en weer stuiteren tussen jouw tegenstrijdige theorieën.'

Virgil kijkt naar Jenna's gehavende oog. 'Misschien achtervolgde Thomas Alice en vluchtte zij het olifantenterrein op om aan hem te ontsnappen. Nevvie deed die avond gewoon haar werk, maar ze liep Thomas voor de voeten en hij vermoordde haar. Schuldgevoel over een moord is een heel goede aanleiding om je grip op de werkelijkheid te verliezen en te eindigen in een psychiatrische kliniek...'

'Tuurlijk,' zegt Jenna sarcastisch. 'En toen gaf hij de olifant een seintje om over Nevvie heen en weer te banjeren zodat het léék alsof ze vertrapt was. Want tja, daar zijn ze nu eenmaal in getraind, hè.'

'Het was donker. Misschien heeft de olifant per ongeluk op het lichaam getrapt.'

'Twintig of dertig keer? Ik heb het autopsierapport ook gelezen. Plus dat je geen enkel bewijs hebt dat mijn vader die nacht op het olifantenterrein is geweest.'

'Nog niet,' zegt Virgil.

In Thomas Metcalfs kamer voelde ik me al onpasselijk, maar door het gekissebis van deze twee staat mijn hoofd zo onderhand op springen. 'Wat jammer nou dat Nevvie er niet meer is,' zeg ik gemaakt opgewekt. 'Zíj zou pas een goede informatiebron zijn.'

Jenna doet een stap naar Virgil toe. 'Wil je weten wat ik denk?'

'Wat maakt dat uit? Alsof jij je mening ooit onder stoelen of banken steekt.'

'Ik denk dat je aldoor zo druk bent met iedereen beschuldigen omdat je niet wilt toegeven hoe waardeloos jóúw politieonderzoek eigenlijk was.'

'En ik denk dat jíj een klein verwend nest bent dat te laf is om de doos van Pandora open te maken en onder ogen te zien wat erin zit.'

'Weet je wat?' schreeuwt Jenna. 'Je bent ontslagen.'

'Weet je wat?' schreeuwt Virgil terug. 'Ik stop ermee.'

'Je doet maar.'

'Prima.'

Ze draait zich om en zet het op een lopen.

'Wat moet ik hier nu mee?' vraagt Virgil mij. 'Ik heb gezegd dat ik op zoek zou gaan naar haar moeder. Ik heb haar niet voorgespiegeld dat ze blij zou zijn met het resultaat. God, ik word tureluurs van dat kind.'

'Ik weet het.'

'Haar moeder is waarschijnlijk weggebleven omdat zíj zo strontvervelend is.' Hij trekt een grimas. 'Nee, dat meen ik niet. Jenna heeft gelijk. Als ik tien jaar geleden mijn intuïtie had gevolgd, zouden we hier nu niet zijn.'

'De vraag is of Alice Metcalf hier dan wél zou zijn.'

Daar denken we allebei even over na. Dan kijkt hij me aan. 'Een van ons moet achter Jenna aan gaan. En met "een van ons" bedoel ik jou.'

Ik pak mijn autosleutels uit mijn tas en maak het portier open. 'Weet je, vroeger schiftte ik de informatie die ik doorkreeg van geesten. Als ik dacht dat iets te pijnlijk of schokkend zou zijn voor mijn cliënt, deed ik alsof ik dát even niet had gehoord en liet het weg uit mijn reading. Maar uiteindelijk besefte ik dat het mijn werk niet was om boodschappen van gene zijde te beoordelen. Ik moest ze alleen doorgeven.'

Virgil houdt zijn hoofd schuin. 'Betekent dat nu dat je het met me eens bent of niet?'

Ik ga achter het stuur zitten, start de motor en draai mijn raampje open. 'Ik wil zeggen dat je niet de buikspreker hoeft te zijn. Je bent alleen zijn pop, de dummy dus.'

'Daar geniet je van, hè, om mij voor dummy uit te maken.'

'Een beetje wel,' geef ik toe. 'Maar ik wil je ook zeggen dat je je niet continu hoeft bezig te houden met de mogelijke uitkomst, of hoeft te proberen het een bepaalde kant op te sturen. Het is zoals het is.'

Virgil houdt zijn hand boven zijn ogen tegen het zonlicht, turend in de richting waarin Jenna is verdwenen. 'Ik weet niet of Alice een slachtoffer is dat gevlucht is om het vege lijf te redden, of een dader die iemand heeft omgebracht. Maar die ochtend dat we naar het reservaat werden geroepen, was Thomas enorm opgefokt omdat hij dacht dat Alice zijn onderzoek had gestolen. Een beetje zoals vandaag.'

'Denk je dat hij haar daarom probeerde te vermoorden?'

'Nee,' zegt Virgil. 'Ik denk dat dát was omdat ze vreemdging.'

ALICE

Ik heb nooit een betere moeder meegemaakt dan een olifant.

Maar goed, ik denk dat als bij mensen de zwangerschapsduur twee jaar was, wij allemaal betere moeders zouden zijn vanwege die grote tijdsinvestering. Een babyolifant kan geen kwaad doen. Hij kan ondeugend zijn, hij kan eten uit zijn moeders mond stelen, hij kan treuzelen of vastraken in de modder, en toch blijft zijn moeder ongelooflijk geduldig. Niets in het leven van een olifant is waardevoller dan baby's.

De hele kudde is verantwoordelijk voor de veiligheid van de kalveren. De volwassenen lopen op een kluitje met de baby in het midden. Als ze een van onze Rovers passeren, loopt de moeder aan de kant van het voertuig ter bescherming van de baby die aan haar andere zijde loopt. Heeft de moeder nog een dochter tussen de zes en twaalf jaar, dan lopen ze vaak aan weerskanten van de baby. Soms komt zo'n oudere zus op het voertuig af terwijl ze waarschuwend haar kop schudt, alsof ze wil zeggen: *pas op, hè, dat is mijn kleine broertje*. Op het heetst van de dag, als het tijd is voor een middagdutje, slapen de baby's in de beschutting van hun moeders reusachtige lichamen, omdat ze gevoeliger zijn voor zonnebrand.

Al die gezamenlijk moederende vrouwtjes in olifantenkudden worden allomoeders genoemd. Zoals altijd is er een biologische reden om je zussen en tantes te laten helpen met het ouderschap. Als je honderdvijftig kilo eten per dag nodig hebt én je hebt een baby die dolgraag de wereld wil verkennen, kun je niet continu om hem heen draaien en toch alle voedingsstoffen binnenkrijgen om voldoende moedermelk te maken. Dankzij het allomoederschap krijgen jonge olifantenkoeien de kans om babyverzorging te oefenen. Ze leren hoe je een baby beschermt en hem de nodige tijd en ruimte geeft om op onderzoek uit te gaan zonder dat hij gevaar loopt.

Dus in theorie kun je zeggen dat een olifant vele moeders heeft. Toch bestaat er een speciale en onverbrekelijke band tussen het kalf en de biologische moeder.

In de wildernis zal een kalf jonger dan twee jaar het niet overleven zonder moeder.

In de wildernis hoort een moeder haar dochter alles bij te brengen wat ze moet weten om zelf moeder te worden.

In de wildernis blijven moeder en dochter bij elkaar tot een van hen sterft.

JENNA

Ik loop langs de rijksweg als ik een auto hoor kraken op het grind achter me. Dat is natuurlijk Serenity. Ze stopt en gooit het portier open. 'Laat me je in elk geval een lift naar huis geven,' zegt ze.

Ik spied door het autoraampje. Het goede nieuws is dat Virgil niet in de auto zit. Maar dan nog. Ik heb geen zin om mijn hart uit te storten bij Serenity, om vervolgens haar betoog aan te horen dat Virgil gewoon zijn werk doet. Of, erger nog, dat hij misschien gelijk heeft.

'Ik loop liever,' zeg ik tegen haar.

Dan doemen snel flikkerende lichten op en een politieauto stopt achter Serenity.

'Ook dat nog,' zegt ze zuchtend. En tegen mij: 'Stap verdorie in de auto, Jenna.'

De agent is zo jong dat hij acne heeft. Zijn crewcut is zo verzorgd als de achttiende green van een golfbaan. 'Mevrouw,' zegt hij, 'zijn er problemen?'

'Ja,' zeg ik, op hetzelfde moment dat Serenity 'Nee' zegt.

'We redden het wel,' voeg ik eraan toe.

Tandenknarsend zegt Serenity: 'Stap maar gauw in, schat.'

De agent fronst zijn wenkbrauwen. 'Pardon?'

Met een zware zucht stap ik in de VW. 'Toch bedankt,' zegt Serenity. Ze zet haar linkerrichtingaanwijzer aan en voegt zich in het verkeer, met een snelheid van hooguit tien kilometer per uur.

'In dit tempo ben ik lopend nog eerder thuis,' mompel ik.

Haar auto ligt vol rommel. Haarelastiekjes, kauwgumpapiertjes, bonnetjes van Dunkin' Donuts en een reclamefolder van een opheffingsuitverkoop van een handwerkwinkel, al lijkt Serenity me totaal niet handig met naald en draad. Een half opgegeten mueslireep. Zestien muntstukken van een cent, plus een dollarbiljet.

Onwillekeurig pak ik het op en begin er een olifantje van te vouwen.

Serenity ziet me bezig en vraagt: 'Van wie heb je dat geleerd?'

'Mijn moeder.'

'Was jij een hoogbegaafde peuter of zo?'

'Dat niet. Ze heeft het me in haar afwezigheid geleerd.' Ik kijk Serenity aan. 'Je zou verbaasd staan over hoeveel je kunt leren van iemand die jou zwaar heeft teleurgesteld.'

'Hoe gaat het met je oog?' vraagt Serenity, en ik schiet bijna in de lach, omdat het zo'n naadloze overgang is.

'Doet pijn.' Ik zet het origamiolifantje in de console van de autoradio. Dan zak ik onderuit in de autostoel en leg mijn voeten op het dashboard. Serenity heeft een pluizige blauwe stuurwielhoes die een monster moet voorstellen, en een kunstig gemaakt kruis dat aan haar achteruitkijkspiegel hangt. Ze lijken zo ver van elkaar verwijderd op de meetlat van geloofsovertuigingen als menselijkerwijs mogelijk is, en dat geeft me te denken. Kan iemand zich vasthouden aan twee gedachten die elkaar op het eerste gezicht uitsluiten?

Kunnen mijn moeder én mijn vader schuldig zijn aan wat er tien jaar geleden gebeurd is?

Kan mijn moeder me hebben achtergelaten en toch nog van me houden?

Ik kijk opzij naar Serenity, met haar felroze haar en het te strakke luipaardprintjasje, waardoor ze eruitziet als een gevlekte menselijke worst. Ze zingt een liedje van Nicki Minaj met de verkeerde tekst erbij, en de radio staat niet eens aan. Er is geen kunst aan om iemand als zij belachelijk te maken. Maar ik vind het ontzettend tof dat ze zich niet verontschuldigt voor zichzelf. Niet als ze vloekt waar ik bij ben en niet als mensen op straat haar aangapen vanwege haar make-up (half geisha, half clown, zou ik zeggen). Zelfs niet als ze een kolossale fout heeft gemaakt die haar haar carrière heeft gekost. Ze is misschien niet dolgelukkig, maar ze is blij om te zíjn. Dat kan ik van mezelf niet beweren. 'Mag ik je iets vragen?' zeg ik.

'Tuurlijk, meisie.'

'Wat is het doel van het leven?'

'Kind toch. Dat is geen vraag. Dat is filosofie. Een vraag is: hé, Serenity, zullen we even langs de snackbar gaan?'

Maar zo makkelijk komt ze er niet van af. Ik bedoel, iemand die de hele tijd met geesten praat, babbelt toch niet met hen over voetbal en het weer? 'Heb je dat dan nooit gevráágd?'

Ze zucht. 'Desmond en Lucinda, mijn spirituele gidsen, zeiden dat het universum maar twee dingen van ons wil. Breng jezelf of anderen niet opzettelijk schade toe, en zorg dat je gelukkig wordt. Ze zeiden dat mensen het ingewikkelder maken dan nodig is. Ik dacht dat ze iets voor me verzwegen, dat er meer achter zat. Maar als dat zo is, is het blijkbaar niet de bedoeling dat ik dat al weet.'

'Stel dat het doel van mijn leven is om uit te zoeken wat er met háár gebeurd is?' vraag ik. 'Stel dat dat het enige is waar ik gelukkig van word?'

'Denk je echt dat je daar gelukkig van wordt?'

Daar wil ik geen antwoord op geven, dus zet ik de radio aan. We naderen inmiddels de stad en even later stopt Serenity bij de stalling waar ik mijn fiets heb neergezet, deze keer met een ketting vast aan het rek. 'Jenna, wil je eerst nog iets eten? Ik kan heerlijke maaltijden opdienen van de afhaalchinees.'

'Nee, dank je,' zeg ik. 'Mijn oma wacht op me.'

Ik blijf naast mijn fiets staan tot ze wegrijdt, zodat ze niet ziet dat ik niet naar huis ga.

Het is nog een halfuur fietsen naar het reservaat, en twintig minuten lopen over het ruige terrein naar de plek met de paarse paddenstoelen. Mijn jukbeen schrijnt nog steeds als ik op mijn rug in het weelderige gras ga liggen, luisterend naar de wind die door de takken boven mijn hoofd speelt. Dit is de tijd die de plooi vormt tussen dag en nacht.

Waarschijnlijk heb ik een lichte hersenschudding, want ik val even in slaap. Als ik wakker word is het donker. Ik heb geen licht op mijn fiets en mijn oma zal de smoor in hebben omdat ik niet ben komen opdagen voor het avondeten. Maar het is het waard, want ik heb over mijn moeder gedroomd.

In mijn droom was ik nog heel klein en zat ik op het kinderdagverblijf. Mijn moeder vond dat ik daarheen moest, omdat het niet normaal was voor een driejarige om alleen op te groeien tussen volwassen diergedragswetenschappers en een schare olifanten.

Mijn peutergroep was op excursie geweest in het reservaat om kennis te maken met Maura. Daarna hadden de andere kinderen de gekste diervormen getekend, waarover de leidsters enthousiaste kreten slaakten, al klopten ze biologisch gezien van geen kant: 'O, wat prachtig grijs!' 'Creatief, hoor, om je olifant twee slurven te geven!' Mijn olifantentekeningen waren niet alleen nauwkeurig maar ook gedetailleerd. Ik tekende de inkeping in Maura's oor, zoals mijn moeder ook altijd deed als ze de olifant schetste. Ik maakte de staarthaten krullerig, terwijl andere peuters de dikke kwast staarthaar niet eens hadden gezien. Ik wist precies hoeveel teennagels ze had aan elke voet (drie aan elke achtervoet en vier aan de voorvoet). Mijn leidsters, Kate en Harriet, zeiden dat ik wel een mini-Audubon leek – de beroemde natuuronderzoeker –, al had ik destijds geen idee wat ze bedoelden.

Verder was ik een raadsel voor de peuterleidsters. Ik keek geen tv, dus kende ik de *Sesamstraat*-figuren niet en kon ik de Disneyprinsessen niet uit elkaar houden. Meestal stapten Kate en Harriet luchtig over mijn ietwat afwijkende opvoeding heen. Het was tenslotte een kinderdagverblijf, ik hoefde geen toelatingsexamen te doen voor een vervolgopleiding. Maar op een dag vlak voor de kerstvakantie kregen we vellen chic wit papier waarop we een gezinstekening moesten maken. De leidsters hadden kartonnen lijsten gemaakt, die wij met macaroni mochten beplakken en beschilderen met goudverf. Daarin kwam de tekening, als kerstcadeautje voor thuis.

De kinderen begonnen meteen te tekenen. Er waren allerlei soorten gezinnen: Logan woonde alleen met zijn moeder. Yasmina had twee vaders. Sly had een klein broertje en ook nog twee oudere broers, die van een andere moeder waren dan de zijne. Het ene kind had meerdere broers of zussen, het andere niet. Maar áls er extra mensen in het gezin aanwezig waren, dan waren dat in elk geval kinderen.

Behalve bij mij. Ik tekende mezelf plus vijf ouders.

Mijn vader, de man met de bril. Mijn moeder met haar vlammend rode paardenstaart. Gideon, Grace en Nevvie, allemaal gekleed in een korte kakibroek en rood poloshirt, het uniform van het reservaat.

Kate kwam naast me zitten. 'Wie zijn al die mensen, Jenna? Zijn dit je oma en opa?'

'Nee,' zei ik, wijzend met mijn vinger. 'Dit is mijn mama en dat is mijn papa.'

Wat ertoe leidde dat Harriet mijn moeder apart nam toen ze me kwam ophalen. 'Mevrouw Metcalf,' zei de peuterleidster. 'Jenna schijnt niet zo goed te weten wie haar naaste familie is.'

Ze liet mijn moeder de tekening zien. 'Volgens mij klopt dit helemaal,' antwoordde mijn moeder. 'Alle vijf volwassenen zorgen voor Jenna.'

'Dat is het punt niet,' zei Harriet.

Ze wees op de bibberlijntjes in de tekening die letters moesten voorstellen, mijn rampzalige pogingen om deze mensen van een etiket te voorzien. M-A-M hield mijn ene hand vast en P-A-P de andere. Alleen was P-A-P niet de man met de bril. Híj stond in de uiterste hoek van mijn tekening, bijna van het papier af geduwd.

Mijn ideale gezinnetje was óf wishful thinking, óf het griezelig scherpe waarnemingsvermogen van een driejarige die meer zag dan haar omgeving scheen te denken.

Ik zál mijn moeder vinden voordat Virgil haar vindt. Misschien kan ik voorkomen dat ze gearresteerd wordt, misschien kan ik haar waarschuwen. Misschien kunnen we deze keer samen vluchten. Oké, ik neem het op tegen een privédetective die zaken oplost voor de kost. Maar ik weet iets wat hij niet weet.

Door mijn droom onder de eik kwam er iets bij me bovendrijven wat ik waarschijnlijk al die tijd heb geweten. Ik weet van wie mijn moeder die ketting kreeg. Ik weet waarom mijn ouders destijds ruzie hadden. Ik weet wie ik me al die jaren geleden wénste als vader.

Nu moet ik alleen proberen Gideon te vinden.

Deel II

‘Kinderen zijn de ankers die een moeder vasthechten aan het leven.’
– Sofocles, *Phaedra*, fragment 612

ALICE

Van olifanten in het wild wisten we vaak niet dat ze drachtig waren tot ze op het punt stonden te bevallen. Rond eenentwintig maanden zwellen de borstklieren, maar voor die tijd is het erg moeilijk om een naderende geboorte te voorspellen als er geen bloedonderzoek gedaan is of waargenomen is dat een stier bijna twee jaar eerder een bepaalde olifantenkoe heeft gedekt.

Kagiso was vijftien en we hadden pas onlangs ontdekt dat ze ging kalven. Elke dag probeerden mijn collega's haar in het oog te krijgen om te zien of ze al bevallen was. Voor hen was het nuttig veldwerk. Voor mij werd het een reden om uit mijn bed te komen.

Ik wist nog niet dat ik zwanger was. Wat ik wel wist, was dat ik vaak abnormaal moe was de laatste tijd. Niet vooruit te branden in het warme weer. Onderzoek waarvan ik vroeger energie kreeg, was nu routine geworden. Als ik toevallig iets opvallends zag in het veld, was de eerste gedachte die bij me opkwam: wat zou Thomas hiervan vinden?

Ik hield mezelf voor dat ik hem uitsluitend aardig vond omdat hij de eerste collega was die mijn onderzoek niet belachelijk maakte. Toen Thomas wegging, leek het voor mij het einde van een vakantieliefde. Een fijne herinnering, een souvenir dat ik de rest van mijn leven kon oppakken en glimlachend van alle kanten bekijken, zoals een schelp die je bewaard hebt van een geslaagde strandvakantie. Zelfs als deze eenmalige vrijpartij tot een volwaardige relatie zou kunnen leiden, dan nog was het niet praktisch. Hij woonde op een ander continent. We hadden allebei ons eigen onderzoek.

Maar zoals Thomas al had aangestipt, het was ook weer niet zo dat een van ons olifanten bestudeerde en de ander pinguïns. En vanwege het trauma van een leven in gevangenschap vielen er in olifantenopvangcentra vaak meer sterfgevallen en rouwrituelen te observeren dan in de wildernis. De mogelijkheid om mijn onderzoek voort te zetten was niet beperkt tot het Tuli Block.

Toen Thomas vertrokken was naar New Hampshire hielden we contact via de geheimtaal van wetenschappelijke teksten. Ik mailde hem mijn uitgewerkte aantekeningen over Mmaabo's kudde, die nog steeds haar skelet bezocht, een maand na haar dood. Hij mailde me een verhaal terug over het overlijden van een van zijn olifanten. Haar drie beste vriendinnen hadden urenlang bij haar lichaam gestaan in de stal waar ze in elkaar was gezakt, om haar een serenade te brengen. Als ik schreef 'dit vind je misschien interessant,' bedoelde ik eigenlijk: ik mis je. Als hij schreef 'ik moest laatst nog aan je denken,' bedoelde hij: ik denk altijd aan je.

Het leek alsof er een naad was losgetornd in de stof waarvan ik gemaakt was, en hij de enige kleur garen was die erbij paste om de scheur te repareren.

Op een ochtend toen ik op zoek was naar Kagiso, realiseerde ik me dat ze niet meeliep met haar kudde. Ik speurde de omgeving af. Daar was ze, achthonderd meter verderop. Door mijn verrekijker zag ik de kleine vorm tussen haar poten en ik racete naar een observatiepost waar ik beter uitzicht had.

In tegenstelling tot de meeste olifanten die kalven in de wildernis was Kagiso alleen. Haar kudde was er niet bij om het te vieren met een kakofonie van getrompetter en een wirwar van slurven die de baby aanraken, zoals op een familiereünie waar alle bejaarde tantes zich verdringen om de pasgeborene in zijn wangetjes te knijpen. Kagiso zag er ook niet uit alsof ze iets vierde. Ze duwde met haar poot tegen het roerloze kalf, in een poging het te laten opstaan. Ze verstrengelde haar slurf met het slurfje van de baby, dat slap uit haar greep gleed.

Ik had eerder pasgeboren kalveren gezien die zwak waren en die langer dan het gebruikelijke halfuur nodig hadden om struikelend en wankelend op de been te komen. Ik tuurde door mijn wimpers om te checken of de borst van het kalf bewoog. Maar eigenlijk hoefde ik alleen maar naar Kagiso's kop te kijken, naar haar hangende mond en slappe oren. Alles aan haar leek te hangen. Ze wist het al, ook al had ik nog geen zekerheid.

In een flits zag ik Lorato voor me, die de heuvel af rende om haar volwassen zoon te beschermen toen hij werd neergeschoten.

Als je moeder bent, moet je iemand hebben om voor te zorgen.

Als diegene van je is afgenomen, of het nu een pasgeborene is of iemand die oud genoeg is om zelf kinderen te krijgen, kun je jezelf dan nog steeds moeder noemen?

Terwijl ik Kagiso gadesloeg, besefte ik dat ze niet alleen haar kalf kwijt was. Ze was zichzelf kwijt. Het was mijn werk om olifantenrouw te bestuderen. Maar hoewel ik talloze sterfgevallen had meegemaakt in de wildernis en ze nuchter had geobserveerd, knapte er ditmaal iets in me. Ik begon te huilen.

De natuur kent geen genade. Wij onderzoekers worden niet verondersteld in te grijpen, omdat het dierenrijk de dingen uit zichzelf regelt zonder onze bemoeienis. En toch. Ik vroeg me af of het anders zou hebben uitgepakt als we Kagiso maanden eerder in de peiling hadden gehouden. Hoe onwaarschijnlijk het ook was dat wij eerder hadden kunnen weten dat ze een baby kreeg.

Wat mezelf betreft had ik geen excuus.

Ik merkte niet dat ik niet meer menstrueerde tot ik uit mijn korte broek barstte en hem moest vastmaken met een veiligheidsspeld. Na de dood van Kagiso's kalf was ik vijf dagen bezig haar rouwproces te observeren. Op dag zes reed ik het wildreservaat uit naar een drogist in Polokwane, waar ik een zwangerschapstest kocht. Zittend op de wc van een piripiri-restaurant staarde ik naar het dunne roze streepje. En snikte het uit.

Tegen de tijd dat ik terug was in het kamp had ik mezelf weer onder controle. Ik ging naar Grant om drie weken verlof te vragen. Toen belde ik Thomas en sprak in op de voicemail dat ik zijn uitnodiging aannam om op bezoek te komen in het New England Elephant Sanctuary. Nog geen twintig minuten later belde Thomas terug. Hij had duizend vragen. Vond ik het erg om te overnachten in het reservaat? Hoelang kon ik blijven? Zou hij me komen afhalen van Logan Airport? Ik gaf hem alle informatie waar hij om vroeg, maar liet één cruciaal detail achterwege. Namelijk dat ik zwanger was.

Was dit een goede zet van mij? Nee. Misschien was het te wijten aan het feit dat ik me dagelijks verdiepte in de matriarchale samenleving van de olifanten. Of misschien was ik gewoon laf. Maar ik wilde Thomas eerst beter leren kennen voor hij aanspraak zou kunnen maken op het vaderschap. Ik wist op dat moment niet eens of ik de baby wilde houden. Maar áls ik daarvoor koos, zou ik het kind natuurlijk zelf opvoeden, en wel hier in Afrika. Ik had simpelweg niet het gevoel dat één nacht onder een baobabboom per se betekende dat Thomas een vinger in de pap had.

In Boston strompelde ik moe en verfomfaaid het vliegtuig uit, stond in de rij bij de paspoortcontrole en haalde mijn bagage van de band. In de aankomsthal zag ik Thomas meteen achter de balustrade staan tussen twee in het zwart geklede chauffeurs. Hij klemde een ontwortelde plant ondersteboven in zijn vuist, als het bruidsboeket van een heks.

Ik reed mijn reistas om de barrière heen.

'Neem je altijd dode bloemen mee als je iemand ophaalt van het vliegveld?' vroeg ik.

Hij schudde de plant uit, zodat de modderkluitjes neerregenden op mijn sneakers. 'Dit was van wat er op de korte termijn te krijgen was het meest vergelijkbaar met een baobabboom,' zei Thomas. 'De bloemist was niet hulpvaardig, dus moest ik improviseren.'

Ik probeerde dit niet te zien als teken dat ook hij hoopte dat we de draad weer konden oppakken, dat we meer met elkaar hadden dan een kortstondige flirt. Hoewel de hoop in me opborrelde, hield ik me vastbesloten van den domme. 'Waarom breng je een baobab voor me mee?'

'Omdat een olifant niet in de auto paste,' antwoordde Thomas, en hij glimlachte naar me.

Artsen zullen je vertellen dat het medisch onmogelijk is zo vroeg in de zwangerschap. Maar op dat moment voelde ik de vlinderbeweging van onze baby, alsof de elektrische vonk tussen ons het enige was wat ze nodig had om actief te worden.

Gedurende de lange rit naar New Hampshire praatten we over mijn onderzoek. Hoe Mmaabo's kudde haar dood verwerkte en hoe hartverscheurend het was geweest om Kagiso te zien rouwen om haar dode kalf. Thomas vertelde me dat heel binnenkort de zevende olifant in het reservaat zou arriveren, een Afrikaanse olifant die Maura heette.

We praatten niet over wat er tussen ons gebeurd was onder de baobabboom.

We praatten er ook niet over dat ik Thomas af en toe had gemist. Bijvoorbeeld toen ik twee jonge stieren tegen een mestbal zag schoppen alsof ze profvoetballers waren en ik dat dolgraag had willen delen met iemand die het naar waarde zou schatten.

Ik vertelde niet dat ik soms wakker werd met het gevoel van zijn strelende vingers op mijn huid, alsof ze littekens hadden achtergelaten.

Afgezien van de ontwortelde plant waarmee Thomas me had verwelkomd, liet hij niet merken dat wij iets speciaals met elkaar hadden, behalve als collega-wetenschappers. Ik begon me zelfs af te vragen of ik die nacht onder de baobab had gedroomd, en of de baby ontsproten was aan mijn fantasie.

Toen we bij het reservaat kwamen was het al laat. Ik kon mijn ogen nauwelijks openhouden en bleef in de auto zitten terwijl Thomas het elektronische hek opende en daarna het tweede, interne hek. 'De olifanten laten ons graag zien hoe sterk ze zijn. De helft van de keren dat wij een hek plaatsen, zal een van de olifanten het neerhalen, gewoon om ons te laten weten dat ze het kán.' Hij keek me aan. 'Toen we hier pas begonnen, stond de telefoon roodgloeiend. Buren die klaagden over een olifant in hun achtertuin. Althans daar waren ze bang voor.'

'Maar wat doe je als ze werkelijk ontsnappen?'

'Dan halen we ze terug,' zei Thomas. 'Het hele punt van hun leven in dit reservaat is dat een ontsnappingspoging ze geen pak ransel of een andere straf oplevert, zoals dat in de dierentuin of het circus gebeurde. Het is net als met een peuter. Soms zou je hem wel achter het behang willen plakken, maar dat betekent niet dat je niet van hem houdt.'

Toen het woord 'peuter' viel, sloeg ik mijn armen over elkaar boven mijn buik.

'Denk je daar wel eens aan?' vroeg ik. 'Een gezin?'

'Ik heb een gezin,' antwoordde Thomas. 'Nevvie, Gideon en Grace. Je ziet ze morgen.'

Het voelde als een messteek in mijn borst. Had ik Thomas eigenlijk ooit gevráágd of hij getrouwd was? Hoe had ik zo dom kunnen zijn?

'Ik zou het hier niet redden zonder hen,' vervolgde Thomas, zich niet bewust van de diepe inwendige crisis die zich voltrok op de passagiersstoel. 'Nevvie heeft twintig jaar gewerkt als olifantentrainer bij een circus in het Zuiden. Gideon was haar assistent. Hij is getrouwd met Grace.'

Langzaam werden de relaties me duidelijk. Plus het feit dat geen van deze drie mensen Thomas' echtgenote of kroost leek te zijn.

'Hebben ze kinderen?'

'Nee, goddank niet,' zei Thomas. 'Mijn verzekeringspremies zijn al torenhoog. Ik kan me niet voorstellen hoeveel een WA-verzekering me zou kosten als er een kind rondhobbelde in het reservaat.'

Dat was natuurlijk de juiste reactie. Je moest wel getikt zijn om een kind te willen opvoeden in een wildreservaat, maar dat gold evengoed voor een olifantenopvangcentrum. De dieren die Thomas hier opnam, waren per definitie 'probleemolifanten'. Ze hadden dompteurs of verzorgers gedood, of zich zodanig gedragen dat een dierentuin of circus ze kwijt wilde. Toch gaf zijn antwoord me het gevoel dat hij gezakt was voor een examen, een waarvan hij niet eens wist dat hij het aflegde.

Het was te donker om iets te zien in de buitenverblijven, maar toen we een volgende hoge omheining passeerden, liet ik het autoraampje zakken. Ik snoof de vertrouwde olifantengeur op van stof en veenreukgras. In de verte hoorde ik laag geknor dat klonk als de rommelende donder. 'Dat zal Syrah zijn,' zei Thomas. 'Zij is ons ontvangstcomité.'

Hij stopte bij zijn cottage en haalde mijn bagage uit de auto. Hij woonde klein. Een woonkamer, een kitchenette, een slaapkamer en een kantoortje ter grootte van een inloopkast. Er was geen logeerkamer, maar Thomas bracht mijn versleten koffer ook niet naar zijn slaapkamer. Schutterig stond hij midden in zijn woonkamer en duwde zijn bril hoger op zijn neus. 'Oost west, thuis best,' zei hij.

Plotseling vroeg ik me af wat ik hier te zoeken had. Ik kende Thomas Metcalf amper. Hij zou een psychopaat kunnen zijn. Hij zou een seriemoordenaar kunnen zijn.

Hij zou van alles kunnen zijn, maar hij wás de vader van mijn baby.

'Nou,' zei ik ongemakkelijk. 'Het is een lange dag geweest. Ik wil even douchen. Kan dat?'

Tot mijn verbazing was Thomas' badkamertje netjes tot op het pietluttige af. Zijn tandenborstel lag in een laatje, exact evenwijdig aan de tube tandpasta. Zijn wastafel was brandschoon geschrobd. De doosjes in zijn medicijnkastje lagen op alfabetische volgorde. Ik liet de douche lopen tot de ruimte zich vulde met stoom, en ik als een spook voor de spiegel stond in een poging mijn toekomst te zien. Ik stond onder de hete douche tot mijn huid prikte en ik bedacht had hoe ik mijn bezoek kon inkorten, omdat het duidelijk een vergissing was geweest om hierheen te komen. Wat had ik nou eigenlijk gedacht? Dat Thomas van een afstand van dertienduizend kilometer naar mij had zitten hunkeren? Dat het zijn hartenwens was dat ik de halve wereld zou afreizen om samen de draad te kunnen oppakken? Klaarblijkelijk bezorgden de hormonen die door mijn lijf gierden me waanvoorstellingen.

Ik kamde vluchtig mijn haar en stapte de badkamer uit, een spoor van vochtige voetafdrukken achterlatend op de houten vloer. Thomas spreidde juist lakens en een deken uit op de bank. Had ik nog duidelijker bewijs nodig dat onze vrijage in Afrika een grove vergissing was geweest in plaats van een veelbelovend begin? Daar dan. 'O,' zei ik terwijl er iets in me brak. 'Bedankt.'

'Dit is voor mij,' zei hij met afgewende blik. 'Neem jij het bed maar.'

Ik voelde het bloed naar mijn wangen stijgen. 'Wat je wilt.'

Je moet begrijpen dat Afrika romantiek uitademt. Je kunt een zonsondergang meemaken die je ervan overtuigt dat je Gods hand aan het werk hebt gezien. Je ziet de soepele tred van een leeuwin of een voorovergebogen staande giraffe die water drinkt, en je vergeet adem te halen. In Afrika heb je vogels met iriserende blauwe vleugels, die je nergens anders in de natuur ziet. In Afrika kun je in de middaghitte luchtbellen zien in de atmosfeer. Als je in Afrika bent, krijg je een oergevoel: je schommelt in de wieg van de wereld. Gezien deze setting is het toch geen wonder dat je herinneringen roze getint zijn?

'Jij bent hier te gast,' zei Thomas beleefd. 'Het is wat jíj wilt.'

Wat wilde ik?

Ik had het beddengoed kunnen pakken en alleen op de bank gaan slapen. Of ik had Thomas kunnen vertellen over de baby. In plaats daarvan liep ik naar hem toe en liet de handdoek waarin ik me gewikkeld had op de grond vallen.

Even stond Thomas naar me te staren. Hij stak een vinger uit en volgde de curve van mijn nek naar mijn schouder.

In mijn studietijd had ik 's nachts een keer gezwommen in een baai met lichtgevende algen in Puerto Rico. Iedere beweging van mijn armen of benen veroorzaakte een nieuwe golf iriserende vonken, alsof ik vallende sterren maakte. Zo voelde het ook toen Thomas me aanraakte. Alsof ik licht had ingeslikt. We botsten tegen meubels en muren. We haalden de bank niet. Na afloop lag ik in zijn armen op de ruwe houten vloer. 'Ik dacht dat je zei dat Syrah het ontvangstcomité was.'

Hij lachte. 'Ik wil haar best voor je halen.'

'Hoeft niet. Ik ben zo ook wel tevreden.' Ik draaide me om in zijn armen. 'Ik wist niet dat je dit wilde.'

'Ik wist niet dat jíj dit wilde,' antwoordde Thomas. 'Ik wilde er niet van uitgaan dat wat er in Afrika was gebeurd nu weer zou gebeuren.' Hij bleef met zijn hand vastzitten in mijn verwarde haar. 'Waar denk je aan?'

Waar ik aan dacht? Dat gorilla's geneigd zijn te liegen om de schuld van zich af te schuiven. Dat chimpansees elkaar misleiden. En dat apen in de hoogste takken van een boom heel overtuigend kunnen doen alsof er gevaar dreigt, ook als dat niet zo is. Maar olifanten niet. Een olifant zal nooit doen alsof.

Maar ik zei: 'Ik vroeg me af of we dit ooit nog in bed gaan doen.'

Een leugentje om bestwil. Eentje meer of minder, wat maakte het uit?

Het land in Zuid-Afrika ziet er vaak dor uit, met kloven in ellebogen en hielen van de droogte en de valleien roodbruin geblakerd door de zon. Vergeleken daarmee was het New England Sanctuary een weelderige hof van Eden. Groene heuvels en vochtig grasland. Dikke, bloeiende eikenbomen, met hun takken uitgestrekt als armen, gebogen in de vierde balletpositie. En natuurlijk de olifanten.

Er waren vijf Aziatische olifanten en één Afrikaanse. Een tweede Afrikaanse dikhuid was onderweg. Anders dan in de wildernis werden de sociale banden hier niet gevormd door bloedverwantschap. Kudden waren beperkt tot twee of drie olifanten, die er zelf voor hadden gekozen om samen over het terrein te zwerven. Thomas vertelde me dat sommige olifanten gewoon niet met elkaar overweg konden. Sommige waren liever alleen, terwijl andere niet meer dan een meter wilden wijken van hun favoriete maatje.

Het verraste me hoe sterk de filosofie van dit opvangreservaat leek op de onze in het Afrikaanse wildreservaat. Hoe graag we ook zouden toesnellen om een zwaargewonde olifant te redden, we deden het niet omdat het de natuurlijke gang van zaken zou verstoren. De olifanten waren onze leidraad en we prezen onszelf gelukkig dat we ze konden observeren zonder ze te hinderen. Thomas hanteerde hetzelfde principe: hij wilde de gepensioneerde olifanten zo veel mogelijk vrijheid geven in plaats van hun bestaan minutieus te regelen. De dieren konden op hun oude dag niet meer worden vrijgelaten in de wildernis, dus moest het reservaat het op een na beste voor ze zijn. De olifanten hier hadden het grootste deel van hun leven aan de ketting doorgebracht, ze waren geslagen om goed gedrag af te dwingen. Thomas geloofde in vrij contact. Hij en zijn medewerkers gingen de omheiningen binnen om de olifanten te voeren en ze zo nodig medisch te behandelen. Maar aan gedragsaanpassing werkten ze alleen door belonen en positieve bevestiging.

Thomas gaf me een rondleiding door het reservaat op een quad, zodat ik me kon oriënteren. Ik zat achterop met mijn armen rond zijn middel en mijn wang tegen zijn warme rug gedrukt. De omheiningen waren ontworpen met openingen die groot genoeg waren voor de terreinmotoren, maar te klein voor de olifanten om erdoor te ontsnappen. Er waren aparte verblijven voor de Aziatische en de Afrikaanse olifanten, hoewel Hester op dit moment de enige Afrikaanse olifant was in haar stal. De stallen waren gigantische hangars, zo schoon dat je praktisch van de vloer kon eten. In het beton was vloerverwarming aangelegd om de voeten van de dieren 's winters warm te houden. De deuren bestonden uit zware verticale plastic flappen die de indruk van een wasstraat gaven, waardoor 's winters de warmte werd vastgehouden terwijl de olifanten vrij in en uit konden lopen. Er was een automatisch sproeisysteem in elke stal. 'Het moet een fortuin kosten om dit allemaal te runnen,' mompelde ik.

'Honderddrieëndertigduizend dollar,' antwoordde Thomas.

'Per jaar?'

'Per ólifant,' antwoordde hij lachend. 'God, wás het maar per jaar! Ik heb al mijn geld gestoken in het bemachtigen van dit land toen ik zag dat het te koop was. En we hebben Syrah reclame voor zichzelf laten maken door alle buren en de pers uit te nodigen om te komen kijken waar we mee bezig waren. We krijgen donaties, maar dat is een druppel op een gloeiende plaat. Het voer alleen al kost ongeveer vijfduizend dollar per olifant.'

Mijn Tuli-olifanten maakten jaren van droogte door, waarin ze zo vermagerden dat je hun ruggengraatknobbels en ribben zag uitsteken onder hun huid. Zuid-Afrika was anders dan Kenia en Tanzania, waar de olifanten me altijd relatief dik en voldaan leken. Maar mijn olifanten hadden tenminste íéts te eten. Het terrein van dit opvangreservaat was uitgestrekt en groen, maar er waren te weinig struiken en andere vegetatie om in de levensbehoeften van de olifanten te voorzien. En zij hadden niet de luxe om honderden kilometers te kunnen rondtrekken via olifantencorridors om meer eten te vinden, noch een matriarch om ze erheen te leiden.

'Wat is dat?' vroeg ik, wijzend naar iets wat leek op een olijfolievat dat was vastgebonden aan het stalen vloerrooster van de stal.

'Een speeltje,' zei Thomas. 'Er zit een bal in, gevuld met lekkers.

Dionne kan haar slurf door een gat in de bodem steken en de bal om- en omrollen om de snoepjes eruit te krijgen.'

Precies op dat moment schoof een olifant met een schurend geluid tussen de zware deurstroken door naar binnen, alsof ze haar naam had gehoord. Ze was klein en gevlekt, met een dun bosje haar boven op haar kop. Vergeleken met Afrikaanse olifanten had ze kleine oren, die rafelig waren aan de randen. De benige richels boven haar ogen leken op uitspringend gesteente. Die ogen zelf waren groot en bruin, met wimpers zo dik dat een fotomodel er jaloers op zou zijn, en ze waren gericht op mij, de vreemdeling. Ik had het gevoel dat ze heel erg haar best deed om me een verhaal te vertellen, al kon ik haar taal niet goed volgen. Plotseling schudde ze haar kop, het directe, waarschuwende gedrag dat ik gewend was in het wildreservaat als we per ongeluk te dicht bij een kudde kwamen. Ik glimlachte, want haar kleinere oren hadden niet dezelfde intimidatiefactor, al flapperde ze er nog zo hard mee. 'Doen Aziatische olifanten dat ook?'

'Nee. Maar Dionne is opgegroeid in de Philadelphia Zoo tussen Afrikaanse olifanten, dus voelt ze zich wat groter dan de andere Aziatische meisjes. Hè, schoonheid?' zei Thomas terwijl hij zijn arm uitstak zodat ze eraan kon snuffelen met haar slurf. Schijnbaar uit het niets haalde hij een banaan tevoorschijn. Ze pakte de vrucht voorzichtig uit zijn hand en stopte hem opzij in haar mond.

'Ik wist niet dat het veilig was om Afrikaanse en Aziatische olifanten bij elkaar te zetten,' zei ik.

'Is het ook niet. Ze raakte gewond tijdens een stoeipartij en daarna hield het personeel van de dierentuin haar apart. Maar ze hadden er eigenlijk de ruimte niet voor, dus besloten ze haar naar ons reservaat te sturen.'

Zijn mobiel ging. Hij nam op en wendde zich af van Dionne en mij. 'Ja, met Metcalf,' zei hij. Hij legde zijn hand op het spreekgedeelte, keek over zijn schouder en vormde met zijn lippen: *de nieuwe olifant.*

Ik wuifde naar hem en deed een stap naar Dionne toe. In het veld vergat ik nooit dat olifanten wilde dieren zijn, al waren de kudden eraan gewend me te zien. Voorzichtig strekte ik mijn hand uit, zoals ik een zwerfhond zou benaderen.

Ik wist dat Dionne me rook op de plek waar ze stond, een stukje verderop in de stal. Trouwens, ze kon me waarschijnlijk al ruiken als ik buiten de stal zou staan. Ze hief haar slurf op in een S-vorm, waarbij het uiteinde draaide als een periscoop. Toen kronkelde haar slurf met samengeknepen vingers tussen de tralieafscheiding van de stalbox door naar mij toe. Ik verroerde me niet en liet haar mijn schouder, mijn arm en mijn gezicht aftasten, zodat ze me kon leren kennen. Elke keer als ze uitademde, rook ik hooi en banaan. 'Hallo, Dionne,' zei ik zacht, en ze vervolgde haar weg langs mijn arm omlaag, tot haar slurf mijn handpalm raakte.

Ze blies een lipscheet in mijn hand, een plaagkusje. Ik barstte in lachen uit. 'Ze vindt je aardig,' zei een stem.

Ik draaide me om. Achter me stond een jonge vrouw met een vlasblond bobkapsel en een bleke huid, zo teer dat ik moest denken aan een zeepbel die voorbestemd was om uiteen te spatten. Ze leek me veel te klein en tenger om het zware werk te doen dat hoort bij de olifantenverzorging.

Ze kwam heel jong over en zo breekbaar als glas.

'U bent zeker doctor Kingston,' zei ze.

'Zeg maar Alice, alsjeblieft. En jij bent... Grace?'

Dionne begon te knorren. 'O ja, jij krijgt te weinig aandacht van me, hè?' Grace klopte Dionne op haar voorhoofd. 'Uw ontbijt wordt dadelijk geserveerd, majesteit.'

Thomas kwam terug de stal in. 'Sorry, maar ik moet even naar mijn kantoor rennen. Het gaat over Maura's transport...'

'Ik red me uitstekend, ik ben een grote meid. En ik ben omringd door olifanten, dus ik ben helemaal happy.' Ik keek Grace aan. 'Misschien kan ik helpen.'

Grace haalde haar schouders op. 'Ik vind het prima.' Als ze gezien had dat Thomas mij een snelle kus gaf voor hij in looppas heuvelopwaarts ging, dan zei ze er in elk geval niets over.

In het daaropvolgende uur toonde Grace dat ze allesbehalve een breekbaar poppetje was, terwijl ze en passant vertelde hoe een werkdag in het opvangreservaat eruitzag. De olifanten werden tweemaal per dag gevoederd, om acht uur 's ochtends en om vier uur 's middags. Grace haalde de groenten en het fruit op om voor iedere olifant een aparte maaltijd klaar te maken. Ze veegde mest uit de stallen, spoot de stalvloeren schoon en gaf de bomen water. Haar moeder, Nevvie, vulde het graan voor de olifanten aan, raapte de etensresten op die ze hadden achtergelaten op het terrein en bracht die naar het compostveld. Ze verzorgde de moestuin, waar fruit en groente werden verbouwd voor de olifanten en de verzorgers, en deed de administratie van het reservaat. Gideon repareerde de omheiningen en hekken, deed het landschapsonderhoud en hield toezicht op de watertank, allerhande gereedschap en de terreinvoertuigen. Hij maaide het gras, stapelde het hooi op een mijt, versleepte de kisten groente en fruit en deed de verzorging en basisgezondheidszorg van de olifanten. Om beurten gaven ze de olifanten positieve gedragstraining en draaiden ze nachtdiensten. En dat was een gewone dag, waarop niets misging en geen van de olifanten extra aandacht nodig had.

Terwijl ik Grace hielp het ontbijt voor de olifanten klaar te maken in de stalkeuken, bedacht ik opnieuw hoeveel makkelijker mijn baan in het wildreservaat was. Ik moest alleen maar komen opdagen, aantekeningen maken en gegevens analyseren, en zo nu en dan een ranger of dierenarts helpen een olifant te darten of medicatie toe te dienen aan een gewond dier. Ik runde de wildernis niet, laat staan dat ik haar hoefde te financieren.

Grace vertelde dat ze nooit in zo'n noordelijke staat als New Hampshire had willen wonen. Ze kwam uit Georgia en vond het hier veel te koud. Maar toen ging Gideon voor haar moeder werken. Vervolgens had Thomas Nevvie en Gideon gevraagd om te helpen met de oprichting van dit reservaat, en Grace verhuisde met hen mee. 'Dus jij werkte niet bij het circus?' vroeg ik.

Grace verdeelde aardappelen over verschillende emmers. 'Ik wilde lerares in het basisonderwijs worden,' zei ze.

'In New Hampshire zijn ook basisscholen.'

Ze keek me aan. 'Ja,' zei ze. 'Vast wel.'

Ik kreeg het gevoel dat er meer achter zat, iets waar ik niet de vinger op kon leggen, een beetje zoals mijn stille gesprek met Dionne.

Was Grace haar moeder hierheen gevolgd? Of was ze haar man gevolgd? Ze was goed in haar werk, maar veel mensen waren goed in hun werk zonder er echt plezier in te hebben.

Grace werkte zo razendsnel en efficiënt dat ik zeker wist dat ik een blok aan haar been was. Er waren bladgroenten, uien, zoete aardappelen, kool, broccoli, wortelen en granen. Voor sommige olifanten moest extra vitamine E of Cosequin toegevoegd worden aan hun eten. Andere kregen supplementballen: uitgeholde appels met medicatie erin, afgetopt met pindakaas. We zeulden de emmers in de laadbak van de quad en gingen op weg om de olifanten te lokaliseren, zodat ze konden ontbijten.

We volgden sporen van mest, gebroken takken en voetafdrukken in modderpoelen vanaf plaatsen waar de dieren de vorige avond nog waren gezien. Het was deze ochtend kouder dan gisteravond, dus waren ze waarschijnlijk naar hogergelegen gebied getrokken.

De eerste olifanten die we zagen waren Dionne – die vertrokken was uit de stal toen wij het ontbijt gingen klaarmaken – en Olive, haar beste vriendin. Olive was fors gebouwd, maar Dionne was hoger. Olives oren hingen in zachte plooien omlaag, als fluwelen gordijnen. Ze stonden dicht bij elkaar met verstrengelde slurven, als schoolmeisjes die elkaars hand vasthouden.

Ik hield mijn adem in en merkte het niet eens, tot ik Grace naar me zag kijken. 'Jij bent net als Gideon en mijn moeder,' zei ze. 'Het zit je in het bloed.'

De olifanten waren vast gewend aan de terreinmotor, maar niettemin vond ik het een wonder om zo dicht bij ze te zijn. Intussen tilde Grace de eerste twee emmers van de quad en kiepte ze ongeveer zeven meter van elkaar leeg. Dionne pakte direct een meloen en kraakte het hele ding in één keer in haar mond. Olive at afwisselend, na elke hap groente nam ze wat stro.

We zetten onze speurtocht voort naar de andere olifanten en Grace stelde ze allemaal aan me voor. Ik prentte mezelf in welke olifant een snee in het oor had, welke vreemd liep als gevolg van een vroegere blessure, welke dieren schichtig waren en welke gemoedelijk. Ze waren met hun tweeën of drieën, en deden me denken aan het clubje bejaarde dames dat ik ooit in een park in Johannesburg had zien toosten op het geluk van een gezonde oude dag.

Toen we bij het Afrikaanse-olifantenterrein kwamen, ging Grace langzaam rijden en liet de motor ten slotte stationair lopen buiten de omheining. 'Hier ga ik niet graag naar binnen,' bekende ze. 'Gideon doet het meestal voor me. Hester is een bullebak.'

Ik begreep wat ze bedoelde toen Hester even later kwam aanstormen uit het bos, schuddend met haar kop en klapperend met haar enorme oren. Ze trompetterde zo luid dat ik er kippenvel van kreeg. Ik betrapte mezelf op een brede glimlach. Dit kende ik. Hieraan was ik gewend.

'Zal ik het doen?' vroeg ik.

Grace trok een gezicht alsof ik had voorgesteld om met mijn blote handen een geit te slachten. 'Dat zou doctor Metcalf nooit goedvinden.'

'Geloof me,' loog ik, 'als je één Afrikaanse olifant kent, ken je ze allemaal.'

Voor ze me kon tegenhouden, sprong ik van de quad en sjouwde de emmer met Hesters voer door de opening in het hekwerk. De olifant hief haar slurf en brulde. Toen pakte ze een stok en smeet hem naar mij.

'Mispoes,' zei ik met mijn handen op mijn heupen. Ik liep terug naar de quad om de baal hooi te pakken.

Laten we vooral niet alle redenen opnoemen waarom ik dit nooit had moeten doen. Ik kende deze olifant niet. Ik wist niet hoe ze reageerde op vreemden. Ik had geen toestemming van Thomas. En ik zou zeker geen zware balen hooi moeten tillen of mezelf in gevaar moeten brengen als ik in de verste verte van plan was om de baby te houden.

Maar ik wist ook dat het uit den boze was om angst te tonen. Dus toen Hester in een stofwolk op me af daverde terwijl ik het hooi aandroeg, gaf ik geen krimp.

Plotseling hoorde ik een schreeuw, ik werd opgetild en door de opening in de omheining naar buiten getrokken. 'Jezus,' zei een man. 'Heb jij een doodswens?'

Hester hief haar kop bij het horen van de stem en boog zich toen over haar ontbijt, alsof ze niet zojuist geprobeerd had me de doodsschrik te bezorgen. Ik deed pogingen om los te komen uit de ijzeren greep van de onbekende, die verbluft naar Grace en de quad stond te staren. 'Wie ben jij?' vroeg hij me.

'Alice,' zei ik kort. 'Leuk om kennis met je te maken. Wil je me nu neerzetten?'

Hij liet me los. 'Zeg, ben jij niet goed bij je hoofd? Dat is een Afrikaanse olifant.'

'Ik ben heel goed bij mijn hoofd. Ik ben gepromovéérd op Afrikaanse olifanten.'

Hij was ruim een meter negentig, met een koffiekleurige huid en ogen die zo verontrustend zwart waren dat ik het gevoel had dat ik mijn evenwicht verloor. 'Je bent duidelijk niet gepromoveerd op Hester,' mompelde hij, zo zacht dat ik begreep dat het niet voor mijn oren bedoeld was.

Hij was minstens tien jaar ouder dan zijn vrouw, die ik begin twintig schatte. Hij beende naar de quad, waar Grace nog steeds stond.

'Waarom heb je me niet opgeroepen met de portofoon?'

'Je kwam Hesters emmer niet ophalen, dus ik dacht dat je het druk had.' Ze ging op haar tenen staan en Gideon omhelsde haar.

Intussen bleef hij mij over haar schouder aanstaren, alsof hij zich nog steeds ernstig afvroeg of ik wel spoorde. Grace hing om Gideons nek, met haar voeten van de grond. Het was niet meer dan een lengteverschil, maar het zag eruit alsof Grace aan de rand van een klif bungelde.

Toen ik terugkwam bij het hoofdkantoor was Thomas al naar de stad gegaan, om de trailer te regelen die de nieuwe olifant naar het reservaat zou transporteren. Ik merkte het nauwelijks. Ik dwaalde over het terrein alsof ik veldonderzoek deed, om hier de kennis te vergaren die ik op de savanne nog niet had opgedaan.

Ik had weinig ervaring met Aziatische olifanten, dus ging ik zitten en sloeg ze een tijdje gade. Ken je die oude mop over wat het verschil is tussen Afrikaanse en Aziatische olifanten? Het antwoord is vijfduizend kilometer. Maar ze wáren anders. Rustiger, relaxter en minder extravert dan de Afrikaanse olifanten die ik kende. Ik moest denken aan de grove stereotypes van mensen uit de twee verschillende culturen, en dat de olifanten zich daarbij schenen aan te passen. In Azië heb je grote kans dat iemand zijn blik afwendt uit beleefdheid. Afrikanen heffen trots het hoofd en kijken je heel direct aan, niet om agressie te tonen, maar omdat dat de aanvaardbare houding is binnen de cultuur.

Ik zag Syrah de vijver in waden. Ze spetterde in het water met haar slurf en sproeide haar vriendinnen nat. Een koor van gepiep en hoge gilletjes volgde terwijl een van de andere olifanten voorzichtig de helling af gleed, het water in.

'Wat een stel giebelkonten, hè?' zei een stem achter me. 'Ik hoop altijd maar dat ze niet over me roddelen.'

De vrouw had het soort gezicht waarvan je de leeftijd moeilijk kunt schatten. Haar blonde haar was in een strakke vlecht naar achteren getrokken en haar huid was zo glad dat ik er jaloers op kon zijn. Ze had brede schouders en gespierde onderarmen. Ik herinnerde me een uitspraak van mijn moeder: als je wilt weten hoe oud een actrice is zonder je te laten beetnemen door het aantal facelifts, moet je naar haar handen kijken. Deze vrouw had ruwe, gerimpelde handen, waarin ze een lading vuilnis hield.

'Ik help je wel even,' zei ik terwijl ik een deel van het afval overnam: pompoenschillen en een halve schil van een watermeloen. Ik volgde haar voorbeeld en gooide alles in een emmer, om daarna mijn handen af te vegen aan de rand van mijn T-shirt. 'Jij bent vast Nevvie,' zei ik.

'En jij bent vast Alice Kingston.'

De olifanten achter ons wentelden spelend rond in het water. Hun geluiden leken melodieuzer dan die van de Afrikaanse olifanten, die ik wel kon dromen. 'Deze drie zijn je reinste kletskousen,' zei Nevvie. 'Praten, praten praten. Als Wanda een heuveltje af banjert om te grazen en vijf minuten later terugkomt, begroeten de andere twee haar alsof ze jaren is weggeweest.'

'Wist je dat het geluid van een Afrikaanse olifant gebruikt is in *Jurassic Park* voor de T. rex?' vroeg ik.

Nevvie schudde haar hoofd. 'En ik maar denken dat ík veel wist over olifanten.'

'Dat is toch ook zo?' zei ik. 'Je hebt in een circus gewerkt, heb ik begrepen.'

Ze knikte. 'Toen Thomas Metcalf zijn eerste olifant redde, heeft hij mij in één moeite door ook gered. Zo zie ik het.'

Ik wilde meer horen over Thomas. Ik wilde horen dat hij een goed hart had, dat hij iemand behoed had voor de ondergang, dat ik op hem kon bouwen. Ik wilde in hem de ideale vader zien die iedere vrouw zich zou wensen voor haar kinderen.

'De eerste olifant die ik in mijn leven zag, was Wimpy. Ze was privé-eigendom van een familiecircus dat elke zomer optrad in het stadje in Georgia waar ik ben opgegroeid. Ze was een prachtdier. Superslim, speels, en ze hield van mensen. Door de jaren heen kreeg ze twee kalfjes, die ook in het circus werden opgenomen, en ze behandelde ze als haar oogappeltjes.'

Dit verbaasde me allemaal niet. Ik wist allang dat mensenmoeders niet aan olifantenmoeders kunnen tippen.

'Wimpy was de reden dat ik met dieren wilde werken. Toen ik nog op de middelbare school zat, werkte ik al in een dierentuin als leerling-verzorger, en na mijn eindexamen kreeg ik mijn eerste baantje bij een familiecircus in Tennessee. Ik werkte me op tot dompteur van hun olifant, Ursula. Ik heb vijftien jaar bij hen gewerkt.' Nevvie sloeg haar armen over elkaar. 'Maar het circus ging failliet en werd opgeheven, en ik kreeg een baan aangeboden bij Bastions Reizende Spektakelshow. Dit circus had twee olifanten die als gevaarlijk bestempeld waren. Ik dacht dat ik dat zelf wel kon beoordelen en wilde eerst die olifanten zien. Je begrijpt hoe verbaasd ik was toen een van de twee dieren Wimpy bleek te zijn, dezelfde olifant die ik als kind had gekend. Op een bepaald punt in haar leven moest ze verkocht zijn aan de gebroeders Bastion.'

Nevvie schudde haar hoofd. 'Ik kende haar nauwelijks terug. Er zaten zware kettingen om haar poten. Ze was kopschuw. Ze leek in niets meer op de olifant van vroeger. De tweede olifant was Wimpy's kalf. Hij stond binnen een omheining van schrikdraad tegenover Wimpy's trailer. Aan de uiteinden van zijn slagtanden zaten metalen dopjes die ik nooit eerder had gezien. Het bleek dat het kalf aldoor naar zijn moeder wilde en steeds het schrikdraad neerhaalde in zijn pogingen om bij haar te komen. Dus daar hadden de gebroeders Bastion een oplossing voor bedacht. Ze bevestigden dopjes op de slagtanden van het kalf en verbonden ze door draden met een metalen plaat in zijn mond. Iedere keer als hij met zijn slagtanden probeerde door het schrikdraad te breken om dichter bij zijn moeder te komen, kreeg hij een elektrische schok. En iedere keer als hij het uitgilde van de pijn, kreeg Wimpy dat te horen en te zien.' Nevvie keek me aan. 'Een olifant kan geen zelfmoord plegen. Maar ik denk dat Wimpy haar stinkende best deed.'

In de wildernis scheidt een olifantenkoe niet van haar kalf tot het tien tot dertien jaar oud is. Om kunstmatig te worden gescheiden en te worden gedwongen je kind in nood te zien, zonder er iets aan te kunnen doen... Ik moest aan Lorato denken die de heuvel af kwam hollen om het lichaam van Kenosi te beschermen. Ik dacht aan olifantenrouw, en dat een verlies misschien niet altijd gelijkstond aan een sterfgeval. Onwillekeurig vouwde ik mijn handen over mijn buik.

'Ik heb gebeden om een wonder, en op een dag kwam Thomas Metcalf. De gebroeders Bastion wilden Wimpy kwijt omdat ze dachten dat ze toch binnenkort zou doodgaan. Ze hadden immers haar kalf, dus hadden ze haar niet meer nodig. Thomas verkocht zijn auto om een grote trailer te kunnen huren om Wimpy dat hele eind naar het noorden te vervoeren. Zij was de eerste olifant in dit reservaat.'

'Ik dacht dat Syrah hier als eerste was.'

'Ja en nee,' zei Nevvie. 'Wimpy overleed twee dagen na haar aankomst. Voor haar was het te laat. Ik hoop maar dat ze in elk geval stierf in de wetenschap dat ze veilig was.'

'En haar baby?'

'We hadden hier niet de middelen om een mannelijke olifant op te nemen.'

'Maar jullie weten toch vast wel wat er met hem gebeurd is?'

'Dat kalf is nu een volwassen stier, waar hij ook is,' zei Nevvie. 'Het systeem is niet perfect. Maar we doen wat we kunnen.'

Ik keek naar Wanda, die een teen in de vijver doopte, terwijl Syrah non-stop bellen blies onder water. Toen waadde Wanda het water in, plonzend met haar slurf op het vijveroppervlak. Een fontein van fijne waterdruppels spoot omhoog.

'Misschien weet Thomas het,' zei Nevvie even later.

'Wat?'

Haar gezicht was onleesbaar glad. 'Over die baby,' antwoordde ze. Toen pakte ze de emmer vol schillen en koerste heuvelopwaarts naar de moestuin, alsof ze het alleen over olifanten had gehad.

De komst van Maura, de nieuwe olifant, was een week vervroegd. Het hele reservaat was in rep en roer. Ik hielp waar ik kon om het Afrikaanse verblijf gereed te maken voor een tweede olifant. Gezien de drukte was het laatste wat ik verwachtte dat ik Gideon zou aantreffen in de Aziatische stal terwijl hij Wanda een pedicure gaf.

Hij zat op een kruk buiten de loopbox, het rechtervoorbeen van de olifant stak door een opening in het stalen traliewerk en rustte op een steunbalk. Neuriënd verwijderde Gideon met een X-Acto-precisiemes de eeltplekken van Wanda's voetzolen en werkte haar nagelriemen bij. Voor zo'n grote man, dacht ik, was hij verrassend voorzichtig.

'Ze mag toch wel zelf haar kleur nagellak kiezen, hè?' zei ik terwijl ik achter hem kwam staan, hopende dat ik onze ongelukkige eerste kennismaking een beetje kon goedmaken.

'Voetgerelateerde ziekten zijn doodsoorzaak nummer één bij olifanten in gevangenschap,' zei Gideon. 'Pijn in de gewrichten, artritis en beenmergontsteking. Probeer maar eens zestig jaar lang op beton te staan.'

Ik hurkte naast hem. 'Dus je doet preventieve zorg.'

'We vijlen scheuren glad, zodat er geen stenen in komen. We geven voetbaden met appelcider tegen abcessen.' Hij bewoog zijn kin in de richting van de loopbox om me te wijzen op Wanda's linkervoorvoet, waarmee ze in een enorme, gevulde kunststof teil stond. 'Voor een van onze meisjes hebben Teva-schoenontwerpers zelfs reusachtige sandalen met rubbervoetbed gemaakt, om de pijn te verzachten.'

Ik wist helemaal niet dat dit een punt van zorg was bij olifanten. Maar ja, de olifanten die ik kende, hadden het voordeel van natuurlijk terrein, dat hun voetzolen in goede conditie hield. Ze hadden onbeperkt de ruimte om stijve gewrichten los te maken.

'Ze is zo kalm,' zei ik. 'Het lijkt wel alsof je haar gehypnotiseerd hebt.'

Gideon negeerde het compliment. 'Zo is ze niet altijd geweest. Ik had mijn handen vol aan haar toen ze hier pas was. Zoog haar slurf vol water, en als je dicht genoeg bij de loopstal kwam, spoot ze alles over je heen. Ze gooide met stokken.' Hij keek me aan. 'Net als Hester, maar dan met een minder hooggeleerd doelwit.'

Ik voelde mijn wangen rood worden. 'Ja, sorry dat het zo gegaan is.'

'Grace had je moeten waarschuwen. Ze weet hoe Hester is.'

'Het was niet de schuld van je vrouw.'

Er vonkte iets in Gideons ogen. Spijt? Ergernis? Ik kende hem nauwelijks, ik kon zijn gevoelens niet van zijn gezicht aflezen. Op dat moment trok Wanda haar voet terug. Ze stak haar slurf tussen de tralies van de loopbox en keerde de emmer water die naast Gideon stond om in zijn schoot. Hij was kleddernat. Zuchtend zette hij de emmer rechtop en zei: 'Hier met die voet!' Wanda tilde haar poot weer op tot hij klaar was.

'Dat vindt ze nou leuk,' zei Gideon. 'Kijken hoever ze kan gaan. Ik denk dat ze altijd dat karakter heeft gehad, maar waar zij vandaan komt, kreeg ze slaag vanwege dit soort fratsen. Als ze niet wilde lopen, duwden ze haar met een graafmachine vooruit. Toen ze hier pas was, ramde ze als een gek tegen de tralies. Ze maakte een gigantisch kabaal, alsof ze ons uitdaagde haar te straffen. Maar wij stonden erbij te klappen en te juichen en moedigden haar aan om méér herrie te maken.' Gideon klopte op Wanda's voet en zij trok haar poot voorzichtig terug de loopbox in. Ze stapte uit de teil appelcider, tilde de teil op met haar slurf, leegde hem boven een afvoerputje en reikte hem Gideon aan.

Ik proestte het uit. 'En nu is ze het toonbeeld van goede manieren.'

'Niet helemaal. Een jaar geleden heeft ze mijn been gebroken. Ik verzorgde haar achtervoet, toen ik werd gestoken door een horzel. Ik rukte mijn hand weg en gaf haar daarbij per ongeluk een pets tegen haar kont. Het was geen harde klap, maar ze schrok er blijkbaar enorm van. Ze stak haar slurf tussen de tralies door en sloeg me er herhaaldelijk tegenaan, het leek alsof ze compleet doordraaide. Thomas én mijn schoonmoeder moesten eraan te pas komen om te zorgen dat Wanda me neerzette,' zei hij. 'Mijn dijbeen was op drie plaatsen gebroken.'

'Je hebt het haar vergeven.'

'Het was haar schuld niet,' antwoordde Gideon kortaf. 'Ze kan het niet helpen, wat haar is aangedaan. Eigenlijk is het ongelooflijk dat ze íémand in haar buurt toelaat, met haar verleden.' Ik zag hem Wanda een teken geven om te draaien en haar andere voorvoet aan te bieden. 'Het is verbazingwekkend,' zei Gideon, 'wat ze allemaal bereid zijn om te vergeven.'

Ik knikte, maar dacht aan Grace, die kinderen had willen lesgeven en nu olifantenpoep van de stalvloeren schraapte. Ik vroeg me af of deze olifanten, die gewend waren geraakt aan het leven in een kooi, zich degene herinnerden die ze er als eerste in had opgesloten.

Gideon klopte op Wanda's voet, waarop ze haar poot terugtrok uit de opening in het traliewerk. Ze schoof het vetkussen onder haar voet over de stalvloer heen en weer, om te testen of alle harde plekken verdwenen waren. En al worden vergeven en vergeten mij te vaak in één adem genoemd, op dat moment bedacht ik dat ze elkaar ook niet uitsluiten.

Toen Maura arriveerde werd de trailer geparkeerd in het Afrikaanse buitenverblijf. Hester was nergens te bekennen. Ze graasde in de meest noordelijke hoek van het reservaat en de trailer was afgekoppeld bij de zuidelijke rand. Vier uur lang hadden Grace, Nevvie en Gideon geprobeerd Maura naar buiten te lokken met watermeloen, appels en hooi. Ze hadden op de tamboerijn gespeeld, in de hoop dat de klanken Maura zouden interesseren. Ze hadden klassieke muziek laten horen door draagbare speakers. Toen dat niet werkte, probeerden ze het met classic rock.

'Gaat dit wel vaker zo?' fluisterde ik, staande naast Thomas.

Hij zag er afgemat uit. Hij had kringen onder zijn ogen. Sinds hij twee dagen geleden bericht kreeg dat Maura onderweg was, had hij niet één keer een volledige maaltijd aan tafel gegeten. 'We hebben wel een akkefietje gehad met Olive. Toen zij hierheen gebracht werd door haar circusdompteur, kuierde ze de trailer uit en gaf hem een paar rake klappen voordat ze het bos in liep. Maar die kerel was zo'n hufter, Olive deed gewoon wat wij allemaal wel hadden wíllen doen. De andere olifanten waren ofwel nieuwsgierig of ze vonden het te krap in de trailer, dus kwamen ze er vrij snel uit.'

De nacht viel snel, de wolken schreeuwden met karmijnrode kelen. Het zou algauw koud en donker worden. Als we moesten blijven wachten, hadden we zaklampen, schijnwerpers en dekens nodig. Ik twijfelde er niet aan dat Thomas dit wilde, ik zou het zelf ook hebben gedaan. Trouwens, ik hád het gedaan toen ik transities in de wildernis observeerde. Niet de overgang van gevangenschap naar een reservaat, maar geboren worden en sterven.

'Gideon,' begon Thomas, kennelijk op het punt om instructies te geven. Toen klonk er geritsel in de bosrand.

Ik was honderden keren verrast door olifanten die zich geruisloos en snel verplaatsten door het bos, dus ik had niet zo hoeven schrikken van Hesters verschijning. Ze bewoog zich bijna té snel voor een dier van haar formaat, lichtvoetig en opgewonden vanwege dit grote, vreemde metalen voorwerp in haar buitenverblijf. Thomas had me verteld dat de olifanten opleefden wanneer hij een bulldozer in het reservaat liet komen om graafwerk of landschapsonderhoud te doen. Ze waren nieuwsgierig naar dingen die groter waren dan zijzelf.

Hester begon heen en weer te lopen voor de laadklep van de trailer. Ze knorde ter begroeting. Toen ze geen antwoord kreeg, ging ze over tot een korte brul.

Uit de trailer klonk geknor.

Ik voelde dat Thomas mijn hand pakte. Maura liep behoedzaam de hellende laadklep af, we zagen alleen de omtrek van haar enorme lichaam. Halverwege pauzeerde ze even. Hester stond ook stil. Haar geknor zwol aan tot gebrul en daarna getrompetter, de kakofonie van vreugde die olifanten produceren wanneer ze herenigd worden met een kuddelid.

Hester hief haar kop op en flapperde snel met haar oren. Maura urineerde en haar slaapklieren scheidden vocht af. Ze stak haar slurf een stukje uit naar Hester, maar kwam nog steeds niet helemaal de trailer uit. Beide olifanten bleven knorren terwijl Hester haar voorste twee voeten op de laadklep zette en haar kop draaide, tot haar gescheurde oor zo dicht bij Maura was dat die het kon aanraken. Toen tilde Hester haar linkervoorpoot op en toonde Maura haar voet. Het was alsof ze haar levensverhaal vertelde. *Kijk eens wat ik heb doorgemaakt. Kijk eens hoe ik het overleefd heb.*

Toen ik dit zag, begon ik te huilen. Ik voelde Thomas' arm om mijn schouder, op hetzelfde moment dat Hester haar slurf rond die van Maura krulde. Ze liet weer los en liep achteruit de hellende laadklep af, aarzelend gevolgd door Maura. 'Moet je je indenken dat ze bij een reizend circus hoorde,' zei Thomas schor. 'Dit is de laatste keer dat ze ooit een trailer uit hoeft te lopen.'

De twee olifanten deinden eendrachtig naar de bosrand. Ze liepen zo dicht achter elkaar dat ze één kolossaal mythisch wezen leken. De nacht vouwde zich rond hen en ik deed mijn best om de dieren te onderscheiden van de bomen waartussen ze verdwenen.

'Goed gedaan, Maura,' mompelde Nevvie. 'Welkom thuis.'

Ik kan een heleboel verklaringen bedenken voor de beslissing die ik op dat moment nam. Dat de olifanten in dit reservaat me harder nodig hadden dan de olifanten in de wildernis. Dat ik mijn onderzoekswerk evengoed hier kon doen. Dat de man die mijn hand vasthield net als ik tot tranen geroerd was door de komst van een geredde olifant. Maar de echte reden was iets anders.

Toen ik naar Botswana ging, wilde ik kennis en roem vergaren. Ik wilde een bijdrage leveren aan mijn vakgebied. Maar nu waren mijn omstandigheden veranderd, en dat gold ook voor mijn motieven om terug te willen naar het wildreservaat in Afrika. De laatste tijd daar had ik mijn armen niet uitgestrekt om mijn werk te omarmen, maar om mijn doodsbenauwde gedachten weg te duwen. Ik ging niet meer mijn toekomst tegemoet. Ik was op de vlucht voor al het andere.

Een thuis. Dat wilde ik. Dat wilde ik voor mijn baby.

Het was nu zo donker dat ik geen hand voor ogen meer zag en

ik, net als de olifanten, mijn weg moest vinden met mijn andere zintuigen. Dus nam ik Thomas' gezicht tussen mijn handen, ademde zijn geur in en drukte mijn voorhoofd zacht tegen het zijne. 'Thomas,' fluisterde ik. 'Ik moet je iets vertellen.'

VIRGIL

Door dat stomme steentje ging me een licht op.

Zodra Thomas Metcalf het zag, flipte hij. Oké, de man was niet bepaald het toonbeeld van geestelijke gezondheid. Maar toen hij zich focuste op die halsketting was er een helderheid in zijn ogen die ik niet had gezien toen we zijn kamer binnenkwamen.

Woede laat vaak iemands ware aard zien.

Nu zit ik in mijn kantoor en stop nog een Rennie in mijn mond, wat minstens de tiende is, al heb ik ze niet echt geteld. Ik kom maar niet van het drukkende gevoel in mijn borst af. Brandend maagzuur, dacht ik aanvankelijk, door die vette hap van de hotdogtent. Maar ergens schemert de gedachte door dat dit misschien geen maagklachten zijn. Misschien is het wel pure, onvervalste intuïtie. Een onderbuikgevoel. Wat ik al heel, heel lang niet meer heb gehad.

Mijn kantoor is bezaaid met bewijsmateriaal. Bij elke doos die ik uit het depot heb gehaald liggen diverse gekantelde papieren zakken, met de inhoud zorgvuldig gerangschikt in een halve cirkel eronder. Een vertakt schema van een misdaad. Ik zet mijn voeten voorzichtig neer, want ik wil geen bros boomblaadje vertrappen met dat ene zwarte spatje bloed erop. Of een piepklein zakje over het hoofd zien met een vezel erin.

Ik ben blij met mijn eigen gebrek aan efficiency destijds. Ons depot voor bewijsmateriaal lag altijd stampvol spullen die geretourneerd hadden kunnen of moeten worden aan de eigenaren. Wat vaak niet gebeurde, door een communicatiefoutje tussen de rechercheur in kwestie en de agent die belast was met het eigendommenbeheer. Nadat Nevvie Ruehls dood was afgedaan als een ongeluk, ging mijn partner met pensioen. En ik was óf vergeten óf had onbewust besloten om niet tegen Ralph te zeggen dat hij de dozen moest opruimen. Misschien had ik me vaag afgevraagd of Gideon een civiele procedure tegen het reservaat zou beginnen. Of misschien had ik ergens toch mijn vraagtekens gehad bij Gideons rol in die nacht. Hoe het ook zij, ik wist blijkbaar dat ik deze dozen nog een keer zou moeten doorzoeken.

Ook al ben ik in theorie van deze zaak af gehaald. Maar mijn huidige opdrachtgeefster, Jenna Metcalf, is een meisje van dertien, dus per definitie wispelturig. Ze zal wel vaker van gedachten veranderen. Gisteren gooide ze met woorden naar me als handenvol modder, en nu die is opgedroogd, kan ik het vuil eraf borstelen.

Verder weet ik niet of Nevvie Ruehls dood aan Thomas te wijten is of aan zijn vrouw Alice, terwijl ook Gideon niet meer valt uit te sluiten. Als hij met Alice scharrelde, dan was zijn schoonmoeder daar vast niet blij mee. In ieder geval ben ik ervan overtuigd dat het geen dood door vertrapping was, al heb ik dat tien jaar geleden officieel onderschreven. Maar als ik wil uitzoeken wie de moordenaar is, moet ik eerst bewijs hebben dat het moord was.

Dankzij Tallulah en het lab weet ik nu dat Alice Metcalfs haar op het slachtoffer is aangetroffen. Maar heeft zij Nevvies vertrapte lichaam gevonden en de haar achtergelaten voor ze wegliep? Of is het aan Alice te wijten dat daar überhaupt een lijk lag? Is er een onschuldige verklaring voor de overdracht van de haar, zoals Jenna wil geloven? Gewoon twee vrouwen die eerder op de dag langs elkaar heen liepen in het krappe kantoortje, niet wetende dat een van hen vierentwintig uur later dood zou zijn?

Alice is natuurlijk de sleutel. Als ik haar vind, heb ik de antwoorden. Ik weet over haar dat ze is weggelopen. Mensen die weglopen willen óf ergens graag naartoe, óf ze proberen iets te ontlopen, en ik weet niet hoe het met Alice zat. Maar de vraag blijft waarom ze haar dochter niet heeft meegenomen.

Ik geef niet graag toe dat Serenity ergens gelijk in heeft. Maar het zou inderdaad veel gemakkelijker zijn als Nevvie Ruehl er nog was om uit de doeken te doen wat er gebeurd is die nacht. 'Dode mensen praten niet,' mompel ik hardop.

'Pardon?'

Ik schrik me te pletter. Abigail, mijn hospita, staat plotseling in de deuropening. Met opgetrokken wenkbrauwen bekijkt ze de stortvloed aan parafernalia die verspreid ligt in mijn kantoor.

'Fuck, Abby, je moet me niet zo besluipen.'

'Geen grove taal, alsjeblieft.' Ze knikt naar de rommel op de vloer. 'En mag ik je erop wijzen dat iedere huurder verantwoordelijk is voor zijn eigen afvalinzameling?'

'Dit is geen afval. Het is werk.'

Abigail knijpt haar ogen tot spleetjes. 'Het ziet eruit als een kristalmotlaboratorium.'

'In de eerste plaats is het crystal meth...'

Haar handen fladderen naar haar keel. 'Ik wíst het...'

'Nee!' zeg ik. 'Heus, Abby, dit lijkt in níéts op een drugslaboratorium. Het is allemaal bewijsmateriaal van een zaak.'

Abigail zet haar handen op haar heupen. 'Die smoes heb ik eerder van je gehoord.'

Ik knipper met mijn ogen. Dan weet ik het weer. Nog niet zo lang geleden was ik een keer zo straalbezopen geweest dat ik een week had liggen wentelen in mijn eigen stank, en Abigail kwam poolshoogte nemen.

Toen ze binnenkwam lag ik bewusteloos met mijn hoofd op mijn bureau. Het kamertje zag eruit alsof er een bom was ontploft. Ik had haar wijsgemaakt dat ik de hele nacht had doorgewerkt en ingedommeld moest zijn. Dat de troep op de vloer bewijsmateriaal was, verzameld door de afdeling zware misdrijven.

Maar laten we wel wezen, wanneer heb jij voor het laatst een rechercheteam bezig gezien met het verzamelen van popcornzakken en oude *Playboys*?

'Heb je gedronken, Victor?'

'Nee,' zeg ik, om dan stomverbaasd te beseffen dat de gedachte niet eens bij me is opgekomen in de afgelopen twee dagen. Ik wil geen borrel. Ik heb geen borrel nodig. Jenna Metcalf heeft niet alleen een vonkje van een doel in mijn leven aangeblazen. Het is haar gelukt om me droog te zetten, in één keer, wat drie ontwenningsklinieken niet voor elkaar kregen.

Abigail stapt midden tussen de bewijsmateriaalzakken, slechts tien centimeter bij me vandaan. Ze gaat op haar tenen staan alsof ze me wil kussen, maar in plaats daarvan ruikt ze demonstratief aan mijn adem.

'Tjonge,' zegt ze. 'De wonderen zijn de wereld nog niet uit.' Behoedzaam loopt ze op haar tenen achteruit, tot ze weer op de drempel staat. 'Je hebt het overigens mis. Dode mensen kunnen wél praten. Mijn overleden man en ik heb een code afgesproken, net als die ontsnappingskunstenaar, die Joodse man...'

'Houdini?'

'Ja, precies. Hij laat een bericht achter dat alleen ik kan interpreteren, als hij een weg terugvindt uit het hiernamaals.'

'Geloof jíj in die flauwekul, Abby? Dat had ik nooit achter je gezocht.' Ik kijk haar aan. 'Hoelang is hij al dood?'

'Tweeëntwintig jaar.'

'Zo zo. En jullie praten nog heel wat af, zeker?'

Ze aarzelt. 'Het is aan hem te danken dat ik jou er niet al jaren geleden uit heb gegooid.'

'Zei hij dan dat je mij met rust moest laten?'

'Nee, dat niet,' antwoordt Abigail. 'Maar hij heette ook Victor.' Ze trekt de deur achter zich dicht.

'Gelukkig weet ze niet dat ik Virgil heet,' mompel ik, neerhurkend naast een ongeopende papieren zak.

Hier zitten het rode poloshirt en de short in die Nevvie Ruehl aanhad toen ze stierf. Hetzelfde uniform als Gideon Cartwright die avond had gedragen. En Thomas Metcalf.

Abby heeft gelijk: dode mensen kunnen inderdaad praten.

Ik pak een oude krant van de stapel achter mijn bureau en leg hem op het schrijfblad. Dan haal ik het shirt en de korte broek heel voorzichtig uit de zak en spreid ze voor me uit. Er zitten vlekken in de stof. Bloed en modder, denk ik. Op sommige plaatsen is het materiaal volledig aan flarden gescheurd als gevolg van de vertrapping. Ik pak een vergrootglas uit mijn bureaula en bestudeer elk snippertje stof. Ik tuur naar de randen om te bepalen of de beschadiging veroorzaakt kan zijn door een mes in plaats van door een gigantisch gewicht dat eroverheen stampte. Een uur later weet ik niet meer precies hoeveel gaten en scheuren ik al heb onderzocht.

Pas de derde keer dat ik het poloshirt bekijk, zie ik een scheur die me niet eerder is opgevallen. De stof is hier niet beschadigd. Het is een stukje losse naad, alsof het stiksel is losgetornd, precies waar de linkermouw vastzat aan het schouderstuk. Het is maar een paar centimeter, zo'n gaatje dat ontstaat doordat je ergens aan blijft haken, niet doordat het materiaal met grof geweld uit elkaar is getrokken.

In de naad zit een afgescheurde vingernagel.

Er flitsen beelden door mijn hoofd van een worsteling, iemand die Nevvie vastgrijpt bij de voorkant van haar shirt.

Het lab kan ons vertellen of deze vingernagel overeenkomt met het mtDNA van Alice. Als dat niet het geval is, kunnen we een monster nemen van Thomas. En levert dat nog steeds geen match op, dan is de nagel misschien van Gideon Cartwright.

Ik laat de nagel in een envelop glijden. Voorzichtig vouw ik de kleding op en stop alles terug in de zak. Op dat moment valt mijn oog op een andere envelop, waarin een kleiner papiertje zit, plus foto's van een vingerafdruk. Het stukje papier is bewerkt met ninhydrine, waardoor die veelzeggende paarse vingerafdrukribbels zichtbaar zijn geworden. Ze matchten met Nevvie Ruehls linkerduim, waarvan de forensisch arts een afdruk had genomen in het mortuarium. Tja, logisch dat een ontvangstbewijs dat gevonden is in de zak van haar short haar eigen vingerafdrukken bevat.

Ik pak het vierkantje papier uit de envelop. Het paars is inmiddels verbleekt tot een lichte lavendelkleur. Ik kan het lab vragen om dit te onderzoeken op extra vingerafdrukken, maar na zoveel jaar verwacht ik geen resultaat.

Pas als ik het papiertje terugstop in de envelop dringt tot me door wat het is. GORDONS GROOTHANDEL IN VERSPRODUCTEN staat erop. Plus datum en tijd, de ochtend van de dag die voorafging aan Nevvie Ruehls dood. Ik weet niet wie van de verzorgers de bestelling van groente en fruit ophaalde, maar misschien herinnert een medewerker van de groothandel zich het personeel van het reservaat.

Als Alice Metcalf is gevlucht om Thomas te ontlopen, dan hoef ik misschien alleen maar uit te vogelen waar ze graag naartoe wilde om haar terug te vinden.

Alice Metcalf is ogenschijnlijk van de aardbodem verdwenen. Heeft Gideon Cartwright samen met haar de plaat gepoetst?

Ik was niet zozeer van plán om Serenity te bellen. Het gebeurde gewoon.

Het ene moment hield ik de telefoon in mijn hand, en het volgende nam zij al op aan de andere kant van de lijn. Echt waar, ik herinner me niet eens dat ik het nummer intoetste en ik had geen druppel gedronken.

Wat ik wilde vragen toen ik haar stem hoorde, was: heb je nog iets van Jenna gehoord?

Waarom maak ik me toch zo druk over dat kind? Ze heeft zich als een kleuter gedragen. Ik zou haar in haar sop moeten laten gaarkoken en denken: daar ben ik mooi vanaf.

Maar ik heb de hele nacht geen oog dichtgedaan.

Kijk, de eerste keer dat Jenna mijn kantoor binnenstapte en begon te praten met exact dezelfde stem die me in mijn dromen achtervolgt, heeft ze een wond opengereten, die prompt weer is gaan bloeden. En op één punt heeft ze gelijk: dit ís mijn schuld, omdat ik tien jaar geleden te sullig was om tegen Donny Boylan in te gaan, die een inconsistentie in het bewijsmateriaal wilde verhullen. Tegelijkertijd zit ze er faliekant naast, omdat ze denkt dat dit over haar gaat, een meisje dat haar moeder zoekt. Maar het gaat over mij, een man die een uitweg zoekt.

Jammer genoeg is me dat nooit bijster goed gelukt.

Dus daar stond ik met de telefoon in mijn handen. En voor ik het wist vroeg ik Serenity Jones, het zogenaamd aan lagerwal geraakte medium, om samen met mij een kijkje te gaan nemen bij Gordons Groothandel. Pas toen ze ermee instemde – met het enthousiasme van een spelshowdeelnemer – om voor mijn provisorische detectivepartner te spelen én me te komen ophalen, snapte ik waarom ik aan haar had gedacht. Het was niet omdat ik verwachtte dat Serenity me kon helpen met mijn onderzoek. Het was omdat zij weet hoe het voelt om niet met jezelf te kunnen leven zonder recht te zetten wat je verkeerd hebt gedaan.

Een uur later rijden we in haar sardineblikje van een auto naar de rand van Boone, waar Gordons Groothandel al gevestigd is zolang ik me kan herinneren. Het is het soort winkel waar ze midden in de winter mango's verkopen, als de hele wereld een moord zou doen voor een mango en de enige plaatsen waar hij groeit Chili en Paraguay zijn. Hun zomeraardbeien zijn zo groot als het hoofdje van een pasgeboren baby.

Ik wil de radio aanzetten, gewoon omdat ik niet weet wat ik moet zeggen, en zie een klein papieren olifantje weggestopt in een hoekje.

'Dat heeft zij gemaakt,' zeg Serenity. Ze hoeft Jenna's naam niet te noemen, want ik weet wie ze bedoelt.

Het origamiwerkje glipt uit mijn vingers. Met een boogje belandt het in Serenity's enorme paarse tapijttas, die wijd open op de console tussen ons in staat. 'Heb je vandaag nog iets van haar gehoord?'

'Nee.'

'Hoe zou dat komen, denk je?'

'Omdat het acht uur in de ochtend is, en zij een meisje van dertien is.'

Ik schuif heen en weer op de passagiersstoel. 'Denk je niet dat het komt omdat ik gisteren zo lullig tegen haar deed?'

'Als het na twaalven zou zijn, ja. Maar op dit moment denk ik dat ze geen sjoege geeft omdat ze wil uitslapen, net als iedere andere puber in de zomervakantie.'

Serenity strekt en buigt haar vingers op het stuurwiel en mijn blik blijft rusten op de harige hoes die eromheen zit. Hij is blauw en heeft uitpuilende ogen en grote witte tanden. Hij lijkt een beetje op het Koekiemonster. Het Koekiemonster dat een stuurwiel heeft ingeslikt. 'Wat is dat voor een onding?' vraag ik.

'Bruce,' antwoordt Serenity, alsof het een domme vraag is.

'Heb jij je autostuur een naam gegeven?'

'Schat, de langste relatie die ik ooit heb gehad, is met deze auto. En aangezien jóúw intiemste metgezel Jack Daniel's heet, lijk je me niet in de positie om te oordelen.' Ze werpt me een zonnige glimlach toe. 'Goh, wat heb ik dit gemist.'

'Bakkeleien?'

'Nee, politiewerk. We lijken net Cagney en Lacey, behalve dat jij er een stuk beter uitziet dan Tyne Daly.'

'Over smaak valt niet te twisten,' mompel ik.

'Weet je, in tegenstelling tot wat jij denkt, is er niet zo'n groot verschil tussen wat jij doet en wat ik doe.'

Ik barst in lachen uit. 'Ja, hoor. Afgezien dan van mijn sterke voorliefde voor meetbaar wetenschappelijk bewijs.'

Ze negeert me. 'Ga maar na: we weten allebei welke vragen we moeten stellen. We weten allebei welke vragen we níét moeten stellen. We kunnen als geen ander lichaamstaal interpreteren. We varen allebei blind op onze intuïtie.'

Ik schud mijn hoofd. Je kunt wat ik doe voor geen meter vergelijken met wat zij doet. 'Er is niets bovennatuurlijks aan mijn werk. Ik krijg geen visioen, ik richt me op wat zich voor mijn neus afspeelt. Een detective observeert. Ik zie iemand die me niet in de ogen kijkt en ik probeer erachter te komen of het vanwege verdriet of schaamte is. Ik let op wat iemand aan het huilen maakt. Ik luister, zelfs als er niemand praat,' zeg ik. 'Is het nooit bij je opgekomen dat paranormale begaafdheid niet bestaat? Dat een paragnost misschien gewoon heel goed is in detectivewerk?'

'Misschien is het andersom. Misschien kan een goede detective mensen doorgronden omdat hij een klein beetje paranormaal begaafd is.'

Serenity rijdt het parkeerterrein van Gordons Groothandel op. 'We gaan zomaar wat hengelen,' zeg ik tegen haar terwijl ik uit de auto stap en snel een sigaret opsteek. 'En we willen Gideon Cartwright binnenhalen.'

'Je weet niet waar hij naartoe ging nadat het reservaat werd opgeheven?'

'Ik weet dat hij gebleven is om de olifanten te helpen verhuizen naar hun nieuwe onderkomen. En daarna... Ik weet het net zomin als jij,' zeg ik. 'Ik neem aan dat alle dierenverzorgers om beurten hierheen kwamen om groenten en fruit op te halen. Als Gideon van plan was om 'm samen met Alice te smeren, heeft hij daar misschien iets over losgelaten tegen een verkoopmedewerker.'

'Je weet niet of hier nog dezelfde mensen werken als tien jaar geleden.'

'Nee, dat weet ik niet,' zeg ik, 'dus daarom gaan we hengelen, snap je? Je weet nooit wat je aan de haak hebt voor je je vislijn binnenhaalt. Gewoon meegaan in wat ik zeg.'

Ik trap mijn sigaret uit onder mijn hak en loop de groothandel binnen. Het is een veredelde houten keet, voornamelijk bemand door twintigers met dreadlocks en Birkenstocks en één oudere man die tomaten opstapelt in een gigantische piramide. Ik vind het er verrekte indrukwekkend uitzien, maar tegelijkertijd wil de rebel in mij de onderste tomaat eruit trekken om de hele berg te zien instorten.

Een winkelbediende, een meisje met een neusring, glimlacht naar Serenity terwijl ze een grote mand vol suikermais naar de kassa sleept. 'Ik hoor het wel als ik u kan helpen,' zegt ze vriendelijk.

Eén ding heb ik al bedacht. De regeling van Gordons Groothandel met het New England Elephant Sanctuary om de waren tegen kostprijs te verkopen moet zijn goedgekeurd door de baas van deze tent. En misschien denk ik te veel in clichés, maar ik ga ervan uit dat die oude kerel bij de tomatenpiramide meer weet dan die jonge gast met de bloeddoorlopen ogen.

Ik pak een perzik en neem een hap. 'Allemachtig, Gideon had gelijk,' zeg ik tegen Serenity.

'Sorry, mensen,' zegt de oudere man. 'Jullie moeten eerst afrekenen voor je de koopwaar proeft.'

'O, ik reken deze perzik wel af, hoor. Ik koop de hele mand. Mijn vriend had gelijk, jullie fruit is het lekkerste dat ik ooit geproefd heb. Hij zei nog: "Marcus, als je ooit in Boone komt en je gaat niet langs Gordon, dan doe je jezelf ernstig tekort."'

De man grinnikt. 'Nou, ik spreek je niet tegen.' Hij steekt een hand uit. 'Ik ben Gordon Gordon.'

'Marcus Latoile,' antwoord ik. 'En dit is mijn... vrouw, Helga.'

Serenity glimlacht naar hem. 'We zijn onderweg naar een vingerhoedconferentie,' zegt ze. 'Maar Marcus stónd erop om hier even aan te wippen toen hij uw uithangbord langs de weg zag.'

Op dat moment klinkt er luid gekletter aan de andere kant van een kralengordijn.

Gordon zucht. 'Die jongeren van tegenwoordig. Ze hebben de mond vol van duurzaamheid en milieubescherming, maar ze weten van voren niet dat ze van achteren leven. Ik ben zo terug.'

Zodra hij achter het kralengordijn verdwijnt, trek ik van leer tegen Serenity. 'Een víngerhoedconferentie?'

'Hélga?' kaatst ze terug. 'Bovendien was dit het eerste wat in me opkwam. Ik had niet verwacht dat je die man vierkant zou voorliegen.'

'Ik stond niet te liegen, ik doe recherchewerk. Je zegt wat je moet zeggen om iemand aan de praat te krijgen. Mensen klappen dicht als ze een rechercheur tegenover zich hebben, omdat ze denken dat ze in de problemen komen of dat iemand anders door hun toedoen in de problemen komt.'

'En jij vindt dat paragnósten de kluit belazeren?'

Gordon komt terug. 'Sorry, hoor, er zaten wormen in de binnengekomen paksoi,' zegt hij verontschuldigend.

'Het zal je maar gebeuren,' mompelt Serenity.

'Hebben jullie interesse in een meloen?' vraagt Gordon. 'Ze zijn zo zoet, je weet niet wat je proeft.'

'Dat geloof ik graag. Gideon zei altijd dat het doodzonde was dat jullie producten verspild werden aan olifanten,' zeg ik.

'Olifanten,' herhaalt Gordon. 'Je bedoelt toch niet Gideon Cartwright?'

'Kén je hem nog?' zeg ik met een kamerbrede glimlach. 'Niet te geloven. Niet te gelóven! We zijn huisgenoten geweest in onze studietijd en sindsdien heb ik hem niet meer gezien. Zeg, woont hij nog steeds hier in de buurt? Ik zou graag een keer met hem bijpraten...'

'Hij is al lang geleden vertrokken uit de stad, na de sluiting van het olifantenreservaat,' antwoordt Gordon.

'Is dat geslóten?'

'Ja, heel jammer. Een van de medewerkers werd destijds doodgetrapt. Gideons schoonmoeder.'

'Dat moet een grote klap geweest zijn voor hem en zijn vrouw,' zeg ik quasionnozel.

'Nee, de enige zegen is eigenlijk dat Grace het niet meer heeft hoeven meemaken,' antwoordt Gordon. 'Zij stierf een maand voor het gebeurde.'

Ik voel Serenity naast me verstijven, voor haar komt dit uit de lucht vallen. Maar ik herinner me vaag dat Gideon tijdens het onderzoek vertelde dat zijn vrouw er niet meer was. Iemand uit je naaste familie verliezen is een tragedie. Maar je vrouw én je schoonmoeder achter elkaar binnen een maand? Dat lijkt geen toeval meer.

Gideon Cartwright was een toonbeeld van verdriet geweest vlak na zijn schoonmoeders dood. Maar misschien had ik serieuzer moeten overwegen hem op de verdachtenlijst te zetten.

'Heb je enig idee waar hij gebleven is nadat het reservaat gesloten werd?' vraag ik. 'Ik zou graag contact met hem opnemen. Hem condoleren.'

'Ik weet dat hij naar Nashville is vertrokken. De olifanten gingen naar een reservaat ergens in die omgeving. En Grace is daar begraven.'

'Kende je zijn vrouw?'

'Een schat van een meid. Vreselijk, dat zij zo jong gestorven is.'

'Was ze ziek?' vraagt Serenity.

'Ja, in zekere zin misschien wel,' zegt Gordon. 'Ze is de Connecticut River in gelopen met haar zakken vol stenen. Ze hebben haar lichaam pas een week later gevonden.'

ALICE

Tweeëntwintig maanden is een lange tijd om zwanger te zijn.

Het is een enorme investering van tijd en energie voor een olifant. Tel daar de tijd en energie bij op die het kost om een pasgeboren kalf op het punt te brengen dat het zelfstandig kan overleven, en je zult begrijpen wat er voor een olifantenmoeder op het spel staat. Kom nooit tussen een olifantenvrouwtje en haar kalf, want ongeacht wie je bent, ze zal je vermoorden.

Maura was vroeger circusolifant en werd vervolgens naar een dierentuin gebracht als partner voor een mannelijke Afrikaanse olifant. De vonk sloeg over, maar niet zoals de dierenverzorgers het bedoeld hadden. En geen wonder, want in het wild zou een vrouwelijke olifant nooit samenleven met een olifantenstier. Maura viel haar minnaar aan, sloopte het hek van het olifantenverblijf en drukte een verzorger tegen het traliewerk, waardoor zijn ruggengraat werd verbrijzeld. Toen ze bij ons kwam stond ze te boek als een killer. Zoals alle dieren die opgenomen werden in het reservaat, had ze tientallen bloedtesten ondergaan. Maar een zwangerschapstest was geen onderdeel van het protocol, dus wisten we niet dat ze een kalf zou krijgen tot het bijna zover was.

Toen we erachter kwamen, door de gezwollen uiers en hangende buik, zetten we Maura voor die laatste paar maanden apart. We wisten namelijk niet hoe Hester zou reageren, de andere Afrikaanse olifant in het verblijf, aangezien zijzelf nooit een baby had gehad. We wisten ook niet hoeveel ervaring Maura had als moeder. Tot Thomas het circus wist op te sporen waarmee ze had gereisd en hoorde dat ze daar één keer gekalfd had. Het was een van de vele redenen geweest waarom het circus haar als gevaarlijk had bestempeld. Vanwege het risico dat ze agressief zou worden, hadden ze haar aan de ketting gelegd tijdens de geboorte, zodat ze het piepjonge olifantje direct konden weghalen. Maar Maura was woest geworden en had getrompetterd, gebruld en met haar kettingen gezwiept om bij haar baby te komen. Zodra ze hem mocht aanraken, kalmeerde ze.

Toen het kalf twee was, verkocht het circus hem aan een dierentuin.

Nadat Thomas me dit verteld had, liep ik naar het terrein waar Maura graasde en ging zitten, met mijn eigen baby spelend aan mijn voeten. 'Dat laat ik niet nog een keer gebeuren,' zei ik tegen haar.

In het reservaat hadden we allemaal onze eigen redenen om enthousiast te zijn. Thomas zag de lucratieve mogelijkheden van een jong kalfje voor het reservaat. We zouden er geen attractie van maken zoals dierentuinen, die tienduizend extra bezoekers trokken met een pasgeboren olifant. Maar er was gewoon meer kans dat mensen geld zouden doneren. Niets is schattiger dan foto's van een babyolifantje met parmantig bungelende minislurf tussen de hoge zuilen van zijn moeders poten. Ideaal fondsenwervingsmateriaal. Grace had nog nooit een geboorte gezien. Gideon en Nevvie daarentegen hadden het twee keer meegemaakt gedurende hun tijd in het circus, en hoopten op een gelukkiger afloop.

En ik? Ik voelde verwantschap met deze reuzin. Maura was hier ongeveer tegelijk met mij aangekomen, en ik was zes maanden later bevallen van mijn dochter. Wanneer ik de afgelopen achttien maanden het terrein op ging om Maura's interactie met Hester te observeren, ving ik soms haar blik op. Het is heel onwetenschappelijk en antropomorf van mij om dit te zeggen, maar even onder ons? Volgens mij hadden we allebei het gevoel dat we boften dat we hier waren.

Ik had een schat van een dochtertje en een briljante man. Met behulp van Thomas' geluidsopnamen had ik data verzameld van olifantencommunicatie, en nu schreef ik een artikel over rouw en cognitie bij olifanten. Ik had het voorrecht om dagelijks dingen te mogen leren over deze meevoelende, intelligente dieren. Dus was het makkelijk om te focussen op positieve dingen en de negatieve onder het tapijt te schuiven. Zoals de nachten dat ik Thomas gebogen over de boekhouding aantrof, piekerend hoe we het reservaat draaiende konden houden. De pillen die hij was gaan slikken om te kunnen slapen. Het feit dat ik nog geen enkel sterfgeval had geobserveerd in dit reservaat terwijl ik hier al anderhalf jaar woonde. Mijn schuldgevoel omdat ik bij tijd en wijle wenste dat er een dier zou sterven, zodat ik verder kon met mijn onderzoek.

En dan mijn aanvaringen met Nevvie, die dacht dat ze alles wist omdat zij het langste met olifanten had gewerkt. Ze wuifde direct weg wat ik te zeggen had over de omgang met de dieren, want ze geloofde niet dat je gedrag van olifanten in de wildernis kunt vergelijken met dat van olifanten in een klein reservaat.

Sommige conflicten stelden weinig voor. Dan had ik eten klaargemaakt voor de olifanten en veranderde Nevvie van alles aan de gevulde emmers, omdat Syrah volgens haar geen aardbeien lustte of Olives maag geen suikermeloen verdroeg. (Hoewel ik van geen van beide enig bewijs had gezien). Maar soms ging ze op haar strepen staan en had ik daar echt last van. Bijvoorbeeld die keer dat ik botten van Aziatische olifanten op het Afrikaanse terrein legde om de reactie van de dieren te observeren, en Nevvie de botten weghaalde omdat ze het respectloos vond jegens de dode olifanten. Of de keren dat ze Jenna honing gaf tijdens het babysitten om de pijn te verzachten van doorkomende tandjes. Achteraf hield ze koppig vol dat dit een prima remedie was, terwijl alle ouderschapsboeken die ik raadpleegde het afraadden voor kinderen onder de twee jaar. Als ik hier tegen Thomas over begon, werd hij zenuwachtig. 'Nevvie is al bij me vanaf het begin,' zei hij bij wijze van verklaring. Alsof het niet uitmaakte dat *ík* verondersteld werd bij hem te zijn tot het einde.

Niemand van ons wist wanneer Maura drachtig was geworden. Dus de datum waarop ze was uitgerekend was een grove schatting, waarover Nevvie en ik het niet eens waren.

Gezien de ontwikkeling van Maura's uiers wist ik dat het niet lang meer zou duren. Maar Nevvie beweerde bij hoog en laag dat geboorten altijd plaatsvonden bij vollemaan, en dat was pas over drie weken.

Ik had één geboorte meegemaakt in de wildernis, al zou je denken dat ik het vaker had gezien vanwege de vele olifantenbaby's in de kudden. De moeder was Botshelo, wat 'leven' betekent in het Tswana. Ik probeerde juist een andere kudde te lokaliseren, toen ik toevallig Botshelo's familie tegenkwam bij een rivierbedding. Ze vertoonden vreemd gedrag. Normaal gesproken was dit een ontspannen kudde, maar nu stond de hele groep om Botshelo heen, met de koppen naar buiten gericht om haar te beschermen. Ongeveer een halfuur lang klonk er bij tussenpozen luid geknor en daarna een soort plons. De groep schuifelde wat, waardoor ik net kon zien hoe Botshelo de vliezen scheurde en deze over haar kop drapeerde alsof het een lampenkap was, en zij het middelpunt van het feest. In het gras onder haar lag een heel klein vrouwelijk olifantje. Rond moeder en dochter klonk een explosie van geknor en getrompetter, de kudde urineerde en scheidde vocht af uit de slaapklieren. Toen ze met hun ogen naar me rolden zodat ik het oogwit kon zien, leek het wel alsof ze probeerden me bij het feest te betrekken. Ieder kuddelid raakte de baby van top tot teen aan. Botshelo kronkelde haar slurf rond en onder het kalf, en uiteindelijk in de mond van het kleintje. *Hallo. Welkom.*

Het kalf rolde op haar zij, met haar poten als een zeester naar alle kanten uitgespreid. Botshelo tilde het op met haar slurf en voeten. Het lukte de baby om met het voorlijf omhoog te komen, dat echter prompt vooroverkiepte toen haar achterlijf werd opgetild en vice versa, als een statief met poten van ongelijke lengte. Ten slotte knielde Botshelo, drukte haar kop tegen die van het kalf en stond op, alsof ze haar kind wilde laten zien wat het moest doen. Toen het kalf een poging deed en onderuitgleed, schopte Botshelo gras en aarde op om voor een stabielere ondergrond te zorgen. Na twintig minuten intensieve hulp wankelde het baby'tje mee aan haar moeders zijde. Elke keer als ze omviel, trok Botshelo haar overeind met haar slurf. Na een tijdje kroop de baby weg onder haar moeder, het slurfje tegen haar moeders buik gedrukt om bij haar te drinken. Het hele geboorteproces was kort maar krachtig, en het indrukwekkendste waarvan ik ooit getuige was geweest.

Op een ochtend ging ik poolshoogte nemen bij Maura, met Jenna in een draagzak op mijn rug. Ik zag een uitstulping aan het achterwerk van de olifant. Ik scheurde op de quad naar de Aziatische stal, waar Nevvie en Thomas in gesprek waren over een schimmel op de teennagels van een van de olifanten. 'Het is zover,' zei ik ademloos.

Thomas reageerde hetzelfde als toen ik tegen hem zei dat mijn eigen vliezen gebroken waren. Hij begon opgewonden heen en weer te lopen, verward en compleet overweldigd. Hij riep Grace op met de portofoon, vroeg haar om Jenna terug te brengen naar de cottage en op haar te letten. 'Wij gaan nu naar het Afrikaanse verblijf,' kondigde hij aan.

'Er is geen haast bij,' verzekerde Nevvie ons. 'Ik heb nog nooit gehoord dat een olifant overdag wierp. Het gebeurt altijd 's nachts, zodat de ogen van het kalf zich kunnen aanpassen.'

Als het Maura zoveel tijd zou kosten, dan was er iets mis, dat wist ik. Haar lichaam vertoonde alle tekenen dat de bevalling al in een vergevorderd stadium was. 'Volgens mij hebben we hoogstens een halfuur,' zei ik.

Ik zag hoe Thomas van Nevvie naar mij keek. Toen riep hij Gideon op. 'Kom zo snel mogelijk naar de Afrikaanse schuur,' zei hij, en ik wendde me af om Nevvies priemende blik te ontwijken.

De stemming zat er aanvankelijk helemaal in. Thomas en Gideon discussieerden over de vraag of de baby een mannetje of een vrouwtje zou zijn, en wat het gunstigste was. Nevvie vertelde over de geboorte van Grace. Ze vroeg zich gekscherend af of een olifant een ruggenprik zou kunnen krijgen. Ik concentreerde me op Maura. Terwijl zij knorrend van pijn haar weeën opving, ging er een hoorbare golf van zusterschap door het reservaat. Hester trompetterde terug naar Maura als reactie op haar geknor, waarna de Aziatische olifanten zich van een grotere afstand lieten horen.

Er verstreek een halfuur sinds ik Thomas had geroepen. Toen een uur. Na twee pijnlijke uren rondjes lopen zat er nog steeds geen schot in de bevalling. 'Laten we de dierenarts bellen,' stelde ik voor, maar Nevvie wuifde me weg.

'Ik heb het je toch gezegd,' zei ze. 'Het komt na zonsondergang.'

Ik had van verschillende rangers gehoord dat ze olifanten hadden zien kalven op alle momenten van de dag, maar ik hield mijn mond. Was Maura maar in de wildernis, dacht ik. Alleen al zodat een van haar kuddeleden haar gerust kon stellen. Haar kon laten weten dat alles in orde zou komen.

Zes uur later had ik daar mijn twijfels over.

Toen waren Gideon en Nevvie al vertrokken om het eten klaar te maken voor de Aziatische olifanten en Hester. ‘Ik vind dat je de dierenarts erbij moet halen,’ zei ik tegen Thomas terwijl ik Maura zag struikelen van vermoeidheid. ‘Het gaat niet goed.’

Thomas aarzelde niet. ‘Ik ga even bij Jenna kijken en dan bel ik meteen.’ Ongerust keek hij me aan. ‘Blijf jij bij Maura?’

Ik knikte en ging op mijn knieën bij de omheining zitten, toekijkend hoe Maura leed. Ik had dit niet hardop willen zeggen, maar ik kon alleen maar denken aan Kagiso, de olifant die ik had gevonden met een dood kalf, vlak voor ik wegging uit Afrika. Ik wilde helemaal niet aan haar denken, want ik was bang dat dat een doem zou werpen op deze geboorte.

Kort na Thomas’ vertrek draaide Maura zich om en zag ik duidelijk de vruchtwaterzak tussen haar achterpoten. Ik krabbelde overeind. Voor ik kon overwegen om Thomas te roepen, gleed de hele vruchtzak in een golf vloeistof naar buiten op het gras, met het kalf nog gevangen in de witte vliezen.

Als Maura zussen had gehad in een familiekudde, zouden ze haar vertellen wat te doen. Ze zouden haar aanmoedigen om de zak open te scheuren en de baby te helpen opstaan. Maar Maura had niemand, behalve mij. Ik kromde mijn hand boven mijn mond en probeerde de noodoproep na te bootsen, het SOS dat ik olifanten had horen maken als er een roofdier in de buurt was. Ik moest Maura in actie krijgen.

Na drie pogingen speelde Maura het klaar om de vliezen open te scheuren met haar slurf. Maar op dat moment wist ik al dat er iets mis was. In tegenstelling tot de uitbundigheid van Botshelo en haar kudde, stond Maura er ineengedoken bij. Haar ogen waren neergeslagen, haar mond hing slap. Haar oren hingen laag en plat tegen haar lichaam.

Ze zag eruit als Kagiso toen háár kalf dood was.

Maura probeerde het doodgeboren stiertje overeind te trekken. Ze duwde ertegenaan met haar voorste voet, maar hij verroerde zich niet. Ze probeerde haar slurf rond zijn lijf te krullen en hem op te tillen, maar hij gleed uit haar greep. Ze schoof de nageboorte weg en draaide het kalf op zijn andere zij. Ze bloedde nog steeds, de strepen langs haar achterpoten waren even donker en duidelijk zichtbaar als de afscheiding van haar slaapklieren. Ze bleef duwen en trekken aan het kalf, dat niet één keer geademd had.

Ik was in tranen tegen de tijd dat Thomas terugkwam, gevolgd door Gideon, met de boodschap dat de dierenarts er binnen een uur zou zijn. Het hele reservaat was stil geworden. De andere olifanten hadden hun geroep gestaakt en zelfs de wind was gaan liggen. De zon had zijn gezicht op de schouder van het landschap gelegd, en zoals gebruikelijk bij rouw was de stof van de nacht gescheurd, zodat een sterretje er hier en daar doorheen twinkelde. Maura stond als een reuzenparaplu boven het lichaam van haar zoon om hem te beschermen.

'Wat is er gebeurd?' vroeg Thomas, en voor de rest van mijn leven zou ik blijven denken dat hij mij ergens van beschuldigde.

Ik schudde mijn hoofd. 'Bel de dierenarts maar terug,' zei ik. 'Hij hoeft zich niet te haasten.' Inmiddels was het bloeden gestopt. Niemand kon nog iets doen.

'Hij zal autopsie moeten verrichten op het kalf...'

'Eerst moet ze kunnen rouwen,' zei ik, en door dat woord herinnerde ik me opeens mijn stille wens van een paar dagen geleden. Dat een van de olifanten zou sterven zodat ik kon doorgaan met mijn onderzoek.

Het voelde alsof ik dit onbewust gewild had. Misschien had Thomas gelijk als hij mij dit verweet. 'Ik blijf hier,' kondigde ik aan.

Thomas deed een stap in mijn richting. 'Dat hoeft niet...'

'Dit is mijn wérk,' zei ik resoluut.

'En Jenna dan?'

Ik zag Gideon achteruitwijken toen onze stemmen luider werden. 'Wat is er met Jenna?' vroeg ik.

'Jij bent haar móéder.'

'En jij bent haar vader.' Voor deze ene keer mocht iemand anders mijn kind in bed stoppen, zodat ik op Maura kon letten, die waakte over het hare. Dit was mijn werk. Als ik arts was geweest, dan zou dit gelijkstaan met een oproep voor een spoedgeval.

Maar Thomas scheen me amper te horen. ‘Ik rekende op dat kalf,’ mompelde hij. ‘Het zou onze redding worden.’

Gideon schraapte zijn keel. ‘Thomas? Zal ik met je meelopen naar de cottage en Grace vragen om Alice een trui te brengen?’

Toen ze weg waren, begon ik te schrijven. Ik turfde het aantal keren dat Maura met haar slurf over de rug van het kalf aaide, en hoe vaak ze lusteloos aan de vruchtwaterzak schudde. Ik beschreef de verschillende stemgeluiden die ze maakte, van een kirrend, sussend geknor tot de kreet van een moeder die haar kalf bij zich roept. Maar het was een eenrichtingsgesprek.

Grace bracht me een trui en een slaapzak. Ze bleef een tijdje zwijgend naast me zitten, kijkend naar Maura, meevoelend met haar verdriet. ‘De lucht is hier zwaarder,’ merkte ze op. Ik wist natuurlijk dat de dood van een olifant de luchtdruk niet beïnvloedde, maar ik begreep wat ze bedoelde. De stilte drukte tegen mijn trommelvliezen en de zachte plek onder in mijn keel, en dreigde ons te verstikken.

Ook Nevvie kwam de laatste eer bewijzen. Ze zei niets, maar overhandigde me een fles water en een dubbele boterham. Ze bleef een tijdje op een afstand staan, alsof ze een kaartenbak van persoonlijke herinneringen doorbladerde die ze niet wilde delen.

Om drie uur ’s ochtends, juist toen ik begon weg te doezelen, stapte Maura eindelijk bij haar kalf vandaan. Ze schepte de baby op met haar slurf, maar hij gleed twee keer uit haar greep. Ze probeerde hem op te tillen bij de hals, en daarna bij de poten. Na diverse vergeefse pogingen slaagde ze erin haar slurf rond het olifantenlijkje te krullen en het op te tillen alsof het een baal hooi was.

Angstvallig voorzichtig zette Maura koers naar het noorden. In de verte hoorde ik een contactroep van Hester. Maura antwoordde zacht, gedempt, alsof ze bang was om haar kalf wakker te maken.

Gideon en Nevvie hadden de quads meegenomen toen ze vertrokken, zodat ik geen andere keus had dan te lopen. Ik wist niet waar Maura naartoe ging, dus deed ik precies wat ik niet mocht doen. Ik bukte en glipte door de opening in de omheining die voor de terreinvoertuigen was gemaakt, om de olifant achter de bosjes langs te volgen.

Gelukkig was Maura óf te verdiept in haar verdriet óf te geconcentreerd op haar kostbare lading om te merken dat ik achter haar aan sloop, met nog geen twintig meter tussen ons. We liepen langs de vijver, door het berkenbos en staken een weide over, tot Maura op de plek kwam waar ze graag rustte tijdens de heetste uren van de dag. Onder een dikke, wijdvertakte eik lag een tapijt van dennennaalden. Daar ging Maura gewoonlijk op haar zij liggen dommelen in de schaduw.

Maar vandaag legde ze het kalf op die plaats. Ze brak dennentakken af en schopte afgevallen naalden en plukjes mos over het lijkje tot het gedeeltelijk bedekt was. Toen ging ze er weer in beschermhouding overheen staan, zodat haar poten aan weerskanten de pilaren vormden van de tempel van haar lichaam.

En ik deed een gebed.

Vierentwintig uur nadat Maura gekalfd had, had ik nog steeds niet geslapen, en zij ook niet. Wat erger was, ze had niet gegeten of gedronken.

Ze kon het een tijdje uithouden zonder eten, maar ze moest wel water hebben. Ik was inmiddels weer veilig aan de buitenkant van de omheining aangekomen en toen Gideon me daar vond, vroeg ik hem om een gunst.

Of hij een van de ondiepe teilen wilde halen die we voor de voetbaden in de stallen gebruikten, en vijf tweeliterflessen water.

Toen ik achter me de terreinmotor hoorde aankomen, keek ik naar Maura om te zien of ze zou reageren. Rond voedertijd waren de Afrikaanse olifanten meestal nieuwsgierig. Maar Maura draaide niet eens haar kop om naar Gideons naderende voertuig. Hij liet de motor stationair draaien en ik zei: ‘Afstappen.’

Wat ik deed zou streng verboden zijn in het wildreservaat, want ik wilde ingrijpen in het ecosysteem. Bovendien was het roekeloos om inbreuk te maken op de persoonlijke ruimte van een rouwende olifantenmoeder. Maar het kon me geen donder schelen.

‘Nee,’ zei Gideon, die meteen doorhad wat ik van plan was. ‘Stap jij maar achterop.’

Dus deed ik dat. Ik zat achter hem, met mijn armen om hem heen geslagen, terwijl we door de nauwe opening in het hek het olifantenterrein op reden. Maura ging direct in de aanval. Met gespreide oren rende ze op ons af. Ik voelde dat Gideon zijn quad in de achteruit gooide, maar ik legde mijn hand op zijn arm. 'Niet doen,' zei ik. 'Zet de motor af.'

Verschrikt keek hij naar me over zijn schouder; wat ik zei druiste duidelijk in tegen zijn instinct tot zelfbehoud.

De quad kwam schokkend tot stilstand.

Maura ook.

Heel langzaam stapte ik af en trok de zware rubberen kuip uit de laadbak. Ik zette hem neer op ruim drie meter afstand van de quad en goot er een aantal waterflessen in leeg. Toen ging ik weer achter Gideon zitten. 'Achteruit,' fluisterde ik. 'Nú.'

Hij reed achteruit. Maura's slurf zwaaide trillend in onze richting. Toen kwam ze dichterbij en dronk de kuip water in één keer leeg.

Ze draaide zich half om. Ze was zo dichtbij dat haar slagtanden me bijna raakten en ik de deukjes en krasjes van jarenlang gebruik erop kon zien. Ze was zo dichtbij dat ze me in de ogen kon kijken.

Maura stak haar slurf uit en streelde mijn schouder. Toen sjokte ze terug naar het lichaam van haar kalf en ging weer over hem heen staan om hem te beschermen.

Ik voelde Gideons hand op mijn rug, troostend en respectvol tegelijk. 'Adem door,' zei hij.

Na zesendertig uur kwamen de gieren. Ze cirkelden boven ons als heksen op hun bezemstelen. Steeds als ze een duik maakten in de lucht, flapperde Maura met haar oren en brulde om ze af te schrikken. 's Nachts kwamen de vismarters. Hun ogen lichtten neongroen op terwijl ze het kalf beslopen. Maura ontwaakte uit haar trance alsof er een knop omging en ze stoof op de dieren af, met haar slagtanden vlak bij de grond.

Thomas had het opgegeven mij te vragen naar huis te komen. Iederéén had het opgegeven. Ik zou hier niet weggaan tot Maura bereid was weg te gaan. Ik wilde haar kudde zijn en haar eraan herinneren dat zij verder moest leven, al kon haar kalf dat niet.

De ironie ontging me niet. Ik speelde de rol van olifant terwijl Maura zich juist heel menselijk gedroeg door niet te willen stoppen met rouwen om haar dode zoon. Een van de wonderlijkste dingen aan rouwende olifanten in het wild is hun vermogen om intens verdrietig te zijn en vervolgens echt, ondubbelzinnig los te laten. Mensen schijnen dat niet te kunnen. Ik dacht altijd dat het te maken had met religie. We verwachten onze geliefden terug te zien in een soort hiernamaals, hoe dat er ook uit mag zien. Olifanten hebben die hoop niet, alleen de herinneringen aan dít leven. Misschien is het daarom makkelijker voor ze om de draad weer op te pakken.

Tweeënzeventig uur na de bevalling probeerde ik het signaal 'kom, we gaan' te imiteren dat ik ontelbare keren had gehoord in de wildernis. Maura negeerde me. Inmiddels zwabberde ik op mijn benen en had een waas voor ogen. Ik hallucineerde dat een olifantenstier door de omheining brak en besefte toen dat het een naderende quad was, met Nevvie en Gideon erop. Nevvie wierp een blik op mij en schudde haar hoofd. 'Je hebt gelijk, ze ziet er belabberd uit,' zei ze tegen Gideon. En daarna tegen mij: 'Jij gaat naar huis. Je kleine meid heeft je nodig. Als je Maura niet alleen wilt laten, blijf ik wel bij haar.'

Gideon was bang dat ik achter op de terreinmotor in slaap zou vallen, dus ging ik voorop zitten zodat hij me in evenwicht kon houden. Ik zat als een kind tussen zijn armen te doezelen, tot hij stopte voor de cottage. Plotseling verlegen sprong ik van de quad, bedankte hem snel en liep naar binnen.

Tot mijn verbazing lag Grace te slapen op de bank naast Jenna's ledikantje, dat midden in de woonkamer stond omdat we geen kinderkamer hadden. Ik maakte haar wakker en zei dat ze naar huis moest gaan met Gideon. Toen liep ik door de gang naar Thomas' kantoor.

Hij droeg nog dezelfde kleren als drie dagen geleden, net als ik. Hij zat gebogen over een notitieboek, zonder me op te merken. Er lag een omgevallen medicijnflesje op zijn bureau en bij zijn elleboog stond een lege whiskyfles, als een schildwacht. Was hij tijdens het werken in slaap gevallen? Maar toen ik dichterbij kwam, zag ik dat zijn ogen wijd open waren en glazig stonden.

'Thomas,' zei ik zacht, 'laten we gaan slapen.'

'Zie je niet dat ik bezig ben?' zei hij zo hard dat de baby in de woonkamer naast het kantoortje begon te huilen. 'Hou je kop,' schreeuwde Thomas. Hij pakte zijn notitieboek en smeet het met kracht tegen de muur achter me. Ik dook net op tijd. Toen ik het wilde oprapen, viel het open voor me.

Wat het ook was waarin Thomas zo verdiept was geweest, het was niet dit notitieboek. Het was nog helemaal leeg, de ene blanco pagina na de andere.

Nu begreep ik waarom Grace hem niet alleen had willen laten met de baby.

Pas nadat we officieel getrouwd waren in het stadhuis van Boone had ik de medicijndoosjes gezien die als een rij soldaten opgesteld lagen in de la onder Thomas' toilettafel. Depressie, had hij gezegd toen ik ernaar vroeg. Na het overlijden van zijn vader, die al jaren weduwnaar was, kwam Thomas zijn bed niet meer uit. Ik knikte meelevend, maar was geschrokken. Niet zozeer van het nieuws over zijn depressiviteit als wel van het feit dat ik zó halsoverkop getrouwd was dat ik niet eens wist dat de beide ouders van mijn man overleden waren.

Bij mijn weten was Thomas na die ene periode waarover hij vertelde niet meer depressief geweest, maar ik had er ook niet naar gevraagd. Ik wist niet of ik het antwoord wilde horen.

Bevend schuifelde ik achterwaarts het kantoor uit en sloot de deur. Ik pakte Jenna op uit haar bedje, troostte haar en nam haar mee naar het grote bed dat ik deelde met een vreemde, die toevallig de vader van mijn kind was. Tegen de verwachting in viel ik onmiddellijk in een diepe slaap, met het handje van mijn dochter als een gevallen ster in mijn hand geklemd.

Ik werd wakker van de felle zon. Bij mijn oor gonsde een vlieg. Ik veegde langs mijn slaap om hem weg te jagen en besefte dat het geen vlieg was. Het was het verre geluid van de graafmachine die we gebruikten voor het landschapsbeheer in het reservaat.

'Thomas,' riep ik, maar hij antwoordde niet. Ik pakte Jenna op, die wakker was en glimlachte, en droeg haar naar zijn kantoor.

Thomas zat aan zijn bureau met zijn gezicht op het bureaublad. Hij was volledig bewusteloos. Ik keek of zijn rug rees en daalde om zeker te weten dat hij nog leefde. Toen stopte ik Jenna in een draagdoek op mijn rug, zoals ik de Afrikaanse vrouwen had zien doen die kwamen koken in ons kamp in het Tuli Block. Ik liep de cottage uit, stapte op een quad en reed naar de noordelijke rand van het reservaat waar ik Maura gisteravond had achtergelaten.

Het eerste wat me opviel was het schrikdraad, waarlangs Maura opgewonden heen en weer liep. Ze trompetterde, schudde wild haar kop en schraapte met haar slagtanden over de grond om zo dicht mogelijk bij het draad te komen zonder een schok te krijgen. Ondanks alle agressieve signalen verloor ze haar kalf geen moment uit het oog.

Dat lag vastgeketend op een grote houten pallet. Nevvie stond ernaast en gaf Gideon aanwijzingen waar hij een graf moest graven.

Ik reed door de opening in de omheining, passeerde Maura en kwam slippend tot stilstand vlak voor Nevvie. 'Waar zijn jullie verdomme mee bezig?'

Ze keek vluchtig naar mij. Vervolgens wierp ze één veelzeggende blik op de baby op mijn rug, zodat haar oordeel over mijn ouderlijke vaardigheden me niet kon ontgaan. 'Wat we altijd doen als er een olifant sterft,' zei ze toen. 'Vanmorgen vroeg heeft de dierenarts de autopsiemonsters al afgenomen.'

Het bloed gonsde in mijn oren. 'Hoe kún je een rouwende moeder scheiden van haar kalf!'

'We zijn nu drie dagen verder,' zei Nevvie. 'Dit is voor haar eigen bestwil. Ik heb meegemaakt dat olifantenmoeders hun kalf zagen lijden, en ze gaan eraan kapot. Het is Wimpy overkomen en het zal weer gebeuren als wij er niets aan doen. Dat wil je Maura toch niet aandoen?'

'Ik wil dat Maura zelf beslist wanneer het tijd is om los te laten,' schreeuwde ik. 'Dat is toch de hele gedachte achter dit reservaat?' Ik draaide me om naar Gideon, die de motor van de graafmachine had afgezet en er ongemakkelijk bij stond. 'Hebben jullie dit aan Thomas gevraagd?'

'Ja,' zei Nevvie. Met een ruk hief ze haar hoofd. 'Hij zei dat hij erop vertrouwde dat ik zou doen wat er gedaan moest worden.'

'Jij weet niets over hoe een moeder rouwt om haar kalf,' zei ik. 'Hier help je haar niet mee. Dit is wreedheid.'

'Gedane zaken nemen geen keer,' zei Nevvie. 'Hoe eerder Maura dat kalf niet meer hoeft te zien, hoe sneller ze zal vergeten wat er gebeurd is.'

'Zij zal nóóit vergeten wat er gebeurd is,' verzekerde ik haar. 'En ik ook niet.'

Wat later werd Thomas wakker. Hij was helemaal gekalmeerd en leek weer de oude. Hij gaf Nevvie een uitbrander omdat ze het heft in handen had genomen. Hij zweeg over zijn eigen aandeel, dat hij haar toestemming had gegeven terwijl hij niet in de juiste psychische toestand verkeerde om dat te doen. Hij huilde en verontschuldigde zich tegenover mij en Jenna omdat hij door het lint was gegaan. Nevvie was beledigd en liet zich de rest van de middag niet meer zien. Gideon en ik haalden de sjorbanden en kettingen van het olifantenlijk af, maar lieten het wel op de pallet liggen. Zodra ik de stroom van het schrikdraad had uitgeschakeld, trok Maura het weg alsof het van stro was en rende naar haar zoon. Ze streelde hem met haar slurf en steunde zijn lijf met haar achterpoten. Ze stond nog vijfenveertig minuten bij hem. Toen sjokte ze langzaam het berkenbos in, weg van het kalf.

Ik wachtte tien minuten, luisterend of ze misschien terugkwam, maar dat gebeurde niet. 'Oké,' zei ik.

Gideon klom op de graafmachine en begon te graven op de plek onder de eik waar Maura altijd heen ging om te rusten. Ik bond het dode olifantje weer vast op de pallet, zodat we het in het graf konden laten zakken zodra dit diep genoeg was. Ik nam de schop die Gideon had meegebracht en bedekte het lijk met wat aarde, als symbolisch gebaar.

Tegen de tijd dat ik de diepzwarte, omgewoelde aarde aandrukte boven het graf hing mijn haar in slierten langs mijn gezicht, had ik zweetkringen onder mijn oksels en was mijn rug kletsnat. Mijn hele lijf deed pijn. Ik was gesloopt, en de emoties die ik de afgelopen vijf uur had onderdrukt, overspoelden me. Snikkend viel ik op mijn knieën.

Plotseling zat Gideon naast me met zijn armen om me heen. Hij was heel groot, langer en breder dan Thomas. Ik leunde tegen hem aan, zoals je je wang tegen de vaste bodem drukt als je een diepe val hebt gemaakt. 'Het komt goed,' zei hij, al was dat niet zo. Ik kon Maura's baby niet terugbrengen. 'Je had gelijk. We hadden haar nooit mogen scheiden van het kalf.'

Ik rukte me los. 'Waarom deed je het dan?'

Hij keek me in de ogen. 'Omdat ik soms moeilijkheden krijg als ik de dingen volgens mijn eigen inzicht doe.'

Ik voelde zijn handen op mijn schouders. Ik rook het zout van zijn zweet. Ik keek naar zijn donkere huid tegen de mijne.

'Ik dacht dat jullie dit wel konden gebruiken,' zei Grace. Ze hield een kan ijsthee in haar hand.

Hoelang stond Grace daar al? Wat dacht ze bij het zien van haar man die mij troostte? Het was niets meer dan dat, maar toch schoven Gideon en ik pijlsnel uit elkaar, alsof we iets te verbergen hadden. Ik veegde mijn ogen af met mijn T-shirt terwijl Gideon de kan aanpakte.

Zelfs toen Gideon vertrok, hand in hand met Grace, voelde ik nog de warmte van zijn handen op mijn schouders. Het deed me denken aan Maura die over haar kalf heen stond om veiligheid te bieden, hoewel het daar duidelijk te laat voor was.

JENNA

Als je een tiener bent, doen de meeste mensen ontzettend hun best om je niet te zien staan. Zakenmensen kijken niet op van hun telefoon, totaal verdiept in het sms'en of e-mailen naar hun baas. Moeders wenden zich af omdat je ze een inkijkje geeft in de toekomst, wanneer hun schattige dreumes een asociale puber zal zijn met earphones op, niet in staat tot een gesprek dat verder gaat dan gegrom. De enige mensen die me echt aankijken, zijn eenzame oude dames of kleine kinderen die aandacht willen. Vandaar dat het ongelooflijk simpel is om op een Greyhound te stappen zonder kaartje. En dat komt goed uit, want wie kan er zomaar even honderdnegentig dollar ophoesten? Ik hang wat rond in de rommelige marges van een gezin met hier een krijsende baby, daar een duimend vijfjarig jochie en verderop een tienermeisje, dat zo snel op haar mobiel typt dat je zou denken dat haar Galaxy in vlammen opgaat. Dan worden de reizigers naar Boston verzocht in te stappen. En terwijl de afgepeigerde ouders van het gezin proberen hun bagage en hun kroost te tellen, stap ik achter hun oudste dochter aan de bus in, alsof ik bij hen hoor.

Niemand houdt me tegen.

Ik weet dat de bestuurder hoofden gaat tellen voor hij vertrekt van het busstation, dus verschans ik me in de wc tot ik voel dat we rijden. Pas als we Boone, New Hampshire, een heel eind achter ons hebben gelaten, kom ik tevoorschijn. Ik laat me op de achterbank zakken, waar nooit iemand wil zitten omdat het er naar toiletblok ruikt, en doe alsof ik slaap.

Even over mijn oma, die niet blij zal zijn met mijn stunt. Ik heb een vaag briefje voor haar neergelegd maar mijn telefoon uitgezet, omdat ik geen zin heb om nadere uitleg te geven zodra ze het vindt. Zij denkt al dat de internetzoektochten naar mijn moeder mijn leven verpesten, dus als ze hoort dat ik als verstekeling meelift naar Tennessee om mam in levenden lijve op te sporen, zijn de rapen gaar.

Ik ben eigenlijk een beetje pissig op mezelf omdat ik hier niet eerder aan heb gedacht. Misschien was het mijn vaders totaal onverwachte woedeaanval (echt raar, voor iemand die het grootste deel van de tijd catatonisch is) die mijn geheugen heeft opgefrist. Hoe het ook kwam, ineens herinnerde ik me Gideon en hoe belangrijk hij was voor mij en mijn moeder. Mijn vaders reactie op die ketting werkte als een elektrische schok, waardoor neuronen oplichtten die jarenlang hadden liggen sudderen, vlaggen gingen wapperen en neonreclames opflitsten in mijn hoofd: *let op*. Oké, ook áls ik eerder aan Gideon had gedacht, had ik niet kunnen uitvinden waar hij tien jaar geleden naartoe ging. Maar ik weet wel een plek waar hij in elk geval langsgekomen is.

Toen mijn moeder verdween en mijn vaders bedrijf failliet ging, werden de olifanten opgevangen in The Elephant Sanctuary in Hohenwald, Tennessee. Je hoeft ze alleen maar te googelen om in geuren en kleuren te lezen hoe hun directie zich heeft ingespannen om de dakloze dieren uit ons oude reservaat te huisvesten. De olifanten werden begeleid door de enige overgebleven werknemer: Gideon.

Ik wist niet of ze hem in Hohenwald ook hadden aangenomen als vaste dierenverzorger of dat hij de olifanten alleen daarheen had gebracht en weer vertrokken was. Ik wist niet of hij zich bij mijn moeder had gevoegd. Of ze nog steeds elkaars hand vasthielden als ze dachten dat niemand keek.

Kijk, dat is nog zo'n typisch dingetje van mensen die denken dat kinderen onzichtbaar zijn. Ze laten hun voorzichtigheid varen, ook al ben je in de buurt.

Nu zit ik dus weggedoken achter in een langeafstandsbus, met mijn hoody over mijn gezicht zodat niemand oogcontact met me kan maken, alleen om Gideon die ene vraag te kunnen stellen. Maar hoe dom het ook klinkt, eigenlijk hoop ik dat Gideon in Hohenwald zal zijn zónder te weten waar mijn moeder is. Want het idee dat mijn moeder de afgelopen tien jaar gelukkig is geweest, zit me niet lekker. Ik wens haar niet dood en ik wens haar geen rotleven toe. Maar ik ben er toch ook nog?

Ik heb de mogelijke scenario's door mijn hoofd laten gaan:

1. Gideon werkt in het reservaat in Hohenwald en woont samen met mijn moeder. Zij heeft een schuilnaam aangenomen, zoals Mata Hari of Euphonia Lalique of iets dergelijks mysterieus, zodat ze zich kan blijven verstoppen. (Opmerking: ik denk er liever niet over na waarvóór ze zich dan verstopt. Voor mijn vader, de politie of voor mij, geen van deze opties staat me aan.) Natuurlijk zal Gideon me direct herkennen en me meenemen naar mijn moeder. Zij zal me zielsblij omhelzen, me smeken om vergiffenis en me verzekeren dat ze altijd aan me is blijven denken.
2. Gideon werkt niet meer in Hohenwald, maar omdat de olifantengemeenschap vrij klein is, hebben ze zijn contactgegevens nog. Dus sta ik binnen de kortste keren bij hem op de stoep. Mijn moeder zal de deur opendoen en... vul de rest in zoals scenario 1.
3. Ik heb Gideon eindelijk gevonden, waar hij ook is. Maar hij vertelt me dat hij tot zijn verdriet niet weet wat er met mijn moeder is gebeurd. Ja, inderdaad, hij heeft van haar gehouden. En ja, ze had samen met hem willen weglopen bij mijn vader. Misschien houdt zelfs Nevvies dood op de een of andere manier verband met hun noodlottige romance. Maar in de lange jaren waarin ik ver weg van hen ben opgegroeid, bleek de relatie niet te werken. Ze heeft hem verlaten zoals ze mij heeft verlaten.

Dat laatste is natuurlijk het slechtste scenario van allemaal. Alleen één variant is nog zwarter, ronduit een spookbeeld. Ik sta mijn fantasie maar even toe om er door een kiertje naar te gluren, om dan de deur snel dicht te slaan, voordat het doordringt in alle hoeken van mijn geest:

4. Via Gideon vind ik uiteindelijk mijn moeder. Maar er volgt geen blijde hereniging. Alleen een berustende zucht van haar kant terwijl ze zegt: had je me maar niet gevonden.

Zoals ik al zei, ik wil niet eens over deze mogelijkheid nadenken. Want stel dat Serenity gelijk heeft? Dat de energie die het universum in wordt gestuurd door zomaar een gedachte echt voor een bepaalde uitkomst kan zorgen?

Ik denk dat Virgil heel snel zal doorhebben waar ik naartoe ben. Hij zal tot dezelfde conclusie komen als ik, namelijk dat Gideon de link vormt met mijn moeder en dat ze misschien vanwege hem – mét hem – is weggelopen. Wie weet heeft Gideon zelfs te maken met Nevvies dodelijke ongeluk, dat misschien geen ongeluk was. Ik voel me een beetje schuldig omdat ik Serenity niet heb verteld waar ik naartoe ben. Maar goed, ze doet readings voor de kost, dus hopelijk weet ze allang dat ik van plan ben om terug te komen.

Maar dan niet alleen.

Ik moet overstappen in Boston, New York en Cleveland. Bij iedere halte ben ik doodsbang dat er een smeris op me staat te wachten om me naar huis te brengen. Maar dan zou mijn oma me als vermist hebben moeten opgeven, en laten we eerlijk zijn, daar is ze geen held in.

Ik laat mijn mobiel uitgeschakeld staan, want ik wil niet dat zij me belt, en ik wil Virgil of Serenity ook niet spreken. Op het busstation haal ik dezelfde truc uit, door een gezin uit te pikken dat mij waarschijnlijk niet opmerkt in hun rommelige gelederen. In de bus doe ik nu eens een dutje, dan weer sluit ik wedjes af met mezelf. Als ik drie rode auto's achter elkaar zie op de snelweg, zal mijn moeder blij zijn om me te zien. Als ik een VW Kever zie voor ik tot honderd heb geteld, betekent het dat ze is weggelopen omdat ze geen keus had. Als ik een lijkwagen zie, betekent het dat ze dood is en dat ze daarom nooit bij me teruggekomen is.

Ik zie geen lijkwagens, mocht je je dat afvragen.

Eén dag, drie uur en achtenveertig minuten na mijn vertrek uit Boone, New Hampshire, arriveer ik op het busstation in Nashville,

Tennessee. Ik stap in de hitte, die me treft als een klap in mijn gezicht.

Het busstation is midden in de stad en ik voel me overrompeld door het gekrioel van mensen en de herrie. Het is alsof je in een hoofdpijn stapt. Ik zie mannen met veterdassen, toeristen die lurken aan waterflessen en mensen die gitaarspelen, zittend voor de winkelpuien. Iedereen schijnt hier cowboylaarzen te dragen.

Vlug wijk ik achteruit het overdekte busstation met airconditioning in, waar een kaart van Tennessee aan de muur hangt. Hohenwald, waar het reservaat is, ligt ten zuidwesten van de stad, op ongeveer anderhalf uur rijden. Het is blijkbaar geen grote toeristische trekpleister, want er gaat geen openbaar vervoer naartoe. En ik ben niet zo dom om te gaan liften. Zou deze laatste honderdtwintig kilometer moeilijker worden dan de zestienhonderd kilometer ervoor?

Ik sta een tijdje voor de gigantische kaart van Tennessee, me afvragend waarom Amerikaanse kinderen geen topografie krijgen op school. Als dat wel zo was, zou ik nu misschien wat praktische kennis hebben over deze staat. Ik haal diep adem en loop het busstation uit en het stadscentrum in. Ik dwaal in en uit winkeltjes die westernkleding verkopen en restaurants met livemuziek. Langs de straten staan personenauto's en vrachtwagens geparkeerd. Ik bekijk de nummerplaten. Waarschijnlijk zijn er veel huurauto's bij omdat het hier zo toeristisch is, maar in sommige zie ik een babyzitje, of cd's op de vloer, spullen die wijzen op een privé-eigenaar.

Ik begin bumperstickers te lezen. GOD ZEGENE AMERIKA (voorspelbaar) en IK REM VOOR DIEREN, NIET VOOR HOMO'S (word ik kotsmisselijk van). Maar ik ben op zoek naar tips en aanwijzingen, zoals Virgil waarschijnlijk zou doen, waardoor ik iets te weten kom over het gezin dat in een bepaalde auto rijdt.

Ten slotte zie ik op een pick-uptruck een sticker die trots vermeld: AFGESTUDEERD AAN COLUMBIA UNIVERSITY! Dat is een bof om twee redenen. Ten eerste heeft de truck een open laadbak waarin ik me kan verstoppen, en ten tweede ligt Columbia – volgens de kaart in de busterminal – op de route naar Hohenwald. Ik zet mijn voet op de achterbumper, klaar om mezelf in de laadbak te hijsen als er niemand kijkt.

'Wat doe jij?'

Ik had het zo druk met mensen op straat in de peiling houden en onopvallend doen, dat ik het jongetje niet zag dat stilletjes achter me is komen staan. Hij zal zes of zeven jaar zijn, want hij is al zoveel melktanden kwijt dat de overgeblevene eruitzien als grafstenen op een kerkhof.

Ik hurk neer, met al mijn ervaring als babysitter in mijn achterhoofd. 'Ik speel verstoppertje. Doe je mee?'

Hij knikt.

'Tof. Maar dan moet je wel een geheim bewaren. Zou dat lukken? Om niet aan je papa of mama te vertellen dat dit mijn verstopplek is?'

Het joch knikt enthousiast. 'Ben ik daarna aan de beurt?'

'Zeker weten,' beloof ik, en ik kruip in de laadbak.

'Brian!' roept een vrouw die hijgend de hoek omkomt, met een mokkend tienermeisje met stijf over elkaar geslagen armen in haar kielzog. 'Hier komen, nú!'

De metalen bodem van de laadbak is loeiheet. Echt, ik voel de blaren ontstaan op mijn handpalmen en billen. Ik til mijn hoofd een stukje op, kijk Brian aan en leg mijn vinger op mijn lippen, het universele teken voor 'sst'.

Zijn moeder komt eraan, dus ga ik weer plat op mijn rug liggen en houd mijn adem in.

'Straks ben ik aan de beurt, hè?' zegt Brian.

'Tegen wie praat jij?' wil zijn moeder weten.

'Mijn nieuwe vriendinnetje.'

'Je mag niet liegen, Brian. Daar hebben we toch over gepraat?' zegt ze terwijl ze het portier van de cabine opent.

Ik vind het zielig voor Brian. Zijn moeder gelooft hem niet en ik ben niet van plan om straks nog verstoppertje met hem te spelen. Dan ben ik allang weg.

In de cabine schuift iemand de achterruit open voor ventilatie. Door het open raam hoor ik de radio spelen terwijl Brian, zijn moeder en zusje de snelweg op rijden, hopelijk richting Columbia, Tennessee. Ik sluit mijn ogen. Ik lig te roosteren in de zon en doe maar net alsof ik op het strand ben, niet op een plaat metaal.

De liedjes gaan over trucks zoals deze, of over meisjes met een hart van goud die slecht behandeld zijn. In mijn oren klinken ze allemaal hetzelfde. Mijn moeder had zo'n afkeer van banjo's dat het grensde aan allergie. Ik herinner me dat ze steevast de radio uitzette zodra ze een zangeres hoorde met een wat nasaal stemgeluid. Zou een vrouw die walgde van country-and-westernmuziek echt vlak bij Nashville gaan wonen, onder de rook van een van de beroemdste countrystudio's ter wereld? Of had ze haar afkeer gebruikt als een rookgordijn, denkend dat niemand die haar kende ooit zou verwachten dat ze zich uitgerekend híér zou vestigen?

Al hobbelend in de laadbak denk ik:

1. Banjo's zijn eigenlijk wel cool.
2. Mensen kunnen veranderen.

ALICE

De paring is voor olifanten geen simpel liedje van verlangen. Het is bij alle olifantencommunicatie zo dat geluiden samengaan met lichaamstaal. Een matriarch zal bijvoorbeeld op een doorsneedag het signaal 'kom, we gaan' knorren en zich tegelijkertijd zo positioneren dat de kuddeleden weten welke kant ze op moeten.

Maar paringsgeluiden zijn ingewikkelder. In de wildernis hoor je de pulserende, knorrende keelklanken van mannetjes in musth, zo laag en langzaam dat ze uit een diepe afgrond schijnen te komen. Het lijkt erop dat de paringsdrift tegelijkertijd een instrument van agressie is. Mannetjes kunnen musthachtig geknor produceren als ze worden uitgedaagd door een andere stier, als ze verrast worden door een naderend voertuig of als ze op zoek zijn naar een vrouwtje. De klanken verschillen per olifant en gaan gepaard met wapperende oren en frequent druppelen van urine.

Als een mannetje in musth roept, geeft de hele kudde vrouwtjes antwoord. Die geluiden trekken niet alleen het mannetje aan dat met roepen is begonnen, maar alle geschikte vrijgezellen, zodat de bronstige vrouwtjes de kans krijgen om de begeerlijkste partner te kiezen. En daarmee bedoel ik niet degene met het vlotste uiterlijk, maar met de grootste overlevingskans, dus een gezonde oudere olifant. Als een olifantenkoe een bepaalde stier niet mag, zal ze misschien bij hem wegrennen, ook al heeft hij haar al bestegen. Ze zal op zoek gaan naar een betere man, vooropgesteld natuurlijk dat er een te vinden is.

Dat is de reden dat een vrouwtje een paar dagen voor het moment van de paring de bronstroep laat horen, een krachtige oproep waar alle mogelijke vrijers op afkomen, zodat zij het voor het kiezen heeft. Wanneer ze ten slotte bereid is zich te laten dekken, zingt ze een bronstlied. In tegenstelling tot het musthgeknor van de stieren zijn deze liedjes lyrisch en herhalend, vibrerende geluiden die snel de hoogte in schieten en dan wegsterven. De olifantenkoe flappert luid met haar oren en haar slaapklieren scheiden vocht af. Na de paring vallen de andere vrouwtjes uit de kudde haar bij, zodat het bronstlied aanzwelt tot een symfonie. Het gebrul, geknor en getrompetter is even uitbundig als op andere spannende groepsmomenten, zoals een geboorte of hereniging.

Als mannelijke walvissen zingen, trekt de walvis met het meest complexe gezang de vrouwtjes aan, dat weten we. Maar in de olifantenwereld zal een stier in musth paren met wie hij kan. Het vrouwtje is degene die zingt, wat voortkomt uit biologische noodzaak. Een vrouwelijke olifant is maar zes dagen bronstig en de enige beschikbare stieren kunnen kilometers ver weg zijn. Feromonen werken niet op zulke afstanden, dus moet ze iets anders doen om potentiële partners aan te trekken.

Het is bewezen dat walvisliederen worden doorgegeven van generatie op generatie en dat ze bestaan in alle oceanen van de wereld. Ik heb me altijd afgevraagd of hetzelfde geldt voor olifanten. Of olifantenkalveren in de paartijd het bronstlied van hun oudere vrouwelijke familieleden leren, zodat ze later, als het hun beurt is, weten hoe ze de sterkste, vurigste mannetjes kunnen aantrekken. En of dochters op deze manier leren van de fouten van hun moeders.

SERENITY

Dit had ik je nog niet verteld. Het is me één keer overkomen, op het toppunt van mijn carrière als medium, dat mijn gave om met geesten te praten me in de steek liet.

Ik deed een reading voor een studente die contact wilde met haar overleden vader. Ze bracht haar moeder mee. Beiden hadden hun eigen opnameapparatuur bij zich, zodat ze thuis ieder voor zich konden afspelen wat er tijdens de sessie gebeurde. Anderhalf uur lang concentreerde ik me op zijn naam en worstelde om contact te krijgen. En de enige gedachte die me werd ingegeven, was dat deze man zichzelf van kant had gemaakt met een vuurwapen.

Verder niets dan stilte.

Precies wat me nu ook overkomt als ik probeer verbinding te krijgen met de doden.

Ik voelde me vreselijk. Ik bracht deze vrouwen negentig minuten van mijn tijd in rekening, waarin niets was voorgevallen. En hoewel ik geen niet-goed-geld-teruggarantie gaf, was het me nog nooit in mijn leven als medium overkomen dat ik zó weinig inspiratie had tijdens een sessie. Dus bood ik mijn excuses aan.

Het meisje was zo gefrustreerd dat ze in tranen uitbarstte en vroeg of ze mijn badkamer mocht gebruiken. Zodra ze de kamer uit was, vertelde haar moeder, die nog nauwelijks een woord had gezegd, over haar overleden man en het geheim dat haar dochter niet kende.

Hij had inderdaad zelfmoord gepleegd, met een jachtgeweer. Hij was een bekende basketbalcoach voor aankomend talent geweest in North Carolina en had een affaire gehad met een van de jongens in zijn team. Zijn vrouw ontdekte dit, vroeg een scheiding aan en dreigde zijn carrière kapot te maken, tenzij hij met een heleboel geld over de brug kwam. Hij weigerde en zei dat hij van de jongen hield.

'Dan ga jij je gang maar met je nieuwe minnaar. En ik zal je aanklagen tot je geen cent meer overhebt,' had ze gezegd. Plus dat ze openbaar zou maken wat hij haar had aangedaan. Dat was de prijs van de liefde, had ze eraan toegevoegd.

Hij liep de trap af naar hun souterrain en schoot zich door het hoofd.

Op zijn begrafenis stond ze op het laatst alleen bij het graf om afscheid te nemen. 'Jij vuile klootzak,' had ze gezegd. 'Denk maar niet dat ik jou vergeef nu je dood bent. Opgeruimd staat netjes.'

Twee dagen later belde de dochter me op. Er was iets eigenaardigs aan de hand, het bandje waarmee ze de sessie had opgenomen, was helemaal leeg. Hoewel we tijdens de bijeenkomst met elkaar hadden gepraat, was er op band niets te horen behalve een sissend geluid. En wat nog vreemder was, hetzelfde gold voor haar moeders opname.

Het was me duidelijk dat de dode echtgenoot zijn vrouw heel goed gehoord had op de begrafenis, en dat hij haar aan haar woord hield. Zíj wilde niets meer met hem te maken hebben, dus liet hij verstek gaan. Voorgoed.

Praten met geesten is een dialoog. Er zijn twee partijen nodig. Als je je enorm inspant zonder resultaat, is dat ofwel omdat deze ene geest niet wíl communiceren, of omdat het medium het niet kán.

'Het werkt niet als een kraan,' snauw ik, in een poging wat afstand te scheppen tussen mij en Virgil. 'Ik kan het niet op afroep open- en dichtdraaien.'

We staan op de parkeerplaats bij Gordons Groothandel te verwerken wat we zojuist gehoord hebben over Grace Cartwrights zelfmoord. Ik had het niet verwacht, maar Virgil is ervan overtuigd dat dit een wezenlijk onderdeel van de puzzel is.

'Begrijp ik het goed?' vraagt hij nu. 'Ik zeg daarnet tegen jou dat ik wil aannemen dat paranormale begaafdheid geen baarlijke onzin hoeft te zijn. Ik zeg dat ik bereid ben om jouw... talent... een kans te geven. En jij wilt het niet eens proberen?'

'Oké dan,' zeg ik berustend. Ik leun tegen de voorbumper van mijn auto en schud mijn armen en schouders zoals een zwemmer op het startblok. Dan sluit ik mijn ogen.

'Kan dat zomaar hier?' onderbreekt Virgil me.

Ik doe één oog open. 'Dat was toch je bedoeling?'

Hij krijgt een kleur. 'Ik dacht dat je er misschien iets bij nodig had. Een tent of zo.'

'Ik kan het af zonder mijn glazen bol en zonder theeblaadjes,' zeg ik droog.

Ik heb aan Jenna noch Virgil opgebiecht dat ik niet meer met geesten kan communiceren. Ik heb ze laten geloven dat de vondst van Alice' portemonnee en kettinkje in het oude olifantenreservaat geen stom geluk was, maar dat het echte mediamieke momenten waren.

Misschien heb ik mezelf daar ook van overtuigd. Dus sluit ik mijn ogen en denk: *Grace. Grace, wil je iets tegen me zeggen?*

Zo deed ik het vroeger.

Maar ik krijg niets door. Het voelt zo leeg en statisch als de keer dat ik probeerde contact te krijgen met de basketbalcoach uit North Carolina die zelfmoord had gepleegd.

Ik kijk naar Virgil. 'Heb jij al iets?' vraag ik. Hij typt geconcentreerd op zijn smartphone, op zoek naar Gideon Cartwright in Tennessee.

'Nee,' zegt hij. 'Maar als ik hem was, zou ik een schuilnaam gebruiken.'

'Nou, ik heb ook niets doorgekregen,' zeg ik tegen Virgil, wat voor één keer de volledige waarheid is.

'Misschien moet je... hardop roepen?'

Ik zet een hand op mijn heup. 'Ik ga jou toch ook niet vertellen hoe jij je werk moet doen?' zeg ik. 'Zo gaat het soms na een zelfmoord.'

'Hoe bedoel je?'

'Alsof ze zich generen voor wat ze gedaan hebben.' Zelfmoordenaars zijn bijna per definitie schimmen, aan de aarde gebonden omdat ze wanhopig proberen zich te verontschuldigen tegenover hun dierbaren. Of omdat ze zich zo schamen.

Dan denk ik aan Alice Metcalf. Misschien lukt het me niet met haar te communiceren omdat ze, net als Grace, zelfmoord heeft gepleegd.

Onmiddellijk duw ik die gedachte weg. Virgils verwachtingen zijn me zeker naar het hoofd gestegen. Dat ik geen contact heb kunnen krijgen met Alice, of met welke andere geest dan ook, heeft ontiegelijk veel meer te maken met mij dan met hen.

'Ik probeer het later nog wel,' lieg ik. 'Wat wil je trouwens van Grace?'

'Ik wil weten waarom ze zelfmoord heeft gepleegd,' antwoordt hij. 'Waarom zou een gelukkig getrouwde vrouw met een vaste baan haar zakken volstoppen met stenen en het water in lopen?'

'Omdat ze geen gelukkig getrouwde vrouw was,' antwoord ik.

'Bingo,' zegt Virgil. 'Je ontdekt dat je echtgenoot vrijt met een ander. Wat zou jij doen?'

'Mijn zegeningen tellen omdat iemand ooit bereid is geweest met mij een boterbriefje te gaan halen?'

Virgil zucht. 'Nee. Je spreekt hem erop aan. Of je neemt de benen.'

'Stel dat Gideon wilde scheiden en Grace weigerde?' opper ik, voortbordurend op Virgils idee. 'Stel dat hij haar vermoord heeft en probeerde het te laten lijken op zelfmoord?'

'De forensisch patholoog zou tijdens de autopsie meteen hebben gezien dat het moord was in plaats van zelfmoord.'

'Echt waar? Want ik kreeg de indruk dat de politie en consorten niet altijd gegronde uitspraken doen als het om de doodsoorzaak gaat.'

Virgil negeert mijn schimpscheut en vervolgt: 'Stel dat Gideon van plan was om weg te lopen met Alice en dat Thomas erachter kwam?'

'Je hebt Thomas afgeleverd op een psychiatrische afdeling voordat Alice verdween uit het ziekenhuis.'

'Maar de avond daarvoor kan hij wel degelijk ruzie met haar hebben gehad, waardoor zij het olifantenterrein op vluchtte. Misschien was Nevvie Ruehl op het verkeerde moment op de verkeerde plaats. Ze probeerde Thomas tegen te houden en toen nam hij háár te pakken. Intussen ging Alice ervandoor, knalde met haar hoofd tegen een tak en viel flauw op anderhalve kilometer afstand van hen. Gideon ging naar haar toe in het ziekenhuis, waar ze samen een plan smeedden om haar uit de buurt van haar woedende man te krijgen. We weten dat Gideon de olifanten begeleidde naar hun nieuwe onderkomen. Misschien is Alice ertussenuit geknepen en heeft ze hem daar opgewacht.'

Vol ontzag sla ik mijn armen over elkaar. 'Dat is geniaal.'

'Tenzij,' mijmert Virgil hardop, 'het nóg anders is gegaan. Laten we zeggen dat Gideon Grace om een scheiding heeft gevraagd, zodat hij kon weglopen met Alice. Grace was er finaal kapot van en pleegde zelfmoord. Alice voelde zich zo schuldig over Grace' dood dat ze terugkrabbelde, maar Gideon wilde haar niet laten gaan. Althans niet levend.'

Zou dat kunnen? Misschien was Gideon inderdaad naar het ziekenhuis gekomen en had hij Alice op de mouw gespeld dat er iets mis was met haar kleine meid, of wat voor smoes dan ook gebruikt waardoor ze direct met hem meeging. Ik ben niet dom, ik kijk naar *Law & Order*. Er vinden zoveel moorden plaats omdat het slachtoffer de man vertrouwt die aanbelt, om hulp vraagt of een lift aanbiedt. 'Maar hoe is Nevvie dan gestorven?'

'Gideon heeft haar ook vermoord.'

'Waarom zou hij zijn eigen schoonmoeder vermoorden?' vraag ik.

'Kom óp, zeg,' antwoordt Virgil. 'Dat is toch de fantasie van iedere man? En als Nevvie had gehoord dat Gideon scharrelde met Alice, heeft zij waarschijnlijk de eerste klap uitgedeeld.'

'Of misschien heeft ze Gideon met geen vinger aangeraakt. Misschien had Nevvie het op Alice voorzien en achtervolgde ze haar op het olifantenterrein. Alice vluchtte uit zelfbehoud en raakte bewusteloos.' Ik kijk hem aan. 'Zoals Jenna al die tijd al heeft gezegd.'

'Kijk niet zo naar me,' zegt Virgil stuurs.

'Ik vind dat je haar moet bellen. Wie weet herinnert ze zich iets over Gideon en haar moeder.'

'We hebben Jenna's hulp niet nodig. We moeten zelf naar Nashville...'

'Ze verdient het niet om achtergelaten te worden.'

Even lijkt het alsof Virgil me wil tegenspreken. Dan pakt hij zijn telefoon. 'Heb jij haar nummer?'

Ik heb haar een keer gebeld op mijn vaste telefoon, niet op mijn mobiel. Ik heb haar nummer niet bij me. Maar ik weet wel waar ik het kan vinden.

We rijden naar mijn appartement. Hij kijkt verlangend naar het kroegje dat we passeren om de trap naar mijn woning op te kunnen. 'Verleidelijk, zeg,' mompelt hij. 'Alsof je boven een Chinees restaurant woont.'

Virgil blijft in de deuropening staan terwijl ik een stapel post doorsnuffel op mijn eettafel, waartussen de organizer ligt waarin mijn cliënten zich inschrijven. Jenna was natuurlijk mijn laatste aanwinst. 'Kom maar binnen, hoor,' zeg ik.

Het kost me even om de telefoon te vinden, die onder een theedoek op het aanrecht ligt. Ik toets Jenna's nummer in, maar het toestel schijnt geen kiestoon te hebben.

Virgil staat naar de foto op mijn schoorsteenmantel te kijken, van mij tussen George en Barbara Bush. 'Sympathiek van je om je af te geven met types zoals Jenna en ik,' zegt hij.

'Ik was toen een heel ander iemand,' antwoord ik. 'Trouwens, beroemd zijn is echt niet zo leuk als het lijkt. Het is op de foto niet te zien, maar de president knijpt op dat moment in mijn kont.'

'Het had erger gekund,' mompelt Virgil. 'Wees blij dat Barbara haar handen thuishield.'

Ik probeer Jenna's nummer weer, maar er gebeurt niets. 'Vreemd. Er is iets mis met mijn telefoon,' zeg ik tegen Virgil, die zijn mobiel uit zijn zak haalt.

'Zal ik het proberen?' vraagt hij.

'Vergeet het maar. Ik heb hier geen ontvangst, tenzij ik met mijn hoofd in zilverpapier gewikkeld aan de brandtrap ga hangen. Zo gaat dat als je in een uithoek woont.'

'Zullen we de telefoon in het café gebruiken?' stelt Virgil voor.

'Ammehoela,' zeg ik. Ik zie al voor me hoe ik hem probeer los te weken van een dubbele whisky. 'Jij bent wijkagent geweest voor je rechercheur werd, toch?'

'Hm-hm.'

Ik prop de organizer in mijn tas. 'Dan kun je ons mooi de weg wijzen naar Greenleaf Street.'

De buurt waar Jenna woont ziet eruit als dertien in een dozijn. Keurig gemaaide gazons, huizen met rood en zwart schilderwerk, keffende honden achter onzichtbare omheiningen. Kleine kinderen rijden op hun fietsjes heen en weer over de stoep waarnaast ik mijn auto parkeer.

Virgil inspecteert Jenna's voortuin. 'Aan een huis kun je een heleboel aflezen over de bewoners,' zegt hij.

'Zoals?'

'Ach, je weet wel. Een vlaggenstok betekent vaak dat ze conservatief zijn. Als ze in een Prius rijden, zijn ze waarschijnlijk progressief. De helft van de tijd slaat het nergens op, maar toch is het een leuk tijdverdrijf.'

'Dat klinkt heel erg als cold reading. En het lijkt me ongeveer even accuraat.'

'Nou ja, voor wat het waard is... Ik had niet verwacht dat Jenna opgegroeid was in zo'n modale gezinswijk. Als je begrijpt wat ik bedoel.'

Ik begrijp het. Deze straat met nette huizen, de groenafvalbakken in keurige rijen bij de stoeprand en de 2,4 kinderen die je vermoedt in elke woning, voelt griezelig middelmatig. Terwijl Jenna iets ongedurigs over zich heeft, alsof ze continu zoekende is, wat hier helemaal niet past.

'Hoe heet haar oma?' vraag ik Virgil.

'Weet ik veel,' zegt hij. 'Ik weet alleen dat ze overdag buitenshuis werkt.'

'Wacht jij dan maar even hier,' stel ik voor.

'Waarom?'

'Omdat ik minder kans heb dat Jenna de deur voor mijn neus dichtslaat als jij er niet bij bent,' zeg ik.

Virgil mag soms onuitstaanbaar zijn, maar hij is niet dom. Hij zakt onderuit in de passagiersstoel. 'Mij best.'

Dus loop ik alleen over het met kinderkopjes geplaveide pad naar de mauve voordeur, waarop een hartvormig houten bordje hangt met WELKOM erop. Ik bel aan en even later zwaait de deur uit zichzelf open.

Althans dat denk ik, tot ik me realiseer dat er een peuter voor me staat met zijn duim in zijn mond. Hij is ongeveer drie jaar, en ik ben niet zo goed met kleine mensen. Ze doen me denken aan knaagdieren die je goeie paar leren schoenen kapotkauwen en een spoor van kruimels en drollen achterlaten. Ik ben zo verbaasd dat ik niet eens hallo zeg. Heeft Jenna een broertje, dat kennelijk geboren is nadat zij bij haar oma is gaan wonen? Hoe kan dat?

Het jochie haalt zijn duim uit zijn mond, en ja hoor, daar komen de waterlanders. Alsof hij een stop uit een dijk trekt.

Direct komt een jonge vrouw naar de deur stevenen. Met een zwaai tilt ze hem op. 'Sorry,' zegt ze. 'Ik hoorde de bel niet. Kan ik u helpen?'

Dit laatste schreeuwt ze me toe, want het kind brult nu nog harder. Haar blik is inmiddels al wantrouwig, alsof ik haar kind mishandeld heb. Intussen probeer ik te bedenken wie deze vrouw is en wat ze in Jenna's huis doet.

Ik werp haar mijn mooiste televisieglimlach toe. 'Blijkbaar kom ik ongelegen,' zeg ik. Luidkeels. 'Is Jenna thuis?'

'Jenna?'

'Metcalf?' zeg ik.

De vrouw verschuift haar peuter naar haar heup. 'Ik denk dat u het verkeerde adres hebt.'

Ze begint de deur dicht te duwen, maar ik zet mijn voet op de drempel terwijl ik de organizer opdiep uit mijn tas. Het ding valt open op de laatste bladzijde, waar Jenna 'Greenleaf Street 145, Boone' heeft neergepend in haar ronde tienerhandschrift.

'Greenleaf Street 145, klopt dat?' vraag ik.

'Ja, dat klopt,' antwoordt ze. 'Maar er woont hier geen Jenna.'

Ze doet de deur voor mijn neus dicht en ik kijk neer op de organizer in mijn hand. Helemaal perplex loop ik terug naar de auto, stap in en gooi Virgil het boekje toe. 'Ze heeft me beduveld,' zeg ik. 'Ze heeft een vals adres opgegeven.'

'Waarom zou ze?'

Ik schud mijn hoofd. 'Ik weet het niet. Misschien wilde ze voorkomen dat ik haar reclamebrochures zou sturen.'

'Of misschien vertrouwde ze je niet,' oppert Virgil. 'Net zomin als ze mij vertrouwt. En je weet wat dat betekent.' Hij wacht tot ik hem aankijk. 'Ze is ons een stap voor.'

'Wat bedoel je?'

'Ze is slim genoeg om te hebben uitgeknobbeld waarom haar vader zo furieus reageerde. Ze weet het allang van haar moeder en Gideon en ze doet op dit moment wat wij een uur geleden hadden moeten doen.' Virgil leunt over me heen en draait de contactsleutel om. 'We gaan naar Tennessee,' zegt hij. 'Want ik wil er honderd dollar om verwedden dat Jenna daar al is.'

ALICE

Sterven van verdriet is de ultieme opoffering, maar evolutionair gezien is het niet haalbaar. Als rouw zó overweldigend was, dan zou een soort gewoon uitsterven. Toch zijn dergelijke gevallen wel bekend uit het dierenrijk. Ik wist van een paard dat plotseling was overleden, en zijn vaste stalgenoot volgde kort daarna. Er was een dolfijnenpaar dat samen in een pretpark werkte. Toen het vrouwtje overleed zwom het mannetje wekenlang rond in cirkels, met zijn ogen gesloten.

Nadat Maura's baby gestorven was, las ik de pijn af van haar gezicht. Ze bewoog haar lichaam zo voorzichtig alsof de wrijving van de lucht ondraaglijk voor haar was. Ze isoleerde zichzelf in de nabijheid van het graf en wilde 's avonds niet op stal komen. Ze had niet de troost van een familiekudde, die haar terug kon brengen naar de wereld van de levenden.

Ik was vastbesloten om haar niet ten onder te laten gaan aan haar verdriet. Gideon bevestigde een gigantische borstel aan de omheining, een gift van Openbare Werken aangezien zij een nieuwe veegmachine hadden aangeschaft. Het was een stuk speelgoed waar Maura vroeger onophoudelijk tegenaan zou hebben geschurkt. Maar nu keek ze niet eens in de richting van het getimmer terwijl Gideon het ding installeerde. Grace probeerde Maura te troosten door haar rode druiven en watermeloen te voeren, haar lievelingskostjes. Maar Maura at niet meer. Haar blik was leeg en ze leek gekrompen. Ze deed me denken aan Thomas, zoals hij drie nachten na de dood van het kalf had zitten staren naar het blanco notitieboek. Fysiek aanwezig, maar geestelijk ergens anders.

Nevvie dacht dat we Hester in het buitenverblijf moesten laten, om te kijken of zij Maura kon afleiden. Maar dat leek mij voorbarig. Ik had matriarchen gezien die olifanten in hun eigen kudde aanvielen – naaste familie dus – als ze zich te dicht bij een lévend kalf waagden. Wie weet wat Maura in haar verdriet zou doen om haar dode kalf te beschermen? 'Nog niet,' zei ik tegen Nevvie. 'Zodra ik zie dat ze er klaar voor is.'

Het was wetenschappelijk interessant om te observeren hoe een eenzame olifant haar verlies verwerkte, zonder een kudde om haar te steunen. Het was ook hartverscheurend. Ik was uren bezig met Maura's gedrag te beschrijven, want dat was mijn werk. Als Grace niet op Jenna kon passen nam ik haar mee het terrein op, omdat Thomas het heel druk had.

Terwijl bij de rest van ons alles nog in slow motion ging, omdat we lamgelegd waren door het tastbare verdriet dat om Maura heen hing, was Thomas opgeveerd. Hij was zo hypergeconcentreerd en energiek bezig, dat ik me afvroeg of ik die nacht dat hij wezenloos aan zijn bureau zat gehallucineerd had. Het geld waar hij al op rekende, van donateurs die enthousiast zouden zijn over een pasgeboren babyolifant, zouden we niet krijgen. Maar Thomas had een nieuw idee om fondsen te werven en daar ging hij helemaal in op.

Ik vond het niet erg om tijdelijk de leiding over het reservaat van Thomas over te nemen terwijl hij drukbezet was. Alles liever dan de schok van hem zien zoals ik hem had gezien: gebroken en onbereikbaar. Díé Thomas – die blijkbaar al bestond voor ik hem kende – wilde ik nooit meer tegenkomen. Ik was bereid om alles te doen wat hij maar wilde en hem toe te juichen zo hard ik kon, als hij maar niet weer wegzakte in een depressie.

Twee weken nadat het kalf doodging, wat nu mijn ijkpunt was in de tijd, reed ik naar Gordons Groothandel om onze wekelijkse bestelling op te halen. Maar de betaalautomaat weigerde mijn creditcard.

'Ik probeer het nog eens,' zei ik, maar het maakte niet uit.

Ik schaamde me, hoewel het geen groot geheim was dat het reservaat altijd krap bij kas zat. Tegen Gordon zei ik dat ik even naar een pinautomaat zou rijden en hem contant zou betalen.

Toen ik probeerde te pinnen, las ik op het scherm dat de rekening geblokkeerd was. Ik liep de bank binnen om navraag te doen. Dit moest een vergissing zijn.

'Uw man heeft het geld van deze rekening gehaald,' legde de vrouw achter de balie uit.

Ik stond perplex. 'Wanneer?'

Ze keek in haar computer. 'Afgelopen donderdag,' zei ze. 'Dezelfde dag dat hij een tweede hypotheek heeft aangevraagd.'

Mijn wangen gloeiden. Ik was Thomas' vrouw. Dit soort beslissingen hoorde hij toch met mij te bespreken? We hadden zeven olifanten, van wie het dieet de komende week ernstig zou worden versoberd zonder Gordons groenten en fruit. We hadden drie mensen in dienst die verwachtten op vrijdag hun salaris te krijgen. En voor zover ik kon zien, hadden we geen geld meer.

Ik ging niet terug naar Gordons Groothandel. Ik reed naar huis, waar ik Jenna zo gehaast uit haar autostoeltje haalde dat ze begon te huilen. Ik stormde de cottage binnen en riep Thomas. Geen antwoord. Grace was in de Aziatische stal bezig pompoenen te snijden en Nevvie snoeide de wilde wingerd, maar ze hadden geen van tweeën Thomas gezien.

Toen ik terugkwam bij de cottage, stond Gideon daar te wachten. 'Weet jij iets over een grote levering van een kwekerij?' vroeg hij.

'Kwekerij?' herhaalde ik verwonderd.

'Ja, ik bedoel een tuincentrum. Planten.'

'Niet accepteren,' zei ik. 'Scheep ze af.' Juist op dat moment liep Thomas langs ons, druk bezig om de vrachtwagen met bloemen door de hekken te loodsen.

Ik gaf Jenna aan Gideon en pakte Thomas bij de arm. 'Heb je een moment?'

'Eigenlijk niet,' zei hij.

'Kom toch maar even mee,' antwoordde ik terwijl ik hem aan zijn mouw meesleurde naar het kantoortje. Ik trok de deur achter ons dicht en vroeg: 'Wat zit er in die truck?'

'Orchideeën,' zei Thomas. 'Zie je het voor je? Een zee van paarse orchideeën tot aan de Aziatische stal?' Hij glimlachte. 'Ik heb erover gedroomd.'

Had hij een vrachtwagenlading exotische bloemen gekocht die we niet nodig hadden, vanwege een droom? Orchideeën zouden niet floreren in deze grond. En ze waren niet goedkoop. Dit was weggegooid geld.

'Je hebt blóémen gekocht... terwijl onze creditcard geblokkeerd is en er niets op onze bankrekening staat?'

Tot mijn ontzetting straalde Thomas' hele gezicht. 'Ik heb niet zomaar bloemen gekocht, ik heb geïnvesteerd in de toekomst. Ik snap niet waarom ik dit niet eerder heb bedacht, Alice,' zei hij. 'Ik heb een plan. Ik ga van die opslagruimte boven de Afrikaanse stal een observatieplatform maken.' Hij praatte zo snel dat de woorden in elkaar verstrikt raakten, als garen dat van zijn schoot af rolde. 'Van daarboven kun je alles overzien. Het hele reservaat. Ik voel me een koning als ik uit dat raam kijk. Stel je eens voor dat daar tíén ramen zijn. Een wand van glas. En grote sponsors die vanaf dat platform naar de olifanten kijken. Of we verhuren de ruimte voor feesten en partijen...'

Het was geen slecht idee. Maar wel heel slecht getimed. We hadden geen extra middelen om een renovatieproject te financieren. We hadden nauwelijks geld om de bedrijfskosten van deze maand te dekken. 'Thomas toch. Dat kunnen we niet betalen.'

'Wel als we de verbouwing zelf doen.'

'Gideon heeft geen tijd om...'

'Gideon?' Hij lachte. 'Ik heb Gideon niet nodig. Ik kan dit zelf.'

'Hoe dan?' vroeg ik. 'Je bent geen bouwvakker, je weet niets over constructiewerk.'

Plotseling viel hij razend tegen me uit: 'Jij weet niets over mij.'

Dát is in ieder geval de spijker op de kop, dacht ik bij mezelf toen hij het kantoor uit liep.

'Een vergissing,' zei ik tegen Gideon. 'De orchideeën moeten geretourneerd worden.' Ik weet niet hoe, maar hij speelde het klaar. Hij kwam terug met het terugbetaalde geld in zijn hand, dat direct naar Gordons Groothandel ging voor onze kratten kool, pompoenen en overrijpe meloenen. Thomas scheen niet eens te beseffen dat zijn orchideeën weg waren, hij had het te druk met hele dagen timmeren en zagen in de oude zolderruimte boven de Afrikaanse stal. Maar elke keer als ik vroeg of ik mocht komen kijken, snauwde hij me af.

Misschien, redeneerde ik analytisch, was dit Thomas' reactie op verdriet. Misschien stortte hij zich op dit project om niet te hoeven denken aan wat we verloren hadden. Hoe kreeg ik hem weer met beide benen op de grond? Waarschijnlijk door hem te laten zien wat hij nog wél had. Ik kookte uitgebreide maaltijden, hoewel ik eigenlijk nooit meer onder de knie kreeg dan macaroni met kaas. Ik pakte om de haverklap een picknick in en nam Jenna mee naar de Afrikaanse stal, waar ik Thomas overhaalde om samen met ons te lunchen. Op een middag begon ik over de verbouwing. 'Mag ik heel even kijken?' smeekte ik. 'Ik zal het aan niemand vertellen tot het klaar is.'

Maar Thomas schudde zijn hoofd. 'Het is het wachten waard,' beloofde hij.

'Misschien kan ik je helpen. Ik ben goed in schilderen...'

'Ik weet nog meer dingen waar jij goed in bent,' zei Thomas, en hij kuste me.

We hadden veel seks gehad. Na Jenna's bedtijd kwam Thomas terug uit de Afrikaanse stal, nam een douche en gleed naast me in bed. We vrijden als wanhopigen. Terwijl ik probeerde los te komen van de herinnering aan Maura's doodgeboren kalf, scheen Thomas zich juist aan iets te willen verankeren. Het was bijna alsof ik er niet toe deed, alsof het hem niet uitmaakte wie er onder hem lag. Maar dat kon ik hem moeilijk verwijten. Ik gebruikte Thomas immers ook, om te kunnen vergeten. Na afloop viel ik uitgeput in slaap. Vaak werd ik dan midden in de nacht wakker, tastte met mijn hand over de lakens en merkte dat hij weer weg was.

Tijdens de picknick kuste ik hem aanvankelijk terug. Maar toen gleed zijn hand onder mijn bloes, frutselend aan mijn behasluiting. 'Thomas,' fluisterde ik. 'Niet híér.'

We zaten niet alleen vlak bij de Afrikaanse stal, waar iemand van het personeel kon langskomen, maar Jenna was er ook nog. Vol belangstelling keek ze naar ons, trok zich op en waggelde naar ons toe met uitgestrekte armpjes, als een minizombie.

Ik hield mijn adem in. 'Thomas! Ze loopt!'

Hij drukte zijn gezicht in het kuiltje tussen mijn hals en schouder. Zijn hand lag op mijn borst.

Ik duwde hem weg. 'Thomas,' zei ik, 'kíjk dan!'

Hij week terug, duidelijk geërgerd. Zijn ogen waren bijna zwart achter zijn bril en hoewel hij zweeg, kon ik hem duidelijk horen: *Hoe durf je?* Maar toen tuimelde Jenna in zijn schoot. Hij nam haar in zijn armen en kuste haar op het voorhoofd en beide wangen. 'Wat ben jij een grote meid,' zei hij terwijl Jenna brabbelgeluiden maakte tegen zijn schouder. Hij zette haar op de grond en duwde haar in mijn richting. 'Was dit een toevalstreffer of een nieuwe vaardigheid?' vroeg hij. 'Moeten we het experiment herhalen?'

Ik lachte. 'Dit meisje krijgt het nog moeilijk, met twee wetenschappers als ouders.' Ik strekte mijn armen uit. 'Kom maar weer bij me, schat,' vleide ik.

Ik had het tegen mijn dochter. Maar het had evengoed een smeekbede aan Thomas kunnen zijn.

Een paar dagen later hielp ik Grace het voer voor de Aziatische olifanten klaar te maken. 'Hebben jij en Gideon wel eens ruzie?' vroeg ik terloops.

'Hoezo?' zei ze, plotseling op haar hoede.

'Jullie zijn zo'n harmonisch stel,' antwoordde ik. 'Het is een beetje ontmoedigend.'

Grace ontspande zich. 'Hij laat de wc-bril omhoog staan. Gek word ik daarvan.'

'Als dat zijn enige fout is, zou ik zeggen dat je ongelooflijk veel geluk hebt.' Ik hief mijn mes en hakte met kracht een meloen doormidden, met mijn blik strak gericht op het sap dat eruit sijpelde. 'Houdt hij wel eens iets geheim voor je?'

'Zoals welk cadeau hij me wil geven voor mijn verjaardag?' Ze haalde haar schouders op. 'Natuurlijk.'

'Dat soort geheimen bedoel ik niet. Ik bedoel het soort waardoor je gaat denken dat hij echt iets te verbergen heeft.' Ik legde het mes neer en keek haar in de ogen. 'Weet je nog die avond, een paar dagen nadat het kalf doodging? Je hebt Thomas gezien in zijn kantoor, hè?'

We hadden er nooit over gepraat. Maar Grace moest hem gezien hebben, wiegend op zijn stoel, met lege ogen en bevende handen. Ik wist dat ze Jenna daarom per se niet met hem alleen had willen laten.

Grace wendde haar blik af. 'Elk huis heeft zijn kruis,' mompelde ze.

Uit de manier waarop ze dit zei, begreep ik meteen dat het niet de eerste keer was geweest dat ze Thomas zo had meegemaakt. 'Is dit eerder gebeurd?'

'Hij komt er altijd weer bovenop.'

Was ik de enige persoon in het reservaat die dit niet wist? 'Tegen mij zei hij dat het eenmalig was geweest, na de dood van zijn ouders,' zei ik met gloeiende wangen. 'Ik dacht dat je er in je huwelijk samen voor staat, begrijp je? In voor- en tegenspoed. In ziekte en gezondheid. Waarom zou hij tegen me liegen?'

'Iets geheimhouden is niet altijd liegen. Soms is het de enige manier om je geliefde te beschermen.'

'Dat kun jij makkelijk zeggen, jij bent niet degene die zand in de ogen wordt gestrooid.'

'Nee,' zei Grace zacht, 'ik ben degene die zand strooit.' Vaardig en snel lepelde ze de gehalveerde ontpitte meloenen vol met pindakaas. 'Ik vind het heerlijk om voor je dochter te zorgen,' vervolgde ze, schijnbaar onlogisch.

'Ik weet het. Ik ben je dankbaar.'

'Ik vind het heerlijk om voor je dochter te zorgen,' herhaalde Grace, 'omdat ik zelf geen kinderen kan krijgen.'

Ik keek haar aan. Op dat moment deed ze me denken aan Maura. Die schaduw in haar ogen had ik eerder gezien. Jong en onzeker, had ik toen gedacht, maar nu begreep ik dat het om een verlies ging van iets wat ze nooit werkelijk had gehad. 'Je bent nog jong,' zei ik.

Grace schudde haar hoofd. 'Ik heb een afwijking aan mijn eierstokken,' legde ze uit. 'Iets met mijn hormonen.'

'Je kunt een draagmoeder zoeken. Of adopteren. Heb je met Gideon gepraat over de alternatieven?' Toen ze me zwijgend aanstaarde, werd het me duidelijk: Gideon wist het niet. Dit hield ze voor hem geheim.

Plotseling greep Grace me bij de arm en kneep er zo hard in dat het pijn deed. 'Niet verder vertellen, hè?'

'Nee,' beloofde ik.

Ze kalmeerde meteen, pakte haar mes weer op en begon te hakken. We werkten een tijdje in stilte. Toen zei Grace: 'Het is niet zo dat hij niet genoeg van je houdt om je te vertellen hoe het zit. Maar hij houdt te veel van je om het risico te nemen.'

Die nacht, nadat Thomas na middernacht de cottage binnen kwam sluipen, deed ik alsof ik sliep toen hij zijn hoofd om de slaapkamerdeur stak. Ik wachtte tot ik watergekletter hoorde in de douche, stapte uit bed en liep de cottage uit, zo zacht mogelijk om Jenna niet wakker te maken. Ik haastte me door het donker langs de cottage van Grace en Gideon, waar geen licht meer brandde. Ik dacht aan hoe ze verstrengeld met elkaar in bed lagen, met een oneindig kleine ruimte tussen hen op elk punt waar ze elkaar raakten.

De wenteltrap was zwart geverfd en ik stootte mijn scheenbeen tegen de onderste trede voor ik besefte dat ik de andere kant van de Afrikaanse stalruimte had bereikt. Mijn pijn verbijtend sloop ik behoedzaam de trap op. Ik wilde de olifanten niet wakker maken, want zij zouden beslist alarm slaan. Bovenaan was de deur vergrendeld, maar ik had een moedersleutel die paste op elk slot in het reservaat, dus kon ik naar binnen.

Het eerste wat me opviel was het uitzonderlijk mooie uitzicht waarover Thomas het had gehad. Hij had nog geen glazen ramen geïnstalleerd, maar wel grove, grote gaten uitgezaagd en ze bedekt met doorzichtig plastic. Daardoorheen kon ik het maanverlichte reservaat tot in de verste uithoeken zien. Ik kon me hier makkelijk een observatieplatform voorstellen. Een manier voor het publiek om de prachtige dieren die wij beschermden gade te slaan zonder dat we hun natuurlijke habitat hoefden te verstoren, of ze te kijk zetten zoals dat in dierentuinen en circussen was gebeurd.

Misschien was ik overbezorgd. Misschien probeerde Thomas alleen maar het reservaat te redden, zoals hij gezegd had. Ik draaide me om en tastte langs de muur tot ik de lichtschakelaar vond. Het licht was zo fel dat ik even helemaal niets zag.

De ruimte was leeg. Geen meubilair, geen dozen, geen gereedschap, zelfs geen enkel houten plankje. De muren waren verblindend wit geschilderd, evenals het plafond en de vloer. En elke vierkante centimeter was volgekrabbeld met letters en cijfers, steeds opnieuw in een zich eindeloos herhalende code.

C14H19NO4C18H16N6S2C16H21NO2C3H6N2O2C189H285N5
5O57S

Het was alsof je een kerk binnenliep en zag dat er occulte symbolen in bloed op de wanden geschreven waren. Mijn adem stokte. De muren kwamen op me af, de letters en cijfers glinsterden me tegemoet en vloeiden in elkaar over. Dat kwam omdat ik huilde, besefte ik terwijl ik neerzakte op de vloer.

Thomas was ziek.

Thomas had hulp nodig.

Natuurlijk was ik geen psychiater en had ik geen enkele ervaring op dit vlak, maar dit alles zag er voor míj niet uit als een depressie.

Het zag eruit als... waanzin.

Ik stond op, liep achterwaarts de ruimte uit en liet de deur van het slot. Ik had weinig tijd. Maar in plaats van naar huis te gaan, liep ik naar de cottage van Gideon en Grace en klopte aan. Grace deed open, gehuld in een mannenshirt en met verward haar.

'Alice!' zei ze. 'Wat is er?'

Mijn man is geestesziek. Dit reservaat gaat naar de bliksem. Maura's kalf is dood.

Kies maar uit.

'Is Gideon thuis?' vroeg ik, al wist ik dat hij natuurlijk thuis was. Niet iedereen had een echtgenoot die in het holst van de nacht wegsloop om het plafond, de vloer en de wanden van een lege kamer vol te schrijven met wartaal.

Gideon kwam achter Grace in de deuropening staan in korte broek, met ontbloot bovenlijf en een T-shirt in zijn hand.

'Ik heb je hulp nodig,' zei ik.

'Is het een van de olifanten? Is er iets mis?'

Ik gaf geen antwoord, maar draaide me om en marcheerde terug in de richting van de Afrikaanse stal. Gideon haalde me in en kwam naast me lopen, terwijl hij het T-shirt over zijn hoofd trok. 'Wie van de meisjes is het?'

'Met de olifanten gaat het prima,' zei ik met trillende stem. We hadden de voet van de wenteltrap bereikt. 'Je moet iets voor me doen, zonder vragen te stellen. Oké?'

Gideon wierp één blik op mijn gezicht en knikte.

Ik beklom de trap alsof ik onderweg was naar mijn eigen executie. Achteraf gezien was dat misschien ook zo. Misschien was dit de eerste stap in de richting van een lange, fatale val. Ik duwde de deur open zodat Gideon naar binnen kon kijken.

'Shit,' zei hij zacht. 'Wat ís dit?'

'Ik weet het niet. Maar je moet het overschilderen voor morgenochtend.' Plotseling knapte er iets in me. Ik kromp ineen, zonder adem te kunnen halen of mijn tranen langer in te kunnen houden. Gideon strekte zijn hand naar me uit, maar ik deinsde terug. 'Opschieten,' zei ik gesmoord, en ik rende de trap af, terug naar onze cottage, waar Thomas juist de badkamer uit kwam, omgeven door een wolk stoom.

'Heb ik je wakker gemaakt?' vroeg hij glimlachend, die lieve scheve glimlach waardoor ik in Afrika aan zijn lippen had gehangen. De glimlach die ik zag als ik mijn ogen sloot.

Als ik wilde proberen Thomas te redden van zichzelf, dan moest ik voorkomen dat hij mij als de vijand ging zien. Ik moest hem laten geloven dat ik in hém geloofde. Dus toverde ik – naar ik hoopte – een even lieve glimlach op mijn gezicht. 'Ik dacht dat ik Jenna hoorde huilen.'

'Is alles goed met haar?'

'Ze slaapt als een roos,' zei ik, terwijl de waarheid waar ik omheen kletste als een visgraat in mijn keel bleef steken. 'Het was vast een nachtmerrie.'

Ik had gelogen tegen Gideon toen hij vroeg wat er op de muur geschreven stond. Ik wist het wél.

Het was geen willekeurige reeks letters en cijfers. Het waren formules van chemische stoffen: anisomycine, U0126, propanolol, D-cycloserine en neuropeptide Y. Ik had er een artikel over geschreven, toen ik probeerde verbanden te leggen tussen het cognitieve vermogen van olifanten en hun geheugen. Dit waren verbindingen die als ze snel werden toegediend na een trauma, de amandelkernen zo beïnvloedden dat een herinnering niet meer als pijnlijk of schokkend werd gecodeerd en opgeslagen. Bij proeven op ratten was het onderzoekers gelukt om stress en angst, veroorzaakt door bepaalde herinneringen, te wissen.

Dat zorgde voor trammelant in de medische wereld. Sommige ziekenhuizen wilden dit soort stoffen als medicatie toedienen aan verkrachtingsslachtoffers. Maar afgezien van de praktische vraag of het geblokkeerde geheugen voor altijd geblokkeerd zou blijven, leverde dit een morele controverse op. Want hoe kan een getraumatiseerd slachtoffer, dat immers niet helder kan denken, weloverwogen toestemming geven voor toediening van een medicijn?

Wat had Thomas met mijn artikel uitgevoerd, en hoe paste het in zijn fondsenwervingsplan voor het reservaat? Maar misschien was er geen verband. Als Thomas echt was doorgedraaid, kon hij een diepere betekenis zien in de beschrijvingen bij een kruiswoordpuzzel. Of in het weerbericht op tv. Hij zou een eigen werkelijkheid construeren, vol oorzakelijke verbanden die de rest van ons niet zag.

Het was lang geleden, maar de conclusie van mijn artikel was dat het geheugen nuttige alarmsignalen kan afgeven. Als herinneringen ons beschermen in toekomstige gevaarlijke situaties, is het toch niet in ons belang om ze te wissen met een chemisch middel?

Zou ik ooit het beeld van die zolder vol scheikundige formules kunnen vergeten? Nee, ook niet nadat Gideon alles had overgeschilderd. En dat was misschien maar goed ook. Want het herinnerde mij eraan dat de man op wie ik ooit verliefd werd, niet degene was die deze ochtend fluitend de keuken binnenkwam.

Ik had plannen. Ik wilde hulp zoeken voor Thomas. Maar hij was nog maar net vertrokken naar het observatieplatform, toen Nevvie en Grace kwamen opdagen. 'Ik heb je hulp nodig. Hester moet verkassen,' zei Nevvie, en het schoot me te binnen dat ik haar beloofd had vandaag te proberen de twee Afrikaanse olifanten bij elkaar te zetten.

Ik kon het uitstellen, maar dan zou Nevvie vragen waarom. En ik had geen zin om te praten over de afgelopen nacht.

Grace stak haar armen uit naar Jenna en ik dacht aan ons gesprek van gisteren. 'Is Gideon...' begon ik.

'Ja. Het is klaar,' zei ze, en meer hoefde ik niet te weten.

Ik volgde Nevvie naar het Afrikaanse terrein en wierp een spiedende blik op de bovenverdieping van de stal, die overspannen was met plastic en een penetrante verflucht uitwasemde. Was Thomas op dit moment daarbinnen? Was hij kwaad omdat zijn werk tenietgedaan was? Was hij wanhopig? Of liet het hem koud?

Zou hij vermoeden dat ik erachter zat?

'Waar zít je vandaag met je gedachten?' zei Nevvie. 'Ik vroeg je iets.'

'Sorry. Ik heb slecht geslapen vannacht.'

'Wil je de afrastering weghalen of haar opdrijven?'

'Ik zal een doorgang maken,' zei ik.

Toen we beseften dat Maura drachtig was, hadden we schrikdraad gespannen om haar te scheiden van Hester. Eerlijk gezegd hadden de olifanten het met gemak zelf kunnen neerhalen als ze echt naar de andere kant hadden gewild. Maar deze twee dieren waren niet lang genoeg samen geweest om zich te hechten voordat ze werden gescheiden. Ze waren kennissen, geen dikke vriendinnen. Vandaar dat ik niet dacht dat Nevvies plannetje ging werken.

In het Tswana bestaat een gezegde: *go o ra motho, ga go lelwe*. 'Waar steun is, is geen verdriet.' Dit zie je in de wildernis, als olifanten rouwen om de dood van een kuddelid. Na een tijdje zullen een paar olifanten zich van de groep losmaken om naar een waterpoel te gaan. Anderen zullen het bos in trekken, op zoek naar eten. Slechts één of twee olifanten blijven achter, meestal dochters of jongere zonen van de gevelde olifant, die hun dagelijks leven minder snel weer oppakken. Maar de kudde komt ze altijd ophalen. Soms met z'n allen, en soms komen er één of twee afgezanten. Ze knorren het 'kom, we gaan'-signaal en draaien hun lichaam om de rouwende olifanten aan te moedigen zich bij hen te voegen. Ten slotte gebeurt dat ook. Maar Hester was geen zus, nicht of tante van Maura. Ze was gewoon zomaar een olifant. Maura was niet gemotiveerd om naar haar te luisteren, niet meer dan ik om naar een wildvreemde te luisteren die op me afkwam en me voorstelde om mee te gaan lunchen.

Terwijl Nevvie wegreed op de quad om Hester te zoeken, ontkoppelde ik het schrikdraadapparaat en rolde een stuk van de afrastering op zodat er een opening ontstond. Toen ik de motor hoorde terugkomen, zag ik de olifant rustig achter Nevvie aan lopen. Hester was verslingerd aan watermeloen en er lag een hele op de quad, die vrij dicht bij Maura geparkeerd zou worden.

Ik sprong achter op het voertuig en we reden naar de plaats waar het kalf begraven was, waar Maura nog steeds stond met hangende slurf en schouders. Nevvie stopte. Ik stapte af en legde Hesters versnapering neer op een afstandje van Maura. We hadden ook iets lekkers voor Maura meegebracht, maar in tegenstelling tot Hester taalde ze er niet naar.

Hester spietste de watermeloen aan haar slagtand en liet het sap in haar mond sijpelen. Daarna krulde ze haar slurf rond de meloen, plukte de vrucht van de ivoren spies en plette hem tussen haar kaken. Maura negeerde haar, maar ik zag haar rug verstijven bij de kauwgeluiden die Hester maakte. 'Nevvie,' zei ik zacht terwijl ik weer op de quad stapte. 'Start de motor.'

Bliksemsnel draaide Maura zich om en denderde naar Hester, met schuddende kop en flapperende oren. Stof dwarrelde op in een wolk van intimidatie. Hester gilde en gooide haar slurf achterover, bereid om slag te leveren.

'Vooruit,' zei ik, en Nevvie zette de terreinmotor schuin zodat Hester een andere kant op werd gestuurd vóór ze dicht bij Maura kon komen. Maura keurde ons geen blik waardig terwijl we Hester wegdreven naar de andere kant van het schrikdraad. Ze keek alleen naar het verse, donkere graf van het kalf, dat over de aarde was uitgestrekt als een gapende wond.

Mijn hart bonkte. Nog nazwetend vanwege de bijna-botsing vroeg ik Nevvie of ze Hester een stuk verder het Afrikaanse terrein op wilde leiden terwijl ik de losgemaakte draden van de afrastering met elkaar verbond. Een paar minuten later kwam Nevvie terugrijden, juist toen ik de klemmen weer aan de accu van het schrikdraadapparaat had bevestigd.

'Tja,' zei ik. 'Ik heb het je gezegd.'

Grace paste nog op Jenna, dus maakte ik van de gelegenheid gebruik om langs de Afrikaanse stal te gaan om met Thomas te praten. Terwijl ik de wenteltrap op klom, drong er geen geluid van bovenaf tot me door. Was Thomas zo geschokt door de ontdekking van de overgeschilderde muren dat hij op slag weer bij zijn volle verstand was? Maar toen ik de deurknop omdraaide en de zolder op stapte, was één muur alweer compleet overdekt met dezelfde symbolen die ik gisteravond had gezien. Een andere muur was voor de helft volgeklad. Thomas stond op een stoel. Hij hanteerde zijn dikke zwarte stift zo verwoed dat ik dacht dat de pleisterkalk vlam zou vatten. Ik voelde me alsof mijn skelet versteende. 'Thomas,' zei ik. 'We moeten praten.'

Hij keek vluchtig over zijn schouder, zo verdiept in zijn werk dat hij me niet eens had horen binnenkomen. Hij leek niet uit het veld geslagen of verbaasd. Alleen teleurgesteld. 'Het moest een verrassing zijn,' zei hij. 'Ik was bezig voor jou.'

'Waar was je dan mee bezig?'

Hij stapte van de stoel af. 'Het heet moleculaire consolidatietheorie. Het is bewezen dat herinneringen veranderlijk zijn voordat ze chemisch worden vastgelegd door de hersenen. Verstoor je dat proces, dan kun je de strekking van een opgehaalde herinnering veranderen. Op dit ogenblik zijn er alleen wetenschappelijke successen behaald als geheugenremmers direct na een trauma werden toegediend. Maar stel dat de traumatische gebeurtenis al eerder heeft plaatsgevonden. Stel dat we het brein konden laten teruggaan tot dat moment, en dán het medicijn konden toedienen? Zou het trauma dan vergeten zijn?'

Beduusd staarde ik hem aan. 'Dat kan niet.'

'Het is net als teruggaan in de tijd.'

'Wát?'

Thomas rolde met zijn ogen. 'Ik ben geen tijdmachine aan het bouwen,' zei hij. 'Dat zou krankzinnig zijn.'

'Krankzinnig,' herhaalde ik, en het klonk als een snik.

'Ik probeer niet letterlijk de vierde dimensie af te buigen. Maar je kunt iemands perceptie veranderen, zodat de tijd in wezen wordt teruggedraaid. Je brengt iemand terug naar het stressmoment door een veranderde staat van bewustzijn. Je laat hem of haar het emotionele trauma lang genoeg herbeleven om de medicatie haar werk te laten doen. En nu komt de verrassing voor jou. Ik ga het uitproberen op Maura.'

Bij het horen van haar naam schrok ik op. 'Jij blijft met je handen van Maura af.'

'En als ik haar kan genezen? Als ik haar de dood van haar kalf kan laten vergeten?'

Ik schudde mijn hoofd. 'Zo werkt het niet, Thomas...'

'Maar stel dat het wél zo werkt? Stel dat het ook werkt bij mensen? Denk je de mogelijkheden eens in voor de behandeling van veteranen met posttraumatische stress. Stel je voor dat The Elephant Sanctuary straks te boek staat als een belangrijk onderzoeksinstituut. We zouden startkapitaal kunnen krijgen van het Centrum voor Neurowetenschappen van de New York University. En als zij met me willen samenwerken, trekt de media-aandacht investeerders aan, daar kun je op rekenen. Daarmee compenseren we het verlies aan inkomsten die het kalf ons zou hebben opgeleverd. Misschien win ik de Nobelprijs.'

Ik slikte. 'Hoe kom je erbij dat je een herinnering kunt terugdraaien?'

'Dat is mij verteld.'

'Door wíé?'

Hij stak zijn hand in zijn achterzak en haalde een papier tevoorschijn met het briefhoofd van het reservaat. Er stond een telefoonnummer op dat ik herkende. Ik had het vorige week gebeld, toen mijn creditcard bij Gordons Groothandel werd geweigerd.

'Welkom bij Citibank MasterCard.'

Onder het telefoonnummer van de klantenservice stond een lijstje met grotendeels onbegrijpelijke woorden en termen: 'kabala Citi, sterlacune, cloaca west, klaterkarma, kelkbom, bijkomende mast, kabeldrom, welke Cito, matig melk, kraaibaard, Citi-master, draai actie, master-clic, draai reactie om.'

De laatste woorden waren zo dik omcirkeld dat het papier gaatjes vertoonde. 'Begrijp je? Het is geheimtaal. Draai reactie om.' Thomas' blik boorde zich in de mijne alsof hij me de zin van het leven onthulde. 'Dat betekent dat het kán.'

Ik ging dicht bij hem staan. 'Thomas,' fluisterde ik terwijl ik mijn hand tegen zijn wang legde. 'Lieverd. Je bent ziek.'

Hij greep mijn hand als een reddingslijn. Tot op dat moment had ik niet beseft hoe hevig ik beefde. 'Nou en of ik ziek ben,' mompelde hij, zo hard in mijn hand knijpend dat ik kronkelde van de pijn. 'Ik ben er stróntziek van dat jij aan me twijfelt.' Hij kwam met zijn gezicht zo dicht bij het mijne dat ik de oranje ring zag rond zijn pupillen en de kloppende ader naast zijn slaap. 'Ik doe dit voor jóú,' beet hij me toe.

'En ík doe dit voor jou!' riep ik. Toen rende ik de verstikkende ruimte uit en de wenteltrap af.

Het Dartmouth-Hitchcock was in Lebanon gevestigd, ruim honderd kilometer ten zuiden van ons olifantenreservaat. Het was een ultramodern medisch centrum en het dichtst bij Boone gelegen ziekenhuis met een opnamemogelijkheid voor psychiatrische patiënten. Ik weet niet waarom de psychiater direct bereid was om met me te praten. Ik had tenslotte geen afspraak en de wachtkamer zat vol mensen die allemaal dringende klachten hadden. Het enige wat ik kon bedenken toen ik met Jenna in mijn armen geklemd tegenover dokter Thibodeau ging zitten, was dat de receptioniste mijn verhaal niet had geloofd. Echtgenoot, ik geloof er geen barst van, moet ze hebben gedacht terwijl ze mijn gekreukte werkkleding, ongewassen haar en huilende peuter in ogenschouw nam. Zij zit zelf in een crisis.

Ik was een halfuur bezig de dokter te vertellen wat ik wist over Thomas' geschiedenis en wat ik gisteravond met hem had meegemaakt. 'Ik denk dat hij bezweken is onder de druk,' zei ik. Toen ik de woorden uitsprak, zwollen ze op als glimmende kakelbonte ballonnen. Ze namen alle ruimte in de spreekkamer in beslag.

'Wat u beschrijft kunnen symptomen zijn van manie,' zei de dokter. 'Dat hoort bij een bipolaire stoornis, die we vroeger manische depressie noemden.' Hij glimlachte naar me. 'Bipolair zijn is alsof je gedwongen wordt lsd te nemen. Het betekent dat je gevoelens, emoties en creativiteit op een hoogtepunt zijn, maar ook dat de pieken hoger zijn en de dalen dieper. U weet wat ze zeggen: als een maniak iets bizars doet en het pakt achteraf goed uit, dan is hij geniaal. Als hij ernaast zit, is hij gek.' Dokter Thibodeau glimlachte naar Jenna, die speelde met een van zijn presse-papiers. 'Het goede nieuws is dat áls uw man dit mankeert, het behandelbaar is. De medicatie die we mensen geven om hun stemmingswisselingen te beheersen, brengt ze weer in balans. Zodra Thomas beseft dat hij op dit moment geen realiteit ervaart maar een manische episode doormaakt, zal hij de andere kant op gaan en depressief worden, omdat hij niet de man is voor wie hij zichzelf hield.'

Of voor wie ík hem hield, dacht ik.

'Heeft uw man u letsel toegebracht?'

Ik dacht aan het moment dat hij zo hard in mijn hand kneep dat ik de botjes hoorde kraken en het uitgilde van de pijn. 'Nee,' zei ik. Ik had Thomas al verraden, ik wilde het niet nog erger maken.

'Denkt u dat hij dat misschien zal doen?'

Ik keek neer op Jenna's hoofdje. 'Ik weet het niet.'

'Hij moet een psychiatrisch onderzoek ondergaan. Als hij bipolair is, moet hij wellicht een tijdje worden opgenomen, zodat we de medicijnen kunnen instellen en hij stabiel wordt.'

Hoopvol keek ik de dokter aan. 'Dus u kunt hem hier opnemen?'

'Nee. Niet zomaar,' antwoordde dokter Thibodeau. 'Iemand tegen zijn wil opnemen gaat in tegen zijn individuele rechten. Dat kunnen we niet doen, tenzij hij u letsel toebrengt.'

'Maar wat moet ik dan doen?' vroeg ik.

De dokter keek me in de ogen. 'U zult hem moeten overhalen om zich vrijwillig te laten behandelen.' Hij gaf me zijn kaartje. 'Belt u me zodra u het idee hebt dat Thomas daar klaar voor is,' zei hij.

Tijdens de rit terug naar Boone pijnigde ik mijn hersenen. Hoe kreeg ik Thomas mee naar dokter Thibodeau? Ik kon zeggen dat Jenna ziek was, maar waarom zouden we dan niet gewoon naar onze eigen huisarts in Boone gaan? Zelfs als ik zei dat ik een sponsor had gevonden of een neurowetenschapper die geïnteresseerd was in Thomas' experiment, zouden we niet verder komen dan de tweede meldbalie van het Darthmouth-Hitchcock. Zodra we op de afdeling psychiatrie belandden, zou hij weten wat ik van plan was.

Nee, dacht ik, de enige manier om Thomas vrijwillig op een psychiatrische afdeling te krijgen, was hem te laten inzien dat dit het beste voor hem was. Dat ik nog steeds van hem hield. Dat we dit samen zouden doen.

Vol goede moed reed ik het reservaat in, parkeerde voor de cottage en droeg een slaperige Jenna naar binnen. Ik legde haar op de bank en liep terug om de deur te sluiten, die ik op een kier had laten staan.

Toen Thomas me van achteren vastgreep, gilde ik. 'Je laat me schrikken,' zei ik, me omdraaiend in zijn armen om zijn gezicht te kunnen zien.

'Ik dacht dat je bij me weg was. Ik dacht dat je Jenna had meegenomen en dat jullie niet terug zouden komen.'

Ik haalde mijn hand door zijn haar. 'Nee,' bezwoer ik hem. 'Dat zou ik nooit doen.'

Toen hij me kuste, was het met de vertwijfeling van een man die zichzelf probeert te redden. Toen hij me kuste, geloofde ik dat het goed zou komen met Thomas. Ik geloofde dat ik dokter Thibodeau niet eens zou hoeven te bellen, omdat Thomas nu al terug in balans begon te komen. Dat maakte ik mezelf wijs, hoe ongegrond en onwaarschijnlijk het ook allemaal was, zonder te beseffen hoeveel ik daardoor op Thomas leek.

Er is nog iets over het geheugen, iets waarover Thomas het niet had gehad. Het is geen video-opname. Het is subjectief. Het is een cultureel relevant verhaal over wat er is gebeurd. Het gaat er niet om of het precies klopt, het gaat erom of het op de een of andere manier belangrijk is voor jóú. Of je er iets van kunt leren.

Een paar maanden lang leek het leven in het reservaat weer normaal te worden. Maura bleef langer weg van het graf van haar kalf voor ze 's avonds terugkeerde om er de nacht door te brengen. Thomas werkte thuis op kantoor, niet meer aan het observatieplatform boven de stal. De deur naar de stalzolder hielden we op slot en de gaten in de wanden waren dichtgetimmerd, als in een spookstad. Thomas had een instantie aangeschreven voor subsidie. Het geld kwam onverwachts binnen, wat ons een beetje ademruimte gaf om diervoeder en salarissen te financieren.

Ik begon mijn aantekeningen over Maura's rouwproces te vergelijken met mijn observaties van de andere olifantenmoeders die ik hun kalf had zien verliezen. Ik wandelde urenlang met Jenna in peutertempo en wees haar wilde bloemen aan op kleur, om haar nieuwe woorden te leren. Thomas en ik ruzieden erover of het veilig was voor Jenna op het omheinde olifantenterrein. Ik vond dat gesteggel heerlijk, omdat het zo simpel was. Zo normaal.

Op een snikhete luie middag paste Grace op Jenna, terwijl ik Dionnes slurf spoelde in de Aziatische stallen. Dit leerden we de olifanten aan zodat we ze konden testen op tbc. We vulden een injectiespuit met een zoutoplossing, lieten dit in een neusgat lopen en probeerden de olifant zover te krijgen dat ze haar slurf heel hoog in de lucht stak. Zodra ze haar slurf liet zakken, trokken we er een hersluitbare plastic zak van vier liter overheen waarin de vloeistof werd opgevangen. We namen er een monster van, dat we opstuurden naar het lab. Sommige olifanten hadden een enorme hekel aan slurfspoelen, maar Dionne was er nogal makkelijk in. Vandaar misschien dat ik niet echt op scherp stond, waardoor ik ook niet merkte dat Thomas plotseling met grote stappen de stal binnenkwam. Hij greep me in mijn nek en sleurde me weg bij de loopstal, zodat de olifant ons niet kon bereiken door de tralies heen.

'Wie is Thibodeau?' schreeuwde Thomas, en hij smakte mijn hoofd zo hard tegen het staal dat ik een waas voor ogen kreeg.

Ik had echt geen idee waar hij het over had.

'Thi-bo-deau,' herhaalde Thomas. 'Jij moet het weten. Zijn visitekaartje zat in jóúw portemonnee.' Zijn handen knelden als een bankschroef rond mijn keel. Het voelde alsof mijn longen in brand stonden. Ik grabbelde naar zijn vingers en polsen. Hij hield me een wit rechthoekje voor. 'Nou? Gaat er al een belletje rinkelen?'

Ik zag bijna niets, behalve sterretjes aan de randen van mijn gezichtsveld. Toch lukte het me uiteindelijk om het logo van het Dartmouth-Hitchcock te onderscheiden, het ziekenhuis in Lebanon. De psychiater met wie ik had gepraat en die me zijn kaartje had gegeven.

'Je wilt me laten opsluiten,' tierde Thomas. 'Je wilt mijn onderzoek stelen. Je hebt waarschijnlijk New York University al gebeld om met de eer te gaan strijken, maar je zult nog op je neus kijken, Alice. Want jij kent de code niet om in te bellen op de privéconferentielijn, en als je die niet wéét, word je direct ontmaskerd als bedrieger...'

Dionne brulde en beukte tegen de versterkte stalen balken van de stal. Ik probeerde het uit te leggen, probeerde iets te zeggen. Thomas sloeg me harder tegen de tralies en het werd zwart voor mijn ogen.

Plotseling was er weer lucht en licht. Ik viel op de betonnen vloer, snakkend naar adem. Het voelde alsof mijn borstkas in brand stond. Ik rolde op mijn zij en zag nog net dat Gideon Thomas zo'n harde vuistslag gaf, dat zijn hoofd achteroverknikte en het bloed uit zijn neus en mond vloeide.

Ik krabbelde overeind en rende de stal uit. Ik was nog niet ver toen mijn benen het begaven, maar tot mijn verbazing viel ik niet. Gideon ving me op in zijn armen. Hij keek naar mijn keel en raakte met één vinger het rode halssnoer aan dat Thomas met zijn handen had gemaakt. Hij deed het zo zacht, alsof hij zijde op een litteken legde. Er knapte iets in mij.

Ik gaf hem een harde duw. 'Ik heb niet om jouw hulp gevraagd!'

Verbaasd liet hij me los en ik wankelde bij hem vandaan. Ik meed de plek waarvan ik wist dat Grace er Jenna mee naartoe had genomen om te zwemmen, ik strompelde naar de cottage. Ik ging regelrecht naar Thomas' kantoortje, waar hij zoveel tijd had doorgebracht met de boekhouding en het bijwerken van de dossiers van de olifanten. Op zijn bureau lag een kasboek waarin we al onze inkomsten en uitgaven bijhielden. Ik ging zitten en bladerde de eerste pagina's door. Leveringen van hooi, betalingen van diergeneeskundige zorg, laboratoriumfacturen en de wekelijkse betaling van groente en fruit voor de dieren. Snel bladerde ik naar het einde.

C14H19NO4C18H16N6S2C16H21NO2C3H6N2O2C189H285N55O57S.
C14H19NO4C18H16N6S2C16H21NO2C3H6N2O2C189H285N55O57S.
C14H19NO4C18H16N6S2C16H21NO2C3H6N2O2C189H285N55O57S.

Ik legde mijn hoofd op het bureaublad en huilde.

Ik wond een dunne blauwe sjaal om mijn hals en ging het terrein op naar Maura. Ik zat ongeveer een uur bij haar, vlak bij het graf van haar kalf, toen Thomas aan kwam lopen. Hij bleef achter de omheining staan met zijn handen in zijn zakken. 'Ik wil je alleen zeggen dat ik een tijdje wegga,' zei hij. 'Ergens heen waar ik al eerder ben geweest. Daar kunnen ze me helpen.'

Ik keek hem niet aan. 'Dat lijkt me een goed idee.'

'Ik heb het adres en telefoonnummer op het aanrecht gelegd. Maar ze zullen je niet met mij doorverbinden. Dat hoort bij... hun aanpak.'

Ik dacht niet dat ik Thomas nodig zou hebben als hij weg was. We hadden dit reservaat al eerder gerund in zijn afwezigheid. Althans in zijn geestelijke afwezigheid.

'Zeg maar tegen Jenna...' Hij schudde zijn hoofd. 'Nou ja. Zeg maar niets tegen Jenna, behalve dat ik van haar hou.' Thomas deed een stap naar voren. 'Het spijt me vreselijk. Ik ben niet... ik ben mezelf niet op het ogenblik. Dat is geen excuus, dat weet ik. Maar iets anders kan ik er niet over zeggen.'

Ik keek hem niet na. Ik bleef zitten met mijn armen stijf rond mijn knieën geslagen. Zeven meter verderop pakte Maura een afgevallen dennentak en begon er de grond voor haar mee aan te vegen.

Daar bleef ze even mee bezig. Toen liep ze langzaam een eindje weg bij het graf. Na een paar meter draaide ze zich om en keek naar mij. Vervolgens liep ze weer een stukje, stopte en wachtte opnieuw.

Ik stond op en volgde haar.

Het was klam weer, mijn kleren kleefden tegen mijn huid. Mijn keel deed zo'n pijn dat ik niet kon praten. De uiteinden van mijn blauwe sjaal bewogen boven mijn schouders, als vlinders in de warme adem van de wind. Maura liep langzaam en doelbewust tot ze bij het schrikdraad kwam. Toen bleef ze staan. Verlangend staarde ze naar de vijver in de verte.

Ik had geen gereedschap of handschoenen. Ik had niets bij me om de stroom uit te schakelen. Maar ik wrikte de behuizing van de accu's open met mijn nagels en ontkoppelde ze. Met uiterste krachtsinspanning trok ik het prikkeldraad los voor de geïmproviseerde doorgang die ik weken geleden had gemaakt. De punten staken in mijn vingers en algauw zaten mijn handen onder het bloed. Toen sjorde ik de afrastering opzij zodat Maura erdoor kon.

Ze liep door, maar stond stil aan de rand van de vijver.

We waren niet voor niets zover gekomen. 'Kom,' kraste ik moeizaam. 'We gaan.' Ik schopte mijn schoenen uit en waadde het water in.

Het was koud en heerlijk verfrissend. Mijn T-shirt en sjaal plakten tegen mijn huid en mijn korte broek bolde op rond mijn dijen. Ik dook onder water, zodat mijn haar losging uit mijn paardenstaart, en ik kwam weer boven, watertrappend om te blijven drijven. Toen gooide ik een handvol water naar Maura.

Ze deed twee stappen achteruit, stak haar slurf in de vijver en sproeide water over mijn hoofd. Het leek wel een regenbui.

Haar manoeuvre was zo uitgekiend, zo onverwachts en zo spééls na die weken van wanhoop, dat ik hardop in de lach schoot. Ik herkende mijn eigen stem niet. Ik klonk rauw en hees, maar het was vreugde.

Maura waadde voorzichtig de vijver in, rolde naar links en rechts, sproeide water over haar rug en toen weer over mij. Ik moest denken aan de kudde in de drinkpoel in Botswana waar ik Thomas mee naartoe had genomen toen ik nog dacht dat mijn leven anders zou worden dan het uiteindelijk had uitgepakt. Ik zag Maura spetteren en wentelen, opgetild door het water, zodat ze lichter leek dan ze in lange tijd was geweest. En heel langzaam liet ik ook mezelf drijven.

'Ze speelt,' zei Gideon vanaf de andere oever. 'Dat betekent dat ze het loslaat.'

Ik had niet gemerkt dat hij daar stond, ik wist niet dat we bekeken werden. Ik moest me verontschuldigen tegenover Gideon. Ik had hem niet gevraagd om me te hulp te schieten, maar zonder hem had ik het niet gered.

Ik voelde me dom. Onprofessioneel. Ik liet Maura verder spetteren, zwom naar de overkant van de vijver en hees mezelf druipend op de kant. Ik wist niet wat ik moest zeggen. 'Sorry,' begon ik. 'Dat had ik niet mogen zeggen, wat ik tegen je gezegd heb.'

'Hoe gaat het nu?' vroeg Gideon bezorgd.

'Ik ben...' Ik zweeg, omdat ik het antwoord niet wist. Opgelucht? Zenuwachtig? Bang? Toen glimlachte ik dunnetjes. 'Nat.'

Gideon grinnikte en nam mijn toon over. Hij stak zijn lege handen uit. 'Ik heb geen handdoek voor je.'

'Ik wist niet dat ik zou gaan zwemmen. Maura leek een beetje aanmoediging nodig te hebben.'

Hij bleef me aankijken. 'Misschien wilde ze gewoon weten dat er iemand voor haar was.'

Ik staarde hem aan, tot Maura ons besproeide met een fijne waternevel. Gideon sprong weg van het koude water. Maar voor mij voelde het alsof ik gedoopt werd. Als een nieuw begin.

Die avond belegde ik een personeelsvergadering. Ik vertelde Nevvie, Grace en Gideon dat Thomas naar het buitenland was om sponsors te bezoeken, en dat we het reservaat een tijdje zonder hem moesten runnen. Ik zag wel dat ze me geen van drieën geloofden, maar ze waren genoeg met me begaan om zich van den domme te houden. Ik gaf Jenna een bakje roomijs als avondeten, gewoon zomaar, en stopte haar in mijn bed.

Toen ging ik naar de badkamer en deed mijn sjaal af, die verfrommeld was opgedroogd na mijn zwempartijtje met Maura. Een rij vingerafdrukken zo donker als Zuidzeeparels vormden een ring rond mijn keel.

Blauwe plekken. Zo onthoudt je lichaam dat het onrecht is aangedaan.

Op mijn sokken liep ik de donkere gang door naar de keuken, waar het briefje lag dat Thomas had achtergelaten. 'Morgan House,' stond erop in zijn rechtlijnige strakke handschrift. 'Stowe, Vermont. 802-555-6868.'

Ik pakte de telefoon en toetste het nummer in. Ik hoefde niet met hem te praten, maar ik wilde wel zeker weten dat hij daar veilig was gearriveerd. Dat hij beter zou worden.

'Het nummer dat u hebt gekozen, is niet meer in gebruik. Controleer het nummer en kies opnieuw.'

Dat deed ik. Toen ging ik naar de computer in Thomas' kantoortje en probeerde Morgan House te vinden op internet. Maar met googelen vond ik alleen de naam van een professionele pokeraar in Vegas en een opvangcentrum voor zwangere tieners in Utah. Er was nergens een psychiatrische kliniek die zo heette.

VIRGIL

Straks missen we die verdomde vlucht nog.

Serenity had telefonisch tickets geboekt. Ze kostten evenveel als ik per maand betaal aan huur. (Toen ik zei dat ik haar nu even niet kon terugbetalen, wuifde ze mijn verlegenheid weg. ‘Schat,’ zei ze, ‘daarom heeft God nou creditcards geschapen.’) Daarna jakkerden we met honderdveertig kilometer per uur over de snelweg naar de luchthaven, omdat het vliegtuig naar Tennessee binnen een uur vertrok. Aangezien we geen bagage hadden, holden we meteen naar de ticketautomaten, in de hoop de wachtrij voor de bagagecontrole te vermijden. Serenity’s ticket kwam zonder problemen uit de automaat, inclusief een coupon voor een gratis drankje. Maar toen ik mijn bevestigingscode intoetste, kreeg ik het knipperende bericht: GA NAAR TICKETAGENT.

‘Nee, hè,’ prevel ik met een blik op de lange rij wachtende reizigers. De luidspreker kondigt juist vlucht 5660 naar Nashville aan, die zal vertrekken vanaf gate 12.

Serenity kijkt naar de roltrap die naar de TSA-incheckbalie leidt. ‘Te zijner tijd gaat er wel weer een volgend vliegtuig,’ zegt ze.

Maar waar zal Jenna zijn tegen die tijd? Misschien is ze dan al bij Gideon. En als Jenna tot dezelfde conclusie gekomen is als ik, dat Gideon verantwoordelijk kan zijn voor haar moeders verdwijning én mogelijk haar dood, wie weet wat hij dan zal doen om haar de mond te snoeren?

‘Jij neemt dit vliegtuig,’ zeg ik. ‘Ook als ik het niet haal. Het is net zo belangrijk dat we Jenna vinden als dat we Gideon opsporen, want als zij het eerste bij hem is, kan het helemaal fout gaan.’

Serenity hoort blijkbaar aan mijn stem dat het menens is. Ze vliegt bijna de roltrap op en wordt opgeslokt door de rij humeurige reizigers die hun schoenen uittrekken, riemen afdoen en laptops uitpakken. De rij voor de ticketbalie wordt er niet korter op. Ongeduldig wip ik van de ene voet op de andere. Ik kijk op mijn horloge. Dan stuif ik de rij uit als een losgebroken tijger en ga vooraan staan. 'Sorry, hoor,' zeg ik. 'Ik sta op het punt mijn vlucht te missen.'

Ik verwacht woede, verontwaardiging en gevloek. Ik heb zelfs een excuus klaar over mijn vrouw die barensweeën heeft. Maar voor iemand kan klagen, word ik onderschept door een medewerker van de luchtvaartmaatschappij. 'Dat mag u niet doen, meneer.'

'Het spijt me,' zeg ik tegen haar. 'Maar mijn vliegtuig vertrekt nú...'

Ze ziet eruit alsof ze de pensioengerechtigde leeftijd al ruimschoots gepasseerd is en ze zegt dan ook prompt: 'Ik werkte hier waarschijnlijk al vóór uw geboorte. Dus ik kan u één ding zeggen: regels zijn regels.'

'Alstublieft. Dit is een noodgeval.'

Ze kijkt me in de ogen. 'U hoort hier niet.'

Naast me wordt de volgende man in de rij opgeroepen door een medewerker. Ik overweeg om hem te tackelen en nogmaals voor te dringen. Maar in plaats daarvan kijk ik de oude vrouw aan en de leugen over mijn zwangere echtgenote blijft in mijn keel steken. Ik zeg alleen: 'U hebt gelijk. Ik hoor hier niet. Maar ik probeer als een gek om ergens te komen, want iemand die mij aan het hart gaat, zit in de problemen.'

Ik realiseer me dat dit, na al die jaren als politieman en later privédetective, mijn eerste waarachtige bekentenis is.

De medewerkster zucht. Ze loopt naar een lege computerterminal achter de balie, gebarend naar mij om haar te volgen. Ze toetst het bevestigingsnummer in dat ik haar geef en doet dat zo langzaam, dat ik hele nieuwe alfabetten zou kunnen verzinnen tussen de aanslagen door. 'Ik loop hier al veertig jaar rond,' zegt ze tegen me. 'Lui zoals u kom ik niet vaak tegen.'

Deze vrouw is oké. Ze is bereid om iets voor me te regelen in plaats van me over te laten aan de grillen van een computerstoring. Dus klem ik mijn kiezen op elkaar. Na een eeuwigheid overhandigt ze me een instapkaart. 'Denk eraan, wat er ook gebeurt, u komt uiteindelijk wel op uw bestemming.'

Ik pak de instapkaart aan en ren in de richting van de gate. Ik neem de roltrap met drie treden tegelijk. Eerlijk gezegd kan ik me niet eens herinneren dat ik door de beveiliging ga. Ik weet alleen dat ik door de hal naar gate 12 sjees terwijl uit de luidspreker de laatste oproep voor reizigers naar Nashville klinkt, als een verteller die mijn lot beschrijft. Ik sprint op de grondstewardess af, die op het punt staat de deur te sluiten, en gooi haar de instapkaart toe.

Ik stap in het vliegtuig, zo buiten adem dat ik geen woord kan uitbrengen. Meteen zie ik Serenity, die vijf rijen naar achteren zit. Ik plof naast haar op het moment dat de stewardess met de vluchtinstructies begint.

'Je hebt het gehaald,' zegt ze, en ze klinkt bijna even verbaasd als ik me voel. Ze wendt zich tot de man links van haar, in de stoel bij het raam. 'Heb ik weer voor niets in de zenuwen gezeten.'

De man glimlacht stijfjes en verschuilt zich diep achter zijn *Aan boord*-magazine, alsof hij al zijn hele leven zit te vlassen op informatie over de beste golfbanen in Hawaï. Gezien zijn houding denk ik dat Serenity hem de oren van het hoofd heeft gekletst. Ik wil me bijna verontschuldigen.

In plaats daarvan geef ik een klopje op Serenity's hand, die op de armleuning tussen ons in ligt. 'Heb toch wat meer vertrouwen,' zeg ik.

Onze vlucht verloopt niet zonder strubbelingen.

In Baltimore maken we een tussenlanding vanwege onweer. We slapen rechtop in stoelen bij de gate, wachtend op toestemming om weer verder te vliegen. Die komt even na zes uur 's ochtends en om acht uur arriveren we in Nashville, verfomfaaid en afgemat. Serenity huurt een auto met dezelfde creditcard waarmee ze de vliegtickets heeft betaald. Ze vraagt de verhuurder of hij weet hoe we in Hohenwald moeten komen. Terwijl hij op zoek gaat naar een kaart, ga ik zitten en probeer wakker te blijven. Op een salontafel ligt een sportmagazine en een gehavende adresgids uit 2010.

The Elephant Sanctuary staat er niet in, al kijk ik onder zowel de E als de S. Maar er woont een G. Cartwright in Brentwood.

Plotseling sta ik op scherp. Het is bijna, zoals Serenity zou zeggen, alsof het universum me iets probeert te vertellen.

Het zou haast té eenvoudig zijn als G. Cartwright de Gideon Cartwright is die wij hopen te vinden. Maar toch moeten we dit checken, temeer omdat ook Jenna naar hem op zoek is.

Er staat geen telefoonnummer vermeld, alleen het adres. Zo komt het dat we niet direct naar Hohenwald rijden om daar op goed geluk Gideon Cartwright te zoeken, maar naar een straat in het plaatsje Brentwood, even buiten Nashville.

De straat is doodlopend, wat ergens wel toepasselijk lijkt. Serenity parkeert de auto naast de stoep en even zitten we allebei zwijgend naar het huis op de heuvel te kijken, dat eruitziet alsof het al jaren leegstaat. De luiken voor de bovenramen hangen schots en scheef in de scharnieren en de hele buitenboel moet nodig een lik verf hebben. Het onkruid staat kniehoog in wat ooit een tuin met gazon moet zijn geweest.

'Gideon Cartwright is een sloddervos,' zegt Serenity.

'Zeg dat wel,' mompel ik.

'Ik kan me niet voorstellen dat Alice Metcalf hier woont.'

'Ik kan me niet voorstellen dat íémand hier woont.' Ik stap uit de auto en loop over het hobbelige tuinpad naar de voordeur. Op de veranda staat een verdorde bruine graslelie in een pot. Aan een van de palen is een verweerd bord van de gemeente Brentwood vastgespijkerd dat verkondigt: ONBEWOONBAAR VERKLAARDE WONING.

De hordeur klettert op de grond wanneer ik hem opentrek om op de voordeur te kloppen. Ik zet het ding overeind tegen de muur. 'Als Gideon hier ooit woonde, dan is dat nu verleden tijd,' zegt Serenity. 'En dan bedoel ik een láng verleden tijd.'

Ik spreek haar niet tegen, maar ik zeg ook niet wat ik denk. Dat áls Gideon de ontbrekende schakel is ter verklaring van Nevvies dood, Thomas' razernij en Alice' verdwijning, hij veel te verliezen heeft zodra een meisje als Jenna de verkeerde vragen gaat stellen. En als hij zich van haar wil ontdoen, is dit krot precies het soort plek waar niemand haar ooit zou zoeken.

Ik klop nog een keer aan, nu harder. 'Ik doe het woord wel,' zeg ik.

Ik weet niet wie van ons tweeën het meest verrast is als we voetstappen horen naderen aan de andere kant van de verveloze deur. Hij zwaait open en er verschijnt een slonzige vrouw in de deuropening. Haar grijze haar hangt in een rommelige vlecht op haar rug. Haar bloes zit vol vlekken. Ze heeft twee niet bij elkaar passende schoenen aan haar voeten. 'Wat kan ik voor u doen?' vraagt ze zonder me aan te kijken.

'Sorry dat ik u stoor, mevrouw. We zijn op zoek naar Gideon Cartwright.'

Mijn rechercheursbrein draait op volle toeren. Ik neem alles achter haar in me op: de kale hal zonder enig meubelstuk. De spinnenwebben in de hoeken van alle deuropeningen. De mottige tapijten vol gaten en de verspreide kranten en reclamepost op de vloer.

'Gideon?' zegt ze, en ze schudt haar hoofd. 'Ik heb hem al in geen jaren gezien.' Ze lacht. Dan tikt ze tegen de deurpost met haar stok, die aan de onderkant een witte punt heeft, zoals ik nu pas zie. 'Maar ja,' vervolgt ze, 'ik heb de laatste jaren helemaal níémand meer gezien.'

Ze is blind.

Ze zou een ideale huisgenote voor Gideon zijn als hij hier woonde en iets te verbergen had. En meer dan ooit wil ik dit huis in om te checken of Jenna niet in een of andere verborgen ruimte gevangenzit. In de kelder. Of in een betonnen cel in de omheinde achtertuin.

'Maar dit ís dus het huis van Gideon Cartwright?' dring ik aan om me ervan te verzekeren dat vóór ik hier binnendring zonder huiszoekingsbevel, daar een goede reden voor is.

'Nee,' zegt de vrouw. 'Het is van mijn dochter, Grace.'

Cartwright, G.

Serenity's ogen flitsen naar de mijne. Ik pak haar hand en knijp erin voor ze haar mond kan opendoen.

'Wie zei u ook alweer dat u bent?' vraagt de vrouw met gefronste wenkbrauwen.

'Sorry dat ik me niet meteen heb voorgesteld,' zeg ik. 'Maar ik ben verbaasd dat je mijn stem niet herkent.' Ik grijp de hand van de oude vrouw. 'Ik ben het, Nevvie. Thomas Metcalf.'

Serenity trekt een gezicht alsof ze haar tong heeft ingeslikt. Wat niet noodzakelijk een ramp zou zijn. 'Thomas,' brengt de vrouw hijgend uit. 'Dát is lang geleden.'

Serenity geeft me een elleboogstoot. *Wat dóé je!* vormt ze geluidloos met haar mond.

Het antwoord is: ik heb geen idee. Ik voer een gesprek met een vrouw die ik in een lijkzak heb zien verdwijnen en die nu blijkbaar bij haar dochter inwoont, een jonge meid die naar verluidt zelfmoord had gepleegd. En ik doe me voor als haar vroegere werkgever, die misschien tien jaar geleden door het lint ging en haar aanviel.

Nevvie heft zoekend haar hand op tot ze mijn gezicht aanraakt. Ze betast mijn neus, mijn lippen en jukbeenderen. 'Ik wist dat je op een dag naar ons toe zou komen.'

Ik trek me terug, voor ze erachter komt dat ik niet ben voor wie ik me uitgeef.

'Dat spreekt toch vanzelf,' huichel ik. 'We zijn familie.'

'Kom binnen! Grace komt eraan en wij kunnen intussen wat bijpraten.'

'Heel graag,' zeg ik.

Serenity en ik volgen Nevvie de gang in. Alle ramen in het huis zitten potdicht, er is geen ventilatie. 'Heb je een glas water voor me, als het niet te veel moeite is?' vraag ik.

'Natuurlijk. Geen probleem,' antwoordt Nevvie. Ze laat ons in een woonkamer, een grote ruimte met gewelfd plafond en verschillende banken en tafels die bedekt zijn met witte lakens. Van één bank is het laken verwijderd. Serenity gaat erop zitten. Intussen probeer ik onder de andere lakens te gluren, op zoek naar een bureau, archiefkast of wat voor aanwijzing dan ook waardoor deze absurde wending te verklaren valt.

'Wat gebéúrt hier?' sist Serenity me toe zodra Nevvie naar de keuken is geschuifeld. 'Grace komt eraan? Ik dacht dat ze dóód was. Ik dacht dat Nevvie vertrápt was door een olifant.'

'Dat dacht ik ook,' beken ik. 'Ik héb een dode vrouw gezien, zoveel is zeker.'

'Was zíj het?'

Maar daar kan ik geen antwoord op geven. Toen ik op de plaats van het ongeluk kwam zat Gideon daar, met het hoofd van het slachtoffer op schoot. Ik herinner me de als een meloen opengespleten schedel en het met bloed doordrenkte haar. Maar ben ik dichtbij genoeg gekomen om haar gezicht te zien? Zo ja, dan had ik feitelijk nog niet geweten of het Nevvie Ruehl was, want ik had zelfs nog nooit een foto van haar gezien. Ik nam van Thomas aan dat het Nevvie was, omdat ik ervan uitging dat hij zijn eigen personeel wel zou herkennen.

'Wie heeft die nacht de politie gebeld?' vraagt Serenity.

'Thomas.'

'Dus misschien wilde *híj* jullie laten denken dat Nevvie dood was.'

Maar ik schud mijn hoofd. 'Als Thomas haar achterna had gezeten op het olifantenterrein, dan zou Nevvie op dit moment veel zenuwachtiger zijn dan ze is. En ze had ons vast en zeker niet gevraagd binnen te komen.'

'Tenzij ze ons wil vergiftigen.'

'Drink het water dan maar niet,' zeg ik. 'Gideon heeft het lichaam gevonden. Dus misschien heeft hij zich vergist, al lijkt me dat onwaarschijnlijk. Of hij wilde mensen laten denken dat het Nevvie was.'

'Nou, ze is niet zomaar van de autopsietafel gestapt,' zegt Serenity.

Ik kijk haar aan. Ik heb er niets aan toe te voegen.

Na die nacht is één slachtoffer weggebracht in een lijkzak. Eén slachtoffer werd bewusteloos aangetroffen. Ze had hoofdletsel, dat eventueel geleid zou kunnen hebben tot blindheid, en was naar het ziekenhuis gebracht.

Nevvie komt de kamer binnen met een dienblad waarop een waterkan en twee glazen staan. 'Ik help je even,' zeg ik, neem het dienblad van haar over en zet het op een afgedekte salontafel. Ik pak de kan en schenk voor ieder van ons een glas in.

Er is hier ergens een klok. Ik hoor hem tikken, al zie ik hem niet. Waarschijnlijk staat hij weg te rotten onder een van die afdeklakens. De kamer lijkt vol te staan met de spoken van oude meubelstukken.

'Hoelang woon je hier al?' vraag ik haar.

'O, ik ben de tijd helemaal kwijt. Grace heeft destijds voor me gezorgd na het ongeluk. Ik weet niet wat ik zonder haar had moeten beginnen.'

'Ongeluk?'

'Je weet wel. Die nacht in het reservaat. Toen ik blind werd. Maar goed, ik had zo'n harde klap opgevangen dat het veel erger had kunnen aflopen. Ik mag van geluk spreken. Tenminste, dat wordt gezegd.' Ze laat zich in een fauteuil zakken zonder zich iets aan te trekken van het laken dat eroverheen hangt. 'Ik kan me er niets van herinneren, wat waarschijnlijk een zegen is. Zodra Grace hier is, kan ze alles uitleggen.' Ze draait haar hoofd in mijn richting. 'Ik heb het jou of Maura nooit kwalijk genomen, Thomas. Als je dat maar weet.'

'Wie is Maura?' vraagt Serenity.

Tot nu toe heeft ze in Nevvies bijzijn niets gezegd. Nevvie draait zich om met een aarzelende glimlach om haar mond. 'Wat onbeleefd van me. Ik wist niet dat je een gast had meegenomen.'

Paniekerig kijk ik naar Serenity. Wat ik ook over haar zeg, het moet passen bij wat ik Nevvie op de mouw heb gespeld, namelijk dat ik Thomas Metcalf ben. 'Nee, ík ben onbeleefd geweest,' zeg ik. 'Nevvie, herinner je je mijn vrouw Alice nog?'

Het glas glijdt uit Nevvies hand en valt in scherven op de vloer. Ik kniel neer om het water op te dweilen met een laken dat ik van een stoel heb getrokken.

Maar ik dweil niet snel genoeg. Het laken raakt doorweekt en de natte plek eromheen wordt groter. Mijn spijkerbroek is bij de knieën kleddernat en het gemorste water is een plas geworden. Het stroomt over Nevvies voeten en in haar twee verschillende schoenen.

Serenity rekt haar nek om de kamer rond te kijken. 'Godnogtoe...'

Het vocht sijpelt langs het behang. Water drupt omlaag van het plafond. Ik kijk naar Nevvie. Ze zit achterovergezakt in haar stoel met haar handen rond de armleuningen geklemd. Haar gezicht is nat van haar eigen tranen en van dit huilende huis.

Ik kan me niet bewegen. Wat voor de duivel gebeurt hier? Precies boven ons hoofd vormt zich een scheur in het plafond, die zo snel groter wordt dat het een kwestie van tijd lijkt tot het pleisterwerk naar beneden komt.

Serenity grijpt mijn arm. 'Wegwezen,' roept ze. Ik volg haar naar de voordeur, met mijn schoenen plenzend door de plassen die zich op de houten vloeren hebben gevormd. We rennen door tot we de auto hebben bereikt. 'Ik heb mijn verdomde haarstuk verloren,' zegt Serenity terwijl ze op haar achterhoofd klopt. Haar druipnatte roze haar doet me denken aan het bebloede hoofd van de vertrapte vrouw in het olifantenreservaat.

Ik sta voorovergebogen uit te hijgen. Het huis op de heuvel oogt nog even bouwvallig en onaantrekkelijk als toen we aankwamen. Het enige bewijs van ons bezoek is het chaotische spoor van vochtige voetafdrukken op het pad. Sporen die vliegensvlug verdampen in de middaghitte, alsof wij er nooit geweest zijn.

ALICE

Twee maanden is een lange tijd om weg te zijn. Er kan een heleboel gebeuren in twee maanden.

Ik wist niet waar Thomas was en of ik het zou willen weten. Ik wist niet of hij terug zou komen. Maar behalve mij en Jenna had hij ook nog zeven olifanten achtergelaten en het personeel van het reservaat. Dus iemand moest de bedrijfsvoering overnemen.

In twee maanden kun je je zelfvertrouwen terugkrijgen.

In twee maanden kun je erachter komen dat je naast wetenschappelijk onderzoeker ook een heel goede zakenvrouw bent.

In twee maanden kan een peuter honderduit gaan babbelen. Met samengeraapte zinnetjes en verwisselde lettergrepen benoemt ze de wereld, die er voor haar even nieuw uitziet als voor jou.

In twee maanden kun je opnieuw beginnen.

Gideon was mijn rechterhand geworden. We praatten wel over een nieuwe werknemer aantrekken, maar we hadden er het geld niet voor. We konden dit aan, verzekerde hij me. Als ik mijn onderzoek kon combineren met het wat complexere boekhoudwerk, kon hij de spierkracht leveren. Zodoende werkte hij vaak achttien uur per dag. Op een avond na het eten nam ik Jenna mee naar het deel van het terrein waar hij probeerde een omheining te repareren. Ik pakte een tang en ging naast hem aan het werk. 'Dat hoef jij niet te doen,' zei hij.

'Jij ook niet,' antwoordde ik.

Algauw was het vaste prik: na zes uur 's avonds werkten we gezamenlijk het volgende punt op onze eindeloze klussenlijst af. We namen Jenna mee, die bloemen plukte en achter wilde konijnen aan rende door het hoge gras.

We vervielen in die gewoonte.

En toen gebeurde het gewoon.

Maura en Hester waren weer samen op het Afrikaanse terrein. Ze begonnen zich aan elkaar te hechten en je zag de een zelden zonder de ander. Maura was duidelijk de baas. Als zij Hester uitdaagde, draaide de jongere olifant zich om en liet haar billen zien als teken van onderwerping. Sinds onze poedelpartij in de zwemvijver had ik Maura maar één keer zien teruggaan naar het graf van haar kalf. Het was haar gelukt haar verdriet een plaats te geven. Nu kon ze verder met haar leven.

Ik nam Jenna elke dag mee om de olifanten te observeren, al wist ik dat Thomas het te gevaarlijk vond. Maar hij was er niet, dus had hij hier even geen stem in. Mijn peuter was een bioloog in de dop. Ze dribbelde rond binnen de olifantenomheining, verzamelde stenen, gras en wilde bloemen en sorteerde alles in hoopjes. Op de meeste middagen vond Gideon wel een klus bij ons in de buurt, zodat hij af en toe kon pauzeren met ons. Ik nam vaak een extra tussendoortje voor hem mee en een tweede kan ijsthee.

Gideon en ik praatten over Botswana, over de olifanten die ik daar had gekend en dat ze zo anders waren dan onze dieren hier in New England. Hij vertelde me wat hij allemaal gehoord had van de verzorgers die de olifanten naar ons reservaat hadden begeleid. Over dieren die werden afgeranseld of opgesloten in een lichaamsgrote box tijdens de dressuur. Op een dag vertelde hij over Lilly, de olifant waarvan de poot was gebroken en nooit goed was gezet. 'Voor die tijd werkte ze bij een ander circus,' zei Gideon. 'Het schip waarop ze werd vervoerd, lag aangemeerd in Nova Scotia, toen er brand uitbrak. Het schip zonk en een aantal dieren kwam om. Lilly bracht het er levend van af, maar met tweedegraads brandwonden op haar rug en poten.'

Lilly, die ik nu al bijna twee jaar verzorgde, was zelfs nog erger door de mangel gehaald dan ik al wist. 'Het is wonderlijk,' zei ik, 'dat ze ons niet de schuld geven van wat andere mensen ze hebben aangedaan.'

'Ik denk dat ze vergeven.' Gideon keek naar Maura en zijn mondhoeken trokken omlaag. 'Ik hóóp dat ze vergeven. Denk je dat ze zich nog herinnert dat ik haar baby heb weggehaald?'

'Ja,' antwoordde ik ronduit. 'Maar ze neemt het je niet meer kwalijk.'

Gideon leek iets te willen zeggen, maar plotseling verstrakte zijn gezicht. Hij sprong op en begon te rennen.

Jenna wist dat ze niet dicht bij de olifanten mocht komen. Ze had wat dit betreft nog nooit eerder haar grenzen uitgetest, maar nu stond ze op een halve meter afstand van Maura, naar haar opkijkend alsof ze in trance was. Toen keek ze naar mij en glimlachte. 'Olifant!' zei ze trots.

Maura stak haar slurf uit. Ze blies zacht tegen Jenna's elfachtig dunne vlechtjes.

Het was een magisch en een levensgevaarlijk moment. Zowel kinderen als olifanten zijn onvoorspelbaar. Eén plotselinge beweging en Jenna had vertrapt kunnen worden.

Met een kurkdroge mond kwam ik overeind. Gideon stond al vlak bij het tweetal. Hij bewoog zo rustig mogelijk, om Maura niet te laten schrikken. Toen tilde hij Jenna op alsof het een spelletje was. 'Kom, we gaan terug naar je mama,' zei hij terwijl hij over zijn schouder naar Maura keek.

Op dat moment begon Jenna te gillen. 'Olifant,' schreeuwde ze. 'Ik wil olifant!' Ze trappelde tegen Gideons buik en kronkelde als een vis aan de haak.

Het was een stevige driftbui. Maura schrok van de herrie, draaide zich om en holde trompetterend het bos in. 'Jenna,' snauwde ik. 'Niet vlak bij de dieren komen! Dat weet je best!' Maar door de angst in mijn stem huilde ze alleen maar harder.

Gideon gromde toen een van haar roze sneakertjes zijn kruis raakte. 'Het spijt me vreselijk,' zei ik terwijl ik mijn armen uitstrekte om Jenna van hem over te nemen. Maar Gideon wendde zich half van me af. Hij bleef haar wiegen en schommelen op zijn onderarm, tot haar gekrijs bedaarde en haar gesnik overging in hikjes. Ze greep de kraag van zijn rode uniformshirt en begon met de punt ervan haar wang te strelen, precies zoals ze met haar dekentje deed als ze in slaap viel.

Een paar minuten later legde hij mijn slapende kind aan mijn voeten. Jenna's wangen waren rood en haar mondje was een beetje open. Ik hurkte naast haar. Ze had van porselein kunnen zijn of van maanlicht.

'Ze was heel erg moe,' zei ik.

'Ze was heel erg geschrokken,' verbeterde Gideon terwijl hij weer naast me kwam zitten. 'Althans achteraf.'

'Nou.' Ik keek naar hem op. 'Dank je wel.'

Hij staarde voor zich uit naar de bosrand, waar Maura verdwenen was. 'Is ze ervandoor gegaan?'

Ik knikte. 'Zij was achteraf ook erg geschrokken,' zei ik. 'Weet je, in al die jaren dat ik onderzoek doe, heb ik nog nooit meegemaakt dat een olifantenmoeder haar geduld verloor. Hoe lastig of dreinerig de baby ook was.' Ik trok voorzichtig een lint los uit Jenna's haar, dat in het spoor van haar driftbui naast haar hoofdje op de grond lag. 'Helaas ben ik een stuk minder goed in opvoeden.'

'Jenna boft met jou.'

'Nou ja,' zei ik meesmuilend, 'ze zal het met me moeten doen.'

'Nee,' zei Gideon. 'Ik zie vaak genoeg hoe je met haar omgaat. Je bent een goede moeder.'

Ik haalde mijn schouders op, wachtend op de relativerende grap die nu uit mijn mond zou komen. Maar wat hij zei – de waardering die eruit sprak – betekende te veel voor me. 'Jij zou een goede vader zijn,' flapte ik er uit.

Hij pakte een van de madeliefjes die Jenna had geplukt en op een hoopje gelegd voor ze naar Maura drentelde. Met zijn duimnagel maakte hij een spleetje in de steel en stak er een tweede steeltje door. 'Ik verwachtte eigenlijk dat ik inmiddels vader zou zijn.'

Ik hield mijn mond stijf dicht. Ik mocht Grace' geheim niet doorvertellen.

Gideon werkte verder aan de bloemetjesketting. 'Heb jij je ooit afgevraagd of je verliefd wordt op een persoon... of alleen op jouw ideaalbeeld van haar?'

Het lijkt me sterk dat er in rouw of in liefde zoiets bestaat als perspectief. Hoe kan dat, als één persoon het middelpunt van het universum wordt, hetzij omdat je hem kwijt bent, of omdat je hem hebt gevonden?

Gideon legde de madeliefjeskroon rond Jenna's hoofdje. Een kleine witte bloem bleef steken achter de bobbel van een vlechtje en de krans gleed tot halverwege haar voorhoofd. Ze bewoog in haar slaap.

'Soms denk ik dat verliefd worden niet bestaat, maar dat het puur de angst is om iemand kwijt te raken.'

Er stond een briesje. Het droeg de geur van wilde appels en timoteegras met zich mee, het aardse aroma van olifantenhuid en mest en de geur van het perziksap dat eerder op de dag op Jenna's zonnejurkje was gedruppeld toen ze haar fruithapje at. 'Maak je je zorgen?' vroeg Gideon. 'Over hoe het verder moet als hij niet terugkomt?'

Dit was de eerste keer dat we praatten over Thomas' vertrek. We hadden verhalen uitgewisseld over hoe we ons lief hadden ontmoet, maar daar was het bij gebleven. Bij het piekmoment, het punt in onze relaties waarop alles nog mogelijk leek.

Ik rechtte mijn rug en keek Gideon in de ogen. 'Ik maak me zorgen over hoe het verder moet als hij wél terugkomt,' zei ik.

Het was koliek. Dat was niet ongewoon bij olifanten, vooral als ze slecht hooi hadden gekregen of als het dieet drastisch en snel gewijzigd was. Geen van beide was het geval bij Syrah, maar toch lag ze op haar zij, opgeblazen en versuft. Ze at of dronk niet. Haar maag rommelde. Gertie, de hond die haar vaste gezelschap was, zat naast haar te janken.

Grace was bij Jenna in de cottage. We hadden afgesproken dat ze daar de hele nacht zou blijven, zodat wij konden waken bij de olifant. Gideon had aangeboden om het alleen te doen, maar ik moest erbij zijn. De olifanten waren nu mijn verantwoordelijkheid.

We stonden in de stal met de armen over elkaar geslagen te kijken naar de dierenarts, die Syrah onderzocht. 'Hij gaat ons alleen maar vertellen wat we al weten,' fluisterde Gideon me toe.

'Ja, en dan schrijft hij haar medicijnen voor waardoor ze beter wordt.'

Hij schudde zijn hoofd. 'Wat wil je verpanden om zijn rekening te kunnen betalen?'

Gideon had een punt. We hadden nu zo weinig financiële armslag dat we op onze gewone bedrijfsuitgaven moesten beknibbelen om de kosten van noodgevallen zoals dit te kunnen dekken.

'Ik bedenk wel iets,' zei ik fronsend.

We keken toe hoe de dierenarts Syrah een ontstekingsremmende pijnstiller – flunixine – en een krampwerend middel toediende. Gertie strekte zich jammerend uit in het hooi naast Syrah. 'We kunnen alleen afwachten en hopen dat ze ontlasting krijgt,' zei de dierenarts. 'In de tussentijd moeten jullie zorgen dat ze drinkt.'

Maar Syrah wilde niet drinken. Elke keer als we bij haar kwamen met een emmer water, of het nu warm was of koud, probeerde ze snuivend haar kop weg te draaien. Na een paar uur zaten Gideon en ik er emotioneel doorheen. Wat de dierenarts ook had toegediend, het werkte blijkbaar niet.

Het is vreselijk om zo'n sterk, majestueus dier geveld op de grond te zien liggen. Het deed me denken aan de olifanten die ik in de wildernis had gezien, die waren beschoten door dorpelingen of gewond waren geraakt door strikken. Bovendien wist ik dat je koliek niet te licht moet opnemen. Het kan leiden tot darmafsluiting, soms met de dood tot gevolg. Ik knielde naast Syrah om te voelen hoe hard haar buik was. 'Is dit al eerder gebeurd?'

'Niet bij Syrah,' zei hij. 'Maar ik heb het vaker meegemaakt.' Hij stond even in gedachten, alsof hij op iets broedde. Toen keek hij me aan. 'Gebruik jij babyolie voor Jenna?'

'Ik deed het vroeger in haar badwater,' antwoordde ik. 'Waarom?'

'Waar is het?'

'Als er nog iets in het flesje zit, moet het in de badkamer onder de wastafel staan...'

Hij stond op en liep de stal uit. 'Waar ga je heen?' riep ik, maar ik kon hem niet achternagaan. Ik wilde Syrah niet alleen laten.

Tien minuten later kwam Gideon terug. Hij had twee flesjes babyolie bij zich en een grote ronde cake van Sara Lee, die ik herkende uit mijn eigen koelkast. Ik volgde hem naar de stalkeuken bij de Aziatische stal, waar we het voer voor de olifanten klaarmaakten. Hij haalde de cake uit de verpakking. 'Ik heb geen trek,' zei ik tegen hem.

'Dit is niet voor jou.' Gideon zette de cake op het aanrecht en stak er herhaaldelijk met een mes in.

'Ik denk dat hij nu wel dood is,' zei ik.

Hij draaide de dop van een flesje babyolie en goot het uit over de cake. De vloeistof trok erin als in een spons, door de gaten die hij gemaakt had. 'In het circus hadden de olifanten soms koliek. De dierenarts zei dan dat we ze olie moesten laten drinken. Ik denk dat daardoor alles weer op gang komt.'

'Dat heeft ónze dierenarts niet gezegd.'

'Alice.' Gideon hield zijn handen stil boven de cake. 'Vertrouw je me?'

Ik keek hem aan. Deze man werkte nu al wekenlang zij aan zij met me om de illusie te creëren dat dit reservaat kon overleven. Hij had me een keer gered. En mijn dochter.

In de wachtkamer van de tandarts las ik ooit in een van die domme damesglossy's dat als we iemand aardig vinden, onze pupillen zich verwijden. En dat we geneigd zijn de mensen aardig te vinden van wie de pupillen zich verwijden wanneer ze ons aankijken. Het is een eindeloze cyclus: wij willen de mensen die ons willen. Gideons irissen waren bijna dezelfde kleur als zijn pupillen, wat een optische illusie teweegbracht van een zwart gat, een eindeloze val. Ik vroeg me af hoe mijn pupillen eruitzagen op dit moment. 'Ja,' zei ik.

'Haal dan even een emmer water,' zei hij, en ik volgde hem met de gevulde emmer naar de stalbox waar Syrah nog steeds op haar zij lag. Haar buik ging moeizaam op en neer. Gertie de hond kwam overeind, ineens was ze alert. 'Hoi, schoonheid,' zei Gideon terwijl hij voor de olifant knielde. Hij hield haar de cake voor. 'Syrah is een echte suikerjunk,' zei hij tegen me.

Met haar slurf besnuffelde ze de cake. Ze raakte hem voorzichtig aan. Gideon brak een stukje af en gooide het in Syrahs mond terwijl Gertie aan zijn vingers snuffelde.

Even later pakte Syrah de hele cake en slikte hem in één keer door.

'Water,' zei Gideon.

Ik zette de emmer op een plek waar Syrah erbij kon en keek toe hoe ze haar slurf vol water zoog. Gideon leunde tegen de tralies. 'Schat, jij wordt weer helemaal beter,' zei hij, en hij streelde haar flank met zijn gespierde handen.

Raakte hij mij maar zo aan.

De gedachte kwam zo snel in me op dat ik terugzakte op mijn hielen. 'Ik moet... ik moet bij Jenna gaan kijken,' stamelde ik.

Gideon keek even op. 'Ik denk dat zij en Grace slapen als rozen.'

'Ik moet...' Mijn stem stierf weg. Mijn gezicht was warm, ik drukte mijn handpalmen tegen mijn wangen. Ik draaide me om en haastte me de schuur uit.

Gideon had gelijk. Toen ik de cottage binnenkwam, lagen Grace en Jenna samen opgekruld op de bank. Grace had haar hand rond Jenna's kleine handje gevouwen.

En dan te bedenken dat, terwijl Grace zorgde voor iemand van wie ik hield, ik dit het liefste had willen doen met iemand van wie zíj hield. Ik voelde me een afschuwelijk mens.

Ze verroerde zich en kwam toen overeind, heel voorzichtig om Jenna niet wakker te maken. 'Hoe gaat het met Syrah? Wat is er gebeurd?'

Ik nam Jenna in mijn armen. Ze werd even wakker en toen vielen haar oogjes weer dicht. Ik wilde haar niet storen in haar slaap, maar op dat moment was het belangrijker om mezelf eraan te herinneren wie ik was. Wat ik was.

Een moeder. Getrouwd.

'Je moet het hem vertellen,' zei ik tegen Grace. 'Dat je niet zwanger kunt worden.'

Ze kneep haar ogen half dicht. We waren niet meer op dit onderwerp teruggekomen sinds het weken geleden ter sprake kwam. Ik wist dat ze bang was dat ik mijn mond voorbij had gepraat tegen Gideon, maar zo zat het niet. Ik wilde dat zij het hem zou vertellen, zodat Gideon wist dat Grace hem door en door vertrouwde. Ik wilde dat ze toekomstplannen zouden maken voor een hormoonbehandeling, draagmoederschap of adoptie. Ik wilde dat hun onderlinge band zo sterk zou zijn dat ik er geen scheurtje in kon vinden om doorheen te piepen, zelfs niet per ongeluk.

'Je moet het hem vertellen,' herhaalde ik. 'Want hij heeft er recht op om het te weten.'

De volgende morgen gebeurden er twee geweldige dingen. Syrah was weer op de been, ze was blijkbaar van haar koliek hersteld en wandelde het Aziatische terrein op, met een opgetogen Gertie aan haar zijde. En de plaatselijke brandweer had een cadeau afgeleverd, een gebruikte brandslang die ze wilden doneren omdat ze onlangs hun materieel hadden vernieuwd.

Gideon, die nog minder geslapen had dan ik, leek in een opperbest humeur. Als Grace mijn advies had opgevolgd en hem haar geheim had verteld, had hij het goed opgenomen. Of hij was zo blij met Syrahs herstel dat het slechte nieuws hem niet deerde. Hij scheen hoe dan ook geen gedachte te hebben gewijd aan mijn snelle aftocht uit de stal de afgelopen nacht. Hij tilde de brandslang over zijn schouder. 'De meiden zullen compleet uit hun dak gaan,' grinnikte hij. 'Laten we dit ding meteen uitproberen.'

'Ik heb een hoop te doen,' antwoordde ik. 'En jij ook.'

Ik gedroeg me als een bazige trut. Maar als dat afstand tussen ons schiep, was dat wel zo veilig.

De dierenarts kwam terug om Syrah te onderzoeken en verklaarde haar kerngezond. Ik sloot mezelf op in het kantoor, bestudeerde bankafschriften en piekerde me suf hoe ik het ene gat kon stoppen met het andere om de rekening van de dierenarts te betalen. Jenna zat aan mijn voeten foto's in oude kranten in te kleuren met vetkrijt. Nevvie bracht een van de trucks naar de stad voor een onderhoudsbeurt en Grace maakte de Afrikaanse stallen schoon.

Pas toen Jenna aan mijn broekspijp trok en zei dat ze honger had, besefte ik dat er uren waren verstreken. Ik smeerde een boterham met pindakaas en sneed die in kleine stukjes, precies de goede maat voor haar handjes. De broodkorsten stopte ik in mijn zak voor Maura. En toen hoorde ik het geluid van iemand in doodsnood.

Ik pakte Jenna op en rende naar de Afrikaanse stal, waar het geluid vandaan kwam. Een reeks rampscenario's dreunde door mijn hoofd: Maura en Hester zijn aan het knokken. Maura is gewond. Een van de olifanten heeft Grace aangevallen.

Een van de olifanten heeft Gideon aangevallen.

Ik gooide de staldeur open. Hester en Maura waren in hun loopboxen, de tralieafscheidingen tussen hen stonden wijd open. Uitbundig trompetterend dartelden ze door de dubbelgrote stalruimte in de enorm brede waterstraal van de brandslang. Gideon sproeide de olifanten nat, die rondhosten en vreugdegilletjes slaakten.

Ze waren niet in doodsnood. Ze hadden vette pret.

'Wat dóé je?' schreeuwde ik terwijl Jenna zich uit mijn armen probeerde los te wurmen. Ik zette haar op de grond, waar ze in de plassen op het beton begon te springen.

Breed lachend zwaaide Gideon de brandslang tussen de tralies door heen en weer. 'Kwaliteitsverhoging,' zei hij. 'Moet je Maura zien. Ze gaat helemaal los. Geweldig, toch?'

Hij had gelijk. Maura vertoonde geen spoor meer van verdriet. Ze schudde haar kop, danste in de waternevel en gooide haar slurf achterover, elke keer als ze een vreugdekreet slaakte.

'Is het fornuis al gerepareerd?' vroeg ik. 'En de olie van de quad ververst? Heb je de omheining op het Afrikaanse terrein al neergehaald of het noordwestelijke veld gemaaid? Heb je de vijverhelling op het Aziatische terrein afgevlakt?' Het was een waslijst van alle dingen die we nog moesten doen.

Gideon verdraaide het mondstuk van de slang, zodat de waterstroom versmalde tot een straaltje. De olifanten trompetterden en draaiden om hun as, wachtend en hopend op meer.

'Nee dus,' zei ik. 'Jenna, kom mee, schat.' Ik liep naar haar toe, maar zij rende weg, spetterend door de plassen.

Gideons mond verstrakte. 'Hé, baas,' zei hij, wachtend tot ik me omkeerde.

Zodra ik dat deed verdraaide hij het mondstuk, zodat de waterstraal me pal op de borst raakte.

Het was zo koud, krachtig en onverwachts, dat ik achteruitwankelde. Ik duwde mijn druipende haar uit mijn gezicht en keek neer op mijn doorweekte kleren. Gideon richtte de slang weer op de olifanten. Hij grinnikte. 'Jij moet nodig een beetje chillen,' zei hij.

Ik sprong op hem af en graaide naar de slang. Gideon was groter dan ik, maar ik was sneller. Ik richtte de straal op hem tot hij zijn handen voor zijn gezicht sloeg. 'Oké, oké!' lachte hij, happend naar adem. 'Oké, ik geef me over!'

'Jij bent begonnen,' zei ik toen hij probeerde het mondstuk uit mijn handen te wrikken. De brandslang kronkelde tussen ons in alsof hij leefde, en wij waren gebedsgenezers, vechtend om één vonk van het goddelijke. Gideon was nu drijfnat en glibberig, maar uiteindelijk slaagde hij erin zijn armen om me heen te slaan, zodat mijn handen tussen ons klem zaten en het water op onze voeten kletterde. Ik moest het mondstuk loslaten. Het viel op de grond en draaide een stukje, kwam tot stilstand en spoot een fontein van waterdruppels naar de olifanten.

Ik lachte zo hard dat ik buiten adem raakte. 'Oké, jij hebt gewonnen. Laat me los!' hijgde ik.

Even was ik verblind door mijn haar dat tegen mijn oogleden plakte. Gideon streek het opzij zodat ik zijn glimlach zag. Zijn tanden waren onwerkelijk wit. Ik kon mijn ogen niet van zijn mond afhouden. 'Dat zal niet gaan,' zei hij, en hij kuste me.

De schok was nog intenser dan die eerste stoot water van de brandslang. Een seconde lang verstijfde ik. Toen sloeg ik mijn armen om zijn middel en streelden mijn warme handpalmen zijn vochtige rug. Mijn handen gingen over het landschap van zijn armen, door de valleien waar de spieren met elkaar verbonden waren. Ik dronk van hem, zoals van de diepste bron die ik ooit had geproefd.

'Nat,' zei Jenna. 'Mama nat.'

Met één handje aaide ze Gideons been, met het andere het mijne. Tot op dat moment was ik haar totaal vergeten.

Alsof ik niet genoeg had om me over te schamen.

Voor de tweede keer vluchtte ik weg van Gideon alsof mijn leven in gevaar was. En ik denk dat dat ook zo was.

De twee daaropvolgende weken meed ik Gideon. Ik vroeg Grace en Nevvie om boodschappen aan hem door te geven, zodat ik geen moment alleen met hem zou zijn op het buitenterrein of in de stallen. Ik liet briefjes voor hem achter in de stalkeukens, met lijsten van wat er gedaan moest worden. 's Avonds deed ik geen klussen meer samen met hem, maar bleef ik met Jenna in de cottage, waar we puzzels legden op de vloer of met blokken of knuffels speelden.

Op een avond riep Gideon me met zijn portofoon op vanuit de hooischuur. 'Doctor Metcalf,' zei hij. 'We hebben een probleem.'

Ik kon me de laatste keer niet herinneren dat hij me doctor Metcalf had genoemd. Misschien was het een reactie op de kilte die ik probeerde uit te stralen, of anders was het probleem echt urgent.

Ik zette Jenna tussen mijn benen op de quad en reed eerst naar de Aziatische stal, waar Grace bezig was de avondmaaltijden voor de dieren klaar te maken. 'Wil jij even op haar letten?' vroeg ik. 'Gideon zei dat er iets dringends was.'

Grace zette een emmer op zijn kop om er een krukje van te maken.

'Kom maar hierop staan, dropje,' zei ze. 'Kijk eens wat een hoop appels ik heb. Wil jij ze me een voor een aangeven?' Ze keek over haar schouder naar mij. 'Geen probleem,' zei ze.

Ik reed naar de hooischuur, waar Gideon tegenover Clyde stond, de man die ons hooi leverde. Clyde was iemand die we vertrouwden, in tegenstelling tot sommige andere boeren, die te vaak hadden geprobeerd hun beschimmelde hooi aan ons te slijten omdat ze dachten dat het voor de olifanten niet uitmaakte. Clyde stond met zijn armen over zijn borst geslagen. Gideon had één voet op een baal hooi gezet. Nog maar de helft van Clydes trucklading was gelost en naar de opslagruimte versjouwd.

'Wat is er aan de hand?' vroeg ik.

'Clyde zegt dat hij geen cheque accepteert, omdat de vorige ongedekt was. Maar ik kan nergens ons reservepotje contant geld vinden. En voor ik betaald heb, wil Clyde mij de rest van de balen niet laten lossen,' zei Gideon. 'Dus misschien heb jij een oplossing.'

De vorige cheque was ongedekt omdat onze lopende rekening leeg was. Het reservepotje had ik omgekeerd om er deze week de groente en het fruit voor de olifanten mee te betalen. Een volgende cheque uitschrijven had geen zin, want met het laatste geld dat ik van een reserverekening had overgeschreven, had ik de dierenarts betaald.

Ik wist niet waar ik het geld vandaan moest halen voor eten en luiers voor mijn dochter, laat staan voor het hooi voor de olifanten.

'Clyde,' zei ik. 'We zitten heel krap op dit moment.'

'Dat geldt voor het hele land.'

'Maar *wíj* hebben een relatie,' betoogde ik. 'Mijn man is toch al jaren vaste klant bij jou?'

'Ja, en hem lukte het altijd om me te betalen.' Hij fronste zijn voorhoofd. 'Ik kan jullie geen hooi leveren voor niets.'

'Ik weet het. En ik kan de olifanten niet laten verhongeren.'

Het was alsof ik vastzat in drijfzand. Ik was gedoemd om langzaam maar zeker te verdrinken. Ik moest fondsen werven, maar had er nauwelijks tijd voor. Mijn onderzoek lag te verstoffen, ik had er in geen weken iets aan gedaan. En hoe kon ik de exploitatie voortzetten zonder op de een of andere manier de interesse van nieuwe sponsors te wekken?

Exploitatie.

Ik keek Clyde aan. 'Ik betaal je tien procent extra als je me nu het hooi geeft en je het mij de volgende maand laat betalen.'

'Waarom zou ik?'

'Omdat wij een relatie van je zijn, Clyde, hoe je het ook wendt of keert. Je móét ons het voordeel van de twijfel geven.'

Hij moest helemaal niets. Maar als ik insinueerde dat hij bezig was het reservaat de nekslag te geven, voelde hij zich hopelijk schuldig genoeg om zich te laten paaien.

'Twintig procent,' zei Clyde.

Ik schudde zijn hand. Toen klom ik op de truck en begon de hooibalen eraf te trekken.

Een uur later reed Clyde weg. Ik ging op een baal hooi zitten. Gideon was nog bezig de balen zo efficiënt mogelijk op te stapelen, hoger dan het mij ooit zou lukken.

'Hé,' zei ik. 'Blijf je me nou negeren?'

Gideon keerde zich niet om. 'Dingen negeren, dat heb ik van jou geleerd.'

'Wat moest ik anders, Gideon? Heb jij een oplossing? Want geloof me, die zou ik graag willen horen.'

Hij draaide zich om en keek me aan, met zijn handen op zijn heupen. Hij zweette. Kaf en stro kleefden aan zijn onderarmen. 'Ik ben het zat om de klappen voor jou op te vangen. De orchideeën retourneren. Gratis hooi lospeuteren. Water in wijn veranderen, verdomme. Wat moet ik nog meer voor je doen, Alice?'

'Had ik dan de dierenarts niet moeten betalen toen Syrah ziek was?'

'Ik weet het niet,' zei hij kortaf. 'Het kan me niet schelen.'

Ik stond op, maar hij beende langs me heen. 'Jawel, het kan je wél schelen,' riep ik. Ik holde hem achterna terwijl ik met mijn hand over mijn ogen veegde. 'Ik heb hier ook niet om gevraagd, hoor. Ik wilde helemaal geen reservaat runnen. Ik wilde niet in de rats zitten over zieke dieren, salarissen uitbetalen en failliet gaan.'

Gideon stond stil in de deuropening. Het licht omlijstte zijn silhouet terwijl hij zich omdraaide. 'Wat wil jij dan wél, Alice?'

Wanneer had iemand me dat voor het laatst gevraagd?

'Ik wil onderzoek doen,' zei ik. 'Ik wil mensen tonen hoe goed olifanten kunnen denken en hoeveel ze voelen.'

Hij zette een stap in mijn richting en vulde mijn gezichtsveld. 'En?'

'Ik wil dat Jenna gelukkig is.'

Gideon deed nog een stap. Hij was nu zo dichtbij dat zijn vraag in mijn gebogen nek kriebelde, zodat mijn huid begon te tintelen. 'En?'

Ik had mijn mannetje gestaan toen een olifant me aanviel. Ik had mijn wetenschappelijke geloofwaardigheid geriskeerd om mijn intuïtie te volgen. Ik had mijn bakens verzet en was opnieuw begonnen. Maar Gideon aankijken en hem de waarheid zeggen, was het moedigste wat ik ooit had gedaan.

'Ik wil ook gelukkig zijn,' fluisterde ik.

Toen tuimelden we over de rommelige hooibalen en landden in een nest van stro op de schuurvloer. Gideons handen streelden mijn haar en verdwenen onder mijn kleren. Mijn zucht werd zijn ademhaling. Onze lichamen waren landschappen waarvan de coördinaten in onze handpalmen werden geëtst waar we elkaar aanraakten. Toen hij in me kwam, wist ik waarom: nu zouden we altijd onze weg naar huis terugvinden.

Daarna lag ik op mijn rug in het prikkende hooi, met een wirwar van kleren rond mijn armen en benen. Ik wilde iets zeggen.

'Nee,' zei Gideon terwijl hij zijn vinger op mijn lippen legde. 'Zeg maar niets.' Hij ging op zijn rug naast me liggen. Mijn hoofd lag op zijn arm bij een kloppende ader. Ik voelde zijn hartslag.

'Toen ik klein was,' vertelde hij, 'kreeg ik van mijn oom een *Star Wars*-poppetje. George Lucas had het zelf gesigneerd en het zat nog in de originele doos. Ik was zes of zeven, denk ik. Mijn oom zei dat ik het onuitgepakt in de kast moest zetten, want misschien werd het ooit een heleboel geld waard.'

Ik tilde mijn hoofd op zodat ik hem kon aankijken. 'Heb je het uit de verpakking gehaald?'

'Yep.'

Ik barstte in lachen uit. 'Ik dacht dat je me ging vertellen dat je het ergens had liggen. En dat je het wilde verpatsen om het hooi te betalen.'

'Sorry. Ik was nog maar een kind. Een kind speelt toch niet met ingepakt speelgoed?' Zijn glimlach verflauwde. 'Ik haalde het poppetje voorzichtig uit de gave doos en zette die terug in de kast, zodat geen mens er iets van zou merken. Ik speelde elke dag met mijn Luke Skywalker-figuurtje. Ik nam het mee naar school, ging ermee in bad en sliep ermee onder mijn kussen. Ik was gek op dat ding. En ja, het was vast minder waard op die manier, maar het was míjn grote liefde.'

Ik wist wat hij bedoelde. Dat het onaangetaste verzamelobject misschien wat geld waard was geweest, maar dat al die gestolen momenten onbetaalbaar waren.

Gideon grinnikte. 'Ik ben blij dat ik jou uit de kast heb gehaald, Alice.'

Ik stompte hem tegen zijn arm. 'Wat ben ik, een muurbloempje of zo?'

'Wie de schoen past...'

Ik liet me boven op hem vallen. 'Stil jij.'

Hij kuste me. 'Graag,' zei hij, en hij sloeg zijn armen weer om me heen.

De sterren twinkelden ons tegemoet toen we eindelijk uit de hooischuur kwamen. Er zat stro in mijn haar en droge aarde op mijn benen. Gideon zag er al niet veel beter uit. Hij stapte op de quad en ik ging achter hem zitten, met mijn wang tegen zijn rug. Ik rook mezelf op zijn huid.

'Wat zeggen we?' vroeg ik.

Hij keek over zijn schouder. 'Niets,' antwoordde hij, en hij startte de motor.

Gideon reed rechtstreeks naar zijn eigen cottage. Er brandde geen licht, want Grace was natuurlijk nog bij Jenna. Hij waagde het niet om me in het openbaar aan te raken, maar keek me in de ogen. 'Morgen?' vroeg hij.

Dat had van alles kunnen betekenen. We hadden een tijdstip kunnen afspreken om de olifanten te verplaatsen, de stallen schoon te maken of de bougies van de truck te verwisselen. Maar wat hij me echt vroeg, was of ik hem nu weer zou gaan mijden, zoals ik eerder had gedaan. Of dit opnieuw zou gebeuren.

'Morgen,' herhaalde ik.

Even later arriveerde ik bij onze cottage. Ik parkeerde de quad, stapte af en probeerde mijn haar te fatsoeneren en het hooi van mijn kleren te kloppen. Grace wist dat ik bij de hooischuur aan het werk was geweest, maar ik zag er niet uit alsof ik gewoon een lading hooi had gelost. Ik zag eruit alsof ik van het slagveld kwam. Ik wreef met mijn hand over mijn mond om Gideons kus weg te boenen, zodat er alleen smoezen overbleven.

Toen ik de deur opendeed, was Grace in de woonkamer. Jenna ook. Ze zat op schoot bij Thomas, die een glimlach op zijn gezicht had die de Melkweg zou kunnen verlichten. Zodra hij me in het oog kreeg, gaf hij onze dochter aan Grace, pakte een plastic tasje van de tafel en liep op me af. Zijn ogen waren groot en helder. Hij stak me een omgekeerde plant toe met knoestige wortels die voor bloemen moesten doorgaan, net als twee jaar geleden, toen ik aankwam in Boston. 'Verrassing,' zei hij.

JENNA

Het olifantenreservaat in Tennessee heeft een leuk klein ontvangstcentrum in de binnenstad van Hohenwald, met grote foto's aan de wanden van al hun dieren en plaquettes die de levensgeschiedenis van elke olifant beschrijven. Het is best gek om de namen te zien van de olifanten die vroeger in het New England Sanctuary woonden. Ik kijk lang naar de foto van Maura, de olifant waarvan mijn moeder het meeste hield. Ik staar er zo intensief naar dat het beeld begint te vervagen.

Er is een tafel met boeken, kerstversieringen en bladwijzers die je kunt kopen. Een mand vol olifantenknuffels. Er draait een doorlopende videofilm van een groep Aziatische olifanten, die trompetteren als een swingband uit New Orleans. Een andere film toont twee spelende olifanten in de uitwaaierende sproeistraal van een brandslang, als stadskinderen in de zomer als de gemeente de brandkranen openzet. Een kleiner videoscherm legt uit hoe vreedzaam contact werkt. In plaats van olifantenhaken of straffen, waaraan olifanten het grootste deel van hun leven gewend zijn, gebruiken de verzorgers in het reservaat positieve bevestiging bij het trainen. Er is altijd een barrière tussen verzorger en olifant. Niet alleen voor de veiligheid van de verzorger, maar ook voor de rust van het dier, dat altijd bij je kan weglopen als ze geen zin heeft om mee te doen. Dit is de regel sinds 2010. Het heeft echt geholpen, zegt de video, bij olifanten waarvan het vertrouwen in mensen ernstig geschaad is als gevolg van vrij contact.

Vrij contact. Dus zo heet het als je rechtstreeks een olifantenterrein op kunt lopen, zoals mijn moeder en de verzorgers vroeger deden. Zou het dodelijke ongeluk in ons reservaat en het daaropvolgende debacle geleid hebben tot deze nieuwe aanpak?

Behalve ik zijn er maar twee andere bezoekers in het winkeltje annex ontvangstcentrum, beide met een heuptasje om, hun voeten gestoken in sportsokken en wandelsandalen. 'We geven geen rondleidingen door het reservaat,' legt een werknemer uit. 'Onze hele filosofie is dat de olifanten hun laatste levensjaren moeten leven als olifanten, zonder dat wij ze te kijk zetten.' De toeristen knikken omdat dat politiek correct is, maar ik zie gewoon aan ze dat ze teleurgesteld zijn.

Zelf ben ik uit op een plattegrond. Het oude Hohenwald is weinig meer dan één enkele winkelstraat, dus waar is dan dat uitgestrekte terrein van elfhonderd hectare met uitzicht op de olifanten? Tenzij ze allemaal aan het shoppen zijn in de gigantische Dollar Store, weet ik niet waar ze zich schuilhouden.

Ik glip het winkeltje uit vóór de toeristen en loop om naar de achterkant, waar een klein parkeerterrein is voor personeel. Er staan drie personenauto's en twee open bestelwagens, die geen van alle een logo van het olifantenreservaat hebben. Ze zouden van iedereen kunnen zijn. Maar ik sluip langs de passagierskant van de voertuigen en gluur door de raampjes, op zoek naar een aanwijzing over de eigenaar.

Eén auto is van een moeder. Er liggen een tuitbeker en kinderkoekjes op de vloer.

Twee auto's zijn duidelijk van mannen, met pluchen dobbelstenen achter de voorruit en jachtcatalogi op de achterbank.

Maar bij de eerste open bestelwagen is het raak. Tussen de zonneklep boven de bestuurdersplaats zit een stapel papieren geklemd, met het logo van The Elephant Sanctuary erop.

Er liggen grote plukken hooi verspreid in de laadbak. Gelukkig maar, want de geribbelde bodem is zo gloeiend heet dat het kale metaal me zowat gebrandmerkt zou hebben. Ik verstop me in de laadbak van de bestelwagen, wat mijn favoriete manier van reizen schijnt te worden.

Minder dan een uur later hobbel ik over een weg naar een hoog metalen hek met een elektronisch openingsmechanisme. De bestuurder, een vrouw, toetst een code in zodat het hek opengaat. We rijden ongeveer dertig meter tot een volgend hek, waar ze hetzelfde doet.

Terwijl zij rijdt, probeer ik me te oriënteren. Het reservaat is omsloten door een gewone omheining van harmonicagaas, maar de binnenste omheining bestaat uit stalen buizen en kabels. Ik kan me niet herinneren hoe ons olifantenterrein er destijds uitzag, maar hier lijkt alles ordelijk en smetteloos. Het landschap strekt zich uit tot in de eeuwigheid: heuvels, bossen, vijvers en grasland, afgewisseld met enkele grote schuren – waarschijnlijk stallen. Alles is zo groen dat het pijn doet aan mijn ogen.

De bestelwagen stopt bij een van de stallen. Ik maak me zo plat mogelijk, in de hoop dat de bestuurster me niet ziet wanneer ze is uitgestapt. Ik hoor de deur dichtslaan. Dan voetstappen, en vervolgens het blijde getrompetter van een olifant wanneer de verzorgster de stal binnenloopt.

Als een raket stuif ik de wagen uit; ik ren gebukt langs de verst verwijderde muur van de stal en volg de staalkabelomheining tot ik mijn eerste olifant zie.

Het is een Afrikaanse. Ik ben niet zo'n expert als mijn moeder, maar dat weet ik in ieder geval zeker. Vanaf hier kan ik niet uitmaken of het een mannetje of vrouwtje is, maar het beest is reusach-tig. Hoewel dat overbodige info lijkt als ik praat over een olifant die krap een meter verderop staat, met alleen een staalkabelnetwerk tussen ons in.

Over staal gesproken, ik zie iets metaligs blinken op de slagtanden van de olifant. Alsof de uiteinden in goud zijn gedompeld.

Plotseling schudt de olifant zijn kop en flappert keihard met zijn oren, waardoor een roodachtige stofwolk tussen ons ontstaat. Het lawaai is zo onverwachts dat ik achteruitspring, hoestend door het stof.

'Wie heeft jou binnengelaten?' vraagt een barse stem.

Ik draai me om. De man achter mij torent hoog boven me uit. Zijn haar is bijna tot op zijn schedel afgeschoren en zijn huid is donker mahoniebruin. Zijn tanden daarentegen zijn verblindend wit. Ik verwacht dat hij me zal grijpen en aan mijn haar het reservaat uit zal sleuren, of de bewaker gaat bellen, of wie het ook is die hier indringers wegjaagt. Maar dat gebeurt niet. Zijn ogen worden groot en hij kijkt me aan alsof hij een visioen ziet.

'Je lijkt sprekend op haar,' fluistert hij.

Ik had niet gedacht dat het zo'n makkie zou zijn om Gideon te vinden. Maar goed, na een reis van anderhalfduizend kilometer verdien ik misschien een keer een meevaller.

'Ik ben Jenna...'

'Dat weet ik,' zegt Gideon terwijl hij zoekend rondkijkt. 'Waar is ze? Alice?'

Hoop is een ballon, die altijd maar één zucht verwijderd is van leeglopen. 'Ik hoopte dat ze hier was.'

'Bedoel je dat ze niet met je meegekomen is?' De teleurstelling op zijn gezicht... nou ja, het is alsof ik in een spiegel kijk.

'Dus jij weet niet waar ze is?' zeg ik. Mijn knieën voelen slap. Ik kan gewoon niet geloven dat ik zo ver ben gekomen, hem heb gevonden en dat het allemaal voor niets is geweest.

'Ik heb geprobeerd haar te dekken toen de politie kwam. Ik wist niet wat er gebeurd was, maar Nevvie was dood en Alice was verdwenen... Dus heb ik die agenten verteld dat ik ervan uitging dat ze was weggelopen en jou had meegenomen,' zegt hij. 'Dat was ze al die tijd van plan.'

Zomaar ineens wordt mijn lijf volgestort met licht. Ze wilde mij, ze wilde mij, ze wilde mij. Ze wilde me meenemen. Maar ergens tussen de planning van haar toekomst en de uitvoering was er iets vreselijk fout gegaan voor mijn moeder.

Gideon had de sleutel in het slot moeten zijn, de warmtebron die de onzichtbare boodschap zichtbaar zou maken. Maar hij weet even weinig als ik. 'Hoorde jíj dan niet bij dat plan?'

Hij kijkt me onderzoekend aan om te peilen hoeveel ik weet over zijn relatie met mijn moeder. 'Ik dacht van wel, maar ze heeft nooit meer iets van zich laten horen. Ze verdween gewoon. Blijkbaar was ik een middel tot een doel,' zegt Gideon gelaten. 'Ze hield van me. Maar van jou hield ze nog veel meer.'

Ik ben vergeten waar ik ben tot dit ogenblik, waarop de olifant zijn slurf opheft en trompettert. De zon brandt op mijn hoofd. Het duizelt me, alsof ik dagenlang in zee heb gedreven en zojuist mijn laatste vuursignaal heb afgevuurd, terwijl nu tot me doordringt dat de reddingsboot die ik dacht te zien een speling van het licht was. De olifant met het verguldsel op zijn slagtanden doet me denken aan het draaimolenpaard waar ik als kind zo bang voor was. Ik weet niet eens meer wanneer of waar mijn ouders met me naar de kermis gingen, maar van die doodenge houten hengsten met hun verstarde manen en opeengeklemde tanden moest ik huilen.

Wat ik nu ook het liefst zou doen.

Gideon blijft me aanstaren. Het voelt vreemd, alsof hij door me heen wil kijken of mijn hersenplooien doorbladeren. 'Ik wil je aan iemand voorstellen,' zegt hij, en hij loopt voor me uit langs de omheining.

Misschien heeft hij me alleen op de proef gesteld. Misschien wilde hij zeker weten dat ik mijn moeder ontzettend mis voor hij me naar haar toe brengt. Ik mag niet hopen van mezelf, maar terwijl ik hem volg, loop ik sneller en sneller. Stel dat, stel dat, stel dat.

Voor mijn gevoel lopen we minstens veertig kilometer in de zinderende hitte. Mijn shirt is drijfnat van het zweet tegen de tijd dat we een heuvel beklimmen en ik op de top een andere olifant zie staan. Gideon hoeft me niet te vertellen dat het Maura is. Ze legt haar slurf voorzichtig op de bovenrand van de omheining terwijl de slurfvingers zich openen en sluiten als een roos. Op dat moment weet ik dat ze zich mij herinnert zoals ik me haar herinner, op een of ander instinctief, onderbewust niveau.

Mijn moeder is hier echt, echt niet.

De ogen van de olifant zijn donker en half dicht. Haar oren zijn doorschijnend in de felle zon, zodat ik de wegenkaart van haar aderen erdoorheen zie. Haar huid geeft warmte af. Ze is leerachtig, als een dier uit de oertijd. De accordeonplooien van haar slurf rollen golvend omhoog terwijl die op me af kronkelt. Ze blaast zacht in mijn gezicht en het ruikt naar zomer en stro.

'Hierom ben ik gebleven,' zegt Gideon. 'Ik dacht dat Alice op een dag zou komen kijken hoe het met Maura ging.' Nu krult de olifant haar slurf rond zijn onderarm. 'Ze heeft het zwaar gehad toen ze hier pas was. Kwam de stal niet uit. Bleef in de loopbox staan met haar kop in een hoek gedrukt.'

Ik dacht aan de lange beschrijvingen in de dagboeken van mijn moeder. 'Denk je dat ze zich schuldig voelde omdat ze iemand vertrapt had?'

'Misschien,' zegt Gideon. 'Misschien was ze bang voor straf. Of misschien miste zij je moeder ook.'

De olifant knort, als de motor van een auto. De lucht om me heen trilt.

Maura pakt een stuk boomstam op dat op zijn kant ligt. Ze schraapt erlangs met haar slagtand, tilt het stammetje op met haar slurf en drukt het tegen de zware stalen omheining. Ze schuurt weer langs de schors, laat de stam vallen en rolt hem onder haar voet heen en weer. 'Wat doet ze nou?'

'Spelen. Wij kappen bomen voor haar, zodat zij er de schors af kan halen.'

Na ongeveer tien minuten tilt Maura de stam op alsof het een tandenstoker is en houdt hem ter hoogte van de omheining. 'Jenna,' schreeuwt Gideon. 'Weg daar!'

Hij geeft me een zet en belandt boven op me, nauwelijks een meter van de plek waar de stam gevallen is, precies waar ik daarnet nog stond.

Zijn warme handen rusten op mijn schouders. 'Gaat het?' vraagt hij terwijl hij me overeind helpt. Dan glimlacht hij. 'De laatste keer dat ik je vasthield, was je nog maar zestig centimeter lang.'

Maar ik wend me van hem af en kniel neer bij het cadeau dat ik zojuist heb gekregen. Het is ongeveer een meter lang en vijfentwintig centimeter in doorsnee. Een forse, lompe knuppel. Maura's slagtanden hebben er patronen in gemaakt, kruisende lijnen en groeven, zonder enige betekenis.

Behalve als je heel nauwkeurig kijkt.

Ik volg de lijnen met mijn vinger.

Met een beetje fantasie kan ik een u en een s onderscheiden. En door de knoest lijkt deze ene houtnerf op een w. Aan de andere kant van de stam zie ik een halve cirkel tussen twee lange, verticale krassen: i-d-i.

'Lieverd' in het Xhosa.

Gideon mag dan denken dat mijn moeder nooit is teruggekomen, maar ik begin te geloven dat ze overal om me heen is.

Precies op dat moment knort mijn maag zo hard dat ik klink als Maura. 'Jij hebt vast erge honger,' zegt Gideon.

'Valt wel mee.'

'Ik haal iets te eten voor je,' zegt hij resoluut. 'Ik weet dat Alice dat gewild zou hebben.'

'Goed dan,' zeg ik. We lopen terug naar de stal die ik als eerste zag toen ik hier aankwam in de bestelwagen. Zijn auto is een ruim zwart busje, en hij haalt een gereedschapskist van de passagiersstoel zodat ik kan gaan zitten.

Tijdens de rit voel ik dat Gideon nog steeds steelse blikken op me werpt. Alsof hij mijn gezicht in zijn geheugen wil griffen of zo. En dan realiseer ik me dat hij een rood poloshirt en korte broek draagt, het uniform van het New England Elephant Sanctuary. Maar iedereen in het olifantenreservaat hier in Hohenwald draagt een effen kaki tenue.

Ik snap er niets van. 'Hoelang werk je hier ook alweer, zei je?'

'O,' zegt hij, 'jaren.'

Het is wel supertoevallig dat ik in een reservaat van elfhonderd hectare als eerste Gideon tegen het lijf loop in plaats van iemand anders.

Tenzij hij dat zelf zo heeft uitgemikt.

Wat als ik Gideon Cartwright niet heb gevonden? Wat als hij míj heeft gevonden?

Ik denk nu zoals Virgil, maar dat hoeft niet per se fout te zijn als het op zelfbehoud aankomt. Ja, ik was erop gebrand om Gideon te vinden. Maar nu dat gelukt is, vraag ik me af of het wel zo'n goed idee was. Ik proef de angst als een koperen munt op mijn tong. Voor het eerst komt het in me op dat Gideon misschien iets te maken heeft gehad met mijn moeders verdwijning.

'Herinner jij je die nacht nog?' vraagt hij. Alsof hij een draad uit mijn gedachten plukt.

Ik zie voor me dat Gideon met mijn moeder een heel eind wegrijdt van het ziekenhuis en dan ergens stopt om zijn handen rond haar keel te klemmen. Ik zie voor me dat hij met mij hetzelfde doet.

Ik dwing mezelf om rustig te praten. Hoe zou Virgil het aanpakken als hij informatie uit een verdachte wilde krijgen? 'Nee, ik was nog te klein,' zeg ik. 'Ik denk dat ik gewoon sliep die nacht.' Ik kijk hem in de ogen. 'En jij? Herinner jij het je nog?'

'Helaas wel. Ik wilde dat ik het kon vergeten.'

We zijn nu bijna in de stad. Het lint van woonhuizen waar we voorbijzoeven wordt af en toe onderbroken door inritten naar winkelblokken en tankstations.

'Waarom?' gooi ik eruit. 'Omdat jij haar vermoord hebt?'

Gideon slingert over de weg en staat op de rem. Hij kijkt alsof ik hem een klap in zijn gezicht heb gegeven. 'Jenna... ik hield van je moeder,' bezweert hij me. 'Ik probeerde haar te beschermen. Ik wilde met haar trouwen. Ik wilde voor jou zorgen. En de baby.'

Alle lucht is op slag uit de auto verdwenen. Alsof er een luchtdicht plastic kapje over mijn neus en mond wordt gelegd.

Misschien heb ik hem verkeerd verstaan. Misschien zei hij dat hij wilde zorgen voor mij, de baby. Maar dat zei hij niet.

Gideon zet de auto stil en buigt zijn hoofd. 'Je wist het niet,' mompelt hij.

Met een snelle beweging klik ik de gordel los en open het autoportier. Ik zet het op een rennen.

Ik hoor het portier achter me dichtslaan. Dat is Gideon, die achter me aan komt.

Ik ga het eerste gebouw in dat ik zie, een restaurant, en schiet langs de hoofdserveerster heen naar achteren, waar meestal de toiletten zijn. In het damestoilet doe ik de deur op slot, klim op de wasbak en schuif het smalle raam open dat ernaast in de muur zit. Ik hoor stemmen achter de deur van het damestoilet. Gideon, die iemand dringend vraagt om naar binnen te gaan en me eruit te halen. Ik slinger mezelf door het raam, spring op het deksel van de gesloten afvalcontainer in het steegje achter het restaurant, en neem de benen.

Ik race door de bossen. Ik sta niet stil tot ik een buitenwijk van de stad bereik. En dan zet ik voor het eerst na anderhalve dag mijn mobieltje aan.

Ik heb ontvangst, drie streepjes. Ik heb drieënveertig berichten van mijn oma. Maar ik negeer ze en toets Serenity's nummer in.

De telefoon gaat drie keer over. Dan neemt ze op en ik ben zo dankbaar dat ik in tranen uitbarst. 'Alsjeblieft,' zeg ik. 'Ik heb hulp nodig.'

ALICE

Ik zat op de zolder van de Afrikaanse stal en vroeg me voor de zoveelste keer af of ík nou gek was.

Thomas was inmiddels vijf maanden thuis. Gideon had de muren weer overgeschilderd. Er lagen nog wat oude kranten op de vloer en er stonden verfblikken bij de plinten, maar verder was de zolder leeg. Er was geen spoor meer van de breuk met de realiteit die mijn man met huid en haar had opgeslokt. Op sommige momenten kon ik mezelf ervan overtuigen dat ik me deze hele episode had ingebeeld.

Vandaag viel de regen in stromen neer. Jenna was bijna niet te houden geweest voor ze naar het kinderdagverblijf vertrok. Ze mocht voor het eerst haar nieuwe laarsjes aan, die eruitzagen als lieveheersbeestjes, een cadeau van Grace en Gideon voor haar tweede verjaardag. Met dit weer wilden de olifanten hun stal niet uit. Nevvie en Grace waren brieven in enveloppen aan het stoppen voor een fondsenwervingscampagne. Thomas was onderweg naar huis vanuit New York City, waar hij gepraat had met bestuurders van Tusk, een organisatie die opkomt voor olifanten.

Thomas had nooit verteld waar hij naartoe was gegaan voor zijn behandeling, alleen dat het een kliniek buiten deze staat was. Dat hij daarheen gereden was toen hij erachter kwam dat de kliniek die hij op het oog had, gesloten was. Ik wist niet of ik hem moest geloven, maar hij leek weer de oude. Dus als ik al twijfels had, hield ik die voor mezelf. Ik vroeg niet of ik de boekhouding mocht inzien, ik uitte geen kritiek. De laatste keer dat ik dat waagde, was ik bijna gewurgd.

Na zijn herstel was hij teruggekomen met nieuwe medicijnen en met cheques van drie sponsors. (Waren zij medepatiënten geweest? Dat vroeg ik me af, maar het kon me eigenlijk weinig schelen zolang hun cheques gedekt waren.) Hij nam de touwtjes in handen alsof hij nooit was weggeweest. Maar al ging hem dit nog zo goed af, zijn terugkeer in ons huwelijk was een ander verhaal. Hoewel hij al maandenlang niet manisch of depressief was geweest, vertrouwde ik hem nog steeds niet, en dat wist hij. We waren overlappende cirkels met alleen Jenna in het gemeenschappelijke gedeelte. Als hij nu urenlang in zijn kantoor zat, vroeg ik me werktuigelijk af of hij bezig was wartaal in een notitieboek te krabbelen, net als voorheen. Toen ik hem vroeg of hij stabiel was, voelde hij zich blijkbaar aangevallen, en voortaan deed hij de deur van het kantoortje op slot. Het was een vicieuze cirkel.

Ik droomde ervan om weg te gaan. Jenna ophalen van het kinderdagverblijf en dan gewoon blijven doorrijden, wegwezen. Soms was ik zelfs dapper genoeg om dit hardop te zeggen, als Gideon en ik een moment vonden om samen te zijn.

Maar ik ging niet weg, omdat ik vermoedde dat Thomas wist dat ik iets had met Gideon. En wie zou de rechter een geschiktere ouder vinden, de vader met een psychische aandoening of de moeder die haar man bedroog?

Het was maanden geleden dat ik met Thomas in één bed had geslapen. Om halfacht 's avonds, nadat ik Jenna had ingestopt, schonk ik mezelf een glas wijn in en ging op de bank zitten lezen tot ik in slaap viel. Onze omgang beperkte zich tot beleefde conversatie als Jenna wakker was en verhitte discussies als ze sliep. Ik nam Jenna nog steeds mee het olifantenterrein op. Door die ene keer dat ze zo driest op Maura was afgestapt had ze haar lesje geleerd. En hoe kan een kind opgroeien in een olifantenreservaat zonder zich op haar gemak te voelen tussen olifanten? Thomas dacht nog steeds dat het op een ongeluk zou uitlopen, terwijl ik het eerlijk gezegd riskanter vond om mijn dochter bij hém achter te laten. Op een avond nadat ik Jenna weer had meegenomen naar het olifantenterrein, greep hij me zo hard bij de arm dat ik er een blauwe plek aan overhield. 'Welke rechter zou jou als een geschikte moeder beschouwen?' siste hij me toe. Opeens besefte ik dat hij niet alleen praatte over Jenna op het olifantenterrein. En dat niet alleen ik erover nadacht om als enige het ouderlijk gezag te krijgen.

Grace raadde me het kinderdagverblijf aan, omdat Jenna inmiddels bijna tweeënhalf was en alleen omging met volwassenen en olifanten. Ik ging er gretig op in, zodat ik drie uur per dag mijn handen vrij had zonder Jenna achter te hoeven laten bij Thomas.

Als je me toen had gevraagd wie ik was, had ik het je niet kunnen zeggen. De moeder die Jenna afzette bij het kinderdagverblijf in de stad, met een trommeltje vol wortelen en appelpartjes? De onderzoeker die haar artikel over Maura's rouwproces indiende bij wetenschappelijke tijdschriften, met iedere keer een schietgebedje voordat ze op 'verzenden' drukte? De echtgenote die in een zwart jurkje naast Thomas stond op een cocktailparty in Boston, enthousiast klappend zodra hij plaatsnam achter de microfoon om te praten over de bescherming van olifanten? De vrouw die opbloeide in de armen van haar minnaar, alsof hij het enige overgebleven zonlicht in de wereld was waaraan ze zich kon laven?

Driekwart van mijn leven had ik het gevoel dat ik een rol speelde, dat ik zó van het toneel af kon stappen en stoppen met doen alsof. En zodra er geen vreemde ogen meer op me gericht waren, wilde ik bij Gideon zijn.

Ik was een leugenaar. Ik kwetste mensen die niet eens wisten dat ze gekwetst werden. En ik was nog steeds niet sterk genoeg om ermee op te houden.

Maar in een olifantenreservaat is het vaak een drukte van belang en privacy is er schaars. Vooral als je een buitenechtelijke relatie hebt en allebei je partners er ook werken. Gideon en ik hadden een paar heftige vrijpartijen op het buitenterrein, en één keer zo halsoverkop achter de deur van de Aziatische stal dat we ronduit Russische roulette speelden. Dus misschien was het eerder wanhoop dan ironie waardoor ik op het idee kwam van deze veilige, beschutte plek voor onze ontmoetingen, waar Thomas zich niet zou wagen en Nevvie noch Grace ons ooit zou zoeken.

De deur ging open en zoals altijd stokte mijn adem van schrik. Maar het was Gideon, die druipend boven aan de trap stond en zijn paraplu dichtklapte. Hij hing hem aan de metalen leuning van de wenteltrap en stapte de zolder op.

Ik had een deken op de vloer uitgespreid terwijl ik op hem wachtte. 'Het lijkt wel een moesson daarbuiten,' pufte Gideon.

Ik stond op en begon zijn overhemd los te knopen. 'Dan moeten we je maar snel uit deze natte kleren krijgen,' zei ik.

'Hoelang?' vroeg hij.

'Twintig minuten,' zei ik. Het was zo lang als ik dacht te kunnen verdwijnen zonder gemist te worden. Het sierde Gideon dat hij nooit klaagde of probeerde me langer vast te houden. We hadden heel weinig speelruimte, maar ook een klein beetje vrijheid was beter dan niets.

Ik drukte me tegen hem aan, mijn hoofd rustend op zijn borst. Ik sloot mijn ogen toen hij me kuste en me optilde zodat ik mijn benen om hem heen kon slaan. Over zijn schouder, door het doorzichtige plastic dat nooit was vervangen, zag ik de stromende regen. Een loutering.

Ik weet niet hoelang Grace al in de deuropening boven aan de trap naar ons stond te kijken, met haar paraplu naar beneden in haar hand, zodat niets haar beschermde tegen het noodweer.

Het telefoontje was van het kinderdagverblijf gekomen. Jenna had koorts gekregen, ze had overgegeven. Kon iemand haar komen ophalen?

Grace had zelf willen gaan. Maar ze dacht dat ik het wel zou willen weten. Ze kon me niet vinden in de Afrikaanse stallen, waar ik gezegd had dat ik heen ging. Ze zag Gideons rode paraplu hangen. Misschien, dacht ze, dat hij zou weten waar ik was.

Ik snikte. Ik bood mijn excuses aan. Ik smeekte haar om Gideon te vergeven en het niet aan Thomas te vertellen.

Ik gaf Gideon aan haar terug.

En ik stortte me weer op mijn onderzoek, want ik kon met geen van hen nog samenwerken. Nevvie praatte niet meer tegen me. Grace kon niets tegen me zeggen zonder in tranen uit te barsten. En Gideon wist wel beter. Ik wachtte erop dat ze alle drie hun ontslag zouden aankondigen bij Thomas. Tot het tot me doordrong dat ze dat niet zouden doen. Want waar anders zouden er gelijktijdig drie vacatures zijn voor olifantenverzorgers? Dit was hun thuis, misschien meer dan het ooit het mijne was geweest.

Ik begon mijn ontsnapping te plannen. Ik had verhalen gelezen over ouders die hun eigen kinderen ontvoerden, hun haar verfden en ze de grens over smokkelden, met valse paspoorten en nieuwe namen. Jenna was jong genoeg om op te groeien met maar heel vage herinneringen aan haar leven hier. En wat mij betreft, ik kon iets anders gaan doen.

Ik zou nooit meer artikelen publiceren. Dat kon niet zonder dat ik het risico liep dat Thomas me zou opsporen en Jenna bij me zou weghalen. Maar als anonimiteit de prijs was voor onze veiligheid, dan was dat het toch wel waard?

Ik ging zelfs zover om een weekendtas in te pakken met kleren voor Jenna en mij. Ik hield nu en dan een paar dollar achter, die ik wegmoffelde in de voering van mijn computerhoes, tot ik er enkele honderden had gespaard. Ik hoopte dat het genoeg was om ons een beginnetje van een nieuw leven te verschaffen.

De ochtend dat ik van plan was om te vluchten, had ik de stappen wel duizend keer doorgenomen in mijn hoofd:

Ik zou Jenna haar favoriete overall aantrekken en haar roze sneakers. Ik zou haar een wafel geven als ontbijt, haar lievelingskostje, in reepjes gesneden zodat zij die in ahornsiroop kon dopen. Ik zou haar zoals altijd één knuffel laten kiezen die in de auto mee mocht naar het kinderdagverblijf.

Maar we zouden niet naar het kinderdagverblijf gaan. We zouden het gebouw voorbijrijden, de snelweg op gaan en voor iemand iets doorhad zouden we al een hele tijd weg zijn.

Ik had de stappen wel duizend keer doorgenomen in mijn hoofd. Maar dat was vóór Gideon onze cottage binnenstormde met een briefje in zijn hand en de vraag of ik Grace had gezien, en een smekende blik in zijn ogen dat het antwoord ja zou zijn.

Ze had het met de hand geschreven. Als hij het vond, zou het te laat zijn, schreef ze. Toen Gideon wakker werd, lag het briefje in de badkamer op de plank naast de wastafel, hoorde ik later. Er stond een perfecte minipiramide van kiezelstenen op. Misschien hetzelfde soort stenen als waarmee Grace haar zakken had gevuld voor ze op de bodem van de Connecticut River ging liggen, nog geen drie kilometer van de plaats waar haar man vast lag te slapen.

SERENITY

Poltergeist is een van die Duitse woorden, net als *Zeitgeist* of *Schadenfreude*, die iedereen kent maar niemand echt begrijpt.

De letterlijke vertaling is 'luidruchtige geest,' wat helemaal klopt. Het zijn de pesterige lawaaipapegaaien van de geestenwereld. Ze zijn geneigd zich te hechten aan tienermeisjes die zich bezighouden met occulte zaken, of die heftige stemmingswisselingen hebben, wat allebei negatieve energie aantrekt. Ik legde mijn cliënten altijd uit dat poltergeisten – ook wel klopgeesten genoemd – domweg pisnijdig zijn. Vaak zijn het de schimmen van mishandelde vrouwen of bedrogen mannen, mensen die nooit de kans hebben gekregen om terug te slaan. Die frustratie uit zich in het bijten of knijpen van bewoners van een huis, herrie maken in kasten of dichtslaan van deuren, servies dat door de kamer vliegt en klapperende ramen. In sommige gevallen is er een verband met een van de elementen: aarde, lucht, water of vuur. Zoals bij spontane windvlagen die schilderijen van de wand blazen of brandjes die uitbreken op de vloerbedekking.

Of een onverklaarbare watervloed.

Virgil veegt zijn ogen af met de punt van zijn overhemd, in een poging dit alles te verwerken. 'Dus jij denkt dat we daarnet uit dat huis gejaagd zijn door een geest?'

'Een poltergeist is feitelijk een schim,' zeg ik. 'Maar ik wil niet muggenziften.'

'En volgens jou is het Grace.'

'Het ligt voor de hand. Ze heeft zichzelf verdronken omdat haar man haar bedroog. Als er íémand zou terugkomen als waterpoltergeist, dan is zij het wel.'

Virgil knikt bedachtzaam. 'Nevvie scheen te denken dat haar dochter nog leefde.'

'Nevvie zei dat haar dochter eraan kwam,' houd ik hem voor. 'Ze heeft er niet bij gezegd in welke vórm.'

'Zelfs als ik niet compleet gevloerd was door slaaptekort zou ik dit niet anders kunnen verklaren,' geeft Virgil toe. 'Maar ik ben gewend om te werken met harde bewijzen.'

Ik pak de onderrand van zijn overhemd en wring het uit, zodat het water over het asfalt stroomt. 'Tja,' zeg ik sarcastisch, 'dit telt vast niet als hard bewijs.'

'Dus Gideon zegt dat Nevvie dood is en zij komt in Tennessee terecht in een huis dat ooit van haar dochter is geweest.' Hij schudt zijn hoofd. 'Waarom?'

Daar kan ik geen antwoord op geven. Maar dat hoeft ook niet, want ergens diep in mijn tas klinkt de ringtone van mijn telefoon.

Na wat graafwerk vis ik mijn mobiel op. Ik ken dat nummer.

'Alsjeblieft,' zegt Jenna. 'Ik heb hulp nodig.'

'Kalm aan,' zegt Virgil voor de vijfde keer.

Ze slikt. Haar ogen zijn rood van het huilen en het water loopt nog steeds uit haar neus. Ik rommel in mijn tas, op zoek naar een papieren zakdoekje, maar kan alleen een reinigingsdoekje voor mijn zonnebril vinden. Dus geef ik haar dat.

De aanwijzingen die ze ons gaf, waren typerend voor een tiener: 'Je komt langs een Walmart en daarna moet je ergens rechtsaf. En een wafelrestaurant, ik geloof dat die afslag na een wafelrestaurant is.' Echt waar, het is een godswonder dat we haar sowieso hebben gevonden. En wel achter het harmonicagaas en de afvalcontainer van een groot tankstation, een paar meter boven de grond in een boom.

'Jenna! Waar ben je, verdomme?' schreeuwde Virgil. Pas nadat ze zijn stem gehoord had, verscheen haar gezicht tussen de takken en bladeren boven ons, als een kleine witte maan in een zee van groene sterren. Behoedzaam klom ze langs de stam naar beneden, tot ze uitgleed en in Virgils armen belandde. 'Ik heb je vast,' zei hij tegen haar. Sindsdien heeft hij haar niet meer losgelaten.

'Ik heb Gideon gevonden,' zegt Jenna hortend en stotend.

'Waar?'

'In het reservaat.'

Ze begint weer te huilen. 'Eerst begon ik te denken dat hij mijn moeder misschien kwaad had gedaan,' zegt ze, en ik zie dat Virgil haar schouders iets steviger omklemt.

'Heeft hij jou iets gedaan?' vraagt Virgil. Ik ben er grondig van overtuigd dat als Jenna dit zou beamen, hij Gideon zou wurgen met zijn blote handen.

Ze schudt haar hoofd. 'Het was gewoon... een gevoel.'

'Goed dat je geluisterd hebt naar je gevoel, liefje,' zeg ik.

'Maar hij zei dat hij mijn moeder helemaal niet meer gezien heeft na die nacht dat ze naar het ziekenhuis werd gebracht.'

Virgil perst zijn lippen op elkaar. 'Misschien liegt hij wel dat hij barst.'

Jenna's ogen worden weer vochtig. Het doet me denken aan Nevvie en het water dat haar kamer in sijpelde als een onbedwingbare huilbui. 'Hij zei dat mijn moeder een baby zou krijgen. Een baby van hém.'

'Ik weet dat mijn mediamieke gave het een beetje laat afweten,' prevel ik, 'maar dat zag ik écht niet aankomen.'

Virgil laat Jenna los en begint te ijsberen. 'Dat is een motief.' Mompelend blijft hij heen en weer lopen terwijl hij een tijdlijn uitwerkt in zijn hoofd. Hij vinkt punten af op zijn vingers, schudt zijn hoofd, begint opnieuw en wendt zich uiteindelijk ernstig tot Jenna. 'Er is iets wat je moet weten. Toen jij Gideon tegenkwam in het reservaat, waren Serenity en ik bij Nevvie Ruehl.'

Ze schiet overeind. 'Nevvie Ruehl is dood.'

'Nee,' corrigeert Virgil, 'iemand wilde ons laten dénken dat Nevvie Ruehl dood was.'

'Mijn vader?'

'Je pa heeft het vertrapte lichaam niet gevonden, maar Gideon. Hij zat bij de dode vrouw toen de forensisch patholoog en de politie arriveerden.'

Ze veegt haar ogen af. 'Maar er wás een dode vrouw.'

Ik kijk naar de grond, wachtend tot bij Jenna het kwartje valt.

Maar het valt anders dan ik verwacht had. 'Gideon heeft het niet gedaan,' zegt ze met klem. 'Dat dacht ik eerst ook. Maar ze was zwanger.'

Virgil doet een stap naar voren. 'Precies,' zegt hij. 'Dus is Gideon niet degene die haar heeft vermoord.'

Voor we vertrekken gaat Virgil naar het toilet achter het tankstation en ben ik even alleen met Jenna. Haar ogen zijn nog steeds bloeddoorlopen. 'Stel dat mijn moeder... dood ís...' Haar stem breekt af. 'Zou ze dan op me wachten?'

Mensen willen graag denken dat ze ooit herenigd zullen worden met een overleden dierbare. Maar het hiernamaals is een complexe, gelaagde ruimte. Je kunt net zo goed beweren dat je iemand vast wel tegenkomt omdat jullie allebei op dezelfde planeet leven.

Hoe dan ook, ik vind dat Jenna wel genoeg slecht nieuws heeft gehad vandaag. 'Lieverd, misschien is ze nú wel hier bij jou.'

'Dat snap ik niet.'

'De geestenwereld is vormgegeven volgens het model van de reële wereld en de echte dingen die we hebben gezien. Het zou zomaar kunnen dat jij je oma's keuken binnenkomt terwijl je moeder daar koffie staat te zetten. Of dat jij je bed opmaakt en zij onzichtbaar langs de deuropening van je slaapkamer loopt. Heel af en toe vloeien de omtrekken van beide werelden misschien in elkaar over, omdat jullie je in dezelfde ruimte bevinden. Jullie lijken op olie en azijn in hetzelfde kommetje.'

'Dus,' zegt ze haperend, 'ik zal haar nooit echt terugkrijgen.'

Ik kan tegen haar liegen. Ik kan haar vertellen wat iedereen dolgraag wil horen, maar ik doe het niet. 'Nee,' zeg ik tegen Jenna. 'Je krijgt haar niet terug.'

'En wat gebeurt er met mijn vader?'

Daar kan ik geen antwoord op geven. Ik weet niet of Virgil zal proberen te bewijzen dat Thomas die nacht zijn vrouw heeft vermoord. En of deze beschuldiging zal standhouden, gezien de psychische toestand van die arme sloeber.

Jenna gaat op de picknicktafel zitten en trekt haar knieën tegen haar borst. 'Ik had ooit een vriendin, Chatham, die praatte over Parijs alsof het de hemel was. Ze wilde gaan studeren aan de Sorbonne, elke dag over de Champs-Élysées wandelen, in een cafeetje zitten en trendy Franse vrouwen over straat zien lopen, dat soort dingen. Op haar twaalfde moest haar tante voor zaken naar Parijs, en Chatham mocht mee. Toen ze thuiskwam, vroeg ik haar of Parijs echt zo geweldig was, en weet je wat ze zei? "Het was gewoon een stad, eigenlijk niets bijzonders."' Jenna haalt haar schouders op. 'Ik had nooit gedacht dat het voor mij ook zo zou voelen nu ik eenmaal hier ben.'

'In Tennessee?'

'Nee, bij… het eindpunt, bedoel ik.' Ze kijkt me aan met ogen vol tranen. 'Ik weet nu dat mam me niet in de steek wilde laten, maar dat maakt het niet makkelijker. Er is niets veranderd. Zij is hier niet. Ik wél. En ik voel me nog steeds leeg.'

Ik sla een arm om haar heen. 'Het is geen geringe prestatie om je bestemming te bereiken,' zeg ik. 'Maar niemand vertelt je dat zodra je ergens aankomt, je ook weer moet omkeren en de hele weg terug naar huis moet afleggen.'

Jenna boent met haar vuist over haar ogen. 'Stel dat Virgil gelijk heeft, dan wil ik mijn vader spreken voor hij naar de gevangenis gaat.'

'We weten niet of hij…'

'Het was zijn schuld niet. Hij wist niet wat hij deed.'

Ze zegt het zo nadrukkelijk dat ik begrijp dat het niet per se is wat ze gelooft. Alleen wat ze graag *wíl* geloven.

Ik trek haar dicht tegen me aan en laat haar uithuilen. 'Serenity,' vraagt Jenna met gesmoorde stem, 'zorg jij dan dat ik met haar kan praten wanneer ik wil?'

Mensen zijn niet voor niets dood. Toen ik nog een echt medium was, deed ik maximaal twee readings voor een cliënt. Ik wilde mensen helpen hun verdriet te verwerken, geen continu beschikbare hotline met de doden zijn.

Vroeger, toen Lucinda en Desmond me nog beschermden tegen geesten die me naar hun pijpen wilden laten dansen, wist ik hoe ik een muur moest optrekken. Zo werd ik niet midden in de nacht gewekt door een bonte stoet van geesten die dolgraag een boodschap wilden doorgeven aan de levenden. Ik gebruikte mijn gave op mijn eigen voorwaarden.

Maar nu zou ik mijn privacy ervoor opgeven om weer met geesten te kunnen praten. Ik zou nooit een nepreading doen voor Jenna, ze verdient beter. Dus kan ik eigenlijk niets voor haar doen.

Toch kijk ik haar recht in de ogen en zeg: 'Natuurlijk.'

De thuisreis is lang, hels vermoeiend en vol stiltes. We kunnen niet met Jenna op het vliegtuig stappen zonder toestemming van haar voogd, omdat ze minderjarig is. Dus rijden we door de nacht naar New Hampshire. Ik luister naar de radio om wakker te blijven, tot Virgil begint te praten, ergens bij de grens van Maryland. Hij kijkt eerst over zijn schouder om te checken of Jenna nog slaapt.

'Laten we zeggen dat ze dood is,' zegt Virgil. 'Wat doe ik dan?'

Het is een verrassende openingszin. 'Je bedoelt Alice?'

'Ja.'

Ik aarzel. 'Ik neem aan dat je vaststelt wie het gedaan heeft en dat je diegene in de kraag grijpt.'

'Ik ben geen politieman meer, Serenity. En terecht.' Hij schudt zijn hoofd. 'Al die tijd dacht ik dat Donny het verkloot had. Maar nu blijkt dat ík dat heb gedaan.'

Ik werp hem een zijdelingse blik toe.

'Ik bedoel, er is van alles fout gegaan in het reservaat die dag. Niemand wist hoe je een plaats delict moest veiligstellen voor forensisch onderzoek terwijl er wilde dieren rondliepen. Thomas Metcalf had ze niet allemaal op een rijtje, al wisten we dat aanvankelijk niet. Er werden mensen vermist die niet als vermist waren opgegeven, onder wie een volwassen vrouw. Dus toen ik een bewusteloze vrouw vond, onder de modder en het bloed, ging ik ervan uit dat het Alice was. Dat zei ik tegen het ambulancepersoneel, met als gevolg dat ze onder die naam werd opgenomen in het ziekenhuis.' Hij wendt zijn gezicht af en kijkt uit het raam, zodat zijn profiel zich aftekent in de verlichting van passerende auto's. 'Ze had geen identiteitsbewijs op zak. Ik had het nader moeten onderzoeken. Waarom kan ik me niet herinneren hoe ze eruitzag toen ik haar vond? Had ze rood of blond haar? Waarom heb ik niet beter opgelet?'

'Omdat je wist dat ze snel een medische behandeling nodig had, dus daar was je op gefocust,' zeg ik. 'Val jezelf niet te hard. Je hebt niet geprobéérd om mensen om de tuin te leiden,' betoog ik, denkend aan mijn eigen recente carrière als kermisheks.

'Maar dat,' zegt hij, 'zie je verkeerd.' Hij draait zich naar me om. 'Ik heb bewijs verdonkeremaand. Weet je nog, de rode haar die op Nevvies lichaam is gevonden? Toen ik dat las in het verslag van de forensisch patholoog, wist ik niet dat hij van Alice was. Maar ik wist wel dat het betekende dat dit geen dood door ongeval was. Toch heb ik me er door mijn partner van laten overtuigen dat het de mensen erom ging zich veilig te voelen, dat een vertrapping al erg genoeg was, maar dat een moord nog erger zou zijn. Dus drukte ik de pagina van het rapport achterover en zoals Donny al had gezegd, ik werd een held. Ik was de jongste agent die werd bevorderd tot rechercheur, wist je dat?' Hij schudt zijn hoofd.

'Wat heb je met die pagina gedaan?'

'Ik heb hem in mijn zak gestopt op de ochtend van mijn officiële bevordering. Toen ben ik in mijn auto gestapt en over de rand van een klif gereden.'

Ik sta meteen op de rem. 'Wát heb je gedaan?'

'Het ambulanceteam dacht dat ik het hoekje om was. Volgens mij had ik een hartstilstand, maar blijkbaar is het me gelukt om ook dát te verknallen. Want ik werd wakker in een afkickkliniek, met een enorme stoot OxyContin in mijn aderen en creperend van de pijn. Je begrijpt wel dat ik niet meer teruggegaan ben naar mijn werk. Interne Zaken is nogal onvriendelijk voor gozers met een doodswens.' Hij kijkt me aan. 'Dus nu weet je wie ik echt ben. Ik zag het niet zitten om de volgende twintig jaar te moeten doen alsof ik een bovenste beste vent was, terwijl ik zelf wist dat dat niet klopte. Als ik mensen nu vertel dat ik een alcoholistische loser ben, lieg ik tenminste niet tegen ze.'

Ik denk aan Jenna, die een fakeparagnost heeft ingeschakeld en een privédetective die zo zijn eigen geheimen heeft. Ik denk aan het zich opstapelende bewijs dat Alice Metcalf de dode vrouw is die tien jaar geleden werd gevonden in het reservaat. Terwijl ik geen enkele keer in staat ben geweest om dat te voelen.

'Ik moet jou ook iets vertellen,' zeg ik. 'Weet je nog dat jij me maar bleef vragen of ik kon communiceren met de geest van Alice

Metcalf? En dat ik steeds nee zei, en dat dat waarschijnlijk betekende dat ze niet dood was?'

'Hm-hm. Jouw mediamieke gave moet nodig opnieuw worden afgestemd.'

'Dat is niet genoeg. Ik heb geen kik meer gehoord van gene zijde sinds ik senator McCoy de verkeerde informatie heb gegeven over zijn zoon. Ik heb afgedaan. Finito. Deze versnellingspook is meer paranormaal begaafd dan ik.'

Virgil schiet in de lach. 'Wat vertel je me nou? Dat je écht een charlatan bent?'

'Het is nog erger. Want ik ben dat niet altijd geweest.' Ik kijk hem aan. Hij heeft een groen masker rond zijn ogen, een reflectie van de achteruitkijkspiegel, alsof hij een soort superman is. Maar dat is hij niet. Hij is een man met gebreken en littekens. Hij is moegestreden, net als ik. Net als wij allemaal.

Jenna heeft haar moeder verloren. Ik mijn geloofwaardigheid. Virgil zijn integriteit.

We missen allemaal iets. Maar heel even had ik geloofd dat we samen misschien een geheel zouden vormen.

We rijden Delaware in. 'Jenna had geen twee heeft minder geschikte mensen kunnen kiezen dan wij, al had ze het geprobeerd,' verzucht ik.

'Een reden te meer om de dingen recht te zetten,' zegt Virgil.

ALICE

Ik ging niet naar Georgia voor Grace' begrafenis.

Ze werd begraven in een familiegraf naast haar vader. Gideon en Nevvie gingen er natuurlijk heen. Maar we runden nu eenmaal een reservaat, dus moest er iemand achterblijven om voor de dieren te zorgen, hoe dringend de reden voor vertrek ook was. Tijdens de verschrikkelijke week die het duurde voor Grace' lichaam aan land spoelde – de week dat Gideon en Nevvie hoopten dat ze nog leefde – waren we allemaal voor haar ingesprongen. Thomas voerde al sollicitatiegesprekken met mogelijke nieuwe verzorgers, maar dat was niet een-twee-drie geregeld. En nu ons personeel tot minder dan de helft was ingekrompen, werkten Thomas en ik de klok rond.

Toen Thomas me vertelde dat Gideon na de begrafenis weer terug was in het reservaat, was ik niet zo arrogant om te denken dat hij teruggekomen was voor mij. Ik wist eerlijk gezegd niet wat ik moest verwachten. We hadden een jaar van gestolen geluksmomenten gehad. Wat er met Grace was gebeurd, was onze schuld. Onze straf.

Alleen was er niet zomaar iets met Grace gebeurd. Grace had ervoor gezorgd dat het gebeurde.

Daar wilde ik me niet in verdiepen, dus schrobde ik de stalvloeren tot ze blonken en stortte me op het maken van nieuw verrijkingsspeelgoed voor de Aziatische olifanten. Ik snoeide het struikgewas dat de omheining aan de noordkant van het Afrikaanse terrein begon te overwoekeren. Normaal gesproken had Gideon dit gedaan, dacht ik met de heggenschaar nog in mijn handen. Snel ging ik door met de volgende klus, om nergens anders over te hoeven nadenken.

Ik zag Gideon pas de volgende ochtend. Hij reed een quad met een lading hooi de stal in, waar ik medicatiebollen stond te maken van appels die de olifanten bij hun voer kregen. Ik liet mijn mes vallen en rende naar de deur van de stalkeuken om hem te roepen. Maar op het laatste moment hield ik me in.

Wat moest ik tegen hem zeggen?

Een paar minuten keek ik toe hoe hij het hooi loste, zijn armen buigend en strekkend terwijl hij de balen opstapelde tot een piramide. Uiteindelijk raapte ik mijn moed bij elkaar en stapte het zonlicht in.

Hij stond stil en zette de baal hooi neer die hij had vastgehouden. 'Syrah is weer kreupel,' zei ik. 'Als je tijd hebt, wil jij er dan even naar kijken?'

Hij knikte zonder me aan te kijken. 'Wat moet er verder nog gebeuren?'

'De airco in het kantoor is kapot. Maar de reparatie heeft geen haast.' Ik sloeg mijn armen stijf over elkaar. 'Ik vind het zo erg, Gideon.'

Gideon schopte tegen het hooi. Een stofwolk dwarrelde tussen ons op. Voor het eerst sinds ik naar hem toe was gekomen, keek hij me aan. Zijn ogen waren zo bloeddoorlopen dat het leek alsof er iets in hem was opengebarsten. Ik dacht dat het misschien schaamte was.

Ik stak mijn handen uit. Hij stapte opzij, zodat alleen mijn vingertoppen langs hem schampten.

Toen draaide hij me de rug toe en pakte nog een baal hooi.

Nog knipperend met mijn ogen door de felle zon liep ik terug de stalkeuken in. Tot mijn schrik stond Nevvie op de plek waar ik daarnet had gestaan. Ze schepte pindakaas in de appels waar ik het klokhuis uit had gesneden.

Thomas noch ik had verwacht dat Nevvie snel zou terugkomen. Ze had tenslotte pas haar kind begraven. 'Nevvie... ben je alweer terug?'

Ze werkte door zonder me aan te kijken. 'Waar zou ik anders zijn?' zei ze.

Een paar dagen later was ik mijn eigen dochter kwijt.

We waren in de cottage en Jenna huilde omdat ze geen middagdutje wilde doen. De laatste tijd was ze steeds bang geweest om in slaap vallen.

In plaats van tijd voor een slaapje noemde Jenna het 'kwijt schaapje'. Ze was ervan overtuigd dat als zij haar ogen sloot, ik weg zou zijn wanneer ze ze weer opendeed. Wat ik ook zei om haar gerust te stellen, ze snikte, huilde en vocht om wakker te blijven, tot haar wil het aflegde tegen haar moeheid.

Ik zong voor haar en wiegde haar. Ik vouwde olifantjes van dollarbiljetten, wat haar meestal voldoende afleidde zodat ze stopte met huilen. Uiteindelijk doezelde ze weg terwijl ik opgerold om haar heen lag als een slakkenhuis, wat de laatste dagen de enige manier was om haar in slaap te krijgen. Ik had mezelf juist voorzichtig uit deze positie bevrijd, toen Gideon op de deur klopte. Hij had hulp nodig bij het opzetten van een schrikdraadhek, zodat hij het Afrikaanse terrein opnieuw kon indelen. De olifanten groeven graag in de grond, op zoek naar water. Maar de gaten die ze maakten, waren gevaarlijk voor de dieren zelf en voor ons, of we nu op een quad reden of liepen. Je kon erin vallen en een been breken of een hoofdwond oplopen. Er kon een as van je voertuig breken.

Schrikdraad spannen moest je met z'n tweeën doen, zeker bij Afrikaanse olifanten. Een van ons zou het hek moeten plaatsen terwijl de ander de dieren op een afstand hield met een voertuig. Ik wilde niet mee om twee redenen. Als Jenna wakker werd zou haar grootste angst bewaarheid worden, namelijk dat ik weg was. Daarnaast wist ik niet hoe ik me moest gedragen tegenover Gideon. 'Misschien kan Thomas helpen,' opperde ik.

'Hij is naar de stad,' zei Gideon. 'En Nevvie is Syrahs slurf aan het spoelen.'

Ik keek naar mijn dochter, die vast lag te slapen op de bank. Ik zou haar kunnen wakker maken en meenemen, maar het had me zoveel moeite gekost om haar in slaap te krijgen, en als Thomas erachter kwam zou hij woest zijn. Of ik zou Gideon twintig minuten van mijn tijd kunnen geven en terug zijn bij Jenna voor ze wakker werd.

Ik koos voor het laatste en het kostte maar vijftien minuten, zo feilloos waren we op elkaar ingespeeld. Het bezorgde me een steek in het hart. Ik wilde hem zoveel zeggen.

'Gideon,' zei ik toen we klaar waren. 'Wat kan ik doen?'

Hij wendde zijn blik af. 'Mis je haar?'

'Ja,' fluisterde ik. 'Natuurlijk.'

Zijn neusvleugels trilden en zijn kaak leek uit steen gehouwen. 'Daarom kunnen we dit niet meer doen,' mompelde hij.

Ik hield mijn adem in. 'Omdat ik het erg vind dat Grace er niet meer is?'

Hij schudde zijn hoofd. 'Nee,' zei hij. 'Omdat ik het niet zo voel.'

Zijn mond beefde. Met een snik viel hij op zijn knieën en drukte zijn gezicht tegen mijn buik.

Ik kuste Gideon op zijn kruin. Ik sloeg mijn armen om hem heen. Ik hield hem vast, zodat hij niet verder kon instorten.

Tien minuten later racete ik op de quad terug naar de cottage. De voordeur stond open. Was ik inderhaast vergeten hem goed te sluiten? Maar toen ik de kamer binnenliep, zag ik meteen dat Jenna verdwenen was.

'Thomas,' schreeuwde ik terwijl ik weer naar buiten rende. 'Thomas!'

Hij moest haar hebben, hij moest haar hebben. Dat was mijn gebed, mijn mantra. Ik dacht aan het moment dat ze wakker was geworden en zag dat ik er niet was. Had ze gehuild? Was ze in paniek geraakt? Op zoek gegaan naar mij?

Ik had zo zeker geweten dat ik haar geleerd had goed op te passen. Dat ze het begrepen had. Dat Thomas ongelijk had over de risico's die ze liep. Maar nu bekeek ik het olifantenterrein met andere ogen. Ik zag de gaten in het hek, waar een peuter met gemak doorheen kon kruipen. Jenna was nu drie. Ze kende het terrein. Stel dat ze de cottage uit was gedrenteld en door de afrastering was gekropen?

Ik riep Gideon op met de portofoon. Hij reageerde direct toen hij de paniek in mijn stem hoorde. 'Kijk jij in de stallen,' smeekte ik. 'En in de buitenverblijven.'

Ik wist dat onze olifanten nauw hadden samengewerkt met mensen in dierentuinen en circussen. Toch was het mogelijk dat ze iemand die hun domein binnenviel zouden afstraffen. Ik wist ook dat olifanten de voorkeur gaven aan lage mannenstemmen en ik probeerde zelf altijd mijn stem wat heser te laten klinken als ik tegen ze praatte. Hoge stemmen komen nerveus over, dus associëren olifanten vrouwelijke stemgeluiden met angst. En een kinderstem zou zeker in deze categorie vallen.

Ik heb ooit een man gekend die grond bezat aan de rand van het reservaat in Afrika. Hij was samen met zijn twee dochtertjes de wildernis in gegaan, waar ze midden tussen een kudde wilde olifanten terechtkwamen. 'Rol je op als een balletje, maak je zo klein mogelijk,' had hij gezegd. 'Wat er ook gebeurt, niet je hoofd optillen.' Twee grote, volwassen vrouwtjes kwamen op de meisjes af, besnuffelden ze en duwden zachtjes tegen ze aan, maar ze krenkten de kinderen geen haar.

Maar ik was niet bij Jenna om te zeggen dat ze zich moest oprollen als een balletje. En ze zou niet bang zijn, want ze had gezien hoe ik omging met de olifanten.

Ik reed met de quad het dichtstbijzijnde olifantenterrein op, het Afrikaanse, want verder was Jenna vast niet gekomen. Ik jakkerde langs de enorme stal, de vijver en de verhoging in het landschap waar de olifanten soms heen gingen op kille ochtenden. Op de top van de hoogste heuvel stond ik stil en zocht de omgeving af met mijn verrekijker, keek of ik ergens beweging zag.

Ik reed twintig minuten rond, met tranen in mijn ogen, me afvragend hoe ik Thomas moest uitleggen dat onze dochter zoek was. Toen kwam Gideons stem krakend door op de portofoon. 'Ik heb haar,' zei hij.

Ik reed naar zijn cottage, waar ik mijn kleine meid aantrof bij Nevvie op schoot, zuigend op een lolly, met kleverige handjes en paarsrode lippen. 'Mama,' zei ze terwijl ze haar handen naar me uitstrekte. 'Ik húílen.'

Maar ik kon haar niet aankijken. Ik was gefixeerd op Nevvie, die zich er niet bewust van leek dat ik trilde van woede. Nevvies hand lag op het hoofdje van mijn dochter alsof ze haar zegende. 'Er werd er eentje huilend wakker,' zei ze. 'Op zoek naar jóú.'

Het was geen verontschuldiging. Het was een uitleg. Als íémand schuldig was, dan was ik het, omdat ik mijn kind alleen had gelaten.

Plotseling wist ik dat ik niet tekeer zou gaan, dat ik Nevvie geen standje zou geven omdat ze mijn dochter had meegenomen zonder het mij eerst te vragen.

Jenna had een moeder nodig gehad en ik was er niet. Nevvie had een kind nodig gehad, om toch nog voor iemand te kunnen zorgen.

Op dat moment leek het een win-winsituatie.

Het vreemdste gedrag dat ik ooit bij olifanten heb gezien, was in het Tuli Block, op de oever van een rivierbedding tijdens een langdurige droogte. Het was een gebied waar veel verschillende dieren langskwamen. De avond ervoor waren er leeuwen gesignaleerd en die ochtend vroeg liep een luipaard over de oever aan de overkant. Maar de roofdieren waren vertrokken en een olifant genaamd Marea had gekalfd.

Het was een normale geboorte. De kudde had Marea tijdens de bevalling beschermd door om haar heen te gaan staan met de koppen naar buiten gekeerd. Ze hadden extatisch getrompetterd toen het kalf arriveerde en Marea was erin geslaagd om hem te laten opstaan, door hem in evenwicht te houden met haar poot. Ze had zand over hem heen geblazen en hem voorgesteld aan de kudde, waarbij de familieleden een voor een langskwamen om de baby aan te raken.

Ineens kwam een andere olifant, Thato, aanlopen over de lange droge oeverstrook. Thato was een bekende van deze kudde, maar geen familielid. Ik heb geen idee wat ze daar alleen deed, een heel eind verwijderd van haar eigen familie. Toen ze bij het pasgeboren kalf was, stak ze haar slurf uit en begon het op te tillen aan de hals.

We zien continu dat een moederolifant probeert haar pasgeborene overeind te helpen om hem in beweging te krijgen, door haar slurf onder zijn buik of tussen zijn poten te schuiven. Maar het is niet normaal om een kalf op te tillen bij de nek. Geen moeder zou dat zo aanpakken. Toen Thato wegliep, gleed het kalfje uit de greep van haar slurf. Hoe verder de baby weggleed, hoe hoger ze hem optilde in een poging hem vast te houden. Ten slotte viel het kalf met een smak op de grond.

Toen kwam de kudde in actie. Geknor en getrompetter klonken op. Er ontstond chaos, want de familieleden wilden de baby allemaal opnieuw aanraken om te checken of hij niet gewond was. Marea trok hem naar zich toe en duwde hem tussen haar poten.

Ik stond voor een raadsel. Ik had gezien dat olifanten baby's uit het water oppikten om ze te redden van de verdrinkingsdood. Ik had olifanten baby's zien optillen die waren gaan liggen, om ze op de been te helpen. Maar ik had nog nooit gezien dat een olifant probeerde een kalf af te voeren zoals een leeuwin haar welp draagt.

Ik begreep niet hoe Thato erbij kwam dat ze andermans kalf kon kidnappen. Ik wist niet of dat haar bedoeling was geweest of dat ze een leeuw en een luipaard had geroken en dacht dat de baby in gevaar was.

Ik wist niet waarom de kudde niet direct reageerde toen Thato wegliep met het kalf. Ja, ze was ouder dan Marea, maar ze was geen lid van de familie.

We noemden de baby Molatlhegi. In het Tswana betekent dat 'de verlorene'.

De nacht nadat ik Jenna bijna had verloren, kreeg ik een nachtmerrie. In mijn droom zat ik vlak bij de plek waar Molatlhegi bijna was ontvoerd door Thato. Ik zag de olifanten naar hogergelegen land trekken en tegelijkertijd water door de droge keel van de rivierbedding sijpelen. Het kabbelende water stroomde sneller en sneller en steeg tot het tegen mijn voeten klotste. Aan de overkant van de rivier zag ik Grace Cartwright op de oever staan. Ze stapte met al haar kleren aan het water in. Ze bukte, raapte gladde stenen op van de bodem en stopte die in haar shirt. Daar ging ze mee door tot haar broek, shirt en jaszakken vol stenen zaten en zij amper meer rechtop kon staan.

Vervolgens waadde ze verder de stromende rivier in.

Ik wist hoe diep het water werd en hoe snel dat kon gaan.

Ik probeerde naar Grace te schreeuwen, maar kon geen geluid uitbrengen. Toen ik mijn mond opendeed, vielen er duizend stenen uit.

En opeens stond *ík* tot mijn nek in het water en werd naar beneden getrokken. Ik voelde hoe de stroming het haar lostrok uit mijn vlecht. Ik worstelde om lucht te krijgen, maar bij iedere ademhaling slikte ik steentjes in: agaat en stekelige kalkspaat, basalt, leisteen en obsidiaan. Terwijl ik zonk, keek ik omhoog naar de waterverfzon.

In paniek werd ik wakker. Gideon drukte zijn hand tegen mijn mond. Ik vocht, schopte en rolde, tot hij aan één kant van het bed lag en ik aan de andere en er een barricade tussen ons was van woorden die we zouden moeten zeggen maar die onuitgesproken bleven.

'Je lag te gillen,' zei hij. 'Ik was bang dat je iedereen wakker zou maken.'

Ik besefte dat de eerste bloedrode strepen van de dageraad aan de hemel waren verschenen. Dat ik in slaap gevallen was terwijl ik alleen maar een paar momenten had willen stelen.

Toen Thomas een uur later wakker werd, was ik terug in de woonkamer van onze cottage en lag te slapen op de bank. Ik had mijn arm om Jenna's kleine lijfje heen geslagen, alsof er niets tussen ons kon komen, alsof ik nooit zou laten gebeuren dat zij bij het ontwaken ontdekte dat ik er niet was. Thomas wierp een glazige blik op me en stommelde de keuken in, op zoek naar koffie.

Maar ik sliep niet echt toen hij me passeerde. Ik lag eraan te denken dat ik mijn hele leven al diep en droomloos sliep. Met één opvallende uitzondering, waarbij mijn verbeelding op hol sloeg en elk middernachtelijk uur een voorstelling ten beste gaf van mijn grootste angsten.

De laatste keer dat dat gebeurde, was ik zwanger.

JENNA

Mijn oma staart me aan alsof ze een spook ziet. Ze pakt me stevig vast en strijkt over mijn haar en schouders alsof ze wil checken of alles er nog is. Maar er zit ook iets agressiefs in haar aanraking, alsof ze me even hard wil treffen als ik haar heb getroffen. 'Jenna, mijn god, waar ben je gewéést?'

Had ik nu het aanbod van Serenity of Virgil maar aangenomen om me een lift naar huis te geven, zodat zij het pad tussen mij en mijn oma hadden kunnen effenen. Nu lijkt het alsof de Kilimanjaro tussen ons is opgerezen.

'Sorry,' mompel ik. 'Ik moest wat... dingen doen.' Zodra Gertie op me afkomt, maak ik me los van mijn oma. De hond begint dolenthousiast mijn benen te likken en springt tegen me op. Ik begraaf mijn gezicht in de ruige vacht van haar nek.

'Ik dacht dat je was weggelopen,' zegt mijn oma. 'Ik was bang dat je aan de drugs was. Of aan de drank. Er zijn doorlopend verhalen op het nieuws over meisjes die worden ontvoerd. Aardige, oppassende meisjes die de vergissing begaan om een vreemde te vertellen hoe laat het is als hun dat gevraagd wordt. Ik was zo ongerust, Jenna.'

Mijn oma heeft haar parkeerwachtersuniform nog aan, maar ze is bleek en haar ogen zijn roodomrand alsof ze niet heeft geslapen. 'Ik heb iedereen gebeld. Meneer Allen, die zei dat je níét op zijn zoon hebt gepast, omdat zijn vrouw en kind op bezoek waren bij haar moeder in Californië... school... je vriendinnen...'

Ontzet kijk ik haar aan. Wie heeft ze gebeld? Behalve met Chatham, die niet eens meer hier woont, ga ik met niemand om. En ik besterf het van schaamte bij het idee dat mijn oma lukraak een medeleerling van school heeft gebeld om te vragen of ik bij haar thuis logeerde.

Ik geloof niet dat ik me na de zomervakantie nog op school durf te vertonen. Ik voel me diep vernederd én ik ben kwaad op mijn oma. Het is al moeilijk genoeg om een zielenpiet te zijn van wie de moeder vermoord is door de krankzinnige vader. Ik wil niet ook nog de pispaal van mijn klas worden.

Ik duw Gertie van me af. 'Heb je de politie soms ook gebeld?' vraag ik. 'Of is dat nog steeds te moeilijk voor je?'

Mijn oma heft haar hand op alsof ze me wil slaan. Ik krimp ineen. Dit wordt dan de tweede keer binnen een week dat ik klappen krijg van iemand die verondersteld wordt van me te houden.

Maar mijn oma raakt me niet aan. Ze wijst alleen naar boven. 'Ga naar je kamer,' zegt ze. 'En blijf daar tot ik je roep.'

Het is tweeënhalve dag geleden dat ik voor het laatst heb gedoucht, dus loop ik eerst de badkamer in. Ik draai de hete kraan zo ver open dat een stoomwolk de kleine ruimte vult en de spiegels beslaan, zodat ik mezelf niet hoef te zien terwijl ik me uitkleed. Dan ga ik in de badkuip zitten, trek mijn knieën tegen mijn borst en laat de kraan lopen tot het bad bijna tot de rand vol staat.

Ik adem heel diep in. Dan laat ik me langs de badrand omlaag glijden tot ik op de bodem lig. Ik vouw mijn handen kruiselings over elkaar, in de doodskisthouding, en sper mijn ogen zo wijd mogelijk open.

Het roze met wit gebloemde douchegordijn lijkt een caleidoscoop. Regelmatig ontsnappen er luchtbelletjes uit mijn neus, als kleine kamikazes. Mijn haar waaiert als zeewier uit rond mijn gezicht.

En zo heb ik haar gevonden, stel ik me voor dat mijn oma zegt. Alsof ze onder water in slaap gevallen is.

Ik zie Serenity en Virgil al voor me op mijn begrafenis, mompelend tegen elkaar dat ik er zo vredig uitzie. Na de plechtigheid zal Virgil waarschijnlijk naar huis gaan om het glas te heffen – of zes glazen – als eerbetoon aan mij.

Het wordt steeds moeilijker om niet overeind te schieten. De druk op mijn borst is zo sterk dat er een beeld door me heen flitst van mijn ribben die knappen en mijn borstkas die ineenklapt. Sterren dansen voor mijn ogen. Onderwatervuurwerk.

Heeft mijn moeder zich ook zo gevoeld in de momenten voor het gebeurde?

Ik weet dat ze niet verdronken is, maar haar borstkas was wel verpletterd, dat heb ik gelezen in het autopsierapport. En haar schedel was gebarsten. Had ze daarvóór al een klap op haar hoofd gekregen? Zag ze de klap aankomen? Vertraagde de tijd en plantte het geluid zich voort in kleurgolven, voelde ze de bloedcellen bewegen in de dunne huid van haar polsen?

Ik wil gewoon voor één keer delen in iets wat zij heeft gevoeld.

Ook al is dat het laatste wat ik voel.

Als ik zeker weet dat ik ga imploderen, dat het tijd is om water in mijn neus te laten stromen en te zinken als een gekapseisd schip, grijp ik de badrand en hijs me op.

Ik snak naar adem. Ik hoest zo hevig dat er bloed in het water komt. Mijn haar plakt tegen mijn gezicht en mijn schouders schokken. Ik hang over de badrand, met mijn borst tegen het porselein gedrukt, en braak in de prullenbak.

Plotseling herinner ik me dat ik in bad zat toen ik klein was. Ik kon nauwelijks overeind zitten zonder steun, want dan viel ik binnen een paar seconden om als een ei. Mijn moeder zat achter me en hield me rechtop in de V-vorm van haar lichaam. Ze zeepte eerst zichzelf in en daarna mij. Ik glibberde tussen haar handen als een vis.

Soms zong ze. Soms las ze een tijdschriftartikel. Ik zat veilig tussen haar benen te spelen met plastic bekertjes in alle kleuren van de regenboog, die ik vol schepte en omkeerde boven mijn hoofd en haar knieën.

Dan realiseer ik me dat ik wél een gevoel heb gedeeld met mijn moeder.

Liefde.

Hoe denk je dat kapitein Ahab zich voelde, vlak voor de harpoenlijn hem uit de boot rukte? Zei hij tegen zichzelf: ach, wat zou het, die rotwalvis was het waard?

En wat deed Javert, de politie-inspecteur in *Les Misérables*, toen hij besefte dat de voortvluchtige Valjean iets had wat hijzelf miste – mededogen? Stortte hij zich schouderophalend op een andere obsessie, zoals breien of *Game of Thrones*? Nee. Want zonder Valjean om zijn pijlen op te richten wist Javert niet meer wie hij was.

Ik heb jarenlang naar mijn moeder gezocht. En nu wijzen alle tekenen erop dat ik haar niet had kúnnen vinden, al had ik de wereld tot in de verste hoeken en gaten afgestruind. Omdat ze er niet meer is, al tien jaar niet meer.

Dood is zo definitief. Zo over en uit.

Maar ik huil niet, al had ik dat verwacht. Niet meer. En een minuscuul groen scheutje opluchting steekt de kop op in de woestenij van mijn gedachten: ze heeft me niet uit vrije wil achtergelaten.

Blijft het feit dat haar moordenaar hoogstwaarschijnlijk mijn eigen vader is. Toch is dit minder schokkend voor me, misschien omdat ik me mijn vader helemaal niet herinner. Hij was al ver heen op het moment dat ik hem echt leerde kennen, ik weet niet anders dan dat hij in een wereld leeft die louter voortspruit uit zijn eigen brein. En omdat ik hem al eerder heb verloren, voelt het niet alsof ik hem nu opnieuw kwijtraak.

Met mijn moeder ligt het anders. Ik had verlangd. Ik had gehoopt.

Virgil wil niets liever dan de puntjes op de i zetten, omdat er al zoveel fout gegaan is in dit onderzoek. Hij zei dat hij morgen een manier zal bedenken om het DNA te onderzoeken van het lichaam waarvan iedereen dacht dat het Nevvie was. Zodat we zekerheid hebben.

Weet je wat zo gek is? Nu dit moment is aangebroken dat ik jarenlang als hoogste doel had gesteld, denk ik: wat maakt het uit? Oké, straks ken ik eindelijk de waarheid over wat er gebeurd is. Ik kan de dingen afsluiten, waarover mijn schooldecaan altijd kwebbelde als ze me weer eens haar stomme kantoortje in had gelokt. Maar mijn moeder krijg ik er niet mee terug.

Ik begin mijn moeders dagboeken te herlezen, maar het lukt niet, het is alsof ik erin stik. Dus haal ik mijn stapeltje geld tevoorschijn, dat geslonken is tot zes dollarbiljetten, en vouw er olifantjes van. Ik laat een kudde van zes olifanten over mijn bureau marcheren.

Dan zet ik mijn computer aan. Ik log in op de website van NamUs en klik op 'nieuwe zaken'.

Er is een achttienjarige jongen verdwenen nadat hij zijn moeder had afgezet bij haar werk in Westminster, North Carolina. Hij reed in een groene Dodge Dart met het kenteken 58U-7334. Hij had schouderlang blond haar en tot punten gevijlde nagels.

Een tweeënzeventigjarige vrouw uit West Hartford, Connecticut, die medicijnen slikt voor paranoïde schizofrenie, is weggelopen uit haar zorggroepswoning. Tegen het personeel had ze gezegd dat ze auditie ging doen voor Cirque du Soleil. Ze was gekleed in een blauwe spijkerbroek en een sweatshirt met een fotoprint van een kat erop.

Een tweeëntwintigjarig meisje uit Ellendale, North Dakota, vertrok van huis in het gezelschap van een onbekende oudere man en is niet meer thuisgekomen.

Ik kan de hele verdere dag op deze links blijven klikken. En als ik klaar ben, zullen er alweer honderden aan de lijst zijn toegevoegd. Er zijn eindeloos veel mensen die een leemte hebben achtergelaten in het hart van iemand anders. In de loop der tijd zal een dappere, domme persoon langskomen en proberen de leemte te vullen. Maar dat lukt nooit, en dus eindigt ook deze onbaatzuchtige ziel met een gat in zíjn hart. Enzovoort. Het mag een wonder heten dat iemand het overleeft terwijl er zoveel van onszelf ontbreekt.

Eventjes mag ik me van mezelf voorstellen hoe mijn leven geweest had kunnen zijn. Mijn moeder die op de bank zit op een regenachtige zondag, met mijn kleine zusje aan haar ene kant en ik aan de andere, met haar armen om ons heen. We zitten dicht tegen elkaar aan genesteld onder een plaid naar een meidenfilm te kijken. Of mijn moeder die tegen me moppert dat ik mijn trui moet oprapen, aangezien de woonkamer geen wasmand is. Mijn moeder die mijn haar opsteekt voor mijn eindexamenfeest terwijl mijn zusje mijn mascara inpikt om zelf te gebruiken. Mijn moeder die mijn eerste date even spannend vindt als ik, wat ik zogenaamd irritant vind, terwijl ik tegelijkertijd word opgepept door het idee dat ze zo met me meeleeft. Mijn moeder die me over mijn rug streelt als diezelfde date het een maand later met me uitmaakt. Wat een sukkel, zou ze zeggen, dat hij zo'n leuk meisje als jou laat schieten.

Mijn kamerdeur gaat open en mijn oma komt binnen. Ze gaat op het bed zitten. 'Aanvankelijk dacht ik dat je vast niet besefte hoe ongerust ik zou zijn toen jij niet thuiskwam die eerste avond. Met achterlating van een onduidelijk briefje en zonder één poging om me te bellen.'

Ik sla mijn ogen neer. Mijn gezicht gloeit.

'Maar toen dacht ik: nee, jij zou het beter moeten begrijpen dan wie ook. Omdat je weet hoe het is als iemand verdwijnt.'

'Ik ben naar Tennessee geweest,' biecht ik op.

'Wáár naartoe?' zegt ze. 'Hoe dan?'

'Met de bus,' zeg ik. 'Naar de plek waar al onze olifanten naartoe zijn gebracht.'

Mijn oma's hand fladdert naar haar hals. 'Heb jij zestienhonderd kilometer in de bus gezeten om in een dierentuin te komen?'

'Het is geen dierentuin,' corrigeer ik. 'Eerder een antidierentuin. En ja. Ik ben daarheen gegaan omdat ik op zoek was naar iemand die mama heeft gekend. Ik dacht dat Gideon misschien kon vertellen wat er met haar gebeurd is.'

'Gideon,' herhaalt ze.

'Ze hebben samengewerkt,' zeg ik. Ik zeg niet: ze hadden een relatie.

'En?' vraagt mijn oma.

Ik knik haar toe terwijl ik langzaam de blauwe sjaal van mijn hals trek. Hij is zo licht, dat als je hem op een weegschaal zou leggen, die vast niets zou aangeven. Een wolkje, een ademteug, een herinnering. 'Oma,' fluister ik. 'Ik denk dat ze dood is.'

Ik heb nooit geweten dat woorden zulke scherpe randen hebben dat ze in je tong snijden. Ik denk niet dat ik nu nog een zin zou kunnen uitspreken, al deed ik nog zo mijn best.

Mijn oma pakt de sjaal en wikkelt hem als een verbandgaas om haar hand. 'Ja,' zegt ze. 'Dat denk ik ook.'

Dan scheurt ze de sjaal in tweeën.

Ik geef een gil. 'Wat dóé je?'

Mijn oma pakt het stapeltje dagboeken van mijn moeder van het bureau. 'Dit is voor je eigen bestwil, Jenna.'

De tranen springen in mijn ogen. 'Die zijn niet van jou.'

Het doet gewoon pijn om haar daar te zien staan, met alles wat ik nog overheb van mijn moeder. Alsof ze mijn huid eraf scheurt. Ik voel me naakt en onbeschermd.

'Ze zijn ook niet van jou,' zegt mijn oma. 'Dit is niet jouw onderzoek en niet jouw levensverhaal. Naar Tennessee? Dat wordt me te gek. Jij moet je eigen leven gaan leiden in plaats van het hare.'

'Ik haat je!' schreeuw ik.

Maar mijn oma is al onderweg naar de deur. Even staat ze stil op de drempel. 'Je blijft maar zoeken naar je familie, Jenna. Maar die is gewoon hier, vlak voor je neus. Van het begin af aan.'

Zodra ze wegloopt, pak ik de nietmachine en keil hem tegen de gesloten deur. Dan ga ik zitten en veeg mijn neus af met de rug van mijn hand. Ik probeer te bedenken hoe ik die sjaal terug kan krijgen en repareren. Hoe ik de dagboeken terug ga jatten.

Maar mijn moeder krijg ik niet terug. Nooit. Ik krijg niet de kans om mijn levensverhaal te herschrijven. Ik kan alleen maar doorstrompelen naar het bittere einde.

De zaak van mijn moeders verdwijning gloeit op mijn laptopscherm, met alle details die er niet meer toe doen.

Ik klik op de instellingen van haar profiel op NamUs en verwijder het met één enkele toetsaanslag.

Een van de eerste dingen die mijn oma me leerde toen ik klein was, was hoe ik het huis uit moest komen als er brand uitbrak. In allebei onze slaapkamers lag een opvouwbare brandladder ingeklapt onder het raam, voor noodgevallen. Als ik een brandlucht rook of mijn kamerdeur gloeiend heet aanvoelde, moest ik snel het raam openschuiven, de ladder op zijn plaats hangen en mezelf in veiligheid brengen.

Niet dat een driejarige peuter die ladder kon optillen, het raam openwrikken of de ladderhaken bevestigen. Maar ik kende nu het protocol, en dat moest voldoende zijn om te voorkomen dat er een ramp gebeurde.

Het bijgeloof werkte kennelijk, want we hebben nooit brand gehad in dit huis. Maar die stoffige oude ladder ligt nog steeds onder mijn slaapkamerraam. Hij heeft al gediend als boekenplank, schoenenrek en tafeltje voor mijn rugzak, maar nog nooit als ontsnappingsmiddel. Tot nu.

Deze keer laat ik een eerlijk briefje achter voor mijn oma. 'Ik zal ermee ophouden, echt. Maar je moet me de kans geven om afscheid te nemen. Morgen voor het avondeten ben ik terug, dat beloof ik.'

Ik schuif het raam open en haak de ladder op zijn plaats. Het lijkt een gammel ding, niet stevig genoeg om mijn gewicht te dragen. Lekker handig, als je probeert te vluchten uit een brandend huis en vervolgens te pletter valt van de brandladder.

Via de ladder kom ik niet verder dan het schuine dak boven de garage, dus eigenlijk ben ik er nog lang niet. Maar inmiddels ben ik een ontsnappingskunstenaar van het zuiverste water. Ik schuifel verder omlaag tot ik me kan vastgrijpen aan de rand van de dakgoot. Vanaf daar is het nog een sprong van anderhalve meter naar de grond.

Mijn fiets staat waar ik hem heb achtergelaten, tegen de balustrade van de veranda. Ik stap op en sjees ervandoor.

Midden in de nacht voelt fietsen anders. Als de wind suis ik voort, ik voel me onzichtbaar. De straten zijn vochtig omdat het geregend heeft. Het wegdek glimt, behalve waar mijn fietsbanden een spoor achterlaten. De voorbijscherende achterlichten van auto's doen me denken aan de sterretjes die ik mocht afsteken op oudejaarsavond. Aan hoe de gloed bleef hangen in het donker wanneer ik een alfabet van licht maakte, zwaaiend met mijn armen door de lucht. Nu rijd ik op mijn gevoel, want de straatnaamborden zijn onleesbaar. Maar voor ik het weet, ben ik in de achterafstraatjes van Boone bij het duistere café onder Serenity's appartement.

Het wemelt er van de klanten. In plaats van één of twee notoire zatlappen zie ik een hele club meisjes, in spandex jurkjes geperst, aan de gespierde armen van motorrijders hangen. Een stel bleke, magere gozers staat tegen de bakstenen muur geleund een peuk te roken, tussen de biertjes door. De herrie van de jukebox dringt door tot de straat. 'Zui-pen, zui-pen,' hoor ik iemand brullen. 'Hoi schat,' brabbelt een man. 'Mag ik je een drankje aanbieden?'

'Ik ben dértien,' zeg ik.

'Ik ben Raoul.'

Met gebogen hoofd dring ik me met fiets en al langs hem heen, het steegje in, tot ik de trap bereik naar Serenity's etage. Ik sjouw mijn fiets mee naar boven en zet hem weer in haar halletje, nu heel voorzichtig om het tafeltje niet om te gooien. Maar voor ik zachtjes op de deur kan kloppen – ik bedoel, het is twee uur in de nacht – gaat hij al open.

'Kon jij ook niet slapen, liefje?' zegt Serenity.

'Hoe wist je dat ik voor de deur stond?'

'Je zweeft niet bepaald als een elfje de trap op als je die vermaledijde brik meesleept.' Ze gaat achteruit zodat ik naar binnen kan stappen. Het appartement ziet er nog precies zo uit als ik me herinner van de eerste keer dat ik hier kwam. Toen ik er nog van overtuigd was dat het mijn allerliefste wens was om mijn moeder te vinden.

'Het verbaast me dat je oma het goedvindt dat jij nog zo laat hiernaartoe komt,' zegt Serenity.

'Ik heb haar niet gevraagd of het mocht.' Ik laat me op de bank zakken en Serenity komt naast me zitten. 'Dit is zo klote,' zeg ik.

Ze doet niet alsof ze me niet begrijpt. 'Nou ja, trek nou niet te snel conclusies. Virgil zegt...'

'Virgil kan de pot op,' onderbreek ik haar. 'Wat hij ook zegt, mijn moeder wordt er niet weer levend door. Ga maar na. Als jij je man vertelt dat je zwanger bent van een andere kerel, zal hij echt geen babyfeest voor je organiseren.'

Ik heb het geprobeerd, geloof me, maar ik kan geen haat voelen voor mijn vader. Alleen een soort knagend medelijden. Als mijn vader inderdaad mijn moeder heeft vermoord, dan denk ik niet dat hij veroordeeld wordt. Hij zit al in een inrichting. Geen enkele gevangenis kan een ergere straf zijn dan de opsluiting in zijn eigen geest. Het betekent alleen dat het klopt wat mijn oma zei: dat zij de enige familie is die ik nog echt heb.

Ik weet dat dit mijn eigen schuld is. Ik heb zelf Serenity gevraagd om mijn moeder te helpen zoeken en ik heb zelf Virgil ingeschakeld. Dat krijg je er nou van als je nieuwsgierig bent. Je kunt op de grootste gifbelt van de planeet wonen, maar zolang je de boel niet omspit, weet je alleen dat je gras fluweelgroen is en je tuin weelderig bloeit.

'Mensen realiseren zich niet hoe moeilijk het is,' zegt Serenity. 'Vroeger, toen mijn cliënten naar me toe kwamen om met hun ome Sol te praten of met hun lievelingsoma, waren ze puur gefocust op contact maken. Maar als je een deur opendoet, moet je hem ook weer achter je dichttrekken. Je krijgt de kans om iemand te begroeten, maar het eindigt ermee dat je afscheid neemt.'

Ik kijk haar aan. 'Weet je nog in de auto, toen jij en Virgil zaten te praten? Ik sliep niet. Ik heb alles gehoord.'

Serenity verstijft. 'O,' zegt ze. 'Dan weet je dus dat ik een nepperd ben.'

'Dat ben je niet. Je hebt die ketting gevonden. En de portemonnee.'

Ze schudt haar hoofd. 'Ik was toevallig op het juiste moment op de juiste plaats.'

Dit laat ik even bezinken. 'Maar dát is toch juist paranormale begaafdheid?'

Ik zie aan haar gezicht dat ze het nog nooit zo heeft bekeken. De een ziet toeval, de ander ziet een connectie. Maar wat maakt het uit of je een donkerbruin vermoeden hebt, zoals Virgil zou zeggen, of een paranormale ingeving? Zolang je maar vindt waarnaar je op zoek bent.

Ze pakt een deken die op de vloer ligt om haar voeten warm te houden en spreidt hem over ons uit. 'Misschien wel,' zegt ze, 'al stelt het niets voor vergeleken met vroeger. Toen floepten andermans gedachten zomaar ineens in míjn hoofd. Soms was de verbinding kristalhelder, en soms was het alsof je probeert mobiel te bellen in de bergen en maar één op de drie woorden verstaat. Maar het was beslist meer dan struikelen over iets glimmends in het gras.'

We zitten tegen elkaar aan genesteld onder de plaid, die ruikt naar wasmiddel en Indiase maaltijden. Buiten tikt de regen tegen de ramen. Ik realiseer me dat dit heel dicht bij de fantasie komt die ik een paar uur eerder had, over hoe mijn leven eruit zou zien als mijn moeder er nog was.

Ik kijk Serenity aan. 'Mis jij het? Iets van mensen horen die er niet meer zijn?'

'Ja,' bekent ze.

Ik leg mijn hoofd op haar schouder. 'Ik ook,' zeg ik.

ALICE

Gideons armen waren de veiligste plek ter wereld. Als ik bij hem was, vergat ik dat Thomas' manische en depressieve episoden me de stuipen op het lijf joegen. Dat elke ochtend begon met een ruzie en elke avond ermee eindigde dat mijn man zich opsloot in zijn kantoor, met zijn eigen geheimen en hersenspinsels. Als ik bij Gideon was, kon ik net doen alsof wij drieën het gezin waren waarop ik had gehoopt.

Toen ontdekte ik dat we binnenkort met z'n vieren zouden zijn.

'Het komt goed,' had Gideon me verzekerd toen ik het hem vertelde, maar ik geloofde hem niet. Hij kon niet in de toekomst kijken, ik hoopte alleen dat hij mijn toekomst zou zijn.

'Zie je nou wel?' had Gideon stralend gezegd. 'Wij zijn voorbestemd om samen te zijn.'

Misschien was dat zo, maar ten koste waarvan? Zijn huwelijk. Mijn huwelijk. Grace' leven.

Toch droomden we samen hardop verder. Ik wilde Gideon meenemen naar Afrika, om hem olifanten te laten zien vóórdat deze prachtige dieren van hun glans werden beroofd door mensen. Hij wilde terug naar de Zuidelijke Verenigde Staten, waar hij vandaan kwam. Mijn droom om weg te lopen met Jenna herleefde, maar in deze versie zou Gideon met ons meegaan. We deden alsof we vooruit raceten, maar feitelijk kwamen we geen centimeter verder vanwege de valdeuren die ons dreigden te verpletteren. Hij moest het aan zijn schoonmoeder vertellen. Ik aan mijn man.

Maar we hadden een deadline, want het werd steeds moeilijk om de veranderingen in mijn lichaam te verdoezelen.

Op een dag kwam Gideon naar me toe toen ik bezig was in de Aziatische stal. 'Ik heb Nevvie verteld over de baby,' zei hij.

Ik verstijfde. 'Wat zei ze?'

'Dat ik alles zal krijgen wat me toekomt. Toen liep ze bij me vandaan.'

Ineens was dit geen fantasie meer. Het was werkelijkheid. En als hij de moed had opgebracht om Nevvie onder ogen te komen, moest ik de moed opbrengen om Thomas onder ogen te komen.

Ik zag Nevvie de hele dag niet en Gideon verder ook niet, trouwens. Ik zocht uit waar Thomas was en volgde hem van het ene olifantenverblijf naar het andere. Ik kookte voor hem. Ik vroeg hem me te helpen om Lily een voetenbad te geven, wat ik normaal gesproken aan Gideon of Nevvie zou hebben gevraagd. In plaats van hem te mijden, zoals ik maandenlang had gedaan, praatte ik met hem over de sollicitaties die hij had ontvangen van mogelijke nieuwe verzorgers. Ik vroeg hem of hij al had besloten wie hij wilde aannemen. Ik bleef bij Jenna in bed liggen tot ze in slaap viel. Toen ging ik zijn kantoor binnen en begon een artikel te lezen, alsof het heel gewoon was dat wij deze ruimte deelden.

Ik verwachtte dat hij me zou sommeren om op te krassen, maar hij glimlachte. 'Ik was vergeten hoe gezellig het vroeger was,' zei hij. 'Als jij en ik samen aan het werk waren.'

Een voornemen is zo breekbaar als porselein, herken je dat? Je kunt nog zo vastbesloten zijn, maar zodra er een haarscheurtje verschijnt, is het een kwestie van tijd voor je hele plan in duigen ligt. Thomas schonk zichzelf en mij een glas whisky in. Ik raakte het mijne niet aan.

'Ik ben verliefd op Gideon,' zei ik plompverloren.

Zijn handen verstilden rond de karaf. Toen pakte hij zijn glas op en dronk het leeg. 'Denk je dat ik blind ben?'

'We gaan hier weg,' zei ik. 'Ik ben zwanger.'

Thomas ging zitten. Hij begroef zijn gezicht in zijn handen en begon te huilen.

Ik staarde naar hem, verscheurd tussen de neiging hem te troosten en mezelf te haten omdat ik hem zo diep had laten zinken. Een gebroken man met een bedrijf op de rand van faillissement, een overspelige vrouw en een psychische aandoening.

'Thomas,' smeekte ik. 'Zeg iets.'

Zijn stem haperde. 'Wat heb ik fout gedaan?'

Ik ging voor hem op mijn knieën zitten. En op dat moment zag ik weer de man wiens bril was beslagen in de smoorhitte in Botswana. De man die me had staan opwachten bij de luchthaven met een omgekeerde plant in zijn handen. De man die een droom had en mij gevraagd had er deel van uit te maken. Ik had deze man al heel lang niet meer gezien. Maar kwam dat doordat hij was verdwenen? Of doordat ik hem niet meer zag?

'Jij hebt niets fout gedaan,' antwoordde ik. 'Het ligt aan mij.'

Hij greep mijn schouder vast. En met zijn vrije hand sloeg hij me zo hard in mijn gezicht dat ik bloed proefde.

'Hoer,' zei hij.

Met mijn hand tegen mijn wang viel ik achterover. Ik krabbelde achteruit toen hij weer op me afkwam, en ik vluchtte de kamer uit.

Jenna lag nog steeds te slapen op de bank. Ik vloog op haar af, vastbesloten om haar mee te nemen als ik hier voor de laatste keer de deur uit zou gaan. Kleren, speelgoed en alles wat ze verder nodig had, kon ik later kopen. Maar Thomas greep mijn pols en draaide mijn arm op mijn rug, zodat ik opnieuw viel en hij als eerste bij ons kind was. Hij pakte haar op en zij kroop tegen hem aan. 'Papa?' zuchtte ze, nog gevangen in het web tussen droom en werkelijkheid.

Hij sloeg zijn armen stevig om Jenna heen en draaide een halve slag, zodat haar gezichtje van mij was afgewend. 'Wil je weg?' zei Thomas. 'Prima. Maar wil je mijn dochter meenemen? Over mijn lijk.'

Toen glimlachte hij naar me. Een gruwelijke glimlach. 'Of beter nog,' zei hij, 'over jóúw lijk.'

Ze zou wakker worden, en ik zou er niet zijn. Haar grootste angst zou werkelijkheid worden. *Het spijt me, lieveling*, zei ik geluidloos tegen Jenna. Toen rende ik weg om hulp te halen en liet haar achter.

VIRGIL

Zelfs als ik het lichaam had kunnen vinden dat tien jaar geleden begraven was, zou ik geen gerechtelijk bevel hebben gekregen. Geen idee waartoe ik had willen overgaan, als ik niet als een Frankenstein over het kerkhof wilde sluipen om het lijk op te graven waarvan ik had aangenomen dat het Nevvie Ruehl was. Maar vóór een lichaam wordt vrijgegeven aan een begrafenisondernemer verricht de forensisch arts autopsie. En bij de autopsie zou een DNA-monster zijn afgenomen door het staatslab, wat bewaard zou worden op een FTA-kaart in een archief.

Als burger hoef ik niet te proberen om bewijsmateriaal los te peuteren bij het staatslab. Dus moet ik aankloppen bij iemand die wél inzage kan krijgen. En zo sta ik een halfuur later in het politiebureau van Boone, leunend op de onderdeur van het depot voor bewijsmateriaal, een potje te slijmen met Ralph. 'Ben je daar nu alwéér?' verzucht hij.

'Joh, ik heb je zo vreselijk gemist. Ik droom zelfs over je.'

'Ik heb vorige keer al mijn nek uitgestoken door je binnen te laten, Virgil. Ik ga mijn baan niet voor je riskeren.'

'Ralph, jij en ik weten allebei dat de chef jouw taak aan niemand anders toevertrouwt. Je bent hier de hobbit die de ring bewaakt, man.'

'Wat?'

'Jij bent onvervangbaar,' verduidelijk ik.

Ralphs rimpels verdiepen zich in een grijns. 'Zo mag ik het horen,' zegt hij. 'En het is waar. Die jonkies hebben er de ballen verstand van. Iedere ochtend als ik hier beneden kom, heeft er wel iemand rotzooi verplaatst, zogenaamd om het te ordenen volgens een of ander nieuwerwets automatiseringssysteem. En wat is het resultaat?

Dingen raken zoek. Dus ik zet alles weer terug waar het hoort. Je weet wat ik altijd zeg. Nooit oude schoenen weggooien voor je...'

Ik knik hem toe alsof ik aan zijn lippen hang. 'Dat bedoel ik nou. Jij bent hier de spin in het web, Ralph. Zonder jou ging het hele plaatselijke politiekorps naar z'n mallemoer. Vandaar dat ik wist dat ik bij jou terechtkon voor hulp.'

Hij haalt zijn schouders op en probeert bescheiden te kijken. Heeft hij door dat ik hem stroop om de mond smeer om iets van hem gedaan te krijgen? Boven, in de kantine, zitten de agenten waarschijnlijk net als vroeger te ginnegappen dat Ralph zo traag is dat hij een week dood in het depot zou kunnen liggen zonder dat iemand het merkte.

'Ik ben bezig een oude zaak opnieuw te bekijken, weet je nog?' vraag ik, me naar hem toe buigend alsof hij een ingewijde is in een geheime operatie. 'Ik heb een DNA-monster nodig van bloed dat is afgenomen door het staatslab. Als jij nou eens een telefoontje pleegt? Zorgt dat dat voor de bakker komt?'

'Dat zou ik wel willen, Virgil. Maar de waterleiding van het staatslab is vijf jaar geleden gebarsten. Ze zijn van acht jaar bewijsmateriaal kwijtgeraakt door waterschade aan de FTA-kaarten. Het is alsof 1999 tot en met 2007 er niet is geweest.'

Mijn glimlach bevriest op mijn gezicht. 'Toch bedankt,' zeg ik tegen hem, en ik glip het politiebureau uit voor iemand me ziet.

Hoe ga ik dit nieuws aan Jenna vertellen? Daar broed ik nog steeds op terwijl ik de straat in rijd waar mijn kantoor is, en ik Serenity's VW Kever voor het gebouw zie staan. Ik ben nog niet uit mijn wagen gestapt of Jenna vliegt op me af en bestookt me met vragen. 'Wat heb je ontdekt? Kun je erachter komen wie ze nu eigenlijk hebben begraven? En is het geen probleem dat het al tien jaar geleden is?'

Ik kijk haar aan.'Heb je koffie voor me?'

'Wat?' zegt ze. 'Nee.'

'Ga dan eerst maar een beker voor me halen. Het is mij te vroeg voor een derdegraadsverhoor.'

Ik loop de trap op naar mijn kantoor, met Jenna en Serenity in mijn kielzog. Ik maak de deur open en stap over de hopen bewijsmateriaal heen naar mijn bureaustoel, waar ik neerplof. 'Het wordt moeilijker dan ik dacht om een DNA-monster te vinden van degene die wij tien jaar geleden als Nevvie Ruehl hebben geïdentificeerd.'

Serenity neemt de spectaculaire chaos in mijn kantoor in ogenschouw. 'Het is een wonder dat je hier ook maar íéts kunt vinden, schat.'

'Híér hoefde ik niet te zoeken,' begin ik, me afvragend hoe ik iemand die waarschijnlijk nog in magie gelooft, moet uitleggen hoe de bewijsmateriaalopslag bij de politie geregeld is. Dan valt mijn oog op het envelopje dat ik boven op de andere troep op mijn bureau heb gemikt.

Daarin zit de nagel die ik gevonden heb in de naad van het uniformshirt van het slachtoffer.

Hetzelfde uniformshirt dat Jenna zo eng vond, omdat het stijf stond van het opgedroogde bloed.

Tallulah werpt één blik op Serenity en vliegt me om de hals. 'Victor, wat ontzéttend lief van je. We krijgen zelden te horen welk resultaat onze inspanningen in het lab hebben in de echte wereld.' Ze kijkt Jenna stralend aan. 'Wat zul jij blij zijn dat je je moeder terug hebt.'

'O, ik ben niet...' begint Serenity, op hetzelfde moment dat Jenna zegt: 'Ehm, niet helemaal.'

'We hebben Jenna's moeder nog niet gevonden,' leg ik uit. 'Serenity helpt me met deze zaak. Ze is... paragnost.'

Tallulah stevent linea recta op Serenity af. 'Zeg, ik had een tante, en die heeft me mijn hele leven verteld dat ze mij haar diamanten oorbellen zou nalaten. Maar ze is plotseling overleden zonder testament en die oorbellen zijn nooit meer opgedoken. Ik zou dolgraag willen weten wie van mijn sjofele nichten ze ingepikt heeft.'

'Ik laat het je weten zodra ik iets doorkrijg,' murmelt Serenity.

Ik houd de papieren zak op die ik heb meegenomen naar het lab. 'Ik moet je nogmaals om een gunst vragen, Lulu.'

Ze trekt een wenkbrauw op. 'En wat kreeg ik daar ook alweer voor, de laatste keer?'

Ik werp de kuiltjes in mijn wangen in de strijd. 'Beloofd is beloofd. Zodra ik deze zaak heb opgelost, gaan we uit.'

'Is dit omkoperij zodat ik jouw test voorrang geef?'

'Dat hangt ervan af,' flirt ik. 'Wil jij omgekocht worden?'

'Je weet best wat ik graag wil...' lispelt Tallulah.

Het duurt even voor ik me van haar kan losmaken en de papieren zak kan uitschudden op een steriele tafel. 'Wat ík graag wil, is dat jij dit bekijkt.' Het shirt is vies, aan flarden gescheurd en bijna zwart.

Tallulah pakt een wattenstaafje uit een lade, bevochtigt het en wrijft ermee over het shirt. Het wattenpuntje kleurt rozeachtig bruin.

'Het is tien jaar oud,' zeg ik tegen haar. 'Ik weet niet of je er nog iets mee kunt. Maar ik zou een gat in de lucht springen als je me kon vertellen of het overeenkomt met het mtDNA dat je van Jenna hebt afgenomen.' Ik trek het envelopje met de vingernagel uit mijn zak. 'En van deze ook. Als mijn voorgevoel klopt, zal het ene een match opleveren en het andere niet.'

Jenna staat aan de andere kant van de metalen tafel. Met haar ene hand raakt ze heel licht de rand van het shirt aan. Ze drukt de vingers van haar andere hand tegen haar eigen halsslagader, zodat ze haar hartslag voelt. 'Ik moet overgeven,' mompelt ze, en ze rent de kamer uit.

'Ik ga wel,' zeg Serenity.

'Nee,' zeg ik. 'Laat mij maar.'

Ik vind Jenna bij de bakstenen muur naast het gebouw, waar we ooit samen de slappe lach hebben gehad. Maar nu staat ze te kokhalzen. Haar haar zwiert voor haar gezicht en haar wangen zijn vlekkerig rood. Ik leg mijn hand op haar rug.

Ze veegt haar mond af aan haar mouw. 'Heb jij wel eens griep gehad toen je zo oud was als ik?'

'Ja, dat denk ik wel.'

'Ik ook. Ik bleef thuis van school. Maar mijn oma moest werken. Dus was er niemand om mijn haar uit mijn gezicht te houden of me een nat washandje te geven of thee voor me te zetten.' Ze kijkt me aan. 'Dat zou fijn geweest zijn, snap je? Maar wat heb ik? Een moeder die waarschijnlijk dood is, en een vader die haar heeft vermoord.'

Ze zakt op de grond met haar rug tegen het muurtje en ik ga naast haar zitten. 'Dat is de vraag,' zeg ik.

Jenna draait haar gezicht naar me toe. 'Wat bedoel je?'

'Jij zei meteen al dat je moeder geen moordenares was. Dat die haar die we op het lichaam hebben gevonden alleen bewees dat ze een vorm van contact heeft gehad met Nevvie, ergens in de buurt waar ze is vertrapt.'

'Maar je zei toch dat je Nevvie hebt gesproken in Tennessee?'

'Klopt. En ik denk ook dat er een persoonsverwarring is geweest. Dat het lichaam dat geïdentificeerd is als Nevvie Ruehl niet Nevvie Ruehl was. Maar Nevvie kan er hoe dan ook wel bij betrokken zijn. Daarom heb ik Lulu gevraagd om de vingernagel te analyseren. Stel dat het DNA in het bloed overeenkomt met dat van je moeder en het DNA in de vingernagel niet. Dat zegt mij dat ze met iemand gevochten heeft voor ze stierf. Misschien is die worsteling uit de hand gelopen,' leg ik uit.

'Waarom zou Nevvie mijn moeder iets willen aandoen?'

'Omdat,' zeg ik, 'jouw vader vast niet de enige was die geschokt was om te horen dat ze een kind verwachtte van Gideon.'

'Het is algemeen bekend,' zegt Serenity, 'dat er geen grotere kracht op aarde bestaat dan de wraakzucht van een moeder.'

De serveerster die langskomt om haar koffiekopje bij te vullen, kijkt haar bevreemd aan.

'Dat zou je op een kussen moeten borduren,' zeg ik tegen Serenity.

We zitten in het eetcafé in de straat vlak bij mijn kantoor. Ik had niet gedacht dat Jenna trek zou hebben nadat ze haar maag had omgekeerd, maar tot mijn verbazing lijkt ze wel uitgehongerd. Ze verorbert een pannenkoek ter grootte van een wagenwiel, plus de helft van de mijne.

'Hoelang duurt het voor het lab de resultaten binnenkrijgt?' vraagt Serenity.

'Ik weet het niet. Maar Lulu weet dat ik er haast achter wil zetten.'

'Ik begrijp nog steeds niet waarom Gideon zou liegen over het lichaam,' zegt Serenity. 'Hij moet geweten hebben dat het Alice was toen hij haar vond.'

'Makkelijk zat. Als het Alice is, is hij verdachte. Maar als het Nevvie is, is hij medeslachtoffer. En stel dat Névvie wakker wordt in het ziekenhuis en zich herinnert wat er gebeurd is, dan zal ze er als een speer vandoor gaan uit angst om aangehouden te worden wegens moord.'

Serenity schudt haar hoofd. 'Weet je, als je ooit tabak hebt van je baan als privédetective, zou je het prima doen als kermisheks. Je zou een fortuin kunnen verdienen met cold readings.'

Inmiddels kijken meerdere mensen in het eetcafé bevreemd naar ons. Het zal wel algemeen geaccepteerd zijn om te praten over het weer en de Red Sox, maar niet over moordonderzoeken of paranormale activiteiten.

Dezelfde serveerster van daarnet komt naar ons toe. 'Als u bijna klaar bent, zouden we deze tafel kunnen gebruiken.'

Dat is lulkoek, want het restaurant is halfleeg. Ik wil iets zeggen, maar Serenity maakt een wegwerpgebaar met haar hand. 'Laat ze ploffen,' zegt ze terwijl ze een twintigdollarbiljet uit haar portemonnee pakt, genoeg om de rekening te betalen inclusief een minuscule fooi van drie cent. Ze kwakt het geld op tafel, wurmt zich tussen de stoel en het tafeltje uit en loopt de deur uit.

'Serenity?'

Jenna is een tijdje zo stil geweest dat ik haar bijna vergeten was. 'Wat je zei over Virgil, hè, dat hij een goede kermisheks zou zijn... Zou dat ook voor mij gelden?'

Serenity glimlacht. 'Dropje, ik heb je al eerder gezegd dat je waarschijnlijk meer paranormaal begaafd bent dan je denkt. Je hebt een oude ziel.'

'Kun jij het me leren?'

Serenity kijkt eerst naar mij en dan weer naar Jenna. 'Wat zou ik je moeten leren?'

'Hoe ik paragnost word?'

'Schattebout, zo werkt het niet.'

'Hoe dan wel?' dringt Jenna aan. 'Je weet het eigenlijk niet, hè? Het werkt bij jou al een hele tijd niet meer. Dus misschien is het geen slecht idee om het anders aan te pakken.'

Dan kijkt ze mij aan. 'Ik weet dat het voor jou allemaal draait om feiten en statistieken en tastbare bewijzen. Maar je hebt ook gezegd dat je soms als je twaalf keer naar iets hebt gekeken, nog een dertiende keer moet kijken voor iets je opvalt. De portemonnee, de ketting en zelfs het poloshirt met de bloedvlekken... Al die dingen hebben een decennium lang ergens liggen wachten en niemand is het gelukt ze te vinden.' Ze wendt zich weer tot Serenity. 'Weet je nog dat ik gisteravond zei dat jij op het juiste moment op de juiste plaats was toen we die spullen vonden? Nou, ík was daar ook. Stel dat die tekenen niet voor jou bedoeld waren, maar voor mij? Stel dat de reden waarom jij mijn moeder niet hoort, is dat ze met míj wil praten?'

'Jenna,' zegt Serenity zacht, 'het zou net zoiets zijn als de lamme die de blinde leidt.'

'Wat heb je te verliezen?'

Ze stoot een gefrustreerd lachje uit. 'O, eens even kijken. Mijn zelfrespect, om maar iets te noemen? Mijn gemoedsrust?'

'Mijn vertrouwen?' zegt Jenna.

Over Jenna's hoofd heen kijkt Serenity me hulpzoekend aan.

Maar ik begrijp waarom Jenna dit nodig heeft. Anders is de cirkel niet rond, het is een onafgewerkte draad die gaat rafelen en je allerlei richtingen op stuurt waar je helemaal niet heen wilde. Afsluiting is essentieel. Daarom willen ouders, als jij ze als politieman komt vertellen dat hun kind is verongelukt, precies weten hoe het gebeurd is. Of het wegdek glad was, of de auto uitweek om een vrachtwagen te ontwijken. Ze willen de details van die laatste momenten weten omdat ze het daar de rest van hun leven mee moeten doen. Daarom had ik tegen Lulu moeten zeggen dat ik nooit meer met haar uit wilde, want tot die tijd staat de deur van hoop nog op een kier, waar zij zich doorheen kan wringen. En daarom heeft Alice Metcalf mij een decennium lang achtervolgd.

Ik ben zo iemand die nooit een dvd zal stopzetten, hoe waardeloos de film ook is. Ik blader stiekem naar het laatste hoofdstuk van een boek, voor het geval dat ik doodga voor ik het uit heb. Ik wil niet in onzekerheid gelaten worden en me voor eeuwig afvragen hoe het afloopt.

Dat is best interessant, want het betekent dat ik, Virgil Stanhope, die altijd gaat voor harde bewijzen, op zijn minst een kleine beetje moet geloven in het bovennatuurlijke geleuter van Serenity Jones.

Ik haal mijn schouders op. 'Misschien,' zeg ik tegen Serenity, 'heeft ze een punt.'

ALICE

Eén reden dat zuigelingen zich geen voorvallen kunnen herinneren als ze zo klein zijn, is dat ze nog geen taalmogelijkheden hebben om dingen te beschrijven. Tot een bepaalde leeftijd zijn hun stembanden simpelweg nog niet voldoende ontwikkeld, zodat ze hun strottenhoofd louter gebruiken in noodsituaties.

Het zit namelijk zo: er is een directe verbinding tussen de amandelkernen in de hersenen van een zuigeling en het strottenhoofd. Daardoor kan de baby in noodsituaties heel snel gaan huilen. Onderzoek toont aan dat dit zo'n universeel geluid is dat bijna ieder mens die het hoort zal proberen hulp te bieden, zelfs jongens op studentenleeftijd die geen ervaring hebben met baby's.

Naarmate het kind groeit, ontwikkelt het strottenhoofd zich en wordt spraak mogelijk. Het babygehuil verandert van klank als het kind twee tot drie jaar is. En dan reageren mensen niet alleen minder hulpvaardig op dit geluid, maar zelfs met gevoelens van ergernis. Daarom leren kinderen praten, omdat dat de enige manier is om aandacht te krijgen.

Maar wat gebeurt er met die oorspronkelijke zenuwverbinding van de amandelkernen met het strottenhoofd? Nou... niets. Zelfs als de stembanden eromheen groeien als een heliotrope klimplant blijft de verbinding bestaan en wordt niet meer gebruikt. Uitzonderingen daargelaten. Bijvoorbeeld als je op kamp bent en iemand plotseling gillend onder je bed uit schiet. Of als je een donker steegje in loopt en er pardoes een wasbeer voor je springt, of op welk moment dan ook dat je de schrik van je leven krijgt. Als dat gebeurt, gaat het 'alarm' af. En het geluid dat je dan produceert, zul je waarschijnlijk nooit vrijwillig kunnen nabootsen, al doe je nog zo je best.

SERENITY

Toen ik hier nog goed in was en contact wilde maken met een bepaalde overledene, vertrouwde ik op Desmond en Lucinda, mijn spirituele gidsen. Ik stelde me ze voor als telefonisten in een telefooncentrale die me direct doorverbonden met het juiste toestel, wat stukken efficiënter was dan open huis houden en in de meute degene vinden die ik wilde spreken.

Die tweede mogelijkheid heet open channelen, wat er kortweg op neerkomt dat je je spirituele deuren opent en je schrap zet. Het lijkt een beetje op een persconferentie, waarbij je een spervuur van vragen op je af krijgt. Voor een medium is dat een hel, maar dit terzijde. Het zal vast niet erger zijn dan je voelsprieten uitsteken zonder dat er iemand op afkomt.

Ik vraag Jenna om ons naar een plek te brengen die speciaal was voor haar moeder, en zo belanden we gedrieën in het oude olifantenreservaat. We wandelen naar een reusachtige eik, die zijn takken als titanenarmen uitstrekt boven een veldje paarse paddenstoelen. 'Hier zit ik soms een tijdje,' zegt Jenna. 'Vroeger nam mijn moeder me vaak mee hiernaartoe.'

Het is bijna bovenaards, de aanblik van deze paddenstoelen die een magisch tapijt creëren. 'Hoe komt het dat deze soort niet overal groeit?' vraag ik.

Jenna schudt haar hoofd. 'Ik weet het niet. Volgens mijn moeders dagboeken is dit de plaats waar Maura's kalf begraven is.'

'Misschien is dit de manier waarop de natuur herdenkt,' opper ik.

'Het lijkt me eerder dat hier veel nitraten in de bodem zitten,' prevelt Virgil.

Ik werp hem een snelle, scherpe blik toe. 'Niet zo negatief. Geesten voelen dat.'

Virgil kijkt alsof hij een wortelkanaalbehandeling moet ondergaan. 'Zal ik anders gewoon een stukje die kant op lopen?' Hij wijst naar een punt in de verte.

'Nee, we hebben je nodig. Dit heeft met energie te maken,' zeg ik. 'Zo manifesteren geesten zich.'

Dus gaan we alle drie op de grond zitten. Jenna is zenuwachtig, Virgil onwillig en ik ben... nou ja, zeg maar gerust wanhopig. Ik sluit mijn ogen en stuur een schietgebedje het universum in: *Ik zal nooit meer vragen of ik mijn gave terugkrijg, als ik dit ene ding maar voor haar mag doen.*

Misschien heeft Jenna gelijk en heeft haar moeder al die tijd geprobeerd met haar te communiceren. Alleen was ze tot nu toe niet bereid om te accepteren dat Alice dood is. Misschien is ze er nu pas klaar voor om te luisteren.

'Wat nu?' fluistert Jenna. 'Moeten we hand in hand gaan zitten?'

Vroeger vroegen cliënten vaak aan me hoe ze hun dierbaren konden laten weten dat ze hen misten. 'Dat heb je zojuist gedaan,' zei ik dan. Zo simpel is het echt. Dus zeg ik tegen Jenna: 'Vertel haar waarom je met haar wilt praten.'

'Dat is toch duidelijk?'

'Voor mij wel. Voor haar misschien niet.'

'Oké.' Jenna slikt. 'Ik weet niet of je iemand kunt missen die je je nauwelijks herinnert, maar zo voel ik het. Ik verzon vroeger allerlei verhalen waarom je niet bij me terugkwam. Je was gevangengenomen door piraten, en je werd gedwongen mee te varen op hun schip door het Caribische gebied, op zoek naar goud. Maar elke nacht keek je naar de sterren en dan dacht je: die ziet Jenna gelukkig ook. Of je leed aan geheugenverlies en probeerde aanwijzingen te vinden over je verleden, allemaal minuscule pijltjes die ten slotte naar mij zouden wijzen. Of je was op een geheime missie en mocht niet onthullen wie je echt was. Als je eindelijk thuiskwam, met vlaggengewapper en onder het gejuich van een mensenmenigte, zou ik je eindelijk te zien krijgen als de heldin die je was. Mijn docenten zeiden dat ik een grenzeloze fantasie had, maar ze begrepen het niet. Ik deed niet alsof. Het was zo echt dat het soms pijn deed, als een steek in je zij wanneer je te hard rent. Maar nu blijkt dat jij waarschijnlijk niet naar mij toe kón komen. Dus probeer ik jóú te bereiken.'

Ik kijk haar aan. 'En?'

Jenna haalt diep adem. 'Niets.'

Wat zou Alice Metcalf ertoe kunnen bewegen om te luisteren, waar ze ook is?

Soms geeft het universum je een cadeautje. Je ziet een meisje dat doodsbang is dat haar moeder haar voorgoed heeft verlaten, en eindelijk begrijp je wat er gedaan moet worden.

'Jenna,' breng ik hijgend uit. 'Zie je haar?'

Met een ruk draait ze haar hoofd om. 'Waar?'

Ik wijs. 'Daar!'

'Ik zie niets,' zegt ze, bijna in tranen.

'Concentreer je...'

Zelfs Virgil rekt zijn nek, leunt naar voren en tuurt door zijn wimpers.

'Het lukt niet...'

'Dan doe je niet genoeg je best,' snauw ik. 'Ze is nu heel duidelijk te zien, Jenna. Maar dat licht dat naar haar toe komt, daarin zal ze verdwijnen. Ze verlaat deze wereld. Dit is je laatste kans.'

Wat zou de aandacht van een moeder trekken?

Het huilen van haar kind.

'Mam!' Jenna gilt tot haar stem schor is en ze voorover in het paarse paddenstoelenveldje ligt. 'Is ze weg?' snikt Jenna, buiten zichzelf van verdriet. 'Is ze echt weg?'

Ik kruip over de grond om mijn arm om haar heen te slaan, me afvragend hoe ik moet uitleggen dat ik Alice helemaal niet gezien heb. Dat ik Jenna ertoe wilde krijgen om haar ziel en zaligheid in dat ene wanhopige woord te leggen. Virgil staat op met een afkeurende blik naar mij. 'Je reinste flauwekul,' mompelt hij.

'Wat is dit?' vraag ik.

Ik tast naar het scherpe voorwerp dat in mijn kuit prikt. Het is onzichtbaar begraven onder de paddenstoelenhoeden, tot ik onder de wortels in de grond wroet en een tand tussen mijn vingers houd.

ALICE

Ik heb steeds gezegd dat olifanten een buitengewoon vermogen hebben om de dood een speciale plek te geven, zonder zich permanent te laten verlammen door verdriet.

Maar er is een uitzondering.

In Zambia begon een vrouwelijk kalf dat wees geworden was door stroperij, op te trekken met een groep jonge stieren. De gedragscode van menselijke tienerjongens onderling verschilt aanzienlijk van die van tienermeiden, en hetzelfde gold voor deze club jonge olifantenmannetjes. Ze gedoogden het vrouwelijke kalf in hun midden om met haar te kunnen paren, zoals het standaard beschikbare meisje dat je terugvindt in elke soap, maar ze gaven niet echt om haar. Ze kalfde al toen ze pas tien jaar oud was. En omdat ze geen moeder had om haar te begeleiden of ervaring als babyoppas binnen een familiekudde, behandelde ze haar baby precies zoals de jonge stieren háár hadden behandeld. Als de baby naast haar in slaap viel, stond ze op en liep weg. Als het kalf wakker werd en brulde om zijn moeder, negeerde ze zijn gejammer. Binnen een familiekudde gebeurt zoiets nooit. Als een baby een keel opzet, reppen minstens drie vrouwtjes zich ernaartoe om te checken of hij in orde is.

In het wild doet een olifantenkoe lang voor ze zelf kalft ervaring op met baby's. Ze kan vijftien jaar oefenen als grote zus van de kalfjes die binnen de kudde worden geboren. Ik heb baby's naar jonge vrouwtjesolifanten toe zien gaan om gezoogd te worden als troost, hoewel die vrouwtjes nog geen uiers of melk te bieden hadden. Maar dan zette de jonge koe haar poot vooruit zoals ze haar moeder en tantes zag doen, en deed vol trots alsof ze melk gaf. Zo kon ze moeder spelen zonder de echte verantwoordelijkheden te dragen, tot ze er klaar voor was. Is er geen familie om een jong vrouwtje te leren moederen, dan kan er iets vreselijk misgaan.

Toen ik in Pilanesberg werkte, zag ik een soort herhaling van dit drama. Daar vielen jonge stieren die verplaatst waren voertuigen aan. Ze doodden een toerist. Ruim veertig witte neushoorns werden dood gevonden in het reservaat voor we beseften dat deze jongvolwassen stieren ze hadden aangevallen. Het was hyperagressief, abnormaal gedrag.

Wat is de gemeenschappelijke noemer voor het gedrag van de jonge olifantenkoe die niet voor haar kalf zorgde en de agressieve jeugdbende stieren? Ja, gebrek aan ouderlijke begeleiding speelde zeker een rol. Maar was dat de enige factor? Al die olifanten hadden bij een ruiming hun families gedood zien worden.

Het olifantenverdriet dat ik heb bestudeerd, wanneer een kudde bijvoorbeeld een oude matriarch verliest, contrasteert met het leed van een dier dat getuige is van de gewelddadige dood van familieleden. De langetermijneffecten zijn namelijk duidelijk verschillend. Na een natuurlijke dood moedigt de hele kudde de rouwende olifant aan om weer deel te nemen aan het leven. Maar na een massamoord door mensen is er per definitie geen kudde meer over om troost en steun te bieden.

Wordt het gedrag van olifanten beïnvloed door het trauma van het zien doden van zijn familie? Tot nu toe is de gemeenschap van dierenonderzoekers terughoudend geweest met het antwoord. Niet zozeer uit wetenschappelijk oogpunt, lijkt me, als wel uit politieke schaamte, want tenslotte zijn wij mensen de daders geweest van dit geweld.

Maar allicht is het bij onderzoek naar olifantenrouw belangrijk om te bedenken dat de dood een natuurlijke gebeurtenis is. Moord is dat niet.

JENNA

'Hij is van Maura's kalf,' zeg ik tegen Virgil terwijl we wachten in de ruimte waar Tallulah ons twee uur geleden kort heeft begroet. Dat blijf ik mezelf voorhouden. Want nadenken over het alternatief is echt te erg.

Virgil draait de tand om in zijn hand. Het doet me denken aan de verhalen over olifanten die stukjes ivoor onder hun voet rollen, zoals mijn moeder beschrijft in haar dagboeken die mijn oma van me heeft afgepakt. 'Deze tand is te klein voor een olifant,' zegt Virgil.

'Er lopen daar ook andere dieren rond, hoor. Vismarters. Wasberen. Herten.'

'Ik blijf erbij dat we hem naar de politie moeten brengen,' zegt Serenity.

Ik kan haar niet in de ogen kijken. Ze heeft haar truc uit de doeken gedaan en verteld dat mijn moeder helemaal niet verschenen is, althans niet voor zover zij weet. Maar om de een of andere reden voel ik me daardoor alleen maar beroerder.

'Dat doen we ook,' antwoordt Virgil. 'Alles op zijn tijd.'

De deur gaat open en een koude luchtstroom van de airco komt ons tegemoet. Tallulah verschijnt met een nijdig gezicht. 'Dit wordt te dol. Ik werk niet uitsluitend voor jou, Vic. Ik bewijs je een gunst, maar...'

Hij steekt haar de tand toe. 'Lu, als je dit voor me doet, zal ik je nooit meer iets vragen, dat zweer ik. Waarschijnlijk hebben we de stoffelijke resten van Alice Metcalf gevonden. Laat het bloed op het poloshirt maar zitten. Als het je lukt om híéruit bruikbaar DNA te halen...'

'Dat hoeft niet,' zegt Tallulah. 'Deze tand is niet van Alice Metcalf.'

'Ik zei toch al dat hij van een dier was,' mompel ik.

'Nee, het is wel een menselijke tand. Ik heb zes jaar in een tandartsenpraktijk gewerkt, weet je nog? Het is een tweede ware kies, die zou ik in mijn slaap nog herkennen. Maar het is een melktand.'

'Wat?' zegt Virgil.

Tallulah geeft hem de tand terug. 'Een tandje uit een melkgebit,' verduidelijkt ze. 'Waarschijnlijk van een kind jonger dan vijf jaar.'

De pijn die losbarst in mijn mond is onvoorstelbaar. Het is een grot die volstroomt met lava. Exploderende sterren op de plek waar mijn ogen zaten. Het is een blootliggende zenuw.

Het is wat er gebeurd is.

Als ik wakker word, is mijn moeder er niet, zoals ik de hele tijd al wist dat zou gebeuren.

Daarom wil ik mijn ogen niet sluiten, want als je dat doet, zijn mensen zomaar weg. En als ze weg zijn, weet je nooit of ze terugkomen.

Ik zie mijn moeder niet. Ik zie mijn vader niet. Ik begin te huilen, en dan tilt iemand – iemand anders – me op. 'Stil maar,' fluistert ze. 'Kijk. Ik heb een ijsje voor je.'

Ze laat het me zien. Het is chocoijs op een stokje, wat ik nooit snel genoeg kan opeten. Het smelt en komt op mijn handen, die dan dezelfde kleur krijgen als Gideon. Ik vind het fijn als dat gebeurt, want dan lijken we op elkaar. Ze trekt mijn jas aan en mijn schoenen. Ze zegt dat we op avontuur gaan.

Buiten lijkt de wereld te groot, precies zoals het voelt als ik mijn ogen dichtdoe om te slapen. Dan ben ik bang dat niemand me terug zal vinden in al dat donker en begin ik te huilen, en dan komt mijn moeder altijd. Ze gaat naast me op de bank liggen, net zolang tot ik stop met denken dat de nacht ons heeft ingeslikt. En juist op het moment dat ik er weer aan begin te denken, is de zon terug.

Maar deze nacht komt mijn moeder niet. Ik weet waar we heen gaan. Naar de plek waar ik soms in het gras mag rennen en met mama naar de olifanten ga kijken. Maar nu hoor ik hier niet te zijn. Mijn papa roept altijd dat het niet mag. In mijn keel zit een schreeuw en ik denk dat hij eruit komt, maar zij laat me paardjerijden op haar heup en zegt: 'Kom, Jenna, we gaan samen een spelletje doen. Dat vind je leuk, hè?'

Ja, ik vind spelletjes leuk.

Ik zie de olifant die zich verstopt heeft tussen de bomen. Dus misschien gaan wij ook verstoppertje spelen, of tikkertje. Stel dat Maura hem is. Zal ze ons tikken met haar slurf? Ik giechel, zo grappig vind ik dat.

'Goed zo,' zegt ze. 'Zo ken ik mijn lieve meisje weer. Mijn blije meisje.'

Maar ik ben niet haar lieve meisje of haar blije meisje. Ik ben van mijn moeder.

'Ga maar op de grond liggen,' zegt ze. 'Zie je de sterren? Zullen we samen zoeken wie zich daartussen heeft verstopt?'

Ik vind spelletjes leuk, dus ik probeer het. Maar ik zie alleen de donkere nacht boven me, als een omgekeerde schaal, en de maan die eruit valt. Stel dat die donkere schaal straks ook valt en mij opslokt? Stel dat mijn moeder me dan nooit meer kan vinden?

Ik begin te huilen.

'Sst,' zegt ze.

Ze legt haar hand op mijn mond en drukt me tegen de grond. Ik probeer te ontsnappen, want ik vind dit spelletje niet leuk. In haar andere hand heeft ze een grote steen.

Ik denk dat ik een poosje slaap. Ik droom van mijn moeders stem. Ik zie alleen de bomen, die zich naar elkaar toe buigen alsof ze geheimen uitwisselen, terwijl Maura ertussendoor stormt.

En dan ben ik ergens anders, buiten, boven, overal, en kijk ik naar een plaatje van mezelf. Het is net als wanneer mijn moeder een filmpje draait van toen ik nog een kleine baby was en ik mezelf zie op het tv-scherm. Ik word gedragen en gewiegd en we gaan ver weg. Als Maura me neerlegt, wrijft ze me met haar achtervoet, en ik denk bij mezelf hoe goed ze geweest zou zijn in verstoppertje, omdat ze zo voorzichtig doet. Ze streelt me met haar slurf, zoals mijn moeder me geleerd heeft het babyvogeltje aan te raken dat deze lente uit zijn nest was gevallen, zo zacht alsof ik de wind ben.

Alles is zacht: haar fluisterende adem op mijn wang en de penseeldunne takjes waarmee ze me toedekt, als een dekentje om me warm te houden.

Het ene moment staat Serenity nog voor me en het volgende is ze weg. 'Jenna?' hoor ik haar zeggen. Dan is ze zwart-wit, gespikkeld als een atmosferische ruis.

Ik ben niet in het lab. Ik ben nergens.

Soms was de verbinding kristalhelder, en soms was het alsof je probeert mobiel te bellen in de bergen en maar één op de drie woorden verstaat, had Serenity gezegd.

Ik probeer te luisteren, maar krijg alleen stukjes en beetjes door, en daarna is de verbinding verbroken.

ALICE

Ze hebben haar lichaam nooit gevonden.

Ik had het met eigen ogen gezien, maar toen de politie arriveerde, was Jenna verdwenen. Dat las ik in de kranten. Ik kon ze niet vertellen dat ik haar op het olifantenterrein had zien liggen. Ik kon helemaal geen contact opnemen met de politie, want dan zouden ze achter mij aan komen.

Dus hield ik Boone scherp in de gaten van dertienduizend kilometer afstand. Ik hield geen dagboek meer bij, want elke dag was alleen maar een dag dat ik mijn kind niet meer had. En stel dat ik de laatste bladzijde van mijn dagboek ooit zou bereiken... Ik was bang dat de kloof tussen mijn vroegere en mijn huidige ik dan zo breed zou zijn dat ik de overkant niet meer zou kunnen zien. Ik heb een tijdje bij een therapeut gelopen. Ik heb tegen hem gelogen over de achtergrond van mijn verdriet (een dodelijk auto-ongeluk) en een valse naam opgegeven (Hannah, een palindroom, een woord dat hetzelfde blijft betekenen als je het van achteren naar voren leest). Ik vroeg hem of het normaal was dat als je kind er niet meer was, je haar nog steeds 's nachts hoorde huilen. Ik vroeg hem of het normaal was om bij het ontwaken een paar heerlijke seconden te denken dat ze gewoon lag te slapen aan de andere kant van de muur. 'Het is normaal voor jóú,' zei hij, en toen ben ik met de therapiesessies gestopt. Hij had beter kunnen zeggen: niets zal ooit nog normaal zijn.

In 1999, op de dag dat ik te horen kreeg dat mijn moeder kanker had waardoor het leven uit haar wegvloeide, reed ik doelloos over de savanne, op de vlucht voor dit bericht. Tot mijn grote schrik kwam ik vijf olifantenkadavers tegen met afgesneden slurven en één doodsbang, volkomen verward kalf.

Haar slurf was slap, haar oren doorschijnend. Ze kon niet ouder geweest zijn dan drie weken. Maar ik wist niet hoe ik voor haar moest zorgen, en haar verhaal liep niet goed af.

Dat van mijn moeder ook niet. Ik nam zes maanden verlof van mijn postdoctoraal onderzoek om bij haar te kunnen zijn tot ze overleed. Toen ik terugging naar Botswana was ik helemaal alleen op de wereld. Ik stortte mezelf op mijn werk om mijn verdriet uit de weg te gaan. En toen realiseerde ik me hoe nuchter die majestueuze, vriendelijke olifanten omgingen met de dood. Ze raakten niet verstrikt in vicieuze cirkels van zelfbeschuldiging, zoals ik. Ik bleef me maar afvragen waarom ik niet naar huis had gebeld op Moederdag, of niet naar huis was gevlogen met kerst of haar verjaardag. En waarom ik zo vaak ruzie met haar had gemaakt in plaats van eerlijk te zeggen dat haar zelfstandigheid altijd mijn grote voorbeeld was geweest. Die eindeloze cirkelredeneringen deden me de das om. Ik zakte weg in het drijfzand van mijn schuldgevoel. Bijna per ongeluk begon ik rouwverwerking bij olifanten te bestuderen. Ik verzon allerlei redenen waarom dit onderwerp van vitaal academisch belang was. Maar eigenlijk wilde ik vooral iets opsteken van de dieren die het zo natuurlijk leek af te gaan.

Toen ik terugging naar Afrika om het tweede verlies van mijn leven te boven te komen, was de stroperij daar op een hoogtepunt. De olifantenjagers waren slimmer geworden. Vroeger schoten ze de oudere matriarchen en stieren neer die de grootste slagtanden hadden. Nu namen ze een willekeurig jong dier op de korrel, wetende dat de kudde zou samendrommen ter verdediging, wat het hun makkelijker maakte om een massaslachting aan te richten. Lange tijd wilde niemand toegeven dat de olifantenpopulatie in Zuid-Afrika opnieuw gevaar liep, maar het was wel zo. Olifanten in het aangrenzende Mozambique werden massaal afgemaakt en de verweesde kalveren vluchtten doodsbang het Krugerpark in.

Een van die kalfjes vond ik in de periode dat ik me schuilhield in Zuid-Afrika. Haar moeder was in de schouder geschoten door een stroper, en in elkaar gezakt met een ontstoken wond. Het kalf, dat niet van haar moeders zijde wilde wijken, bleef in leven door haar urine te drinken. Zodra ik deze twee vond op de savanne, wist ik dat de moeder geëuthanaseerd moest worden. Ik wist ook dat dit zou leiden tot de dood van haar dochter.

Ik was niet van plan om dat weer te laten gebeuren.

Ik zette mijn opvangcentrum op in Phalaborwa, Zuid-Afrika, naar het voorbeeld van Dame Daphne Sheldricks olifantenweeshuis in Nairobi. De filosofie is eigenlijk heel eenvoudig: als een olifantenkalf zijn of haar familie verliest, moet het in een pleeggezin geplaatst worden. Menselijke verzorgers blijven vierentwintig uur per dag bij de baby's om ze flesvoeding, aandacht en liefde te geven. 's Nachts slapen ze naast de allerkleinsten. De verzorgers worden steeds gewisseld, zodat geen enkel olifantje te gehecht raakt aan één persoon. Ik heb door schade en schande geleerd dat als een kalf een te hechte band opbouwt met een verzorger, het depressief kan worden als die zelfs maar één of twee dagen vakantie neemt. Het verdriet over dat verlies kan zelfs leiden tot de dood.

De verzorgers slaan de dieren nooit, ook niet als ze opstandig zijn. Een berisping is meestal genoeg, want de baby's willen hun verzorgers dolgraag tevredenstellen. Maar olifanten onthouden alles, dus is het belangrijk om ze kort na een milde bestraffing een beetje extra warmte te geven. Zo weet de olifant dat hij gestraft is omdat hij ondeugend was, niet omdat de verzorger niet van hem houdt.

We voeden de baby's met speciaal samengestelde melk en na vijf maanden ook met gekookte havermoutpap, net zoals je bij een mensenbaby vaster voedsel introduceert. We gebruiken kokosolie om het vetgehalte gelijk te maken aan dat van de moedermelk. We meten hun vooruitgang door naar hun wangen te kijken, die mollig moeten zijn, net als bij menselijke zuigelingen. Als ze twee jaar zijn, worden ze overgebracht naar een andere faciliteit met iets oudere olifanten. Een deel van de verzorgers rouleert door het opvangcentrum, zodat de pas overgeplaatste olifanten bekende gezichten blijven zien. Plus dat de dieren hun vroegere vriendjes terugzien die al eerder uit de babyopvang vertrokken waren. De verzorgers slapen nu apart van de olifanten, maar binnen gehoorsafstand van de schuur. Ze leiden de olifanten elke dag het Krugerpark in om ze te laten wennen aan de natuurlijke kudden. De oudere olifanten in de faciliteit verdringen zich om als matriarch te mogen fungeren. Elk vrouwtje kiest één bepaalde baby om te bemoederen. De baby's lopen voorop het Krugerpark in, gevolgd door de iets oudere olifanten. Van lieverlee zullen ze integreren in een wilde kudde.

Een paar keer zijn olifanten uit die wilde kudden teruggekomen voor hulp. Eén keer had een jonge moeder niet genoeg melk en dreigde haar baby te verliezen, en één keer zat een negenjarige stier met zijn poot verward in een losse ijzerdraadstrik. Ze vertrouwen mensen niet zomaar, want ze weten precies welke verwoestingen onze soort kan aanrichten. Maar daarom veroordelen ze ons nog niet allemaal.

De plaatselijke bevolking begon me Ms. Ali te noemen, een afkorting van Miss Alice. En uiteindelijk werd dat de naam van het weeshuis. Als er een olifantenkalfje is gevonden, breng je het naar Msali. Als ik mijn werk goed doe, vertrekken mijn weesolifanten ten slotte bij me, gelukkig verbonden met een wilde kudde in het Krugerpark, waar ze thuishoren. Per slot van rekening voeden we onze eigen kinderen ook op zodat ze het op een dag zonder ons kunnen stellen.

Alleen als ze te vroeg bij ons weggaan, is het allemaal zinloos.

VIRGIL

Weet je nog dat je als kind dacht dat de wolken vast aanvoelden als watten, tot je op een dag te horen kreeg dat ze bestaan uit waterdruppeltjes? Dat je er niet languit op kon gaan liggen om een dutje te doen, omdat je... omdat je er dan doorheen zou vallen en op de grond smakken?

Eerst laat ik de tand vallen.

Alleen niet precies zoals je denkt. Want laten vallen zou betekenen dat ik het tandje vasthield en uit mijn vingers liet glippen. Maar het is eerder alsof er geen weerstand meer is, waardoor het stukje ivoor dwars door mijn hand zakt en met een tinkelend geluidje op de vloer valt. Ik schrik me wezenloos en zoek steun bij datgene wat zich het dichtst in mijn buurt bevindt. Dat is toevallig Tallulah.

Mijn hand gaat dwars door haar heen. Haar lichaam vervliegt, kringelend als rook.

Hetzelfde gebeurt met Jenna. Ze flakkert aan en uit, met een van angst verwrongen gezicht. Ik probeer haar naam te roepen, maar het klinkt alsof ik op de bodem van een put lig.

Uit het niets herinner ik me de lange rij mensen op de luchthaven, van wie niemand reageerde toen ik voordrong. En de luchthavenagent die me apart nam en zei: ‘U hoort hier niet.’

Ik herinner me alle serveersters in het eetcafé die Jenna en mij straal voorbijliepen, tot er eindelijk iemand aandacht voor ons had. Ging het zo omdat de anderen ons niet konden zien?

Ik denk aan Abby, mijn hospita, die gekleed is alsof ze zo uit een demonstratie voor een algeheel alcoholverbod is gestapt, ergens in de jaren dertig van de vorige eeuw. Nu realiseer ik me dat dat waarschijnlijk precies het geval is. Ik denk aan Ralph in het depot voor bewijsmateriaal, die oud genoeg was om een fossiel te zijn toen ik nog bij de politie zat. Tallulah, die ene serveerster, de luchthavenagent, Abby en Ralph. Al deze mensen waren van hetzelfde soort als ik. In deze wereld, maar niet van deze wereld.

En ik herinner me het auto-ongeluk. De tranen die over mijn gezicht stroomden, het liedje van Eric Clapton op de radio, en hoe hard ik het gaspedaal intrapte toen ik de krappe bocht nam. Ik hield mijn armen stijf, om geen lafbek te zijn die toch nog het stuur omgooit om de auto in veiligheid te brengen. Op het allerlaatst gespte ik mijn gordel los. Het moment van de botsing was verschrikkelijk, hoewel ik het schokeffect had verwacht. Het glas van de voorruit dat in mijn gezicht regende, de stuurkolom die zich in mijn borst boorde, mijn lichaam dat werd weggeslingerd. Ik vloog. Eén glorieuze, stille seconde vloog ik.

Tijdens de lange thuisrit uit Tennessee had ik Serenity gevraagd hoe het volgens haar voelde om dood te gaan.

Ze dacht even na. 'Hoe val je in slaap?'

'Wat bedoel je?' zei ik. 'Het gebeurt gewoon.'

'Precies. Je bent wakker, vervolgens zweef je heel even en dan ga je uit als een kaars. Je lichaam ontspant. Je mond wordt slap. Je hartslag vertraagt. Je raakt los van de derde dimensie. Je hebt nog een zekere mate van bewustzijn, maar voor het grootste deel ben je vertrokken. Schijndood.'

Nu heb ik daar nog iets aan toe te voegen. Als je slaapt, denk je dat er een totaal andere wereld bestaat, die volledig reëel voelt terwijl je hem droomt.

Serenity.

Ik wil me omdraaien zodat ik haar kan zien. Maar plotseling ben ik zo licht en gewichtloos dat ik niet eens hoef te bewegen. Ik denk, en ik ben waar ik wil zijn. Ik knipper met mijn ogen en ik zie haar.

Anders dan ik, anders dan Tallulah en anders dan Jenna, is haar lichaam niet vervluchtigd. Ze flakkert niet als een bijna-kapotte lamp. Ze is oersolide.

Serenity, denk ik, en zij draait haar hoofd om.

'Virgil?' fluistert ze.

Mijn laatste gedachte voor ik helemaal vertrokken ben, is dat Serenity – los van wat ze zei en los van wat ik eerst geloofde – geen waardeloze paragnost is. Ze is een verrekte goeie.

ALICE

Ik heb twee kinderen verloren. Eén die ik kende en van wie ik hield, en één die ik nooit heb leren kennen. Al voor ik wegliep uit het ziekenhuis wist ik dat ik een miskraam had gehad.

Nu heb ik meer dan honderd baby's die me van minuut tot minuut in beslag nemen. Ik ben een van die afstandelijke, superbedrijvige mensen geworden die als een tornado verrijzen uit hun eigen verdriet, zo razendsnel rondwervelend dat ze niet beseffen hoe zelfdestructief ze bezig zijn.

Het ergste deel van mijn dag komt zodra die voorbij is. Als ik kon, zou ik liever als verzorger werken die in de babystal bij de kalfjes slaapt. Maar iemand moet het gezicht van Msali zijn.

De mensen hier weten dat ik vroeger onderzoek deed in het Tuli Block. En dat ik een paar jaar in de Verenigde Staten heb gewoond. Maar de meeste mensen leggen niet de link tussen de academicus die ik was en de dierenactivist die ik nu ben. Ik ben al heel lang niet meer Alice Metcalf.

Wat mij betreft is zij ook dood.

Ik word gillend wakker.

Het liefste slaap ik helemaal niet, en als het dan per se nodig is, wil ik niet dromen. Dus werk ik meestal door tot ik er bijna letterlijk bij neerval en ben ik drie of vier uur per nacht compleet van de wereld. Ik denk elke dag en elk moment van de dag aan Jenna. Maar aan Thomas of Gideon heb ik al heel lang geen gedachten meer gewijd. Van Thomas weet ik dat hij nog steeds in een inrichting zit. En een Google-zoektocht, op een avond tijdens het regenseizoen toen ik gedronken had, onthulde dat Gideon bij het leger is gegaan en is omgekomen in Irak, toen een zelfgemaakt explosief afging op een druk marktplein. Ik heb het krantenartikel uitgeprint waarin stond dat hem postuum een eremedaille was toegekend. Hij is begraven op de militaire begraafplaats in Arlington. Als ik ooit terugga naar de Verenigde Staten, ga ik misschien een keer naar zijn graf om hem de laatste eer te bewijzen.

Ik lig in bed naar het plafond te staren, in een poging mezelf langzaam terug te laten komen in deze wereld. De werkelijkheid is ijskoud. Ik moet er eerst één teen in steken en wennen aan de schok voor ik er verder in waad.

Mijn blik valt op het enige overblijfsel uit mijn vorige leven dat ik bij me heb in Zuid-Afrika. Het is een houten knuppel van ongeveer een meter lang en vijfentwintig centimeter doorsnee, gemaakt uit een stam van een jonge boom. De bast is eraf geschild in willekeurige golvende lijnen en strepen. Het is een mooi ding, een beetje te vergelijken met een Afrikaanse totempaal, maar als je er lang naar kijkt, zou je zweren dat er een boodschap in geheimschrift op staat.

Het Elephant Sanctuary in Tennessee, waar onze dieren zijn ondergebracht, had een website waarop ik hun reilen en zeilen volgde. Zo'n vijf jaar geleden organiseerde het reservaat een veiling om geld in te zamelen voor hun werk met de dieren. Eén olifant, die kort daarvoor was overleden, had de tijd graag zoet gebracht met boomstammen ontdoen van hun bast in de meest onwaarschijnlijke, verfijnde patronen. Haar 'kunstwerken' werden geveild ten bate van het reservaat.

Ik wist meteen dat het Maura was. Ik had het haar talloze keren zien doen met de boomstammetjes die we haar gaven om mee te spelen. Ze drukte ze tegen de tralies van de loopstal en schuurde met haar slagtanden langs de bast om de zilverberk of den af te schillen.

Het was niet vreemd voor olifantenweeshuis Msali in Zuid-Afrika om het reservaat in Tennessee te willen steunen. Ze hadden er daar geen idee van dat ik de vrouw was achter de cheque die ze toegestuurd kregen. Of dat ik een uur lang had gehuild toen ik het bewerkte houtblok ten slotte ontving, met een foto van Maura waarop stond: 'Rust zacht, Maura.'

Dat cilindervormige houtblok hangt inmiddels vijf jaar tegenover mijn bed. En nu, terwijl ik ernaar lig te kijken, valt het ding van de muur en breekt in tweeën.

Precies op dat moment gaat mijn telefoon.

'Ik ben op zoek naar Alice Metcalf,' zegt een man.

Mijn handen worden steenkoud. 'Met wie spreek ik?'

'Met rechercheur Mills van de politie van Boone.'

Dus dit is het dan. Nu ben ik erbij. 'Ik ben Alice Metcalf,' prevel ik.

'Nou, mevrouw, met alle respect, maar u bent erg moeilijk te vinden.'

Ik sluit mijn ogen, in afwachting van de beschuldiging.

'Mevrouw Metcalf,' zegt de rechercheur, 'we hebben het lichaam van uw dochter gevonden.'

SERENITY

Het ene moment sta ik met drie andere mensen in een kamer in een privélaboratorium, en het volgende ben ik alleen in dezelfde ruimte. Ik kruip op handen en knieën over de grond, zoekend naar een gevallen tand.

'Kan ik u helpen?'

Snel stop ik het melktandje in mijn zak, draai me om en zie een bebaarde man staan in een witte jas. Weifelend ga ik op hem af, om hem dan hard tegen zijn schouder te stompen. 'Goh, u bent hier écht.'

Hij deinst terug, wrijft over zijn sleutelbeen en kijkt me aan alsof ik gek ben. Misschien ben ik dat ook. 'Ja, maar wat doet ú hier? Wie heeft u binnengelaten?'

Ik ga hem niet vertellen wat ik vermoed, dat degene die mij heeft binnengelaten een aardegebonden geest is, een schim. 'Ik ben op zoek naar een vrouw die hier werkt. Ze heet Tallulah,' zeg ik.

Zijn gezicht wordt zachter. 'Was u een vriendin van haar?'

Was. Ik schud mijn hoofd. 'Een kennis.'

'Tallulah is drie maanden geleden overleden. Ik denk dat ze een verborgen hartaandoening had. Ze was druk bezig met trainen voor haar eerste halve marathon.' Hij steekt zijn handen in de zakken van zijn laboratoriumjas. 'Het spijt me dat ik u dit moet vertellen.'

Half struikelend hol ik het lab uit. Ik passeer de secretaresse bij de receptie, een bewaker en een meisje dat buiten op de lage betonnen muur zit te praten in haar mobieltje. Ik weet niet wie van hen in leven is en wie niet, dus kijk ik naar de grond om niet per ongeluk oogcontact te maken.

Aangekomen in mijn auto, zet ik de airco op maximaal en sluit mijn ogen. Virgil heeft pal naast me gezeten. En Jenna op de achterbank. Ik heb met ze gepraat, ik heb ze aangeraakt, ik heb ze aan de telefoon gehad.

De telefoon. Ik haal mijn mobiel tevoorschijn en begin te scrollen, tot ik bij de lijst met recente gesprekken kom. Jenna's nummer moet erbij staan, ze heeft me een keer gebeld toen ze gestrand was in Tennessee, bang en alleen. Maar ja, geesten manipuleren continu energie. De deurbel die gaat zonder dat er iemand op je stoep staat, een printer die op tilt slaat, lichten die flikkeren terwijl er geen storm of onweer is.

Ik druk op 'terugbellen' en krijg een bandopname. Het nummer is niet in gebruik.

Dit kán gewoon niet zijn wat ik denk dat het is. Het kan niet, besef ik, omdat een heleboel mensen mij in het openbaar hebben gezien met Virgil en Jenna.

Ik start de motor. Met piepende banden rijd ik weg van het parkeerterrein en zet koers naar het eetcafé, waar die serveerster vanmorgen zo onbeschoft tegen ons deed. Terwijl ik naar binnen loop, rinkelt er een bel boven mijn hoofd, en uit de jukebox klinken The Pretenders. Ik speur de ruimte af naar de vrouw die ons vanmorgen bediende. Ze staat een bestelling op te nemen bij een tafel vol pubers in voetbaltenue.

'Hallo,' onderbreek ik haar. 'Ken je me nog?'

'Zo'n vette fooi van drie cent vergeet je niet snel,' mompelt ze.

'Hoeveel mensen zaten er aan mijn tafeltje?'

Ik volg haar naar de kassa. 'Is dat een strikvraag? U was alleen. Ook al hebt u genoeg besteld om de helft van alle hongerende kinderen in Afrika te eten te geven.'

Ik sta op het punt om te zeggen dat Jenna en Virgil voor zichzelf hebben besteld, maar dat is niet zo. Ze hadden tegen me gezegd wat ze wilden eten en waren daarna allebei naar de wc gegaan.

'Ik was samen met een man van halverwege de dertig met stekeltjeshaar en in een flanellen overhemd, ondanks de warmte… en een tienermeisje met een slordige rode vlecht…'

'Hoor eens, mevrouw,' zegt de serveerster terwijl ze vanachter de kassa een kaartje pakt en het in mijn hand drukt. 'Er zijn adressen waar u hulp kunt krijgen. Maar hier moet u niet zijn.'

Ik bekijk het kaartje: GEESTELIJKE GEZONDHEIDSZORG DISTRICT GRAFTON.

In het gemeentehuis van Boone ga ik zitten met een Red Bull en een stapel aktes uit 2004: geboorten, sterfgevallen en huwelijken.

Ik herlees Nevvie Ruehls overlijdensakte zo vaak dat ik hem uit mijn hoofd zou kunnen opdreunen.

ONMIDDELLIJKE DOODSOORZAAK: (A) stomp trauma
(B) ALS GEVOLG VAN: vertrapping door olifant
WIJZE VAN OVERLIJDEN: ongeval
VINDPLAATS OVERLEDENE: New England Elephant Sanctuary, Boone, New Hampshire
BESCHRIJF HOE HET LETSEL IS ONTSTAAN: onbekend

Daarna kom ik de overlijdensakte van Virgil tegen. Hij stierf begin december 2004.

ONMIDDELLIJKE DOODSOORZAAK: (A) penetrerend trauma aan de borst
(B) ALS GEVOLG VAN: ongeval motorvoertuig
WIJZE VAN OVERLIJDEN: zelfdoding

Er is geen overlijdensakte van Jenna Metcalf. Natuurlijk niet, want haar lichaam is nooit gevonden.

Tot die tand.

Er stond geen fout in het autopsierapport. Nevvie Ruehl was wel degelijk de persoon die was omgekomen, die nacht in het reservaat. En Alice Metcalf was de bewusteloze vrouw die Virgil naar het ziekenhuis had laten brengen, de vrouw die vervolgens verdween.

Conclusie: de reden dat Alice Metcalf niet met mij of met Jenna heeft gecommuniceerd, is dat Alice hoogstwaarschijnlijk nog leeft.

De laatste overlijdensakte die ik opzoek, is van Chad Allen, Jenna's wiskundeleraar, over wie ze vertelde dat ze vaak op zijn onaantrekkelijke zoontje paste. 'Hebt u hem gekend?' vraagt de secretaresse die over mijn schouder kijkt.

'Niet echt,' mompel ik.

'Het was doodzonde. Koolmonoxidevergiftiging. Het hele gezin is omgekomen. Ik kreeg wiskunde B van hem in het jaar dat het gebeurde.' Ze werpt een blik op de stapel documenten op tafel. 'Hebt u hier kopieën van nodig?'

Ik schud mijn hoofd. Ik wilde deze papieren alleen met eigen ogen zien.

Ik bedank haar en loop terug naar mijn auto. Ik start de motor en begin doelloos te rijden, want ik heb echt geen idee hoe ik vanaf hier verder moet.

Ik denk aan mijn medepassagier in het vliegtuig naar Tennessee, die met zijn neus in een tijdschrift dook toen ik met Virgil begon te praten. Wat op die man moet zijn overgekomen als het gebazel van een geschifte dame.

Ik denk na over de keer dat we met z'n drieën Thomas gingen opzoeken in Hartwick House. Sommige patiënten hadden Jenna en Virgil gewoon kunnen zien, maar het verplegend personeel had alleen tegen mij gepraat.

Ik herinner me mijn eerste ontmoeting met Jenna, toen mijn cliënte, mevrouw Langham, er spoorslags vandoor ging. Wat had ze me horen zeggen tegen Jenna? Dat ik de politie zou bellen als ze niet onmiddellijk ophoepelde. Maar natuurlijk had mevrouw Langham Jenna helemaal niet kunnen zien, daar in mijn halletje. Ze moet gedacht hebben dat ik het tegen háár had.

Ik realiseer me dat ik een bekende buurt in ben gereden. Het gebouw waar Virgils kantoor zit, is aan de overkant van de straat.

Ik parkeer en stap uit de Kever. Het is vandaag zo warm dat het asfalt plakt onder mijn voeten. Het is zo warm dat de madeliefjes in de scheuren van de betonnen stoep zijn verschrompeld.

Binnen in het gebouw ruikt het anders. Oud en muf. Het venster in de deur is gebarsten, maar dat was me nooit eerder opgevallen. Ik ga de trap op naar de tweede verdieping, naar Virgils kantoor. Het is donker. Vergrendeld. Er hangt een bordje op de deur: TE HUUR. BEL HYACINTH VASTGOED: 603-555-2390.

Mijn hoofd gonst. Het lijkt op een beginnende migraine, maar het geluid wordt denk ik veroorzaakt doordat alles wat ik wist en waarin ik geloofde op zijn kop wordt gezet.

Ik dacht altijd dat er een groot verschil bestond tussen een geest en een schim. De eerste was soepel overgegaan naar het volgende niveau van existentie, terwijl de laatste om de een of andere reden vastgeketend zat aan deze wereld. De schimmen die ik eerder had ontmoet, waren koppig en onhandelbaar. Soms hadden ze niet in de gaten dat ze dood waren. Als ze geluiden hoorden van levende mensen die in 'hun' huis woonden, gingen ze ervan uit dat zijzélf door spoken werden achtervolgd. Ze hadden plannen, teleurstellingen en frustraties. Ze waren vastgelopen, en dus zag ik het als mijn taak om ze te bevrijden.

Maar dat was toen ik nog het vermogen had om ze te herkennen voor wat ze waren.

Ik dacht altijd dat er een groot verschil was tussen een geest en een schim. Maar ik had niet beseft hoe smal de kloof was tussen de doden en de levenden.

Uit mijn tas diep ik de organizer op waarin Jenna zich heeft ingeschreven toen ze de eerste keer bij me kwam. Daar staat haar naam, in tienerhandschrift zo rond als een sliert luchtbelletjes. Eronder het adres: Greenleaf Street 145.

De woonwijk ziet er nog precies zo uit als drie dagen geleden, toen Virgil en ik hierheen waren gereden om met Jenna te praten, en ontdekten dat ze helemaal niet op dit adres woonde. Nu realiseer ik me dat het goed mogelijk is dat ze hier wél woonde. Alleen zullen de huidige eigenaren dat niet weten.

Dezelfde moeder die ik eerder heb gesproken, doet de deur open. Haar zoontje klampt zich als een mossel aan haar been vast. 'U weer?' zegt ze. 'Ik heb u toch gezegd dat ik dat meisje niet ken.'

'Ik weet het. Sorry dat ik u nog een keer lastigval. Maar ik heb pasgeleden... slecht nieuws over haar ontvangen. En ik probeer wat dingen op een rijtje te krijgen.' Ik masseer mijn slapen met mijn vingertoppen. 'Mag ik vragen wanneer u dit huis hebt gekocht?'

Achter me klinkt de soundtrack van de zomer: kinderen die gierend van pret rondplonzen in een plastic zwembadje, een jankende hond achter een hek, het geronk van een motorgrasmaaier. In de verte de kermisorgelmuziek van een ijskar. Deze straat is vol leven.

De vrouw kijkt alsof ze op het punt staat de deur voor mijn neus dicht te slaan. Maar iets in mijn stem zorgt er blijkbaar voor dat ze van gedachten verandert. 'In 2000,' zegt ze. 'Mijn man en ik waren nog niet getrouwd. De vrouw die hier woonde was O-V-E-R-L-E-D-E-N.' Ze werpt een snelle blik op haar zoontje. 'We praten liever niet over dit soort dingen waar hij bij is, begrijpt u? Hij heeft een hyperactieve fantasie en soms houdt het hem uit zijn slaap.'

Mensen zijn altijd bang voor dingen die ze niet begrijpen, dus maken ze er iets van wat ze wél begrijpen. Een hyperactieve fantasie. Bang zijn in het donker. Misschien zelfs een psychische aandoening.

Ik ga op mijn hurken zitten zodat ik haar zoontje kan aankijken. 'Wie zie je dan?' vraag ik.

'Een oma,' fluistert hij. 'En een meisje.'

'Ze zullen je geen kwaad doen,' zeg ik tegen hem. 'En ze zijn wél echt, wat anderen er ook over zeggen. Ze willen gewoon graag bij jou in huis wonen. Een beetje zoals een vriendje dat bij je komt logeren.'

Zijn moeder trekt hem weg bij de deuropening. 'Nog even en ik bel de politie,' sputtert ze verontwaardigd.

'Stel dat uw zoontje geboren zou zijn met blauw haar, wat u nog nooit van uw leven had gezien en waarvan u absoluut niet wist hoe hij eraan kwam... Dan zou u vast nog evenveel van hem houden, toch?'

Ze begint de deur dicht te duwen, maar ik leg mijn hand ertegen om hem open te houden. 'Toch?'

'Natuurlijk,' zegt ze stijfjes.

'Dit komt op hetzelfde neer,' zeg ik tegen haar.

Terug in mijn auto, pak ik mijn organizer uit mijn tas en blader naar de laatste pagina. Heel langzaam, zoals stiksels die worden verwijderd, verdwijnen Jenna's gegevens.

Zodra ik de baliebrigadier op het politiebureau vertel dat ik menselijke resten gevonden heb, word ik naar een achterkamertje geleid. Daar komt een rechercheur naar me toe, een joch dat Mills heet en eruitziet alsof hij zich hooguit tweemaal per week hoeft te scheren. Ik geef hem zoveel informatie als ik kan. 'Als je het opzoekt in de dossiers, zul je een zaak vinden uit 2004 die ging om een sterfgeval op dat terrein toen het nog een olifantenreservaat was. Ik denk dat dit een tweede sterfgeval betreft.'

Bevreemd kijkt hij me aan. 'En… hoe weet u dat?'

Als ik hem uitleg dat ik paragnost ben, zit ik binnen de kortste keren in de kamer naast die van Thomas in de psychiatrische inrichting. Of anders slaat Mills me direct in de boeien, in de overtuiging dat ik een geflipte vrouw ben die op het punt staat een moord te bekennen.

Maar Jenna en Virgil waren zo reëel voor mij. Ik had alles aangenomen wat ze tegen me zeiden.

Hemeltjelief, kind. Dat hóórt een medium toch te doen?

De stem in mijn hoofd is vaag maar vertrouwd. Dat Zuidelijke accent, de zangerige intonatie. Ik zou Lucinda's stem uit duizenden herkennen.

Een uur later word ik naar het natuurreservaat geëscorteerd door twee agenten. 'Geëscorteerd' is een duur woord voor op de achterbank van een politieauto geduwd worden omdat niemand je vertrouwt. Net als Jenna altijd deed, vermijd ik het platgetreden pad. In plaats daarvan baan ik me een weg door het hoge gras. De agenten dragen schoppen en grondzeven. We komen langs de vijver waar ik Alice' kettinkje heb gevonden en ten slotte bereiken we het paarse paddenstoelenveldje onder de eikenboom.

'Hier,' zeg ik. 'Op deze plek heb ik de tand gevonden.'

De agenten hebben een forensisch onderzoeker meegebracht. Ik weet niet wat hij doet – bodemanalyse misschien, of bottenanalyse of allebei – maar hij plukt de hoed van een paddenstoel. '*Laccaria amethystina*,' zegt hij. 'Dit is een zwam die groeit op ammoniakhoudende grond met een hoge stikstofconcentratie.'

Virgil, jij slimme donder, denk ik. Hij had gelijk. 'Ze groeien alleen hier,' zeg ik tegen de forensisch onderzoeker. 'Nergens anders in het reservaat.'

'Dat kan duiden op een ondiep graf.'

'Er ligt hier ook een olifantenkalf begraven,' zeg ik.

Rechercheur Mills trekt zijn wenkbrauwen op. 'U bent wel een bron van informatie, hè?' De forensisch onderzoeker geeft aanwijzingen aan de twee agenten die me hierheen hebben gebracht, om systematisch te beginnen met graven.

Ze beginnen aan de andere kant van de boomstam, een eindje van de plek waar Jenna, Virgil en ik gisteren zaten. Ze zeven hoopjes aarde, om met een beetje geluk losse fragmenten te vinden van wat dan ook. Ik ga in de schaduw van de boom zitten en zie de berg aarde hoger en hoger worden. De agenten rollen hun hemdsmouwen op. Een van hen moet in het gat springen om de aarde er verder uit te scheppen.

Rechercheur Mills komt naast me zitten. 'Zo,' zegt hij. 'Vertel me nog eens wat u hier deed toen u de tand vond?'

'Picknicken,' lieg ik.

'Alleen?'

Nee. 'Ja.'

'En dat olifantenkalf? Hoe weet u daarvan?'

'Ik ben een oude vriendin van de familie,' zeg ik. 'Daarom weet ik ook dat het kindje van de Metcalfs nooit is teruggevonden. En ik vind dat dat meisje een begrafenis verdient, wat jij?'

'Rechercheur?' Een van de politieagenten wenkt Mills naar de kuil die is ontstaan. Er is iets wits zichtbaar geworden in de donkere bodem. 'Dit is te zwaar om te verplaatsen,' zegt hij.

'Dan graaf je eromheen.'

Ik sta aan de rand van de kuil toe te kijken hoe de agenten handmatig de aarde wegvegen rond het bot. Ze werken snel, als kinderen die een zandkasteel maken terwijl het water al binnenstroomt om hun creatie te vernietigen. Ten slotte verschijnt er een vorm. De oogkassen. De gaten waar de slagtanden zouden zijn gegroeid. De aan de bovenkant afgebrokkelde schedel, waarvan de honingraatstructuur zichtbaar is. De symmetrie, als bij een rorschachvlek. *Wat zie je?*

'Ik zei het toch al,' zeg ik.

Daarna twijfelt niemand meer aan mijn woorden. De opgraving

wordt systematisch uitgevoerd in kwadranten tegen de klok in. In kwadrant twee vinden ze alleen een deel van een verroeste lepel. Dan kwadrant drie. Ik luister naar het ritmische geluid van het graven, het opscheppen en neerploffen van de aarde, als het plotseling stil wordt.

Ik kijk op en zie dat een van de agenten een waaiervormig gebroken ribbenkastje in zijn handen houdt.

'Jenna,' fluister ik, maar het enige wat ik hoor is de wind.

Dagenlang probeer ik haar te vinden aan gene zijde. Ik ga ervan uit dat ze boos en in de war is, en wat het ergste is: alleen. Ik smeek Desmond en Lucinda of zij ook willen proberen Jenna te bereiken. Desmond zegt dat Jenna naar mij toe zal komen zodra ze er klaar voor is. Dat ze veel te verwerken heeft. Lucinda herinnert me eraan dat mijn spirituele gidsen juist zeven jaar lang hebben gezwegen omdat het een deel van mijn reis was om weer in mezelf te leren geloven.

Als dat klopt, waarom kan ik dan nu verdorie niet praten met die ene geest die ik wil spreken? vraag ik haar in gedachten.

Heb geduld, zegt Desmond. *Je moet vinden wat is kwijtgeraakt.*

Ik ben vergeten dat Desmond altijd strooide met dit soort cryptische newage-uitspraken. Maar in plaats van geïrriteerd te raken, bedank ik hem voor zijn advies. En ik wacht.

Ik bel mevrouw Langham en bied haar een gratis reading aan om mijn lompe gedrag goed te maken. Ze reageert terughoudend. Maar ze is het soort vrouw dat in staat is urenlang door een warenhuis te dwalen om proefhapjes aangeboden te krijgen zodat ze geen lunch hoeft te betalen. Dus weet ik dat ze mijn aanbod zal accepteren. Wanneer ze komt, lukt het me zowaar om voor het eerst echt te praten met Bert, haar man, in plaats van het te faken. En wat blijkt? Dat hij in het hiernamaals net zo'n eikel is als tijdens zijn leven. *Wat wil ze nou weer van me*, kankert hij. *Altijd dat gezanik. Godsamme, ik dacht dat ze me met rust zou laten als ik dood was.*

'Je man,' zeg ik tegen haar, 'is een ondankbare, egoïstische hufter, die het liefst van je verlost wil zijn.' En ik herhaal letterlijk wat hij heeft gezegd. Mevrouw Langham is even stil. Dan zegt ze: 'Ja, dat is typisch Bert.'

'Hm-hmm.'

'Maar ik hield van hem,' zegt ze.

'Hij verdient het niet,' zeg ik tegen haar.

Een paar dagen later komt ze terug om advies te vragen over financiën en belangrijke beslissingen, en ze heeft een vriendin meegenomen. Die vriendin geeft mijn naam door aan haar zus. Voor ik het weet, heb ik weer cliënten en puilt mijn agenda uit van de afspraken.

Maar iedere middag maak ik tijd vrij voor een lunchpauze, die ik doorbreng bij Virgils graf. Het was niet moeilijk te vinden, want er is maar één begraafplaats in Boone. Ik breng dingen voor hem mee waarvan ik denk dat hij ze op prijs zou stellen: een broodje ei, de *Sports Illustrated* en zelfs een fles Jack Daniel's. Ik giet de whisky uit over zijn graf. Het is in elk geval goed tegen het onkruid.

Ik praat met hem. Ik vertel dat alle kranten schrijven dat de politie dankzij mij Jenna's stoffelijk overschot heeft gevonden. Dat het verhaal van de ondergang van het reservaat breed werd uitgemeten op de voorpagina's, als Boones hoogsteigen plaatselijke soap. Ik vertel hem dat ik beschouwd werd als iemand die met de zaak te maken had, tot rechercheur Mills aantoonde dat ik in de nacht dat Nevvie Ruehl stierf in Hollywood was, om een van mijn shows op te nemen.

'Praat je met haar?' vraag ik hem op een bewolkte middag. 'Heb je haar al gevonden? Ik maak me zorgen over haar.'

Ook Virgil reageert niet. Ik vraag Desmond en Lucinda hoe dit kan, en ze zeggen dat als Virgil is overgegaan, hij misschien nog niet begrijpt hoe hij de derde dimensie weer kan bezoeken. Het vergt heel veel energie en concentratie. Dat kun je niet zomaar.

'Ik mis je,' zeg ik tegen Virgil, en ik meen het. Ik heb collega's gehad die deden alsof ze me aardig vonden, maar die eigenlijk vooral jaloers waren. Ik heb kennissen gehad die eropuit waren om met me mee te gaan naar feestjes in Hollywood. Maar ik heb weinig echte vrienden gehad. Zeker niet iemand die zo sceptisch was en me toch onvoorwaardelijk accepteerde.

Meestal ben ik alleen op de begraafplaats, met uitzondering van de hovenier, die rondloopt met een onkruidwieder en een koptelefoon. Maar vandaag is er iets aan de hand in de buurt van het hek. Misschien een begrafenis.

Een van de mannen bij het graf ken ik. Rechercheur Mills.

Hij herkent mij meteen. Dat is een van de voordelen als je roze haar hebt. 'Mevrouw Jones,' zegt hij. 'Fijn om u weer eens te zien.'

'Hallo,' antwoord ik glimlachend. Nu ik rondkijk, realiseer ik me dat er minder mensen zijn dan ik eerst dacht. Een vrouw in het zwart, twee andere politiemensen en de uitvaartverzorger, die de verse zwarte aarde zachtjes aanstampt op de kleine houten kist.

'Wat aardig van u dat u vandaag gekomen bent,' zegt Mills. 'Dat zal doctor Metcalf beslist waarderen.'

Bij het horen van haar naam draait de vrouw zich om. Haar bleke, smalle gezicht wordt omlijst door een wilde rode haardos. Het is alsof ik Jenna zie, maar dan wat ouder en met meer emotionele littekens.

Ze steekt haar hand uit, de vrouw die ik zo wanhopig graag wilde bereiken en die nu letterlijk op mijn pad komt. 'Serenity Jones,' zeg ik. 'Ik ben degene die uw dochter heeft gevonden.'

ALICE

Er is weinig over van mijn kindje.

Als wetenschapper weet ik dat een lichaam in een ondiep graf meestal sneller tot ontbinding overgaat. Dat roofdieren stukje bij beetje delen van het skelet meenemen. Dat het gebeente van een kind poreus is, met meer bindweefsel, en dat het sneller vergaat in zure grond. Toch ben ik niet voorbereid op het hoopje smalle botten dat ik zie liggen. Het lijken wel mikadostokjes. Een ruggengraat. Een schedel. Een dijbeen. Zes vingerkootjes.

De rest is verdwenen.

Eerlijk gezegd was ik bijna niet teruggekomen. Ergens in mijn achterhoofd knaagde het vermoeden dat dit een valstrik was, dat ik in de boeien zou worden geslagen zodra ik uit het vliegtuig stapte. Maar het ging om mijn kleine meisje. Ik moest dit afsluiten, ik had hier jaren op gewacht. Hoe zou ik kunnen wegblijven?

Rechercheur Mills heeft alles geregeld en ik ben met het vliegtuig uit Johannesburg gekomen. Maar terwijl ik toekijk hoe Jenna's kist in de gapende muil van aarde zakt, denk ik: dit is nog steeds mijn dochter niet.

Na de korte plechtigheid vraagt rechercheur Mills of ik iets wil eten. Ik schud mijn hoofd. 'Ik ben erg moe,' zeg ik. 'Ik ga een beetje rusten.' Maar in plaats van terug te gaan naar het motel rijd ik met de huurauto naar Hartwick House, waar Thomas nu al tien jaar woont.

'Ik kom voor Thomas Metcalf,' zeg ik tegen de verpleegkundige bij de receptie.

'En u bent?'

'Zijn vrouw,' antwoord ik.

Verbluft kijkt ze me aan.

'Is er iets mis?' vraag ik.

'Nee,' zegt ze snel. 'Hij krijgt alleen zelden bezoek. Zijn kamer is een eindje verderop in deze gang. Derde deur links.'

Op Thomas' kamerdeur is een sticker geplakt, een smiley. Ik duw de deur open. Er zit een man bij het raam, met de handen gekromd rond een boek in zijn schoot. In eerste instantie denk ik dat ik in de verkeerde kamer ben beland. Dit is Thomas niet. Thomas heeft geen wit haar. Thomas heeft geen kromme rug, geen opgetrokken smalle schouders of ingevallen borst. Maar dan draait hij zich om en glimlacht, waardoor de trekken van de man die ik me herinner doorschemeren door zijn nieuwe buitenkant.

'Alice,' zegt hij. 'Waar heb jíj in hemelsnaam uitgehangen?'

Het is zo'n directe vraag, en zo absurd gezien alles wat er gebeurd is, dat ik in de lach schiet. 'Ach,' zeg ik, 'overal en nergens.'

'Ik heb je zoveel te vertellen. Ik weet niet waar ik moet beginnen.'

Maar voor hij van wal kan steken, gaat de deur open en komt een verpleeghulp binnen. 'Ik hoor dat je bezoek hebt, Thomas. Willen jullie niet liever beneden in de conversatieruimte zitten?'

'Hallo,' zeg ik. 'Ik ben Alice.'

'Ik heb toch steeds gezegd dat ze zou komen,' zegt Thomas zelfvoldaan.

De verpleeghulp schudt zijn hoofd. 'Wel heb ik ooit! Ik heb héél veel over u gehoord, mevrouw.'

'Alice en ik willen graag ongestoord met elkaar praten,' zegt Thomas. Ik voel de knoop in mijn maag straktrekken. Ik had gehoopt dat een decennium de scherpe kanten van het gesprek af zou halen dat wij moeten voeren, maar ik ben naïef geweest.

'Geen probleem,' zegt de verpleeghulp. Met een knipoog naar mij loopt hij de kamer uit.

Dit is het moment dat Thomas me gaat vragen wat er gebeurd is, die nacht in het reservaat. Dat we de draad oppakken vanaf die afschuwelijke plek waar we gebleven waren. 'Thomas,' zeg ik terwijl ik het boetekleed over mijn schouders voel glijden. 'Het spijt me zo.'

'Dat zou ik ook denken,' antwoordt hij. 'Je bent tweede auteur van het artikel. Ik weet dat je werk belangrijk voor je is. Dus jij hoort als geen ander te weten hoe cruciaal het is om als eerste te publiceren, voordat iemand anders je hypothese jat.'

Ik knipper met mijn ogen. 'Wat?'

Hij reikt me het boek aan dat hij vasthoudt. 'Wees in godsnaam voorzichtig. Er liggen overal spionnen op de loer.'

Het boek is *Groene eieren met ham*, van Dr. Seuss. Een kinderboek.

'Is dit je artikel?' vraag ik.

'Het is in geheimschrift,' fluistert Thomas.

Ik kwam hier in de hoop iemand anders te vinden die het overleefd had. Iemand die de loodzware herinnering aan de vreselijkste nacht van mijn leven samen met mij zou kunnen torsen. Maar Thomas is zo gevangen in het verleden dat hij de toekomst niet kan accepteren.

Misschien is dat wel gezonder.

'Weet je wat Jenna vandaag deed?' vraagt Thomas.

De tranen springen in mijn ogen. 'Vertel.'

'Ze had alle groente die ze zelf niet lekker vindt uit de koelkast gehaald om aan de olifanten te voeren. Toen ik zei dat het ook gezond was voor háár, antwoordde ze dat het een experiment was, met de olifanten als haar controlegroep.' Hij glimlacht naar me. 'Als ze al zo slim is op haar derde, hoe zal dat dan zijn op haar drieëntwintigste?'

Ooit, voordat alles spaak liep, voordat het reservaat ten onder ging en Thomas ziek werd, waren we samen gelukkig. Hij had vol liefde onze pasgeboren baby in zijn armen gehouden. Hij had van mij gehouden. Hij had van haar gehouden.

'Ze zal iedereen versteld doen staan,' beantwoordt Thomas zijn eigen retorische vraag.

'Ja,' zeg ik met een brok in mijn keel. 'Dat zal ze.'

Terug in het motel trek ik mijn jas en schoenen uit en doe de gordijnen helemaal dicht. Ik ga op de draaistoel aan het bureau zitten en staar in de spiegel. Dit is niet het gezicht van iemand die vrede heeft met zichzelf. Ik voel me totaal anders dan ik verwachtte dat ik me zou voelen áls ik ooit een telefoontje zou krijgen dat mijn dochter gevonden was. Dit had me uit de zinloze spagaat moeten halen tussen de realiteit en 'stel dat'. Maar ik kan nog steeds geen kant op. Ik zit vast.

Het uitdrukkingsloze gezicht van de televisie bespot me. Ik wil hem niet aanzetten. Ik heb geen behoefte aan nieuwslezers die me vertellen over de een of andere nieuwe ramp ergens op de wereld. Ik kan de oeverloze stroom van tragedies niet aanhoren.

Er wordt op de deur geklopt. Ik schrik. Ik ken niemand meer in deze stad. Dit kan maar één ding betekenen.

Ze komen me halen, omdat ze weten wat ik gedaan heb.

Ik haal diep adem. Het is goed zo. Ik had dit verwacht. En wat er ook gebeurt, ik weet nu waar Jenna is. De baby's in Zuid-Afrika zijn in goede handen, van mensen die weten hoe ze ze moeten grootbrengen. Ja, ik ben er klaar voor.

Maar als de deur opengaat, staat de vrouw met het roze haar op de drempel.

Een suikerspin, daar lijkt het op. Waar ik Jenna, die zo gek was op zoet, vroeger van liet snoepen. Een suikerspin heet in het Zuid-Afrikaans *spookasem*. Spokenadem.

'Hallo,' zegt ze.

Hoe heet ze ook alweer? Rennie of zoiets.

'Ik ben Serenity. Ik heb eerder op de dag met je kennisgemaakt.'

De vrouw die Jenna's stoffelijk overschot heeft gevonden. Verbaasd kijk ik haar aan. Wat wil zij nu van me? Misschien een beloning?

'Ik zei tegen je dat ik je dochter heb gevonden,' begint ze met trillende stem. 'Maar eigenlijk klopt dat niet.'

'Rechercheur Mills vertelde me dat je met een tand naar de politie was gekomen.'

'Ja, inderdaad. Maar eigenlijk is het zo dat Jenna míj als eerste heeft gevonden. Ruim een week geleden.' Ze aarzelt. 'Ik ben paragnost.'

Misschien is het de begrafenis van mijn dochter, eerder op deze dag. Of het besef dat Thomas de mazzel heeft dat hij is blijven steken op een plaats waar dit allemaal niet heeft plaatsgevonden. Of de vlucht van tweeëntwintig uur, plus de jetlag waar ik nog steeds mee kamp. Wat de reden ook is, ik voel de woede in me opborrelen zoals een geiser die kokend water begint te spuiten. Ik pak Serenity bij de armen en geef haar een harde zet. 'Hoe dúrf je?' zeg ik. 'Hoe durf je de spot te drijven met de dood van mijn dochter?'

Ze wankelt achteruit, overrompeld door mijn aanval. Haar enorme, propvolle tas valt open op de vloer tussen ons.

Ze hurkt neer en stouwt de inhoud er met beide handen weer in. 'Dát zou ik nooit doen,' zegt ze. 'Ik kom je alleen vertellen hoeveel Jenna van je hield. Ze wist niet dat ze dood was, Alice. Ze dacht dat je haar in de steek had gelaten.'

Deze oplichtster is levensgevaarlijk bezig. Ik ben een wetenschapper, dus weet ik dat het niet waar kan zijn wat ze zegt. Maar het kan me nog steeds emotioneel in de vernieling helpen.

'Wat wil je van me?' vraag ik bitter. 'Geld?'

'Ik heb haar gezíén,' houdt de vrouw vol. 'Ik heb met haar gepraat en haar aangeraakt. Ik wist niet dat Jenna een geest was, ik dacht dat ze een gewoon tienermeisje was. Ik heb haar zien eten, lachen en fietsen. Ik heb haar haar voicemail zien checken op haar mobiel. Voor mij zag ze er net zo echt uit als jij op dit moment, en zo klonk ze ook.'

'Waarom?' hoor ik mezelf vragen. 'Waarom zou ze naar jóú toe zijn gekomen?'

'Omdat ik een van de weinigen was die haar zag, denk ik. Geesten zijn overal om ons heen, ze praten met elkaar, checken in in hotels en eten bij McDonald's. Kortom, ze doen wat jij en ik normaal gesproken ook doen. Maar de enige mensen die hen waarnemen, zijn degenen die hun ongeloof lang genoeg opzij kunnen zetten. Zoals jonge kinderen. Geesteszieke mensen. En paragnosten.' Ze aarzelt. 'Ik denk dat ze naar mij toe kwam omdat ik haar kon horen en zien. Maar ik denk dat ze bij me blééf omdat ik haar kon helpen jou te vinden, al wist ik dat zelf eerst nog niet.'

Nu ben ik verblind door tranen. 'Ga weg. Ga nu maar weg.'

Ze staat op. Ze schijnt nog iets te willen zeggen, maar bedenkt zich. Ze knikt me toe en loopt naar de deur.

Ik sla mijn ogen neer en dan zie ik het liggen op de grond. Een klein stukje papier, iets wat uit haar tas gevallen is en wat ze over het hoofd heeft gezien.

Ik zou de deur dicht moeten doen. Terug naar binnen moeten gaan. Maar in plaats daarvan hurk ik neer en pak het papiertje op. Een piepklein origamiolifantje.

'Hoe kom je hieraan?' fluister ik.

Serenity staat stil. Ze draait zich om, zodat ze ziet wat ik vasthoud. 'Van je dochter.'

Achtennegentig procent van de wetenschap kan in getallen worden uitgedrukt. Je kunt onderzoek doen tot je een ons weegt. Je kunt herhalend, terugtrekkend of agressief gedrag turven tot je scheelziet. Je kunt dit gedrag als aanwijzing voor een trauma gebruiken. Maar je zult nooit kunnen uitleggen wat een olifant ertoe brengt om haar favoriete oude autoband achter te laten op het graf van haar beste vriendin, of waarom een moeder uiteindelijk weggaat bij haar dode kalf. Dat is de twee procent van de wetenschap die niet te meten of te verklaren valt. En toch betekent dat niet dat het niet bestaat.

'Wat heeft Jenna tegen je gezegd?' vraag ik.

Langzaam doet Serenity een stap naar me toe. 'Een heleboel. Dat je in Botswana hebt gewerkt. Dat je dezelfde kleur sneakers had als zij. Dat ze met jou mee mocht het olifantenterrein op, en hoe kwaad haar vader daarover was. Dat ze altijd naar je is blijven zoeken.'

'O,' zeg ik, en ik sluit mijn ogen. 'En heeft ze je ook verteld dat ik iemand vermoord heb?'

Toen Gideon en ik bij de cottage kwamen, stond de voordeur wijd open en was Jenna verdwenen. Ik kon geen adem krijgen. Ik kon niet denken.

Ik holde naar Thomas' kantoortje, omdat ik dacht dat ze daar misschien was. Maar Thomas was alleen. Hij lag met zijn hoofd op zijn armen op het bureau, te midden van een confetti van pillen. Naast hem stond een halflege fles whisky.

Ik was opgelucht toen ik zag dat hij buiten westen was zonder mijn dochter in zijn buurt, tot ik besefte dat ik nog steeds niet wist waar Jenna wél was. Net als een tijdje geleden was ze wakker ge-

worden en had ze gemerkt dat ik er niet was. Haar grootste nachtmerrie versmolt nu met de mijne.

Gideon deed wat er gedaan moest worden, ikzelf kon niet helder denken. Via de portofoon riep hij Nevvie op, die de nachtronde deed, en toen ze niet antwoordde gingen we uiteen om te zoeken. Hij ging naar de Aziatische stal, ik naar het Afrikaanse buitenverblijf. Dit was een déjà vu, het leek zoveel op de laatste keer dat ik Jenna kwijt was dat ik niet verbaasd was toen ik Nevvie zag staan op het Afrikaanse olifantenterrein. 'Heb jij mijn dochter?' schreeuwde ik haar toe.

Het was pikdonker en de wolken schoven langs de maan, zodat het weinige dat ik zag zilverachtig en onregelmatig was, als een oude film waarvan de frames niet helemaal op elkaar aansluiten. Maar ik zag haar verstijven toen ik het woord 'dochter' uitsprak. Haar mond vertrok tot een glimlach, zo scherp als een mes. 'Hoe voelt dat,' vroeg ze, 'om je dochter kwijt te raken?'

Ik keek in het wilde weg om me heen, maar het was te donker om verder dan een meter voor me uit te zien. 'Jenna!' gilde ik, maar er kwam geen antwoord.

Ik greep Nevvie vast. 'Wat heb je met haar gedaan?' Ik probeerde het antwoord uit haar te schudden. En al die tijd glimlachte ze alleen maar.

Nevvie was sterk, maar ten slotte had ik haar bij de keel. 'Zeg op!' schreeuwde ik. Ze snakte naar adem, worstelend om los te komen. Overdag was het riskant om op het olifantenterrein te lopen, maar 's nachts was het hier ronduit een mijnenveld door de watergaten die de olifanten groeven. Maar het kon me niet schelen. Ik wilde antwoorden.

We wankelden voor- en achteruit. Toen struikelde ik over iets.

Daar, op de grond, lag Jenna's bebloede lichaampje.

Het geluid van een hart dat breekt, is primitief en afschuwelijk. En hartzeer is een waterval.

'Hoe voelt dat, om je dochter kwijt te raken?'

Woede joeg door mijn lichaam en deed me overeind schieten. Ik sprong op Nevvie af. 'Dit heb jij gedaan!' schreeuwde ik, ook al dacht ik in stilte: nee, ík heb dit gedaan.

Nevvie was sterker dan ik, ze vocht voor haar leven. Ik vocht om de dood van mijn kind. En toen viel ik in een oud watergat. Ik probeerde me vast te houden aan Nevvie of aan wat dan ook, en alles werd zwart voor mijn ogen.

Wat er daarna gebeurde, kan ik me niet herinneren. Al heb ik het de afgelopen tien jaar elke dag geprobeerd.

Toen ik bijkwam, was het nog donker buiten. Mijn hoofd bonkte. Bloed droop langs mijn gezicht en nek. Ik krabbelde uit het watergat waar ik in terecht was gekomen. Ik was te duizelig om te staan, dus schuifelde ik rond op handen en knieën, in een poging me te oriënteren.

Nevvie staarde me aan vanaf de grond. Haar schedeldak was opengebarsten.

En het lichaam van mijn kind was verdwenen.

Ik schreeuwde en week achteruit. Ik schudde mijn hoofd om de lege plek waar Jenna had gelegen weg te denken. Ik krabbelde overeind en sloeg op de vlucht. Ik vluchtte omdat ik mijn dochter verloren had. Twee keer. Ik vluchtte omdat ik me niet kon herinneren of ík Nevvie Ruehl had gedood. Ik vluchtte tot de hele wereld kantelde en ik wakker werd in het ziekenhuis.

'De verpleegkundige heeft me verteld dat Nevvie dood was en Jenna vermist werd,' vertel ik Serenity, die op de draaibare bureaustoel is gaan zitten. Zelf zit ik op de rand van het bed. 'Ik wist niet wat ik moest doen,' vervolg ik. 'Ik had het lichaam van mijn dochter zien liggen. Maar ik kon niemand vertellen dat ik dat gezien had, want dan zouden ze meteen weten dat ik Nevvie had vermoord en me arresteren. Ik dacht dat Gideon misschien Jenna had gevonden en ergens anders had neergelegd, maar als dat zo was, had hij vast ook gezien wat ik met Nevvie had gedaan. En ik wist niet of hij de politie al had gewaarschuwd.'

'Maar jij hebt haar niet vermoord,' zegt Serenity. 'Het lichaam was vertrapt.'

'Ja, daarna.'

'Misschien is ze gevallen, net als jij, en met haar hoofd op een steen terechtgekomen. En zelfs als die val door jouw toedoen was, dan had de politie beslist begrip gehad voor de omstandigheden.'

'Tot ze erachter zouden komen dat ik een relatie had met Gideon. En als ik daarover loog, zou ik overal over hebben kunnen liegen.' Ik kijk neer op mijn handen. 'Ik was in paniek. Het was dom van me om ervandoor te gaan, maar het is gebeurd. Ik wilde helder krijgen wat ik het beste kon doen. Ik zag alleen maar in hoe egoïstisch ik was geweest en wat me dat had gekost: de baby. Gideon. Thomas. Het reservaat. Jenna.'

Mama?

Ik staar langs het gezicht van Serenity Jones in de spiegel die achter het bureau hangt. Maar in plaats van haar roze haarknoet zie ik de wazige reflectie van een slordige, roodbruine Franse vlecht.

Ik ben het, zegt ze.

Ik houd mijn adem in. 'Jenna?'

Haar stem schiet juichend de hoogte in. *Ik wíst het. Ik wist dat je nog leefde.*

Meer heb ik niet nodig om te erkennen waarvoor ik tien jaar geleden gevlucht ben. Wat het sowieso mogelijk maakte om te vluchten. 'Ik wist dat jij níét meer leefde,' fluister ik.

Waarom ben je weggegaan?

Tranen vullen mijn ogen. 'Die nacht zag ik... Ik zag je liggen en ik wist dat je dood was, lieverd. Anders zou ik nooit zijn weggegaan. Ik zou altijd naar je zijn blijven zoeken. Maar het was te laat. Ik kon je niet meer redden, dus probeerde ik mezelf te redden.'

Ik dacht dat je niet van me hield.

'Ik hield van je,' zeg ik met verstikte stem. 'Heel, heel veel. Maar ik heb het niet goed gedaan.'

In de spiegel achter het bureau, achter de stoel waarop Serenity zit, wordt het beeld duidelijker. Ik zie een tanktop. De dunne gouden ringetjes in haar oren.

Ik draai de bureaustoel zodat Serenity met haar gezicht naar de spiegel zit.

Het brede voorhoofd en de puntige kin heeft ze van Thomas. Ze heeft mijn sproeten geërfd, die mijn grote frustratie waren op Vassar College. Haar ogen hebben precies dezelfde vorm als de mijne.

Ze is opgegroeid tot een heel mooi meisje.

Mama, zegt ze. *Je hebt het wél goed gedaan. Doordat jij zoveel van me hield, heb je me lang genoeg hier gehouden om je te kunnen vinden.*

Zou het zo eenvoudig zijn? Zou liefde niet zitten in grote gebaren of beloften die vaak geen stand houden, maar in een kruimelspoor van herinneringen, dat je terugleidt naar degene die op je wacht?

Het was jouw schuld niet.

Nu snik ik het uit. Ik had geen idee hoe sterk ik er onbewust naar verlangde om dit te horen.

Zal ik op je wachten? vraagt mijn meisje.

Ik ontmoet haar blik in de spiegel. 'Nee,' zeg ik. 'Je hebt lang genoeg gewacht. Ik hou van je, Jenna. Voor altijd. Dat je bij iemand weggaat, betekent niet dat je die persoon uit je hoofd zet. Ook toen je mij niet kon zien, wist je diep vanbinnen dat ik er nog was. En ook als ik jou niet kan zien,' zeg ik schor, 'weet ik dat jij er bent.'

Zodra ik dit gezegd heb, zie ik haar gezicht niet meer, alleen nog Serenity's spiegelbeeld naast het mijne. Ze is duidelijk geëmotioneerd.

Maar Serenity kijkt niet naar mij. Ze staart naar een verdwijnpunt in de spiegel waar Jenna nu loopt, een slungelige, hoekige puber die nooit volgroeid zal zijn. Terwijl ze kleiner en kleiner wordt, realiseer ik me dat ze niet van mij wegloopt, maar op iemand afkoerst.

Ik herken de man niet die op haar staat te wachten. Hij heeft stekeltjeshaar en draagt een blauw flanellen overhemd. Gideon is het zeker niet. Ik heb deze man nog nooit eerder gezien. Maar wanneer hij zijn hand opsteekt ter begroeting, zwaait Jenna opgetogen terug.

Ik herken wel de olifant die naast hem staat. Jenna staat stil voor Maura, die haar slurf rond mijn meisje krult en haar knuffelt zoals ik dat niet meer kan doen. Dan draaien ze zich alle drie om en lopen weg.

Ik blijf kijken. Ik houd mijn ogen wijd open, tot ik haar niet meer zie.

JENNA

Soms zoek ik haar op.

Ik ga in de tussentijd waarin het geen nacht meer is maar ook nog geen ochtend. Ze wordt altijd wakker zodra ik bij haar kom. Ze vertelt me over de babyolifanten die zijn aangekomen in het weeshuis. Ze praat over de toespraak die ze een week eerder heeft gehouden voor de Wildlife Services. Ze vertelt me over een kalf dat bevriend is geraakt met een jong hondje, net als Syrah met Gertie.

Voor mij zijn dit de verhaaltjes voor het slapengaan, die ik heb gemist.

Het mooiste vind ik een waargebeurd verhaal over een man uit Zuid-Afrika die de Olifantenfluisteraar werd genoemd. In het echt heette hij Lawrence Anthony, en net als mijn moeder was hij vastbesloten om olifanten niet aan hun lot over te laten. Toen twee losgeslagen wilde kudden op de nominatie stonden om te worden afgemaakt vanwege de ravage die ze hadden aangericht, heeft hij ze gered. Hij liet ze overbrengen naar zijn eigen natuurreservaat en trainde ze om hun gedrag te verbeteren.

Toen Lawrence Anthony stierf, trokken de twee kudden bijna een dag lang door Zululand en stonden stil bij de muur die zijn landgoed begrensde. Ze waren al ruim een jaar niet meer bij Lawrence' huis geweest. De olifanten bleven twee dagen heel stil staan, als eerbetoon.

Niemand kan uitleggen hoe de olifanten wisten dat Anthony was gestorven.

Maar ik weet het antwoord.

Als je aan iemand denkt van wie je houdt en die je hebt verloren, ben je al samen met die persoon.

De rest is bijzaak.

NOOT VAN DE AUTEUR

Dit boek is fictie, maar de benarde toestand van olifanten wereldwijd is dat helaas niet. Het stropen voor de ivoorhandel is toegenomen, als gevolg van de wijdverspreide armoede in Afrika en de groeiende markt voor ivoor in Azië. Er zijn verslagen van stroperij in Kenia, Kameroen, Zimbabwe, de Centraal-Afrikaanse Republiek, Botswana, Tanzania en Soedan. Er gaan geruchten dat Joseph Kony zijn Oegandees verzetsleger financierde met de illegale verkoop van door stroperij verkregen ivoor in de Democratische Republiek Congo. De meeste illegale ladingen worden over slecht gecontroleerde grenzen naar havens in Kenia en Nigeria gesmokkeld en verscheept naar Aziatische landen zoals Taiwan, Thailand en China. Hoewel Chinese staatsambtenaren zeggen dat ze de ivoorhandel hebben verboden, hebben autoriteiten in Hongkong onlangs twee illegale ivoortransporten uit Tanzania onderschept, met een totale waarde van ruim twee miljoen dollar. Kort voordat ik dit schreef, werden eenenveertig olifanten in Zimbabwe gedood door vergiftiging van hun drinkplaats met cyanide, waardoor stropers voor 120.000 dollar aan ivoor buitmaakten.

Je weet dat een olifantengemeenschap wordt belaagd door stropers als er scheefgroei optreedt in de populatie. Als een mannetjesolifant vijftig is, is zijn slagtand zeven keer zo zwaar als die van een vrouwtje, dus mannetjes zijn altijd het eerste doelwit. Daarna pakken de stropers de vrouwtjes. De matriarch is het grootst en heeft vaak de zwaarste slagtanden. En als matriarchen worden gedood, zijn zij niet de enige slachtoffers, maar ook hun achtergebleven jonge kalfjes. Joyce Poole en Iain Douglas-Hamilton zijn deskundigen die hebben gewerkt met olifanten in het wild en voeren onvermoeibaar actie tegen stroperij. Ze hebben mensen bewust gemaakt van de effecten van illegale ivoorhandel, waaronder de desintegratie van de olifantengemeenschap. Volgens huidige schattingen worden per jaar 38.000 olifanten afgeslacht in Afrika. In dit tempo zullen de olifanten in Afrika binnen twintig jaar verdwenen zijn.

Toch is stroperij niet de enige bedreiging voor olifanten. Ze worden gevangen voor de verkoop aan bedrijven die safari's per olifant organiseren, dierentuinen en circussen. In de jaren negentig werd de Zuid-Afrikaanse olifantenpopulatie te groot en er werd systematisch geruimd. Hele families werden vanuit helikopters beschoten met Scoline, waardoor ze verlamd raakten maar niet bewusteloos. Dus waren de dieren zich er volledig van bewust dat er mensen in helikopters landden, zich systematisch door de kudde bewogen en elke olifant doodden door een schot achter het oor. Na een tijdje beseften de jagers dat de kalveren niet weg wilden bij de lichamen van hun moeders, dus bonden ze de kleintjes vast aan hun dode moeders om ze gemakkelijker in gereedheid te kunnen brengen voor vervoer. Een aantal werd in het buitenland verkocht aan circussen en dierentuinen.

Dat zijn de olifanten die soms het geluk hebben om hun leven van gevangenschap te eindigen op plaatsen zoals The Elephant Sanctuary in Hohenwald, Tennessee. Hoewel het New England Elephant Sanctuary van Thomas Metcalf fictief is, bestaat het Elephant Sanctuary in Tennessee gelukkig wel echt. Ik heb de levensverhalen van de fictieve olifanten in mijn boek gebaseerd op waargebeurde, hartverscheurende verhalen van olifanten uit het reservaat in Tennessee. Net als Syrah in dit boek had Tarra de olifant een hond als vast gezelschap. Wanda's tegenhanger in het echte leven, Sissy, heeft een overstroming overleefd. Lilly is gebaseerd op olifant Shirley, die een scheepsbrand heeft doorstaan én een aanval waardoor ze een ernstige botbreuk aan haar achterpoot opliep, zodat ze zich nog steeds moeizaam beweegt. Olive en Dionne, die een vast duo vormen in het boek, zijn pseudoniemen van de onafscheidelijke Misty en Dulary. Hester, de Afrikaanse olifant met kapsones, is gebaseerd op Flora, die wees werd als gevolg van een massale ruiming in Zimbabwe. Deze oudere dames behoren tot de gelukkigen, omdat ze in alle rust met pensioen kunnen na geleefd en gewerkt te hebben in gevangenschap. Helaas zijn er slechts een handvol van dit soort reservaten op de wereld. En tegenover het bovengenoemde groepje waarmee het nog goed gekomen is, staat een enorm aantal olifanten dat nog steeds mishandeld wordt in circussen, of onder slechte omstandigheden leeft in dierentuinen.

Ik raad alle dierenliefhebbers aan om www.elephants.com te bezoeken, de website van The Elephant Sanctuary in Hohenwald, Tennessee. Naast het bekijken van live elecams (pas op, voor je het weet ben je uren kostbare werktijd kwijt) kun je een olifant 'adopteren'. Of je kunt geld doneren ter nagedachtenis van een dierenvriend, of iets bijdragen om de olifanten één dag te voeren. Ook kleine bedragen worden enorm gewaardeerd. Bezoek ook het Global Sanctuary for Elephants (www.globalelephants.org), dat wereldwijd olifantenreservaten helpt om een zo natuurlijk mogelijke leefomgeving op te zetten.

Wil je meer weten over stroperij en/of olifanten in het wild, of degenen helpen die zich inzetten voor internationale regels tegen stroperij? Ga dan naar www.elephantvoices.org, www.tusk.org en www.savetheelephants.org.

Tot slot wil ik de bronnen noemen die onmisbaar voor me waren tijdens het schrijven van deze roman. Veel van Alice' onderzoek heb ik ontleend aan de bijzondere, in werkelijkheid gedane observaties en inzichten van deze mannen en vrouwen.

Lawrence Anthony, *The Elephant Whisperer* (Thomas Dunne Books, 2009).

G.A. Bradshaw, *Elephants on the Edge* (Yale University Press, 2009).

Chip Coffey, *Growing Up Psychic* (Three Rivers Press, 2012).

Iain en Oria Douglas-Hamilton, *Bij de olifanten* (Het Wereldvenster, 1976).

Barbara King, *How Animals Grieve* (University of Chicago Press, 2013).

Cynthia Moss, *Elephant Memories* (William Morrow, 1988).

Cynthia Moss, J. Harvey Croze en Phyllis C. Lee, eds., *The Amboseli Elephants* (University of Chicago Press, 2011).

Jeffrey Moussaieff Masson en Susan McCarthy, *Wanneer olifanten huilen* (Vassallucci, 1999).
Caitlin O'Connell, *The Elephant's Secret Sense* (Free Press, 2007).
Joyce Poole, *Mama olifant* (Bruna, 1998).
Daphne Sheldrick, *Mijn liefde voor Afrika* (De Boekerij, 2012).
En tientallen wetenschappelijke artikelen van onderzoekers die olifanten en de olifantengemeenschap blijven bestuderen.

Tijdens het schrijven van dit boek heb ik dikwijls gedacht dat olifanten misschien wel verder ontwikkeld zijn dan mensen. Met name toen ik hun gedragspatronen rondom rouw bestudeerde, hun moederlijke vaardigheden, hun geheugen en hun manier van herinneren. Als je iets oppikt van deze roman, dan hoop ik dat het een besef is van de cognitieve en emotionele intelligentie van deze prachtige dieren. En dat het aan ons allemaal is om ze te beschermen.

Jodi Picoult, september 2013

WOORD VAN DANK

Om een olifantenkalf groot te brengen is een hele kudde nodig. Zo zijn er ook veel mensen voor nodig om een boek te verwezenlijken. Ik ben dank verschuldigd aan al deze 'allomoeders', die mijn boek naar publicatie hebben begeleid.

Dank je wel Milli Knudsen en Martha Bashford (assistent-openbaar aanklager in Manhattan) voor jullie informatie over onopgeloste zaken. Dank je wel rechercheur John Grassel van de Rhode Island State Police voor je uitgebreide uiteenzetting over recherchewerk en het trouw beantwoorden van de gekste vragen van mijn kant. Dank aan Ellen Wilber voor de weetjes over sport en aan Betty Martin voor haar kennis over (onder andere) paddenstoelen. Door Jason Hawes van *Ghost Hunters*, met wie ik bevriend raakte lang voor hij een tv-ster werd, heb ik kennisgemaakt met Chip Coffey, een bijzondere, getalenteerde paragnost. Chip, ik stond versteld van jouw inzichten. Dank je wel dat je je ervaringen met me hebt gedeeld en begrijpelijk voor me maakte hoe Serenity's geest zou kunnen werken. Iedere scepticus onder jullie zou na een uur in Chips aanwezigheid omgeturnd zijn.

The Elephant Sanctuary in Hohenwald, Tenessee, bestaat echt. Het is een 1100 hectare groot toevluchtsoord voor Afrikaanse en Aziatische olifanten die hun leven in gevangenschap hebben doorgebracht, om te werken of te kijk gezet te worden. Ik ben heel blij dat ik met eigen ogen het fantastische werk kon zien dat hier gedaan wordt om de dieren er lichamelijk en mentaal weer bovenop te helpen. Ik heb met mensen gepraat die óf nog in het reservaat werken, óf eraan verbonden waren: Jill Moore, Angela Spivey, Scott Blais en een tiental huidige verzorgers. Het is aan jullie te danken dat mijn roman stevig geworteld is in de werkelijkheid.

Maar belangrijker nog: bedankt voor het werk dat jullie dagelijks doen.

Ik wil Anika Ebrahim bedanken, mijn Zuid-Afrikaanse publiciteitsagent, die meteen raad wist toen ik haar vertelde dat ik een olifantendeskundige nodig had. Dank aan Jeanetta Selier, senior onderzoeker bij het South African National Biodiversity Institute, omdat ze een onuitputtelijke bron van kennis is over wilde olifanten, de kudden in het Tuli Block in Botswana persoonlijk aan me heeft voorgesteld, en alle olifantendetails in mijn boek heeft gecheckt. Dank aan Meredith Ogilvie-Thompson van Tusk, omdat ze me heeft voorgesteld aan Joyce Poole, een beroemdheid in de wereld van olifantenonderzoek en de bescherming van olifanten. Ik vind het nog steeds fenomenaal dat ik rechtstreeks met iemand heb kunnen praten die enkele grondslagleggende werken over olifantengedrag heeft geschreven.

Ik ben dank verschuldigd aan Abigail Baird, universitair hoofddocent psychologie aan Vassar College, die me de werking van cognitie en geheugen op een begrijpelijke manier heeft uitgelegd. Abigail, een zwarte fleecetrui bij 43 graden Celsius flatteert jou als geen ander, en ik zet met niemand liever een olifantenskelet in elkaar dan met jou. Bij de Botswana Brigade zat ook mijn dochter, Samantha van Leer. Samantha, bedankt voor alle hand-en-spandiensten en het vastleggen van het achtergrondonderzoek op meer dan duizend foto's. Ook bedankt dat je je blauwe pluchen stuurhoes Bruce hebt gedoopt en altijd precies datgene wat ik nodig had opdiepte uit de peilloos diepe zakken van je werkbroek. In de wildernis blijven een moederolifant en haar dochter hun hele leven hecht met elkaar verbonden. Ik hoop dat ook ik dat geluk zal hebben.

Dit boek betekent voor mij een nieuwe thuisbasis als auteur bij Ballantine Books/Random House. Ik ben zeer vereerd dat ik deel mag uitmaken van dit fantastische team, dat zich achter de schermen een jaar lang enthousiast heeft ingezet voor deze roman. Dank je wel Gina Centrello, Libby McGuire, Kim Hovey, Debbie Aroff, Sanyu Dillon, Rachel Kind, Denise Cronin, Scott Shannon, Matthew Schwartz, Joey McGarvey, Abbey Cory, Theresa Zoro, Paolo

Pepe en tientallen anderen in jullie ijzersterke spelersgroep. Ik ben steeds weer ondersteboven van jullie creativiteit en bezieling – niet alle schrijvers hebben zoveel mazzel. Dank je wel Camille McDuffie, Kathleen Zrelak en Susan Corcoran: de beste cheerleaders ooit.

Werken met een nieuwe redacteur lijkt een beetje op een traditioneel orthodoxe bruiloft. Je vertrouwt erop dat men de juiste partner voor je kiest, maar tot het moment dat je de sluier oplicht, weet je niet echt wat je krijgt. Nou, Jennifer Hershey is een kanjer van een redacteur gebleken. Haar inzicht, stijlgevoel en intelligentie blijken uit al haar commentaren en adviezen. Ik denk dat Jen evengoed haar ziel en zaligheid in dit boek heeft gestopt als ik.

Laura Gross: woorden schieten tekort. Ik kan alleen zeggen dat mijn leven niet zou zijn wat het nu is zonder jouw voortdurende steun. Je bent een schat.

Jane Picoult, mijn moeder die veertig jaar geleden mijn eerste lezer was en dat nog steeds is: alleen door onze liefdevolle moederdochterrelatie heb ik Jenna kunnen bedenken.

Tot slot mijn gezin: Kyle, Jake, Sammy (alweer) en Tim. Dit boek gaat erover dat je de mensen van wie je houdt moet blijven koesteren. Door jullie weet ik dat dit het belangrijkste op aarde is.